新 潮 文 庫

水曜日の凱歌

乃南アサ著

JN242470

新 潮 社 版

10961

水曜日の凱歌＊目次

水曜日の凱歌

プロローグ　その日も水曜日

1

東京は広かった。

ずうっとずっと、どこまでも広かった。道は真《ま》っ直《す》ぐだったり頼りなく曲がっていたり、また少し歪《ゆが》んだりしながら、それでも途切れることなくどこまでも続いていく。その道に沿って、今となっては木だったのか電柱だったのかも見分けがつかない棒杭《ぼうぐい》のようなものが、ぽつぽつと並んでいた。他に目につくものといったら、写真で見たことのある外国の古い遺跡のように、半分崩れかけていたり、屋根が抜け落ちていたり、または壁や柱だけになってしまっている、何かの建物の残骸《ざんがい》だけだ。

東京というところは平らな土地なのだとばかり思っていたら、意外なところになだらかな丘が見えたり、また窪地《くぼち》があったりする。だが、たとえば少し先に見えている池などは、もしかすると天然の池ではなく、地面が陥没したあとに水が溜《た》まっているだけなのかも知れなかった。その証拠に、遠目に見ても水の色は不気味に濁っており、その表面には虹色《にじいろ》の油が浮いていて、しかも、あらゆるがらくたが投げ込まれているらしいのが分かるからだ。その池の向こう、ずっとずっと遥《はる》か向こうには、連なる山が見えていた。

東京は埃《ほこり》っぽかった。

少し風が吹いただけで、煙幕みたいに埃が舞い上がった。埃は、場所によって白っぽかったり黒っぽかったり、その中間くらいだったり、それから赤茶けていたり黄色っぽかったりもした。もともと色がなくなってしまっている風景は、それらの埃のお蔭《かげ》で余計に色を失った。

東京は臭かった。

土臭いときもあったし、草の匂《にお》いがするときも、水が腐ったような臭《にお》いを感じるときも、それから鉄錆《てつさび》みたいな匂いがするときもある。でも何と言っても一番なのは、焦《こ》げ臭いことだった。世の中にある、思いつく限りのすべてのものが焼き尽くされた臭いと共に、目でも喉《のど》でもチクチクと突き刺してくるような鋭い刺激を放っていた。

東京には音がなかった。

以前は、ありとあらゆる音が溢《あふ》れかえっていた。電車、自動車、ちんどんや。ラジオ、豆腐屋のラッパ、物売りのかけ声に呼び声や笑い声。スズメやカラスやドバトの声。革靴に下駄《げた》に、草履に竹のつっかけの音。お寺の鐘の音、お囃子《はやし》、歌声、犬やネコの鳴き声。お日さまにあてた布団《ふとん》を取り込む前に、勢いよく叩《たた》く音、裏路地に水まきをする音、赤ちゃんの泣き声、風鈴の音、おみおつけに入れる青菜を刻むときの包丁とまな板の音、雨戸を開け閉《た》てする音、玄関を開くときにチリチリと鳴るベル、お巡りさんが吹く笛の音。

それらが、いつの頃からか警戒警報や空襲警報にかき消されるようになって、それから世界は、ごうごうという爆撃機の音、ヒュルル、ヒュルルと落とされる爆弾の音、どーん、どーんと天地を揺るがす爆発の音だけになった。そしてついに、何の音もしなくなった。

要するに東京は、まったくのがらんどうになったのだった。色も音も、光もなくなった。もとの形さえ分からない、焼け残り、崩れ落ちたがらくたが散らばるだけの、だだっ広いがらんどうだ。

その、がらんどうの中を歩くときは、ところどころで鼻や口元を押さえなければならなかった。遮るものがないせいもあって、やたらと風が吹き抜ける。すると、いくら目を細めていても、何かの拍子に埃が目に入る。埃は、不快なゴロゴロする感覚だけでなく、何ともいえず沁《し》みた。思わず「あ痛っ」と声をあげ、目をぎゅっとつぶって立ち止まらずにいられなかった。涙がじわじわと染《し》み出てきた。

入って来ないでよ。

埃が目に入る度に、二宮鈴子《にのみやすずこ》は痛みに向かって話しかけた。あたかも「誰か」が鈴子の目玉から、身体《からだ》の中にまで忍び込んでこようとしているみたいに感じるからだ。すっかり焼けて灰になってしまった「誰か」が宙を舞い、さまよいながら、失った自分の肉体の代わりを探し求めているのではないかという気がしてならなかった。

お願い。入って来ないで。

焼け残った橋や、土塀や、何かの建物のあちらこちらには、真っ黒い脂《あぶら》のシミがべったりと残っている。それが、その場所で炎にまかれて息絶えた「誰か」がいたという証拠だった。人間は、燃えるとそんなにもたくさんの脂が出るのだ。もう何カ月も、もしかしたら何年も、脂のあるものなんか一切れだって食べてやしなかったかも知れないのに。

「すうちゃん、どうしたの？」

「——埃が」

「こすっちゃ駄目よ。水筒のお水で洗いなさいな」

少し前を、小ぶりの風呂《ふろ》敷《しき》包みを背負って歩いていくお母さまが、防空ずきんの姿でこちらを振り返る。鈴子は、自分も防空ずきんをかぶった頭で頷《うなず》いて見せた。鈴子の背中にも背嚢《はいのう》が一つ。それに加えて、左右の肩からはそれぞれ斜めに雑嚢《ざつのう》と水筒も提げている。お母さまに言われるままに水筒を手に取り、ほんのわずかな水を蓋《ふた》にとって顔を上に向け、鈴子は痛む目に水を落とした。何回か繰り返し、目をパチパチさせるうち、どうにか埃は流れ出たらしい。痛みが退《ひ》いた。よかった。誰にも入り込まれずに済んだ。

「あんまり周りを見ないようにね」

汗と埃で汚れているお母さまの顔は、ひどく疲れて見える。そのせいか、表情というものがない。べつに、今日に限ったことではなかった。もうずっと前からそうだ。

「ああ、ここにも。南無阿弥陀仏《なむあみだぶつ》、南無阿弥陀仏」

まだ片づけられていない「誰か」を見つける度に、お母さまは「南無阿弥陀仏」を繰り返す。鈴子もお母さまの隣に立って、真似《まね》をする。

この人は昨日まで生きていた。

今となっては真っ黒焦げの人形のようになってしまって、男だったか女だったか、老人か若者かさえ分からない。けれど、間違いなく人間だった。誰かの親だったかも知れないし、子だったかも知れない。さぞ苦しかったでしょう。怖かったでしょうね。

お気の毒に。せめて、どうぞ安らかに。

涙は出ない。泣いたって仕方がない。余計にお腹《なか》が空《す》いて、余計にくたびれるだけのことだ。とにかくこの「誰か」は、もう飢えからも苦しみからも解き放たれた。だから「南無阿弥陀仏」を唱えてあげて、極楽浄土へ見送ってあげるしかない。

三月の大空襲の時には、鈴子だってもっと違っていた。恐ろしくて恐ろしくて、全身がガタガタ震えたし、いつまでも涙が止まらなかった。こんなになってしまっている人の死体を見たのは、生まれて初めてだった。

あの日はたまたま、三日前から泊まりがけで勤労動員されていた埼玉から帰ってきた、その日だった。日付が変わった頃にまた空襲があったらしいと先生たちが話していたけれど、それが何百ものB29がやってきて、東京中を焼き払うほどの激しさだったとまでは思わず、それでもやはり心配だから、とにかく早く帰りたい一心で学校の友だちと共に列車に揺られた。勤労動員は慣れない農作業で、身体は疲れきっており、本当は寝ていたかったのに、お母さまと幼い千鶴子《ちづこ》だけしか残っていない家のことがいつも以上に気にかかって、そわそわと落ち着かない気持ちのまま列車に揺られていたことを覚えている。

昨年の春から国民学校高等科にすすんでいた鈴子は、たった一学年の違いで親元から離される学童疎開《そかい》からは免れることが出来た。だが、代わりに「少国民」としてのつとめを果たさなければならなかった。たとえ学校に行ったたって、授業なんてそっちのけ。級友らと共に裁縫に明け暮れたり、あっちの工場、こっちの作業場と行かされて、大人の代わりに働かなければならない。油だらけになってねじ回しをしたり、車の下に潜り込んだりして、何かの組立をするのだ。そうでなければ今回のように農作業をした。まるで、働かさなければ損だというくらいに、毎日毎日、違う労働が課せられた。

あの日、三月十日の午後、列車が上野駅に近づくにつれ、窓の外の景色が一変していることに気づいて、車内は騒然となった。そして列車から降りた途端、今度は何とも言えない異様な臭いに立ちすくみ、駅構内に溢れかえっている大勢のけが人たちに、誰もが息を呑《の》んだ。さらに、自宅を目指して歩くにつれ、鈴子たちは文字通り、地獄さながらの光景を目《ま》の当たりにすることになったのだ。町は未《いま》だに所々煙がくすぶっており、異臭が漂い、山のような黒焦げの死体が転がり、その間を、たとえ怪我《けが》はしていない様子でも、まるで幽霊のように虚《うつ》ろにさまよう人々がいた。

「どうしよう、どうしよう、ねえ鈴ちゃん」

「どうしようって言ったって——」

先生のお話の後、駅前で全員解散になった後も、鈴子は家が近かった友だちと二人、ほとんど抱き合うようにして戦慄《せんりつ》し、あらゆる光景から目をそむけて泣きながら歩いた。こんなにも大勢の、数え切れないほどの死体のすべてが、つい前の晩までは泣いたり笑ったりして、食べて喋《しゃべ》って動く、普通の人間だったのだということが、まるで信じられなかった。この中にお母さまや千鶴子も混ざっているのではないかと考えると、胸が潰《つぶ》れそうに苦しくて、呼吸もままならなかった。

恐れていた通り、鈴子の家があった界隈《かいわい》も一面の焼け野原と化していた。次第に夕方に向かう陽射《ひざ》しを受けながら、鈴子はどうにか自宅があった場所までたどり着き、もとは台所だったはずの、タイル張りの焼け残りの壁に貼《は》りつけられた紙を見つけた。

「二宮つたゑブジ。言問《こととい》国民学校ニ避難シテヰマス」

鈴子は、焼け跡を転がるようにして走った。そうして言問国民学校で、大勢のけが人や避難している人たちの中から、ようやく埃と煤《すす》とで汚れきったお母さまを見つけたときには、もう言葉にならなかった。お母さまも鈴子を抱きしめて泣いた。そして、五歳の千鶴子が見つかっていないことを知らされた。逃げる途中ではぐれてしまったのだということだった。

「途中までは確かに、しっかり負ぶさっていたのよ。背中から『怖いよ、怖いよ』って小さな声が聞こえていたんだもの」

それが人混みの中でもみくちゃにされながら、降りそそぐ火の粉から必死で逃げ回っている間に、気がついたら背中が軽くなってしまっていたのだそうだ。火の粉が負ぶい紐《ひも》を焼いたのか、誰かに引っ張られたせいなのか、まったく分からないということだった。

鈴子はお母さまと一緒に、それから何日もかけて千鶴子を捜した。まず避難所や病院を回り、その後は遺体を収容している場所や、まだ片付けられないままの死体が転がる町を歩いた。黒焦げの死体の中に、少しでも小さな姿があれば必ず近寄って確かめようともした。隅田川《すみだがわ》には、焼けてはいない代わりに、ゴム人形みたいになってしまった生々しい死体の山が、嵐《あらし》の後の木《こ》っ端《ぱ》みたいに寄せ集まっていた。そこでも小さな死体を探したけれど、服の切れ端一つも見つけることは出来なかった。結局、あの子が生きていたという証《あか》しそのものが、この世の中には何一つとして残っていなかった。

「ちいちゃん——千鶴子。ごめんなさいね」

汚れきった手ぬぐいで顔を覆《おお》って、お母さまは身体を震わせて泣いていた。そのお母さまの背中を撫《な》でさすりながら、鈴子もやはり心の中で妹の名を呼んだ。

可哀想《かわいそう》なちいちゃん。

けれど、どういうわけだか涙は出てこなかった。上野に着いて一面の焼け野原になり果てた東京に立ち、転がる無数の焼死体に戦慄したとき、友だちと抱き合って嗚咽《おえつ》しながら、鈴子は確かに、自分の中で何かが音を立てたのを聞いたのだ。「ぷつん」という音を立てて、鈴子の中の何かが切れた。もう、何があっても苦しくも、悲しくも、怖くもないような気がした。お腹だけはヒリヒリするくらいに空いていたけれど、その他のことは、どうでもよくなった。この東京と同じにがらんどうになった頭の中に一つの言葉ばかりが浮かんだ。

ずるい。

誰に向かって言っているのかも分からなかった。戦争がこんなに激しくなる前に、事故で亡《な》くなってしまったお父さまにか、どれほど「英霊になった」とか「名誉の戦死」とか言われても、結局は鈴子とお母さまとを泣かせている肇《はじめ》お兄ちゃまにか、今ごろはどこで戦っているのかも分からない匡《たくみ》お兄ちゃまにか、または、時としてお母さま以上に頼りになったのに、産まれて間もない赤ちゃんと一緒に、あまりにも簡単に逝《い》ってしまった光子《みつこ》お姉ちゃまにか、それとも、跡形もなく消えてしまった小さな千鶴子にか――。

2

わずか数年前まで、あんなにも賑《にぎ》やかだった七人家族から、たった二人きりになってしまった鈴子とお母さまとは、三月の空襲からというもの、牛込《うしごめ》、板橋、渋谷《しぶや》と引越を繰り返してきた。あの日以来、学校は来年の春まで全面的に休みに入っていたから、どこへ行ったって転校の手続きをとるわけでもなく、新しい友だちが出来るわけでもない。ただただ、毎日を生き延びることしか考えなかった。

鈴子たちがどこへ逃げても、まるで狙《ねら》い澄ましたかのように、B29はやってきた。気がつけば、春はとっくに過ぎ去っていて五月に入っていた。今度は家主の都合で新橋に引越して、ようやく周囲の景色も見慣れてきたと思ったら、昨晩さらにまた空襲に遭ったのだった。焼けてしまえば、どこの景色だってみんな同じになってしまう。ただただ、がらんどうの東京が、余計に広くなっていくばかりだ。

卑怯者《ひきょうもの》の米軍は、いつだって夜の闇《やみ》に紛れて日本を攻撃にやってくる。昨夜だって、枕元《まくらもと》に防空ずきんや背嚢などを置いて、やっと横になったと思ったら、うとうとする間もなく警戒警報が鳴った。鈴子はお母さまに急《せ》かされながら、大急ぎで身支度を整えて隣組の人たちと防空壕《ぼうくうごう》へと逃げ込んだ。それからさほど間をおかずに空襲警報が鳴り響き、お腹の底に響いてくる、いかにも不気味なB29の音がしてきた。瞬《また》く間に爆弾の落とされる音と激しい爆音、そして地響きに包まれた。

「ここにいたら蒸し焼きにされるぞっ。出て、走れっ。遠くまで逃げるんだっ！」

防空壕の外から、誰かの声が叫んだ。弾《はじ》かれるように、他の人たちとともに外に飛び出し、鈴子はお母さまの手を握りしめて、爆音が響き、火の粉が降りそそぐ夜空の下を走った。

B29は、これまで見たこともないほど低い位置を、ものすごい数で飛んでいた。なるほど、もう町のあちらこちらから火の手が上がっている。逃げながら振り返る度に、暗闇を矢のように無数の焼夷弾《しょういだん》が降りそそぎ、町から上がる炎は大きくなるばかりだった。まるで赤く燃える海から、炎の龍《りゅう》が鎌首《かまくび》をもたげて踊り狂っているかのようだ。そして、その炎が、夜空を覆い尽くさんばかりの数のB29の腹を、不気味に照り映えさせていた。

やっとのことで愛宕《あたご》山《やま》までたどり着いた頃には、新橋一帯は、夜空を焦がすほど真っ赤に焼けていて、ごうごうという炎の音さえ聞こえてくるようだった。

本当にずるい。

鈴子たちが一体、何をしたというのだろうか。

鈴子たちを守ってくださるはずの軍人さんや兵隊さんたちは、皆、戦地に赴いている。つまり、ほとんど日本から出払ってしまっていて、本土は留守宅だらけなのだ。鈴子たちが暮らす東京は、この国の都であり、天皇陛下がおわします場所だけれど、それでも町には、お爺《じい》さんやお婆《ばあ》さん、そして、おばさんや子どもたちしか残っていない。武器も力もない、そんな人たちばかりを狙って、こんなにも繰り返し、まるで無差別に焼き尽くすというのは、一体どういうことなのだろう。アメリカは、日本を滅ぼすつもりなのか。この国を。神の国を。

——この国の大人だって。

口が裂けたって言ってはならないことだ。分かっている。けれど鈴子は、お腹の中では思っていた。日本国は神の国だと、幼い頃から繰り返し聞かされてきた。これまでの歴史で、ただの一度として異国に負けたことがないのは、そのためだと。いざとなれば必ずや神風が吹く日が訪れると。だが、それにしては、神風はいつまでたっても吹かないではないか。軍神と呼ばれたえらい軍人さんたちは次から次へと玉と砕け散ってしまった。もちろん我らが皇軍は、常に勇猛果敢に戦っているという話だ。だが、それならばどうして鈴子たちが暮らす町が焼き尽くされるのを、黙って見ているという手があるものだろうか。

大人たちは、鈴子たちに何か隠してやしないか。つまり、本当はこの日本の大人たちだって、ずるいのではないか。

まだ尋常小学校に上がるか上がらない頃から、鈴子たちは「一汁一菜」を守らされ、空腹なのが当たり前、それに耐えることで国を守れると言われて日々を過ごしてきた。毎日のように、一億総火の玉だ、銃後の守りだ、本土決戦に備えるのだと言い聞かされてきた。朝に晩に、戦地で戦っておられる兵隊さんたちのことを思い、慰問袋を作り、感謝を忘れず、武運長久《ぶうんちょうきゅう》を祈り続けて来た。

日頃の暮らしでは、ガスも電気も極力使わず、針の一本も無駄にせず、石鹸《せっけん》を使わずに汚れ物を洗う工夫などを教えられ、穴だらけの靴下だって繕っては履き続け、空き地という空き地に野菜を作った。学校では毎日厳しく叱《しか》り飛ばされながら、竹槍《たけやり》の教練のようなことばかりさせられた。先生よりも軍人さんが威張っていたし、男子は何も悪いことなどしていなくても、すぐに殴られた。

学校が終われば、町を守り抜くのは子どもたちの務めだからと大人たちに号令をかけられて、夜警はもちろんのこと、配給品を分ける手伝いにでも、防空壕を掘るのにでも、防火訓練にでも何にでも参加した。

贅沢《ぜいたく》は敵だ。

欲しがりません勝つまでは。

ポンプ百より用心一つ。

年齢に関係なく、一人残らずお国のために尽くすようにと、ブリキのおもちゃに至るまで供出させられたし、勤労動員にも文句を言ったことはない。

消せば消せる焼夷弾！

空襲だ！　水だ、マスクだ、スイッチだ。

焼夷弾には突撃だ！

ずっとそう教わってきた。空襲なんぞおそるべきやと。

けれど、実際のところ何の役にも立ってはいないではないか。どんな敵も、断じて皇国に手出しは出来ない、日本の荒鷲《あらわし》たちが、きっと必ず迎え撃ってくださると、ずっとずっと信じてきたのに、アメリカ軍は驚くほど大きなＢ29で、しかも何十、何百と編隊を組んで三日にあげずやってきては、いとも簡単に、文字通り火の雨となる焼夷弾を降らせていくではないか。最初から燃えながら降ってくる火の爆弾を、どうして隣組のバケツリレーなどで消すことが出来るものか。あんなに大きな、しかも空を飛ぶＢ29を、どうして鈴子たちが振り回す竹槍などで突けるというのか。

「この辺りのはずなんだけれど」

お母さまが立ち止まって、周囲を見回している。あまりにも何もかも焼けてしまったお蔭で、目印もなくなって、昨日まで住んでいた場所が分からないのだ。もともと、一カ月と暮らしていない町だから、さほどきちんと覚えられている風景でもなかった。

「道は間違ってないと思うのよ」

一体いつまでこんな日々が続くのだろう。いつになったら一つところに安心して住むことが出来て、お腹いっぱいに温かいご飯がいただけて、さらさらのお湯がたっぷり沸いているお風呂に入り、寝るときは清潔な布団で、ちゃんと寝間着に着替えて眠ることが出来るようになるだろう。いつになったら警戒警報や空襲警報に怯《おび》えずに、お腹が空き過ぎることもなく、朝までぐっすり眠っていられる日がくるのだろうか。そんなことを望むのは、あまりにも贅沢なのだろうか。

たとえそんな日が来るとしたって、どうしても二度と戻らないものがあるのに。お父さまがいて、お姉ちゃまも、お兄ちゃまたちもいて、千鶴子もいた家族。今ではもう、遠い遠い夢のようにしか感じられない賑やかだった本所《ほんじょ》の家の食卓だ。

ずるい、ずるい。

本当に、誰がいちばんずるいのだろう。

アメリカ？

イギリス？

本当に？

ああ、お腹が空いた。どうでもいいから、何でもいいから、誰か何か食べさせてはくれないものだろうか。

「やあ！」

その時、いつも喉の奥に何か引っかかっているような、いがらっぽく聞こえる独特の声が耳に届いた。焼け野原の向こうで手を振っている男の人がいる。間違いなく、宮下《みやした》のおじさまだ。すぐ目の前を行くお母さまの背中がわずかに伸びて、それからお母さまの歩調が速くなった。

「よかった！」

駆け寄るお母さまの背中は、ほとんど宮下のおじさまに向かって倒れかかっていくように見えた。おじさまの笑顔が、そんなお母さまを迎えている。

「無事だったかね」

「何とか」

「すうちゃんも、大丈夫かな。怪我は？　二人とも何ともないだろうね？」

　鈴子は、出来るだけ「にっこり」見えるように口元を左右に引き延ばして見せた。

「今度という今度は肝を冷やしたな。三月ほどじゃないかも知らんが、今度のも相当にひどいよ。何しろ範囲が広くて本郷《ほんごう》から牛込一体もやられたし、それから麻布界隈も杉並の方までね。何しろ、宮城《きゅうじょう》の一部までやられたっていう話だ」

　お母さまの細い声が「宮城まで」と応《こた》えている。

「私たちも、どなたかが声をかけて下さらなかったら、とても助からなかったと思います」

「何しろ助かってよかった。取りあえず、新しい家を見つけたから。こんな状態だと、おそらく早い者勝ちだ。早速、行くとしよう」

「――いつも、すみません」

「目黒だがね、もともとの持ち主はもうとっくに疎開しているらしくて、例によって又貸しの又貸しのような格好になったんだろうな。隣近所を聞いて回ってもよく分からないんだ。それほど荒れた様子もない。居心地は悪くないはずだよ」

　宮下のおじさまは、深々と頭を下げているお母さまの肩を叩き、そのままの笑顔で鈴子も見た。鈴子もお母さまに倣《なら》って、やはり直角に腰を曲げた。背中の荷物が大きくずれる。

「じゃあ、いいかな」

鈴子にだってよく分かっている。宮下のおじさまがいて下さらなかったら、お母さまも鈴子も、とても今日まで生き延びては来られなかった。三月以来、こうして何度、空襲で焼け出されても、必ず次の住処《すみか》を得られたのはすべて宮下のおじさまのお蔭だ。着の身着のままで引越を繰り返しつつも、その度に最低限の身の回りのものを手に入れて、食べ物のことだって何とかなっている。それは、宮下のおじさまがご自分で商売をしているのと同時に、軍や警察ともつながりがあるからだという話だった。

今は、この日本の人たち全員がおなかを空かせているとばかり思っていた。ところが聞くところによると、警察や軍の倉庫には、今だって食料から衣料品まで、あらゆる物資が溢れているのだそうだ。国を守り、先頭に立って戦う人たちを飢えさせるわけにはいかないから、その分を確保してあるのだという。おじさまには力があるから、その有り余っている食料を分けてもらえる。すぐに人を使って空き家を探せる。宮下のおじさまがいてくださるからこそ、鈴子たちは生き延びていられる。

けれど。

宮下のおじさまはお父さまではないし、これから先だって、お父さまになってくださることはない。だって、宮下のおじさまには、ちゃんと奥さまも子どももいるのだと、去年の空襲で死んでしまう直前に、光子お姉ちゃまが言っていた。あれはまるで、自分が亡くなることを感じていて、わざわざお嫁入り先から、鈴子に遺言を託しにきたようなものだった。

――だからね、すうちゃん。あなた、お姉ちゃまの代わりにちゃんと見張っていてくれなきゃいけないわよ。

「――何を見張るの？」

「だから」

二人向かい合い、互いのもんぺの膝《ひざ》がくっつくくらいに近づいて、光子お姉ちゃまは赤ちゃんを負ぶったまま声をひそめた。

「ご近所で妙な噂《うわさ》がたったりしないように」

「妙な噂って？」

お姉ちゃまは苛立《いらだ》ったように眉《まゆ》をひそめて「だから」と繰り返した。

「お父さまは亡くなった。肇も、今はもう英霊になってしまったの。私たちは英霊の遺族として、決して恥ずかしくないように、きちんと暮らしていかなけりゃならないのよ。そんな家のお母さまが、よその男の方を家に出入りさせたりしていたら、変に思われないとも限らないじゃないの」

だから鈴子は、たとえ宮下のおじさまが家に来られた時でも、出来るだけ早くお帰りいただけるように何か言い訳を考えたり、それから、おじさまとお母さまとが二人きりにならないように工夫しなければいけないと、光子お姉ちゃまは言った。

「そんな言い訳とか工夫とか――鈴子には分からないもの」

「そうね――たとえば、ちいちゃんがお腹痛くしてるとか、お熱があるみたいとか、そうじゃなかったら、今日は学校の先生がおみえになるみたいだとか、色んな理由をつければいいのよ。それが出来なけりゃ、おじさまとお母さまが話してらっしゃる間中、傍から離れないようにするの」

「でも――」

鈴子は半分膨れっ面《つら》になりながら、お姉ちゃまを上目遣いに見たものだ。

「大人のお話に子どもが口を出すんじゃありませんって、いつも言われてるでしょう？　大人のお話ですよって言われたら、私も千鶴子も、お外に出なけりゃならないもの」

あのときのお姉ちゃまの顔を、鈴子は今もはっきり思い出すことが出来る。いかにも困った様子で深々とため息をついてから、光子お姉ちゃまは「じゃあ、すうちゃん」と鈴子の膝に手を伸ばした。

「あなた、お母さまのお腹がまた大きくなるようなことになったら、どう？」

「えっ？」

「つまり、お母さまがまた赤ちゃんを産むようなことになったら、どう思うっていうことよ。お父さまが亡くなってるのに。今、こんな時に」

言われていることが、まるで分からなかった。ただ頭で考えるよりも先に、「いやだ」という思いが胸の奥から突き上げてきた。いやだわ、そんなの。冗談じゃない。

「いい、すうちゃん。よく聞いてね。私たちのお母さまっていう方はね、決して強い人じゃないわ。肇が出征するときだって、よそのお家《うち》の人たちは揃《そろ》って日の丸を振って万歳をしていたでしょう？　武運長久を願って『立派に戦ってきて下さい』『生きて帰ろうなんて思ってはいけません』って口を揃えて言ってたのに、うちのお母さまだけはもう泣いて泣いて、『可哀想な肇さん』なんて言っちゃったんだもの。あの後、隣組の人たちに『お国のために戦える名誉が、どうして可哀想なんです』『晴れの門出を笑顔で送り出せないんですか』って、もうさんざん言われたくらいなんだから」

肇お兄ちゃまは我が家のスターだった。頭が良くて、優しくて、背もすらりと高い二枚目で、自慢のお兄ちゃまだった。肇お兄ちゃまを知っている人は、お兄ちゃまさえ望むなら、将来どんな職業にでもつけるだろうと口を揃えて言ったものだ。だが、そんな肇お兄ちゃまは満州に行って一年もたたない間に、小さな箱に入って帰ってきた。あのときの、お母さまの悲しみようを、鈴子もはっきり覚えている。ちょうど、お父さまが交通事故で亡くなって、ようやく四十九日が過ぎたばかりの頃だった。

「どんなに泣いて叫んでも、お父さまも、肇も、もう戻ってこないわ。だからこそしっかりしなけりゃいけないのに、これで匡にまで何かあったら、今度こそお母さまは――」

正気ではいられないかも知れないと、光子お姉ちゃまは声をひそめた。鈴子は、両腕をぞくぞくする感覚が駆け上がるのを感じたものだ。

「あなた方の手前、本当に一生懸命に我慢してはいるけれど、要するに、お母さまっていう人はね、実際は誰か頼れる人が欲しくて仕方がない質《たち》なのよ。そりゃあ、私だってその気持ちは分からなくはないんだけれど――」

晩秋の弱々しい西陽の射し込む部屋で、お姉ちゃまは鈴子から目をそらし、押し入れの方から忍び寄る夕暮れを見つめるようにして呟《つぶや》いた。男の人が傍にいないと駄目な性分なんでしょうね。だからこそお父さまだって、私たち子どもに対するよりも、まずお母さまがいちばんで、傍から離さないようにしていらしたし――あのときの光景やお姉ちゃまの横顔を、鈴子は今もはっきりと覚えている。

「すうちゃん、どうだい、まだ歩けるかい。もう少し、頑張れるかな」

宮下のおじさまの声に、はっと我に返った。

「ひと休みさせてあげたいんだが、このご時世だ。隙《すき》を狙って誰かに入り込まれちゃあ面倒だし、まず先に落ち着く方がいいと思うんだ。ここからだと、まだかなりあるからね」

宮下のおじさまの隣に立っているだけで、お母さまの姿は何となく、おじさまの方に心持ち傾いているように見える。さっきまでまったく無表情だったものが、目元にほんのわずかな柔らかみが戻っているのを認めると、鈴子はもう何を言うつもりにもなれなかった。

光子お姉ちゃまの言っていたことは当たってると思う。お母さまは、宮下のおじさまがいて下さらなければ駄目なのだろう。

でも、もういいんじゃない？　噂話が大好きで、粗探しばかりしていた隣組の人たちは、三月の空襲で散り散りになってしまった。今となっては生きているかどうかさえも分からない。今は誰も彼も、今日一日を生きて終わらせることだけで精一杯なのだ。そんな中で、一人では心細くてならないお母さまが、どこの誰に頼り、仲良くしていようと、関心を持つ人なんかいやしない。第一、そのお蔭で鈴子たちは生き延びていることを忘れてはならなかった。

光子お姉ちゃまたちは気の毒だったけれど、でも、生きてこんな目に遭わずに済んだことを考えたら、かえってよかったのかも知れないんだわよ。

それにしても、いいお天気になった。すっからかんの東京が、潔《いさぎよ》いくらいに気持ちよく見渡せる。どこをどう見回しても、とてもではないが人が住めるような場所ではなくなってしまったと思うのに、そんな焼け跡の真ん中で、もう瓦礫《がれき》の山をかき分け、燃え残りの木っ端でバラックを建てようとしている人たちがいた。

3

二宮鈴子が東京市本所区に生まれたのは昭和六年八月十五日のことだ。お父さまは運送会社を経営しており、家は比較的裕福で、また人の出入りの多い賑やかな環境だった。

考えてみると、鈴子が当たり前の「明日」が来ることを疑いもせず、何一つ思い悩むこともなく過ごせていたのは、本当に幼い頃までだったと思う。物心ついた頃には、この国には既に戦争の足音が忍び寄ってきていたからだ。後になって教わったことだが、実際、鈴子が生まれた直後に満州事変が起きており、既に日本各地から中国大陸へと兵士たちが送り込まれる時代に突入してもいた。

とはいえ、幼い頃の記憶の中に残っている日々の暮らしというものは、まだまだ平和に違いなかったし、町だって賑やかなものだった。ただ、大人に手を引かれて町を歩くときに、街頭ラジオから勇ましい音楽が聞こえてきたことや、お父さまのところに来るお客さまの口から「満州」とか「上海《シャンハイ》」などという言葉が聞かれることが多かったことなどは、おぼろげに記憶している。

二・二六事件が起きたのは昭和十一年。まだ四歳だった鈴子は、その日、東京に大雪が降ったことと、お姉ちゃまとお兄ちゃまたちが大きな雪だるまやかまくらを作って遊んでくれた光景だけを覚えている。同じ年の夏にはベルリンオリンピックが開かれて、家族全員がお茶の間のラジオの前に集まり、実況の声に真剣に耳を傾けたことや、「前畑《まえはた》頑張れ」という言葉を大人たちが繰り返していたという記憶もある。

お父さまは芸事など華やかなことが好きだった。芝居見物や相撲観戦なども好きで、月に一、二回は家族を引きつれては浅草や日比谷《ひびや》などに出かけていき、金語楼《きんごろう》、エノケン、古川《ふるかわ》ロッパなどが出ている喜劇を観《み》たり、映画館に連れていってくれたりした。その後は洋食屋でご馳走《ちそう》を食べて帰ってくる。鈴子の好物は、もちろん「お子さま洋食」だ。

「鈴子は簡単でいいや。他の女性陣みたいに迷わないですぐに決まるものな」

「だけど、大人になってもお子さま洋食ってわけにいかないぜ。そのうち、やっぱり迷うようにならあ」

どの店に入っても、品書きを見ながらあれこれと悩むのが常のお母さまや光子お姉ちゃまに構わず、いの一番に「お子さま洋食！」と声を上げる鈴子に、お兄ちゃまたちはいつもそんなことを言って笑った。軽く睨《にら》む真似をするお姉ちゃまからも笑みがこぼれ、それを見ているお父さまも、やはり笑っていた。

その頃の鈴子は映画スターになることを夢見ていた。シャーリー・テンプルと、当時「和製テンプルちゃん」と呼ばれていた、悦《えつ》ちゃんという子役スターが大人気だったことから、自分も悦ちゃんみたいになりたいと、毎日鏡を覗《のぞ》き込んでは真剣に憧《あこが》れていたものだ。悦ちゃんのレコードを買ってもらっては、自分も悦ちゃんになったつもりで歌ってみたり、子ども部屋の壁にテンプルちゃんの写真を貼って、毎日眺めたりしていた。

そうこうするうち中国との間で戦争が起きたと教えられた。町のあちらこちらで出征する兵隊さんと、その見送りの人たちを見かけるようになった。その度に、「万歳」

の声が大きく響く。これからは、いつも心に兵隊さんたちの武運長久を思い描き、朝に晩に神棚に手を合わせ、同時に、兵隊さんを出している家族の方々を思いやって差し上げなければいけないと教えられた。人通りの多い場所だけでなく、家の近所や路地の外れなどでも、千人針をする女の人たちの姿が増えた。

鈴子が尋常小学校二年になった昭和十四年の春、世界最高の海軍新型戦闘機が出来た。

「この戦闘機こそが、まさしく自由自在に空を舞い、敵を撃退し、わたくしたちの日本を守り、世界一の国にしてくれる大きな力となるのです」

黒板に大きく「せかいいち　うみの　あらわし」という文字を書くと、当時、担任だった男の先生は鈴子たちを見渡した。そして男子生徒たちに向かっては、これからは毎日一生懸命に勉強をして、将来は是非ともこの戦闘機に乗って鷲のように大空を舞い、敵を一網打尽にするような勇気と気概とを持った立派な軍人や兵隊になりなさい、と言われた。鈴子は、自分たちには何と言って下さるだろうかと先生を見つめていたが、先生は女子生徒に向かっては、何も言われなかった。

その頃から「パーマネントはやめませう」という張り紙が町のあちらこちらで見られるようになった。当時まだお嫁入り前だった光子お姉ちゃまは、いつも長い髪にきれいに波打つようなパーマネントをあてて、髪のお手入れには人一倍時間をかけていたのに、「非国民」と呼ばれてしまうからと泣きべそをかきながら、自慢の髪を短く切ってしまった。男の学生も坊主頭《ぼうずあたま》にするようにと言われて、もともと大学で野球をやっていた肇お兄ちゃまは問題なかったけれど、中学校五年生だった匡お兄ちゃまの方は、庭で肇お兄ちゃまにバリカンをあててもらった。匡お兄ちゃまは、将来は小説家になるのが夢だといつも言っていた。

「ちぇっ、こんな頭じゃあ、どんなに文士を気取ったところで格好なんかつきやしねえや」

散髪の後、匡お兄ちゃまは鏡を覗き込み、くりくり坊主になった自分の頭を撫でながら、ぶつぶつと文句を言っていたものだ。

すべてはお国のため。

家でも学校でも、同じことばかり聞かされるようになった。文句を言ってはいけません。口答えするものではありません。お国のために戦っておられる兵隊さんを思って我慢なさい。その頃、鈴子は一日に何度でも「なんで」「どうして」と尋ねることが癖になっていたが、それも禁止された。

「いいこと。その癖を直さないと、そのうち特高のこわい人たちがやってきて、すうちゃんを警察に連れて行ってしまうかも知れないのよ」

「なんで?」

「ほら、だからそれを言わないの」

お母さまに、いつになく厳しい口調で言われたときにも、鈴子は「ずるい」と思った。知っているなら教えてくれればいいのに。それとも大人にも分からないことがあるのだろうか。本当は答えられないから、そんなことを言うのだろうか。

けれど、お母さまに言われるまでもなく、その頃から学校の雰囲気も明らかに変わってきて、とてもではないが気軽に「どうして」などと言える感じではなくなっていた。下手なことを聞くと「うるさいっ」と怒鳴られる。「貴様、口答えするのかっ!」と立たされる。そして突然、校庭に集められたかと思ったら「気をつけ」「やすめ」「頭《かしら》なか」に始まり、何度でも何度でも、同じ行進の練習をさせられたりするのだ。

なんで、そんなことしなきゃならないの。どうせ女の子は戦闘機にも乗らないし、お国のために闘いにもいかないのに。

ピッピッという笛の合図と共に「右! 左!」と大きく手を振り、脚を高くあげて校庭をぐるぐる行進し続ける間も、鈴子の中にはそんな疑問が頭をもたげることがあった。

「ねえ、どう思う？　あんなことばっかりさせられて、本当に私たちの役に立つの？」

学校からの帰り道などに、友だちに尋ねてみることがあったが、それに答えてくれる級友はいなかった。

「先生がおっしゃるんだから、その通りにすればいいだけよ」

「だって――」

「いやだって言ったってやらされるんだから、つべこべ言わずにやることよ」

「そうよそうよ。でなけりゃ、また叩かれるわ」

「私は頭を使う勉強より、身体を使う教練の方が楽ちんだから、いいな」

中にはそんなことを言って笑っている気楽な子もいた。

とにかく余計なことなど考えず、大人の言うことを聞いていればよい。毎日毎日、行進の練習ばかりさせられるうち、鈴子もじきに慣れてしまった。何か言われたら、とにかく「はい」と答える。そして、すぐに動く。走れと言われれば走るし、待てと言われれば待つ。大人の言うことは絶対に正しいのだから。

秋に、ヨーロッパの方でも戦争が起きた。暮れが近づいた頃、「白いお米を食べてはいけない」という決まりが出来た。最高でも七分《しちぶ》搗《づ》きまでにしなければならないのだという。白米にしてしまうと、その分だけ「かさ」が減るからだ。そうやって節約して、少しでも多くのお米を、敵地で戦っている兵隊さんたちに食べていただかなければならないからだという話だった。

つまんないの。

鈴子は、ピカピカに光る炊《た》きたてご飯の、甘くてもちもちした感じが大好きだったのに、もう、それは味わえなくなった。しかも、そのご飯に豆や菜っ葉などが混ざることが増えて、ご飯はますます美味《おい》しくなくなった。うどんやパンで済ますことも増えている。

早く戦争が終わらないかなあ、そうしないと、いつまでも白いご飯が食べられない。お腹がぐう、と鳴る度に、鈴子は誰にも言えないまま、考えるようになった。ピカピカに光るご飯でにぎったおむすびを頬張っている夢を見て、目が覚めてから淋《さび》しくなることもあった。

昭和十五年は、今上天皇のずっとずっとご先祖にあたる神武《じんむ》天皇が、日本で最初の天皇さまになられて、つまり日本という国が出来てから二千六百年目にあたると教わった。そんなにも長い間、現人神《あらひとがみ》であられる天皇さまに守られてきたからこそ、日本は無敗を誇る世界一の国なのだそうだ。それでも、ご飯はますますまずくなったし、砂糖やマッチまでが手に入りにくくなって、お母さまが嘆くようになった。

「ほら、見てご覧なさい。マッチの軸が松の葉っぱなんだもの。しっかり火をつけることだって出来やしない」

困ったようにため息をつくお母さまと、その指先で頼りなく揺れるマッチの火を見て、鈴子も心細い思いになったものだ。

へんなの。

神さまがいる国なのに、毎日少しずつ、楽しいことが減っていく。何となく息苦しくなっていく。大体、鈴子たちには「みんな仲良く」と言うくせに、どうして日本はよその国と戦争などしているのだろうか。戦争というのは、要するに喧嘩《けんか》のことではないのか。神さまが喧嘩なんかするものだろうか。

「よろしいですね。これからはカタカナの言葉は使ってはいけません」

ある日、先生が授業の始まりにおっしゃった。カタカナで表す言葉は敵性語であり、つまり、この日本にはふさわしくない程度の低い言葉であるから、これからは使わないように、ということだった。

休み時間や放課後などに男子たちがいつも話題にしていた職業野球の球団の名前も、次々に漢字で書いた日本語名に変わった。音楽の授業で習ったドレミファソラシドは

「ハニホヘトイロハ」になり、いつもラジオで聞いていたニュースも「報道」と言い換えられた。鈴子の大好きなサイダーは「噴出水」という呼び名になり、悦ちゃんの歌声などがおさめられているレコードは「音盤」、お母さまが好きな歌手のディック・ミネまで「三根耕一《みねこういち》」という名前になってしまった。

へんなの。

遠足で上野動物園に行ったときに、お腹に袋を持ったカンガルーが「袋鼠《ふくろねずみ》」という名前に変わっていることを知ったとき、鈴子はつくづく思ったものだ。本当に、へんだ。カンガルーは鼠なんかに似ていない。袋鼠なんて呼んでも、まるでカンガルーらしくも、可愛《かわい》くも思えないではないか。

毎日毎日、少しずつつまらないことが増えていく。たとえば普通に遊んでいるときでさえ、鈴子が何気なく口にした言葉に対して、誰かが必ず「そんなこと言うもんじゃないわ」とか「先生に叱られるわよ」などと言ったから、いつでも油断出来ない気持ちにさせられた。

それでも、嬉《うれ》しいこともあった。お母さまが赤ちゃんを産んだのだ。女の子だった。それまで、年の離れたお姉ちゃまとお兄ちゃましかいなかった鈴子は、前々から妹か弟が欲しいと夢見ていたから、もう嬉しくて嬉しくてならなかった。千鶴子と名づけられた妹が、すやすや眠っているのを眺めるだけでは飽きたらず、どうしてもほっぺを突いたり、握りしめられている小さな小さなお手々を開かせようとしたりして、何度も泣かせてはお母さまに叱られた。そうせずにいられないくらいに、小さな妹が可愛かった。だが、お祝いにきた親戚《しんせき》や近所の人たちは「どうせなら男の子を産めばよかったのに」と言った。

「どうしてちいちゃんが女の子じゃいけないの？」

お客さまが帰った後で、鈴子はついお父さまに聞いてしまったことがある。するとお父さまは「鈴子は、また」と半分たしなめるような顔で鈴子を見た後、口元だけで静かに笑った。

「お母さまに言われてるんだろう？『どうして』と言ってはいけませんって」

「だって――ちいちゃんは、あんなに可愛いのに。ねえ、どうして？」

「それはさ――男の子なら将来、きっとお国のために戦えるからだよ」

お父さまは温かくて大きな手を鈴子の頭の上に置いたまま「内緒だけど」と背を屈《かが》めて鈴子に笑いかけた。

「お父さまは、赤ちゃんが女の子でよかったと思っているがね」

こんな時のお父さまが、鈴子は大好きだった。

買ひだめは敵なり。

戦地の兵隊を思へ。

十万の貴き英霊を偲《しの》んで。

闇取引を撃滅せよ。

町中いたるところに看板や張り紙が並ぶようになった。隣組というものが出来て、その集まりにきちんと出ないと、配給品がもらえないようになった。この隣組には子供会というのもあって、こちらには鈴子も参加しなければならない。年上の子どもが号令をかけて、子どもでも出来る大人のお手伝いについて話し合ったり、紙に書いて渡されている標語を声を揃えて何度も言ったりするのだ。気をつけの練習もさせられた。鈴子は、こういう集まりが大嫌いだった。

次の年から、鈴子たちが通う尋常小学校は「国民学校」と呼び名が変わった。何もかもが配給制になって、「あれが食べたい」「これが欲しい」などという言葉は、これまで以上に口が裂けても言ってはいけないようになった。大人たちの話によれば、アメリカが日本に次から次へと意地悪をしてきて、もう石油も送ってくれなくなったのだそうだ。このまま日本が干上がってしまえばいいと思っているらしいということだった。それならば、喧嘩になるのも仕方がない。それにしても、どうして神国である日本が、そんな意地悪をされるのか、鈴子にはまったく分からなかった。

「本当に憎らしい国だよな、アメリカって」

「一度、思いっきり懲《こ》らしめてやらなきゃ駄目なんだ」

「大和魂を見せつけてやるべきだよ」

学校でも、そう言って憤慨する級友がいた。防空訓練が始まったのは、そんな頃だ。お母さまが縫ってくれた真綿入りの防空ずきんと非常持ち出し袋を用意して、サイレンが鳴ると一斉にずきんをかぶり、袋を背負って逃げる。

「ねえ、何から逃げるの」

鈴子は一度、隣の席の勝子《かつこ》ちゃんに尋ねたことがある。

「馬鹿《ばか》ねえ、アメ公に決まってんじゃないのさ」

勝子ちゃんのお母さんは向島《むこうじま》の芸者さんだ。だから少し前までは勝子ちゃんも、きれいな布地を使った小物や、お母さんの持ち物だという香水の瓶などを、こっそり持ってきて見せてくれることがあった。鈴子は、生まれて初めて香水の匂《にお》いを嗅《か》がせてもらったとき、気が遠くなるほどうっとりとなった。お母さまもお姉ちゃまも使っていない、それは魔法の世界に連れていってもらえるような香りだった。

「敵はアメ公ばっかりじゃないらしいけどさ。とにかく、これから先、連中が何をしでかす分かんないから、あたいたちもウカウカしてらんないってことよ」

勝子ちゃんのしゃべり方は、鈴子と違う。それに、同級生なのに鈴子よりもずっと身体《からだ》も大きくて、物知りだった。

「アメリカ以外にも敵がいるの？」

「あんた、知らないの？　イギリスだって敵なんだからね。うちのお母ちゃんが言ってたけどさ、連中は、それこそあたいたちの首に匕首《あいくち》を突きつけるような真似《まね》をしてるんだってさ」

「匕首って？」

「知らない」

日本がハワイの真珠湾を攻撃したのは、その年の暮れのことだ。

4

中国との戦争も終わっていないのに、また新しい戦争が始まった。我らが皇軍は快進撃を続けて連勝につぐ連勝だと「大本営」というところが毎日、ラジオの報道で教えてくれる。その度に、人々は歓声をあげた。このまま日本は勝つ。アメリカもイギリスも、日本をいじめる国は全部、兵隊さんたちが蹴散《けち》らしてくれる。早くその日が来てほしかった。

ところが昭和十七年の春、アメリカの飛行機が突然、日本の上空までやってきて、爆弾を落としていった。鈴子が住む界隈《かいわい》は問題なかったけれど、東京だけでなく他の場所にも落とされて、家が壊されたばかりか、生命を落とした人まで出たらしい。お父さまがお母さまと話しているのを聞いて、鈴子はひどく驚いた。

「日本は勝っているんでしょう？　それなのに、どうしてアメリカがそんなことを出来るの？」

「鈴子は、また」

お父さまは、いつになく難しい顔をしていた。

「ねえ、どうして」

「――どうしてかな」

本当に来る。

敵が。

本当に、空から爆弾を落とされる。

想像するだけで恐ろしかった。もしも今、こうして見上げている空から大きな爆弾が降ってきたら、どうやって逃げればいいのだろうか。考えだすと胸がドキドキして、夜も眠れなくなりそうだった。

それからは、悲しい出来事ばかりが続いた。

一つめは肇お兄ちゃまが出征したことだ。鈴子とはひと回り以上も年が違っていた我が家のスターは、お父さまと同じように大きくて、優しかった。肩車をしてくれたり、時には勉強を教えてくれることもあった。お兄ちゃまと手をつないで近所を歩くだけで、鈴子は自慢でならなかった。出征の時、肩からたすきを掛け、気をつけの姿勢で見送りを受けるお兄ちゃまは、いつにも増して凛々《りり》しくて、そして立派だった。お母さまは泣き崩れていたけれど、鈴子は、お兄ちゃまを誇らしく感じた。たくさんの手柄を立てて、もっと立派になって帰ってきてくれると信じていた。

その前の年には、光子お姉ちゃまがお嫁入りしていたし、肇お兄ちゃまも出征して、家の中は余計にひっそりしてしまったのに、その年の暮れ、今度はお父さまが交通事故で亡くなった。乗っていた車がエンコしてしまったところへ軍の車が突っ込んだということだった。あまりに突然の出来事で、鈴子には何が起きたのか、まるで分からなかった。大人に手を引かれて病院に駆けつけたら、そこにはもう、いくら呼んでも目を開けてくれないお父さまが横たわっていた。それだけだった。

お父さまとは学生時代からの親友同士だったという宮下のおじさまが家に来るようになったのは、それからだ。もともと、お父さまは東京の出身ではなかったから、東京にはお寺もなければお墓もない。お父さまが死んでしまったという知らせを受けて駆けつけてきた宮下のおじさまは、即座にお寺を決め、お坊さんを呼び、葬儀の手配から何から、すべてをして下さったらしい。いつまでたっても涙の止まらないお母さまを慰め、まだ大学生の匡お兄ちゃまを力づけ、鈴子を励まし、何も分からずに機嫌良くしている千鶴子を抱き上げて下さった。宮下のおじさまをよく覚えているのは、お嫁入り先から駆けつけてきた光子お姉ちゃまだけだった。

「匡くんがヨチヨチ歩きの頃くらいまでは僕もよく寄せさせてもらったけど、そのうちに僕の方も何かと忙しくなったものだから、自然とご無沙汰《ぶさた》してしまって。まさか二宮が、こんなに早く逝《い》こうとは思ってもみなかったからね」

宮下のおじさまは、ガラガラというのか、ザラザラというのか、とにかく聞いている方がえへん、えへんと咳払《せきばら》いしたくなるような特徴のある声をしている。その声で「残念至極ですな」と呟き、握り拳《こぶし》を作ったものだ。それからは、初七日、二七日《ふたなぬか》のたびに来て下さった。

そうこうするうちに年をまたいで、ようやくお父さまの四十九日が過ぎたと思ったら、肇お兄ちゃまが、お骨になって戻ってきた。あまりにも早く、あまりにも変わり果てた姿に、お母さまは、今度こそ本当に倒れてしまった。お布団《ふとん》の中で、朝から晩まで泣いていた。

「君がしっかりしないといかんよ」

宮下のおじさまは、学生服のままうなだれている匡お兄ちゃまの肩に手を置いた。

「妹たちだって、まだこんなに小さいんだ。君が、親父《おやじ》さんや兄さんの分まで頑張って、しっかりとこの家を支えていかなけりゃいかんよ」

あの頃の家のことを思い出すと、薄暗くてがらんとした部屋に、お線香の匂いばかりが漂っていたことしか浮かんでこない。かつては陽の光に満ちて、音楽や笑い声が絶えなかったはずの鈴子の家は、ただ広いばかりの、悲しみや淋しさだけが満ちあふれている空間になってしまっていた。お父さまの書斎や、肇お兄ちゃまの使っていた部屋だけでなく、どの部屋を覗いてみても、天井の四隅がどんよりと暗くて、昼間でも闇《やみ》が迫ってきているような不気味な感じがしてならなかった。満十一歳を迎えていた鈴子は、低学年だった頃よりもさらに「ずるい」という思いを強くした。

だって、ずるいではないか。

鈴子たちは何も悪いことなんかしていないのに。それなのに、こんな目に遭わなければならないなんて。

お母さまは、宮下のおじさまの勧めもあって、お父さまの遺《のこ》した会社を処分した。このまま戦争が続いたら、東京もどうなるか分からない。肇お兄ちゃまが亡くなってしまった今となっては、匡お兄ちゃまが一人前になるのを待たなければならないが、社員の中にも召集される人たちが増えてきていたし、昔から会社で働いてくれている人たちだけに任せておくのにも限界があるだろうということだった。

「心配しなくていいのよ。それでも、すうちゃんやちいちゃんがお嫁入りするくらいまでの貯《たくわ》えはあるんだから」

やがて、家にいたねえやにもお暇を出して田舎に帰ってもらうことになった。お母さまは、一人で何もかもしなければならなくなった。鈴子は、今度はお母さまに何かあったら大変だと、自分も懸命にお母さまの手伝いをするようになった。もうこれ以上、悲しいことが起きませんように、辛《つら》い思いをせずに済みますようにと、真剣に祈らずにいられなかった。

けれど、鈴子の祈りなどまるで届かなかったらしい。その年の十一月には、今度は匡お兄ちゃままでが学徒出陣で戦争に行かなければならなくなったのだ。学生でいる間は兵隊にはとられないはずだったのに、もうこの国には、戦える人たちが足りなくなってしまったのだという話だった。

「僕は多分、帰れないだろう。この国だってこれから先、どうなるか分かったものじゃない。土台、最初からやるべきじゃなかったんだ、戦争なんて」

出征の直前、匡お兄ちゃまは自分の荷物を整理しながら、部屋の入口に立って眺めていた鈴子に向けてというよりも、独り言のように言った。

「少し考えれば分かりそうなものじゃないか。この先、国の未来を担《にな》おうっていう学生までかき集めて、その生命を散らせて、どうしようっていうんだ。そんな考え方で正しく発展する国があるものか」

匡お兄ちゃまは、吐き捨てるように言った後、初めて鈴子の方を見た。

「鈴子は、生きるんだぞ、何が何でも。そして、僕が見られないかも知れない、この国の未来を必ず見届けてくれよ、なあ」

「――お兄ちゃま」

「もしも素晴らしい世の中になったら、その素晴らしさを思う存分味わえばいい。でも反対に、もしとんでもない世の中になったとしたら――それに負けるんじゃない。誰のせいでそうなったのかを、絶対に忘れるんじゃないぞ。何もかも、この国の大人たちが招いた結果だと肝に銘じながら、どんなものでもしっかり見届けるんだ。僕の代わりに」

「──見たかったら、お兄ちゃまが自分の目で見ればいいんだわ。死なないで、ちゃんと帰ってくればいいじゃない」

本当は言ってはいけない言葉だと分かっている。それでも、言わずにいられなかった。匡お兄ちゃまは「そうだよな」と笑っていた。

お母さまと鈴子と幼い千鶴子との、三人だけの暮らしが始まった。鈴子は学校の勤労動員にも駆り出されるし、放課後は夜になっても隣組の集まりに呼ばれる。千鶴子の面倒だって見てやらなければならなくて、何だかやたらと忙しかった。こんなにお腹《なか》が空《す》いているのに、どうして忙しく動き回らなければならないのだろうかと思うと、やはり「ずるい」という思いが拭《ぬぐ》えなかった。

でも、勝つまでだから。

日本が勝つまで。

どんなことをしてでも。

つい文句が出そうになったら、念仏のように、ひたすら同じ言葉ばかりを繰り返す。食いしばった歯の隙間からでも呟き続ける。これだけ堪え忍んでいるのだ。毎日ひたすら祈り続けている。だから、負けるはずがない。

小さいときからずっと楽しみに読んでいた『少女倶楽部《くらぶ》』も、この非常時の心構えや戦地に赴いた兵隊さんの話、さらに英霊となった軍人さんの活躍物語ばかりになっていた。どのページを開いても、不足している食料の中から、必要な栄養を摂《と》るにはどうすべきか、戦地に送る慰問袋に何を入れたら喜んでいただけるかといったことばかりだ。以前のような、外国のきれいな写真も、胸がときめくような物語も、不思議な動物などの記事も、何も載っていない。面白くないこと、この上もなかったが、そんな甘ったるい夢を見ていては、とてもこの戦争には勝てないと、自分を戒めるより他なかった。

そうまでして我慢しながら日々を過ごしていたのに、日本軍はどこでも快進撃を続けていると信じていたのに、昭和十九年の秋頃からは、ついに東京も空襲が本格的になった。実際に空襲警報が鳴り響き、飛行機が爆弾を落としていく様を見てしまったら、これまで以上に、何も考えることなど出来なくなった。

赤ちゃんを産んでさほどたっていなかった光子お姉ちゃまが、お嫁入り先で、赤ちゃんと一緒に、どかん、と落ちてきた一つで消えてしまった。その知らせを、鈴子は「ぽかん」となったまま聞いた。お母さまも「ぽかん」としていたと思う。それから自分の心がどう動くのだろうかと思っていたら、すぐさま自分たちの頭上へも爆弾が降りそうになってきて、後はもう、逃げ回ることとしか考えることは出来なくなった。

鬼畜米英《きちくべいえい》。

鬼畜米英。

何という恐ろしい言葉だろうか。要するに、アメリカとイギリスの人らは鬼畜生《おにちくしょう》ということだ。人間を相手にしているなどと思ってはならない。だから決して怯《ひる》んではならないし、情けも持つべきではない。そう教わって、鈴子たちは、ほとんど鬼退治でもするような気分になった。同じ頃、「神風特別攻撃隊」というものが組まれて、空の若鷲《わかわし》たちがその身を挺《てい》して敵艦などに体当たりして戦果をあげているという話を聞くようになった。

神風特攻隊は、自分たちが操縦する飛行機もろとも、敵に体当たりするのが任務だという。つまり、相手もやっつけられるかも知れないが、こちらも間違いなく生命を落とすということではないか。国民学校の同級生が、自分も将来お国のために華々しく死ぬのが夢だと胸を張るのを、鈴子は薄気味の悪い思いで眺めた。みんなが神風特攻隊になって敵にぶつかって死んでしまったら、たとえ鬼畜米英には勝ったとしても、日本には男の人がいなくなってしまうではないか。

ずるい。

お母さまは「ヤミ」で買い出しに行くことが増えた。着物などを風呂敷《ふろしき》に包んで、世田谷《せたがや》の外れあたりまで行っては、お百姓さんの家を回って、少しばかりの食料と取り替えてもらってくるのだ。お母さまと鈴子と千鶴子の三人だけの暮らしになったというのに、配給される食料だけではどうにも足りない。ことに幼い千鶴子がやせてしまって、すぐに風邪をひいたり熱を出したりすることもあって、お母さまは必死だった。現金は受け取ってもらえないという。だから、簞笥《たんす》の引き出しに入っている晴着や色無地などを、次から次へと持ち出していった。

「本当に癪《しゃく》に障《さわ》る。こっちの立場が弱いものだから。あれが、どんな価値があるものか分かってるのかしらね。時代がこんなじゃなかったら、すうちゃんやちいちゃんが大人になったら全部、着せてあげられるものばかりなのに」

亡《な》くなったお父さまや肇お兄ちゃまのものまで含めて、お母さまが風呂敷に包んで持てるだけ持っていく着物は、その都度、情けないほどわずかばかりのお米やお芋、大根などになって戻ってくる。それらで薄い雑炊を作りながら、お母さまは台所で「人の足もとばかり見て」と、いかにも悔しげに呟くことがあった。窓という窓には、爆風除《よ》けの紙がばってんに貼《は》られていたし、灯火管制のために電灯の笠《かさ》にも黒い布がかぶせられて、家の中はますます暗く、侘《わ》びしく見えるようになっていた。

「やあ、元気にしてるかな」

そんな暮らしの中で、たまに顔を出す宮下のおじさまの存在は、お母さまばかりでなく鈴子にとっても、次第に大きなものになっていった。何しろ来る度に缶詰などを持ってきてくれたし、ときには鈴子や千鶴子のために、ポケットからキャラメルやドロップスなどを取り出して驚かせてくれることさえあったからだ。

「千鶴子、宮下のおじちゃま大好き！」

お父さまの顔を覚えていない千鶴子は、宮下のおじさまの顔を見ると真っ先に飛んでいって抱きつく。それを嬉しそうに眺めているお母さまの表情が、普段とはまったく違って見えることにも鈴子は気がつくようになった。そのうちにおじさまは、灯火管制が布《し》かれている中を、暗闇に紛れるようにやってきて、そのまま泊まっていくことも珍しくなくなった。

そうこうしながら暮らすうち、昭和二十年の三月、東京は大空襲に遭い、鈴子は生まれ育った家と共に、たった一人の妹を失い、そして、鈴子自身の中に張り巡らされていたはずの、何かと何かをつなぐ糸も断ち切られたのだった。

5

目黒の家で暮らし始めてからというもの、それまでの日々が嘘《うそ》のように、ぴたりと空襲がなくなった。警戒警報が鳴ることこそあっても、B29の、あの不気味な音を聞くこともなければ、空襲警報も鳴り響かない。不思議なほど穏やかな日が続いた。少し歩けば、やはり空襲で焼けてしまった地域がないわけではなかったけれど、その家のあった目黒界隈は無傷で、それだけに近所にも古い家々がたくさん残っていたし、大きく育っている木々の緑もことさらに色濃く、瑞々《みずみず》しく見えた。

家はこぢんまりした庭のある、洋館風の造りだった。居間には大きく開かれるガラス戸がはまっていて、その外にはテラスがあり、片隅に犬小屋も置かれている。今はもぬけの殻だけれど、きっと可愛い犬が飼われていたのに違いないと鈴子は想像した。大きな庇《ひさし》が張り出しているせいもあって、雨が降っても濡《ぬ》れる心配がなかったから、お母さまはそこに洗濯物を干し、鈴子も毎日のようにテラスに出て、窓辺に腰をおろしたり、犬小屋に寄りかかったまま、何時間でも過ごすようになった。特に何をするというわけでもない。ただ、ぼんやりと空を見上げているのだ。

「すうちゃんは、またそうしてるのかい」

陽が沈む頃までそうしていると、背後から声をかけられる。これまで転々としてきた家では、必ず見知らぬ家族との同居という格好になっていたから人目もあったけれど、この家に来て以来、宮下のおじさまは、ほとんど一緒に暮らしているのと同じになった。そのことについて、お母さまは鈴子に何も説明しない。鈴子も自分から尋ねることはなかった。それどころか最近では、二人からどんなことを話しかけられても、何となく、返事をするつもりにもならないのだ。理由は特にないのだけれど、面倒くさいというのか、どうでもいいというのか、何を言っても意味がないような気持ちになっている。以前は、あんなにも頭の中に溢《あふ》れかえっていた「なぜ」「どうして」という思いも、今では一つ残らず消え去っていた。

「この家に来てから、あの子はまるで魂が抜けてしまったみたい」

「緊張が解けたのかな」

「そうかも知れませんけれど、あんな状態が続くようだと、やっぱり心配ですわ。頭を打ったりしたこともないはずなのに。出来れば一度、どこかのお医者様に診ていただきたいくらいですわ」

お母さまの密《ひそ》やかな声が鈴子の一日の様子を訴えている。私ともほとんど口をきいてくれませんし。でも、言っていることが分からないとか、そんなことでもないんです。ただ、本当に心ここにあらずっていう感じで。

「まあ、もう少し様子を見るとしましょうよ。このご時世に、まともな医者に診せるなんて、そう簡単にできることでもない」

「そうは言っても、もしも何かの病気だったらって思ったら、私——」

「なあに、顔色だって悪くないし、五体満足で、こうして暮らしていられるんだ。食欲だってあるんでしょう？　心配、いらんですよ」

「そうでしょうかしら——」

「誰だってまともな神経じゃいられんということさ。ましてや、子どもが目にしちゃいかんものばっかり、見せられてもいるからね」

「——それはもう、本当に」

声をひそめればひそめるほど、二人のやり取りが、びりびりと鈴子の耳に伝わってくる。鈴子は、果たして自分はどこか壊れてしまったのだろうかと考えた。お母さまの言う通り、頭なんか打った記憶はない。どこか病気だという気もしていない。ただ、がらんどうになってしまっただけだ。うまくは言えないことだけれど、あの日「ぷつん」と何か切れる音を聞いてから、実は、ずっとこうなのだ。

「せめて学校にでも行かれれば、新しいお友だちも出来るんでしょうに」

そういえば、本所にいたときの友だちはみんな今ごろどうしているだろう。あの空襲のあった日に、それぞれの家族を捜して散り散りになったきり、結局ほとんど誰にも会えないままになってしまった。鈴子には、まだお母さまがいてくれる。けれど、親も兄弟も、すべて亡くして独りぼっちになってしまった子だって、きっといるに違いない。孤児《みなしご》になってしまった子は、誰を頼って、どうやって暮らしていることか。

つまらない。

何もかも。

こんな日々、一体何をどうすれば終わるのだろう。神風はいつ吹くの。誰に聞けばそれを教えてもらえるのだろうか。

「実は今日、ご近所の方に誘われたんですけれど、私も勤労奉仕に行った方がいいんじゃないかと思って」

「勤労奉仕？　どこまで」

「世田谷の方に」

「そりゃあ、行きたいっていうんなら行けばいいだろうけど、大丈夫かなあ。畑仕事っていうのは、見た目よりよっぽどキツイもんですよ」

「でも、そんなこと言っていられませんもの。あなたにだって、そんなにご迷惑ばかりおかけ出来ませんし」

何度も空襲に遭っている間に、「ヤミ」で交換出来るような着物も宝石も、まったくなってしまったから、代わりに農家の仕事を手伝って、野菜でも芋でも分けてもらってこようかと、お母さまは宮下のおじさまのいないとき、半分独り言のように言うことがあった。

「何もかも、あの方に負んぶに抱っこっていうわけにもいかないし、それがいつまでも続けられるはずもないんだから」

鈴子は、虚《うつ》ろな気持ちでお母さまの言葉を聞いていた。何を答えることもしなかった。ただ、こうなったら一日も早く大きくならなければいけないと、自分に言い聞かせるようになった。戦争が終わろうが終わるまいが、とにかく早く大きくなって、一人前に働けるようにならなければいけない。鈴子とお母さまとで生きていくために。宮下のおじさまの力を借りなくても済むように。

早く。早く。

来る日も来る日も空ばかり見上げながら、鈴子は同じことを考え続けた。気がつけばからりと晴れわたる日は少なくなって、梅雨らしい天気が続くようになっていた。

「いよいよ一億玉砕が近いようだよ」

宮下のおじさまが言い出したのは、六月末のことだ。「義勇兵役法」という法律が出来たのだという。これからは、十五歳から六十歳までの男と、十七歳から四十歳までの女はすべてお国のために生命を捧《ささ》げなければならないのだそうだ。そして、国民義勇戦闘隊に加わって戦うのだという。つまり、この国には本当に子どもと老人しか残らないことになる。お母さまは、もう四十を過ぎているから義勇兵にならずに済むけれど、鈴子の方は、三年後には死ににいかなければならないということだ。一日も早く大きくならなければと思っていたが、つまり、早く大きくなればなるほど、すぐに死んでしまうことになる。

ずるいなあ。

いつの間にか、夏の虫がじぃじぃと鳴くようになった。あと三年で死ぬということは、あと三回ずつ四季を過ごすのかと、今度はそんなことばかり考える日々になった。つまり三年後には、お母さまは独りぼっちになってしまう。今よりも年をとるのに、独りぼっちになったら、お母さまはどうするだろう。そのときも、まだ宮下のおじさまが傍にいて、助けてくれるものだろうか。

ああ、蚊がうるさかった。団扇《うちわ》でぴしゃりとやっても、巧みに逃げ回っては耳元をかすめていく。

「お母さま、蚊取り線香は」

「そんなもの、あるわけがないでしょう」

「宮下のおじさまに頼んでみたら」

「何を言ってるの。もしも手に入ったとしたって、あの香りが風に流れてごらんなさい、すぐに気づかれて、ご近所からへんな目で見られるに決まっているのよ」

もう、どうして、と言うつもりにもならなかった。鈴子は「ふうん」とだけ応《こた》えて、またテラスに出た。蒸し暑い日が続くようになっていた。何を考えるのも面倒くさくなるくらいに、暑くてだるかった。

その日も朝から暑かった。陽が昇りきらないうちはヒグラシの声が響いて、少しくらいひんやりする風が吹き抜けたのだけれど、その後はぐんぐん気温が上がってきて、家中の窓を開け放っていても、べったりと暑い空気が動かない。ヒグラシに代わって聞こえてくるようになったジャワジャワとかミンミンとか聞こえる蟬《せみ》の声が、よけいに暑く感じさせた。お母さまは、お昼近くになって隣組の人たちに呼ばれて出かけていった。何でもお国から大切な放送があるので、みんなでラジオを聞かなければならないということだ。本当は鈴子も一緒に行くようにと言われたけれど、いつものように返事もせず、テラスで入道雲を見上げていたら、お母さまはそのまま一人で出かけていった。

「――おなかがすいたなあ」

小さく声に出して言ってみる。

いつものことだけれど、今日は改めて、しみじみとそう思う。せめて想像の世界でだけでも贅沢《ぜいたく》をしたかった。

お昼ご飯は冷や麦程度だって構いやしないけれど、代わりにお三時にはカルピスとクッキーが食べたいな。スイカも冷やしておいてほしい。それから夕ご飯はちらし寿《ず》司《し》か支那料理がいい。場合によっては、うなぎや天ぷらだって構わないけれど。お腹いっぱいになったら、デザートには美味しいケーキかアイスクリームが待っていてくれるのでなければいやだ。

「食べたいなあ」

思い描いているだけで、口の中一杯に唾《つば》が溜《た》まってくる。もう、どんな味だったか、どんな香りだったかも思い出せないご馳走《ちそう》ばかりだ。それでも次から次へと思い浮かんでくる。

ふわふわの卵を使ったオムライス。さくっと音がするきつね色に揚がったコロッケ。

福神漬けの添えられたカレーライス。マグロのお寿司。だし巻き卵。甘辛く煮つけたお揚げのお稲荷《いなり》さん。マカロニをケチャップで味付けしたもの。タルタルソースをたっぷりつけたエビフライ。支那竹と叉焼《チャーシュー》ののった支那そば。熱々で、肉汁が染《し》み出てくる支那まんじゅう。大きなお肉がごろりと入ったビーフシチュー。お母さまが「わらじみたいね」と笑うくらいに大きなとんかつ。揚げたてのドーナッツ。甘くてとろけそうな水蜜桃《すいみつとう》。甘いバナナ。口の中に広がるチョコレート。四角い寒天が一杯入ったあんみつ。それも黒蜜がいい。もちもちの白玉団子。つるんと喉《のど》を通る麩《ふ》まんじゅう。カラメルソースたっぷりの香りのするプリン。優しい味の水羊羹《みずようかん》。

それから。

それから。

何と言っても、ぴかぴか光るご飯で握ったおむすびだ。顎《あご》がじゅん、と痺《しび》れるくらいにしょっぱい梅干しが入っている、ぱりぱりのお海苔《のり》で包んだおむすび。

玄関の方でがたん、と音がした。

振り返ると、いつの間に帰ってきたのか、お母さまが、居間の真ん中に立っている。白いブラウスに、膝《ひざ》に継ぎを当てたもんぺ姿で、両手を力なくだらんと下げて。びんのあたりに髪をほつれさせたまま、お母さまは、どこかぽかんとした顔つきで宙を眺めていた。

「――おかえりなさい」

「――すうちゃん」

「ねえ、お母さま、知ってる？　今日が何の日か」

「――終わったんですって」

「ねえ、今日はねえ、鈴子の――」

「日本は、負けたんですって」

お母さまは、あらぬ方を向いたまま、ただ口もとだけを動かして「負けたんですって」と繰り返した。ああ、蟬がうるさい。犬小屋に寄りかかったまま、鈴子はもんぺの中で太ももの後ろを汗が伝うのを感じた。

「だから、ねえ、お母さま。今日は――」

「まさか日本が負けるなんて――」

「ねえ」

「今日まで我慢してきたのは、何だったのかしら。こんなにも、何もかも犠牲にして、耐えに耐えてきたっていうのに――」

「お母さまっ！」

「この国が負けるなんて――」

「ねえったら！　忘れちゃったのっ。今日は、鈴子の誕生日よって言ってるの！　鈴子のっ！」

気がついたら、自分のものとも思えない大きな声が出ていた。お母さまの白い顔が、初めて驚いたようにこちらを向いた。

「えっ？　ああ――ああ、そうだった。今日――はすうちゃんの――ああ、そうだったわ。よりにもよって――ああ、すうちゃんの」

お母さまは、ようやく全身の力が抜けたように、そばの長椅子《ながいす》にそろそろと腰を下ろす。鈴子も下駄《げた》を脱いで居間に上がった。お母さまはまるで自分の呼吸を数えるかのように、または鈴子には聞こえない何かに耳を澄ますかのように、わずかに小首を傾《かし》げたままの姿勢で一点を見つめ、しばらくの間は何も言わなかった。やがて、その口元が再び微《かす》かに動いた。

「――そう。すうちゃんのお誕生日、ね」

「そうよ。鈴子、今日で十四になったんだから」

お母さまはゆっくり頷《うなず》く。その首筋が、汗で光って見えた。ものすごく時間をかけて、やっと鈴子の方を見たお母さまの瞳《ひとみ》を、鈴子も黙って見つめ返した。すると、もう何年も見たこともなかった光が、お母さまの瞳に戻っていくではないか。瞬《まばた》きの回数が増える。ぱち。ぱち。その都度、まるでたった今、目が覚めたかのように、お母さまの瞳に、はっきりと力がこもっていった。そうしてお母さまは、はっきりと鈴子を見て微笑《ほほえ》んだ。

「お誕生日おめでとう、すうちゃん」

「――ありがとう」

お母さまが大きく深呼吸をする。鈴子もつられて背筋を伸ばした。

「終わったのよ――すうちゃん。本当に、終わったの。これでもう、全部」

「戦争が？　本当に？」

そうよ、と、今度こそお母さまははっきりした声で言った。

「お母さまとすうちゃんは、これからも生きていくんだわ。もう、逃げ回らなくても済む、殺されずに済むんだわ！」

そうしてお母さまは、膝の上に置いていた手の、てのひらだけをひらりと動かして、ものすごく小さな声で「万歳！」と囁《ささや》いた。その仕草を見ながら、鈴子はやっと、お母さまの話が本当なのだと理解した。

終わったんだって。戦争が。

負けたんだって。日本が。

お母さまは泣き笑いのような顔で「万歳」と囁き続けている。鈴子もお母さまの目の前に立ったまま、両手を思い切り大きくあげて、その代わりに声だけは小さく「万歳」と囁いた。それから二人揃《そろ》って、声にならない「万歳」を何回も、何回も繰り返した。

昭和二十年八月十五日。暑い暑い、水曜日の昼下がりだった。

第一章　新しい防波堤

「新日本女性に告ぐ。戦後処理の国家的緊急施設の一端として、進駐軍慰安の大事業に参加する新日本女性の率先協力を求む。ダンサーおよび女事務員募集。年齢十八歳以上二十五歳まで。宿舎、被服、食料全部支給」

1

宮下のおじさまが四日ぶりに帰ってきた。天皇さまがラジオで国民にお声を聞かせた日こそ、ずい分と夜も遅くなってから戻ってきて「これから色々と大変になる」などと言っていたが、その言葉通りに翌日から帰ってこなくなったから、お母さまはずい分と気をもんでいる様子だった。

「つたゑさん、あなた、仕事を見つけたいって言ってたよね」

まだお日さまは高い。国民服の背中に大きな汗染《じ》みを作り、外の熱気をそのまま持ち込むようにして家に入って来た宮下のおじさまは、お母さまが差し出したコップのお水をひと息に飲み干すと、「ふうっ」と大きく息をついた後で、「今も、そのつもりがあるかね」と続けた。お母さまは空になったコップを受け取り、「ええ」と頷《うなず》く。

「戦争も終わりましたし」

「本気かね」

「ずっとこの家にいられるわけでも、ましてやあなたのご厚意にばかり甘えているわけにもいきませんし――」

「そんなら、あるには、あるんだ。それも、かなり急ぎなんだがね」

いつものようにテラスに出てぼんやりと過ごしていた鈴子は、ちょうど国民服を脱ぎ捨てて余計に薄暗く見える居間を振り返った。宮下のおじさまは、ちょうど国民服を脱ぎ捨ててシャツ一枚になったところだった。その後、どさっとソファに腰を下ろして、おもむろに手ぬぐいを取り出し、顔といわず首筋といわず、ぐりぐりと拭《ふ》いている。ただソファに腰掛けて汗を拭くというだけで、宮下のおじさまは、どうしてあんなに大げさな音を立てるのか、鈴子はいつも不思議になる。その様子を、空になったコップを持ったままのお母さまが黙って眺めている。

「どうだい、やってみますか」

「私に出来ることでしたら――これからは鈴子と二人、生きていかなきゃなりませんから。匡の帰りを待ちながら」

「水、もう一杯、もらえるかな」

鈴子は再び庭の方に向き直った。面白い話でも何でもない。お母さまの足音が遠ざかり、また戻ってきた。

「貯《たくわ》えは、あるんでしょう」

「それは多少、あるにはありますけれど――株やら債券やらは、おそらく紙くず同然でしょうし、今はまだ、どこに住めばいいのかも分からないような状態ですし」

「まあ、そうだよなあ。住むところについては、もう少し様子を見て考えた方がいいことは確かだろうな」

「匡の考えも聞いてやらなきゃいけませんから。勉強の好きな子ですから、学校に戻りたいと言うかも知れませんし」

「それで、なんだがね、たしか以前、あなたは英語が出来るって言ってたね？　二宮からも聞いたことがあるような気がするし」

その言葉に、鈴子は再びお母さまたちの方を見た。

「出来るっていっても——自慢出来るほどじゃありませんわ」

「簡単な会話程度なら、どう」

「どうでしょう。もう何年も使ってませんし、それこそ、つい三、四日前までは敵性語って言われてたんですもの——忘れているんじゃないかしら」

お母さまは、ほつれた髪に手をやって、恥ずかしげに微笑《ほほえ》んでいる。天皇さまの放送を聞いて以来、お母さまの顔つきは明らかに変わった。二人で「万歳」をしたあのときから、まるで生き返ったようだ。その、いちばんの理由は、これで匡お兄ちゃまが帰ってくると思うからに違いない。それに今こうして見ていると、同時に何となく、宮下のおじさまに対する態度も変わったような気がしなくもなかった。何が、というわけではないんだけれど。

「でもとにかく、匡さえ帰ってきてくれたら、何とでもなると思うんです。それまでは、鈴子と二人で頑張らないと」

お母さまの声は静かではあったが、以前のようにすぐ涙を含むような弱々しいものとは違っていた。お父さま、肇お兄ちゃま、千鶴子、お嫁にはいっていたけれど光子お姉ちゃま——家族の半分以上は亡《な》くなってしまった。それでも匡お兄ちゃまさえ帰ってきてくれたら、それで何とか家族の形が取り戻せる。以前は七角形だったものが、三角形にまで減ってしまうけれど、それでもまだ格好がつく。お母さまは、そのことを心の支えにしているのだ。いかんせん、お母さまと鈴子の二人だけでは、どう頑張ったところで短くて頼りない線が一本、引かれているだけなのだから、仕方がなかった。それも、宮下のおじさまの力を借りて。

それにしても、英語が出来るなんていう話は、鈴子は今の今まで、一度として聞いたことがなかった。

「お母さま、英語が喋《しゃべ》れるの？」

竹製のつっかけを履いたまま、居間の縁に膝《ひざ》と手をついて鈴子が身を乗り出しかかると、お母さまよりも先に宮下のおじさまが素早くこちらを見て、鋭く「しいっ」と言った。眉《まゆ》と眉との間にぎゅっと力がこもっている険しい顔つきを見て、鈴子はそのまま腰をひきそうになった。だがその前に、宮下のおじさまは素早く立ち上がり、「ちょっと」とお母さまを呼んで、べつの部屋へ行ってしまった。

嫌な感じ。ずるいんだから。

それに、私は犬じゃない。なあに、あれ。「しいっ」て。

またもテラスの方に向き直り、居間の縁に腰を下ろして、鈴子は空を見上げた。あいうときの宮下のおじさまの顔が、鈴子はどうにも苦手だ。声と同じくらいに。

蟬《せみ》が鳴いている。その他には何も聞こえてこなかった。

戦争は、終わったんだろうか。本当に？　本当にもう二度と爆弾は降ってこないんだろうか。匡お兄ちゃまは帰ってくるだろうか。いつ？　それから？　それから先は、果たして何が起きるのだろう。

昨日、回されてきた隣組の回覧板には、こう書かれていた。

「占領軍が上陸したら、女性はなるべく外出しないこと。止《や》むを得ず外出するときは、ズロースを二、三枚はいて、その上に必ずもんぺを着用し、兵隊の暴行に備えてください」

その回覧板をお隣に回すついでに、ご近所の井戸端会議にも顔を出してきたらしいお母さまは、憂鬱《ゆううつ》そうな顔で戻ってきた。

「新宿や上野あたりは、女の人が殺到しているんですって。陛下の放送を聞いた次の日から」

「どうして？　みんな、どこへ行くの？」

「――疎開《そかい》するんですって」

お母さまは、これからはそういう心配もしなければならないらしい、というようなことを呟《つぶや》いて、ため息をつきながら頰をさすった。

「だって、戦争は終わったんでしょう？　それなのに、どうして疎開なんてする必要があるの？　それに、さっきの回覧板に書いてあったけど、どうしてズロースを重ねばきなんかしなけりゃいけないの？　この暑いのに。第一、そんなに何枚も、あるわけないじゃない。今だって人には見せられないような古いのを取っかえ引っかえしてるだけなのに」

ついつい矢継ぎ早に質問する格好になってしまった鈴子に、お母さまは「また始まった。すうちゃんときたら」と、半分呆《あき》れたような顔で微笑んだ。

「三つ子の魂とはよく言ったものだわ。すうちゃんの、その質問癖は、きっとずっと変わらないんだわね」

「だって——いいでしょう？　もう戦争が終わったんなら」

お母さまは、ふう、とため息をついた後で膝の上で手を揃《そろ》え、「あのね」と背筋を伸ばした。こういう改まった顔つきになるときには、鈴子も真面目《まじめ》に、きちんとお母さまの話を聞かなければいけない。

「そうね、戦争は、終わったんですものね。もっと正しく言えば、日本は戦争に負けたって言ったわね？」

お母さまと向き合って正座して、鈴子はこっくり頷いた。

「負けた方は、国を明け渡さなければならないの。つまり、日本はアメリカに占領されることになるのね。もう少ししたら、アメリカの兵隊が大勢、乗り込んでくるわ」

「アメリカが？」

「アメリカ人ってねえ、それは大きいのよ。同じ人間とはいったって、私たちと違って、白人というのは、人によって髪の色や目の色も違ってるし、身体《からだ》中毛むくじゃらで、それこそ獣に近いんじゃないかっていう話だもの」

「――そうなの？」

「そんな連中に襲われたら、日本の女なんて、ひとたまりもないわ」

「だから、どうして襲われるの？　確かに戦争はしてたかも知れないけど、それは男の人たちの話じゃない。女はべつに、何もしてないのに」

「――そういうものなの。男の人っていうものは」

お母さまはまた一つ大きなため息をついた。

「特に、すうちゃんたちみたいな年頃は、これからくれぐれも気をつけなくてはね。万に一つも傷物にでもされたら、もう取り返しがつかないことになるわ」

傷物。その言葉は以前にも聞いたことがある。もうずい分、前のことだ。確か、光子お姉ちゃまがお嫁に行く前のことではなかっただろうか。実は、お姉ちゃまにはお嫁に行く前に思っている人がいたとかいないとかいう話だったと思う。そのことで、光子お姉ちゃまがお母さまに呼ばれて、長い時間、懇々と何か言われていたのを、鈴子は襖《ふすま》の陰で立ち聞きしていたことがある。あのときに、お母さまが言っていたのだ。

——もしも傷物にでもされたら、どうするつもりなの。いっときの感情に流されて、あんな、どこの馬の骨かも分からないような人のために、あなた、一生を台無しにするつもり？

あのとき、お姉ちゃまは肩を震わせていた。多分、泣いていたのだと思う。それから程なくして、お父さまの知り合いのすすめでお見合いした人のところにお嫁に行った。そうして赤ちゃんを生んで、空襲で死んだ。こんなに早く死んでしまうなら、好きな人のところにお嫁に行けばよかったと、今頃思っているかも知れない。

「やっと今日まで生き延びてきたっていうのに、この先そんなことにでもなったら本当に、たまったものじゃない」

襲われるかも知れない。

爆弾を落とされなくなった代わりに。

アメリカ兵に。

それが何を意味するのか、鈴子にだってぼんやりとは分かっている。本所に住んでいた頃、国民学校の同級生だった勝子ちゃんが教えてくれたことがある。勝子ちゃんのお母さんは芸者さんだから、勝子ちゃんも「男と女」のことには詳しかった。鈴子などよりずっと身体も大きくて大人びていた勝子ちゃんは、よく「男なんてさ」と言ったものだ。

「うちのお母ちゃんがいつも言ってる。男なんてさ、金輪際、信じるもんじゃないんだって」

「どうして？」

「バラバラなんだってさ」

「何が？」

「心と身体もバラバラだし。おへそから上と下ともバラバラだし、外にいるときと家にいるときもバラバラなんだってよ」

「うちの組の男子も？」

「あいつらなんて、まだまだガキだもん。男なんて呼べないのよ。あたいたち女に月のものが来るようになる頃に、男子たちもだんだんバラバラになっていくんだってさ。その目印がね、声変わりらしいよ。ほら、急に変な声になるじゃない」

あのとき鈴子は、それではもうとっくに大人らしい声になっている肇お兄ちゃまや匡お兄ちゃまも、もうバラバラになった人たちなのだろうかと考えたものだ。それからお父さまも。けれど、とてもではないが、それを本人たちに聞くことなど出来なかった。お母さまや光子お姉ちゃまはもちろん、勝子ちゃんにも。

蟬が鳴いている。

去年の夏は、どうしていたのだったろうかと、ふと思う。去年の夏は、まだ本所に住んでいた。千鶴子も生きていた。夏休みに入ると、すぐ下の学年の子らは学童疎開でいなくなり、鈴子たちは鈴子たちで、千葉の方まで勤労動員で、田んぼの草刈りに行かされた。

暑くて、喉《のど》が渇いて、すごい草いきれで、みんな真っ黒に日焼けした。田んぼに入ってヒルにやられる子が続出した。けれど、文句を言う子どもは一人もいなかった。夏休みに入る直前に、先生からはサイパン島の日本軍が玉砕したと教えられていたし、とにかく自分たち子どもも含めて、すべての国民が総出で戦い、戦地に行かないものたちは銃後の守りに生命をかけなければならないと教わっていたからだ。

早くこの戦争が終わればいい。

早く、早く終わって欲しい。何もかも。

顎《あご》から汗を滴《したた》らせながら、そのことばかり思っていた。

もしも去年の夏に戦争が終わっていたなら、千鶴子は死なずに済んだ。本所の家も焼けなかったし、鈴子とお母さまだって、こんなに住まいを転々とせずに済んだのだと思う。家族が死んで、ただお腹《なか》が空《す》いて、くたびれて、帰るところもなくなっただけの戦争。

あーあ。つまらない。

居間の床に両手をついて背を反らし、ぼんやりと辺りを見回す。お母さまの言葉ではないが、戦争が終わったのだとすれば、きっと近いうちに、この家の持ち主たちも帰ってくるのに違いない。懐《なつ》かしい我が家に帰ってきて、見知らぬ人たちが住み着いていると知ったら、さぞ驚き、また不愉快に感じることだろう。持ち主の留守中に勝手に上がり込んでいるのだから、鈴子たちは泥棒と同じだ。いくら事情があったとはいえ、「泥棒」と呼ばれたら、返事のしように困ると思う。

廊下の奥でがたん、と音がした。

「すうちゃん」

気がつくと、お母さまが居間に戻ってきている。鈴子は首だけを巡らせてお母さまを振り返った。

「ちゃんとこっち見て」

「なあに」

「ほら。お母さんがこう言ってるんだから」

今度は宮下のおじさまの声だ。仕方がなかった。鈴子は黙って足首をぶるぶる震わせた。竹製のつっかけは、コン、カコン、と安っぽい音を響かせて、テラスに転がった。

うちは、お母さんじゃないんだけどな。お母さまなんだけどな。

お母さまと宮下のおじさまとは、並んでソファに座っていた。鈴子が二人の前に立つと、お母さまはちらりと宮下のおじさまを見た後で、すうっと背筋を伸ばした。

「すうちゃん。あのね」

「なあに」

「私たち、お引っ越しすることにしましょう」

よかったと思った。ちょうど考えていたところだ。

「宮下のおじさまが、住むところと一緒にお仕事もお世話してくださってね」

「どこに？」

「大森海岸《おおもりかいがん》」

「海岸？　海に行くの？」

お母さまの口元が微《かす》かに動いた。微笑みとも何ともつかない、不思議な表情が生まれた。隣の宮下のおじさまはといえば、こちらも何となく奇妙な顔つきをしている。口元は引き締めているが、やはりそれが笑顔というわけではなかった。おじさまは煙草《たばこ》を取り出しながら、改めてこちらを見た。

「すうちゃんも、戦争が終わったことは、分かってるだろう？」

「はい」

「それで、もうすぐ占領軍がやってくることも、お母さんから聞いてるね」

だから、お母さんじゃなくて、お母さまなんだけど。

宮下のおじさまが、ふう、と煙草の煙を吐く。

「だから、これから日本は、大勢やってくるアメリカ軍のために、色々と準備をしなけりゃならないわけなんだな。別段お客さまというわけではないが、まあ、こっちは負けて、向こうは勝ったんだから、それなりの礼を尽くさないとね。その用意をさ、今、もう大急ぎで始めてるところなんだな」

「誰が？　おじさま？」

「いや、みんなでさ。お国にはお国のすべきことがあるし、役所にもそれぞれに、やらなけりゃいけないことがある。それから、我々のような民間人も手を貸していかないとね」

「何をするの？」

「何をって——まあ、何もかもだ。戦争が終わったっていうことはだなあ、要するにこれまでの日本のありようが何もかも変わる、変えなけりゃならんっていうことなんだ」

なるほど。鈴子は、いつになく真面目くさった顔つきの宮下のおじさまを見つめた。

「幸い、すうちゃんのお母さんは英語が出来ることが分かった。これからはますますアメリカ人とじかに話の出来る人が必要になるだろうが、まずはいちばん急いでる部分から、お母さんに手伝ってもらうことにしようかってね」

「——それが、海のお仕事なの？」

宮下のおじさまは、大きく背を反らすようにして、ふふ、と笑い、「海の仕事じゃないさ」と言った。

「大森海岸って、すうちゃんは知らないかな。品川の方だがね。確かに海は近いが、お母さんに頼みたい仕事は、べつに海とは関係ないんだ」

「だからね、出来るだけ早く、お引っ越しすることになったの。もちろん、すうちゃんも一緒にね。ただね——」

宮下のおじさまの話の続きを引き受けるように口を開いたお母さまは、そこで意を決したように、わずかに唇を引き締めた。

「今度もまた、色んな人たちと一緒に暮らすことになるみたいなのよ。これまでみたいに一部屋で何人もとか、ずっとっていうわけじゃないかも知れないけれど」

「また？　色んな人？」

「そう。仕事のお仲間の皆さんと」

鈴子はお母さまと宮下のおじさまとを、もう一度交互に見た。おじさまは無表情のまま、自分が吐き出した煙草の煙を眺めている。お母さまは相変わらず、わずかに唇を噛《か》み、呼吸を整えているように見えた。つまり、住み込みで働くということなのだろうか。お母さまは女中さんにでもなるのだろうか。うちのお母さまが？

「多分、すうちゃんは戸惑うかも知れないと思うんだけど——このお宅にだって、そういつまでもいられるわけじゃないし、世の中がもう少し落ち着いたら、きっとまた違うお仕事なり、ちゃんとした住まいなりを見つけられると思うから」

「私は、平気」

他にも色々な人がいるというのなら、宮下のおじさまはどうするのだろうかとふと思ったけれど、そのことは尋ねないことにした。

2

週が明けるとすぐに灯火管制が解除になった。

それまで何年もの間、鈴子たちは夜の空襲に備えて、日が暮れた後はとにかく「光」に気を遣って暮らしてきた。闇《やみ》の中では、どれほど小さくとも輝く光こそが敵の攻撃目標になるからだ。そのため電灯は薄暗いものしか使えず、その光に関しても、部屋の外まで洩《も》れないように、笠《かさ》に遮蔽《しゃへい》幕をかぶせて使った。

玄関や勝手口などには黒いカーテンを二重に吊《つる》したし、雨戸の節穴や隙間《すきま》もふさぐように指導された。欄間《らんま》、台所や風呂《ふろ》場《ば》、手洗いの小さな小窓に至るまで、雨戸のついていない窓という窓には黒いラシャ紙や布を貼《は》りつけた。自動車やバスさえ、高いところから見たらライトの光が分からない仕組みになっている「目隠し」みたいなものを取りつけられていたし、特に警戒警報のサイレンが鳴ったら、大人は煙草を吸うことにさえ気をつけるように言われたほどだ。だから日が暮れると、町はそのまま闇に沈んだ。街灯も照らさない夜道は怖いから、子どもは決して一人で外に出てはいけないとも言われてきた。

「すうちゃん、このおうちの窓に張りついている目隠しや陰気くさいカーテンや、それから電気の遮蔽幕もね、全部ぜんぶ、取っちゃいましょう」

回覧板にさっと目を通したと思ったら、お母さまは晴れやかな顔つきで言った。鈴子は「はい」と大きく返事をして、まず家の階段を駆け上がった。二階への階段を上った突き当たりに貼られていた黒い紙が、どうも前から気になっていたのだ。乱暴なほどにビリッとラシャ紙を引き剝《は》がすと、紙の向こうから、きれいな色つきガラスが姿を見せた。

「うわあっ」

赤や青のガラスが不思議な模様を作っている。こんなにきれいな窓だったのだ。それに、小窓一つが明るくなっただけで、二階の雰囲気そのものまでが変わるではないか。

それから鈴子は張り切って、家中至るところを覆《おお》い尽くしていた黒い紙や黒い布のすべてを取り払っていった。もちろん、この家は仮住まいだと分かっている。それでも、家の中に光が満ちていくのは嬉《うれ》しかった。

「ああ、風通しもよくなったわね」

お隣に回覧板を回して戻ってきたお母さまも、いかにも清々したという表情で家の中を見回した。

「日が暮れたら、少しお散歩でもしてみましょうか。きっと町も明るくなってるわ」

天皇さまのラジオがあった日、つまり鈴子が十四歳になった日に、それまで総理大臣だった鈴木《すずき》貫太郎《かんたろう》や内閣の人たちは全員やめてしまい、それから二日ほどして、今度は東久邇宮稔彦《ひがしくにのみやなるひこ》という皇族が新しい総理大臣になったそうだ。ラジオをつければひっきりなしに聞こえてきた軍歌や「大本営発表」というものは、まったく聞かれなくなった。そういう変化を知る度に、鈴子は「本当なんだ」と思うようになっていた。

本当に、終わったんだ。

日が暮れた後、テラスに出て隣近所を見回しただけでも、生け垣の向こうに他の家の明かりが見えた。

「お母さま、見える、見える！」

鈴子ははしゃいだ声を上げて、台所に立つお母さまのところまで走った。

「けれど、電気が明るいとご飯の貧しいのが余計に目立っちゃうのね」

空襲で焼け出される度に「これだけは」と持ち出してきた鍋《なべ》はずい分と煤《すす》けて、それにあちこちが凹《へこ》んでいて汚らしかった。包丁だって鋼《はがね》が歪《ゆが》んで、まるで切れない代《しろ》物《もの》だ。けれど、今となってはその鍋と包丁だけが、鈴子とお母さまとが生き延びてきた証《あか》しのようにも思える。

その晩、二人で薄い雑炊をすすった後、鈴子はお母さまと少しだけ夜の町を散歩してみた。考えることは皆同じだったのかも知れない。道行く人の姿は意外なほどに多く、夜道を照らす商店や街灯の明かりを受けて、みんなが夏の夜のそぞろ歩きを楽しんでいるように見えた。商店は、どこを覗《のぞ》いても満足に売られている品などは見当たらない様子だったけれど、ただガラス窓が光って見えるだけで不思議なくらいに心が弾んだ。

「終わったんだわねえ、本当に」

これからは、良くなることだけを考えていけばいいと、天皇さまのラジオを聞いた日にお母さまは言っていた。食べること、着ること、暮らしのすべてから、家族のことも、学校のことも、きっと一つずつ解決して、どんどん良くなっていく。それだけを考えて、これからは前に進むのだと。たとえ、アメリカ軍がやってくるにせよ。

その週の土曜日、朝から降り続いていた雨が止むのを待つように、鈴子とお母さまとは午後から引越をした。宮下のおじさまが手配してくれたトラックが迎えに来て、最少ない荷物と共に、鈴子たちがトラックの荷台に上がるのを手伝ってくれたのは、最初から荷台に乗っていたらしい男の人だった。宮下のおじさまは、その人をお母さまにも紹介せず、ただ自分は「山田くん」と呼んでいた。

「やれやれ、雨が上がってくれてよかったですよ。でも、道が悪いから、しっかり摑《つか》まっていてくださいよ」

国民服にゲートル姿の「山田くん」は、よく日に焼けた顔で「お嬢ちゃんもね」と鈴子に笑いかけてきた。そんなに変な顔の人だとは思わなかったけれど、笑うと前歯が一本、ないのが目立った。

ちょっと間抜けな顔に見えるわ。

お母さまが、荷台の縁に摑まるように腰を下ろし、鈴子は鈴子で自分の立ち位置を決めている間に、宮下のおじさまはトラックの助手席に乗り込み、やがて、ぶるるん、という振動が全身に伝わったかと思うと足もとが大きく揺れて、タイヤがびしゃびしゃと水たまりを踏みつける音が聞こえた。短い間だったけれど、それなりに穏やかに暮らすことの出来た目黒の家が、瞬《また》く間に遠ざかっていく。

さよなら目黒のお家。

さよなら戦争。

さよなら。

亡くなったお父さまは運送会社を経営していたから、会社にはたくさんのトラックがあったけれど、たまに会社に行くことがあっても、鈴子たちは絶対に駐車場に近づいてはいけないと厳しく言われていた。だから、トラックの荷台になど上ったのは、生まれて初めてのことだ。

「ねえ、お父さまが生きてたら、どんな顔すると思う？　お母さまと鈴子が、こんなところに上ってるの見たら」

お母さまは「そうね」と少し困ったような笑みを浮かべる。

「さぞかし、びっくりなさるでしょう」

「その上、お母さまが働くなんて知ったら、余計にね」

お母さまは微かに口元を歪めて、困った顔つきになった。

宮下のおじさまのすすめで仕事をすることに決めたと言った後、鈴子はお母さまに何回か、どんな仕事をするのかと尋ねている。けれど、お母さまの説明は今ひとつよく分からなかった。何でも「女子挺身隊《ていしんたい》」の手伝いのようなことらしい。けれど、たしか天皇さまのラジオ放送があったすぐ後には、お母さまは言っていたのだ。

「戦争は終わったのだから、すうちゃんも、もう国民義勇戦闘隊などにとられる心配はなくなったの。今、お国のために尽くしている挺身隊もなくなるに違いないわ」

それなのに、挺身隊にどういう手伝いが必要なのかが、鈴子には分からなかった。

だからずい分「どうして」と尋ねたのだが、お母さまの答えははっきりしない。要するに、お母さま自身もよく分かっていないのかも知れない、と鈴子は考えるようになっていた。

次第に薄くなっていく雲を通して、弱々しい陽射《ひざ》しが感じられる。湿り気を帯びた風を受けてトラックの荷台で揺られると、ただそれだけで心が弾んだ。以前のように防空ずきんをかぶっていては、絶対にこんな風は感じられなかった。少し汗ばみそうだと思っても、この風がすべて吹き飛ばしてくれる。それが何とも愉快だ。

こうして高い位置から眺める東京は、焼け野原と化しているところとそうでないところとがくっきり別れていて、まるで一枚の大きな絵か写真に虫でも食ってしまっているように見えた。焼けていないところには、ちゃんと昔ながらの暮らしがある。子どもたちが走り回っていたり、早くも洗濯物を干している人の姿があったりして、色もあれば音もしているのだ。けれど、そこから大して離れていない場所には、焼けただれたがらんどうの空間が広がっていて、こうして雨に洗われた後でさえ、煤けた建物や橋の上には、人間のものに違いない脂染《あぶらじ》みがべったり残っているのが遠目にも分かった。

「ああ、この辺りはほとんど焼けていないのね」

ある一角に差しかかったとき、風に乱れる髪に手をやりながら、お母さまは懐かしげな表情で呟いた。

「知ってるの？」

すると、お母さまは「女学生時代にね」と、遠くを見る目になる。

「この辺りから通って来ているお友だちがいたのよ。そのお友だちの家に、お母さまも何度か遊びに行ったことがあるの」

そうか。鈴子にはない思い出を、お母さまはたくさん持っているのだ。鈴子には馴《な》染《じ》みのない町並みでも、お母さまにはべつの思いがある。お母さまに女学生だった時代があって、英語を勉強していた頃がある。ふと、その頃のお母さまはどんなだったのだろうかと思った。

トラックは、がたがたの道を泥水を跳ね上げながら走る。道ばたを重い足取りで歩いている人たちは、その泥はねをもろにかぶらなければならなかった。けれど、誰もが慣れっこになっているのに違いない。ただ顔を背ける程度で、それ以上に表情を変えることもなく、黙々と自転車やリヤカーを押し、荷を背負い、泥水で服を汚しながら歩いていた。

トラックは、途中で何度か止まった。その都度、見知らぬ女の人が一人、また一人と、「山田くん」の手を借りては、荷台に乗り込んできて、最終的には五人の女の人が集まった。けれど、年齢もまちまちなら雰囲気も違っている。トラックの振動が激しいから、その人たちが会話しているかどうか鈴子の耳には届かなかったけれど、たまに振り返って見てみても、お母さまを含めて誰もが適当な距離を保ったままで各々《おのおの》が別の方を向いており、打ち解ける様子もなかった。

やがてトラックは広い道を進み始めた。道の両脇《りょうわき》とも一面の焼け野原が続くかと思えば左手だけ松林のようなものが続くところもあって、燃えていない町もある。そんな景色を眺めながらたどり着いたのが、大森海岸だった。

「さあ、着いたよ」

広い道から少し狭い道に入ったところにある、ある大きな建物の前でトラックは停《と》まった。鈴子は、ぽかんとなって建物を見上げた。大きいことは大きいが、まるでアパートか、何かの工場のようではないか。ひどく殺風景で、あの洋館風だった目黒の家とは比べものにならない。

「ちょっとぉ、お兄さぁん。早く、ほら、手ぇ貸してよ」

同じ荷台に乗り合わせていた五十がらみの女の人が「山田くん」を手招きしている。先に下に飛び降りて、宮下のおじさまと何やら相談していた「山田くん」は苦笑気味に戻ってきて、その人に手を差し出した。女の人は、男の人かと思うような太くて低い、浪花節《なにわぶし》語りみたいな声で「ありがと」と言いながら、「山田くん」の首にしがみつくようにして、ずるん、と荷台から下りる。その後ろ姿と、ずるん、とした感じが妙に薄汚れて見えて、鈴子は自然に自分の口元が歪んでしまうのが分かった。

「さあ、じゃあ順番に下りてもらいましょうか」

山田くんが他の女の人たちにも声をかける。そうしてもんぺ姿の女の人たちは順番にその場所に下ろされた。鈴子も最後に、片方の手だけ「山田くん」に引っ張ってもらって、あとは自分で荷台から飛び降りてしまった。

「じゃあ、山田くん。あとは頼んだから。僕はあっちの方をちょっと見てくる。こっちが落ち着いたら、君もね」

宮下のおじさまは鈴子やお母さまたちを一渡り見回した後で、再びトラックに乗り込んで行ってしまった。

戦争が終わったことで、今のところいちばん変わったのは、もしかすると宮下のおじさまかも知れない。

走り去るトラックを眺めながら、鈴子はぼんやり考えた。または、宮下のおじさまとお母さまの関係か。とにかくあの日から、おじさまの何かが変わったことは確かだ。

今だって、鈴子ばかりでなく、お母さまにまでひと言も話しかけさえせずに、「山田くん」にすべてを押しつけるようにして、慌《あわ》ただしく去っていった。こんな、得体の知れない女の人たちばかりの中に、お母さまを置き去りにするみたいに。

戦争が終わったから。

疎開してる家族が帰ってくるから。自分の。

だとしたら、本当にずるい。

どうせなら、目黒の家に住み続けられるようにしてくれるとか、あの家から通えるような仕事を探してくれるとか、そんなことは出来なかったのだろうか。

「すうちゃん。行きますよ」

お母さまに呼ばれて振り向くと、「山田くん」を先頭にして、他の人たちはもうその建物に入ろうとしていた。鈴子はお母さまに駆け寄り、その腕を引っ張りながら

「ここ、どこ？」と尋ねた。

「寮ですって。もともとは、どこかの会社が持ってたものらしいけど」

「鈴子たち、今度からここに住むの？」

「当分はね」

「お母さまは、ここで、何をするの」

「寮に——その、寝泊まりする人たちのお世話をすることになったの。色々とね」

「あの、一緒に乗ってきた人たちも？」

「そうなんでしょうね。皆さん、それぞれ役割は違うんだと思うけれど」

ふうん、と頷いてはみたものの、鈴子の中では、どうにも得心のいかないものが渦巻いている。お母さまが、寮に寝泊まりする人の世話をするとは。

「その人たち、日本人？」

「もちろんよ」

「じゃあ、どうしてお母さまが必要なの？　宮下のおじさまは、お母さまが英語が出来るからって、この仕事をすすめたんでしょう？」

いつまでも建物に入らずに玄関先で喋っていたものだから、「山田くん」が再び玄関から顔を出した。

「ほら、中に入ってくださぁい。簡単に説明を聞いてもらったら、僕ももう、行かなきゃならないんで」

お母さまは慌てて玄関に向かう。鈴子もそれに従うしかなかった。

一般の家庭よりも幾分広い玄関を入ると、まず壁際《かべぎわ》に作りつけられている下足棚が目についた。扉のついていない棚の大きさからいっても、相当な人数が暮らせるだけの建物だということが分かる。真《ま》っ直《す》ぐにのびる廊下の途中には二階へ通ずる階段があったが、廊下も階段も木肌につやはなく、全体に埃《ほこり》っぽい感じがして、鈴子の目から見ても、この建物が今日まで丁寧に扱われてこなかったことを感じさせた。

その廊下を進むと、左手に厨房《ちゅうぼう》があり、右手に食堂があった。その食堂に、さっきまで同じトラックに乗り合わせていた女たちが集まっていた。

「お待たせいたしまして」

お母さまは腰を屈《かが》めるようにして女たちに加わる。鈴子もお母さまに従って、木の丸椅子《まるいす》に腰掛けた。ちょうど、学校の図工室に置かれているような椅子だった。

「それじゃ、簡単に」

「山田くん」が鈴子たちを見回した。

「実を言うと、僕もまだ、ちゃんとしたことが分かってるわけじゃないんです。ただ、このことだけは皆さんに伝えておくように言われてますんで。ええ——」

「山田くん」はズボンのポケットから四つに畳んだ紙を取り出して広げ、わずかにしかめっ面《つら》を作りながら、しばらくの間、書かれていることを確認するように紙を見つめている。ふと、この人は何歳くらいなのだろうかと思った。ある程度よりも若い男の人たちは、みんな戦地に行ってしまっているはずだから、きっと最初に思ったほどは、若くはないのかも知れない。

歯だってないし。

「ええ――よし。分かった。まず、ですね、明日には『アレレ』で採用した女の子たちの第一陣が、真っ先にここに送り込まれてきます」

「山田くん」は紙から目を離して、女たちを眺め回した。

「これに関しては正直なところ、今、必死でかき集めてるところなんですが、何しろ先週の玉音放送からこっち、何をするにも大急ぎなもんですから、何もかも見切り発車なんですよ。ええ、それから」

「山田くん」は再び紙に目を落とす。

「『コマチエン』に関しては今日も、大工と資材をぶち込んで、突貫工事の最中です、と。『コマチエン』の近くに、他にも借り受けた建物が何軒かあるそうで、これから順次、営業を開始することになるそうです」

お母さまを含めて女の人たちは、みんな神妙な面持ちで俯《うつむ》きがちに「山田くん」の話を聞いている。大人の話に口を挟んではいけないと、子どもの頃から厳しく言われている。けれど、鈴子は、もうムズムズして仕方がなかった。ほんの短い話の中に、分からない言葉が山ほど出て来たからだ。

アレレってなに。

第一陣って。

コマチエンって。

何の工事をしているの。

「とりあえずは、だ。まず今日中に、みなさんが使う布団《ふとん》だけでもね、運びこまなけりゃなりませんから、僕はこれからまた、そっちの手伝いに行きますが」

それから「山田くん」は、もう少ししたらまた別の男が、当面の食料や燃料なども運び込んでくる手筈《てはず》になっていると言った。

「ええと、この中でまかないで採用されたのは」

「私、ですけど」

みんなの中で一番年上に見える女の人が顔を上げた。ひっつめた髪にはずい分と白髪が混ざっているし、日に焼けた顔には皺《しわ》が目立つ。

「ええと——藤崎周子《ふじさきかねこ》さん、ですよね」

名前を呼ばれた女の人は急に改まった表情になって椅子から立ち上がり、「よろしくお願いします」と頭を下げる。自然、お母さまも他の人たちも、それから鈴子も、それに応《こた》えるように小さく頭を下げた。

「じゃあ、その辺のことに関しては、あとは全部、頼んますわ。何をどう使おうと勝手です。ただし、『アレレ』で採用された子たちは全員、ここの二階で寝泊まりすることになるだろうけど、結構な重労働になることだけは間違いないって予測が立ってるそうで、朝早く出て、夜遅く戻るようなことになるんだろうから、食事のことやら何やら、出来るだけ考えてやってください。僕たちの方は、取りあえずどんなに遅くとも明日中には、布団やら敷布やらっていうものを、かき集めますから」

藤崎周子という人は、急に落ち着かない様子になって、「それじゃ、あの」と再び立ち上がりかけた。

「ちょっと、この中見せてもらっちゃいけませんか。どうなのかしら、タライとか洗濯板とか、揃ってるんですかね。足りないものが目についたら、今のうちから頼んでおかなきゃなんないし、大体、食事だって何だって、何人分になるんだろうか」

「ええと、ここに書いてある限りではね――ここを借り受けた段階で一応の確認は入ってるっていうことには、なってるらしいんです。とにかく僕らも、何が何だか分からないまんま、右へ左へって走らされてるもんでね。今、ちょいとひとっ走り『コマチエン』まで行って、宮下さんにも来てもらいますから、それまで待っててもらって――ああ、みんなで中でも見て歩いててくれませんか」

「山田くん」はさっと立ち上がって、せかせかと食堂を出て行ってしまった。後には五人の女と鈴子だけが残された。何となく気まずい沈黙が広がりそうになったとき、かたん、と椅子をならして、一人が立ち上がった。さっき、トラックから降りるときに「山田くん」の首にしがみついた濁声《だみごえ》の女だ。

「ささて、どう相成りますことやら」

女は腕組みをしたまま食堂の中をぐるりと歩いて、もとの席に戻ってくると、その場に置いてあった自分の雑嚢《ざつのう》からマッチと煙草を取り出した。

女の人でも煙草を吸うんだ。

二本の指をすっと立てて煙草を挟み込む仕草を、鈴子は物珍しさのあまり真剣に見守っていた。マッチの火を煙草の先に近づけながら、その人の方でも、鈴子をちらりと見る。そして、ふう、と一口目の煙を吐き出した後で、彼女は「それはそうと」と口を開いた。

「お嬢ちゃん、あんた、いくつ」

「十四――です」

「お隣にいるのは、お母ちゃん？」

鈴子は思わず隣を見た。お母ちゃんだって。うちのお母さまを。鈴子の視線を十分に感じているはずのお母さまは、すっと立ち上がって「二宮つたゑでございます」と、そこにいるみんなに向かって頭を下げた。すると、さっき一度、まかないと紹介された人がもう一度「藤崎周子です」と頭を下げ、それに続くように残っていた二人もそれぞれに「内川《うちかわ》ハルヨ」「能瀬《のせ》モト」と名乗った。最後に残ったのが、立ったまま煙草を吸っている濁声の女だ。

「あたしは椙田《すぎた》益子《ますこ》っていうんですけどさ。二宮さんっておっしゃんのね、お宅、あたしたちの仕事の内容って、ちゃんと分かってんですよねぇ？」

お母さまの横顔が、すっと緊張をはらんだ。椙田益子と名乗った女は、まるで口笛でも吹くように唇を丸くすぼめ、ふうっと細長く、煙草の煙を吐き出している。

「明日から一体ここが、どういうことになるんだか。そんなとこに、よくもまあ子連れでおいでになりましたことよねえ。しかもこんな、年頃の女の子連れなんて。いえね、あたしはさ、人ごとながらびっくりしちゃってんですよ」

お母さまの顔が一瞬のうちに赤くなった。

「私は――基本的には店の方にはまいりませんし――そういうお約束ですから。もちろん娘も、あちらに行かせるようなことは一切、ございませんので」

すると椙田益子は、今度は大げさなくらいにぶっと吹き出す真似《まね》をして、にんまりと笑った。

「そんなこと言ったってさあ、何もかも、そのお嬢ちゃんに見えないようにするなんて、土台無理な話だと思いません？　ここは『アレ』で雇われた子たちが寝泊まりする場所になるんでしょうが、ええ？　いいです？　奥さん、お分かり？　ひと仕事終えてきた女郎たちが帰ってきて、風呂入って、食事して、寝るんでしょうが」

　椙田益子の言葉に、赤く見えていたお母さまの横顔が、今度は瞬く間に真っ白になっていく。鈴子は、そんなお母さまと、どことなく勝ち誇ったように見える椙田益子とを、あんぐりと口を開けたままで見比べていた。今、自分は何を聞いただろう。女郎と？　女郎？

「でもってさあ、奥さんの仕事っていうのは、アレなんでしょうが、ねえ。その女郎らに片言の英語を教えてやって、ついでに客のアメリカ兵との間でゴタゴタとかが起きないようにさ、何かあったら話を通してやるってことなんでしょう？　ふんっ、何か起きないわけがないじゃないのさ。向こうは女が欲しくて欲しくて、抱きたくて抱きたくて、その上、日本人の女なんて珍しいに違いないしさ、てめえらは勝ったと思っていやがるんだ、獣みたいに襲いかかってきやがるに決まってる。そういう連中をなだめたりすかしたりする役目だって、奥さん、あんた、分かってるんですかねえ。

そんで、何だって？『店の方にはまいりません』だって？　はっ！　気取ってんじゃねえってえんだよ」

がらん、とした食堂に、益子の濁声だけがわんわんと響いた。鈴子は、血の気の失《う》せたお母さまの顔を、ただ見上げていることしか出来なかった。

3

その後、再び戻ってきた「山田くん」から、鈴子たちは食堂の奥、廊下の突き当たりを曲がった先にある部屋を、それぞれ二人ひと組で使うようにと指示された。

「自分たちの荷物を部屋に置いたら、すぐにまた食堂に集まってください。明日までに協力してやってもらわにゃならんことが色々とあるんでね」

椙田益子というがらがら声の女が、ほとんど喧嘩《けんか》を売っているような荒々しい台詞《せりふ》でお母さまに突っかかってからというもの、女たちの間には重たく緊張した空気が漂っていたから、みんなは「山田くん」の再登場に救われたような気持ちで動き始めた。お母さまも静かな表情のままで席を立つ。

「ねえ、鈴子も何か――」

けれども廊下を歩きながら、鈴子も何か手伝えることはないかと言いかけた瞬間、お母さまは、ぱっと鋭く目配せをしてきた。すぐ前を益子さんが歩いている。鈴子は慌てて口を噤《つぐ》んだ。努めて平静を装《よそお》っているものの、お母さまは、もうすっかり益子さんを警戒している様子だ。

「何なんだろうね、あの人。しゃべり方だって怖いし、何だか下品なおばさん」

今日から二人で暮らすことになる六畳間に入るとすぐ、鈴子は殺風景な部屋を見回しながら、声をひそめてお母さまの腕を引っ張った。だがお母さまは、それに対しても首を横に振った。

「そんなこと言うもんじゃないの。今日からは、皆さんで暮らしていかなきゃならないんですからね」

お母さまは「だからって、必要以上に関わる必要もないけれどね」と、無理矢理のように笑みを浮かべる。

「私たちに帰る家がないのと同じに、ここに集まってきた人たちにも皆それぞれに事情があるはずでしょう。あの益子さんていう方にも、多分それなりの事情があるのよ。だから、今はみんなで助け合わなければね。世の中がもっと落ち着いて、匡も戦地から戻ったら、その時はすぐに引越でも何でも考えましょう。それまでは、すうちゃんも我慢して頂戴《ちょうだい》ね」

「宮下のおじさまは、どうしてお母さまをこんな場所に寄越したの」

「――大急ぎでしなければならないことだからよ」

「何を？」

「お国が決めたことだから」

「お国？」

もっと詳しい説明を聞きたかったのに、お母さまは「後でね」とだけ言い置いて、慌ただしく部屋を出て行ってしまった。ちゃぶ台の一つも置かれていない古ぼけた六畳間に残されて、鈴子はしばらくの間、することもなく立ち尽くしていた。

部屋は畳も赤茶けているし、その縁も擦り切れかかっている。煤けた天井の四隅には古い蜘蛛《くも》の巣がぶら下がっているところもあって、中央から下がっている電灯の笠には、まだ灯火管制用の遮蔽幕が掛かったままだ。何か踏み台になるようなものはないかと、押し入れの中まで覗いてみたが、空っぽの押し入れは、すっかり黄ばんだ古新聞や、どこかの店のものらしい包装紙が敷かれているだけだった。鈴子の背丈では、踏み台なしに遮蔽幕を取り除くことは無理だった。

よく見ると鴨居《かもい》のあちらこちらには、いくつもの小さな穴が空いている。また、細い釘《くぎ》が出ている部分もあった。これまでに、この部屋を使っていた人たちが、そこに画鋲《がびょう》を刺して何か飾ったり、また、釘には何かをぶら下げていたのだろう。

カーテンさえかかっていない窓には格子《こうし》の桟がはめ込まれていた。いちばん上の段だけは素通しガラスがはめ込まれているが、それ以外は磨《す》りガラスで、まるで景色が見えない。錠を外してカラカラと音を立てる窓を開けてみれば、人一人やっと通れるかどうかという程度の空間のすぐ向こうに、大人の背丈以上もある高い塀があって、視界をすっかり遮っていた。窓の下の狭い地面は陽が当たることさえないのだろう、べったりと張りつくような苔《こけ》が生えているだけだ。味気ないこと、この上もなかった。第一、この塀のお蔭《かげ》で風もろくに入って来ないではないか。

つまらない。

目黒の家はよかった。犬小屋の置かれたテラスもあったし、どの窓を開けても、庭木やご近所の緑が目に飛び込んできた。どんな蒸し暑い日でも常に空気が流れていて、微かにでもカーテンを揺らした。それが、今日からはこんな部屋で暮らさなければならないなんて。やっと戦争も終わったっていうのに。鈴子は窓を開け放ったまま、六畳間の真ん中に大の字になって寝転がった。塀のお蔭で、人目を気にする必要もない。

天井板の木目をじっと眺めるうち、人の目玉のように見えるところが目に留まり、木目の中にだんだんといくつかの人の顔が出来上がっていった。その顔の一つが特に不気味で妙に生々しい。向こうもじっと鈴子を見ている気がしてきた。

いやな感じ。

私だって好きでここに来たわけじゃないんだからね。

木目の視線から逃れるように、ゆっくり目を閉じる。蒸し暑さと気だるさとで、次第に頭がぼんやりしてきた。自分の呼吸する音だけ聞いているうちに、やがて畳の上に投げ出した自分の手指が、ぴくり、と勝手に動くのが分かった。どこか遠くからトラックの音が聞こえてくる。それから、廊下を往《ゆ》き来しているらしい人の足音もいくつも聞こえてきた。どうやら大勢の人が、出たり入ったりしているようだ。

「おや、寝てるのか」

ふいに、びりっと空気を震わすように、大きな声が響いた。反射的にぱっと目を開き、同時に畳の上に飛び起きて、鈴子は自分の枕元《まくらもと》を見た。空襲警報を聞いた気がしたのだ。ところが、防空ずきんも何もない。あれっと、もう一度辺りを見回してみたものの、ここがどこだかも分からなかった。

「退屈してるんじゃないかと思ってね。これ、探してきてあげたから」

ぼんやりした頭で見上げると、戸口のところに宮下のおじさまが立っている。ほら、と差し出した手には『少女倶楽部《くらぶ》』が何冊かあった。のろのろと立ち上がる間に、そうだった、と思い出した。ここは大森海岸。空襲なんか、もうない。

以前に比べてずっと薄っぺらくなってしまった雑誌を受け取って、まだ半分寝ぼけたままの頭を小さく下げる。

「また近いうちに、持ってきてあげるからね。それと同じ雑誌がまた手に入るかどうかは分からんが」

おじさまの口調は、いつになく穏やかで優しげに聞こえた。ことに天皇さまのラジオ放送を聞いてからの、ここ十日あまりは、たまに帰ってきたって険しい顔つきをして、いつも何かしらイライラとした様子だったのに。

「他に、すうちゃんが欲しいと思うものも、聞いておこうか」

「——本なら何でも」

「分かった。探してみよう」

「——あと、お帳面と鉛筆もあったら」

「ああ、そっちはすぐに手に入るだろうさ。どんな帳面でも構わんだろう？」

ふと、お父さまが亡《な》くなった直後のことを思い出した。家に来るようになった最初の頃の宮下のおじさまは、あの頃の鈴子から見ると、まるで「あしながおじさん」や

「サンタクロース」を連想させる存在だった。本当に優しくて、頼りがいがあって、顔を見せて下さるだけで心強かった。母子家庭になってしまった鈴子たちを常に労《いたわ》り、慰めて、いつでも今のように「欲しいものはないかい」と言ってくれた。あの頃は鈴子だって、宮下のおじさまを嫌だなどとは思っていなかった。これっぽっちも。

「まあ――昨日まではずい分と勝手が違うと思うが、すうちゃんもしばらくの間は我慢をしなければな。お母さんを助けて」

「あの、おじさま」

「おっと。こうしちゃおれん。またね」

鈴子の言葉を遮るように、おじさまは、そそくさと部屋の外に出て、それからくりとこちらを振り向いた。

「すうちゃん」

「――はい」

「暑いかも分からんが、ここは開けっ放しにせんようにな。いつも必ずきちんと閉めておきなさい」

「どうして？」

「どうしても。いいね、この部屋の外は廊下じゃなくて、往来だと思うことだ。これからは、赤の他人がぞろぞろと往き来するんだから」

鈴子が頷《うなず》くのを確かめるように、宮下のおじさまは一瞬じっとこちらを見てから、後ろ手に襖戸《ふすまど》を閉めて行ってしまった。小さな音を立てて閉められた襖に描かれた、色あせた茶壺《ちゃつぼ》か何かの絵柄を眺めながら、鈴子は「さようなら」と呟《つぶや》いた。

『決戰訓《けっせんくん》
皇土は天皇在《おは》しまし、神靈鎮《しんれいしづ》まり給《たま》ふの地なり。誓つて外夷《がいい》の侵襲《しんしふ》を撃攘《げきじやう》し、斃《たふ》るるもなほ魂魄《こんぱく》をとどめて、これを守護《しゆご》すべし。
(これは、阿南《あなみ》陸軍大臣が皇軍將兵《しやうへい》にあたへた決戰訓の一節です。)』

おじさまが持ってきてくれた『少女倶楽部』のページを開いたら、すぐさまそんな一文が目に飛び込んできた。何度か繰り返してその文章を読み、鈴子は自分でも芝居がかっていると思うほど、わざと肩を上下させて、ため息をついた。

「そんなこと言われたってねえ」

つまり、この国は天皇さまがおいでになるお蔭で神霊さえ鎮まるところなのだから、どんなことがあっても敵を打ち破って、たとえ死んでしまったとしても霊魂となって守りぬけと言っているのだ。

けれど今、お母さまたちは「鬼畜」とまで呼んでいた敵を迎えるために、こんなにも慌ただしく動いている。つい十日前までは撃滅《げきめつ》させようとしていた相手がずかずかと乗り込んでくる、その準備をするのだそうだ。「女子挺身隊」と一緒に。

あの、春の大空襲からずっと、鈴子の中身はがらんどうのままだから、今さらどうということもないのだけれど、やはりこういう文章を読むと、ぽっかりと出来たがらんどうが、さらに広がっていくような気分になって仕方がない。

『全力《ぜんりょく》を飛行機の増産《ぞうさん》に』

『なでしこなれど皇軍に』

『しっかり弟や妹を守らう』

少し前までなら、味気ないと思いながらもどれも真剣に読みこなして、自分ももっと頑張らなければならないのだと気持ちを奮い立たせる読み物ばかりだった。けれど、守るべき千鶴子だって、もういない。あんなに可愛《かわい》かったのに。死体さえ見つからなかった。鈴子の中のがらんどうは、ますます広がるばかりだ。

古くなった夏の単帯《ひとえおび》の、いいところを使って縫い上げる手提げ鞄《かばん》が出ていた。それから、あまり布を使った靴下覆いのカバーの縫い方も紹介されていた。さらにまた、肌着や下着の繕い方。どんな布でもいい、あり合わせで構わないから何度でも繕って、取りあえず清潔だけは心がけましょう、と。けれどもお裁縫道具が、もうなかった。針も糸もない。

ジャガイモの育て方がのっている。この雑誌を読むのは鈴子たちくらいの世代の女の子たちばかりなのに、繕い物の次には野菜作り。まるでお百姓さんになるための本のようだ。

四人の息子を育て上げ、次々に戦地に送り出して死なせた母親の、強く毅然《きぜん》とした物語。戦地で働く「白衣の天使」の手記。

『みなさん、敵の爆撃《ばくげき》で乗《の》り物などが不自由になつても、學校《がっこう》や大切な職場には、夜通《よどお》しでも歩く覺悟《かくご》をもつて、兵隊《へいたい》さんに負《ま》けないやうな強《つよ》い行軍力を養ひませう。』

いくら夜通し歩いたところで、行くべき学校そのものが、もうなくなってしまった。

乗り物どころか、住むところさえないのだから、どうしようもない。ゆっくりとページをめくりながら、鈴子はだんだんと嫌な気持ちになってきた。がらんどうのお腹《なか》の底で、何か得体の知れないものが蠢《うごめ》いているような感じがしてならない。

「いやだ、すうちゃん。電気もつけずに」

襖戸が開いたと思ったら、お母さまの声がした。振り返ると、廊下には既に明かりが灯《とも》っていて、お母さまの姿はほとんど黒い影にしか見えない。いつの間にかもうずい分と暗くなっていた。

「目を悪くしますよ」

お母さまは手探りで脇の壁のスイッチを探し出したようだ。ぱちん、と音がして、部屋に黄色く眩《まぶ》しい光が広がった。

「あら、そんなところ蚊に食われて」

足を投げ出して座ったままの鈴子の前に膝《ひざ》をついて、お母さまは鈴子のおでこを指で押す。ずっと忙しく動き回って、しかも慣れないことをしているに違いないのに、お母さまの表情はいつになく明るく、潑剌《はつらつ》として見えた。

「蚊取り線香があるか、聞いてみようかしらね」

「あるの、そんなものが」

お母さまは、少なくとも目黒の家にいたときよりは、食べ物でも何でも不自由せずに済みそうだと微笑《ほほえ》む。

楽しそう。

こうして身体《からだ》を動かしていること自体が、お母さまは楽しいのだと思った。どうしてか分からない。鈴子にしてみれば、こんな居心地の悪い部屋に寝泊まりすることになって、その上これから何が始まるのかも分からない不安まで抱えているというのに、それをお母さまは楽しんでいる。どうしてだろう。

「さっきから入れ替わり立ち替わり、トラックでやってきては、ずい分と色んなものを運び込んできているの。蚊取り線香だって、あるかも知れないわ」

「他に、どんなものを運んできてるの？　鈴子も見に行ったらいけない？」

鈴子は、お母さまのどんな表情も見逃すまいとしていた。お母さまは、そんな鈴子からすっと視線を外して「宮下のおじさまは」とわずかに声の調子を変えた。

「何かおっしゃらなかった？　さっき、見えたでしょう？」

「この雑誌を置いていってくれたけど――これからは、どんなに暑くても、必ず襖を閉めておきなさいって」

「そこの？」

「もう、そこのお廊下から往来だと思いなさいって」

お母さまは目を伏せたまま、一瞬だけ口元をきゅっと引き締めて「そう」と頷く。それから改めて顔を上げた。

「じきに、お夕食ですからね。周子さんていう、あの方が作ってくださってるのよ。そのときまた呼びますからね」

日が暮れた後も、部屋の外からはわさわさと落ち着かない雰囲気ばかりが伝わってきた。お母さまをはじめとして他の女の人たちの声が、互いに声を掛け合ったりしながら右へ左へ、また二階へと移動する。しばらくして、また襖戸が開かれたかと思ったら、今夜から鈴子たちが使う夜具も運び込まれた。

そうしてどれくらい時間が過ぎただろうか。ようやく外から「二宮さーん」という声がした。

「ええと、お嬢ちゃーん。ご飯ですよぉ」

はあい、と声を張り上げて部屋を出る。食堂までの廊下を曲がると、ちょうど厨房から盆を持って出て来た内川ハルヨさんという人が「お腹すいたでしょ」と笑いかけてきた。三十歳になるかならないくらいだろうか。今日ここに集まった女の中では一番若く見える。ぺしゃん、とした顔立ちの、満月みたいな感じの人だ。彼女はどこに腰掛ければいいのか分からないまま立ち尽くしていた鈴子にすっと近寄ってきたかと思うと、「あのさ」と耳打ちするような声を出した。

「さっきの益子さんっていう、あの濁声のおばさん。あんた、あの人にはあんまり近づかない方がいいと思うわ」

鈴子はわずかに背を反らすようにして、ハルヨさんを見た。ハルヨさんはちらりと周囲の気配をうかがう素振りを見せてから、さらに顔を近づけてくる。

「何、言われるか分かんないから。べつに、あんたにっていうんじゃなくてね、あの人って、さっきから見てると、あんたのお母さんだけじゃなくて、私にも、他の人にも、みんなに嫌みったらしいこと言い続けてんのよ。二言目には『素人《しろうと》のくせに』とか言っちゃって」

「しろうと？」

「要するに、自分は玄人《くろうと》だって言いたいんでしょう」

「——くろうと」

「つまりさ、一筋縄じゃいかない人だってことよ。さすがは、やり手ばばあっていうかさ」

白と、黒と、やり手？　つい首を傾《かし》げようとしたとき、今度は能瀬モトと自己紹介していた人が大きな鍋《なべ》を持ってきた。ハルヨさんよりいくつか年上らしい彼女は左の頬に大きくて醜い傷痕《きずあと》がある。最初にそれを見たときは、正直なところ、ぎょっとなった。顔立ちそのものからしたら、かなり美人の部類に入ると思うのに、その傷で台無しだ。いつ怪我《けが》をしたのか知らないが、まるで赤いミミズでも這《は》っているように、肉そのものが盛り上がっていて、薄気味悪くさえ見えた。

「今日はひっつみ汁ですって」

テーブルの上に鍋をのせると、モトさんは「ほら」というように鍋のフタを取って見せる。鈴子も思わず鍋の中を覗《のぞ》き込んで「なーんだ」と言いそうになった。初めて聞く料理だと思ったのに、見れば単なるすいとんではないか。鈴子にしてみれば、三本の指に入るくらい嫌いな食べ物だ。もう、うんざりだった。

「なあに、これ。すいとんじゃないの？」

鈴子と同じことを思ったらしいハルヨさんが「野菜が入ってるだけましかしらね」と、やはり唇を突き出している。するとモトさんは、まるで自分が作ったような顔をして首を振った。

「食べてみれば分かるらしいわ。すいとんとは違うって」

だが、お母さまも、例の益子さんの姿もない。鈴子が「お母さまは」と呟くと、ハルヨさんの方が思い出したように頷いた。

「まだ、何かの相談をしてるのよ。何ていったっけ、あの、宮下さんっていう人と」

「お母さまって呼んでるのね。あなたは、お名前は？」

今度はモトさんが聞いてきた。鈴子は初めて思い出したように「二宮鈴子です」と頭を下げた。モトさんは柔らかく微笑みながら頷いている。黒目がちの目の下がふっくりと優しくふくらんでいて、眉《まゆ》のあたりも涼やかだし、鼻筋も通っている。傷さえなかったら女優さんにだってなれたのではないだろうか。それに、他の人たちと比べて、どことなく品があるように見えるのも好ましかった。

「お母さまからは何て呼ばれてるの？」

「——すうちゃんって」

「可愛らしいわね。じゃあ、私たちもそう呼んでいいかしら」

照れた笑いを浮かべて頷きながら、鈴子は一方で、何だ、と思っていた。宮下のおじさまは、まだここにいるのか。それにしても、他の人たちがいるというのに、お母さまたちは二人きりで何をしているのだろう。

「あのやり手さんはね、『コマチエン』に行ってるみたい。さっき男の人らと出てったから。もらい煙草《たばこ》か何かしながら、ワイワイがやがや大きな声で喋《しゃべ》って」

どうやらハルヨさんという人は、早くも益子さんに対していい感情を抱いていない様子だった。それもこれも益子さんが「くろうと」で「やり手ばばあ」だからなのだろうか。

「どうしましょうか、私たちだけで先にいただいてもいいっていうものでも、ないのかしら」

モトさんが困ったように小首を傾げているところへ、厨房から周子さんもせかせかとやってきた。

「いいんじゃないんですか、手の空いた人から済ませるんで。せっかく出来たてで温かいんですから」

いちばん年長の周子さんがそう言ったところで、みんなの意見もまとまった。椀《わん》に取り分けられたひっつみ汁を、まず眺め、それから、箸《はし》で「ひっつみ」をつまんだ途端に、感触の違いが分かった。これは明らかに、これまで食べてきたすいとんとは違っている。

「あら」

ハルヨさんも目を丸くした。モトさんも黙って頷いている。

「どう、お嬢ちゃん」

周子さんが鈴子の顔を覗き込んできた。鈴子はもちもちした弾力のあるひっつみを頬張ったまま、思わず「美味《おい》しい！」と声を上げた。忘れかけていた味が口の中いっぱいに広がるようだ。ハルヨさんも「へえっ」と感心したように改めてひっつみを見つめている。周子さんは嬉《うれ》しそうだった。

「あたしの田舎の料理なんです。こう見えても、ちょっとした小料理屋にいたこともあるもんですからね、これからは材料が入る限りは、美味しいご飯を作りますから」

鈴子だけでなく、ハルヨさんもモトさんも、嬉しそうな声を上げた。それから「あるところには、あるものなのね」と、モトさんがため息混じりに呟いた。

「そんなもんでしょうよ。日本国じゅう、どこをひっくり返したってありゃしないと思ってたって、お国が必要だとなれば、こうして味噌《みそ》だって醬油《しょうゆ》や鰹節《かつおぶし》だって、集まってくるんですから」

周子さんは自分も椀をすすりながら「どこから湧《わ》いてくるんだかねえ」と呟いた。けれど、鈴子は知っている。こういうものは全部、軍の倉庫に備蓄されていた材料が使われているのに違いないのだ。鈴子たちは毎日お腹を減らして、ぎりぎりの中で生きてきたけれど、本当に国中から食べるものがなくなったわけではない。宮下のおじさまが、それを一番よく知っている。

「本当に、終わったんだと思うわね。こうしていると」

モトさんが呟いた。夢中になって箸を動かす鈴子の耳に「だけどさ」というハルヨさんの声が聞こえた。

「それはそれで、明日からどうなんのよって話でしょう？」

「益子さん、言ってましたよねえ。明日からはそれこそ『戦争騒ぎ』だって」

この数時間の間にみんなずい分と打ち解けたのかも知れない。それぞれに名前を呼び合いながら、それから三人は「明日から」のことを口にし出した。聞いているうちに分かってきたことは、とにかく明日からは、他にも女の人たちがやってくるらしいということだ。周子さんは、その人らの食事の世話をする。ハルヨさんは掃除や洗濯その他の手伝いをして、モトさんは、主に「帳簿」などの仕事もするらしい。

「ちゃんと集まんのかしらねえ。聞いたところによると、吉原《よしわら》あたりでさえ、もうアレはろくすっぽ残ってないっていう話でしょう？　足りない分は素人をかき集めるとかって言ってたけど、少しくらい美味しい餌《えさ》で釣られたって、よくよく考えてみれば、その辺のアレ以上にひどいことになるかも知れないって、分かるわけじゃない？　何たって、アレよ。アメ公の――」

ハルヨさんが調子に乗って言葉を続けようとしていたとき、モトさんが「しいっ」

と鋭く言った。途端にハルヨさんは箸の先をくわえるようにしたまま口を噤み、女たち三人の視線が一斉に鈴子に注がれた。反射的に、鈴子は目を伏せた。

4

寝返りを打つと、耳元で微《かす》かにしゃり、という音がする。さっき、お母さまは「懐《なつ》かしい」と言っていたけれど、鈴子自身は、そば殻枕を使うのは初めてだ。また暮らしが変わるのだと、その音が改めて告げている気がする。もう一度、枕にのせる頭の位置を動かしてみた。しゃり、しゃり。

お母さまはまだ部屋に戻らない。一旦《いったん》は宮下のおじさまと食堂に下りてきて、その後は益子さんと、他に何人かの男の人も加わって一緒に食事をしていたが、食後もそのまま、ずっと何やら話し込んでいる。鈴子が久しぶりのお風呂《ふろ》を使って、出た後もまだ続いていたし、それからさっきご不浄に行く途中でそっと覗いてみたときには、今度はお母さまと宮下のおじさまだけになっていた。

二人が長々と話し込んでいる原因の一つが鈴子の存在であることは、まず間違いないと思う。さっきのハルヨさんたちの会話から推し量ってみても、要するにここは、鈴子のような子どもを抱えた女が働きに来るような場所ではないのだろう。益子さんが「女郎」と言ったときのがらがら声が耳にこびりついている。それから、さっきハルヨさんの言っていたアレというのは何なのだろう。

戦争は終わったはずなのに。

それがまた、明日から戦争騒ぎになるという。今日からここで暮らすことになった女たちと、明日やってくるという女たちと。女ばかりで、果たして何をしようというのだろう。

女郎。アレ。女郎。アレ。

翌朝、目が覚めたときには、もうお母さまの布団は畳まれていて、雨戸の隙間《すきま》からは外の明るさが感じられた。誰かが廊下を歩く足音がとことこ、とことこと響いている。

「さあ、いよいよ新しい戦争が始まりますことよ」

全員が揃《そろ》って食卓に向かい、薄い雑炊を食べている最中に、まず口を開いたのは益子さんだ。

「ねえ、お嬢ちゃん」

真正面から、ふいに、にやりと笑いかけられて、鈴子はまだ残っている雑炊の椀を宙に浮かしたまま、わずかに背筋を伸ばした。

「これからおばさんが言うこと、よく聞いて欲しいんだけどさ——」

「鈴子」

ところが、益子さんの言葉を遮るように、鈴子の隣にいたお母さまが姿勢を変えずに口を開いた。よそ行きのお顔をしなければならないときや、特に改まった話をするとき、お母さまは鈴子を呼び捨てにすることがある。

「この子には、私から話します」

お母さまが言う。益子さんは口をへの字に曲げたまま、少しの間、探るようにお母さまを見ていたが、やがて薄い眉毛を大きく動かして「おや」と、そっぽを向いた。

「さいですか。そんなら、赤の他人が口を挟むこともないわ。ささ、どうぞ」

益子さんの額や口の両脇《りょうわき》に、思った以上に深い皺が寄るのを眺めながら、宙に浮かせたままだった箸と椀をテーブルに戻して、鈴子は両手を膝の上にのせた。お母さまは、ふう、と一つ深呼吸をした。

「今日これから、ここに若い女の人たちが大勢でやってくることになっています。何のためかというと——」

鈴子に向かって言っているのは分かっている。けれど、顔は真っ直ぐに前を向いたままだ。

「日本婦女子の防波堤になるために」

お母さまの横顔は動かない。ただ、その白い喉《のど》が、ごくりと動いた。

「明日にはアメリカの占領軍が上陸してくるそうよ。そのアメリカ兵たちに、日本中の女たちが襲われたり乱暴されたりするのを防ぐためには、どうしても、自分たちの身を挺《てい》して、防波堤になってくれる女の人たちが必要なの」

慰安婦、という言葉が、鈴子の頭にぽん、と浮かんだ。戦争の間中、戦地の兵隊さんの相手をするために大陸や南方に行っているという女の人の話を聞いたことがある。あれは、そう、確か勝子ちゃんが一番最初に教えてくれた言葉だ。何でも、勝子ちゃんのお母さんの芸者仲間だった女の人が、最初は好きな人を追いかけて大陸に渡ったものの、その人には捨てられてしまい、巡り巡って最後には「慰安婦」と呼ばれる人になったらしいと。

「実際のところ、どれくらいの数のアメリカ兵がやってくるのか、想像もつかないわ。その全員が全員、けだものだなんて言うつもりはないけれど、それでも、私たちは負けた国の女なの。勝った国の人から見たら、奴隷《どれい》にしたっていいようなものなのよ」

「――奴隷」

二の腕をぞくぞくとする感覚が駆け上がっていくのを感じて、鈴子は思わず自分も生唾《なまつば》を飲み下した。負けたら、奴隷。そうか。そうかも知れない。幼い頃、お友だちと「花いちもんめ」や「通りゃんせ」をしていたって、負けたものは捕まって、言うことを聞かせられた。同じなのか。その遊びと。

「それでも私たちは神の子として生きてきた日本人です。どんなことをしても貞節を守って、大和撫子《やまとなでしこ》としての純血を汚《けが》さないようにしなければならないわ。それで、お国が考えたの」

「――防波堤を？　どういう――」

てのひらに汗をかいている。鈴子は、お母さまをはじめとする全員が、わずかに目を伏せるのを確かめた。その中で、益子さんだけが、ふん、と鼻を鳴らすような真似をした。

「いえね、そうは言ったって、ただ働きってわけじゃないんだからね。もらえるものは、ちゃあんともらえんのよ」

テーブルの上に肘《ひじ》をつき、組んだ手の上に顎《あご》をのせて、益子さんはそこにいる全員を見回している。

「こんなご時世で、住むとこも、着るものも、それからおまんまだってちゃんと食べさしてもらえてさ、あんた、自分の身体一つで稼げるっていうんだから、こんなありがたい話なんか、そうそうあるもんじゃないってことなんだわよ」

テーブルの上で組み合わせていたお母さまの指先が白くなった。

「そりゃあさ、何しろ相手はアメリカさんだ。それも、戦争に勝って気持ちは高ぶってるだろうし、女にだって飢えてるに決まってる。そういうのを相手にしなけりゃなんないんだからさあ、勝手も違うだろうし、第一、白人の男はアソコも――」

「益子さんっ」

お母さまが悲鳴のような声を上げた。だが、益子さんは怯《ひる》む様子もなく、むしろいかにも愉《たの》しげな顔つきになって、鈴子とお母さまとを見比べている。

「何ですかねえ、怖い顔して。いいです？　ねえ、もうここまで来たからには、隠したってしょうがないじゃないですか。これから、このお嬢ちゃんは、自分らの身体を『防波堤』に使おうって女たちと一緒に暮らすんですよ。身体一つでさ、またを開いて稼ぐ女たちが、外人相手にどんなことするんだか、じかに見やしないまでも、嫌でも聞かされることになっちまうでしょうよ、ねえ？　最初に覚悟しておいた方が、よっぽどこの子のためになるんじゃありませんかしらねえ」

話を聞いている鈴子の方が、顔が真っ赤に火照《ほて》ってくるのが分かった。お母さまの話と益子さんの話とがぐちゃぐちゃに入り混ざって、とにかく何ともいえない不潔な塊が、一斉に押し寄せてくるような感じがしてならない。つまり、これからはお金をもらって「そういうこと」をする女たちと一緒に暮らすということだ。しかも、何人ものアメリカ人を相手に。

「鈴子、よくお聞きなさい」

お母さまは、初めて鈴子の方を見た。その視線はいつになく厳しく、また、その声は震える直前のような緊張をはらんでいる。鈴子は膝の上に置いた手をぎゅっと拳《こぶし》にして、「いやだ」と応《こた》えたいのを必死に堪えていた。

「もう一度、言いますからね。いいこと？　いい？」

「――はい」

「これはね、お国の方針なの。そうしなければ、鈴子みたいな年端《としは》もいかない女の子たちまでが、どんな目に遭わされるか分からないからよ。何百人も、何千人も分からないくらいに――せっかく戦争が終わったって、これから先、生き地獄を味わわなければならなくなったら、どうしようもないでしょう。だから苦肉の策として、お国が決めたことなの」

アメリカ兵というのは、そんなにも乱暴なのだろうか。そんなにも野蛮なのか。やっぱり鬼畜なのか。そんな連中がこれから押し寄せてくるのか。

負けたから。戦争に。もう日本の男たちが守ってくれなくなったから。

恐ろしさに身震いしそうだった。胸がドキドキしてくる。あれだけ続いた空襲も、怖いには違いなかった。けれど、何をされるか分からない、言葉も通じない人間たちが大勢で乗り込んできて女たちを襲うというのも、何とも言えずに恐ろしかった。つまりこの国は、鈴子たちは、もう守られてなどいないということではないか。

「その防波堤を──アメリカ兵を迎え入れる準備をしなければならないからこそ、宮下のおじさまも、このところ色々な手配で大変だったし、お役所や関係者の方々とお話ししているうちに、お母さまの力が必要だっていうことになったの。少しでも英語が話せる人間がいなければ、余計に危険なことになりかねないでしょう？」

「──じゃあ」

喉の奥に、声が張りつきそうだった。鈴子は小さく咳払《せきばら》いをして、もう一度「じゃあ」と口を開いた。

「お母さまのお仕事は、アメリカ兵と話をすることなの？　その──日本の女の人を買いに来るアメリカ兵と」

「──一つにはね」

「でも昨日はその、お店──『コマチエン』には行かないって言っていなかった？」

お母さまは、ようやく無理矢理のように、口元だけでうっすらと微笑んだ。

「昨日、色々とお話を聞いているうちに、そうも言っていられないことが分かったの。実際にアメリカ兵と女の人たちが会う場所で、何か問題が起きたりしたら、英語の分かる人間がいなかったらどうすることも出来ないでしょう？」

「そんなところに行って、お母さまは、危なくないの？　襲われたりしない？」

鈴子が言った途端、益子さんが「ぶっ」と音を立てて笑った。顔の前でてのひらをひらひらと動かしている。

「いくら女に飢えてるったってさ、若い女が目の前にいんだから、そっちに向からに決まってんのよ。心配いりませんて。第一、何かあったときのためにね、ちゃあんと男たちも何人か、置いといてくれるそうだからさ」

お母さまは、目の端にちらりと苛立《いらだ》ちを見せて、もう一度大きく深呼吸をする。それから改めて益子さんの方を向いた。

「益子さんは、この道のご専門でいらっしゃるそうですし、女の子たちのことや、客あしらいなどにつきましては、昨日もお話しした通りに、私の出る幕ではございませんので、全部、お任せいたします。とにかく私は今日中に、張り紙などで何とか出来るようなものは全部、考えてやっておきますし、あとは何かあった場合にだけ、その都度――」

「ええ、ええ、さいでざんすね。奥さまは、よっぽどのことがない限りは、御簾《みす》の向こうにでも隠れておいでなさいましってことでしたもんねえ？　はいはい、宮下さんからも、そこは念を押されてますからね」

「とにかく」

ずっと黙っていたモトさんが、ようやく口を開いた。

「こうして何かのご縁で私たち、ここに集まったんですし、実際のところ、この先何がどうなるかなんて、まるで分からないんですから、せめて、ここにいる間はお互いに力を出し合ってまいりませんか」

周子さんとハルヨさんが「そうそう」と頷いている。そうして食事が終わった後、鈴子はすぐさま六畳間に行っているようにとお母さまから言われた。言われるまでもなく、鈴子も一人になりたかった。頭が混乱している。何をどう考えればいいのかが分からなかった。

今日からここに来る女たち。

売春する人たち。慰安婦と呼ばれる人たち。けれど、それはお国の方針なのだという。お国が、女たちを防波堤にするのだ。

防波堤って。

どういうわけで、その人たちだけが防波堤にならなければいけないのだろうか。何か悪いことでもしたというのか。

益子さんは「もらえるものは、ちゃあんともらえんのよ」と言っていた。もらえるものをもらえるのなら、構わないものなのだろうか。お母さまは「傷物」になったら女の一生は台無しだと言っていた。それなのに、傷だらけになってしまうかも知れない人たちのために英語を使うのだろうか。

落ち着いて。

よく考えなきゃ。

お母さまは英語が話せる。だから、ここに呼ばれた。お母さまがいなかったら、女の人たちは余計に困ったことになるからだ。つまり、お母さまは助けるのだ。そう、助けるのだ。

お母さまは正しいことをする。

お国の決めたことだから、それに従って、お手伝いをする。

べつに、「そのこと」そのものの手伝いというわけではない。

仕方がないのだ。宮下のおじさまに頼まれたから、仕方なくやるのだ。

お母さまは正しい。

『大和魂《やまとだましひ》は女《をみな》も何か劣《おと》れるや　賀茂眞淵《かものまぶち》

平常《へいじやう》はか弱《よわ》く優しい妻や母である日本の女子が、いざ國《くに》の大事に臨んでは、一切を、大君に捧《ささ》げ奉《たてまつ》つて悔《く》いないのであります。このりつぱな大和魂を、いまこそ女子も發《はつ》揮《き》すべき秋《とき》であります。』

気持ちを落ち着かせようと開いた『少女倶楽部』に、今度はそんなページを見つけた。

いまこそ女子も。

そうだ。

本当の意味では、戦争は終わっていないのかも知れないと、ふと思った。確かに空襲はなくなった。夜も電気をつけて過ごすことが出来ている。けれど、これからアメリカ軍が入って来たら、この先また何が起きるのか分からないではないか。鈴子たちはもう、神の国の子とは言っていられない。負けた国の人間は、奴隷になる——何をされても文句は言えない。

その日の午後、鈴子たちの宿舎に各々《おのおの》小さな風呂敷《ふろしき》包みを抱えた若い女たちが大勢、トラックの荷台に乗せられてやってきた。物音で気づいた鈴子は部屋からそっと抜け出して、廊下の角からもんぺ姿の彼女たちを盗み見た。誰もが風呂敷包みを胸に抱いて、俯《うつむ》きがちのまま、足早に二階への階段を上っていく。

どこでも見かけるような、ごく普通のお姉さんたちばかりだった。中には鈴子と三つか四つぐらいしか離れていないような年頃の人までが混ざっている。あんな人たちが、アメリカ兵のために身体を投げ出すというのだろうか。日本の防波堤になって。

「全部で三十六人ですって。明日も明後日《あさって》も、どんどん増やすんだって」

厨房《ちゅうぼう》から顔を出した周子さんが、鈴子に気がつくとそっと手招きをしてくれた。

「半分以上、素人の子ですってよ。求人の広告を見て応募してきた子らだっていうんだけど。本当に分かってて、来たのかねえ」

大きな金だらいに突っ込んだ手をぐるぐると動かして、それでも四十人以上の人間が食べる分に、とても十分とは思えない程度の米をとぎながら、周子さんは「気の毒なことにならないといいけどねえ」と呟いた。

5

宮下のおじさまからは、部屋の外はすぐに往来だと思いなさいと言われたけれど、いざ廊下に出てみれば、辺りは静寂に包まれていたし、しかも意外なほど心地良い風が吹き抜けていることもあって、鈴子はあの殺風景で息苦しい六畳間に、容易には戻りたくない気持ちになった。もちろん、二階に上がっていった女の人たちのことだって気にかからないはずがない。

せっせと夕食の支度をしている周子さんから離れて厨房を後にすると、まずは階段の下に立ち、二階の様子をうかがってみる。誰かが喋っているらしい声がぼそぼそと聞こえるものの、内容までは聞き取れなかった。だがあれは間違いなく益子さんの声だ。「防波堤」となって働く女の人たちに、益子さんが何か教えるか、指図をしているのに違いなかった。

何を話してるんだろう。

どんな内容のことを。

聞いてみたい。だが一方では、やはり恐ろしかった。どこにでもいる、ごく普通の女の人たちにしか見えなかったのに、彼女たちは今、一体どんな心持ちで益子さんの話を聞いているのだろうか。

アメリカ兵に触られる。

触られるどころか裸にされる。きっと。それから、それから。

考えるだけでも恐ろしく、汚らわしく、何よりも恥ずかしかった。見も知らないどころか、言葉も通じない相手ではないか。しかも鬼畜《きちく》だ。東京中、いや、聞いたところでは東京ばかりでなく日本中に雨あられと爆弾を降らせて、何の力もないおんな子どもや老人たちを、まったく情け容赦もなく、無差別に殺してきた人々だ。住む家も何もかも、焼き尽くされた。猛火に追われて逃げ惑う鈴子たちを、空の上から見て笑っていたに違いない、そんな連中に対して、一体どういう覚悟をすれば、裸を見せたり触らせたりと、そんなことが出来るのだろう。

「あら、鈴子ちゃん？」

厨房の方で声がした。鈴子は慌《あわ》ててきびすを返し、周子さんがいる方へ戻った。

「何かお手伝いすることはありますか」

周子さんは「いたのね」とほっとした顔つきになってから、諦《あきら》めたように顔を左右に振った。

「人数だけ増えたって、どうせ大した料理が作れるってわけじゃないんだもの」

「でも、何かすることがあったら」

「それよか、あんたみたいな年頃の子がいるって分かると、働きに来た娘さんたちも、何ていうのかねえ、きまりが悪いっていうか、気持ちが穏やかじゃいられないかも知れないから」

周子さんは、実際に見えるはずもないのに天井の方をうかがうような顔つきになって、わずかに声までひそめた。

「私でさえ、何とも言えない気がするんだもの——だから、まあ、今日んとこは、鈴子ちゃんもね、おとなしくしてることだわよ。もう少し落ち着いて、色々と勝手が分かってきたら、きっとあんたのお母さんが、何か考えてくれるでしょうから」

そこまで言われてしまったら退散するより他にない。鈴子は、小さく頷いて、すごすごと厨房を後にした。

つまらない。

空襲から逃げ回る必要こそなくなったかも知れないけれど、代わりにこうして息をひそめて、隠れるように暮らさなければならないなんて。いや、空から降ってくる爆弾どころか、今度からは同じ地上を動き回る敵兵に怯《おび》えなければならないのだ。

本当に、つまらない。

廊下の突き当たりを左に曲がれば、鈴子やお母さまや、ここで暮らすことになった女たちに与えられた部屋に戻ることになる。

廊下はその先でまた左に折れていて、ご不浄や浴室、洗面所はその先だった。浴室が、厨房とは小さな中庭を挟んで背中合わせの位置にあると知ったのは、今朝になってからのことだ。その先で、廊下はもう一度左に曲がっていて、突き当たりが引き戸で塞《ふさ》がれている。今朝、鈴子はそこまで行って、そっと引き戸を開けてみた。するとつい今し方、二階の様子をうかがった階段の前に出た。要するに、ここから見て左回りの廊下は厨房、ご不浄、浴室などを取り囲むように、ぐるりと一周しているのだった。

一方、廊下の突き当たりを右に曲がった方はどうなっているのか、鈴子はまだ行ってみたことがない。宮下のおじさまから注意されたせいもあって、何となく、用もないのにそちらの方まで歩き回ってはいけないような気がしていたからだ。

だが、いくら往来と思えと言われても、建物の中であることは間違いがない。しかも、少なくとも当分は、ここが鈴子の家になるのだ。せめて一階部分だけでも探検してみたいと、ふと思いついた。自分たちの「住まい」の中を、ただ歩いてみるだけのことだ。第一、目黒の家のように、本来の持ち主に断りもなく上がり込んでいるというわけでもないではないか。

鈴子は、ちらりと背後を振り返り、そこに誰の気配もないことを確かめてから、廊下を右に曲がってみることにした。わずか二間ほどで、廊下はまた左に曲がっている。だから、ことに夜は闇《やみ》が張りついているだけのようにしか見えなかったのだ。

素足で踏む廊下は埃《ほこり》っぽかった。未知の「往来」を心持ち忍び足になって進み、突き当たりを左に曲がってみて、一瞬、立ち止まりそうになった。夜のように暗い。それは、また三間ほど先で廊下が曲がっているせいだ。ずい分と入り組んでいる造りのようだった。もしかすると鈴子が思っている以上に大きな建物なのかも知れなかった。迷路にでも入り込むのではないかと、微かに不安になる。

前に進めなくなったなら引き返せばいいだけの話。

ひっそりと闇に呑《の》み込まれている廊下を、右に曲がって、また右へ。身体の横に伸ばしている手の指先が、襖紙《ふすまがみ》に触れたり砂壁に触れたりした。反対側には天井近くから下げられた遮蔽《しゃへい》幕が続いている。幕の途切れ目を探してまくってみると、思った通りそこにガラス戸の感触があった。雨戸を閉め切ったままなのだ。

つまり、この建物は未《いま》だに終戦を知らないのだ。

二階には「防波堤」になる女の人たちが集められているというのに、この建物はまだ灯火管制に怯えている。

徐々に闇が薄らいできた。その先がばかに明るいと思ったら、次の角を曲がった途端、視界が開けた。廊下の向こうに、鈴子とお母さまに与えられた六畳の部屋よりも、もっと広い空間があった。

玄関?

しかも昨日、鈴子たちが入ってきた玄関とは比べものにならないくらいに立派なしつらえではないか。玄関戸の前には遮蔽幕が掛かっているままだが、少し湾曲した上がり框《かまち》には見事な天然木を使っているし、横の柱だって太くて艶《つや》やかだ。扉のない下足棚などなくて、代わりにやはり天然木を使った飾り棚があった。そしてこの明るさは、玄関広間の横から二階へ伸びている階段の、その上から降り注いでいる光のためだった。

この家には玄関が二つあるのか。階段も。

玄関と同様に階段だって、一見して重厚な造りで立派なものだ。どう見ても、こちらの方が表玄関なのに違いない。すると昨日、鈴子たちはこの建物の「裏口」から入ってきたということになる。そう考えると、何となく小馬鹿《こばか》にされているような気分になった。失礼な話ではないか。

いや、そんなこともないのだろうか。

お母さまはここで働く。つまり、これから使用人の扱いになるということなのかも知れない。二階にいる人たちと同じに。

そういえば、お給料はどこから出るのだろう。誰に雇われたことになるのだろうか。それを聞かされていない。宮下のおじさま？　でも、お母さまは「お国の方針」と言っていた。では、お国からお給料が出るということなのか。戦争に負けて、鈴子たちが食べるものにだって困っている今の日本国に、そんなお金があるのだろうか。

立派な階段の、一番下の段に足をかけ、丸木を使った手すりを握りしめて、鈴子は二階の様子をうかがった。今度は何も聞こえてこない。これだけ一階が広いのだから、おそらく二階も広いのだろう。そして女の人たちは、裏階段に近い方の部屋に集められているのに違いない。それなら、少しくらい上まで行ってみても大丈夫なのではないだろうか。だが、ゆっくり何段か上ったところで、つい今し方、周子さんに言われた言葉が思い出された。

——きまりが悪いっていうか。

確かに、そうかも知れなかった。それに鈴子自身、これから「防波堤」になろうという女の人たちを、どんな顔をして見たらいいのかが分からない。

そう。

分からないのだ。まるっきり。何もかも。

お母さまは鈴子が幼い頃から、女は貞操を何よりも大切にしなければいけないと、ことあるごとに言っていた。将来お嫁にいくまでは、男の人と必要以上に親しくするものではないし、ましてやみだりに触れ合うような汚らわしいことは決してしてはならないと。一度でも汚されてしまったら最後、女は「傷物」と呼ばれて、その傷も汚れも、一生涯拭《ぬぐ》い取ることは出来ない。もしもお嫁入り前にそんなことになってしまったと分かったら、金輪際、まともな相手のところへ嫁ぐことなど出来なくなると。それほど女の貞操は大切なのだと言っていた。だから、光子お姉ちゃまの交際にも反対したことがあったのを覚えている。

それなのに、二階に連れてこられた人たちは、わざわざ汚されに来たことになる。何人ものアメリカ人に。お国の犠牲になって。いくらお金をもらえるとしても。そんな人たちに、どう接すればいいのかが、まず分からない。鈴子自身、いくら自分たちの防波堤になってくれる人たちだと思っても、いざ顔を合わせたら、自分がどんな顔をしてしまうか、どんな目を向けてしまうことになるのか、想像もつかなかった。もしも「汚らわしいもの」として見てしまったらと考えると、それこそ申し訳ない。

それでも。

たとえ好きでそんなことになるわけでもないと分かっていても、やはり厭《いと》わしさに怖気《おぞけ》が走りそうになる。もしも鈴子なら、いくら誰に命令されたって、絶対に嫌だと思うのだ。第一、気持ちが悪いではないか。

でも。

あれほど貞操を大切にして、お嫁入りまで守り抜かなければいけないと言い続けていたお母さまが、そんな人たちの世話をする。そのことも、鈴子には分からない。

宮下のおじさまの紹介だから。

おじさま。

宮下のおじさまは、お父さまの親友だった人だ。だけど、おじさまは間違いなく、お父さまを裏切った。お父さまが生きていたら、絶対に許されないことをしている。

お母さまと。

お母さまの貞操は？

もう、いいのかしら。もう、一度お父さまのところにお嫁入りしたんだし、五人も子どもを産んだし、第一、お父さまはもう亡《な》くなってしまったんだから。空襲で焼け出されて東京中をさすらう間、鈴子は何度となく「かまわない」と自分に言い聞かせてきた。宮下のおじさまは、鈴子とお母さまが生きていく上で必要な人だ。それが分かっているから。けれど本当は、胸の奥底にずっと渦巻いているものがある。いつか聞いてみたい思いがある。

いいの？　そんなことして、いいの？

おじさまは、お父さまに申し訳ないと思わないの？　お母さまは「貞女は両夫にまみえず」って言ってなかった？　それでも、かまわないの？　そんなに好きなの？　ねえ、もしも光子お姉ちゃまや肇お兄ちゃまが生きていたら、匡お兄ちゃまが一緒にいたら、今みたいな姿を見せられた？

階段の途中に腰掛けて、鈴子はしばらくの間ぼんやりと宙を眺めて過ごした。ひっそりとした弱々しい光に浮かぶ空間を、無数の埃が頼りなく舞い続けている。こうしていると、春の大空襲からというもの、ずっとがらんどうだった鈴子の身体は、いよいよ実体をなくして、埃と同じように漂うだけの存在になっていくような気がしてきた。それならそれで、べつに構わないと思う。

お父さま、光子お姉ちゃまたち、お姉ちゃまの赤ちゃん、可愛《かわい》かった千鶴子——みんなが今は肉体を喪《うしな》って、もしかするとどこかをこうして漂っているのかも知れない。

だから鈴子だって、こうしてこのまま肉体が消えてしまっても、魂だけになって漂い続けていられるのではないだろうか。

第一、身体《からだ》があったって、いつかは鈴子だって防波堤に使われる日が来るのかも知れないんだし。「お国のため」などと説得されて。

つまらない。

ふと我に返ったときには、お尻《しり》が痺《しび》れかけていた。二階は相変わらずひっそりしたままだけれど、様子をうかがってみる気は失《う》せていた。鈴子はのろのろと階段を下り、改めて上がり框に立った。見ると、小さな油石《あぶらいし》を敷き固めてある三和土《たたき》には男物の大きな下駄《げた》が一足だけ置かれている。もんぺの足をそっと下ろして、その下駄の上に立ってみた。ざらざらとした不快な感触。ここまでつながっていた廊下と同じに、もうずい分長い間、誰も履いたこともないのに違いない。足の指に力を入れて、太くて大きな鼻緒を挟み、そのまま前に足を踏み出しかけたところで、意外なほど大きな音がコン、と響いて、鈴子は慌ててその場に立ちすくんだ。いけない、いけない。そんなことも忘れていた。下駄なんか履いて歩けば、その音で気づかれてしまうのだった。

鼻緒から足を抜いて、今度は素足のまま、つま先立ちで三和土を歩く。二重に下げられている遮蔽幕はぶ厚くて、これもまた高級そうな手触りだった。幕をたぐっていくと、磨《す》りガラスのはめ込まれた玄関戸が姿を現す。引き違いの戸は幅も一間以上はあるだろうし、高さも普通の家の玄関に比べて高いようだ。磨りガラスには爆風除《よ》けの紙が縦横斜めに貼《は》られたままになっている。鈴子は、二枚の引き戸をきっちりと固定しているねじり錠を指先でつまんで、ぎゅっと捻《ひね》った。ごとん、と微かな手応《てごた》えがあって、錠がきゅ、きゅ、と回る。錠が外れたところで引手に指をかけ、出来るだけ音がしないように、そっと戸を開けていく。

徐々に広がる隙間から湿気を帯びた生温い風がするりと流れこんできて、背後の遮蔽幕が、ゆったりと膨らむのが分かった。頭一つ通るくらいまで開けたところで、そっと外に顔を出したその瞬間、鈴子の全身はびくんと跳ねてしまい、同時に総毛立つのを感じた。

「すうちゃん」

すぐ目の前に、お母さまが立っていた。

6

お母さまが鈴子を呼んだのは、夕方の気配が漂う頃だ。どこからともなくヒグラシの声が聞こえていた。さっきから、家の中はまた騒がしくなっている。廊下を往き来する人たちの足音が急に増えて、しかもトラックの音がいくつも響き、何人もの男の人たちのかけ声も聞こえる。それから少しすると、ノコギリで何かを切っているらしい音や、釘《くぎ》を打つ金槌《かなづち》の音などが響いてきた。

「すうちゃん、ちょっと」

読みかけの『少女倶楽部《くらぶ》』をそのまま畳の上に伏せて廊下に顔を出すと、お母さまは何枚かの服らしいものを胸に抱えたまま、真《ま》っ直《す》ぐに鈴子を見ていた。

「これ」

「――なあに、それ」

「その辺りに置いておいて。ちょっと、こっちにいらっしゃいな」

言われるまま、受け取った服を部屋の片隅に置いてから、鈴子は先に立って歩いていくお母さまの後ろ姿を少しの間黙って眺め、それから仕方なくついていった。さっき玄関越しに鉢合わせしてしまったときの、お母さまの驚いた顔が、まだ頭にこびりついている。あなた、そこで何をしているの、なぜそんなところにいるのと、お母さまの瞳《ひとみ》がいっぺんに語っていた。だが、鈴子は何を言われるよりも先に顔を引っ込め、そのまま乱暴に遮蔽幕をまくり上げると廊下に飛び乗るようにして、両手で廊下の突き当たりを探りながら、バタバタと部屋まで駆け戻ってしまった。いけない、戸を開け っ放しにしてきたと思い出し、さらに、そういえばお母さまの傍に立っていた幾人かの男の人の中に、宮下のおじさまも混ざっていたようだと気がついたのは、部屋に戻ってからのことだ。

「ほら、こっち」

お母さまが鈴子を振り返ったのは浴室の前だった。鈴子は「なんだ」と微かにため息をついた。お母さまは、さっき鈴子が裸足《はだし》のままで表玄関まで出ていたことに気づいたのに違いない。それならそれで、聞いてくれればちゃんと応えるのに。はいはい、さっきすぐにお雑巾《ぞうきん》で拭《ふ》きました。ちゃんと。

ところがお母さまは、そのまま浴室の中から外に通じる木戸を抜けて、中庭まで出ていく。いつの間に用意したのか、ポンプ式井戸の脇に、食堂に置かれているものと同じ丸椅子《まるいす》が置かれていた。

「ここに、お座りなさいな」

「——何するの」

中庭を挟んで見えているのは厨房だ。古ぼけた格子《こうし》のはめられた窓は一杯に開け放たれていて、中で立ち働く周子さんの姿が、黒っぽい影のように見えた。同時に、何やら美味しそうな匂《にお》いが漂ってきている。どれくらい久しぶりに嗅《か》ぐかも分からない、鰹節や昆布の、おだしの匂いだ。

「あのね、すうちゃん」

鈴子の肩に手を置いて、お母さまは、ゆっくりと静かに鈴子を腰掛けさせる。それから、わずかに口元を引き締めるような表情で、鈴子の顔を覗《のぞ》き込んできた。

「すうちゃんの、髪を切ろうと思うの」

お母さまの瞳がゆっくり動く。その手が鈴子の髪を撫《な》でた。

「――また？　切ったばっかりなのに」

忘れたとも思えない。天皇さまのラジオ放送があったその日に、お母さまが言い出して切ったではないか。あのとき、お母さまは言っていた。今日から心機一転するために、さっぱりしましょうね、と。あれからまだ十日ほどしかたっていない。

「さっきから、表が騒がしくなっているのは、分かるわね」

お母さまは、さっき鈴子と鉢合わせをした表玄関の方から職人さんたちが何人も入っているのだと言った。

「職人さん？」

お母さまはわずかに顔を傾けて、微かにため息をつきながら、まだ鈴子の髪を撫でている。

「今、お二階にいる女の人たちだけどね」

お母さまの視線がゆっくりと揺れる。今は、鈴子の額の辺りを見ているのだろうか。

「もう明日にはお店に移るのね」

「——明日？」

「アメリカ兵が、来るんですって。いよいよ。明日か明後日には」

来るのか。本当に。敵が。鈴子は思わず小さく唾を飲み下した。

「ここに職人さんたちが入ってるのも、大急ぎで、部屋数を増やすためなの」

「部屋数——？　何の？」

「——アメリカ兵を受け入れるための。何でも、ものすごい人数らしいんですって。

それで、働いてくれる女の人たちも、急いでもっとたくさん増やさなきゃならないし、
そういう場所も、もっと作るんだそうよ」

「ここにもアメリカ人が来るの？」

お母さまは小さく頷《うなず》いて、遅くとも明後日には、鈴子たちはもう一度、住まいを移ることになるだろうと言った。商売に使う建物がまだまだ必要だから、この建物も「そういうこと」に使うことになったのだという。まさか、アメリカ兵を受け入れる

家に鈴子を住まわせるわけにいかないから、今、宮下のおじさまに頼んで探してもらっているという。

「あんまり急な話なものだから、本部の方でも、まだ何が何だか分からない部分が多いのね」

「本部？」

お母さまはその場に屈《かが》み込むと、手近な小石を使って、地面に「ＲＡＡ」と書いた。

「アールエーエーって読むの。これが、お母さまが働くことになった組織の名前」

そういえばここに来てすぐに、誰かが「アレレ」がどうの、と言っていたのを思い出した。あれは、正確には「ＲＡＡ」のことだったのだろうか。だが、その三文字にどんな意味がこめられているのか、鈴子にはまるで分からなかった。それでも英語を使った名前だと教えられただけで、「ああ」と思った。もう、英語は敵性語とは呼ばなくなったのだ。

「とにかくね――つまり明日か明後日になれば、この辺りにはアメリカ兵が溢《あふ》れかえるっていうことなの」

女を求めて。

日本の女を餌食《えじき》にするために。奴隷のように扱うために。

「そうなってしまったら、この先、何が起きるか分からないわ」

「——だから、防波堤になってくれる女の人を集めたんでしょう？」

「だけどね、いくら、ここにきた女の人たちが頑張ってくれても、人数を増やしたとしても、それでも防ぎきれないかも知れない」

「どういうこと？　それでも普通の女の人たちを襲うっていうこと？」

「勝った側の人間は、いつもそうなのね」

お母さまは、日本の兵隊さんも外地では、そういうことをしてきたらしいと呟《つぶや》いた。天皇さまのラジオの後、にわかに生き生きとした表情を見せるようになっていたお母さまの顔つきが、今日に限ってはずい分と疲れて見える。昨日、この家に来てからでさえ、意外なほど浮き浮きと楽しそうに見えたのに。

「満州や中国や朝鮮や——そういうところでね、逃げ遅れた村の女の人たちに、ずい分とひどいことをしてきてるんだそうよ」

びりびりっと電気が走るような感覚が、一瞬のうちに腕から首筋を抜けて頬を駆け上がった。日本の兵隊さんが。まさか。神の子と言われていた人たちではないのか。天皇さまのために、大東亜共栄圏のために戦っていたのではないのか。

「——うそ」

「――何度もそういう場面を見てきたっていう人が言っていたの、宮下のおじさまのお仕事仲間の。もちろんお母さまだって信じたくはないけれど、兵隊さんの中にも色々な人がいるし――勝った側の人間というのはね、そんなものなんですって。どこの国でも」

お母さまは遠くを見ている。

「戦場に行くと、どんな人でも普通の神経じゃいられなくなるっていうわ。敵のことを、自分と同じ人間だなんて思っていたら、簡単に殺したりできるはずがないでしょう？　だから相手を犬畜生かそれ以下だと思うことにして、やっつけて、殺して、そうやって過ごすうちに、自分の方がだんだんと、けだものと一緒になっていってしまうのかも知れないわね」

「――日本の兵隊さんたちは、そんなことないんじゃないの？」

お母さまは、無論、誰も彼もがそうとは言い切れないだろうが、と、声を一層落とした。

「普通に暮らしていたって、いい人と悪い人がいるでしょう？　同じ日本人でも、泥棒もいれば人殺しもいるわね？　軍隊には、そういう人たちだって集まってるんだもの。その上に、戦場で、普通の心持ちじゃいられなくなったら――」

鈴子の頭には、真っ先に二人のお兄ちゃまのことが浮かんだ。まさか、肇お兄ちゃまや匡お兄ちゃままでが、そんなことをしたということだろうか。肇お兄ちゃまは亡くなってしまったけれど、今もどこかで生きているに違いない匡お兄ちゃまは、果たしてどんな風になってしまっているのだろう。思わず身震いが出る。そんな話は信じたくない。嫌だ。

「とにかく、だから今度は私たちも、同じ目に遭っても不思議じゃないと思っておいた方がいいだろうっていうこと——だからね、すうちゃん」

お母さまは、改めて真っ直ぐに鈴子の瞳を覗き込んできた。明日からは、鈴子も十分に注意しなければならない、もしも道ばたなどでアメリカ兵に行き会ったとして、鈴子が女の子だと分かってしまったら、それだけで何をされるか分からない、とお母さまは言った。

「そうは言ったって、すうちゃんだって、小さい子じゃあるまいし、いつまでも部屋に閉じこもっているわけにもいかないでしょう？　今日みたいに自由に歩き回りたい気持ちもよく分かるのよ。退屈だってするだろうし、健康にだってよくないし——第一そのうち、きっと学校だって始まるでしょう」

お母さまはもう一度、鈴子の髪を撫でて「だから」と続けた。

「すうちゃんには当分の間、男の子の格好をしていて欲しいの。そうでないと、お母さまは心配で、お仕事していても気にかかってしかたがないから」

「――じゃあ、男の子みたいな頭にするっていうこと？　坊主頭《ぼうずあたま》に？」

そんなの、いや、と咄嗟《とっさ》に声を上げたかった。冗談じゃないわ。そんなこと、絶対にいや、と。せっかく戦争が終わったのではないか。鈴子は本当は、以前の光子お姉ちゃまみたいに髪を伸ばしたいと思っていたのだ。一度でいいから、つやつやの黒い髪を肩に垂らしてみたかった。それなのに。

「そして、さっきお部屋に置いてきた服に着替えてちょうだい」

「さっきの服は――」

「人に頼んで、探してきてもらったの。もちろん下着は女物で構わないけれど、こっちも多めに用意してもらったから、ズロースは必ず二枚穿《は》いて、ね」

それからお母さまは用意してあった敷布を広げて、丸椅子に腰掛けている鈴子の襟元から下をすっぽりくるんでしまい、バリカンを握った。

「我慢なさいね。生きていくためなのよ」

首筋にぴたりと冷たい感触があった。

「髪はまたすぐに伸びます。二度とこんなに短くしないですむように、そういう時代になるように、祈りましょう」

わずかに顔を俯かせるとすぐにジャキジャキと音がして、鈴子は、真っ白い敷布の上に、切られた髪がパサパサと落ちるのを眺めていた。

それからさほど時間をおかずに、鈴子はすうすうする頭で一人部屋に戻り、それまで着ていた服を脱ぎ捨てて、代わりにお母さまが置いていった服を着た。新しいものではない。誰が着ていたのかも分からない、だぶだぶの半袖《はんそで》シャツに国防色のズボンだ。今日まで着ていたもんぺやブラウスのように、洗いざらして薄く柔らかくなり、すっかり肌に馴染《なじ》みきっていた感触とは違って、こちらは地が厚くて、ごわごわしていた。シャツのボタンのつけ方も女物とは逆さまだ。そのボタンを襟元から一つ一つはめながら、ぽと、と畳の上に涙が落ちた。

7

その晩はお母さまと二人、自分たちの部屋で夕食をとった。二階に来た女の人たちと食堂で顔を合わせない方がいいのではないかというモトさんたちの配慮もあったが、それより何より鈴子自身が、坊主頭になってしまった自分の姿を見られたくなかったからだ。

目黒の家からここへ来たのは、つい昨日のことなのに、ずい分と長い時間が過ぎたような気がする。お母さまと二人きりで向き合うことさえ、久しぶりに感じられた。

「何ていいお味なんでしょう。周子さんの腕前も大したものだけれど、おだしが取れるか取れないかだけで、お雑炊一つでも、こんなにも違う味になるものなのね」

確かに今日の雑炊は、だしがきいて、しかも、米よりもずっと多い菜っ葉や大根、芋などの具材の隙間《すきま》に、ほんの小さく切ってあるものの、間違いなくカシワだと分かる肉が混ざっていた。醬油も使われているお蔭《かげ》で、うっすら色もついている。だからつい、鈴子も箸《はし》を動かした。こんな気分の時に、とても食事など喉《のど》を通るものかと思っていたのに、手と口が勝手に動いてしまうのだから仕方がなかった。

「すうちゃん」

「――」

「もう、ご機嫌を直しなさいな」

「――べつに、機嫌悪くなんか、ないもの」

「そう？　だったら拗《す》ねてるのかしら？　ね、すぐに髪は伸びるから」

「そうしたら、また切られるかも知れないじゃない」

「アメリカ兵も落ち着いて、私たちも落ち着いてきたら、きっとそんなにビクビクしないでも済むようになるかも知れない」

「——そんなこと、どうして言えるの。これから、私たちは奴隷《どれい》になるかも知れないんでしょう？」

意識してゆっくり箸を動かしながら、鈴子は一瞬だけお母さまを見て、すぐにまた目を伏せてしまった。お母さまが悲しい顔をしていることは分かっている。その顔を見ると、こちらの方が嫌な気分になるのだ。小さいときから、鈴子はお母さまのそういう顔が大の苦手だった。さらに泣いているところなど見てしまったら、わけもなく叫びたくなるくらいに胸の中がモヤモヤした。

「——もともと、あんなにたくさん爆弾を降らせて、町中燃やして、小さい子や赤ちゃんまで、平気で殺した人たちじゃない。私たちのことなんか最初っから人間だなんて思ってやしないんでしょ。きっと、オケラくらいにしか思ってないんだ」

いつの間にか日の暮れる時刻が早くなっていた。開け放った窓の外は、もうすっかり暗い。それでも窓からも廊下側からも、人々の動き回る音が聞こえている。職人たちが何人も出入りして今も工事を続けているということだし、明日から働く女の人たちは、夕食後は順番に風呂《ふろ》を使っているらしい。時折、よく響く桶《おけ》の音や湯をかける音など一緒に、女の人の笑い声までが響いてきた。よく笑っていられる。

それらの音の隙間から、秋の虫の音も聞こえ始めている。

「私、明日は絶対に外に出るからね。いいでしょう？」

雑炊を食べ終えた後、鈴子は自分でも仏頂面《ぶっちょうづら》をしていると分かる表情のまま、挑戦的な気分でお母さまを見た。駄目だなんて言わせないんだから。髪まで切って、男の子の格好をさせられているんだから。お母さまは自分も静かに箸を置くと、お白湯《さゆ》を飲みながら「そうね」と小さく頷いた。

「ただし、くれぐれも気をつけてちょうだいね。もしもアメリカ兵を見たら、絶対にみだりに近づいたりしないことよ。約束出来る？　いくら男の子の格好をしていたって、年端《としは》もいかない子どもだと思ったら、向こうはまたべつのことをしてかすかも知れないんだから」

「べつのことって？」

「――分からないけど」

「お母さまは明日は、どうするの」

お母さまは、両手で包み込むように持った湯飲み茶碗《ぢゃわん》に目を落としたままで「そうねえ」とため息をつく。

「明日になってみなければ分からないわ。一体どんなことになるんだか」

「ご飯は一緒に食べられる？」

「朝ご飯はもちろん大丈夫だけれど、お昼と夜はどうかしら——」

微《かす》かに肩を上下させ、それから顔を上げたお母さまは、鈴子と目が合った途端、その表情をぱっと崩して、堪《こら》えきれないというような笑顔になった。

「——なあに」

「すうちゃん」

「何よ」

「すごく可愛らしい」

一瞬のうちに、自分の顔が赤くなったのが分かった。鈴子は思いきり唇を尖《とが》らせて、くすくすと笑っているお母さまを余計に強く睨《にら》みつけた。

「やめてよっ」

「きっと、外を歩いたらみんなが振り返って見ると思うわ。だけどね、すうちゃん、その時に勘違いしないことよ。すうちゃんが変なんじゃなくて、何て可愛らしいんだろうと思って、見るんだから」

お母さまは堪えきれないというように、ついに声を出して笑いながら「可愛い」を繰り返している。鈴子は、そんなお母さまを睨みつけているのも馬鹿馬鹿しくなって、自分のくりくり坊主になってしまった頭を撫でてみた。馬鹿にしてるの、と言いたい一方で、少しばかり嬉《うれ》しくなる。可愛いなんて。

「だけど、それじゃ困るんじゃない？　可愛らしく見えたら、女の子だって分かっちゃうっていうことじゃないの？」

以前、匡お兄ちゃまが髪を短く刈られたときのことをふと思い出す。文士を気取って伸ばしていた髪を坊主にされて、膨れっ面になっていたお兄ちゃまの頭を、鈴子は面白がって何度となく触らせてもらったものだ。まさか、あのときと同じ感触を自分の頭で味わうとは思っていなかった。

「ああ、苦しい。つい笑っちゃった」

確かにこのところ目に見えて潑剌《はつらつ》としてきたお母さまだったが、それでも、こんな風に声を出して笑うところを見たのは久しぶりだった。もともと、お母さまは笑い上戸で、その軽やかな笑い声は、いつでも本所の家を明るくしたものだ。

「お母さま、ちょっと笑いすぎ」

「ごめんなさいね、でもね、すうちゃん、心配しなくていいですからね」

いったん鎮《しず》まったのに、お母さまはまたくっくっと笑い始めている。

「ちゃんと――ちゃんとね、男の子には、見えてるから。それも、飛びっきり可愛らしい男の子に」

笑いすぎて涙をにじませながら、それは鈴子の額の形がいいせいと、眉《まゆ》が太くて濃いせいだろうと、お母さまは言った。

「おかっぱさんの時には、おでこは隠れてることが多かったし、それほど眉が目立つこともなかったけれど、髪が短くなったら、生え際《ぎわ》もすっきりしてきれいだし、とても賢そうな少年に見えるんだもの。何だか、お母さま、息子が一人増えたみたいで、すごく得した気分だわ。第一、すうちゃんは福耳なのね」

滲《にじ》んだ涙を手の甲で拭い、そうしてお母さまは「お父さまにそっくり」と呟いた。

また胸の中がザワザワした。

お父さま。

気がつけばもうずい分と会っていない。当たり前だ、亡くなったのだから。けれど、あれからあまりにも色々なことがありすぎた。まだ、さほど年月が過ぎたわけでもないのに、お父さまのお葬式を出したのが、もうずっと遠い昔だった気がする。今となっては本当にあったことかどうかも怪しいくらいに。あれは夢で、本当はただ単に、しばらく会えずにいるだけではないのだろうかと思いたくなるくらいに。

「よっぽど楽しい話でもしてるのかな」

ふいに襖戸が開いたと思ったら、宮下のおじさまが顔を出した。鈴子は思わずお母さまを見た。お母さまも、ちらりと鈴子を見て、それから頬のあたりに笑いの余韻を残したまま、「いいえ」と首を振る。おじさまは、そのままずかずかと部屋まで入り込んできて、どっかりとあぐらをかくなり、鈴子を見て「おっ」と言った。

「こりゃあこりゃあ。なかなかどうして、似合ってるじゃないか。青々として、寺の小僧さんみたいだな」

「そんなこと言わないでやってください。本人はかなり傷ついてるんですから」

自分だってさんざん笑っていたくせに、お母さまはたしなめるような、意外なくらいに冷ややかな口調になっている。だが宮下のおじさまは、あっはっは、と声を上げて笑った。

「傷つくことなんか、ありゃせんて。髪の毛なんか、すぐにまた伸びるんだから。日本中の若い娘たちが大勢、そういう格好をしてるそうだよ」

「――本当？」

「そりゃあ、中には無頓着《むとんちゃく》な娘もいるだろうがね、親が心配している家では、男の格好をさせとるそうだ。理由は分かるね？　お母さんから聞いたよな？　アメリカ兵たちがやってくると、この辺りも物騒になるかも知れんから」

「――聞きました」

「果たしてどういうことになるやら、おじさんたちにもまだ、皆目見当がつかんのだが。とにかくこの建物も、工事が終わり次第、アメリカ人用に使うことになるから」

「――聞いてます」

おじさまは「ふうん」というように頷きながらポケットから煙草《たばこ》を取り出す。鈴子は思わず「あ」と腰を浮かせた。

「灰皿、取ってこなきゃ」

背後でお母さまの「あ、ちょっと」という声がしたが、鈴子はそのまま部屋を飛び出した。おじさまと一緒にいたくない。ずっと我慢してきたけれど、やっぱり鈴子は宮下のおじさまが好きではないのだと、最近つくづく思う。けれど「嫌い」という顔をしてしまったら、お母さまが困ることになることも分かっている。

廊下を右に折れて厨房の前まで来たところで、ちょうど食堂から出て来た二人連れの女の人と行き合った。あっと声を出しかけて相手の顔を見て、鈴子は慌てて立ち止まった。ハルヨさんとモトさんかと思ったら、見知らぬ顔だ。それに、若い。

この人たちが。

こんな、どこにでもいるようなお姉さんが。

美人でも不美人でもなく、楽しげにも悲しげにも見えないお姉さんたちだった。二人のうちの一人が「びっくりした」と自分の胸元に手をやった。

「うちの弟かと思っちゃったわ。そんなわけないのに」

鈴子は慌てて小さく会釈《えしゃく》をした。女の人たちは、いずれも物静かな表情をしていた。そして、鈴子を軽く一瞥《いちべつ》しただけで、そそくさと行ってしまう。その後ろ姿が見えなくなるまで、鈴子は廊下に立ち尽くしていた。

「誰かに会わなかった？」

灰皿を持って戻ると、お母さまが気忙《きぜわ》しげな顔を向ける。鈴子は「誰にも」と小さく首を振った。いちいち説明をするのは面倒だった。

「これ、約束のもの」

灰皿に煙草の灰を落としながら、宮下のおじさまがわら半紙の包みを差し出してくる。受け取って開いてみると、何冊かの雑誌の他に真新しい帳面と鉛筆が二本、それに肥後守《ひごのかみ》と字消しまで出てきた。

「これからは、すうちゃんたちも英語が出来るようにならなけりゃいかん。今日からお母さんに英語を習うといい」

意外なことを言われて、鈴子はお母さまを見てしまった。お母さまも初めて思いが至ったような表情で小さく頷いている。

「そうね、アルファベットからお勉強しましょうか」

お勉強、という言葉が何とも言えず新鮮に聞こえた。鈴子はつい大きく頷いて、お母さまと宮下のおじさまとを見比べてしまった。

「おじさま、ありがとう」

するとおじさまは、鈴子が初めて見るような妙に照れくさそうな顔つきになって首の後ろを掻《か》く。

「どうも勝手が違うな。よその子に言われてるみたいな感じだ」

「――でも、お父さまに似てるって、お母さまは」

咄嗟に言い返していた。そして、鈴子は目を伏せた。

その晩も、お母さまは宮下のおじさまや益子さんたちと、食堂で話し合いをしていた。鈴子は、いい加減遅くなるまで、薄い布団《ふとん》の上に腹這《はらば》いになって、お母さまがノートにお手本を書いていってくれたａｂｃの文字を、ノートの見開きページが一杯になるまで書いて過ごしたが、それでもお母さまたちの話し合いは終わらなかった。結局、肩も腕も疲れてしまったから、その後はしばらくの間、天井の木目と睨めっこをしながら過ごし、そして、諦《あきら》めて先に寝ることにした。坊主になってしまった頭の下では、少し動く度に、枕《まくら》の中のそば殻が動くのが感じられた。

八月二十七日も朝早くから工事が入った。ハルヨさんは井戸端でせっせと洗濯をし続け、モトさんとお母さまとは食堂の片隅に陣取って、ずっと帳面に向かったり、大きな紙に何かの文字を書いたりしている。鈴子は六畳間で、アルファベットの勉強をして過ごした。

「えー。びー。しー」

とにかく鉛筆を握って何かを書くだけで楽しかった。どれくらい、そうして過ごしただろうか。二十六個の文字など、いとも簡単に覚えてしまった。次に何か新しいことを教えて欲しくなって、鈴子は部屋を出た。そうして廊下を曲がったところで、階段から裏玄関に向かって歩いていく女の人たちの行列を見た。

「もう、『コマチエン』に行くんだって。あとは向こうで準備するらしいわ。さっき、こぉんな大っきな缶に入ってる白粉《おしろい》も届いたんだから」

洗濯の途中だったのだろう、厨房から顔を覗かせていたハルヨさんが、だらんと下げた手の指先から、水を滴《したた》らせながら呟いた。

「夕方には、またべつの女の子たちが来るってよ」

「――べつの？」

鈴子が声をひそめて尋ねると、ハルヨさんは大切な秘密を打ち明けるような表情で頷いた。

「今月中に、百人まで増やすんだって」

第二章　占領軍が来た日

1

八月二十八日。火曜日。

早朝はヒグラシの声が遠くに聞こえて、雨戸を開けた後にはどことなく秋めいた風が部屋に流れ込んできたものだが、陽が高くなるにつれて空には夏そのものの雲が輝き、気温もぐんぐん上がっていった。

鈴子たちの住まいには、やはり早い時間から職人たちがやってきて、前日と同様にトンカントンカンが始まった。まだ朝食の支度が整う前から、裏玄関の方で「おおい、誰かいるかい」などという野太い声が響いたかと思えば、次にはいつの間にか食堂のすぐ前まで入り込んでいた男が、いきなり「よう」と厨房《ちゅうぼう》に顔を出した。

だが、そうやって落ち着かない空気に包まれながらも、一つの食卓を囲んで朝食をとり始めたときには、お母さまをはじめとして誰もが言葉数も少なく、全体に神妙というか憂鬱《ゆううつ》そうな顔つきをしていた。いつだって、誰に対しても嫌みの一つくらい言わずにいられないはずの益子さんまでもが、むっつりと、ただ箸《はし》を動かすばかりだった。彼女がようやく口を開いたのは、お椀《わん》を置いて、いつものように煙草《たばこ》を取り出したときだ。

「ええと、この後、奥さんは、宮下の旦那《だんな》さんたちと行くんでしたわねえ」

お母さまはお椀に目を落としたまま、「ええ」と小さく答える。

「何時からなんですって？　その、式典ってのは」

「九時だそうです」

「宮城前でしょう？　何で行くんです、電車？」

「いえ、お車で」

「あら、へえ、車でね。帰りも？」

「多分」

ふうん、と頷《うなず》く益子さんの、鼻からもわずかに煙草の煙が出た。

「とにかく終わったら、なるたけ早く、帰ってきてくださいよねえ」

「もちろんです」

「今日はこれから何が起こるものやら、分かりゃしないんですからさ」

「承知しております」

「何たって、向こうさんの言葉が話せるのは、今んとこ奥さんしかいないわけですからさあ――」

「お式が終わり次第、すぐに戻りますので」

鋸《のこぎり》を挽《ひ》く音。鉋《かんな》をかける音。金槌《かなづち》のトンカン、トンカン。少しばかり秋めいてきたと思ったけれど、音を聞いているだけで暑さが増すようだ。そんな音に包まれて雑炊をすすっているのだから、余計に汗をかいた。椀の底に残る雑炊の汁の、最後の一滴まで箸の先ですくい取るようにして食事を終えると、鈴子はザワザワとした空気に追いやられるように「ごちそうさま」と席を立った。

「すうちゃん、お母さまお出かけしてくるけれど――」

六畳間に戻って英語の帳面を開いていると、しばらくしてお母さまが襖《ふすま》戸《ど》の向こうから顔を出した。いつの間に着替えたのか、もんぺの上に見慣れないブラウスを着ている。真っ白で、いかにも清潔そうなブラウスだ。

「どうしたの、それ」

「ああ、これ?」

お母さまは少しばかり恥ずかしげな、それでいて嬉《うれ》しそうな笑みを浮かべて、宮下のおじさまが探してきてくれたのだと言った。鈴子はちゃぶ台の上に開いた帳面に顔を戻して、ただ「ふうん」と言うだけにしておいた。嬉しがっちゃって。鈴子には男の子の格好をさせているくせに。

「お昼前には戻りますからね。それまで、すうちゃんは――」

「大丈夫。どこへも行かないから」

「そう？　じゃあ、お願いね」

お母さまの足音が遠ざかるのを聞き、それからしばらくの間、鈴子はほとんど一心不乱で帳面に向かってアルファベットを書き連ねて過ごした。それまで知らなかったことを教わるのが、こんなに楽しいとは思わなかった。考えてみれば三月の大空襲の前、まだ学校が休みになっていない頃だって、鈴子たちは日を追うに従って畑仕事に駆り出されたり、校庭で教練に明け暮れたりすることばかりが増えていって、ちっともまともな授業などなかったのだ。あの頃は、それが「楽ちん」だと笑う友だちもいたし、鈴子もそう思わないことはなかったけれど、今にして思えばずい分ともったいないことをしたのではないかという気にもなる。

あんなに何もかも我慢したって、結局は戦争に負けたんだし。

帳面には、お母さまが一ページごとにアルファベットの活字体と筆記体に分けて、それぞれ大文字と小文字の四種類のお手本を書いてくれてある。きれいな文字で丁寧にお手本を書き込みながら、お母さまは「面白いものよ、英語って」と言っていた。女学生時代は、英語の授業が一番好きだったのだそうだ。

そんな頃があったなんて。お母さまにも。

それは、どんな時代だったのだろう。鈴子と同じような年頃のとき、お母さまは何を見て何を感じ、何を考えて過ごしていたのだろうか。まさか、大人になってからこんな風に戦争に巻き込まれて、せっかく結婚した相手も、自分のお腹《なか》を痛めた子どもも、こんなに早く亡《な》くすなんて、思いもよらなかったに違いない。住む家も何もかも喪《うしな》って、半月前まで敵だった国の男たちのために、一生懸命勉強した英語を使う日が来るなんて。

鉛筆の芯《しん》がすり減る度に、それはそれは丁寧に、時間をかけて肥後守《ひごのかみ》で芯を削り出し、鈴子は再び帳面に向かう。こうして何かに夢中になっていると、家中に響いているトンカントンカンさえ気にならなくなり、自分が「空っぽ」であることを感じないでいられることに気がついたからだ。

どれくらいそうやって過ごしたか、ふいにどすどすと廊下を踏みならすような足音が近づいてきたかと思うと、襖戸がさっと開かれた。宮下のおじさまが、汗でてらてら光る顔で立っていた。

「ただいま」

「——おかえりなさい」

おじさまはずかずかと部屋に入り込んでくる。その後ろに、お母さまが従っていた。鈴子は思わず開かれた襖戸の向こうの気配を探るように、首を伸ばしてお母さまの背後を見た。ここは、目黒の家とは違うのだ。他の人の目だってある。それなのに、どうしてこんなにも無神経に鈴子たちの部屋にまで入って来るのだろう。しかも「ただいま」なんて。

「いや、なかなか立派なものだったじゃないか、なあ。これで我々も胸を張って仕事に精を出せるというものだ」

そう言うなり、宮下のおじさまは、せかせかと汗染《じ》みの出来た国民服の上着のボタンを外しにかかる。

「しかし、何といっても、あれだ。宮城前で宣誓式を執り行うというのが、実に卓抜な発想だった。要するに、我々が取り組むこの事業について、畏《かしこ》くも陛下の御前でご報告したのと同じだけの意味を持たせたというわけだからな。思いを新たにして、だ、新しい日本国家を建設するために粉骨砕身、日々邁進《まいしん》してまいりますと、新たにお誓い申し上げたということになるわけだから」

「それに、あんなに大勢の方が集まって、何とも厳かなお式でしたわね」

おじさまの、むっちりした片肌が現れると、お母さまは当たり前のように国民服を背後から受け取りながら、「驚きましたわ」と、心の底から感心したような顔つきになっている。おじさまは、ついで畳の上にどっかとあぐらをかき、今度はゲートルを外し始める。饐《す》えたようないやな臭《にお》いがしてきた。鈴子は思わず顔をしかめながら、それでも目線だけはおじさまから外さなかった。

「だから言ったろう？　今は躊躇《ためら》っている場合ではないんだ。確かに爆弾を落とされるような戦争は終わったが、これからは新たなる敵との戦いが始まると思わなけりゃならんのだと。そして、この新たな戦いでは、敢然と立ち向かうものにのみ、勝利がやってくると思わなけりゃ、ならん」

鈴子は、握った鉛筆を宙に浮かせたまま、今、聞いた言葉の一つ一つを、何とかして頭の中のどこかに収めようとした。すると、おじさまは初めて鈴子の存在に気づいたように、こちらを見た。

「すうちゃんに、今の言葉の意味は分かるかい」

「――分からない」

正直に首を左右に振る。以前ならば当たり前のように感じられた髪の揺れが、今はないことが改めて感じられた。

「要するに、だ」

外したゲートルを雑にくるくると手元で巻きながら、宮下のおじさまは「今度の敵とは」と、もう片方のゲートルも外していく。

「時代だ」

「──時代？」

おじさまは、相変わらず汗が滴《したた》ってくる顔で、「分からんかな」と、にやりと笑う。

「要するに、この、時代という敵は、だな。たとえば焼夷弾《しょういだん》などとはわけが違うということだ。ひたすら背を向けて逃げるなど、以《もっ》ての外。たとえば住む家や親兄弟や親《しん》戚《せき》や、そういったものを喪うたからと言うて、ただ呆然《ぼうぜん》としておるだけのものは、これからはかえって痛い目に遭う。つまり、敵に後ろを見せても駄目、ただ受け入れるだけでも駄目」

「じゃあ、どうするの」

鈴子が尋ねると、おじさまはわずかに胸を張り、ふふん、と言うように汗で光る顔のまま鼻を鳴らした。

「受けて立つことだ」

「受けて？」

「そうだとも。いいかね、今度の敵に向かっては、だな、『ようし、しからば受けて立ってやろうではないか』と、こういう気概で、まず仁王立ちになり、両の目をかっと見開いて相手を受け止めることこそが肝要。そういう、戦う姿勢を見せるものだけが勝機を摑《つか》む。つまり、これからの新しい日本を生き抜いていくことが出来得るということだ」

　鈴子は、いかにもありがたい話を聞いたというような表情で、ゆっくりと頷いているお母さまに視線を移し、「ふうん」と小さく頷くしかなかった。分かったような分からないような話だ。大体、「時代」というものが何なのか、鈴子にはよく分からない。そんなものを相手に戦うということは、実際に何をどうすればいいのか。

「時代って——」

「さて、と。工事の進み具合を見てくるとするかな。それから、あんたたちの新しい家、あれも目星をつけさせてあるから、一応は見て来んとならんな。ええと、蒸《ふ》かした芋でも湯漬けでも、何でも構わんから、口に入れられるものがあったら用意してくれるように、まかないに言ってくれんか。ああ、いい。自分で言うから」

　宮下のおじさまは、それだけ言うとさっと立ち上がり、お母さまの白いブラウスの肩をぽんぽん、と叩《たた》いた。

「あんた、つたゑさんも、昼飯を済ませたら早いところ『コマチエン』の方に来てくれんと困るよ。何しろ、新しい戦いの火ぶたは、もう切って落とされるんだ」

おじさまが気忙《きぜわ》しげに部屋を出て行き、ぴしゃり、と襖戸が閉まったところで、お母さまの長いため息が聞こえた。ゆっくりと畳に膝《ひざ》をつきながら、口元を引き締め、一点を見つめるようにして、お母さまは「なるほどね」と小さく頷いている。

「確かに、これは新しい戦いの始まりかも知れないんだわね」

「時代との？」

お母さまはゆっくりこちらを見る。それから、ちゃぶ台に広げた鈴子の帳面に目を留めて、ようやくにっこりと微笑《ほほえ》んだ。

「真面目《まじめ》にやってたのね。どれ、上手に書けてるじゃない。じゃあ、次は」

お母さまは鈴子から鉛筆を受け取り、新しい帳面のページを開くと、今度は五十音の表を作り始めた。「あいうえお」に揃《そろ》えて、それぞれのアルファベットを当てはめていく。丁寧な文字が書き込まれて出来上がっていく表を興味深く眺めながら、鈴子は一方では、気が気ではなかった。

「お母さま、そんなにゆっくりやってたら時間が――」

「これはね、正確にはローマ字と言うんだけれど、こうして、日本の言葉をアルファベットに置き換えて書くことが出来るの。これに慣れることが出来れば、基本的な発音が覚えられるし、英語を勉強するのに便利なのよ」

「分かったけど」

「聞いたでしょう、今日から戦いが始まるって。どれくらい忙しくなって、何が起こるか。これからどれくらい、すうちゃんと一緒にいる時間が持てるものかも分からないわ。だからね、すうちゃんには宿題を出しておきます。ちゃんとすらすらローマ字が読み書き出来るようになるために、そうしたらね、お母さまにお手紙を書いてちょうだいな」

「手紙？」

「短くてかまわないから」

「だって、便せんも何もないもの」

するとお母さまは、では明日までに、チラシでも何でも、書きつけに出来るような紙を探してみようと言った。

昼食は、鈴子とお母さまと、そしてハルヨさんとの三人でとった。まかないの周子さんとモトさんは既に「コマチエン」に行っているという話だったし、益子さんは今日また新たにやってくる「防波堤」の人たちを、どこかまで迎えに行ったという。

「何か、胸が詰まるような感じがして、しょうがないのよ」

朝と変わらない薄い雑炊をすすっていたハルヨさんが、ふいに箸を置くと、顔に似合わない深刻な表情になって自分の胸元に手を置き、肩を大きく上下させた。

「今は二宮さんしかいないからさ、思い切って言っちゃうけど、あたしねえ、今だってやっぱり迷ってんのよね。よかったのかなあ、こんな仕事を引き受けてって」

お母さまは何も言わない。ただ背筋を伸ばして、ゆっくりと箸を動かすばかりだ。

「だってさあ、同じ女として、ねえ、あの子たちがこれからどんな思いしなきゃならないか、分からないわけがないのに――それでも頑張んなさいって言ってやらなきゃいけないわけでしょう？　まだまだ人数を増やすっていうし――そりゃあね、はなっからそういう商売をやってたっていう人ばっかりなら、ここまで深刻にはなりゃしないわよ。中には好きでやるような人だっているんだろうし。でも――」

「仕方がないんだわ。花街さえ人が足りてないっていうんですもの。吉原《よしわら》あたりだって空襲で大勢死んだ上に、焼け出された人たちは田舎に帰ったらしいっていう話だし、第一、ずい分の数が軍と一緒に大陸やら南方やら行ってるんですって」

「それにしたって、ねえ――こんなことまでしなきゃならないのかしら、本当に」

「やめましょう」

お母さまの口調は、もの静かながら、きっぱりしていた。

「泣いても笑っても、もうやるしかない。だって、負けたんですもの、私たち。それでも生き延びていかなけりゃならないのよ」

「分かってるけど――」

「今日から、私たちは『特殊慰安施設協会』に正式に雇われたことになるの。『RAA』の職員として職務をまっとうするって、正式に宮城の前で宣誓までしてきたのよ。理事の方々は、血の連判状まで作ったわ」

ハルヨさんは「連判状」と絶句したような顔になった。

「そんなものまで作ったの？　まるで赤穂《あこう》浪士の討ち入りじゃないの」

「覚悟としては変わらないということでしょう。現実問題として、私もこの子も、他に行くところがあるわけじゃない。下の息子が無事に、生きて戻ってくるまでは、何としてでも持ちこたえて、待っていなきゃならないの。ハルヨさん、あなただって同じでしょう？」

「そうよ――あたしだって、住む家も頼る相手も誰一人いるわけじゃない。実家も嫁入り先もみんな焼けちゃったし、亭主も戦死したし――」

「誰も彼も、好きでこんなことをするはずがない。けれど女の身で、何とかして傷つかずに、飢え死にもせず、寝泊まりする場所にも困らずに生きていこうと思うんなら、ここはもってこいだと私は思っています。それに、さっき宮下さんは言っていらした。受けて立つくらいの気概がなければ、この時代を生き延びることは出来ないって。それは、今日から働いてもらう女の子たちだって同じことのはず」

すっと背筋を伸ばし、お母さまは、まだのろのろと箸を動かしていた鈴子の方を向いた。そして、午後からは鈴子が何をしようと自由だが、もしも外へ出る場合はハルヨさんにでも誰にでも必ずひと声かけて行くこと、一歩外に出たら絶対に女の子だと気づかれてはならないこと、そして、日が暮れるまでには必ず帰ってくること、と指を折りながら約束をさせた。

「いいわね、すうちゃん。はい、げんまん」

小さい子じゃあるまいし、と思うけれど、仕方がないから小指を差し出す。お母さまの小指に手を振られ、「ゆーびきーり」という声を聞きながら、鈴子は何となく、お母さまが少しずつ、べつの人になっていくように感じられてならなかった。宮下のおじさまが言っていたような「もってこい」とか「受けて立つ」とか、そういう言葉は、お母さまには似合わないと思った。

2

お母さまは「コマチエン」へ出かけていった。部屋に戻った鈴子はしばらくの間、畳の上にひっくり返って、ぼんやりしていた。何かが始まる。今日。

こんにちは―konnitiwa

さやうなら―sayounara

ありがたう―arigatou

二宮鈴子―Ninomiya Suzuko

ちゃぶ台の上に広げたままになっている帳面には、お母さまが残していったアルファベットの五十音表と共に、例として、それだけの言葉が書かれていた。

英語みたいに見えるけれど英語ではない言葉。ほんの少し前までは、絶対に使ってはならないと言われていた文字が、鈴子の名前を綴《つづ》っている。けれど、何だか鈴子であって鈴子でないみたいだ。

変なの。

それならお母さまの「つたゑ」という名前もローマ字に出来るということだ。特にお母さまは、これからアメリカ人と直《じか》に話をすることになる。そうなれば、名前を聞かれることだってあるに違いない。そんなとき、お母さまは「つたゑ」から「Ｔｕｔａｅ」になる。

別の人みたい。

ＴｕｔａｅとＳｕｚｕｋｏなんて。そんな文字だけ見たって、名前かどうかだって分かりはしないだろうに。

アルファベットは、眺めただけではまったく印象の摑めない、要するに味気ない文字なのだなと思いながら、気だるい気分で寝返りを打つ。すると、鈴子の視線の先に、お母さまがいつも持ち歩いている手提げ袋が置かれているのが目に留まった。持ち手の部分だけが木製で、この何年もお母さまが愛用している布製の袋だ。

空襲を受けて逃げ回る最中に火の粉に降られて穴が空いたり、擦り切れたりする度に、お母さまは、その袋に別の布をあてて繕いながら今日まで使ってきた。もともとは藍染《あいぞ》めの着物地で出来ているのだが、つぎあての部分に明るい色の洋服地の切れ端や、帯の端布《はぬの》などを使っているせいで、意外に個性的で垢抜《あかぬ》けて見える。

戦争がひどくなる前は、お母さまは革製のハンドバッグを持ち歩いていて、そこにはいつもコンパクトや口紅などが入っていた。ハンドバッグそのものの肌触りや口金の金色が美しかった上に、お化粧品の容器も、どれもが宝石のように美しく見えて、鈴子はそれらを眺めるのが大好きだった。手にとってみるだけで、大人の女の人の不思議な世界を垣間見る《かいまみ》るような気分になって、お母さまの目を盗んではハンドバッグを自分の腕にかけてみたり、お化粧品を取り出して、お化粧するふりをしてみたことがある。

今はお化粧品なんか手に入るはずもないから、では、あの袋の中には何が入っているのだろうかと、ふと興味が湧《わ》いてきた。こんな格好をお母さまに見つかったら悲鳴を上げられるに違いないと、少し愉快になりながら、鈴子は仰向《あおむ》けに寝転んだままの格好で足を動かして畳の上を移動した。どうせ男の子の格好をしているのだから、どんなお行儀の悪いことをしたって、構ったことではない。

手が届くところまで近づいて、袋を引き寄せ、中からかき出すようにして、お母さまの持ち物を見てみる。手ぬぐい、ちり紙代わりの雑紙、革表紙の手帳と、もう少し大きめの帳面。巾着袋《きんちゃくぶくろ》――この中には家族全員の写真やお守り札、鈴子と千鶴子の臍《へそ》の緒などが入っているのは知っている――、お父さまの形見の万年筆、光子お姉ちゃまが使っていた柘植《つげ》の櫛《くし》も出て来た。そして、ほとんど残っていない口紅と紅筆、コンパクト。それから、ほとんど新品に見える茶封筒。

封筒の中からは、折りたたまれた何枚かの紙が出て来た。開いてみると、そこには「特殊慰安施設協会設立宣誓式」という文字がガリ版刷りで印刷されていた。鈴子は思わずその場に起き直った。

〈宣誓

……新日本再建の発足と、全日本女性の純血を護《まも》るための礎石事業たることを自覚し、滅私奉公の決意を固めるため……〉

女性、純血、護るといった文字が、一斉に目に飛び込んできた。中でも「滅私奉公」という四文字が、鈴子の胸に突き刺さった。

本当に始まるんだ。

新しい戦いが。

二枚目の紙には「設立趣意書」と書かれている。

〈設立趣意書

畏《かしこ》くも聖断を拝し、茲《ここ》に連合軍の進駐を見るに至りました。一億の純血を護り以《もっ》て国体護持の大精神に則《のっと》り、先に当局の命令を受け東京料理飲食業組合、東京待合業組合連合会、東京接待業組合連合会、全国芸妓《げいぎ》置屋同盟会東京支部連合会、東京都貸座敷組合、東京慰安所連合会、東京練技場組合連盟の所属組合員を以て特殊慰安施設協会を構成致し、関東地区駐屯部隊将士の慰安施設を完備するため計画を進めてまゐりました。本協会を通じて彼我両国民の意志の疎《そ》通《つう》を図り、併せて国民外交の円滑なる発展に寄与致しますと共に平和世界建設の一助ともなれば本協会の本懐とするところであります。

本協会は右の趣旨に基き、直に運営を開始致します所存で御座居ます故《ゆえ》、何卒《なにとぞ》ご賛同の上大いにご出資を賜り、如上の使命達成に万全の御支援を御願ひ致します。

昭和二十年八月

特殊慰安施設協会〉

さらに三枚目には、今度は「声明書」と刷られている。

〈声明書

……我ら既にして此《こ》の覚悟をなす。時あり、命下りて、予《あらかじ》め我等が職域を通じ、戦後処理の国家緊急施設の一端として、駐屯軍慰安の難事業を課せられる……我等固《もと》より深く決する処《ところ》あり。褒貶《ほうへん》固より問ふ処に非《あら》ず。成敗自ら命あり。只《ただ》同志結盟して信念の命ずる処に直往し、『昭和のお吉』幾千人の人柱の上に、狂瀾《きょうらん》を阻《はば》む防波堤を築き、民族の純血を百年の彼方《かなた》に護持培養すると共に、戦後社会秩序の根本に、見えざる地下の柱たらんとす……我等は断じて進駐軍に媚《こ》びるものに非ず、節を枉《ま》げ、心を売るものに非ず、止《や》むべからざる儀礼を払ひ、条約の一端の履行にも貢献し、社会の安寧に寄与し以て大にしてこれを言へば国体護持に挺身《ていしん》せんとするに他ならざることを重ねて直言し、以て声明となす〉

完全に読み取れるわけではなかったが、それでも「人柱」「防波堤」「純血」といった文字が目に留まる度に、どんどんと息苦しくなっていく。

本当に、本当に。

始まるのだ。今日これから。

四枚目以降の紙には、「目論《もくろ》見書《みしょ》」といった表題がつけられている。

〈目論見書

○名称—特殊慰安施設協会
○目的—関東地区駐屯軍将校並びに一般兵士の慰安施設
○設備—既設の堅牢《けんろう》優美なる和洋建築物を使用
○企業内容
・食堂部—西洋、中国、日本、肉食、天麩羅《てんぷら》、汁粉、喫茶
・キャバレー部—カフェー、バー、ダンスホール
・慰安部—第一部芸妓、第二部娼妓《しょうぎ》、第三部酌婦、第四部ダンサー・女給・その他合計五千人
・遊技部—撞球《どうきゅう》、射的、ゴルフ、テニス
・芸能部—演劇、映画、音楽
・特殊施設部—温泉、ホテル、遊覧、漁猟
・物産部—販売
○付属施設—衛生設備、厚生設備、教養部、雇員宿舎、クリーニング部、美粧《びしょう》部、衣装部、装置照明部、音楽部、営繕《えいぜん》部
○資金—一口一万円（特殊預金にても可）計五千万円を醵出《きょしゅつ》し、これを見返りに低利資金五千万円の融資をうく

○運営委員会─協会の最高執行機関として運営委員会をおく
○指導委員会─内務省、外務省、大蔵省、運輸省、東京都、警視庁等の各関係係官をもって組織す
○本部役員並びに職員─別に本部機構並びに企業担当制を規約す〉

慰安部だけで五千人と書かれている。要するに五千人規模の「挺身隊」が組織されるということなのだろうか。それだけの女の人が、かき集められるということか。みんな、「人柱」になる。

正確には理解出来ていないまでも、とてつもなく大きな話なのだということだけは、鈴子にも分かった。要するに戦争に負けた日本は、今度は国を挙げて、これからやってくる占領軍の兵隊たちが快適に、面白おかしく過ごせるように、出来る限りの準備をしようとしているらしいということだ。美味《おい》しい料理とお酒と、楽しい演劇やダンス、衣装や化粧の心配、住むところの心配と、そして、女。

芸妓に娼妓に酌婦に女給。ダンサー。

「慰安」する女の人たちに、そんなに細かい区別があるとは知らなかった。それに加えて、文章には「昭和のお吉」などという言葉が出てきていた。お吉、お吉、と繰り

返し考えている間に、思い出した。芸者さんの娘だった勝子ちゃんが以前、「唐人お吉」という人の話をしてくれたことがあった。

江戸時代、日本に初めてアメリカ人が来たときに、ハリスというえらい人の世話をしていた「お吉」という芸者の話だ。他に面倒を見る人がいないからと周囲から頼まれて、いやいやハリスの世話をすることになったという。ところがいざ「お吉」がハリスに大切にされ始めると、周囲の人々は「お吉」を「アメリカ人の妾《めかけ》」と言って苛《いじ》めた。そのうちにハリスはアメリカに帰ってしまい、一人残されたお吉は、いつまでも爪弾《つまはじ》きにされたままで、まともにお嫁にいくことも出来ず、最後は独りぼっちで自殺したという話だったと思う。

「すごい、きれいな人だったんだってさ。うちのお母ちゃんが言ってた。芸者であろうが何であろうが、十人並みの方が目立たなくていいもんなんだって。下手に目立つと、普通の人と違う道を歩かなけりゃならないんだから」

あのとき「えへへ」と笑っていた勝子ちゃんの顔が思い出されて、鈴子は思わず胸の奥がざわめくのを感じた。勝子ちゃんは目も細いしゲジゲジ眉毛《まゆげ》だし、鼻だって顔の真ん中であぐらをかいていて、お世辞にも美人とは言えなかった。そして、その顔はそのまま、お母さん譲りだった。ああ、勝子ちゃんはどうしているだろう。今もどこかで生きていればいいけれど。お母さんも。

つまり、その「唐人お吉」を引き合いに出して「昭和のお吉」などと呼ぶということは、本当に文字通り「人柱」にしようとしているということに違いなかった。「幾千人」もの女の人たちを。民族の純血を護るために。

今にもそれが始まろうとしているのだと思うと、いてもたってもいられない気持ちになった。鈴子は思わず立ち上がって、そわそわと落ち着きなく部屋の中を歩き回り、結局、外に様子を見に行ってみようと思いついた。厨房を覗《のぞ》くと、いつの間に帰ってきたのか、周子さんがいた。

「今、何時ですか」

声をかけると流しに向かっていた周子さんは「え」と言うように振り返る。

「何時かしらねえ。ああ、あっちの表玄関の方に、大きな柱時計があったわよ。さっき誰かがゼンマイを巻いて動かしてたから、見てきてごらん」

鈴子は思わず返答に迷った。向こうに行けば職人たちがたくさんで仕事をしている。いずれも荒々しい感じの人たちに違いない。そんな人たちには会いたくなかった。だが、鈴子が躊躇っているのを見て取ると、周子さんは「大丈夫だわよ」と笑った。

「なあに、怖いの？」

「だって」

「平気、平気。あんた、鈴子ちゃん。男の子の格好してるんだから」

「――あ、そうか」

言われてみれば、その通りだった。鈴子は、思わず自分の坊主《ぼうず》あたまをくりっと撫《な》でて、きびすを返した。

この間は闇《やみ》に包まれたまま、戦争が終わったことも知らずにいた廊下は、今は光に満ちていた。すべての遮蔽幕《しゃへいまく》が取り払われて雨戸も開けられている。ガラス戸の向こうには苔《こけ》むした庭に石灯籠《いしどうろう》などが置かれているのが見えた。きれいに埃《ほこり》を払われた廊下の木材は深い色合いで落ち着いているし、砂壁にはチラチラと細かく光るものが混ざっている。どれをとって見ても、普通の家というより、高級な旅館や料亭のような感じだ。

けれど、この建物は知っているのだろうか。ようやく戦争の恐怖から免れて、眠りから覚めたと思ったら、とんでもない役割を与えられようとしていることを。知らないんでしょう。昨日までここにいたお姉さんたちのことも、今日新しくやってくるお姉さんたちのことも。その人たちが何をするためにやって来るのかだって。曲がりくねった廊下を素足で歩きながら、鈴子はいつの間にか、この建物に話しかけていた。

私はもう、今夜には引っ越すみたいだから、その後で何が起こるかなんて知らない。でも、これだけは分かる。みんなが「唐人お吉」みたいになる。

幸い、表玄関の周辺に人影はなかった。この前は気づかなかったが、なるほど周子さんが言っていた通り、階段のすぐ脇《わき》に、大人の背丈よりも大きな柱時計が掛けられている。その振り子が、ぶうらん、ぶうらん、揺れていた。

二時四十分。

時間を確かめたとき、階段の上の方からいくつもの足音が聞こえてきた。鈴子はさっときびすを返し、廊下を走って戻った。

「少し、外に行ってきます」

もう一度、厨房に顔を出す。周子さんは再びこちらを見て「気をつけんのよ」と言った。

「特に今日は、それこそ何が起きるか分かんないって、みんなも言ってるんだから。何かあってからじゃ、遅いんだからね」

「——気をつけます」

「本当だわよ。ああ、それに、あんた方は今日中にまたよその家に移るようなこと、言ってたでしょう?」

「あ、はい――」

「だから、そこそこにして、すぐお帰んなさいよ」

周子さんの言葉を背中で聞いて適当に返事をすると、鈴子はそのまま裏玄関に向かった。ほんの数日、外に出なかっただけなのに、今の世の中がどうなっているかと思うと、妙にドキドキしてくる。下足棚から履き古しのズック靴を引き出す間も、開け放った玄関戸の向こうに広がる明るさが、ことさらに感じられた。

3

まだまだ陽射《ひざ》しは強く、とろりと眠たくなるような暑い風が微《かす》かに吹く午後だった。時折、思い出したようにツクツクボウシが鳴き始める。鈴子は、まずはこの建物をよく眺めてみたかった。

裏玄関からは、いったん塀の外まで出なければ表へは回れない造りになっている。一階の間取りは大体頭に入っているのだから、それを思い浮かべながら塀に沿って歩いて行くと、大体この辺りが鈴子とお母さまが寝泊まりしていると思われる辺りに着いた。思った通り、灰色の塀が続くだけの、いかにも殺風景な風景だ。ところが、そのまま進むと、ほんのわずかな距離で、コンクリートの塀は突如として黒い板塀に代わり、塀越しに見える建物そのものまでが、いかにも重厚なものに変わった。大工仕事の音が聞こえる。開け放った二階の窓の向こうに、作業する人の姿も見えた。なるほど、この辺りから先が、最初は闇に包まれていた部分なのに違いなかった。

それにしても、やはり一軒の家としては相当な大きさがある。鈴子が生まれ育った本所界隈《かいわい》でよく見かけたような長屋なら、ゆうに数棟は建ちそうだ。鈴子は長い板塀に沿って歩きながら、不思議なものだと思わずにいられなかった。こんなに贅沢《ぜいたく》な造りで大きな建物が敵の標的にならずに、もっと貧しくて力の弱い人たちが密集しているところが、どうしてあんな風に燃やされなければならなかったのだろう。いくらアメリカ軍だって、まさか戦争に勝った後の、この建物の利用法まで知っていたとは思えないのに。

この道は車が一台通れるかどうかというほどの幅しかない。左手には隣家の生け垣が続いている。背の高い生け垣の向こうには、立派な庭木がたくさん育っているらしく、そして、やはり大きな建物が建っていた。そして、道の両側に続く黒い板塀と生け垣とが途切れたところで、幅の広い道路に行き当たるようだ。鈴子の視界の先の方を、右へ左へと通過するものが見えた。人だったり、リヤカーだったり、牛だったり、車だったり。またツクツクボウシが鳴き始めた。長かった夏も、ようやく終わりが見えてきたらしい。

塀が途切れた。建物の門は、この広い道に面しているはずだ。それをまず見てみたいと思いながら一歩、足を踏み出し、右を見るついでに左も振り返ったところで、鈴子はギョッとなり、瞬間的に身体《からだ》を路地に引っ込めてしまった。

すぐ目と鼻の先くらいのところに、四角い車が止まっていたのだ。その近くに何人かの男の人が立っていた。誰もが背が高かった。皆が同じ色の服を着ていた。

軍服？

生け垣の陰に身を隠して、そこに思いがいった途端、こんなに暑いのに、寒気に近いものが全身を駆け抜けた。

占領軍？　もう、来たの？

一瞬止まったかと思った胸の鼓動が、今度はものすごく速くなった。そういえば背が高かったし、横顔も違っていたかも知れない。鈴子は呼吸を整え、それから一度、自分の頭をくるりと撫でてみた。

大丈夫。男の子に見えてるんだから。

改めて、そおっと顔を出してみる。停まっている車の周辺には、ゆらゆらと陽炎《かげろう》のようなものが立ちのぼっていた。砂色の服を着た男たちは、道路の反対側にひとかたまりになっている野次馬らしい人たちに比べて、まるで大人と子どもくらいにちがう、立派な体格をしている。野次馬は間違いなく日本人だ。つい今し方、この路地を歩く鈴子の目の前を、音もなく横切って行った人らに違いなかった。

占領軍。アメリカ人。これが。

鬼畜というからには、鬼のように恐ろしい連中なのだと思っていた。だが、それにしては、何となく印象が違う気がする。車の縁に片方の足をかけて立ち話をする、あの姿はどうだ。それに、車の中で受け答えしているらしい人だって、顔の彫りが深くて目元の表情は見えないが、口元は陽気に笑っているらしいのが見て取れるし、頭の後ろで両手を組んでいる様子は、いかにもくつろいだ雰囲気だ。鈴子の距離から眺めても、彼らは日本の兵隊さんたちとは、明らかに違っていた。

もう少し近づいて、よく見てみたかった。道の反対側の、野次馬がたまっているところまでなら行かれるだろうかと考えていた時だった。同じ軍服姿の別の男が、車の後ろの方から現れた。やはり大きくて手足が長く、色眼鏡をかけている。身振り手振りを交えながら何やら話していると思ったら、男はいきなり車の運転席に腕を伸ばした。突然、パッパーッという激しい音が辺りに鳴り響く。同時にヒュウッと口笛のようなものが鳴り、それを合図のようにして、男たちのうちの誰かが声を上げた。

何か言っている。

大きな声で。

まるで今の音が合図だったかのように、続いていくつもの警笛の音が一斉に聞こえてきた。どうやら車は鈴子から見える一台だけではないらしい。

何を言ってるの。

何を騒いでるの。

息を殺して見つめている鈴子の目の前に、生け垣の向こうの建物から、二人の人間が転がり出て来た。一人は日本人の男の人、もう一人は——お母さまだ。

コマチエンはすぐ隣にあったんだ。

アメリカ兵に比べると、子どものように小さく見える男の人が、ぺこぺこと頭を下げながら砂色の集団に向けて懸命に何か言っている。そして、その男の人よりももっと小さいお母さまが両者の間に立って、胸の前で両手を組み合わせるようにしながら、顔を左右に向けて、懸命な表情で何か話し始めた。砂色の男たちのうちの一人が、大きく手を振りながら、お母さまに何か言ったようだ。お母さまは何度も頷《うなず》いている。

お母さまが何か言う。大男が答える。お母さまが日本人に何か言う。日本人が答えている。確かにお母さまは、白人は大男ばかりだと言っていた。それにしても、まるで一寸法師と鬼のようだ。

数分後、お母さまと小柄な日本人は、砂色の大男たちに何度も頭を下げて、まるで逃げるように建物の中に戻っていってしまった。鈴子は、思い切って広い通りを横切り、今度こそ、野次馬に混ざってみることにした。

通りを渡ってみると、初めて「小町園」という看板が見えた。その看板の前を先頭に停まっている車が一台や二台ではないことも分かった。十台、いや、二十台以上もの同じ型の車が長い列を作り、そして、車の周辺にはいずれも同じ服装の男たちが、ウロウロと歩き回ったり、煙草《たばこ》を吸ったり、いかにも物珍しそうに辺りを見回したりしている。その、肌の白さが眩《まぶ》しいほどだ。通りを行く日本人たちは、誰もが恐怖の表情で、砂色の集団を眺めていた。

「いよいよ、おいでなすった」

「見てみなよ、あの毛むくじゃらの腕を。俺の足より太てぇぐれえだ」

「土台、俺らなんかが太刀打ち出来るような相手じゃあ、なかったんじゃねえのか？　体格からして、こんなに違ってちゃあよ」

「食いもんからして、違うんだろうなあ」

野次馬の集団に近づくと、小さな声でやり取りする男たちの会話が聞こえてきた。そこに女の姿はない。首を巡《めぐ》らして見ていると、大人も子どもも老人も、女たちは砂色の服の集団に気がついた段階で、慌《あわ》てたように等しく広い道から姿を隠しているようだった。

その時、またもパッパーッと車の警笛が鳴り、アメリカ兵たちが大きな声で何かやり取りを始めた。まるで流れるような言葉だ。どれほど耳を澄ませてみても、まるで分からない。誰かが「ひゃあっ」とか「ひゅうっ」とか言うような声を出す。また口笛が鳴った。大きな口を開け、背を反らすようにしてゲラゲラと笑うもの、足で調子を取りながら、その場で身体を揺すり始めるもの、手を叩いて笑い転げるもの、鈴子たち日本人の野次馬を、いかにも興味深げに眺めるもの――。

「何だよう、はしゃぎやがって」

「そりゃあ、気分がいいだろうよ。連中は占領しに来たんだからな」

「どうなっちまうんだろうな、これから。あんなのが次から次から乗り込んでくんだろう？」

「それにしても小町園は、もう店開きか？」

「聞いてねえのか。あそこで女の子に客をとらせるんだとよ。占領軍の」

「あそこで？　料理じゃなくて、女かよ」

「あそこで働いてる知り合いが言ってんだから間違いねえよ。今、その女の子をかき集めてんだとさ」

じっとしていても、頭のてっぺんから噴き出した汗が、短く刈った髪の隙間《すきま》を伝い落ちて、次から次へとこめかみや首筋を流れていく。まだお日さまは高かった。鈴子は、ヒソヒソと喋《しゃべ》り続ける野次馬たちに囲まれながら、しばらくの間、自分も砂色の男たちを眺めていた。

どれくらいそうしていたか、突然、上空から飛行機のエンジン音が聞こえてきた。一瞬、また空襲かと身構えそうになり、思わず空を振り仰いだ途端、背後で「わあっ」という子どもの歓声が聞こえた。

「来た来たっ、また来た！」

「よしっ、行くぞっ！」

何人かの少年が、バタバタと広い道を渡って走っていく。そうこうするうちに、飛行機の音はますます大きくなり、そして、はっきりと機影が見えてきた。

ぐんぐん近づいてきた飛行機から、爆弾とは異なって見える四角いものが、いくつもいくつも降ってきた。しかも、それぞれが途中でぱっと落下傘《らっかさん》を開かせたかと思うと、あとはふわふわと揺れながら舞い降りていく。さっきの少年たちは、どうやらそれらの荷物を目指しているらしいと察しがついた。

「また来た」

周囲の野次馬たちからも、誰かの呟《つぶや》きが聞こえた。

「いいよなあ、奴《やっこ》さんたちは。口開けて上向いてりゃあ、ああやって食い物が降ってくんだから」

いくつもの小さな落下傘が、入道雲の湧く青空の下を舞う。

奴さんたち。

食い物。

あれは食べ物なのだろうか。誰が、誰のために降らせているのだろう。

見上げているうちに、鈴子も、あの荷物の行方を追ってみたくなった。いくら眺めていたって、小町園はまだ当分開きそうにない。占領軍の行列は、まるで前に進む気配すら見せなかった。鈴子は、相変わらずひそひそ話を続けている野次馬の群から離れ、小町園を横目に見ながらさらに広い道を歩きはじめようとして、すぐに「回れ右」をしてしまった。通りの向こうに連なる占領軍の車列が、思った以上に長く続いていることに改めて気づいたからだ。列の終わりまでずっと歩いて行ったら相当な距離になりそうだ。かといって、ここで占領軍の車列を突っ切ることなど、いくら男の子の格好をしているからと言って、そんな度胸のあるはずがない。

再び、小町園と隣り合う「我が家」の前まで戻ったところで、ようやく広い道を小走りに渡る。晩夏の陽射しが足もとに落とす影は、さっきよりもまた少し長くなったようだ。それでもまだ陽は高く、相変わらず陽気な仕草で立ち話している占領軍の兵士たちの姿は、やはり立ちのぼる陽炎のように揺らいで見えた。頭上を何度か旋回しながら、いくつもの荷物を空から降らせていた飛行機の姿は轟音《ごうおん》と共にいつの間にか消え失《う》せて、またツクツクボウシの声が辺りに広がっていた。

来るときも歩いた小道を戻りながら、改めて生け垣越しに小町園を眺めてみた。通りの反対側は一面の焼け野原で、ようやく小さなバラックがぽつぽつと建ち始めている程度だったのに、まったく無傷の上に、華族様のお屋敷かと見紛《みまが》うほどに立派な建物は、今はまだひっそり閑としている。けれど実のところ、中では大変な騒ぎなのかも知れなかった。何十人もの女の人たちが、客を迎えるための化粧をして、身支度も調えて、これから占領軍の兵隊たちを受け入れる準備をしているはずなのだ。もしも今、彼女たちの一人でも店の外に出て、自分たちを待ち構えている男たちの行列を見たら、どうなるだろう。

それにしても。

あれだけの人数を、どうやって三、四十人の女の人たちだけで受け入れられるというのか。第一、彼らは本当に違っていた。日本人と。大きさも、肌の色も、髪の色も。言葉どころか、仕草一つとったって。あんな空恐ろしいような大男たちが、しかもあれだけの人数で押し寄せているというのに、本当に「防波堤」になんてなれるものなのだろうか。小さな日本人のお姉さんたちが。

それにしても。

お母さまは大したものだ。あんな大男たちを相手に、怯《ひる》みもせずにちゃんと話をしていた。その度胸にも感心するが、それより何より、本当に彼らの言葉が理解出来ているというのが、やはり鈴子には驚きだった。考えてみれば、鈴子はこれまで一度だって、お母さまの「頭の出来」なんて気にしたこともなかったのだ。お母さまに子ども時代があったことだって、ほとんど考えたこともなかった。鈴子と同じ年頃だったお母さま、学校に通っていた頃のお母さまが、勉強が出来たか出来なかったか、お馬《ば》鹿《か》さんだったか優等生だったか、そんな話を聞いた記憶さえ、頭の片隅にすらない。分かっている。とてもとても、それどころではなかったのだ。もう何年も、食べるものと着るものと、住むところの心配ばかりして暮らしてきた。次から次へと家族を喪《うしな》って、家もなくして、泣いて、泣いて、逃げて、逃げて、とにかく今日一日を生き延びることだけで精一杯だった。馬鹿とか利口とか、勉強が好きとか嫌いとか、そんなことを言っている余裕など、あろうはずもなかった。生き延びるために、宮下のおじさまのお世話にもならなければならなかったし、その挙げ句、とうとうこんな場所までやってきてしまった。

こんな場所まで。

小町園が静まりかえっているのに比べて、鈴子が暮らしてきた家の方からは相変わらず大工仕事の音が響き渡っていた。その音を聞きながら白く乾いた小道を抜けたところには、松林が広がっていた。木立の間を抜けると、ふいに涼しい風が額に吹きつける。視界がぱっと開けて、揺れる水面《みなも》が目に入った。

川？

心地良い風は、間違いなく潮の香りを含んでいた。目の前に見えているのが川だとしても、流れている感じはしないし、この雰囲気からするとよほど海が近いのかも知れない。いずれにせよ岸辺はコンクリートで固められ、鈴子の目の前あたりで直角に折れ曲がっていて、ひどく人工的な印象を与える。そして、対岸には厩《うまや》のように見える細長い建物が何棟か並んでいた。その、一番端の建物の屋根の上には、白く大きな文字で「P・W」と書かれている。今の鈴子には「ピー」と「ダブリュー」だということが理解出来る。そのことがちょっと嬉《うれ》しかった。小石の混ざった砂の地面を、鈴子は、その文字を目指すように歩き始めた。

右手には、鈴子が抜けてきた松林が続いている。黒々とした松の連なりを眺めて歩くうちに、ふと幼い頃、家族で行った旅行のことを思い出した。たしか、まだ国民学校と名前が変わる前の、尋常小学校に通っていた頃のことだ。千鶴子はまだ生まれていなかった。季節がいつ頃だったかは覚えていないが、とにかくある日、お父さまに連れられて、家族全員で熱海《あたみ》に行き、その足で三保《みほ》の松原《まつばら》見物に行ったことがある。

松林があって、富士山が見えて、そこにいた写真屋さんを呼んで、家族で記念写真を撮った——みんなが笑顔で写っていた写真も、空襲で焼けてしまった。まさかあのとき、数年後の日本がこんな風になるなんて、誰一人として考えていなかったに違いない。大人たちでさえ。

少し行くと、こんもりと盛り上がった砂山のようになっている場所があった。そこを乗り越えたら、さらに視界が開けた。緩やかな波が打ち寄せる浜のようになっている場所がある。そこに、さっき見かけた少年らしい人影が見えた。

「もう少し、もう少しっ！」

甲高い声が聞こえた。さざ波の立つ岸辺に立つ少年の後ろ姿が、沖に向かって大きく手を振っている。目を凝らすと、水面を動く物体が見えた。黒い坊主頭がいくつか、ぷかぷかと揺れながら岸に向かっている。眺めているうちに、やがて水の中から少年が三人、それぞれに痩《や》せた全裸の身体を現した。彼らの細い腕が何かを引っ張っている。その先には黒い箱と、巨大な布切れがついていた。少年たちとその荷物が砂浜に上がったのとほぼ同時に、今度は遠く、ピーッと笛の鳴るような音がした。

対岸の小島から、上半身裸の男たちが手を振って何かしら声を上げている。だが、何を言っているかまでは聞き取れないし、その姿は遠目に見ても、肌の白さや手足の長さ、そして髪の色から、日本人とは異なって見えた。岸辺で仲間を待ち構えていた二人の少年が、それぞれにズボンをずり下ろして自分の尻《しり》を対岸に向け、「ばーか」「おけっぺんぺん」などと言っている。一方、全裸で水から上がった少年たちの方は、彼らとは反対に、脱ぎ捨ててあった服を手早く着込み始めていた。

少年たちが引き上げたのは、さっき空を旋回する飛行機から落とされ、宙を舞って下りてきた荷物に違いない。服を着終えると、彼らは全員で荷物を引きずりながら、こちらに向かって歩いて来る。自然、鈴子は、そのまま少年たちを出迎えるような格好になった。

4

少年たちの中で一番小さな「おけつぺんぺん」の子が、真っ先に鈴子に気がついた。仲間に何か言っている。すると五人の少年が一斉に顔を上げてこちらを見た。表情は動かない。鈴子も、「逃げるものか」と自分に言い聞かせた。

「よし、この辺でいいか」

鈴子が見ていることを十分に承知の上で、彼らの一人が口を開く。その場に全員で立ち止まり、ここまで引きずってきた荷物を取り囲んだ。

「ナイフ」

「はいよっ」

「上手に切ってくれよな」

「分かってるって」

兄貴格らしい少年が、受け取ったナイフで注意深く、まずは荷物に縛りつけられていた落下傘の縄を切り離す。

「この前んときは、落下傘はキミオが持ってったんだよな？　だから今度は、キミオ以外でじゃんけん」

やはり浜に残っていた少年が「うん」と頷いた。

「よしっ、ほら、じゃんけんぽいっ、ぽいっ、ぽいっ」

四人の少年たちのじゃんけんの声が響き渡る。最後に歓声を上げたのは、「おけつぺんぺん」だ。ぴょんぴょんと飛び上がって喜び、布を畳みにかかる子の横で、年上の少年たちはせっせと荷を解《ほど》きにかかる。その都度、出て来た縄や紙などもいちいち丁寧にまとめ、畳み、ひとまとめにしていく。

「この紙がすげえよな。海に落ちたって水が染《し》みてこねえんだから」

「日本にだって、これぐらいはあるだろうけど」

「あるのかなあ」

「家の壁に貼《は》ったら、きっと雨が入ってこなくなるよね」

「そりゃあ、いい考えだ。じゃあ、じゃんけん」

「エノケン、今度は俺らだけでやろうよ」

「あ、まあ、そうか。そうだな」

兄貴格の少年は「エノケン」というらしい。いや、あだ名に違いない。きっと目がぎょろりとしているところから、喜劇俳優のエノケンになぞらえているのだ。

今度は年長の三人がじゃんけんをして、一番のっぽの少年が包装紙を手に入れた。最後にようやく、茶色い木箱が姿を現した。キミオが、ポケットから鉄梃《かなてこ》のようなものを取り出す。エノケンは、その先端部分を器用に木箱の隙間に入れて、ふたをこじ開けていく。ぎゅ、ぎゅ、と釘《くぎ》がきしんだ音を上げた。

「出来るだけ曲げないように抜かねえとな」

「それも使えるね」

「よし。さあ、開けるぞ」

「いち、にの」

「さんっ！」

その瞬間、少年たちからため息とも何ともつかない声が洩《も》れた。鈴子も、思わず一緒に中を覗いてみたい衝動に駆られた。ついつい、足が前に出そうになりかけたとき、鉄梃を手にしていたエノケンが、すっとこちらを見た。

「おまえ、どこのヤツ」

多分、鈴子と同い年くらいなのではないかと思う。けれど少年の声はかすれていて、彼が既に子どもではなくなりつつあることを示している。

「見かけねえ顔だな」

「——」

「何とか言えよ。この辺のヤツじゃねえだろう?」

「——越してきたばっかりだから」

「いつ」

「こないだ」

「どこに」

どうしたらここまで黒くなれるのかと思うほど日焼けした顔の中で、あだ名通りの大きな瞳《ひとみ》が光って見える。鈴子は、つい小町園の方を振り返りそうになって、そのまま俯《うつむ》いた。

「何だよ、はっきりしねえヤツだな。キンタマついてんのかよ」

鉛筆で線を引いたくらいにしか見えない、ものすごく目の細い少年が意地悪そうに口の端を歪《ゆが》めて、吐き捨てるように言った。

何て下品なことを言うんだろう、とこちらも顔をしかめそうになって思い出した。そうか、彼らは完璧《かんぺき》に、鈴子を男の子だと信じているのだ。そう考えたら急に気持ちが楽になった。一つ、深呼吸をして改めて顔を上げると、相変わらず、じっとこちらを見ていたエノケンが、わずかに小首を傾《かし》げるようにして唇を尖《とが》らせた。

「まあ、いいや。分けてやるからさ、おまえも、こっち来いよ」

眼の細い少年が、今度は「ええっ」と顔をぐにゃぐにゃにする。

「何でだよぉ、こんなヤツになんか。知らねえヤツってだけじゃなくって、何にも手伝ってもいねえんだぞ」

「いいじゃねえか、ちょっとぐれえ。こんなにあんだから」

「だって――」

「見ろよ、こいつだってすげえ痩せてるじゃねえか。いかにも腹ぺこっていう、情けない面《つら》してさ。それに、タコ、おめえ、いつも父ちゃんから教わってるって言ってたろう？『情けは人のためならず』って」

「そうだけど――そんなこと言ってっから、空襲で死ななきゃなんなかったんだって、母ちゃん言ってるもんな。てめえん家《ち》のことだけでも手一杯だってえのに、余計なことすっから、結局は最後に蒸し焼きんなっちまったんだって」

「そんなこと言うもんじゃねえよ。タコの父ちゃんは、隣の婆《ばあ》ちゃんのこと助けたんだ。すげえじゃねえか。だから、父ちゃんの言ってたことは忘れるもんじゃねえって。第一、これだってべつに、最初っから俺たちのもんってわけでもねえんだ。たまたま海に落っこっちまったのを、俺らがかっぱらったってだけなんだから」

「そうだけど――」

「いいよ、分けてやろうよ。こんな弱っちい感じのヤツをいじめたって、面白くねえ。かえって寝覚めが悪りぃや。それよか、俺は早く食いてえんだよぉ」

さっき、じゃんけんで包み紙を手に入れた少年が、いかにも焦《じ》れったそうな顔つきで身体を揺すった。背も高いが、何よりもすごく顔が長いのが印象的だ。

「ほら、南京豆《ナンキンまめ》も言ってんじゃねえか」

頭をぽん、と叩《たた》かれて、「タコ」と呼ばれた少年は、また顔をぐにゃぐにゃにさせながら、すぼめた唇をぎゅうっと前に突き出した。なるほど、それで「タコ」と呼ばれているのかと、鈴子は密《ひそ》かに笑いを堪《こら》えた。

「ほら、いいから来いよ」

エノケンに手招きされて、鈴子は、おずおずと彼らに近づいていった。そうして彼らが取り囲んでいる木箱の中を覗き込んだ瞬間、自分も思わず「ふわあっ」と声にならない声を出してしまった。目が覚めるような色とりどりの缶詰や、菓子の絵が描かれた箱などがぎっちり詰め込まれていて、まるで宝箱のようだ。エノケンが、いかにも自慢げな顔で「すげえだろ」と笑いかけてくる。

「——あそこは、何——なんだ」

鈴子は彼らの近くに立ち尽くしたまま、対岸の小島に目をやった。白いペンキで書かれた「P・W」の文字が、徐々に傾き始めた陽射しを受けて光って見える。さっきまで岸に小さく見えていた人の姿は、もう消えていた。

「おまえ、あそこのこと知らねえの？」

「うん——これは、川？」

「引っ越してきたばっかじゃ知るわけねえって話か。これは川じゃなくて、運河さ。で、あっちは大森島って呼んでるんだけどな、まあ、埋め立て地だな」

「あそこに建ってんのはよう、捕虜の収容所ってわけよ」

「捕虜——？」

「アメリカとかイギリスとか、その他にも色んな国の兵隊が、日本軍の捕虜んなってあそこに住まわされてんだよ」

「この前までは、あっこの一本橋を渡って、よくこっちまで出て来てよう、道路工事とか、強制疎開とかに駆り出されてたんだぜ。腰に缶からぶら下げてさ。だけど、もう戦争が終わったから、来なくなった」

「ほら、屋根にでっかく文字が書いてあんだろう？　あれが収容所の印なんだってさ。

だからあそこだけは爆弾も焼夷弾《しょういだん》も落とされなかったんだ。で、戦争が終わってからは毎日のように味方が飛行機で飛んできて、こういうものを落としてくってわけだ」

少年たちは口々に、対岸の建物について説明を始めた。最初は意地悪そうで嫌な感じだと思ったタコも、喋り出してしまえばどうということもない様子で、細い目を精一杯に見開いてまくし立てている。

「この前なんか、屋根を突き抜けて落ちてった荷物もあったしな。こんな風に海に落っこちる荷物にしたってさ、大概は捕虜の奴《やつ》らが海に飛び込んで、ものすげえ勢いで泳いでって、拾っていくんだ。だから俺らも、飛行機を見かけたらすぐに走って来て、一個でもいいから失敬しようって魂胆よ」

「食い物だけじゃなくって、見たこともねえような色んなもんが詰め込まれてんだ。びっくり仰天だぜ」

南京豆の言葉に頷きながら、エノケンが日焼けした手で箱の中の菓子に手を伸ばし、そのうちの一つを「ほい」と鈴子に差し出した。綺麗《きれい》なぴかぴか光る缶に、青い眼の少女とクッキーの絵が描かれている。

「——いいの？」

「いらねえんなら、いいよ」

「い、いる。いる」

エノケンがにやりと笑うから、鈴子も小さく笑い返した。それから少年たちは、それぞれに箱の中に手を突っ込んで、隙間の詰め物を取り除き、手当たり次第に菓子の包みや箱を開け始めた。

「すっ、すげえ。うんめえええええ！」

一番小さな「おけつぺんぺん」が、銀紙に包まれたチョコレートにかじりつくなり、悶死《もんし》しそうな顔になってその場に寝転がる。タコは、「何だこれ」と言いながら、くちゃくちゃ、くちゃくちゃと顎《あご》を動かし続けていた。鈴子も、渡された缶を開いてクッキーを一枚、そっと食べてみた。その瞬間、舌のつけ根や顎の関節から、じゅわっと唾液《だえき》がしみ出した。何ていう優しい歯ごたえ、何ていう香りなのだろう。このひと口だけで、無条件に「豊かさ」を感じる、この魔法のような味は何なのだ。

「――美味しい」

思わずうっとりして、ため息だか何だか分からないものが洩れた。ふと、エノケンと目が合った。彼は何か言いたげな顔つきになっていたが、すぐに「あ、ええと」と表情を変えた。この子、えくぼが出来るんだ、と鈴子は発見した。男の子でもえくぼが出来るんだ。へえ。

「お前の、名前。名前だ。何てえんだ」

他の少年たちも、もぐもぐと口を動かしながらこちらを見ている。鈴子は「二宮」と口にして、そこで言葉に詰まった。

「す――」

急に嘘《うそ》をつこうとしても、名前など思い浮かぶものではなかった。食べかけのクッキーに目を落としながら、自分にも何かあだ名があればいいのにと考えている間に、遠くから「すうちゃあん！」という声が聞こえた。振り返ると、松林を出たところで手を振っている人がいる。

「あっ、いたいた！　すうちゃあん！　帰っといでぇ！　お母さんが呼んでるよぉ！」

周子さんだった。鈴子は慌てて「はあい」と声を張り上げ、それから少年たちを振り返った。

「行かなきゃ」

五人は口をもぐもぐと動かしながら、きょとんとしている。

「今日は、ありがと。これも、ありがとう」

残りのクッキーを口に押し込み、きびすを返した背中に「すうちゃんだってよ」という声が聞こえた。

「ちゃん、だって」

「すげえ、お坊ちゃんか？」

思わずくすりと笑いがこぼれた。ああ、もっとゆっくり味わいたかったのに。それに、もう少しあの子たちと一緒にいたかった。エノケンと、タコと、南京豆と――小石混ざりの砂地は走りにくくて、ズック靴の中にも砂が入ってくる。鈴子はわざとゆっくり、歩いて行った。

「どしたの、それ」

周子さんは気忙《きぜわ》しげな表情で鈴子が戻ってくるのを待っていたようだが、何か言うよりも前に、まずクッキーの缶が目に入ったらしい。

「もらったんです。あの子たちに」

振り返って見ると、さっきの場所には、まだ白いランニングシャツ姿の少年たちがひとかたまりになっている。周子さんは「ふうん」と頷いてから、すぐに鈴子の背を押して歩き始めた。

「クッキー。食べてみます？」

「ありがたいけどさ――それよか、あんたのお母さんがさ、心配してんのよ。三時前に出てったきりだって言ったら」

「え——今、何時ですか？」

「もう四時半過ぎてるんだわよ。じきに店を開ける時間なのに、それまであんたが外でウロウロしてたらどうしようって」

そんなに長い間、外にいたのか。

「見た？　アメリカ人の兵隊」

「——はい」

「さっきからだんだん騒がしくなり始めてんのよ。車の警笛鳴らしたり、わけの分からない妙な声を張り上げたりしてさ。もう、痺《しび》れを切らしてんだわねえ。あの勢いで、きっとなだれ込むよ」

少年たちと過ごしたほんのわずかな間だけは、小町園のことも女たちのことも、頭から離れていたのだと気がついた。それに、何て久しぶりだったろう。同い年くらいの子と口をきいたのは。しかも、向こうは鈴子を男と疑わなかった。

キンタマなんて言っちゃって。

思い出しただけで、ちょっとくすぐったいような気持ちになる。胸に抱えたクッキーの缶を改めてきゅっと抱きしめて、鈴子は家に戻った。

「もうっ、すうちゃん。あなた、一体どこまで行ってたのっ」

玄関口で、ズック靴を逆さに振って、砂と小石を出している間に、お母さまが廊下を走ってきた。

「運河の方まで」

「運河？　それは？」

「もらった」

お母さまは上がり框《かまち》に置いたクッキーの缶を拾い上げるなり、さらに表情をこわばらせている。その口から「あなた、まさか」という言葉が洩れて、お母さまは眉間《みけん》にぎゅうっと皺《しわ》を寄せた。

「近づいたの？」

家に上がるなり、お母さまは威圧するように鈴子に顔を近づけてきた。

「占領軍にっ。あれほど言ってるのに、近づいて行ったのって聞いてるのっ」

その刺々《とげとげ》しい声を聞いた瞬間、胸の奥からいっぺんに、モヤモヤとした不快なものが突き上げてきて、鈴子は「違うったら！」と、顎を突き出すようにしてお母さま以上に大きな声を張り上げた。

「もらったんだって言ってるじゃないっ！」

「だから、誰に！」

「近所の子っ！　捕虜収容所に落とされた荷物を海から拾ってきた子！」

お母さまの瞳が震えるように揺れている。ああ、この顔が大嫌い。泣き顔も嫌いだけど、お母さまの、こういう人を疑うような顔が、鈴子は本当に嫌いだった。

「知らないくせに！　この裏には運河があって、捕虜収容所があるんだからっ。さっきも飛行機がたくさん荷物を落っことして行ったんだからっ。それの、運河に落ちた分を、近所の男の子たちが泳いでとってきたの。水に入って！」

お母さまの表情から一瞬のうちに、力が抜けていく。だが、鈴子の苛々《いらいら》はおさまらない。何よ、これくらいのことで。あんな連中に近づくほど、馬鹿だと思ってるの。お母さまをぎゅっと睨《にら》みつけ、肩をいからせて、鈴子はお母さまからクッキーの缶を奪い返した。

「その子たちが分けてくれたの！　うそだと思うなら――」

「分かった、分かったから」

お母さまはふう、と一つため息をつくと、ようやく静かな表情に戻って、改めて鈴子の顔を覗《のぞ》き込んできた。

「心配だから言っただけ。今日がどういう日だか、分かってるでしょう？　もう、ずっと前からお店の外に、占領軍の兵隊たちが大勢、集まってきてるのよ。これからお店が開いたら、きっと騒がしくなるはずなの」

「――分かってるってばっ」

お母さまは鈴子の肩に手を置いて、いかにも鈴子をなだめるように、「だからね」と顔を覗き込んでくる。

「くどいようだけど、とにかくくれぐれも気をつけて欲しいだけなのよ。あの人たちは武器も持ってるし、何しろ人数が多い。身体だって、それは大きいでしょう？　とてもじゃないけど、力ではかなわない――」

「力でかなわない相手に、何をどう気をつけろって言うのっ」

「そう怒らないでちょうだいったら。お母さまが悪かったから、ね。ただ、お母さまたちも、もう、きりきり舞いしているの。とにかく、ね、見つからないようにしてほしいだけなの、すうちゃんには」

何て嫌な話なんだろう。自分の国にいながら、男の子の格好までさせられて、逃げ回って、こそこそと隠れて過ごさなければならないなんて。鬼さんこちらじゃあるまいし。

「いけない、行かなきゃ」

お母さまはいつの間に手に入れたのか、黒いつやつやした革ベルトの腕時計に目を落として、「じゃあ」と、改めて鈴子を見る。

「いいわね、今日はもう、出ないことよ」

「しつこいなっ！　分かってるってば！」

「ご機嫌を直してね、お願いよ。周子さん、お願いします」

厨房《ちゅうぼう》に戻っていった周子さんにも声をかけ、お母さまは鈴子の肩をぽん、と一度だけ叩いて、慌ただしく去っていった。その後ろ姿を見ただけでも、いかにも慌てている様子なのがはっきりと分かった。お母さまの背中が、いよいよ始まるのだと告げている。いよいよ。いよいよ。

のろのろと廊下を歩いて自分たちの六畳間に戻った鈴子は、改めてクッキーの缶を見つめた。美味《おい》しくてほっぺたが落ちそうなクッキー。外国の味。ひと口頬張っただけで、お腹《なか》の虫がいっぺんに、きゅうきゅうと鳴き始めたくらいだ。

こんな素敵な味のクッキーを作る国の人たち。この缶に描かれているような、可愛《かわい》らしい金髪の女の子がいる国の人たち。それなのに、一方では列をなして、日本の女たちを買いに来る。いや、日本が用意をしたからだ。わざわざ。

鈴子は、がらんどうの自分の中に大きな振り子時計が姿を現して、その振り子がぶうらん、ぶうらん揺れ始めているのを想像した。

きっともう、五時になった。

ぶうらん、ぶうらん。

占領軍の兵隊たちは前進を始めただろうか。

ぶうらん、ぶうらん。

見たこともない日本人の女に向かって。

ぶうらん、ぶうらん。

言葉も通じないのに。

その後どういうことになるのか、鈴子には想像もつかない。

「すうちゃん、ご飯の前に、早めにお風呂《ふろ》に入っちゃうといいわ。後から二階の女の子たちが使うからね」

どれくらいそうして過ごしていたか、襖戸《ふすまど》の向こうから周子さんの声が鈴子を呼んだ。鈴子は「はあい」と返事だけしたものの、それからもまだしばらくの間、ぶうらん、ぶうらん、揺れる振り子を想像して、その場を動けずにいた。

今ごろ。

今ごろ。

今ごろ。

すぐ隣の建物とはいえ、ここまでは何も聞こえては来なかった。

5

風呂から出ると、家の空気が何となく変わっていることに気がついた。

「お風呂、出ました——」

部屋に引っ込んでしまう前に、廊下の角から顔を出して、誰にともなく声をかける。けれど、何の返事も聞こえない代わりに、ずっと先の裏玄関の戸が開け放たれたままなのが見えた。その向こうの夕闇《ゆうやみ》の中に、周子さんが立っている。誰かと話をしているのかも知れなかった。

それなら部屋に戻ろうとしかけたとき、バタバタと階段を駆け下りる音がして、益子さんが二階から後ろ姿を見せた。そのまま裏玄関に向かいかけて、くるりと振り返る。その顔が、いつもと違って見えた。普段からちょっと怖い顔ではあるのだが、紙みたいに真っ白になって、さらに引きつっている。鈴子に気がつくと、益子さんは一瞬、表情を動かしかけたが、結局そのまま裏玄関の方に行ってしまった。外に出たとところで、周子さんと何か話している。まるで遠くに置かれた額縁の絵のように、夕闇を背景に周子さんと益子さんの向かい合う姿を、鈴子は少しの間ぼんやりと眺めていた。すると、そこに今度はハルヨさんの姿がぽん、と加わった。

へんなの。

何となく。

落ち着かない。

静かなのに。

気がつけば工事の音は止《や》んでいる。この建物も、小町園同様の準備が整ったということなのかも知れなかった。鈴子は足音を忍ばせるように、六畳間に戻ることにした。新しい住まいに引っ越すと言っていたけれど、どうなったのだろうか。いつ誰が来て、新しい家に連れて行ってくれるのだろう。

相変わらず風の通らない部屋だった。どうせ目の前には塀があるのだから、人目を気にする必要もない。シャツなんか脱いで、下着一枚になっていたっていいような気もする。せめて風呂上りの汗が引くまでそうしていようかと、シャツを脱ぎかけたところで、上から三番目のボタンが取れかかっていることに気がついた。

お母さまに言おうか。

いや。さっきのことが、まだ癪《しゃく》に障《さわ》っている。第一、これからは、お母さまは忙しい。きっと、ボタンつけくらい自分でおやんなさいと言われるに決まっていた。鈴子はお裁縫が嫌いなのを知っていて。

嫌なことは早く済ませてしまうに限る。シャツを脱いで、上半身だけシミーズ一枚の姿になってから、鈴子はお裁縫道具を出そうと押し入れの前に屈《かが》み込んだ。襖を開けて、下の段にあるお裁縫道具の入っている小さな箱を手にとり、立ち上がりかけた瞬間だった。頭上で、何か動いた気がした。咄嗟《とっさ》に顔を上げ、押し入れの上段を見て、鈴子はそのままお裁縫箱を取り落とした。

「——な——だ——」

言葉にならない声を漏らしながら、そのまま尻餅《しりもち》をついて後ずさりそうになったとき、目の前の景色が動いた。

「お願い」

囁《ささや》くような声がした。今朝、ちゃんと畳んでしまったはずの鈴子の薄掛け布団《ぶとん》が蠢《うごめ》いて、その隙間から白い顔が現れた。

「お願い」

目を真っ赤に泣き腫《は》らした、びしょ濡《ぬ》れの白い顔が、もう一度、顔をくしゃくしゃにして「お願い」と囁いた。鈴子は尻餅をついたまま、大慌てで襖戸の方をうかがい、そこがきちんと閉まっていることを確かめると、改めて押し入れの中を見つめた。女の人だ。若い。

「——助けて」

鈴子の薄掛け布団が大きく動いて、今度こそ、その下から、女の人が姿を現した。すっかり乱れた髪は汗で張りつき、口紅は唇からはみ出している。気恥ずかしいほど派手な色と柄の浴衣《ゆかた》を着ているが、その襟元も、それから浴衣の裾《すそ》も大きく着崩れていて、ことに裾からは、白い素足が太ももまで見えていた。全身が細かく震えている。この暑いのに。

「ねえ、僕。お願い——」

「あ——私、女です」

自分に向かって拝むように手を合わせて見せる女の人に、鈴子は慌てて姿勢を戻し、首を振って見せた。すると、きゅっと寄せられていた女の人の眉根《まゆね》がわずかに開いた。

「危ないから、こういう格好しろって言われて——女、です」

半ば呆然《ぼうぜん》とした表情のまま、彼女は今度はゆっくり頷《うなず》く。白い喉《のど》がごくりと動いて、ほうっと大きく息を吐き出したかと思うと、その女の人は少しの間、疲れ果てたように宙を見ていたが、やがて、さらに大きく全身を震わせて、鈴子の夜具の上に突っ伏した。嗚咽《おえつ》を洩らす女性のお尻より下に赤いしみが出来ている。鈴子は、さらに息を吞《の》んだ。

「――血が」

格好からして、まず間違いなく、小町園で働くことになった人だろうと思う。

「あの――血が出てます。怪我《けが》してるんですか。痛くないですか」

けれど、鈴子が何を話しかけても、女の人は声を押し殺して、ただただ身体《からだ》を震わせて泣くばかりだ。鈴子の視界で、その人の体内から流れ出たらしい血の色ばかりが揺れていた。

「あの――誰か呼んできます」

返事はなかった。

足音を忍ばせて部屋を出かかって、自分がシミーズ一枚なことに気がついて、鈴子は慌ててシャツを着た。胸がドキドキしている。ボタンをはめる指が上手に動かなかった。

大変なことになった。

何か大変なことになった。

こんなことになっちゃって。

同じような言葉ばかりが頭の中で渦巻いている。同時に、昼間、お母さまの手提げ袋から見つけた紙に書かれていた「滅私奉公」「防波堤」「昭和のお吉」「民族の純血」などといった文字も一緒にくるくると回った。

「あの、お姉さん」

シャツを着終えてからもう一度、声をかけてみたが、女の人は応《こた》える様子もなかった。鈴子は部屋を出ると、一気に廊下を走った。厨房にも食堂にも人影が見えない。皆、どうしてしまったのかと思っていたら、裏玄関からモトさんが姿を現した。鈴子は手を振りながらモトさんに駆け寄った。

「すうちゃん、あのね――」

「モトさん、モトさん！」

何か言いかけているモトさんの前で止まり切れず、勢い余って上がり框から彼女に抱きつくような格好になりながら、鈴子は「うちの部屋に」と、彼女の耳元で囁いた。

「女の人がいる」

「女の人？」

鈴子はモトさんにしがみついたままで「怪我してるみたい。血が出てる」と続けた。

モトさんの身体にきゅっと力がこもったのが分かった。それからモトさんは鈴子の身体を自分から引き離し、鈴子の瞳を見つめた。

「すうちゃんのお部屋に、いるのね」

鈴子ははっきりと大きく頷いた。するとモトさんは、鈴子は今すぐに部屋に戻るようにと言った。

「さっきから皆で血眼になって探してたの。血が出てるって？」

「すごく泣いてて」

「大変だわ──すうちゃん、その人のこと、ちゃんと見ていてちょうだいな。いいわね、すぐに人を呼んでくるからっ」

モトさんは、鈴子の二の腕をぎゅっと強く握った後、玄関を飛び出していった。鈴子は息苦しい気分のままで、とりあえず廊下を戻るしかなかった。一瞬、見張ったりなどしない方がいいのではないかという思いが頭をよぎる。あの人は逃げたいのだ。逃がしてやればいいではないか。けれど、あんな派手な浴衣一枚で、しかも血を流している女の人が、どこまで逃げられるというのだろう。それどころか、もしかしたらまだ小町園の外にいる占領軍の兵隊たちに見つかって、もっと恐ろしい目に遭わされるかも知れない。

部屋の襖戸をそっと開けて、押し入れをうかがってみる。女の人は相変わらず、鈴子の夜具に突っ伏して泣いていた。

モトさんと共に、益子さんが顔を引きつらせてやってきたのは、それから間もなくのことだ。乱暴に襖戸を開き、そこに鈴子がいるのを認めると、彼女はいかにも苛立った様子で「ちょっと」と言った。

「あんた。さっきも妙ちくりんな顔して、あたしのこと見てたわねえ？　まさか、あんときから、かくまってたんじゃないだろうね」

あまりにも意外なことを言われて、鈴子がぽかんとしている間に、彼女はずかずかと押し入れに歩み寄り、そこで泣き続けている女の人を睨みつけた。今にも濁声《だみごえ》を張り上げるかと思ったのに、鈴子が固唾《かたず》を呑んでいる前で、益子さんは一つ大きなため息をついてから腕組みをして、「おやまあ」と、別人のような猫なで声を出した。

「こんなとこに隠れてたの、あんた。さんざん探したんだわよ、もう。困った子だねえ、本当に」

それから益子さんは鈴子の方を見て、くい、と顎をしゃくる。

「悪いけどさ、話が終わるまで、よそに行っててちょうだいよ」

その声は、もういつもの益子さんだ。まるで化け猫みたいなおばさんだ、と鈴子は思った。顔つきも声色も、何もかも自由自在に操って、薄気味悪いことこの上もない。

「ほら、行った行った」

モトさんの手が、鈴子の腕を握った。鈴子はその温《ぬく》もりを感じながら、未《いま》だに押し入れの中で泣きじゃくっている女の人を見つめ、結局はすごすごと部屋を出るしかなかった。モトさんに伴われて食堂まで行き、促されるままに椅子《いす》に腰掛けて、初めてものすごく疲れていることに気がつく。何て長い一日なんだろう。空襲にも遭っていないのに、こんなに気持ちが落ち着かなくて、こんなにぐったりするなんて。

「驚いたでしょう」

鈴子の前にコップ一杯の水を置いて、モトさんも「やれやれ」とため息をついている。鈴子は黙って水を飲み、もう一度大きく息を吐き出した。

「モトさん、あの人――」

「可哀想《かわいそう》に――さぞ、怖かったんでしょうね」

「――アメリカ人が？」

言ってから顔を上げると、モトさんは傷のない方の横顔を見せたまま、黙っている。けれど、テーブルの上に置かれた手はきつく握りしめられていて、モトさんが何かに耐えているらしいことが分かった。

「あの人たち――怖い目に、遭わされてるの？」

聞いてはいけないことだとは思う。お母さまなら応えてくれないだろう。けれど今の鈴子は、聞かずにはいられなかった。たったひと晩だけでも、鈴子と同じ家で寝起きした普通のお姉さんたちは、今ごろ隣の建物でどんな目に遭っているのだ。

「何しろ相手は大きいし――ものすごい人数でしょう――すうちゃんのお母さんが一生懸命にやってくださってるんだけど、こっちの言うことなんか聞かない人も少なくなくて。何ていうか――すごすぎるの」

することとなすことね、とモトさんは鈴子の方は見ないまま、またため息をつく。

「悪いけど――獣だわ。そういう風にしか、見えない」

つまり、さっき押し入れで泣いていた女の人は獣に襲われたのと同じだということか。襲われて、怖い思いをして、傷つけられた。血が流れるようなことをされた。そういうことなのだろうか。

「向こうにしてみれば、もう有頂天なんでしょう。自分たちが勝ったんだし、これからは好き放題出来るわけだから。だけど、私たちだって人間だわ。いくらお金をもらうっていったって、あの子たちだって――」

握り拳《こぶし》を作ったままで呟《つぶや》くモトさんの頬を、涙が伝うのが見えた。鈴子は、背筋を冷たいものが這《は》うのを感じた。自分がじかに米兵の相手をしているわけではないモトさんまでが、こうして泣かなければならないような状態とは、一体どんなことなのだろう。小町園では今、どんな光景が繰り広げられているのだろうか。

「今日ほど感じたことはない――これが、負けるっていうことなんだわね」

モトさんはもう一度呟き、それから我に返ったように掌《てのひら》で涙を拭《ぬぐ》うと、ぱっとこちらを見た。

「すうちゃんたちのお引っ越しのことも、急いでもらわなければね。隣にいると思うだけだって耐えられないのに、明日か明後日には、ここにも連中が入ってくるんだから。おうち、見つかったって言ってたわね？」

「そのはずなんだけど――」

「宮下さんが動いてくださっているんだったかしら。すうちゃん、少しの間、ここに一人でいられる？　大丈夫？　私、ちょっと行って宮下さんを探してくるから。そうして早く、すうちゃんだけでもここから出ましょう。少しでも早く行った方がいいから。こんな――」

こんな生き地獄から。

モトさんの、低く重苦しい声が鈴子の耳に届いた。その瞬間、またぞくぞくとする感覚が背中や二の腕を駆け上がった。

地獄なら、これまでもたくさん見てきた。燃えさかる町並みも、その後の焼け野原も、火がついたままで逃げ惑う人たちも、山ほどの死体も、さんざん見てきた。それらの光景を目にする度に、鈴子の中にはがらんどうが増えていき、そうしてほとんど空っぽになったのだ。

今、やっと戦争が終わったというのに、この上まださらにひどい生き地獄が待っていたなんて。

ここから動かないで頂戴《ちょうだい》ね、と念を押されて、鈴子は食堂から出て行くモトさんの後ろ姿を見送った。

お腹がすいたなあ。

周子さんはどこに行ったんだろう。まだみんな、あの女の人が見つかったことを知らないんだろうか。

それとももう、眠っちゃおうかなあ。

どこでもいいから、このままごろりと横になって、出来ることなら眠り姫みたいに、何年でも眠っていられたらいい。お腹が空《す》いていることも何もかも忘れて、ただ眠っていたいと思いながら、鈴子は一人ぽつんと食堂にいた。

6

翌朝、鈴子が目覚めたとき、家の一階には、またもや誰もいなくなっていた。

「おはよう、ございます――」

真っ先にのぞいてみた厨房にも、いつもなら朝食の支度をしているはずの周子さんの姿はなく、そればかりか、食堂にも、風呂場や洗面所の方にも、中庭の井戸端にも、誰もいなかった。二階には新しく来た女の人たちがいるはずだったけれど、その人たちの気配も感じられない。ただ、廊下の突き当たりにある裏玄関の戸が開け放たれたままになっていて、そこから、すうっとした風が入り込んでくるばかりだ。その風が廊下の片隅の薄暗いところにひっそりとたまって、秋が近いと告げている。

こんなに早い時間から、みんなして小町園に行ってしまったのだろうか。外に出たら、昨日と同じように、もう占領軍の車が並んでいるのだろうかなどと考えながら裏玄関まで行ってみたところで、上がり框のところに、無造作に置かれた新聞に気がついた。

「置きっ放しにするなんて。こんなところに」

文字が書かれているものは、たとえどんなものでも人が歩くところに置くものではないと、鈴子は小さな頃から厳しく言われている。つまり、これはお母さまが置いたものではないのだろう。

戦争がひどくなる前は、毎朝届けられる新聞を、まずお父さまが広縁の籐椅子《とういす》に腰掛けて読んでいるのが、鈴子が記憶している朝の風景だった。あの頃は今よりずっと幼かったから、細かい文字ばかり並んでいるそんなものの、一体何が面白いのだろうかと、鈴子としては不思議で仕方なかったものだが、今は何となく、どんなことが書かれているのかと興味が湧《わ》いた。これを読めば、今の世の中のことが少しは分かるのだろうか。

まず「八月二十九日、水曜日」という日付を見て、ああ、まだ八月だったかと改めて気がついた。つまり、戦争が終わって、ちょうど二週間が過ぎたことになる。

【米先遣隊《せんけんたい》、厚木着陸】

真っ先に飛び込んできたのは、そんな見出しだ。

【テンチ陸軍大佐以下百五十名】

紙面の真ん中あたりには、不鮮明ながら写真も載っている。神奈川県の厚木飛行場に着陸したアメリカ軍の空輸部隊や、逗子《ずし》沖に並ぶ艦隊、そして見出しにも出ているテンチ大佐という人らの写真だ。それにしても、迎える側の日本人の、何と小さいことか。鈴子たちが教練でさんざん教わったのと同じように、しゃんと背筋を伸ばして立っているのかも知れないが、その姿は顎がすっかり上に向いてしまっていて、どうしても無理矢理、反っくり返ってアメリカ兵を見上げているようにしか見えなかった。子どもが大人にするように。

百五十名。

そのうちの何人くらいが昨日、小町園の前に行列を作ったのだろう。

【進駐《しんちゅう》主力・米第八軍】

【米潜艦《せんかん》十二隻《せき》も行動】

【マックアーサー沖縄《おきなわ》へ】

ところで新聞のいちばん上には別の見出しも出ていた。学校で教わったことがある。新聞というものは、まず右上に一番重要な記事を載せてあるものだと。

【戰災《せんさい》復興の資材に　木材百萬石下賜《ひゃくまんごくかし》　聖慮畏《せいりょかしこ》し民草に御仁慈】

正確な意味までは理解出来なくても、見出しの中に「下賜」「畏」「御仁慈」などという文字が使われていれば、その記事が天皇さまに関係ある内容なのだろうということくらい、容易に察しがつく。だから、ものすごく大切な記事なのかも知れなかった。

けれど正直なところ、今は天皇さまのことよりも、押し寄せてくる占領軍のことの方に気をとられた。現に昨日、鈴子はこの目で彼らを見た。これからの日々、鈴子の生活に直接関係してくるのは、あまりに遠いところにおわします天皇さまではなく、すぐ近くまで来ているアメリカ兵の方だ。

今度は裏面にひっくり返す。すると、

【肉塊に喰込《くいこ》む照射　救助の處置《しょち》なし　擦り傷の女優遂《つい》に死す】

という見出しが目についた。記事の上には「醫學《いがく》も揺《ゆ》らぐ原子爆彈《ばくだん》の慘《さん》」という横書きの文字も並んでいる。

広島と長崎とに、それぞれ一瞬で町中を焼き尽くす恐ろしい爆弾が落とされたらしいという話は、宮下のおじさまから聞いている。爆弾を落とされた町の上空には不気味なキノコのような形の雲が湧いて、それが長い間消えず、かなり遠く離れた土地からでさえ、よく見えたのだそうだ。原子爆弾が落とされたのは当然のことながら天皇さまのラジオ放送の前のはずだ。それなのに、爆弾の威力は「肉塊に喰込む」ほどで、未だに「処置」も出来ないということなのだろうか。「擦り傷」を負った程度でも死んでしまうなんて、原子爆弾とは、果たしてどんな爆弾なのだろう。東京中に、火の雨のように降り注いだ焼夷弾のように、ただあたりを壊して、燃やして、それで終わりというわけではないのだろうか。あれだって十分過ぎるほどに恐ろしかったけれど。難しい漢字にはふりがながふってあるから真剣に読めば大体の内容は分かりそうだ。

その記事を読みかけたとき、隣の見出しにも目がいった。

【國民學校《こくみんがっこう》も大學も　九月半から授業〜戰災校は差當《さしあた》り勤勞《きんろう》】

学校が？

始まる？

これこそ、鈴子に直接関係のあることだ。板の間に膝《ひざ》をついて、今度こそ真剣に記事を読んでみることにした。

〈戰争が終結《しゅうけつ》して學徒は一部をのぞいて、全部《ぜんぶ》歸校《きこう》し、晴耕雨讀《せいこううどく》の教育《きょういく》をつゞけ、女學校のみ授業を停止といふ應急《おうきゅう》の措置を講じた、ところが學徒をはじめ世間では學校がどうなるかと心痛し、このまゝ學校は止めになるのではないかと取り沙汰《ざた》されてゐたが、文部省では學校授業は休止せず、おそくも九月中旬から國民學校から大學、高《こう》專《せん》まで戰前の教科教授を再開することゝし、廿八《にじゅうはち》日地方長官ならびに大學、高専校長宛《あて》につぎのやうな通牒《つうちょう》を發《はっ》した、なほ授業再開と同時に教科書、教材などの中には戰争中のみ適用《てきよう》されるものが多いので、教授の際は十分な注意を拂《はら》ふやう、場合によ

つては一部の授業を省略するなどの適宜の處置をとるやう要請《ようせい》してゐる
一、學校（女子の學校を含む）の授業の實施《じっし》については平常《へいじょう》の教科教授に復原するやう處置し、學生、生徒も歸省させた學校でもおそくも九月中旬から授業を開始する
二、特別の必要《ひつよう》ありと認《みと》められる時（極く一部の例外で戰災および土地の狀況《じょうきょう》）は當《とう》分《ぶん》の間授業を休止し、または歸省せしめてもよい
三、戰災によってまだ授業開始の目途《めど》が樹《た》たない學校でも關係《かんけい》諸機關と連絡《れんらく》の上、校舍設備、教職員、學徒の宿舍の調達《ちょうたつ》をはかり授業の委託などの方法を講《こう》じ、なるべく速《すみや》かに授業を開始することに努力し、さし當っては食糧增產《ぞうさん》などの作業に當らしめる等適宜の處置を講ずる、右に關しては大學、高專にあっては學校集團《しゅうだん》（連絡互助組織）で互助協力すること
四、教科用圖書《としょ》、教材の取扱には八月十四日渙發《かんぱつ》せられたる詔書の御趣旨を奉體《ほうたい》してその取扱について十分なる注意を拂ひ、その一部の授業の省略など適宜な處置をとる
なほ農業、運輸《うんゆ》、通信《つうしん》關係などに出動中の學徒はそのまゝ勤勞を繼續《けいぞく》する、一方繰上げ卒業は今年は九月行ふが來年《らいねん》からはこれも平常に復歸し三月となる〉

このところ意識することさえ少なくなっていたけれど、普通に暮らしていれば、鈴

子はこの春から国民学校高等科の二年生になっているはずだった。

また学校に行って。友だちと会って。勉強して。そんな日々が、再び戻ってくるのだろうか。

本当に？

けれど、どこの学校に行けばいいのだろう。本所には、戻れない気がする。三月の空襲で、それこそ町ごと焼けてしまったのだし、鈴子たちの家だって、もう跡形もない。第一、お母さまがこちらで働いている以上、鈴子だけが本所に戻ることなど不可能に決まっていた。

「あら、そんなところで。お行儀の悪い」

ふいに頭上から声がした。見上げている間に、お母さまに続いて益子さん、モトさん、周子さん、ハルヨさんと、全員が次々に入ってくる。

「――どこ、行ってたの」

鈴子は新聞を畳みながら、誰にともなく声をかけた。だが五人の女は誰もが何となく奇妙によそよそしい顔つきのままで返事もせずに家に上がり、そそくさと廊下を行ってしまう。鈴子は慌《あわ》ててお母さまを呼んだ。そして、振り返るお母さまに、新聞の記事を見せた。

「学校が、始まるって」

お母さまは新聞を一瞥《いちべつ》しても表情一つ変えることなく「それより」と口を開いた。

「朝ご飯が済んだら、お引っ越ししますからね。もうあと一時間もしないうちに、トラックが来てくれるのよ。そのつもりでね」

「――どこに？」

「ここから、もう少し行ったところだそうよ」

「私たち、みんなで？」

するとお母さまは、今回はモトさんと三人で引っ越すのだと言った。周子さんとハルヨさん、そして益子さんは、この建物に残るのだという。モトさんが、厨房からひょい、と顔を出した。

「そういうことだから、よろしくね」

やはり、どこか硬い顔つきで言った後、モトさんは初めて思い出したように、にっこり微笑《ほほえ》んだ。その瞬間、モトさんの周辺だけがぱっと花が咲いたように明るくなった。ああ、これが美しいということなのだと鈴子は思わず感心して、密《ひそ》かにため息をついた。それにしてもみんな、今朝はどうしたというのだろう。

食事の間も、誰も何も喋《しゃべ》らなかった。妙に無表情のまま、機械的に箸《はし》だけを動かしている。中でも益子さんは、いつにも増して不機嫌そうで、もぐもぐと動かす口元そのものが、やけに歪《ゆが》んで見えた。とにもかくにも、このおばさんと離れて暮らせるなら、引っ越しは万々歳だ。

「ごちそうさまでした——じゃあ、私、荷造りしてくる」

早々に箸を置いて立ち上がりかけたとき、初めて周子さんが「元気でね」とこちらを向いた。

「歩いたって何分でもないところだっていうから、またいつだって会えるわよ」

「私もさ、遊びに行くから、そのときは歓迎してよね。何だか、親戚《しんせき》でも出来たみたいで嬉《うれ》しいわ」

ハルヨさんも無理矢理のような硬い笑みを浮かべている。益子さん一人が、そっぽを向いたまま煙草《たばこ》を吸い続けていた。

部屋に戻って押し入れに向かうと、自然、昨日の女の人のことを思い出した。あの人は、鈴子の使っていた敷布にも血痕《けっこん》を残して、いつの間にかいなくなっていた。乾いて赤黒く変色した血の痕《あと》が、どうにも気味悪く感じられて、鈴子はその敷布をハルヨさんが洗う洗濯ものの山に紛れ込ませてしまった。そして、あとはもう知らん顔をしようと心に決めた。どうせ、鈴子に出来ることなど何一つあるわけではないのだ。

ほんの数日しか寝泊まりしなかった部屋で、多少なりとも増えた鈴子の荷物といったら、男の子用の服と、宮下のおじさまが持ってきてくれた数冊の雑誌に英語の帳面、筆記具、そして昨日もらった舶来クッキーの缶だけだった。それでも一まとめにしようと思うと、これまで使ってきた雑嚢《ざつのう》には入りきらない。風呂敷か何かないだろうかとお母さまに聞くつもりで、部屋を出て廊下を曲がろうとしたとき「ですからさ」という、益子さんの苛立った声が聞こえてきた。鈴子は思わず出しかけた足を引っ込めて、廊下の角に身を隠すようにして耳を澄ませた。

「何だって何もかも、あたしのせいになるんですよ」

「何も、益子さんのせいだなんて言っていません。ただ、残念だって！」

悲鳴のような声は、モトさんのものに違いない。

「益子さんがもう少し、ちゃんと見ていてくだされば、目を離さなければ、こんなことにはならなかったんじゃないかと思うからですわ」

「それでも昨夜は、あの子だって一旦《いったん》は納得して、落ち着いたんですってば。ちゃんと消毒の仕方も教えてやって、色々と言い聞かせて——」

益子さんのしわがれ声を、再びモトさんの声が「いいえ！」と強く遮った。

「他の子たちも言ってたじゃないですか。あの子は昨日の晩のうちに、もう出て行ったんですよ。それにあの子は――初めてだったんでしょう？　いくら、それなりに納得して、覚悟したつもりでいたとしたって、あんまりな――あんまりな経験だったに違いないんだわ」

両頬をぞくぞくっとする感覚が走って、同時にこめかみのあたりがかっと熱くなった。昨晩、押し入れに隠れていたお姉さんのことを話しているのだ。間違いない。

「そうは仰《おっしゃ》いますけどねえ、いくらあたしだって、たった一日やそこらでさ、ずぶの素人《しろうと》の、それも生娘なんかを、商売女に仕立て上げろなんて、そりゃ無理ってもんですよ。それもアメリカ相手の」

「ですから、せめて目を離さないでいてくだされればよかったのにって申しているんじゃないですかっ。そうすれば、あんな哀れな姿で、何も鉄道に飛び込んだりしなかったろうに――」

その瞬間、胸をどん、と突かれたように感じた。鈴子は壁に手をついたまま、どこを見ていればいいのか分からなくなった。食堂からは、微《かす》かに洟《はな》をすするような音が聞こえてくる。一度、凍りついた心臓が、今度は激しく打ち始めた。

「それにしたって、どうしてうちの子だって言っちゃいけなかったのかしら。警察の人だって『このまんまじゃ無縁仏だ』みたいな言い方してたし、あのまんまじゃあ、あんまり哀れじゃないですか」

「上からの指示ですから」

お母さまの声だ。

「そんな――可哀想すぎませんかねえ」

「せっかく、この戦争を乗り切ったっていうのに、こんなことになって、あんな線路脇《わき》で、莚《むしろ》一枚かけられただけで――」

周子さんとモトさんが口々に言っているのを「やめましょう、もう」と、再びお母さまの声がぴしゃりとかき消した。

「うち――RAAとしては、決して強制的にあの子たちを働かせているわけではないんです。目的も、覚悟も、きちんと話して聞かせています。それが、店を開いたその日にもう、女の子が身投げしたなんていうことが分かったら、どうなります？」

ちーん、と洟をかむ音がしてきた。

「こっちだって、気がおかしくなりそうだわ――昨日一日で、どれだけ血だらけの洗濯物が出たと思う？　敷布から、浴衣から――私はもう、あの子たち全員がアメリカ人に身体を引き裂かれてるんじゃないかと思って」

「相手しなきゃならない数がねえ――ただでさえあんな大男たちなのに、休むってことを知らないし、とにかく勢いがすごい上に、五人や十人じゃないんだもの。いちばん多い子で、何人でしたって？」

「昨日？　二十六人とか――」

「出血だけじゃないわ。どの子も方々に痣《あざ》を作って、中には唇まで腫らして、汗でぐっしょり――本当に腰が立たなくなってましたものね」

「大体、連中は恥ずかしいってことがないのかしら。そりゃあ、こっちの準備が間に合わなくて仕方がない部分もあったとはいえ、あんな、衝立《ついたて》一つで仕切っただけの場所でも、まるで平気ときてるんだもの」

耳の奥でごうごうという音が聞こえた。息が苦しくなるくらいに、胸がドキドキと激しく脈打っている。壁に突いたままのてのひらも、廊下に立つ足の裏も、びっしょり汗をかいていた。

死んだ。

あのお姉さんが？

何て――。

自分が何をするために部屋から出て来たのかも忘れていた。鈴子は、後ずさりするように部屋に戻り、そのままぺたりと畳の上に座り込んだ。

鉄道に飛び込んで。

莚一枚かけられただけで。

何て――。

何て、馬鹿《ばか》みたいなの。

死んじゃったなんて。

こんなに長かった戦争でも生き抜いてきたっていうのに。

間もなくして、目黒からこの家に越してきたときにもトラックを運転していた「山田くん」が迎えにやってきた。鈴子はお母さまに急《せ》かされ、風呂敷の代わりに敷布で荷物をくるんで、モトさんも一緒に慌ただしくトラックの荷台に乗り込んだ。

広い道に出たら、すぐ左手が小町園だ。まだ時間が早いだけあって、さすがに昨日のような占領軍の姿は見えないが、その代わりに荷車や馬車やリヤカーなどが連なっていて、道路は意外に混んでいた。左手にずっと続く黒塀には、小町園に続いて「悟《ご》空林《くうりん》」「やなぎ」「楽楽」などという看板が掲げられている。どれも、かなり大きくて相当に格式の高い料亭らしかった。その、いずれにも敷地内や門の外に、何台ものトラックやリヤカーが止まっていて、材木やら何やらが運び込まれている。そのせいで、道路がこんなに混雑しているのだと分かった。おそらくこれらの建物も、これから小町園と同じような目的で使用されるのに違いない。お母さまに尋ねるまでもなく、鈴子はそう判断した。

道ばたには、いかにも海の近くらしく、ぽつり、ぽつりと松の木が植わっていて、料亭の黒塀とも調和が取れている。だが、白茶けた広い道を挟んだ反対側ときたら、それとはまるで正反対だ。多少は焼け残った地域があるものの、あとは遠くの山並みが見えるくらい、見事なくらいにすっからかんの赤茶けた焼け野原だった。

「天国と地獄みたい」

のろのろ進むトラックの荷台で、埃《ほこり》っぽい風に吹かれながら鈴子は思わずため息をついた。

「どっちが地獄だか分からないわ」

隣にいたモトさんの声が応える。振り向くと、モトさんは視線を遠くに向けたまま、きつく唇を引き結んでいる。きっと、お母さまやモトさんたちは今朝、あのお姉さんの死体を見に行っていたのだろう。電車に飛び込んで、跳ね飛ばされたのかどうなのか、とにかく筵をかけられただけの、無縁仏になってしまう死体を。

空襲が続いている間、鈴子は数え切れない数の死体を見てきた。黒焦《こ》げの死体も、溺死体《できしたい》も、人混みに押しつぶされて息絶えたのか、ちょっと見は死んでいるように見えない死体もあった。身体中から脂《あぶら》をしみ出させて、その脂の染《し》みだけになった死体も。または幼かった千鶴子のように、自分がどうなってしまったのかも分からないまま、跡形もなく消えてしまった人たちだって少なくないだろう。そのいずれもが、死ぬつもりなんかないのに殺された人たちだった。

昨日のお姉さんは、死んだ方がましだと考えて死んだのだ。自分でそう決めたのなら、それはもう仕方がない。さっき、お母さまたちの会話を立ち聞きした後、鈴子は、そう思うことにした。戦争は終わった。これから先は、それこそ米兵に殺されるのでもない限り、自分の意志で生き抜くことが出来る。少なくとも鈴子は、まだ死にたくなかった。こんな、がらんどうのままでも。

生きていれば。

いつかまた、美味しいクッキーや他のご馳走《ちそう》だって食べられるかも知れない。綺麗《きれい》な服を着られるときが来るかも知れない。第一、匡お兄ちゃまが帰ってくれば、また家族揃《そろ》って暮らせるかも知れないではないか。いや、来る。きっと、そういう日が。

もう少し走ると、右手に燃え残った神社の鳥居があった。通り過ぎざまに、数人の少年が集まっているのが見えた。

「あ、エノケン」

モトさんが、風に乱れる髪を手で押さえながら、一瞬だけ「え」という顔をする。

「エノケン？」

「本物のエノケンなんかじゃないのよ。そういうあだ名の子」

わざとおどけるように言ってみたけれど、モトさんは、もう硬い表情に戻って、ただ小さく頷いただけだった。軽く微笑むだけでも周囲の空気を変えられるくらいに綺麗な人なのに、ただでさえ彼女は、顔の傷によって、それほどまでの美しさを破壊されてしまっている。もしかすると、鈴子には想像もつかないくらい、恐ろしい経験をしてきた人なのかも知れなかった。

7

時間はかかったけれど距離としては大して走らないで着いたのは、小さな家が密集している一角だった。どの家も外塀などない構えで、隣同士の軒先が触れ合わんばかりに近い。その屋並みは、鈴子が生まれ育った本所の界隈《かいわい》を彷彿《ほうふつ》とさせた。

「さあ、着いた」

もとは小さな町工場だったという。入口の引き戸を開けると、がらん、とした土間の片隅に、いくつかの古ぼけた機械が置かれていて、その奥から老夫婦が出て来た。お母さまたちの挨拶《あいさつ》にも素っ気ないほど淡々と応じるだけの大家さん夫婦は、いずれも六十代に見えた。

鈴子たちに貸し与えられたのは、急な階段を上った二階の、それぞれ六畳と四畳半の部屋だ。

「まあ、多少は手狭ですがね、辛抱して下さいよ。これでも苦労して探したんです。この辺りだって大勢が焼け出されてますからねえ、誰も彼も、住むところがなくて必死なんです」

少ない荷物をえっちらおっちらと二階まで運び上げ、額の汗を拭いながら言う山田くんに、お母さまは「承知しております」と今日、初めて見せる笑顔で何か小さな包みを手渡した。

「事務局の方にも、よろしくお伝え下さいませね」

すると山田くんは、手渡された包みを押し頂くような真似《まね》をしてから、お母さまに向かって片方の頬を歪めるように「にっ」と笑った。

「まあ、この辺がさすが宮下さんっていうことですかねえ」

ああ！

思わず顔を背けたくなった。口の中いっぱいに苦いものが広がっていく感じだ。山田くんは知っているのだ。お母さまと宮下のおじさまの関係を。だから、今のような笑い方をする。何ていうことだろう。うちのお母さまは、それでも平気なのだろうか。

「それに、何たってやっぱりRAAってえのが、大したもんなんだよな。何せ、お国がらみのでっかい後ろ盾がある上に、自由に出来る金がごまんとあるときてる。今のこの日本で、こんだけのことが出来るところなんて、そうそうあるもんじゃありませんからねえ」

「――それで、昨日お願いしておりました、あの、募集の件ですけれど」

「ああ、そっちの方もね、ちゃあんと動いとるそうですわ。今日あたりから新聞にもどんどん広告を打つし、銀座のど真ん中にも、こう、どでかい看板を出してね、もう、片っ端から集めるっていう話でしたから」

お母さまが「そうですか」と頷く横で、モトさんは「片っ端から」とほとんど聞き取れないほどの声で呟き、大きくため息をついていた。

開け放った窓から流れてくる風に、ほのかに潮の香りが混ざっている。どちらの部屋から見える景色も、前の路地と隣家の屋並みだけという、実に平凡なものだったけれど、こんな風が流れてくるうえに、窓を開けてすぐにコンクリートの塀が立ちふさがっているわけでもないのだから、それで十分だった。

「今度こそ、落ち着いた暮らしが出来るといいと思うわ」

少ない荷物を片付けてしまってから、三人並んで窓辺に立った。陽が高くなるにつれて、またもや気温が上がってきたようだ。

「早く、学校が始まらないかな」

つい呟くと、お母さまよりも先にモトさんが「あら」とこちらを見た。

「学校が、始まるの？　いつから？」

「もう来月から始まるみたいなんだけど——ねえ、私、どこの学校に行けばいいの？」

改めてお母さまを見る。お母さまは「そうね」と言いながら大して真剣に考えている様子もなく、鈴子がしつこく「ねえってば」と繰り返すとようやく、宮下のおじさまと相談してみると応えた。また、宮下のおじさま。何でもかんでも。

「——私、本所に戻りたい」

わざと言ってみた。だが、お母さまはこちらを見もしない。

「ねえ、本所の学校に通いたい」

「——それは、どうかしら」

「新聞にも書いてあったもの」

「なんて」

「——なるべく元に行ってた学校に行くようにって」

本当にそんなことが書いてあったかどうかは分からない。ざっと流し読みをしただけだし、半分は口から出任せに近かった。ただ、このまま何もかもお母さまの思い通りにされるのは癪《しゃく》な気がして仕方がないのだ。いや、お母さまというよりも宮下のおじさまだろうか。

「それは疎開《そかい》してる人についてのお話じゃないのかしら。とにかくちゃんと調べて、行かれるようにしますから、ね」

お母さまは相変わらず半分は上の空のような表情でそう応えた後、とりあえず大家さんと今後のことを相談してこなければと、モトさんと共に階段を下りていった。そして、戻ってきたときには、今日から鈴子の夕食については、階下で大家さんたちのの世話になることになったからと言った。

「あの人たちと食べるの？　あんな——」

「仕方がないでしょう。すうちゃん一人にしておけないもの」

「だって——」

「心配いらないわ。その分のお礼だって、お家賃とは別にお支払いするんだし、お米やお塩や、その他のものもちゃんとお渡しするって伝えてあるから」

「あのお婆《ばあ》ちゃんたち、いやがらなかった？」

「嫌がるわけがないじゃないの。差し当たって、他に収入だってあるわけじゃないらしいし。すうちゃんは変に遠慮なんかしないで、作っていただいたものを、ちゃんと感謝して、お行儀に気をつけていただくのよ」

それから、鈴子が本当は女の子だということも、ちゃんと伝えてあるから、とお母さまは続けた。

「『それがいい』って、言ってくださったわ。昨日の、あの占領軍の車の列をご覧になったそうだから」

「――でも、学校が始まったら、もう鈴子、女の子の格好に戻りたいから」

お母さまの横顔から目を離さずに言ってみた。お母さまの目の端に、すっと苛立《いらだ》ちらしいものが浮かんだ。

困らせないで。

煩《わずら》わせないで。

分からないの？

それどころじゃないのよ。

お母さまの横顔が語っている。RAAの仕事は始まったばかりだ。準備も万全に整わないうちから、上陸してきたばかりのアメリカ兵があんなに押しかけてきて、今、お母さまたちは混乱している。その上、あんな風に逃げ出したお姉さんもいて――ふと、半ば意地の悪い気持ちが働いた。お母さまはどう思っているの。あのお姉さん、死んだんでしょう。それで平気なのと聞いてみたい。

「そういえば昨日、押し入れにいた――」

「すうちゃん」

「――なあに」

お母さまは、白いブラウスの襟元から見えるのど頸《くび》をごくり、と一度動かして、それから鈴子の二の腕に触れながら「いいこと」と声をひそめた。

「もう、小町園のことを気にするのはおやめなさいな」

最初に刈られたときに比べたらほんのわずかに伸びてきた頭をそっと撫《な》でるようにしながら、お母さまの目の光は、いつになく強く見えた。

「すうちゃんにも色々と嫌な思いをさせてしまったし、見なくてもいいものを見せてしまって可哀想だったとも思うけれど、今日からはもう、すうちゃんは小町園とも、

ＲＡＡとも関係ないの。とにかく危ない目にさえ遭わなければ、それでいいわ。これから学校が始まったら余計に、すうちゃんは、すうちゃんが出来ることに集中してちょうだいな。お母さまも一生懸命に働きますから」

「——お母さまは、いやじゃないの？」

今にも小さく笑い出しそうな、または泣き出しそうな、どちらにしようか迷っているような不思議な顔つきで、お母さまは「そうね」と目を瞬《しばたた》かせる。

「嫌もいいも、ないわ——今は、とにかく匡が無事に帰るまでの間、すうちゃんと二人で生きていくために、お母さまに出来ることをするしかない——それに、お母さまのことを必要としてくださっているわけだから」

「誰が？」

「え？」

「宮下のおじさま？」

お母さまは、初めてまともに鈴子を見た。それから、やっといつものお母さまらしい表情になって柔らかく首を左右に振る。

「もっと大勢の人たちよ。お店で働く人たちも、アメリカの人たちも」

「そんなこと言ったって、アメリカ人はお姉さんたちをひどい目に遭わせてるんでしょう？　いくら日本が負けたからっていったって――」

「そういうお仕事なの――アメリカ人たちは、その分の代金を、ちゃんと払ってくれているんですよ」

お母さまは、また硬い表情に戻った。

「何も――何もただで、好きにされてるわけじゃない。これは、お仕事なの。誰かがやらなければならないことを、みんながそれぞれにやっているだけ。それに、お母さまの場合は少しばかり英語が分かるっていうだけで、そう言っては失礼だけど、益子さんやハルヨさんたちとは格段に違う、いいお給料をいただいているわ」

深呼吸をするように、ゆっくりと息を吐き出して、お母さまは鈴子を見た。

「私たちは戦争に負けた国の国民として、家族を喪《うしな》った女として――それでも生き続けなければならないのよ。あそこで働かなければならない女の子たちにしても同じことなの。何としてでも乗り越えなければ――」

それでおしまいなのよ。

お母さまの声は、かつて聞いたことがないほど低く、重たく聞こえた。

第三章　大森海岸

1

昭和二十年八月三十日。

その日、大家さん夫婦と一緒に食べる夕ご飯の時に、ついていたラジオから、連合国最高司令官のダグラス・マッカーサー元帥《げんすい》が厚木飛行場に到着して、そのまま横浜の総司令部に入ったというニュースが流れた。

「元帥か」

お爺《じい》ちゃんが、カボチャと菜っ葉のお粥《かゆ》をすするようにしながらぼそりと言った。

「元帥って、えらいのかなあ」

鈴子が独り言のように呟《つぶや》くと、お爺ちゃんは「そりゃあ」と鼻から大きく息を吐き、日本で言えば山本五十六《やまもといそろく》や東郷平八郎《とうごうへいはちろう》と同じ位だと言った。

「じゃあ、ものすごくえらいんだ」

「その、お偉いアメリカ人が、これからこの国を、どう料理するんだか」

大家さんたちと食事をするのは昨晩に続いて二度目だった。一見したところは全然、優しそうに見えない人たちだが、鈴子が何か話しかければ短い言葉でもちゃんと返事をしてくれるし、ご飯だって不味《まず》くはなかった。鈴子やお母さまのことについて、根掘り葉掘り聞き出そうとすることもない。きっと、そんなに悪い人たちではないのだと、何となく思う。それに夕食前、ちゃぶ台の上に置かれていた新聞に目を止めて鈴子が読んでいると、お婆《ばあ》ちゃんは「あんた、大したもんだわね」と、少しばかり驚いた顔をしたものだ。

「なるほどねえ。これからは、そういう時代になっていくんだろうね。女も男と同じように勉強をして、知恵を磨いて」

「本当に、そんな風になるのかな」

鈴子は、読みかけの新聞を差し出して見せた。

【帝都の中等、國民校《こくみんこう》　九月一日から授業　～男子は科學《かがく》、女子には躾《しつけ》】

つまり、いくら学校が始まっても、教わること自体は「女子には躾」だというのだから、そう簡単には男の子たちと肩を並べることなど出来ないのかも知れない。

「だけど、お嬢ちゃんのおっ母《か》さんていう人は、英語が出来るからこそ、このご時世に破格の待遇で暮らせてるんでしょうが」

「あ、そうか――」

「そういうおっ母さんに育ててもらってるんだから、お嬢ちゃんは幸せよ。お父《と》っつぁんはあれだって？　亡《な》くなったって？」

「――はい」

「そりゃ気の毒だったけどさ、おっ母さんには、力があるじゃないのよ。あんたがその気にさえなれば、『三界に家なし』みたいな生き方だって、きっとしないで済むでしょうよ」

けれど、お母さまはその「力」を使って、三界どころか苦界に生きなければならないお姉さんたちを利用しているのではないか。少なくとも、鈴子にはそう思えて仕方がないのだとは、さすがに言えなかった。

「苦界」という言葉は、モトさんが教えてくれた。今朝、お母さまがいない時を見計らって、小町園で働く女の人が百人を超えたとも言っていた。たった三日の間に。それに加えて、お隣の「悟空林」も「やなぎ」も、その先の「楽楽」も、もうじきに開店するのだそうだ。

「増やしても増やしても、まるで湧《わ》いて出てくるみたいに、後から後からアメリカ兵がやってくるんですもの」

だから夜になって店じまいするのも、どうしても決まり通りにはいかないのだとモトさんは言っていた。よほどしっかり管理しなければ、米兵たちは夜通しだって騒いで、お姉さんたちだけでなく、仲居さんにまで相手をさせようとするのだそうだ。

「それにしても、すうちゃんのお母さまは本当に大したものだわ」

モトさんは、そうも言った。

「英語がお出来になるのはもちろんだけど、あんな修羅場で、みんなが右往左往して、すっかり混乱している中でも、すうちゃんのお母さまっていう方は、とても落ち着いていらしてね」

店内の必要なところには全《すべ》て、英語で張り紙をして、それでもアメリカ兵たちが引き戸の開け方が分からなかったり、土足で上がり込もうとしたり、また大きな声を出して何かの文句らしいことを言い始めても、お母さまはまったく動じることがないのだそうだ。モトさんはお母さまの仕草を真似《まね》して、両手で「さよなら」をするみたいに手を振りながら、首も左右に振って見せる。

「こうやって『ノー、ノー』とか『ウェイタミニッツ』とか言われるとね、もうそれだけで、アメリカ兵はおとなしくなるの。魔法みたいよ」

「そうなの？」

「その上、あれがアメリカ式っていうのかしらねえ、何かちょっと話しかけるときでも、あの人たちの腕のあたりをぽんぽんと叩《たた》いたりね。それだけで、向こうもにっこり笑ったりするの。本当にすごい。私なんて、あんな毛むくじゃらな腕なんて、見ただけでゾッとするし、第一、体臭の強い人がものすごく多いんだもの。どうしたって顔を背けたくなるくらいなのに」

モトさんは嫌みでも何でもなく、心からお母さまを褒めてくれているのだろうと思う。けれども鈴子は、そんな風に落ち着き払って、つい二週間前まで「鬼畜」呼ばわりしていた相手の腕にまで平気で触れられるお母さまを、何とも言えず不快に感じた。

八月三十一日。

朝から久しぶりの雨になった。鈴子は午前の早いうちから、お母さまと近くの国民学校に行った。鈴子が転校するとしたら、家から歩いて数分の、大森第五国民学校になるだろうということだったからだ。

校庭の向こうに海が見える国民学校は空襲で燃えなかった代わりに、校庭や校舎の一部に近所の焼け出された人たちが仮住まいしていたり、また、焼けてしまった他の学校の生徒にも校舎を貸すことになっているとかで、雨の中を、人々が右へ左へと動き回っていた。その様子はもちろん、鈴子が通っていた学校とは違っているけれど、それでも学校という建物とその雰囲気に触れることが出来ただけで、鈴子はものすごく懐《なつ》かしい気持ちになった。

「あ、おまえ」

転校の手続きをして、新しく担任になる先生と少し話をしてくるというお母さまを残して、先に校舎を出たところで、ふいに声をかけられた。見ると、先日、捕虜収容所に落とされた落下傘《らっかさん》の荷物を拾っていた子のうちの三人が、傘もささずにそこにいた。確か、タコとキミオと、それから「おけっぺんぺん」だ。

「何してんだよ、ここで」

ただでさえ目の細いタコが、余計に目を細めるようにして、まるで人を威嚇《いかく》するように、わずかに顎《あご》を突き出した格好で近づいてくる。

「明日から学校だって聞いたから」

「お前、俺らの学校に来んのかよ」

「だから今、お母さまと――」

言い終わらないうちに、「おけっぺんぺん」が「うひゃあっ」とへんてこりんな声を上げた。

「お母さまだってよ！」

キミオまで一緒になって「うひゃあ」と調子を合わせている。

「お前よう、どこのお坊ちゃまだよ」

タコが、ますます胡散臭《うさんくさ》そうな顔つきになって、ぐいっと顔を寄せてきた。つん、と汗臭い嫌な臭《にお》いがした。

「べつに、お坊ちゃまじゃない――」

「嘘《うそ》こけっ！」

三人の少年に囲まれて「お母さまだってよぉ」とからかわれている真っ最中に、当のお母さまが出て来た。

「すうちゃん」

すると少年たちは一斉にお母さまを振り返って、お互いに突っつき合いながら「すうちゃん」「すうちゃん」と、くすくす笑い始める。鈴子は、彼らに向かって、つん、と顎をしゃくる真似をして見せた。

「おまちどおさま、さあ、行きましょうか」

止《や》みそうにないわね、と呟きながら空を見上げているお母さまを見た時、突然ひどく不思議な気分になった。お母さまが急に眩《まぶ》しく見えたというか、妙に気恥ずかしい気持ちになったのだ。鈴子は反射的に、お母さまから目を逸《そ》らしそうになった。おかしかった。服装だって持ち物だって、いつもとまるで変わらないのに、お母さまは何だかすごく違って見えた。

「いい先生みたいで、お母さまも安心したわ。こちらの事情もよく呑《の》み込んでくださってね。さっき、すうちゃんがいたときにも仰《おっしゃ》ってたけれど、学校が始まるっていったって、当分の間は――」

話しながら、お母さまは初めて気がついたらしく、目の前の少年たちに目を向ける。そして「あら」と小首を傾《かし》げた。

「こちらの学校の、生徒さん？」

それまでくすくす笑いあっていた三人が突然、ひどく緊張した顔になった。鈴子が横目で見ていると、特にタコなどは垢《あか》じみて日焼けしているくせに、それでもはっきり見て取れるほど、顔を赤くしている。

「うちの子もね、明日から、こちらの高等科の二年生に通うことになったの。仲良くしてやって頂戴《ちょうだい》ね」

お母さまが優しく話しかけると、「おけっぺんぺん」が、「あっ」と驚いたような声を上げる。

「じゃあ、タコと、エノケンと一緒だ」

「おけつぺんぺん」は赤面しているタコを指さして「これがタコ」とお母さまに教えている。

「エノケンは、今はここにいないけど、こいつ——すうちゃんは、会ったことあんだ」

「あら、そうなの？　すうちゃん、エノケンさんって——」

「この前、運河んとこで。なあ？　クッキー、やったもんな？」

今度はキミオがしゃしゃり出てくる。お母さまは初めて合点がいったという表情になって大きく頷《うなず》いた。

「あのときの——そう。もうお友だちが出来ているんなら、こんなに心強いことはないわ。ねえ、すうちゃん」

少年たちは、今度はもう笑わなかった。ただ、おどおどした様子で、ちらり、ちらりとお母さまの顔を盗み見ている。

「うちはね、今はおばさまと、この子の二人家族なの。戦争が終わってから、こっちに越してきて、やっと落ち着いてきたところ。ああ、それから、こういう格好をしてはいるけれど、本当はね、すうちゃんは鈴子ちゃんっていう名前。女の子なのよ」

そのときの三人の顔と言ったらなかった。口をぽかんと開けて、あまりにも驚いた顔をしているから、鈴子の方が思わず笑い出しそうになったくらいだ。

「今は何かと物騒でしょう？　これからアメリカ軍の兵隊さんたちもたくさんやってくるから、本人はものすごく嫌がったんだけれど、おばさまがバリカンで、髪を刈ってしまったのね。だから、からかわないでやってね」

「そういうことか。南京豆んとこの姉ちゃんと同じなんだな」

キミオが納得したように言った。

「ズロースだって何枚も穿《は》いてるってよ」

「襲われないように、してんだよな」

その、本当に意味するところを分かっているのかいないのか、「おけつぺんぺん」までがもっともらしい表情になって頷いている。それから「なあんだ！」と、またも素《す》っ頓狂《とんきょう》な声を上げた。

「女なのかあ」

「そんなら、まあ、しょうがねえか」

「エノケンが聞いたら、びっくりたまげんだろうなあ」

それからタコも一緒になって、三人はげらげらと笑い始めた。その、いかにも屈託のない笑い声が、彼らの垢じみた臭いと、雨に濡《ぬ》れた校庭の土の匂いと一緒くたになって、鈴子の中のがらんどうに、わんわんと広がっていくような気がした。そうしてやっと、長かった長かった八月が終わった。

2

九月一日。土曜日。

鈴子は転校生として、ようやく再開された大森第五国民学校に登校した。とはいえその日の朝、校庭に集まった中に二年生から六年生の姿はほとんどない。キミオや「おけっぺんぺん」ら、縁故疎開《そかい》していたらしいごく少数の生徒は登校したものの、残りの大多数は集団疎開から戻っていないからだ。だから高等科の鈴子たちのすぐ隣には、本当ならこの春から入学するはずだった新一年生の小さな子らばかりが並ぶことになった。

「あの子の家はみんな死んじゃったって」

「あそこん家《ち》のお父ちゃんも戦死したらしいよ」

「うちは、燃え残りの材木を集めて、やっとバラックが建ったとこ」

「いいなあ、うちはまだ防空壕《ぼうくうごう》で暮らしてる。それも二つの家族で、九人で」

「お祖母ちゃんが瓶の中にへそくり入れて、押し入れの下の、土の中に埋めてあったんだよ。焼け跡を掘ったら出て来て、それで助かったんだ」

「ねえねえ、お風呂《ふろ》どうしてる？」

お互いの無事を確かめ、再会を喜び合いながらも、そんな会話が方々から聞こえてくる。転校生の鈴子に話しかけてくる子はいないから、鈴子は一人ぽつんと、それらの会話を聞きながら、今ごろは本所の国民学校でもみんなが再会を喜び合っているだろうかと考えていた。

それにしても、生徒たちはみんな痩《や》せていた。ことに新入生たちは、とても小学校に上がる年頃には見えないくらいに誰もが小さく見える。青っ洟《ぱな》を垂らして、顔が垢光りしている生徒も珍しくないし、中には下駄《げた》履きどころか草履の子さえいた。それでもようやく学校に来られたのが嬉《うれ》しいのか、痩せた顔に目ばかりをきょろきょろとさせながら、はにかんだ笑みを浮かべている下級生を見ていると、どうしても千鶴子を思い出して、鈴子の胸の奥はざわざわとなった。死体が見つかったわけではないのだから、もしかしたら今だってどこかで生きているかも知れないと思う。そう信じましょうと、お母さまとも何度となく話してきた。そういえば大森海岸に越してきてから、お母さまはもう千鶴子のことを言わなくなった。

「諸君は、これから生まれ変わるこの国の将来を背負って立つ、いわば新生日本の子らとして、清く正しくたくましく成長していかねばならない。戦争中におろそかになった勉学に今改めて励み、奮闘努力してこの国の再起と再発展に役立つ人間となるように」

入学式を兼ねた朝礼の時、校長先生はそんな意味のことを言った。国旗掲揚《けいよう》。国歌斉唱。遥拝《ようはい》。けれど「海行かば」はもう歌わなかった。教室に帰るときにも軍艦マーチは流れず、ただ先生がピッピッと笛で号令をかけるだけだった。

校長先生がそう言われるくらいだから、よほどたくさん新しい勉強をするのかと思っていたのに、翌週になって本格的に授業が始まってみれば、まともな授業は読み書きと算術程度の、それも復習ばかりだった。しかも、せいぜい午前中で終わってしまう。午後からは、校舎が焼けてしまった他の学校の子どもたちに教室を使わせてあげなければならないし、教科書も足りていないから仕方がないのだそうだ。教練もない。体操もない。お腹《なか》が空《す》いていて、激しく動くと目を回す子がいるから、無理は出来ないのだと先生が言った。

鈴子は、弁当には毎日、蒸《ふ》かし芋を持っていった。本当のことをいうと、鈴子の家の朝晩の食事は、今の住まいに越してきてから少しずつだけれどよくなりつつある。

RAAからは白米や砂糖、味噌《みそ》、醬油《しょうゆ》をはじめとして色々な食料を回してもらえるし、進駐軍からも、お母さまやモトさんが、これまで食べたことのない缶詰などをもらってくるようになったからだ。その お蔭《かげ》だろう、大家のお爺ちゃんとお婆ちゃんも、最初の頃に比べるとずい分愛想がよくなった。けれど、学校にはそれらを持っていってはいけないとお母さまは言った。

「何も持ってこられない子だって珍しくないでしょう？ 変に目立つようなことをしてはいけないわ」

確かに、蒸かし芋ひとつ持ってこられない子がいた。そういう子たちは昼食の時間になると教室を抜け出して、校庭で作っている畑の野菜を勝手に引き抜いて食べたり、空腹を紛らすために手洗いの水を飲んだりしている様子だった。

午後になると、男子は爆撃を受けて穴ぼこの空いた近所の道路を埋め戻す作業などに駆り出され、鈴子ら女子は一年生や二年生の面倒を見ながら校内の片付けをしたり、ぼろ布を継ぎ合わせて雑巾《ぞうきん》を縫い、その雑巾でガラス拭《ふ》きなどをさせられた。

「なぁんだ、こんな毎日じゃあ戦争中と大して変わりゃしないじゃないの。ねえ」

ある日、同級生の中で唯一《ゆいいつ》、鈴子と同じに男の子の格好をさせられている野本《のもと》さんが、手洗い場で新一年生の顔を洗ってやりながらしかめっ面《つら》を作った。鈴子も野本さんも、下級生に接する度に「お兄ちゃん」とからかわれる。すると野本さんは「うるさいよっ」とわざと怖い顔になって、小さな子を追い回し、後ろから抱き上げてその身体《からだ》を大きく左右に振ってやったりした。その都度、新入生たちは弾《はじ》けるような笑い声を上げた。それは、ものすごく久しぶりに聞く、底抜けに明るい笑い声だったけれど、代わりに野本さんの方はすぐ息切れをして、決まってその場にへたり込んでしまうのだ。

「そんな馬鹿《ばか》なこと、しなけりゃいいのに。余計にお腹が空くじゃないの」

鈴子が呆《あき》れている前で、彼女は「つい、さ」と笑い、その後で目元を潤《うる》ませることがあった。

「妹のこと、思い出しちゃって。本当なら、この子たちと一緒に、春から一年生だったはずなのに」

「野本さんにも妹がいたの？」

「あら、あんたも？　その子は――」

「見つからないの。春の空襲で」

「――うちは、五月の」

「そう――」

「うん、そう──どこ、行っちゃったのかねえ」

「ねえ」

それをきっかけに、野本さんとは少しずつ打ち解けるようになった。野本さんの家は海苔《のり》の養殖の傍らで釣り船屋をやっているのだそうだ。

「これからはアメリカ兵が釣りに来るかも知んないなんて、お父ちゃん、期待しちゃってんのよ。だけど、うちのお父ちゃんは足が片っ方しきゃないの。満州でさ、吹っ飛ばされたんだって。だから、今んとこ船なんか出せないのよね」

野本さんの家では、他に出征している人はいないのだそうだ。ただ、末の妹と共に祖父母が空襲で亡くなっていた。あと二人、弟と妹がいるが、まだ集団疎開しているという。鈴子は、自分はお母さまと二人きりであること、本当は五人兄妹《きょうだい》だったこと、今となっては生死も不明な匡お兄ちゃまが無事で還《かえ》るのを祈るばかりであることなどを簡単に話して聞かせた。お母さまが何をしているか、聞かれたら嫌だなと思ったけれど、有り難いことに野本さんは、そのことには何も触れてこなかった。

その週の末、連合軍は東京に進駐した。

「すげえ」

「本当、すげえや」

占領軍の兵隊が、四角い車や大きなトラックの荷台にごっそり詰め込まれて、いつまでも途切れることがないくらいに長い列を作って進んでいくのを、鈴子はエノケンやタコたちと一緒に、校門の前に立って眺めた。この広い道はみんなが「京浜《けいひん》国道」と呼んでいて、そのまま小町園に続いている。眺めるうち、鈴子はその果てしなく続いて見えるトラックがすべて小町園に向かっているような気持ちになった。トラックの荷台から物珍しそうにこちらを見ているアメリカ兵の中には白人ばかりでなく、黒人も混ざっている。墨を塗ったような黒い顔の中で、ぎょろりとした目玉と口を開けたときの白い歯と、そして赤い舌ばかりが目立った。

「へえっ、本当に黒いんだなあ」

タコがいかにも感心したような声を上げた。

「タコ、今まで見たことないの？」

最初は鈴子があだ名で呼ぶたびに「くそったれ」などと悪態をついていたものだが、あっという間に慣れてしまったらしく、タコは「ねえよ」と、あだ名の通りに唇を尖《とが》らせて首を傾げている。

「だって、あんたたち、捕虜収容所に入れられてた外人たち、たくさん見てるんじゃないの？」

「けど、黒いのはいなかったもんな。すうは、あんのかよ」

周子さんやお母さまが鈴子を「すうちゃん」と呼ぶことを知っているエノケンやタコらは、鈴子を「すう」と呼ぶようになっていた。まだほとんど親しくなっていない同級生たちの前で「おい、すう」などと声をかけられると、鈴子は気恥ずかしさと共に、何となく自分がエノケンたちの仲間になった気がして満更でもなかった。

「ないわ。一度も」

エノケンが「ふうん」と頷いている横から、タコが「でもよう」と首を突き出してくる。

「ありゃあ、エノケンがいくら黒くたって、とってもじゃねえが、かなわねえほどの黒さだよな」

「当ったりめえだろうが。こう見えても俺様はれっきとした日本人なんだから。あ、おい、見たか。あいつら、てのひらは白いんだな」

相変わらず屈託のない話ばかりしている。その無邪気さが羨《うらや》ましいくらいだ。だが鈴子は、そんな彼らの横で、白人も黒人も含めて、とにかくアメリカ兵たちの身体の大きさに改めて圧倒されていた。あれほどの大男たちが連日連夜、小町園に押し寄せているのかと思うと、恐怖とも何ともつかない気持ちになる。しかも、お母さまは連中を上手に扱っているばかりでなく、早くもアメリカ人の憲兵の中に顔見知りが出来たと、モトさんが言っていた。白か黒かの違いだけで、鈴子には誰を見たって同じに見えるのに。

「ねえ、むんむんしてると思わない？」

ふいに耳元で声がした。鈴子は、ちらりと横を見て密《ひそ》かにため息をついた。久保田《くぼた》雅代《まさよ》だ。転校してきたとき、一番最初に「へえ、あんた、なかなかの美少年ぶりじゃないの」と話しかけてきてくれて、それはそれで有り難かったのだけれど、実を言うと鈴子の方では、あまりいい印象を持っていなかった。どうも、気に入らない。何となく小ずるそうな一方で、どこかしら高慢ちきな感じもするからだ。大柄なだけでなく妙に大人っぽい感じも薄気味が悪かった。しかも彼女は野本さんと違って、何かというと鈴子の家族構成や暮らしを探ろうとしてきた。それが、ことに嫌だった。

「なあに、むんむんって」

「分かんないかなあ、感じよ、感じ。アメリカ人の男の。日本の男と全然、違うじゃない」

言おうとすることは何となく分からないではなかった。けれど、その言い方が妙に癇《かん》に障《さわ》った。ああ、勝子ちゃんが懐かしい。勝子ちゃんも大柄だったし、お母さんの影響もあったから「男なんてもんは」などという言い方をすることがあったけれど、それでも雅代のような、妙に粘っこい感じではなかった。勝子ちゃんは生きているのだろうか。いつかまた会える日が来るだろうか。

「ああいう男たちを見慣れちゃうと、日本の男なんて、貧相でちんちくりんでさ、全然素敵に見えないわ。ねえ？」

うふふ、と笑いながら肘《ひじ》で脇《わき》を小突かれても、鈴子は「そうかな」としか応《こた》えられなかった。たとえその通りだと思っても、同意したくない。

「もっとさ、すぐ傍まで行って見てみたいなあ、あたし」

雅代は、鈴子や野本さんのように男の子の格好をしていない。ブラウスの胸元はもう目立つくらいに膨らみ始めているし、髪だって二つに結わえている。その襟足を見ただけでも鈴子は不愉快になった。本当は鈴子だってお下げ髪にしたいのに。転校してきた初日、担任の飯《いい》埜《の》先生に「本当は女子だ」と紹介されたときの恥ずかしさときたらなかった。まだ野本さんがいてくれたお蔭で救われたけれど、家に帰って真っ先に、お母さまに抗議したくらいだ。すると、お母さまは「うちはうち、よそはよそ」と澄ましていた。宮下のおじさまと一緒になって、日本中の若い娘がみんな坊主頭《ぼうずあたま》になっているくらいのことを言っていたくせに。

「もう二度とこんな頭になんかならないんだから。もう少し伸びたら、すぐに普通の服装に戻るんだから。お母さま、ちゃんと用意しておいてよねっ」

猛然と抗議する鈴子の前で、お母さまは「分かったから」と顔をしかめ、指先で自分のこめかみを押さえていた。その様子を見ていると、さすがにそれ以上は何も言えなかった。分かっている。お母さまもモトさんも、本当に疲れていた。

小町園の仕事は、お母さまが想像していた以上に大変な様子だった。鈴子は先に寝てしまうから分からないが、大家さんの話では、帰りは必ず十二時を過ぎているというし、お昼前には、もう出かけなければならない。土曜も日曜もなかった。

それでなくとも京浜国道まで出てみれば一目瞭然《いちもくりょうぜん》だ。来る日も来る日も、朝から晩まで、小町園を目指す四角い車の列は途切れたためしがない。

「何しろ向こうの人数が多すぎるの。こっちは毎日どこかしらの新聞に募集広告を載せてるし、女の子の数も増やしてる。もちろん、他にも開店の準備をしてはいるんだけど、人だって物だって、まるっきり足りてないんだもの。どう頑張ったって追いつかないのよ」

モトさんが言っていた。銀座の真ん中にも大きな看板を立ててあるのだそうだ。そのお蔭もあって、同じ銀座にあるＲＡＡの本部には毎日、職を求めて面接を受けにくる女の人が殺到しているらしい。もちろん仕事の内容が分かった途端、驚いて立ち去る女の人も少なくないものの、諦《あきら》めて承知する人も、それなりの数がいるということだった。たとえば空襲で焼け出されて身寄りも頼れる先もなく、独りぼっちになった女の人たちなどは、とにかく住むところと着るものと、そして三度の食事さえ約束されるなら「挺身隊員《ていしんたいいん》」として生きる覚悟を決めるより他にない。仕方がない。自分の身体がお国の役に立つならと、すっかり諦めてしまう人も少なくないのだという。

それでも、いくら覚悟して来たとはいえ、一日、二日で逃げ出す人が後を絶たない。小町園が開業した最初の日に鈴子の部屋の押し入れに隠れていて、その後、鉄道に身投げした女の人がいたけれど、小町園で繰り広げられている現実を目《ま》の当たりにして、自分の身体がいかに痛めつけられるかを知れば、無理もない話なのだと、モトさんはそうも言っていた。

「とにかく、ものすごい重労働なのね。もともと、そういう世界で生きてきた玄人《くろうと》さんでさえ、相手が日本人じゃないから、やっぱりすごく大変だって、ご飯を食べるときなんか、もう、文句の言い通しだもの」

体格が違う。体力が違う。習慣も違えば趣味嗜好《しこう》も感覚も違う。その上、言葉が通じない。いくら挺身隊として身を捧《ささ》げる覚悟をしていても、まず身体がついていかないのだそうだ。第一、まともに休める暇さえ与えられていない。三十分ごとに入れ替わり立ち替わり、次々に来るアメリカ兵の相手をしなければ、とてもではないが人数をこなせないからだ。

「三十分ごとに？」

その間、ただ挨拶《あいさつ》して向き合っているだけではないだろう。初めて見る相手と、並んで寝ているだけであるはずもない。

「ねえ――そういう仕事して、いくらもらえるの。働いたら働いた分だけ、全部もらえる？」

「そんなわけ、ないわ。RAAとしてやっていることだもの。会社と女の子で半分ずつ、折半っていうことになってるの。三十分三十円だから、女の子には十五円」

「十五円？　三十分で？　そんなにもらえるの？」

鈴子が思わず身を乗り出すと、モトさんは初めて気がついたように「ああ」と、ため息をついた。

「本当は、すうちゃんにこんな話は聞かせたりしちゃいけないのよね。本当――ごめんなさいね。だけど、私も何ていうか――一日中ああいうところにいて、男と女の大騒ぎを聞かされているとね――もう、いたたまれないっていうか、誰かに聞いてもらわなきゃ、とてもじゃないけどいられないような気持ちになってしまって」

鈴子には鈴子で、それなりの好奇心があった。本当のところ、その三十分の間にどんなことをしているの。日本人と違うって、どんな風に？ どんな風に大変なのと、聞いてみたい。けれど、聞いてはいけないとも思っていた。一度、聞いてしまったら、自分がどこか後戻りの出来ないところに行ってしまいそうな気がするからだ。

鈴子たちとモトさんが暮らす家を出たところから見ると、京浜国道を右に行けば小町園、左に向かえばそのまま鈴子の通う国民学校だった。占領軍の車の列は、いつでも小町園を先頭に、鈴子の家の近所どころか、学校の前までも、そのもっとずっと先の方までも続いていた。

学校の帰りなどに鈴子たちを見かけると、四角い車に乗っているアメリカ兵たちは口々に「ヘーイ」とか「カモン」とか声を上げ、てのひらを空に向けて四本の指をぱたぱたと動かす。それが、彼らにとっての手招きらしかった。そんなときの彼らは一様に笑顔で、意外なほど優しげに見えたりもした。それでも、子どもたちが怯《おび》えて誰も近づかずにいるとアメリカ兵たちはまた何かしら言いながら、今度は大きな身振りと手振りでしきりに何か言いながら大きな山なりで、何かを放ってくる。

「あっ、チョコレート！」

「ガム、ガムだ！」

誰かが声を上げた途端、子どもたちはわっとばらまかれた菓子に群がった。そういうことが何度か続くと、ことに小さな子たちから少しずつアメリカ兵に近づいていくようになった。するとアメリカ人たちは四角い車から降りてきて屈《かが》み込み、子どもの顔を覗《のぞ》き込んだり、頭を撫《な》でたりする。そして口々に何か言いながら、子どもに優しく笑いかけるのだ。最初は緊張し、怯えていた子どもたちも、やがて彼らの笑顔につられて、にこにこするようになった。アメリカ兵が「ヘロー」と呼べば駆け寄っていく。何しろ彼らがくれる菓子ときたら、最初に鈴子がエノケンたちからもらったクッキーと同様、どれも生まれて初めて嗅《か》ぐ香りがして、この上もなく美味《おい》しいのだ。

「鬼畜っていうけど、べつに角も何も生えてないね」

「髪の毛の色も全然違うけどよう、目の色もな、こう、人によって茶色かったり青かったり、するんだな」

「案外、いいヤツらなんじゃねえの」

そういう場面に行き合えば自分もついつい菓子をもらったり拾ったりしながら、それでも鈴子の気持ちは複雑だった。子どもたちにはいくら優しくたって、ほんのこの間までは確かに敵だった。元をただせば東京中、いや、もしかしたら日本中をこんな焼け野原に変えて、広島と長崎には原子爆弾まで落とした連中ではないのか。それに、小町園に行けば三十分三十円で、日本人の女をおもちゃにする。血が出るほど、腰が立たなくなるほどひどい目に遭わせる。ただ、それを待つ間の暇つぶしで、こうして子どもたちに菓子を与えているだけにも見えるのだ。

占領軍は一体何のために日本に進駐してきたのだろう。日本が負けて、彼らが勝ったことによって、何を手に入れようとしているのだろうか。女と子ども？　それだけとは思えないけれど、そこから先は、鈴子には分からなかった。

3

九月十一日、東条英機《とうじょうひでき》が自決を図った。一命は取り留めたらしい。もともと軍人で、戦争の間ほとんど総理大臣を務めていた人のことは、もちろん鈴子だって知っている。その、天皇さまの次にえらかったはずの人が自決を図ったというニュースがラジオから流れたとき、鈴子が「えっ」と声を上げるよりも早く、大家さんのお爺ちゃんが「馬鹿野郎が」と吐き捨てるように言った。

「てめえ一人、勝手に死んで済むことだと思ってんのかよ」

「お父さん、そんな滅多なことを——」

「かまうもんか。あいつらお偉い連中のせいで、どんだけの日本人が死んだと思っていやがんだ。冗談じゃねえ、今さらそう簡単に自分だけおっ死んで、それで済むと思ってもらっちゃあ、困るってもんだ」

ご飯茶碗《ぢゃわん》を乱暴にちゃぶ台に戻し、お爺ちゃんは苦虫を嚙《か》みつぶしたような顔になっている。お婆ちゃんは、ただ俯《うつむ》いて、黙って箸《はし》を動かしていた。

「てめえは一番てっぺんの安全なとこにいたんだからな、そりゃあ何があったって、痛くも痒《かゆ》くもなかったろうよ。人ん家の倅《せがれ》が虫けら同然に殺されたって」

この茶の間には小さなお仏壇がある。鴨居《かもい》には、いくつもの写真が額に入れられて飾られていた。その中には軍服姿の男の人の写真も何枚か見ることが出来る。おそらく、お爺ちゃんの息子たちなのだろう。きっと、この戦争で死んだのだ。肇お兄ちゃまのように。

「どうすんだ。もう二度と、元には戻んねえぞ。死んだものは生き返んねえ。生き残ったものだって、こっから先、進駐軍にどんな目に遭わされっか分かったもんじゃねえんだ。それもこれも、お偉方が勝手に決めたことじゃねえか。何が一億総懺悔《ざんげ》だ」

数日後、小町園のすぐ傍に「見晴」「楽楽」という慰安所が新しく開いた。天皇さまのラジオ放送があってから、ちょうど一カ月した頃のことだ。

まだ一カ月。

何だかものすごく長い時間が流れた気がする。気がつけば、蟬《せみ》の声はもう聞こえなくなっていて、その代わりに日が暮れると、秋の虫の音が波が押し寄せるように辺りに響く季節になっていた。時々、夏が戻ったみたいに暑い日もあるにはあるけれど、空はすっかり高くなって、赤とんぼが群をなし、空気は完全に変わっていた。

「いいな、忘れるなっ。この屈辱的な敗戦は我々一人びとりの力不足が招いた結果なんだ」

ある日、校庭に作られている畑の雑草取りをしている最中に、いきなり担任の飯埜先生が声を上げた。

「畏《かしこ》くも天皇陛下の御為《おんため》に、兵に出たものは身命を賭《と》し、銃後を守るものは、さらに、さらに、さらに辛抱せねばならなかったのだ。努力が足りなかったのだっ。だからこそ、一億総懺悔せねばならんのだ！」

飯埜先生は四十歳くらいだろうか、ことあるごとに「一億総懺悔」という言葉を使う。お爺ちゃんが「ふざけんな」と吐き捨てた言葉を、飯埜先生はとても大切なことだと思っているようだった。

「なあなあ、前から一回聞こうと思ってたんだけどよ、イチオクソーザンゲって、なんのことだ？」

タコがエノケンに話しかけているのが、傍にいた鈴子にも聞こえてきた。

「一億っていうのは日本の国民の数だから」

「それ、多い？」

「あったりめえだろう。億なんだから」

「だけどよう、戦争でずい分、死んでんだぜ。そんでも？　そんなにいるかな」

タコが「一、十、百」と呟き始めたとき、「そこっ！」という飯埜先生の声が響き渡った。

「誰が口を動かせと言ったっ。手を動かさんか、手をっ！」

飯埜先生は、ひどく瘦せていた。眼鏡をかけた四角い顔には頰骨が浮いていて、少しでも歯を食いしばったりすると、顎のあたりに、ごりっと何か浮かび上がる。こめかみにも血管が浮かび上がっていた。シャツの襟元から見える首は、鶴《つる》のように細くて長い。

「大体、貴様ら――」

眼鏡の奥の細い目を精一杯に見開いて、飯埜先生が屈んだままでいるエノケンたちを指さし、さらに何か言いかけたとき、「やめてください」という声が聞こえた。鈴子たちは一斉に、声のした方を振りかえった。隣の組の田中先生だ。頭に被《かぶ》っていた手ぬぐいを外し、胸の前で握りしめるようにしながら、ちょうど鈴子たちがいる畑を挟んだ格好で立っていた。

「生徒たちにまで、この戦争の責任を負わせようとなさるんですか？」

「それは――」

「こんな小さな子たちに、一体何の責任があると仰るんです」

「だから――」

「責任なら、きちんと負うべき人が他にいるんじゃありませんの。第一、いつまでも、そんな軍隊口調で生徒たちを脅かすようなことは、仰《おっしゃ》るべきではないと思います」

どう見ても飯埜先生よりもずっと若い、しかも女の先生が、敢然《かんぜん》と立ち向かっている。それに対して飯埜先生は、鶴みたいな長い首をごくりと動かして、度の強い眼鏡の奥の目の下をぴくぴくさせるばかりだった。

「そうだ、そうだ」

エノケンが口の中で小さく呟く。タコが「くっ」と笑いを嚙み殺した。

「それほど一億総懺悔と仰るなら、飯埜先生もご一緒に、せめて今日のところは畑に入られて、生徒たちと一緒に草むしりなさったらいかがですか」

今度こそ生徒たちの間からくすくすという笑い声が起きた。鈴子は、こういう女の人もいるのだと、密かにため息をついた。戦争に負けたからといって、誰も彼もがRAAのようなところで、はだけかけた浴衣《ゆかた》姿なんかでアメリカ兵の相手をしなければならないわけではない。こうして、男の人の前でもきちんと自分の意見を言える人だっているのだ。

女でも。

どうせなら田中先生の組に入りたかった。お母さまは転校の手続きにきたとき、校長先生と相談して「いい方《ほう》」の先生の組に入れてもらったと言っていたけれど。

「第一、教育とは本来、ただ命令し、叱《しか》り飛ばすだけのものではないはずです。私は一日も早く生徒たちが再び学ぶことの喜びに気づき、子どもらしい笑顔を取り戻してくれればいいと思っています」

田中先生の表情は輝いて見える。それに対して、ただ忌々《いまいま》しげな顔をするばかりの飯埜先生は、卑屈で、うらぶれて、みっともなく見えた。お母さまは一体、どこが「いい方」と思ったのか、ちっとも分からない。

笑顔を取り戻す。一日も早く。

だけど。

これから鈴子たちは本当に「懺悔」の日々を送らなければならないのではないだろうか。そんな、笑ってなどいられる場合なのか。何といっても、お国の命令なのだから。最初に「総懺悔」と言ったのは、東久邇宮《ひがしくにのみや》首相だ。

〈敗戦のよって来る所は、もとより一にして止まらず、後世史家の慎重なる研究批判に俟《ま》つべきであり、今日われ〳〵が徒《いたず》らに過去に遡《さかのぼ》って、誰を責め、何を咎《とが》むることもないのであるが、前線も銃後も、軍も官も民も、国民尽《ことごと》く、静に反省する所がなければならない、我々は今こそ総懺悔し、神前に、一切の邪心を洗い浄《きよ》め、過去をもって将来の誡《いまし》めとなし、心を新《あらた》にして、戦の日にも増して、挙国一家、乏しきを分ち、苦しきを労《いたわ》り、温き心に相援《たす》け、相携えて、各々《おのおの》その本分に最善を竭《つく》し、来るべき苦難の途を踏み越えて、帝国将来の進運を開くべきである〉

大家さんのところに届く新聞にもそういう記事が載っていたし、夜のニュースでも同じことを言っていた。お母さまに聞いてみたところ、懺悔というのは悪いことをした人が「私が悪うございました。どうかお許しください」と頭《こうべ》を垂れてお詫《わ》びをすることなのだそうだ。つまり、一億総懺悔とは、この戦争について、大人から子どもまで日本国民全員が謝らなければならないということらしかった。

でも、誰に？　何て言って？

分からない。鈴子たちだって、こんなに酷《ひど》い目に遭っているのに。家族も家もなくなって、毎日こんなにお腹を空かせて暮らしているのに。

「いいか、これから先生が言うところを墨で塗りつぶしなさい」

それから何日もたたない日、飯埜先生は国語の授業が始まるとすぐに、鈴子たちに墨をすらせ、そして教科書を開かせて命令した。

「まず五ページ。八行目、九行目、十行目」

やっと見つけてもらった新しい教科書に、墨など塗ってもいいものかと、最初、鈴子は周囲を見回し、ただ戸惑っていた。先生が塗りつぶせと言ったところは「天皇の御代《みよ》栄えを」という一文が含まれているところだった。天皇さまが大好きなはずの飯埜先生が、どうしてそんなことを言うのか、まるで分からない。

「早くしろっ。つぎ、六ページ。ここは、全部！」

教室中がざわめいた。「先生」と、エノケンが遠慮がちな声を上げた。

「全部塗ったら、読めなくなりますけど」

「うるさいっ、言われた通りにしろっ」

飯埜先生は顎のあたりをごりごりと気味悪く動かしながら眉間《みけん》に深い皺《しわ》を寄せ、これは進駐軍からの命令なのだと言った。

「塗ったか。じゃあ、次。いいか。十六ページ。全部」

先生の声は、微《かす》かに震えていた。教科書を持つ手も同様に震えている。

負けたから。

アメリカが気に入らないと思うところは消させている。そうに違いなかった。

「字が透けて見えるようでは、いかんぞっ。しっかりと墨をすって、まったく見えないようにしなさい。後で一人ずつ確認するからな」

先生の声に、けちけちと薄い墨を使っていた鈴子たちは慌《あわ》てて墨をすり始めた。言われた通りに活字を塗りつぶしていく度、教科書のページがふやけて波打った。文字を書かれたものは、たとえどんなものであっても、人が歩くような場所に置いてはいけない。それくらいに大切だと教わってきたのに、その文字を今、もう二度と読めないように消している。

すすり泣きが聞こえた。

振り向くと、手の甲で涙を拭《ぬぐ》いながら筆を動かす級友が何人かいた。その一方で久保田雅代などは鼻歌さえ出そうな勢いで、嬉々《きき》として教科書を塗りつぶしている。

「だって、考えてもごらんよ。あたしたちは何か間違ってたから、戦争に負けたってことでしょう？」

その日の帰り道は、野本さんと雅代の三人になった。本当は野本さんと二人で帰りたいのに、どういうわけだか、いつでも雅代が追いかけてくる。野本さんは「そうかなあ」と、いかにも合点がいかないという顔つきになった。

「うちのお父ちゃんは、日本が負けたのは、要するに私たちが貧乏だからだって言ってるけど」

「それも、そうよ。貧乏なくせに、金持ちの白人に逆らおうとしたから、こんなことになったんだわね」

「あんたさあ、そういう言い方って——」

「だって、そうじゃない？　神風だって、吹く吹くって言ってたけど、結局はただの一回も吹かなかったじゃないさ」

気色ばむ野本さんに、雅代はまるで自分が戦争に勝ったみたいな顔つきになって、膨らみ始めている胸を、さらに突き出して見せる。背だって高くない上に、こういう格好をしていれば誰にも疑われないほど、体つきも少年ぽく見えてしまう野本さんと鈴子とは、もうそれだけで圧倒された。

「いい？　要するに、勝った側から見て、日本人は間違ったことをしてたってことなのよ。これまで、日本の大人は子どもに間違ったことを教えようとしてたから、それを全部、消させたってことなんじゃないの」

雅代は得意そうな顔つきのまま、さらにつん、と顎を上げてみせる。そう言われると、そんな気もしてきた。すると、つまり鈴子たちはこれまでずっと、嘘を教わってきたということなのだろうか。

「──塗りつぶしたところを読み返せれば、何が間違ってたのか分かるかも知れないけど」

「無理無理、そんなこと出来るわけないじゃない、あんなに真っ黒に──あっ、ちょっとちょっと、見てよあれ！」

ふいに雅代が表情を変えた。鈴子たちも、ついつられて雅代の視線を追った。

京浜国道は、相変わらず小町園や楽楽に向かう進駐軍の車が列をなしていた。その列の向こう、通りの反対側に、妙に人目を引く女が姿を現したところだった。

「──なあに、あの格好」

野本さんが呆れた声で呟《つぶや》いた。

かなり若いと思う。大きく膨らんだ長いスカートのワンピースを着ていた。その、びっくりするくらいに派手な原色の柄が目に痛いほどだ。同じ布で出来ているらしいリボンのようなものまで頭に巻いている。しかも、遠目にも分かるほど真っ赤な口紅を塗って、女は進駐軍の車に向かって「ハーイ！」と手を振ったのだ。

アメリカ兵たちの間から、わっと大きな歓声が上がった。その女はその場でぴょんぴょんと飛び跳ねるようにしていたかと思うと、ぱっとこちら側に向かって通りを渡ってきた。派手なスカートが大きな花のように広がって、べつの生きもののように揺れた。ヒュウヒュウッと口笛が鳴る。手を叩《たた》く音、はやす声が広がった。

「何やってんの、あの人」

「それよか、あんな服、どこから見つけてきたんだろう」

「自分で縫ったんじゃないの——カーテンか何かで」

鈴子たちが呆気《あっけ》に取られている間にも、女は何台かの車の脇を、くるくると踊るように駆け抜けていく。ほとんど色のない世界に、別の生きものが入り込んできたような感じさえした。そうして女は、ある一台の前で立ち止まると、一瞬、車の中を覗き込むようにした後で、ひらりと車に乗り込んでしまった。車はエンジンをかけ、瞬《また》く間に列から離れていった。

「——今の、日本人でしょう？」

「そう、見えたけど——」

「顔、ぺしゃんこだったもん」

日本人で、あんな格好をする女がいるなんて。あんな真っ赤な口紅をつけて。一体どういうつもりで——と言いかけたとき、雅代が「いいなあ！」というため息交じりの声をあげた。

「今の女の人、これからアメリカ兵とつき合うっていうことよね？　いいなあ、ああ、羨ましい！」

胸の前で両手を組み合わせ、切なそうな顔までして、身体を左右に揺らしている雅代を見て、鈴子は思わず野本さんと顔を見合わせた。

「あたしもさ、もう何年かしたらアメリカ人の男とつき合うんだ。絶対！」

「——え」

「だって、アメリカ人の方が断然、格好いいじゃない！　その上、優しそうだし、お金だって持ってるし、ああ、じれったい、早く大人になりたい！」

つき合う。アメリカ人と。

だったらあんた、小町園で働いたらと、つい意地の悪い言葉がのど元までせり上がってきた。そうすればお金だってもらえる、食べるものだって着るものだって心配いらないのよ。その代わり。

――知らないくせに。どんな目に遭わされるかなんて。

いかにもうっとりした顔つきで走り去った車を見送るようにしている雅代の横顔を見つめながら、鈴子は、さっきの女も、きっとすぐに後悔するに違いないと思った。いや、そうでもないのだろうか。中には、後悔なんかしない女もいるのだろうか。

4

ちょうどその頃、新聞に天皇さまとマッカーサー元帥《げんすい》が並んでいる写真が載った。これには大人たちばかりでなく、鈴子も少なからず衝撃を受けた。正装で直立不動の天皇さまは畏《おそ》れ多いことにとてもお背が低く、何だか頼りなく見える。それに対して、隣に立つマッカーサー元帥は背も大きくて、意外に整った目鼻立ちをしている一方、正装でないばかりか、手を腰に当て、いかにもくつろいだ姿勢のまま、しかも靴先さえも揃《そろ》っていないのだ。

この人は。

天皇さまを畏れていない。

鈴子たちが現人神《あらひとがみ》だと教えられてきたお方、この方とこの国を守るために、数え切れないほどの生命を捧げてきたお方を。つまり、マッカーサーという人は、今や天皇さまよりも偉いということなのだろうか。

十月に入るとすぐに「一億総懺悔」の東久邇宮内閣は総辞職して、今度は幣原喜重郎《しではらきじゅうろう》という人が総理大臣になった。

「あの人ぁ、まだ生きてたのか」

大家さんのお爺《じい》ちゃんが驚いたように呟いた。

秋の深まりと共に、町の様子も少しずつ変わってきていた。

まず、京浜国道の向こうに広がっていた焼け野原にぽつぽつとバラックが建ち始め、それと共に人の往《ゆ》き来も増えてきた。夕方などは煮炊《にた》きのために火を熾《おこ》す煙が何筋も立ちのぼるようになったし、どこからともなく食べ物の匂《にお》いが漂ってくることもある。天気の良い日には、遥《はる》か彼方《かなた》に富士山が小さく見えることも発見した。

一方、大森駅の向こうには青空市というか露天マーケットのようなものが姿を現して、即席の品台や屋台のようなものが並んだ。大人たちはそこを「闇市《やみいち》」と呼んだが、とにかくそこに行けば、すいとんや麦焦《こ》がし、小豆がゆなどを食べさせる店もあれば、端布《はぬの》だの食器だの電球だの、ありとあらゆる雑貨が売られていた。お母さまからは「あんなところへは行くものじゃありませんよ」と止められていたけれど、どうせ男の子の格好をしているのだからと、鈴子は野本さんと誘い合ったり、またエノケンたちと一緒になったりして、時々その闇市に行ってみた。ただ歩き回り、売られている品々を眺めるだけでも楽しかったからだ。そして、行く度に店の数も客の数も増えていくことに驚いた。時にはお仏壇の中におさめる小さな仏さまや、兵隊の被る鉄兜《てつかぶと》を利用した鍋《なべ》、それから古雑誌などまでが売られていた。

「金になるものなら何でも売るんだな」

あるとき、人混みの中を歩きながら、エノケンが呟いたことがある。

「女は、いいよな。いざとなりゃ、身体を売れるんだから。男はそうはいかねえもんなあ」

男と女のことについて、エノケンははっきりと知っているのだろうか。女が「身体を売る」というのが、具体的にどういうことなのか、分かって言っているのだろうか。それならばちょっと聞いてみたいことがあった。けれど、とてもではないが、そんな恥ずかしいことを、鈴子の方から口に出来るはずがない。ただ闇市の人混みに紛れて、エノケンとはぐれないように歩くだけで精一杯だった。

進駐軍が使っている四角い車はジープと呼ぶのだそうだ。小町園を皮切りに始まったRAAの慰安所は、その後も「波満川」「蜂乃喜」「花月」といった店が次々に開業している。店が増えれば当然、働く女の人の数も増える。そのせいだろうか、変に着崩れた感じの和服姿の若い女や、前にジープに飛び乗った女のような、派手な服装の女を時折、見かけるようになった。

「この、ど助平のスットコドッコイ野郎！」

京浜国道沿いで、若い女がにこにこと笑って手を振りながら、アメリカ兵に汚い言葉で怒鳴っているのを見かけたこともある。するとアメリカ兵は、それは嬉《うれ》しそうな顔をしながら「バーイ」と自分も手を振り返していた。

「馬鹿ねえ、褒められたとでも思ってんじゃないの？　意味が分からないから」

その光景を一緒に見ていた野本さんが、さも馬鹿にしたように言った。

「こんな町じゃなかったのにな」

またあるときは、鈴子たちよりも一級下の南京豆が呟いた。その日は夕ご飯のおかずを釣りに行くというエノケンとタコ、それに南京豆について、鈴子も一緒に野本さんの家にある小さなボートに乗せてもらった。男の子たちも、また野本さんも、小さい頃から海に出るのは慣れているらしい。自分たちで器用に艪《ろ》を操って、ほんの少し浜から離れた辺りで釣り糸を垂れていた。目の前に見えている捕虜収容所には、もう捕虜の姿はない。だから彼らに向けた支援物資も、もう空から降ってくることはなくなっていた。

「あたしも、そう思う。全然、違っちゃったよね」

野本さんも頷《うなず》いた。

「どんな町だったの」

鈴子が尋ねると、エノケンがぽつりと「いい町だった」と言った。

「海沿いの、あのへんに並んでる料亭は今と変わんねえけど、もっとこっちの方はずっと海苔の養殖をやってる漁師も多かったし、京浜国道の反対側には、茶屋とか団子屋とか小さい旅館とか、それから土産物屋なんかが並んでてな」

「今はもう全部焼けちまったけど、あの辺りだって、料亭とか旅館とかあってよ、結構、芸者とかいてな」

「三味線が聞こえたかと思うと、小《ち》っちぇえ工場とかも多かったから、機械の音もしてきて、歩いてると面白かったんだ」

タコと南京豆もしきりに以前の大森海岸を思い出している様子だ。

「私はやっぱり松並木が好きだった。それに、とにかく色んな人がいてねえ、賑《にぎ》やかで、楽しい町だったんだよ」

野本さんはボートの舳先《へさき》に腰掛けて、揺れる船から陸地の方を眺めていた。

「変わっちゃったよなあ」

「毎日毎日、ジープの臭いで臭くってたまんねえしよ」

「変な格好してアメリカ兵にまとわりつく姉ちゃんなんかも出て来たしな」

「なあ、『小町園』とか『楽楽』って、中で何やってんのかな」

「どうせ、どんちゃん騒ぎだろうよ。こっちが食うもんにも困ってるっていうのに」

タコが言った。反射的に、鈴子はエノケンの方を見た。あんたは知ってるんじゃないのと、言ってみたかった。あそこでどんなことが起こってるか。それでも、あんたたちは「女はいいよな」と簡単に言ってしまえるのと聞いてみたい。

「どしたの、すうちゃん。黙っちゃって」

野本さんが顔を覗き込んでくる。結局、聞けるはずがない。鈴子は「ううん」と首を振るしかなかった。

「燃えちゃう前のこの町が、どんなだったのかなあと思って。私が住んでた本所だって、賑やかでいい町だったのになあって」

じきに太陽が沈もうとしている。吹く風も冷たくなり始め、見渡すと、小さな富士山が影絵のように見えた。南京豆が「あーあ」と声を上げた。

「富士山まで見えるようになっちまったんだもんなあ」

十一月に入って乾いた冷たい風が吹くようになると、町には日によって砂埃《すなぼこり》が舞い、その薄黄色く濁った風景が、鈴子に三月の空襲直後の風景を思い出させた。

あの頃はこんな埃が舞い上がる度に、鈴子はそれが焼け死んでいった人たちの魂のかけらに思えて仕方がなかったものだ。脂染《あぶらじ》みだけを残して、あとは消し炭のようになってしまった多くの人たちが、嘆き悲しみながら風に舞っているのだと感じた。暑い夏が過ぎて、長かった戦争は確かに終わったというけれど、舞い上がる埃には、やはり死んでしまった人たちのかけらが混ざり込んでいるのに違いないという気がする。

大森海岸の料亭地域には、さらに「やなぎ」「乙女」「清楽」といった建物がＲＡＡの慰安所として営業を始めた。静かで貧しいままの暮らしを続けている日本人のすぐ傍で、妙にけばけばしい一角が出来つつあった。その一帯を目指す進駐軍のジープは減ることはなかったけれど、一方でその頃からは大森海岸を素通りして、東京方面に土煙をあげて走り抜けていくジープも多く見るようになった。ＲＡＡの施設は大森海岸以外にも増え続けているらしいし、中でも銀座にすごく大きな施設を作ったのだそうだ。「オアシス・オブ・ギンザ」といって、ダンスホールがあり、本物のバンドがアメリカの音楽を演奏していて、もちろんお酒も飲めるという、まるでアメリカそのもののような施設だそうだ。そこでは常に四百人からの日本人の女の人が、アメリカ兵のダンスの相手をしているらしい。その噂《うわさ》を耳にした雅代がすぐに「ダンサーになる」と言い出した。

「もともと、踊んの大好きなのよ。小っちゃいときは、お師匠さんについて日本舞踊だって習ってたくらいなんだから」

「あんた、何、言ってんのよ」

目を三角にしたのは野本さんだ。

「日本舞踊とわけがちがうんだからね。分かってる？　アメリカ人と抱き合うみたいにして、身体《からだ》をくっつけて踊んのよ。こう、腰とかに手を回されて。いやらしい」

「あらあ、それがいいんじゃないよ。素敵な洋服着てさあ、踵《かかと》の高い靴履いて、ああ、やってみたい！」

雅代には何を言っても無駄だった。この分なら学校を終えてしまったら、もう次の日からでもそういう仕事につくのに違いないと、鈴子は野本さんと陰口をたたき合った。二人とも、最近では少しずつ髪が伸びてきているが、それでもまだ女の子の服装に戻れるほどではない。第一、鈴子のお母さまだけでなく、野本さんの家でも、まだ男の子の格好をしていなければいけないと厳しく言われているのだそうだ。

「あんまり表には出ない話だけどね」

　昼休みや学校の帰り道など、雅代が一緒でないときになると、野本さんは辺りをはばかるようにして、実は日本中のあちらこちらで日本人の女の人がアメリカ兵に強姦《ごうかん》されているらしいと言った。

「親戚《しんせき》のおじさんに新聞記者がいるの。その人が、こないだ来たときに言ってた。進駐軍が絶対に書かせないようにしてるから、新聞にも載らないし、表には出ないことだけど」

　野本さんが聞いたところによれば、道を歩いている女の人を無差別にジープで連れ去ったり、普通の民家に押し入って鉄砲で脅したりして強姦するのだそうだ。中には鈴子たちよりも小さいというのに、何人ものアメリカ兵からそんな目に遭わされて、結果、死んでしまった女の子もいると聞いて、鈴子は身震いした。しかも、それに対して、日本の警察は手も足も出せないのだという。

「どうして！　自分の国の女の人たちが、そんな目に遭わされてるのに？」

「だって、私たちは負けたんだもん。今の日本の警察になんか、もう何の力もありゃしないのよ。進駐軍の運転手代わりになってるのがせいぜいだって」

「――そんなことになってるの？」

ゆっくり頷く野本さんの瞳《ひとみ》は絶望的に暗く、その顔は真剣そのものだった。

「そんならどうして――」

「なあに？」

「どうして、小町園みたいなものが必要なのよ」

そういうことを起こさせないために、何人もの女の人たちが「昭和の唐人お吉」になっているのではないのか。一日に三十人、四十人と相手をさせられているというのに。そんな我が身を捨てる努力が、まるで無駄だというのだろうか。

「ねえ、すうちゃん」

野本さんが、鈴子の顔を覗き込んできた。

「あんた、ひょっとして――小町園とか楽楽とか、あの辺の料亭がどういう風に使われてるのか、知ってんの？」

野本さんの瞳が鈴子の心を探っている。鈴子の中に、何もかも言ってしまいたい思いがこみ上げた。

知ってるなんてもんじゃないわ。だって、うちのお母さまはRAAで働いてるんだもの。お父さまが亡《な》くなってしまってから、お母さまは宮下のおじさまっていう人のお世話になって、要するにお妾《めかけ》さんになったんだわ。お妾さんになって、そのお蔭《かげ》で私たちは生き延びることが出来たけど、戦争に負けたら、今度はその人に言われた通りにRAAで働くことになったの。少しばかり英語が話せるからって、うちのお母さまは進駐軍の兵隊を相手に、身体を売る女の人との間を取り持つようなことをしてるのよ——。

言えるはずがない、そんなこと。

「野本さんは？」

ゆっくりと首を横に振る友だちを見つめながら、鈴子は、自分もただ深々とため息をついて「私も」と言うより他なかった。

その頃から、お母さまは「消毒」ということをしつこく言うようになった。次々に慰安所が出来て、RAAの組織そのものも大きくなったおかげで、お母さまは小町園ではなくRAAの京浜事務所に通うようになり、普通のお勤めの人のように、最近ではもう夕方には家に帰ってくる。そして、帰宅するとすぐにモトさんと一緒になって、この頃ではだいぶ冷たくなってきた水をざあざあと流し、神経質なくらいに手を洗い、うがいをする。

「すうちゃんも気をつけてちょうだいな。たとえ仲良くなったお友だちとでも、相手が先に口をつけたお菓子を分けあったりしないでね」

「してないよ」

「念のために言ってるの。いいわね？ お弁当のおかずを分けるときにも、同じお箸を使ったり、同じコップでお水の回し呑《の》みしたり、そういうこと、絶対にやめてちょうだいね」

「野本さんとでも？ どうして」

悪い病気が流行《はや》ってきているのだ、とお母さまは言った。

5

花柳病というのだそうだ。

「かりゅう？」

最初にその言葉を聞いたときには、鈴子は一瞬、その病気というのは芸者さんやダンサーなどの間で流行っているものなのだろうかと考えた。踊りの流派でそういう名前があるのを知っている。ＲＡＡは大きなダンスホールも始めたと聞いているし、その他にも「小町園」などに通ってくるＧＩと呼ばれているアメリカ兵より、もっと上の階級の人たちが使う高級な施設も次々に始めているという話だ。そういうところには、新聞の広告や立て看板で募集するような「挺身隊」の女の人などではなく、もっとちゃんとした芸者さんたちが呼ばれるという。その話をモトさんから聞いたとき、鈴子は真っ先に勝子ちゃんのお母さんを思い出したものだ。「花柳病」とは、たとえばそういう場所に呼ばれる芸者さんやダンサーが、進駐軍から移される、何かしら悪い病気のことを指すのではないだろうか。

「そうじゃないのよ」

お母さまは神経質そうに眉根《まゆね》を寄せて、いくら進駐軍が相手でも「普通に」踊りの相手をするくらいで移る病気ではないと言った。それでも、とにかく花柳病は密《ひそ》かに広がりつつある。今のところはRAAでGIの相手をしている女の人の間で広がり始めているのが大半だけれど、これから先は、もはや、誰がどこから移されるかも分からない状態になる可能性があるのだそうだ。

「だから、無闇に他人《ひと》さまと触れ合ってはいけないの」

ジープから菓子を放ってくれるGIは言うに及ばず、闇市などの人混みで大声を上げている相手の唾《つば》が飛んできたり、または目の前でくしゃみをされて洟《はな》を飛ばされたりすることのないように気をつけること。痰《たん》を吐く人など以《もっ》ての外。花柳病は、たとえば目の縁や唇、口の中などといった粘膜の部分から移る。他にも、切り傷や擦り傷といった傷口からも身体の中に入ってしまうのだそうだ。そして一たび菌が体内に入ってしまったら、場合によっては血液に混ざって身体中を駆けめぐるらしい。だから万一、怪我《けが》などした場合にはすぐに消毒をして傷口をふさがなければならないし、その菌は熱に弱いというから、少しでも心配だと思ったら、すぐに熱めのお湯で洗うとか、使っている手ぬぐいを煮沸消毒して身体や身の回りのものを拭《ふ》くのがいいだろうと、その時、お母さまは指折り数えるようにして、鈴子に細かい指示を出した。

「いくら何でも、唾やくしゃみは大げさだと思うわ。要するに一番にはね、男と女が『そういうこと』をすると、てきめんに移る病気なの。『花柳病』なんていうと聞こえはいいけれど、はっきり言ってしまえば、性病のことなのよ」

より具体的に教えてくれたのは、やはりモトさんだった。その日、彼女は進駐軍からもらった煙草《たばこ》と、すごくいい香りのする石鹼《せっけん》、それから羽衣みたいに薄いストッキングに、何種類かの缶詰を抱えて帰ってきた。そして、それらの中から、煙草とコンビーフの缶詰を一つずつ大家さんに上げることにしようと言った。大家さん夫婦は、モトさんに言われてそれらを階下まで持っていった鈴子にまで馬鹿《ばか》丁寧に頭を下げ、顔をくしゃくしゃにさせて、まるで押し頂くようにしてそれらを受け取った。

「すうちゃんには、ほら」

二階に戻った鈴子に用意されていたのは、ハーシーズのチョコレートだ。

「あっ、サンキュー」

わざと英語で言う。それから早速、茶色い包み紙と薄い銀の包みを開き、モトさんの目の前でチョコレートの端っこを指でぱちん、と割って、甘いかけらをそっと舌の上にのせた。四角いかたまりが、口の中でゆっくりとろけていく。

「美味しいなあ、チョコレートって。本当に美味しい。何で出来てるんだろう」

「さあ、何かしらね」

「お砂糖の味とも違うし」

「あめ玉の甘さとも違うしね」

この味にうっとりする度、鈴子はこれが「アメリカの味」で、また「敗北の味」だと思う。戦争に負けなければ、こんな味とは無縁だった。だから、もしかすると負けて良かったのかも知れない。それくらい、チョコレートは美味しかった。それを端からちびちびと食べて、残りは明日また食べようと、そっと銀紙で包み直していたときに、「花柳病」の話になったのだ。

「せい、びょう」

聞いただけで、ぞっとした。ただでさえ、このところの鈴子は「性」という言葉と文字に、ひどく敏感になっている。字を見ただけでも妙に生々しくて嫌らしい感じがしたし、ましてや「せい」という言葉を口にするなんて、とんでもなく不潔なことのように思えてならなかった。その「性」がつく病気があるとは。「花柳病」なんて、いかにも綺麗《きれい》そうな名前で呼んでおいて。まったく。お母さまときたら。

「うつると、どんなふうになるの」

嫌な言い方だけれどね、と前置きし、モトさんは少しの間、自分の中でふさわしい言葉を探すような顔つきになっていたが、「大概は、シモのことだから」とわずかに声をひそめた。

「正直を言うと、私もほとんど知らなかったのよ。とにかく最初の頃はお小水が出にくくなったり、その辺りに痛みがあったりするらしいんだけど、変だと思ったらすぐにお医者様にかかって治さないと、最後には身体中に広がって大変なことになるんですって」

分かったような分からないような、だが、とにかく空恐ろしい感じがする。モトさんも、実際に細かい症状などは知らないのだと繰り返し、ただ、一口に性病と言うものの、その菌によっていくつかの種類があるらしいと言った。すぐに膿《うみ》が出たり腫《は》れたりするものがある一方で、感染した後、何日たっても症状が出なかったり、症状が出たり引っ込んだりしている間に、身体の中ではどんどんと菌が広がっていき、気がついたときには手遅れになっているものもあるらしい。

「放っておけば、そのうちに治るっていうことは絶対にないんですって。だから、何十年もたってから、出ることもあるんだそうよ」

「何十年も——どうなるの？」

モトさんは「さあ」と首を傾《かし》げながら、ただ「廃人になるらしい」とだけ言った。

「それに、たとえ病気が表に出ていなくても、菌そのものは持ち続けてるわけだから。その間に『そういうこと』をすれば、やっぱり相手には移るんですって」

「そんな怖い病気——進駐軍が持ち込んで来たの？」

「それは、どっちとも言えないらしいわ。元々、日本にもあったそうだし、ことにああいうことを商売にしてきた人の中には、その手の病気を持ってるっていうのも、さほど珍しくはないらしいのね」

最近、モトさんは煙草を吸うようになった。ＧＩが持ってくる煙草を欲しがる人は少なくないから、中にはそれを売ることで、ちょっとした小遣い稼ぎをしている女もいるというが、そんなに皆が有り難がるほど美味《おい》しいものなのかと、半ば好奇心でためしに吸っているうちに味を覚えてしまったということだ。べつに美味しくも何ともない。ただいがらっぽくて頭がくらくらするだけだが、慣れてしまうと何となく手が伸びるのだという。

「これまで、何もかも我慢して生きてきたんだもの。煙草の味くらい覚えたって、罰なんか当たらないと思って」

細い指に煙草を挟み、鈴子から顔を背けてふうっと煙を吐くモトさんの横顔は、やはり女優さんみたいに美しい。本当に、頬に傷さえなかったら、この人は今ごろ全然違う生き方が出来ていたのではないかと、鈴子はいつも考えることを、また思った。

「問題はね、たとえ病気にかかったらしいって自分で分かっても、たとえば、うちで働く女の子たちの場合は、自分からはまず言ってこないっていうことなの。場所が場所だけに他人には分からないし、そんな病気を持ってるって分かったら、その日から、休んでもらわなきゃならない。そうなると、日銭を稼いで生きてる子たちだから、途端に困ることになるじゃない?」

ふう、と煙草の煙を吐きながら、モトさんは奇妙に口元を歪《ゆが》めた。

「中には『それが、挺身隊《ていしんたい》としての、アタイたちの仕返しだ』なんて息巻いてる人もいるくらい。日本をこんな風にして、家族も何もかもなくさせて、自分たちをひどい目にあわせた相手だもの。病気をばらまいてやるくらい、どうってことないって」

大家さんからもらってきた、端っこの欠けている古い絵付けの小皿に吸い殻を押しつけながら、モトさんは、そうこうするうちに自分自身、病気も進んでしまって、結局は身体がぼろぼろになってしまうのだがと、またため息をつく。

「ただでさえ、あんな身体の使い方をしてたら、病気になんかならなくたって、ぼろぼろになって当たり前だと思うわ。その上、たとえ自分が病気じゃなくたって、向こうから移されたりもするんだもの」

「——一日に何十人もお客を取るんでしょう？ そんなことしてたら、あっという間に広がっちゃうんじゃないの？」

「だからね、ここに来て進駐軍の方から、うるさく言ってきてるんですって。自分たちの兵隊に性病の患者がどんどん増え始めてるのは、全部、日本人のせいだって」

おかしな話だと思った。菌を持っているＧＩが、まず日本の女の人に移して、その女の人が「挺身隊」としてやむを得ず大勢のＧＩの相手をしているから、進駐軍に広がったとも考えられるだろうに。それなら、回り回って自分たちに戻ってきているだけのこと、自業自得《じごうじとく》ではないか。

「もっとしっかり予防しろとか検査しろとか、色々と言ってきてるらしいわ」

「どうやって？」

その予防法とは「子どもが出来ないようにする」のと同じ方法なのだそうだ。サックというものを使うらしい。軍の倉庫に山積みになっていたものが、今ではどんどんRAAに運び込まれてきているし、進駐軍の方でも配布しているのだそうだ。だがそれは要するに男任せの方法で、男がサックを使うことを面倒くさがったり、また嫌がれば、女の側にはどうすることも出来ないらしい。

「せいぜい、お客が帰る度に消毒して、あとはこまめに検査を受けるくらいしか」

「嫌でも？」

「義務づけられちゃってるんだもの。定期的に受けなきゃならないの」

もしも病気にかかっていた場合は強制的に入院させられる。そして、進駐軍から回される特効薬を使うらしい。アメリカにはとんでもなく効き目のいい特効薬があって、たった一発でよくなってしまうのだそうだ。そういう部分では「やっぱりかなわないのよね」と、モトさんは苦笑した。

「正直なところ、うちで働いている女の子の間だけで済んでいれば、すうちゃんのお母さまだって、今ほど神経質にはならないと思うんだけどね」

モトさんは、ふう、と一つため息をつき、それから「ねえ」と鈴子の顔を覗《のぞ》き込んできた。

「すうちゃんは、見たことない？」

「何を？」

「この頃、妙に派手な洋服姿で、頭にリボンを巻いたりして、濃いお化粧をして町を歩き回ってる女の人」

ああ、と頷きながら、鈴子は、学校から帰る途中で見かけた若い女のことを思い出した。野本さんは「不潔」と言い、雅代は「うらやましい」と言っていた、ああいう派手な服装でけばけばしい化粧をした女の人を、たしかに最近は駅の近くや闇市などでも、ちらほらと見かけることが増えてきていた。時には長身のＧＩにぶら下がるようにして歩いている彼女たちは、必ずと言っていいほどガムをくちゃくちゃと噛《か》んでいて、つん、とふんぞり返るような顔つきをしており、とにかく着ているものの色合いからして周囲とまるで違うから、どこにいても真っ先に目についた。

「ああいう人たちのことを、パンパンっていうんだって」

「パンパン？　どういう意味？」

モトさんは「さあ」と小首を傾げる。

「意味は知らないけど、要するに、やってることはＲＡＡと変わらないらしいわ」

「いよいよ、ああいう女の子たちが出て来たっていうことだわ。自分たちからＧＩに身体を売って、自分たちだけの甲斐性《かいしょう》で、家族を養ったり生き抜こうとしたり」

「――そうなの？」

「――自分たちから」

「私やすうちゃんのお母さまが心配してるのはね、ああいう子たちにしても、間違いなく性病にかかるだろうっていうことなの。その上、一人で商売していれば、それこそ自分から検査なんか受けるはずがないし、第一どこまでそういう知識があるかだって分からないでしょう？　だからもう、どこまで広がるか分からない、余計に深刻なことになりゃしないかって」

　モトさんは、もんぺの膝《ひざ》を両手で抱え込むような格好のまま、「きっと、もっと厄介なことになるわ」と煤《すす》けた天井を見上げる。

「うちの女の子たちを見てたって分かるもの。店に来た当時は、さんざん泣いたり叫んだりして、ＧＩを怖がって必死で逃げ回っていた子たちが、瞬く間に平気になっちゃって――そのうちに喜んで彼らの相手をするようになる人も少なくないの。それなりに片言の英語なんか喋《しゃべ》るようになってね」

　慣れちゃうのね、とモトさんは疲れたように頬をさする。

「確かに身体は大変だけど、その分いいお金になることは確かだし、GIは来るたびに缶詰やら何やらくれるわけじゃない？　背に腹は代えられない。第一、あの連中は日本人の男とは違って、基本的に女に優しいのよね。もちろん、中には乱暴な人もいるし、お酒に酔って騒ぎを起こす人もいるけど——私だって時々、きっかけ次第では、自分が客を取ってたかも知れないって思うもの」

「——え」

「一度たがが外れたら、意外に平気になっちゃうものだって、見ていて分かったし、他に生きていく道なんか、ありゃしないんだもの。それならいっそのことって」

モトさんは、そこまで言って初めて我に返ったかのように、ふっと微笑《ほほえ》んだ。

「もう少し若くて——この傷がなかったらの話よ」

どんな顔をすればいいのか分からなかった。鈴子は出来るだけさり気なくモトさんから視線を外して、古畳の縁を見つめていた。

「誰が見たってぎょっとするわよね、こんな顔の女」

「——確かに最初は、びっくりしたっていうか——だってモトさん、すごく美人なのに、余計に可哀想《かわいそう》だなと思ったし」

「可哀想か——この傷はねえ」

鈴子は、微かに唾を呑み込んだ。ごくり、という音が聞かれてしまうのではないかと思った。

「夫に、切られたの。出征の直前にね」

モトさんは片方の手では膝を抱いたまま、もう片方の手の指先で、そっと顔の傷をなぞるようにしている。

「夫と結婚する前に、私におつきあいしていた人がいた、その人と将来を誓い合っていたって、どこからか聞いてきたのね――それで、もう二度と他の人となんかつきあえないようにしてやるって。自分だけを待ち続けていろって」

咄嗟《とっさ》に、光子お姉ちゃまの顔が思い浮かんだ。光子お姉ちゃまも結婚前に、他に誰か好きな人がいたはずだ。そして、お母さまたちに叱《しか》られていた。

「馬鹿みたい。結局は、どっちも死んでしまったわ」

ずい分長い沈黙の後で、ようやくため息交じりに呟いて、モトさんは、いかにも疲れたように微かに首を振った。

「つくづく思う。こんな、戦争さえなかったら――」

その時、とんとんと階段を踏む音が聞こえてきて、モトさんがすっと姿勢を変えた。

「ただいま」

お母さまが、最近では珍しいくらいの晴れやかな笑顔で襖《ふすま》の向こうから顔を出した。

6

モトさんの部屋に入って来たお母さまが、まず布の手提げから取り出してきたのは『少女倶楽部《くらぶ》』だった。それも二冊。この町に引っ越してきた直後、宮下のおじさまが持ってきてくださって以来の読み物だった。

「明るいところでお読みなさいね、目を悪くしないように」

お母さまは、声までいつもより明るいようだ。鈴子の頭を一瞬、この雑誌をどこで手に入れたのだろうかという思いがよぎったけれど、敢《あ》えて聞かないことにした。もしも宮下のおじさまからだと聞けば、またつまらない気持ちになる。

「どうでした？　行っていらしたんでしょう？」

「一応ね、向こうとも――」

その場で膝を折るなり、すぐに仕事の話らしいやり取りを始めたお母さまとモトさんから離れて、鈴子は隣の部屋に移動した。冬に向かうひっそりとした冷気が、部屋の片隅にうずくまっているように感じる。ふいに去年の今ごろのことを思い出した。

空襲はひどくなる一方だったけれど、あの頃はまだ、本所の家があった。家族の少なくなってしまった家は、どこもかしこもがらん、として、家のあちらこちらに、こんな淋《さび》しげでひっそりとした空気が溜《た》まっていたものだ。

あの頃、一年後の自分がこんな暮らしになっていると、誰が想像出来ただろう。いや、今の日本に生き残っている人間の中で、そんなことの考えられた人間など、ただの一人だっていなかったと思う。大人から子どもまで、誰も彼もが一億玉砕を信じて、明日の生命だって分からなかった。そう考えると、こうして生き、暮らしていること自体が奇跡としかいいようがない。光子お姉ちゃまや千鶴子が生き残って、鈴子が死んでいたって、何の不思議もなかった。本当に「たまたま」だ。たまたま、鈴子が生き残った。

『少女倶楽部』の表紙にはもう何年も、ハチマキ姿だったり防空ずきんをかぶっていたり、飛び去っていく戦闘機を、口元をきゅっと結んで見上げたりしている少女ばかりが描かれていた。ところが、お母さまが持ってきてくれた十月号は違っている。背景は何もなく、ただブラウスに吊《つ》りスカート姿のおかっぱ頭の女の子が、手に稲穂の束を持っているというものだ。

戦争は終わった。そして今、収穫の季節を迎えていることを、少女は伝えようとしている。けれど、それにしては女の子は何かしら淋しげな顔つきだった。それもそのはず、今年は何十年ぶりかの大凶作なのだそうだ。ただでさえ食べ物がないところに、さらに追い打ちをかけている、このままでは飢え死にするものが出るに違いないと、大人たちは寄ると触るとそんなことを言っている。

表紙の女の子だって、同じことを思っているのに違いない。だから、晴れやかな顔なんか出来ないのだ。それに、この子だって戦争で家族を亡くしているのかも知れない。絵を描くために持たされたけれど、この米を一緒に食べたいと思う家族は、もういないのかも知れない。

表紙の絵一つにも色々な想像を巡らし、鈴子は慈《いつく》しむように表紙を撫《な》でてから、そっとページを開いた。すると今度は、家族全員が揃って食卓に向かう絵が飛び込んできた。手前に描かれたお母さんは和服に色つきの半襟、それに前掛けをしておひつのご飯をよそっている。

〈――みんな元氣《げんき》、みんな仲よく、みんなすこやか、お父さんお母さんのうれしそうなお顔、たのしい、ほんたうにたのしい朝《あさ》のひとときです――〉

嫌な感じがした。

今どき朝から家族揃って、こんなご飯をいただける家など、どこにあるというのだ。

ここに描かれているのは戦争がひどくなる前の、とっくに喪《うしな》われてしまった家族の姿だ。鈴子の家にだって、こんなときがあった。お父さまも、光子お姉ちゃまや肇お兄ちゃまも生きていて、匡お兄ちゃまがいて、千鶴子がいて――急に白けた気持ちになって、ぱらぱらとページをめくるうち、今度は「私の見たアメリカ人」という表題が目に飛び込んできた。

〈永かつた戰が日本にとつて悲しい終戰《しゆうせん》となつてから、世界各國《かつこく》の目はいまや一やうにするどく日本に向けられてゐます。聯合國軍《れんごう》の日本本土進駐《しんちゆう》、休戰調印式、マックアーサー總司令部《そうしれいぶ》の日本戰後處理《しより》と……。

さて、それにはまづみなさんはさしあたつて、只今《ただいま》進駐してゐるアメリカとその國民といふものを、より良く知らなければならぬと思ひます〉

書いているのは新聞記者だった人らしい。アメリカ人は愛国心が強い、アメリカ人は豊かだ、アメリカ人は常に「活動と向上」を求めている――へえ、そうなのか。鈴子は熱心に文字を追った。

アメリカ人は物事にこだわらない。性格が生一本。自分が正しいと信じることは他人を気にしない。さっぱりしている。遠回しなことが嫌い。どこまでも能率本位、スピード本位――。

他人を気にしないから、人が見ているところでも、平気で女の人と「そういうこと」をするのだろうかと、ふと思う。スピード本位だから、三十分いくらという値段で、日本人の女を買うのもちょうどいいということなんだろうか。それが正しいと信じているのだろうか。生一本――この意味はよく分からない。

〈さらにアメリカ人の國民的特徴は、うそをつくことがきらひで、人との交渉にはまじめ本位でやり、ぐうたらなところがないといふことです。そして人のこととなると、自分の身を忘れるほど親切です……（アメリカ人が）日本へ來《き》て驚いたことは、たいていの女の人が重い荷物をしよつてゐることです。これはまあ終戰直後のことだから議論しないこととしても、電車の中などで、肩《かた》にくひ入りさうな荷物を背中にした女の人の前《まえ》で、男が平氣《へいき》で腰掛《こしか》けて、ゐねむりのまねをしてゐる。立つて赤ちゃんにお乳《ちち》をのませてゐるお母さんを前に、中學生《ちゅうがくせい》が談笑してゐるなどは、私たちの常識では分からないなあ……〉

もしも、ここに書かれている通りなのだとしたら、日本の男は中学生から大人に至るまで、どうしようもなく薄情で思いやりがなく、一方アメリカ人たちは、それを「分からない」と思うほど、誰もが常識的に女性を大切にするということになる。確かにさっき、モトさんも言っていた。日本人の男とは違って優しいのだと。けれど、野本さんは言っていたではないか。新聞記事になっていないだけで、アメリカ兵たちは日本人の女をどれほど強姦しているか分からないと。その話は本当なのだと思う。当たり前だ。もともと東京を焼け野原にした国の、平気で原爆を落とした連中だ。本当に「自分の身を忘れるほど親切」な人たちが、そんなことをするものか。それでも平気なのだとしたら、それは、彼らが日本人を自分たちと同じ人間だと思っていないということだと思う。

あとの読み物は戦時中とほとんど変わることがないものばかりだった。どんぐりの食べ方。もんぺの上手なつくろい方。大根の得な用い方。戦争は終わったけれど、これまで以上に我慢しなければならない。我慢してこそ初めて、これからの新しい日本が生まれていく――いま以上、何をどう我慢しろというのだと、鈴子は今度こそ雑誌を放り投げたい気持ちになった。胸の奥底からもやもや、じりじりとした嫌な感じがせり上がってくる。我慢する心など、もう擦り切れた。そんな力は、とっくに使い果たしてしまった。
十一、十二月の合併号にも、詩や小説の他は大した読み物はなかった。やはり一番は「これからの食料はどうなるのでせう」という記事だ。それから、布靴下の作り方。芋のおやつの作り方。おさつのつけ焼。茶巾芋《ちゃきんいも》。芋のあられパン。芋おにぎり。いも、藷《いも》、芋。
うんざり。

分かっている。鈴子はまだ恵まれている方なのだ。学校のお弁当こそ、毎日お芋を持っていっているけれど、家ではお米のご飯も珍しい缶詰もいただいている。だから余計に、昼のお芋が嫌になっている。本当は、もう二度と食べたくないくらいだ。芋がらやカボチャばかりの食生活なんか金輪際ごめんだと、骨の髄から思っている。

「すうちゃん、ちょっと」

ふいに、お母さまの呼ぶ声がした。「はあい」と声を上げて雑誌を乱暴に閉じると、鈴子はモトさんの部屋に戻った。

「そこ、お座んなさいな」

お母さまとモトさんとは、穏やかといっていいのか、静かといっていいのか、よく分からない顔つきで鈴子を見上げてくる。そして、鈴子が畳の上にゆっくり腰を下ろし、膝を揃えたところで、お母さまが「あのね」と口を開いた。

「私たち、お引っ越しすることにしましょう」

「──また？」

お母さまが、ちらりと隣に視線を送るから、鈴子もつられてモトさんを見た。さっきはいいところで話が途切れてしまった。やっと、モトさんの顔の傷の秘密が分かったところだったのに。あの話の続きを聞きたい。

モトさんは軽く取りなすような顔つきで小さく微笑みながら鈴子を見る。

「ほら、さっき、お母さまがお戻りになる前に、二人で話していたこととも関係があるのよ。いやな病気が流行ってきてることとか、それから、パンパンのこととか」

鈴子が首を傾げている間に、モトさんは大きく一つ深呼吸をしてから、脇《わき》に置いてあった洋モクの箱に手を伸ばす。そして驚いたことに、それをお母さまに差し出した。お母さまは一瞬だけ眉のあたりをぴくりと動かしたが、後は特段、躊躇《ためら》う素振りもなく、軽く会釈《えしゃく》をするような姿勢で煙草を一本、抜き取った。そして、モトさんが差し出したマッチの火に煙草の先を近づける。煙草の先に、ぽうっと火が移って、お母さまがふう、と煙を吐いた。一連の動作を、鈴子は瞬《まばた》き一つせずに、ひたすら見つめていた。

お母さまが、煙草を吸ってる。それも、ずい分と慣れた手つきで。

お母さまとモトさんとは、二人揃《そろ》って、ため息のように、あるいは深呼吸するように白い煙を吐く。もう一度、煙を吐き終えたお母さまは、わずかに唇をなめた後で「つまりね」と、改めてこちらを見た。

「この辺りの環境が、だんだん悪くなってきたっていうことなの。ことに、すうちゃんにとってね」

また煙草を口に近づける。本当に、と鈴子は思った。環境が悪くなってきた。お母さまが煙草なんか吸うようになるんだものね。お父さまが見たら、きっと腰を抜かす。

「元はと言えば、お母さまの仕事の都合でこの町に来たわけだし、最初に住むことになったのが、ああいうところだったっていうのは、本当にすうちゃんに申し訳なかったって、お母さま、思っているのよ」

鈴子は、正座する自分の膝頭に目を落とした。最近では、男の子用のズボンもさほど不快とは思わなくなった。むしろ、朝晩の寒さを感じるようになってからは、こっちの方が温かい気がするくらいだ。第一、少しくらい乱暴なことをしても、洗いざらして生地が薄くなっていたもんぺのように容易にかぎ裂きに破れたりしないから、継ぎを当てる必要もなくて、かえって快適かも知れない。

「でも、何はともあれこのお仕事につけたお蔭で、すうちゃんと二人、今日まで生きてこられたことだけは間違いないの。それに、こっちのお宅に越してきてからは、大家さんのお蔭で食事の心配もせずに済んできたし、学校へも近いしね——一応は最善の策をとれてきたと、お母さまは信じてるの」

確かに、今もあのまま小町園の隣に住んでいたら、果たしてどんなことになっていただろうかということは、鈴子も何度か考えたことがある。小町園界隈《かいわい》に並んでいる大きな料亭は、今やその多くがRAAが経営する慰安所になっている。京浜国道沿いに続くGIのジープの列も、この辺りに住んでいる人にとっては、ごく当たり前の風景になってしまった。いかにも着崩れた格好や寝乱れたほつれ髪のまま、人目もはばからずにGIに絡《から》みついて、相手に伝わっているはずもないのに「また来てね」「もう少しまともなもの持ってきてよ」などと日本語で話しかけている若い女の人の姿も、半ば見慣れてしまった感がある。もし今も小町園の隣に住んでいたら、鈴子は「もっとすごい」光景を見ることになっていたかも知れない。

「けれど、それにしても最近はちょっと環境が悪くなり過ぎたわ」

「でも、大森からは離れないんでしょう？　私、転校するの、いや」

お母さまは、煙草の吸い口に軽く唇をつける。お母さまの指先で、煙草の先っぽがぽうっと光った。

「そうね——すうちゃんの学校のことを考えると、これもまた申し訳ないとは思うんだけど——今度はもう少し離れたところになりそうなの」

鈴子の中で一遍に色々な疑問が渦巻いた。つまり、お母さまはRAAを辞めるの？だとしたら、今度は何をするの？　また英語を使うお仕事？　進駐軍を相手にするの？　そういえば最近は宮下のおじさまの話をしないけれど、どうなっているの。今度も、宮下のおじさまが口をきいて下さるの——。

「実は、お母さまはね、少し前から協会《うち》の本部と掛け合っていらしたの。すうちゃんのこともあるから、もう少しいい、落ち着いた環境でお仕事が出来ないだろうかって、ご相談なさってたのよ」

モトさんが、まるで鈴子の気持ちを読み取ったかのように口を開いた。

「分かるでしょう？　親としては、だんだん乱れてきている、こういう環境に子どもを住まわせておくのは心配に決まっているわ。ましてや、すうちゃんは女の子なんだもの」

「じゃあ、RAAは辞めないの？」

お母さまとモトさんとが同時に頷《うなず》く。

「それで、どこに行くの」

また、お母さまの指先でオレンジ色の火がぽうっと光った。鈴子から顔をそむけ、すぼめた唇の間から、ふうう、と長く煙草の煙を吐き出してから、お母さまは、改めてこちらを見た。

「熱海《あたみ》にね」

「――あたみ？　熱海って――」

「何年か前に行ったことがあるでしょう？　覚えていないかしら。戦争がひどくなる前に、お父さまたちと」

冗談ではないと咄嗟に思った。ところが、モトさんの次の言葉が、のど元まで出かかっていた「そんな遠いところなんて」というひと言を呑み込ませた。

「熱海はね、空襲を受けていないらしいのよ。町も落ち着いてるんですって」

「――本当？」

焼け野原は、もう嫌だった。風が吹いて砂埃が舞い飛ぶ度に、焼夷弾《しょういだん》を受けて死んでいった人々の魂が埃と一緒に空中をさまよい、声にならない声を上げる様などを思い浮かべなければならないのは。いくら鈴子自身ががらんどうになってしまっていると言っても、微《かす》かに残っている魂のようなものが、どうしても感じるのだ。痛さや、悲しさや、苦しさや。

「――でも、熱海なんかに行っちゃったら、匡お兄ちゃまが帰ってきたときに、どうやって連絡を取ればいいの」

「それは、本所の役場に届けておけばいいらしいし、誰かに頼んでおいても、きっと大丈夫よ」

「熱海に行って、お母さまは何をするの。お仕事を辞めるんじゃないんなら――」

「やっぱり、進駐軍の関係のお仕事にはなるわ」

なんだ。やることは同じなんじゃないの。それなら環境がどうのこうのなんて、ただの言い訳なんじゃないのと、鈴子がそっぽを向きかけたとき、お母さまは「ただしね」と、ふっと微笑んだ。

「今度は、将校以上の人たちに向けてのお仕事になるの。そういう方々のお世話をしたり、色々なお手伝いをすることになると思うのよ」

モトさんも大きく頷いている。

「日本人だってアメリカ人だって、その辺りは同じなのね。結局、下っ端《ぱ》は下っ端だし、ちゃんと偉くなっている人には、それなりの教養もあれば、人格も備わっているものでしょう？　せっかく関わり合っていくんなら、そういう人たちとのお仕事の方がいに決まってるわ」

　熱海は温泉も出るし老舗《しにせ》の旅館もある。しかも箱根も近いことから、進駐軍はその界隈を自分たちの保養所として使いたいと考えているのだそうだ。

「物騒なことだって、ここよりも絶対に減るわ。将校にもなれば、やっぱりゼントルマンなはずだもの」

「――ゼントルマンって？」

「紳士っていうこと」

「モトさんも行くの？」

「お母さまが口添えして下さったの。本当のこと言うと、私も、ちょっと今のままでは、精神的にも厳しいと思っていたから」

　本当は、そんな贅沢《ぜいたく》を言っている場合じゃないんだけれど、と、モトさんは淋しげに微笑む。さっきの会話を思い出した。もしも顔の傷がなかったら、パンパンにだってなっていたかも知れないと、モトさんは言ったのだ。

「じゃあ、あの、他の人たちは？　益子さんとか、ハルヨさんとか」

　お母さまは再び笑いながら、「まさか」というように首を左右に振った。

「あの人たちは、あの人たちで生きていくでしょう。気にすることはないの、人にはそれぞれ分というものがあるのよ。こう言っては何だけれど、たとえば益子さんには、今の職場が合ってるんだもの」

「周子さんにしてもハルヨさんにしてもね、あの人たちはべつに、ここで仕事を続けていることが辛《つら》くも何ともないの。ただ、女の子たちの食事の支度をしたり洗濯をしたりしていれば、それで食べるものにも寝るところにも困らないで暮らせるんだもの。その上、普通じゃ考えられないくらいに、いいお給料をもらえてるんだから、言うことないのよ」

モトさんがお母さまの話を引き継いだ。お母さまも意外なほど冷ややかな表情で頷いている。

「要するに、私たちとは種類が違うのね。モトさんとは色々な相談も出来るし、お互いに分かり合える部分もあるから、むしろこれからも助け合って、一緒にいきましょうねっていうお話が出来たけれど」

モトさんが「だから、これからもよろしくね」と、にっこりと笑うから、鈴子もついつい笑顔になってしまった。モトさんの笑顔には、そういう力がある。美しいというのは、そういうことらしかった。

「ところで、アメリカの人たちってね、クリスマスを、それは盛大にお祝いするんですって。何日も前から、それは綺麗な飾りつけをして、ご馳走《ちそう》を準備したり、パーティーをしたりするそうよ。だから私たちも早めに引っ越しをして、その準備を手伝って欲しいって、今日お母さまは事務所で言われたんだそうよ」

モトさんが説明する間、お母さまは澄ました顔つきで煙草を絵皿に押しつけている。鈴子は「クリスマス」と口の中で小さく呟《つぶや》き、それから顔を上げたお母さまを正面から見つめた。

「宮下のおじさまは？」

お母さまの眉が、またぴりっと動いた。すっと鈴子から視線を外して、それからお母さまは、おじさまは関係ないと言った。もう少し何かの説明があるのではないかと思って、鈴子はそのままお母さまを見つめていたが、口元にきゅっと力をこめたまま、お母さまはしばらくの間じっと動かなくなり、それから、急に笑顔になった。

「大丈夫、これからどんどん、よくなる。きっと、いいことがあるわ」

似たような言葉を、八月の終戦の時にも聞いたような気がする。

確かにあの頃から比べれば、今の方がいいのだろうと思う。夜になっても電気を使えるし、空襲で逃げ惑うこともなくなって、ご飯も、チョコレートだって食べられるようになった。

だから、これからもよくなるのだろうか。きっと。かならず。

「さあ、そうと決まったら今日からでもお引っ越しの準備に取りかからなくてはね」

お母さまとモトさんとは、いかにも嬉《うれ》しそうだった。

歌舞伎《かぶき》やお相撲が再び始まったという話だった。久しぶりに見られる娯楽に浮かれる人たちがいる一方で、「日本社会党」とか「日本自由党」とかいう政党が次々に出来て、政治のことを声高に論じる大人たちも増えていた。GHQからは毎日のように何かしらの命令が出ているらしく、あれをやれとか、これをやってはいけないとか、そんなことばかりが、ひっきりなしにニュースで流れる。町にはバラックが増えて、人の往《ゆ》き来も多くなり、全体に何かしらワサワサした空気が、常に漂っている感じがしてきた。

十一月半ばのよく晴れた日曜日、鈴子は大森海岸を後にした。かなり迷ったけれど、しんみりするのも、改まって別れの挨拶《あいさつ》をしなければならないのも嫌だったから、野本さんやエノケンたちの誰にも声をかけずに行くことにした。どうせ、たかだか三カ月程度しか顔を合わせなかった同級生のことなど、みんなすぐに忘れてしまうに違いないし、きっと鈴子の方でも同じだろう。お互い様だ。そう思うことにした。

さよなら東京。さよなら大森海岸。みんな。

いっそのこと高笑いでもして見せたいような気分で、鈴子は迎えに来たトラックの荷台に乗り込んだ。目の前に富士山が見えている。目黒から越してきたときとは違って、今度は吹く風も冷たく目に沁《し》みた。そのせいか、次から次へと涙が浮かんでは、その涙が風に飛ばされていった。

第四章　クリスマス・プレゼント

1

その日は土曜日で半ドンだったせいもあるだろうか、昼過ぎに学校の校門を出る間《ま》際《ぎわ》になって、ふいに「そうだ」と閃《ひらめ》いた。朝、お母さまたちが話していたことを思い出したからだ。その瞬間、いつもなら校門を出て坂道を上って帰るところを、鈴子の足は迷わず反対方向に向いていた。たったそれだけのことで、急に見知らぬ世界に向かうような、わくわくした気持ちになってくる。

道草くらいで誰に叱《しか》られるとも思わないけれど、それでもちょっとした冒険でもする気分になって坂道を下っていくと、やがて海岸に通じる坂の途中に、石かコンクリートかで出来ているアーチがかかっている場所に行き当たる。そこまでは、これまでにも何度か来たことがあった。アーチの向こうには、この間まで陸軍病院があったのだそうだ。その先には「熱海《あたみ》ホテル」という立派な洋館や「樋口《ひぐち》旅館」という高級旅館が建っているという話だけれど、今はその辺り一帯が進駐軍に接収されていて、日本人は入れない。

接収、という言葉を、鈴子はこの町に来て初めて知った。

「ぶんどることだら」

同級生の男子は面白くもなさそうな顔で吐き捨てるように言ったものだ。

「東京だってさあ、あちこち接収されてるんじゃねえか。マッカーサー元帥《げんすい》が仕事してる場所だって、ありゃあ、ＧＨＱにぶんどられたとこだら」

マッカーサー率いるＧＨＱが宮城のすぐ近くにある大きなビルに本部を置いたということくらいは、鈴子だって知っている。だが、それが「ぶんどられた」ことになるのだとは思っていなかった。どちらかといったらＲＡＡがしていることと同じように、日本側が自ら「どうぞお使い下さい」と差し出したのではないかという気がしていたのだ。でも、考えてみれば当然というか、仕方がない。日本は負けたのだから。

仕方がない。

以前はつまらない、つまらないと思いながら日々を過ごしていたものだが、最近の鈴子は、仕方がない、という言葉ばかり思い浮かべている。実際、仕方がないことばかりだ。繰り返される引っ越しも、敗戦も、転校も、何もかも、鈴子にはどうすることも出来ないことだらけ。どう足掻《あが》いたところで、何一つとして変えられはしない。

仕方がないとため息をついて、それ以上には考えないようにするより他にない。

アーチの前には大柄のGIが二人立っていて、まったく無表情のまま、じっとこちらを見据えてきた。その瞳《ひとみ》には、明らかな侮蔑《ぶべつ》が現れていると思う。まるで虫けらでも見るような目つきに感じる。もうアメリカのものにしてしまったのだから、日本人になど絶対に近寄らせてなるものかと思っているのが、ありありと分かった。彼らは肌や髪の色だけでなく、その多くが瞳の色までも日本人とは違っている。茶色かったり灰色だったり、また青かったりするのだ。そんな瞳と目が合うだけで、鈴子の背中をぞくぞくとする感覚が走った。こういうときだ。自分がまだ少年の格好でいてよかったと思うのは。

仕方がない。

それに。

べつに、あんたたちに文句を言われるようなことなんか、しやしないもの。

わざとらしいくらいに知らん顔をして彼らから目を逸《そ》らし、すぐ手前の細い脇道《わきみち》に逸れて、鈴子は海岸通りを目指す。潮の香りが強くなって、波音も聞こえてきた。そうして海沿いの道に出ると、右手の少し先に見えているのが「お宮の松」だ。その松の前で「お宮が貫一《かんいち》に蹴《け》られた」のだという。いつ、どこのお宮が、何をしている貫一に蹴られたのか知らないが、どうしてそんなことが伝説になどなるのだろうかと、ここを通る度に鈴子は不思議に思う。

「お宮の松」の辺りから、道の右側には海に面して大きな旅館が建ち並ぶようになる。左手に海を眺めながらずっと行けば、やがて小さな川にぶつかる。その川よりも向こうには行ってはいけないと、鈴子はお母さまから念を押すように言われていた。ちょうど闇市《やみいち》も露店を連ねていてそれなりに賑《にぎ》わっている辺りなのだが、川を少しさかのぼったところに、いわゆる「いかがわしい界隈《かいわい》」があるからだそうだ。

「女の、ましてや子どもが歩き回るようなところではないわ。昼間も夜も関係なく、男の人に声をかけたり腕を引っ張ったりする商売女がいるんだそうよ」

最初にそう聞いたとき、鈴子は咄嗟《とっさ》に、この町にも既にRAAの慰安施設があるのかと思ったものだが、RAAとは無関係なのだそうだ。

「もともと港町っていう所には、どこでもそういう場所があるものらしいのね。ただでさえ熱海は温泉町でしょう？　しかも、ついこの間までは軍人さんも多かったっていうんだもの」

モトさんも「男が羽根を伸ばしたい土地」には、そういう一角があるのが当然なのだと教えてくれた。熱海に限らず。

「戦争があろうとなかろうと、ＲＡＡが出来ようと出来まいと、必ずそういう場所はあるものらしいわ」

ただＲＡＡの場合は「国としての方針」の上に設立されたところが、単なる「いかがわしい界隈」とは違っている。実は、そこにはさらにもう一つの密《ひそ》かな配慮も加わっているはずだ、とモトさんは言った。つまり、日本人の男と進駐軍兵士との間にもまた、余計な摩擦を起こさせてはならない、という考えが働いているに違いないということだ。

「だって、そう思わない？　日本の男からすれば、いかにも情けない話じゃない。自分たちの国の女さえ守れなくて、何もかもアメリカ人に好きなようにされるのを、ただ指をくわえて見ていなきゃならないんだから。面白くなく思うのが日本人の男としては当然でしょう」

あのときのモトさんは、いつになく皮肉っぽい表情になって、どこか物憂《ものう》げに吐き出した煙草《たばこ》の煙を、遠い目で追っていた。

「だからって、どうすることも出来やしない。すうちゃんも、大森にいたときに見たでしょう？　はっきり言って今の日本の男たちは、まるで駄目、腑抜《ふぬ》けよ」

「――腑抜け」

「戦争に負けて自信喪失している上に、栄養失調寸前だもの、無理もないといえば無理もない。それに比べて、向こうは勝って鼻息が荒くなってるし、力だって有り余ってる。だからこそ、そんな男同士を、女を買うような場所で鉢合わせさせるわけにいかないのよ。こっちの男には、もう戦う気力も体力もないっていうのに、向こうは体格でも勝って、武器だって持ってるんだから、下手したら殴られるどころか、拳銃《けんじゅう》でぱーんと一発撃たれて、ハイおしまい、よ」

「――つまり、日本の男は、もう女を守れないっていうこと？」

「――まあ、そういうことでしょうね。ふらふらしていないヤツがいるとしたら、誰も彼も目先の利益だけ追いかけて血眼になってる。そんなことだから愛想尽かされたって、文句なんか言えやしないんだわ」

いつも穏やかなモトさんとも思えないくらいに、あのときの口調は冷ややかで、また、どこか苛立《いらだ》ちのようなものを含んで聞こえた。よほど、何かあったのと聞いてみようかと思ったが、その時も鈴子は「仕方がないんだ」と思って口を噤《つぐ》んだ。

考えてみれば確かにモトさんの言う通りだったからだ。大森海岸にいた数カ月間、鈴子もこの目で見てきた。疲れ切った重い足取りで往《ゆ》き来する人々、学校の先生、RAAで下働きのようなことをしていた人たち。宮下のおじさまみたいな一部の人たちを除けば、あとは誰も彼もがみんなうなだれ、肩を落として、しょぼくれて見えた。戦争中、どれだけ威張っていたか知れないような人たちまでもが、お腹《なか》を空《す》かせて、いかにも物欲しげな顔つきで闇市をうろついていた。

やらなきゃよかったのに。戦争なんか。

モトさんの話を聞いて以来、鈴子の中には余計にそんな思いが渦巻いている。一体、何のための戦争だったのだろう。鈴子たちのような子どもでさえ、授業もそっちのけで畑を耕したり工場で働いたりして、どんなにお腹が空いていても、住む家がなくなっても、文句一つ言わずに耐えてきたのは、何のためだったのか。家ならば、またいつかは建て直せるかも知れない。けれど、人の生命があんなにも簡単に喪《うしな》われることだけは「仕方がない」では済まされない。確かに、お父さまのことは不幸な事故だった。戦争中でなくたって、起きていたかも知れないことだ。けれど、光子お姉ちゃまや赤ちゃんや、肇お兄ちゃまや千鶴子は、みんなみんな、戦争のせいで死んだのだ。これればかりは、そう簡単に「仕方がない」とは思えない。

いつものことだったが、考えれば考えるほど気分が悪くなりそうだ。いらいら、ざわざわする思いを抱えながら歩くうち、海沿いの道は大きく左に曲がり、やがてさほど大きくもない川に行き当たった。危うく橋を渡りそうになってから、はっと我に返って、鈴子は慌《あわ》てて踵《きびす》を返した。本当は、お母さまたちの言う「いかがわしい界隈」というものを、ちょっと見てみたい気持ちもないわけではないのだ。けれど、もしもそこにも小町園に群がっていたようなＧＩがたくさんいたらと思うと、いくら男の子の格好をしているとはいえ、やはり怖《おそ》ろしい。第一今日、鈴子が道草を食ってまで行きたいと思っている先は、この川よりも手前にあるはずだ。

来た道を引き返し、川よりも手前にあった広い通りを左に折れることにする。大小の旅館が建ち並んでいた平坦な道は、少し行くと徐々に山に向かって傾斜がつき、軒を連ねるのは商店や土産物店などになってきた。途中ところどころで口を開けている路地をのぞくと、昼間でも陽が射《さ》さないような細い道に劇場の看板が出ていたり、小さな飲食店などがひしめき合うように建っている。その先には、さっき鈴子が危うく越えそうになった川が、この道と並行して流れているはずだった。

それにしてもこの道には色々な店がある。どうやらここが町の中心部になるのか、銀行も何軒か並んでいるし、食堂、土産物店、履物屋に食器店、小間物店に古着屋、干物屋に菓子店、時計店、床屋などなど、実に賑やかなものだ。無論、店によっては商品がなくてがらがらの店先もあれば、それなりの品が並んでいる店もある。賑わい方からしたら海岸通りの闇市の方が勝っているが、それでも雑然とした露店の集まりに比べて、やはりきちんと構えられた商店が軒を連ねているというだけで、落ち着きが違った。そして、何よりも鈴子の目に新鮮というよりも、むしろ奇異に映って仕方がないのが、それらの開いている店を冷やかしながら歩く人々の姿だ。

東京では未《いま》だに大半の男の人は国民服にゲートルを巻いた格好のままだし、女だってもんぺ姿が当たり前だというのに、この界隈には昼間から浴衣《ゆかた》に丹前姿の男の人が、下駄《げた》を鳴らしてのんびりと往き来しているのだ。和服姿にこざっぱりした白い割烹着《かっぽうぎ》などつけて、買い物かごをさげて歩いていく女の人も見受けられた。一体どうなっているのかと思うほど、そこには鈴子も記憶している「当たり前の風景」があった。

路地を一本行き過ぎようとしたところで、ふいにバタバタという足音が聞こえてきた。見ると、ところどころ一升瓶を入れる木箱やら桶《おけ》やらが積み上げてある細い道の奥から、小さな子どもたちが何人も、こちらに向かって駆けてくる。

「にげろおっ」

「まてまてえっ」

それぞれに甲高い声を張り上げながら路地から飛び出してきた子どもらは、つい立ちすくんでしまった鈴子を一瞬だけ取り囲むようにして、ぐるぐると走り回った後、風のように坂道を駆け上がっていった。中には赤ん坊を負ぶったまま遊びに加わっている少年も混ざっている。下駄の歯が小石を踏む乾いた音がいくつも響いて、辺りに土埃《つちぼこり》が舞った。反射的に土埃から顔を背けるようにした瞬間、思い出した。

そういえば。

鈴子にだって、あんな頃があった。今の今まで忘れていたが、本所にいた頃は男の子も女の子も一緒になって、毎日のように原っぱや路地を駆け回り、それこそ暗くなるまで遊んだものだ。まだほんの赤ちゃんだった千鶴子を負ぶっていたこともある。別段、お母さまに命じられたわけでも何でもなく、ただ、小さくて可愛《かわい》い千鶴子をみんなに見せたくて、無理矢理のように負ぶわせてもらったのだ。

少なくとも四年前の今頃までは、鈴子たちはそういう毎日を送れていた。そして、あの日を境にして、子どもたちだけで日暮れまで駆け回って遊ぶということは、ふっりと途絶えたような気がする。

それで、ねえ、あなた、どうして熱海なんかにいるの。

もしも今、あの日を迎える以前の鈴子が目の前にいたら、まずそんなふうに話しかけてくるに違いない。

それになあに、その頭。その服。男の子にでもなるつもり？　どうして？　自分も兵隊さんになりたいとか？　へんなの。

おかっぱの髪を揺らして、何も知らない十歳の鈴子は物怖《ものお》じすることも知らず、ひたすら興味津々《しんしん》の顔つきで「なんで」「どうして」を連発することだろう。鈴子はまるで本当に今、目の前に幼い日の自分が立っているかのような気持ちになって、口を大きくへの字に曲げた。

うるさいわね。色々とあったのよ。まだ子どものあんたには分からないことが、それこそ山ほどあったの。本当よ。とても口では言えないくらいに、ものすごいことが次から次へと。

坂道を駆け上がっていった子どもたちの姿は、とうに見えなくなっていた。幼い日の自分からまで取り残されたような、妙に淋《さび》しい気分になって、鈴子はわざとらしく、ふん、とそっぽを向き、その拍子に、たった今上ってきた坂を振り返る格好になった。冷たい海風が額にうっすら滲《にじ》んでいた汗を飛ばしていく。ある場所ではひしめき合うような小さなトタン屋根が、またべつの場所では、いかにも悠々とした佇《たたず》まいを感じさせる甍《いらか》の連なりが、海に向かって広がっている。火の見櫓《やぐら》があった。町のあちらこちらから、ふんわりと柔らかく立ちのぼっている湯煙《ゆけむり》も、いかにも長閑《のどか》で温かそうだ。

本当に、色々とあった。そして、こんなにも独りぼっちになった。

右からも左からも山の稜線《りょうせん》が迫ってきていて、ちょうど両のかいながら、この町をそっと包み込もうとしているかのようだ。大きな腕に守られたこの町には、焼け野原もなければ瓦礫《がれき》の山もない。真正面に見えている海さえ、青さも広がりも、大森海岸で見ていたのとはまるで違っていた。ひとつだけ似ているところがあるとすれば、目の前に島があることだが、それにしたって、大森にあったのは埋め立てによって出来たという島で、しかも捕虜収容所に使っていた。ここからは初島《はつしま》という、正真正銘の小島が見えている。今日は薄い雲が太陽を遮っているけれど、よく晴れた日に高台から眺める海は眩《まぶ》しく燦《きら》めいて、そこにぽっかりと浮かぶ初島も含めて、まるで絵のように美しかった。

2

お母さまたちが言っていた通りだった。熱海は空襲を受けていないのだ。確かにこの町からもたくさんの男の人たちが戦地に行っているという話は聞いた。転校した先の同級生の中にも、家族や親戚《しんせき》が戦死したという人がいる。また、熱海には軍の病院があったし、海軍の人たちもたくさんいたから、戦争中は町中に軍服姿が溢《あふ》れていたのだそうだ。空を飛ぶ戦闘機も「見たことがある」し、機銃掃射の音だって「聞いたことがある」と、新しい同級生たちの中には、まるで鈴子に負けまいとするかのように、鼻息も荒く言い放つ子どもがいた。

「すごかったんだもんでさぁ。駅だって一度、機銃掃射でやられたら」

「初島だって、一人死んでるら」

それらの言葉に、鈴子は何も言い返さなかった。中には、しつこいほど何度も繰り返して、鈴子が男の子の格好をしている理由を尋ねては「ふんとにそんなことあるもんだらか」と疑わしげに首を傾《かし》げる子たちもいたが、それに対してもまともに応《こた》えようとは思わなかった。

「なんだら、あの無愛想」

「やっぱり東京もんだら。お高くとまって」

何と言われようと構わない。どうせ次の春には国民学校高等科も卒業になるのだ。それまでの間だって、ずっとこの町にいられるかどうか、分かったものではない。すぐに離ればなれになるくらいなら、最初から親しい友だちなど出来ない方がよほど気が楽だということが、骨身に沁《し》みている。それもこれも、仕方のないことだ。

再びきびすを返して坂道を上り始めたところで、すぐに道の左手に並ぶ大きな建物が目にとまった。手前の建物は造りからしてホテルらしい。向こうの建物には「大《おお》湯《ゆ》」と書かれた看板が出ていた。その、大湯の前にトラックや荷馬車などが止まっていて、地下足袋姿の男たちが出たり入ったりしている。

なるほど、ここが。

今度、新しくキャバレーだかダンスホールだかになるという場所に違いないと、鈴子はすぐに見当をつけた。これを見ておこうと思って、今日は道草してきたのだ。

「あの人たちは本当に賑やかなことが好きなのね。特に若い兵隊さんたちは、日本の温泉町らしい情緒とか静けさとか、そんなものに興味なんてないし、実際のところ温泉のよさなんて分からないんだと思うわ。結局は、どこにいってもアメリカ式に、ダンスや賑やかな音楽がないと嫌だっていうんですもの」

その話を聞いたのは今朝だった。ちょうど朝ご飯をいただいている最中のことだ。モトさんと三人でちゃぶ台を囲みながら、実のところ鈴子は、お母さまがいつ「今日」について言い出すだろうかと待ち構えていた。去年も一昨年もその前も、お母さまは同じ日の朝、必ず言ったからだ。もう一年たったのね、二年になるのね、と。

あの日のことは鈴子も鮮明に覚えている。家族揃《そろ》って朝ご飯をいただいているとき、ラジオから厳かに「海行かば」が流れたかと思ったら「臨時ニュースを申し上げます」という声が繰り返し聞こえてきた。

〈――大本営陸海軍部午前六時発表。帝国陸海軍は本八日未明、西太平洋においてアメリカ・イギリス軍と戦闘状態に入れり――〉

それが四年前の今日、昭和十六年十二月八日だった。日本軍がハワイの真珠湾に奇襲攻撃をかけ、それによってアメリカ・イギリスの連合軍に宣戦布告をしたのだ。

あの日はお昼も晩も、ラジオをつける度にポンポンポン、というチャイムの音がして、大本営発表による日本軍の大勝利の報が次から次へともたらされた。ニュースの締めくくりは常に勇ましい軍艦マーチ。町は朝からずっとお祭り気分で、あちらこちらから何度となく万歳の声が響いたし、鈴子たちの学校でも、まず朝礼の時に校長先生が「いよいよ決戦の火ぶたは切られたのであります！」と耳が痛いほどの大声で訓示をした。

あの日を境にして、鈴子たちの毎日は本当に一変した。それまでは、いくら日本軍が中国で戦っていると教えられ、大東亜共栄圏の話を聞き、男の人たちが一人、また一人と戦地に赴くのを見送っていても、戦争というものはあくまで海を隔てた遠い土地で起こっていることに過ぎなかった。まさか自分たちの頭上にまで敵機が飛んできて、昼も夜もなく爆弾を落とされることになろうとは、想像すらしなかった。すべては、あの十二月八日から始まった。

ことに昨年から今年ほど、ひどい一年はなかった。忘れもしない、昨年の今ごろのことだ。ついにお正月のお餅《もち》まで配給が厳しくなって、鏡餅も禁止になったと、隣組から連絡が回ってきた。

「ちいちゃん、お餅いっぱい食べたいなあ」

幼い千鶴子がいかにもがっかりした顔で「お餅、お餅」と繰り返していたことを、鈴子ははっきりと覚えている。

同じ頃、特別攻撃隊というものがつくられたと学校で知らされた。何でも兵隊さんたちが飛行機ごと敵に体当たりする作戦が始まったということだった。

「つまり、死ぬと分かっていて、敵に突っ込むということ？」

その恐ろしさに、鈴子たちは身震いした。お母さまは匡お兄ちゃまを心配して、しきりに涙を流していた。空襲はひどくなるばかり、戦地も地獄なら、内地だって地獄だった。あの頃から夏の終戦まで、今にして思えば手足を伸ばしてぐっすり眠れた晩など、ただの一日もありはしなかった。そうしてやっと、あの暑いさなかに戦争が終わったかと思ったら、今度はすぐにＲＡＡだ。

だからこそ、今日という日のことは鈴子だってよく覚えている。これから先も一生、忘れることはないだろうと思う。それなのに、お母さまは朝からダンスホールの話なんかして、さも楽しげに笑っているのだ。鈴子にはどうにも納得がいかなかった。もしかすると、無理に忘れようとしているのかも知れないと思ったり、これがお母さまなりの「過去は振り返らない」という意思表示なのだろうかと考えたりしてみたが、それにしても、何となくざらりとした嫌な感じが広がった。

はっきり言ってしまうと、鈴子の目から見て、ことに熱海に来てからのお母さまは「浮かれて」見えるのだ。まるでお母さま自身がダンスホールで踊りたいのではないかと思いたくなるくらいに、妙にうきうきして見える。だからこそ鈴子は、そのダンスホールとやらを自分の目で見てやろうと思って、こうして遠回りをして来てみたのだった。

「大湯」と書かれているくらいだから、きっとそこは、以前は大きな銭湯のような建物だったのかも知れない。

ぼんやりと眺めているとき、ふいに背後から声がした。見ると、何となく見覚えのある大柄な少年が、帽子を斜に被《かぶ》り、ズボンのポケットに片手を突っ込んだ格好で、のしのしと坂道を上ってくる。鈴子は少しの間その顔をじっと見つめてから、「ああ」と小さく呟《つぶや》いた。確か、同級生だ。けれど名前を知らないし、第一、学校でもあまり

「よう」

見かけたことがない。年がら年中、学校を休んでいる子ではなかっただろうか。

「おまえん家《ち》って、こっちだっけか」

「――違うけど」

「ほんじゃあ、何でこんなとこまで来てるんだら」

鈴子は答えに窮し、かといって知らん顔して歩き去ることも出来なくて、何となく自分の足もとに目を落とした。

「ほんじゃあ、おまえ、ここがどういうもんに作り替えとるか、知ってるか？」

嫌なことを聞く。さあ、どうする。本当のことを言うべきか、知らん顔すべきだろうかと目まぐるしく頭を働かせていた時、ちょうど視界の片隅に、浴衣に丹前姿の男の人が見えてきた。のんびりと歩いてきたその人は、たまたま建物から出て来た職人に向かって何やら話しかけている。頭にねじりハチマキをした地下足袋姿の職人が「ここかね」と言ったのが聞こえた。

「何でも、キャバレーってヤツだっていうじゃんねえ」

「へえ、キャバレーが出来んのかい」

「向こうの音楽をどんぢゃらどんぢゃらやって、若い娘っ子らと歌ったり踊ったりするんだそうだけんどねえ」

「進駐軍用かい」

「さあ、どうだかねえ。日本人も入れるような話も聞いた気がするけんどねえ」

「そうかい、そりゃ景気のいい話だなあ。で、いつ出来るんだって？　正月までに間に合うのかな」

「さあ、それにゃあ、ちいと間に合わんだら。どう見ても年明けにゃあ、なっちゃうんじゃないかと思うよねえ。こっちもハッパかけられちゃあいるだけど、何せ材料がまるっきり足らんもんで」

そうかい、と言いながら丹前のたもとから煙草を取り出している男の人は、その後も職人と何か話し込んでいる。

どんぢゃらどんぢゃら。

歌ったり踊ったり。

そんなものが出来たら、結局はこの町だってまた環境が悪くなるに決まっている。そうすれば、お母さまはまた引っ越すのだろうか。いや、今度は分からない。だって、あんなに浮かれて見えるんだもの。お母さまは、本当にここで働くのかも知れない。

再びのろのろと坂道を上ることにする。ここまで来たことを同級生に見られていると思うと、切りのいいところまで歩かなければ、引き返すきっかけが摑《つか》めない気がしたからだ。大湯の前を通り過ぎたところで目の前に神社の鳥居が現れた。「湯前《ゆぜん》神社」と書かれている。

「どこまで行くら」

鳥居をくぐって境内に入ろうとしたところで、また背後から声が聞こえた。それでも鈴子は知らん顔したまま社殿の前まで進み、ぽんぽんと柏手《かしわで》を打った。何の神さまか分からないけれど、取りあえず挨拶《あいさつ》だけでもしておこうと思う。こんにちは。はじめまして。二宮鈴子といいます。今度うちのお母さまが、あそこの大湯で働くことになるかも知れないんです。どう思います、神さま。

「ようって。なに、知らん顔してるだ」

お参りを済ませて振り返ると、今度はすぐ背後に、さっきの同級生がいた。

「何なのよ、あんたこそ。どうして近寄ってくんの」

鈴子が挑戦的に軽く睨《にら》んで見せると、少年は一瞬、気圧《けお》された表情になり、それから奇妙に口の端を歪《ゆが》めて笑った。

「――何よ」

「やっぱ、何か変な感じするもんだなあ。男の格好してるくせに、喋《しゃべ》ると女っていうのも」

途端に、自分の顔が、かっと火照《ほて》るのを感じた。鈴子は唇を突き出すようにして、つん、とそっぽを向いた。

「どうせ、こっちの子たちには分からないでしょうよ。今、東京がどんなに危険なことになってるかなんて。戦争が終わったときに、どんな怖い噂《うわさ》が流れたかも、それが噂だけで終わってないっていうことも」

するど少年は、困ったような表情で下を向いてしまう。鈴子の中に、何となく意地の悪い気持ちがこみ上げてきた。

「私、ちっとも知らなかったわ。日本中全部が、空襲で焼かれたんだとばっかり思ってたんだもの。それが、こんなところが残ってたなんてね。ここに住んでいる人たちは本当に幸せだわ。同じ日本人だって、経験したことがまるで違うんだもの。そのくせに『大変だったらあ』『こわかったらあ』って。何なのよ。あんたたちの大変なんて、もののうちに入るもんですか」

少年はますます困ったような表情になり、口ごもるように「そりゃあよう」と呟く。

「そうかも知んねえけど——」

「あなた、ちょっと考えてごらんなさいよ。ほら、ここから見える景色。これが全部、焼けてなくなっちゃったと思ってみてよ。今、東京はそんななのよ」

「——だから、引っ越してきただら。で、この辺に住んでるだかって、おら、さっきから」

「住んでないったら」

「そんじゃあ——」

「たまたま散歩しに来ただけ」

少年は口をへの字に曲げると、初めて顎《あご》を突き出すようにして、じっとこちらを見ている。

「じゃあよう、も一つ聞くけんど、お前、あそこに出来るっていうキャバレーのこと、何か知ってるだら」

「——知ってたらどうなのよ」

「てえことは、お前ん家の親とか兄姉《きょうだい》とかって、そういう仕事だらか」

だったらどうなの、と鈴子が気色ばみそうになったとき、少年は、ひさしがひん曲がって擦り切れかかっている帽子を取り、頭をぼりぼりとかき始めた。そして「俺の」と、少しかすれた声を出した。

「俺の——姉ちゃんが、あっこで働くことになったっていうもんでさ」

「——それが、何なの」

「キャバレーって、何？　母ちゃんはよう、『それだけはやめれ』って泣いてんだ。そんなとこで働くのは、糸川《いとかわ》の辺で働くのと変わんねえって。それによう、相手はアメ公だら？」

「もちろん、そうでしょうね」

「お前さっき、東京じゃあ、アメ公が危ないもんで、そうやって男の格好してるだって、言ったら？　そんな危ないヤツら相手に働くっていったら――」

苛々してきた。鈴子はわざとらしく深呼吸を一つしてから、名前も分からないままの同級生を正面から見た。

「じゃあ、教えてあげましょうか」

少年は、馬鹿《ばか》か利口か、何を考えているのかも分からないようなぼんやりした顔つきで、それでも小さく頷《うなず》いた。

「キャバレーっていうのはね、要するに進駐軍の人たちとお酒を飲んだり、男と女が身体《からだ》をくっつけ合って、抱き合うみたいにして踊ったりするところよ」

「抱き合う――そ、そんだけ、だらか」

「さあ、どうかしらね。それだけで済むかどうか。済まないとしたら、じゃあ、あなた、どうなると思うの」

「――どうなるって」

「要するに、子どもには分からなくていいようなことよ」

それだけ吐き捨てるように言うと、鈴子は相手の顔も見ずに、すたすたと神社の階段を下りて、そのまま足早に坂道を下り始めた。それでも後を追ってきたら、今度こそ「好《い》い加減にしてよっ」と大きな声を出すつもりだったが、もう彼は追いかけてこなかった。

そうよ。子どもが知るようなことじゃない。

大森海岸から引っ越してきて、まだ一カ月と経《た》っていない。その間にも、様々な出来事は次から次へと起きていた。中でも一番大きかった出来事といったら、鈴子が初潮を迎えたことだ。自分の身体に変化が起きたことを知ったとき、鈴子は、ほとんど絶望的な気分になって天を仰いだ。

とうとう来てしまった。

とうとう、もう子どもではいられなくなった。

嬉《うれ》しいなどと思えるはずがなかった。それどころか、何とも言えず恥ずかしくて、情けない気がしてならなかった。せっかく男の子の格好までして、それなりに誤魔化して暮らしているのに、もう身体そのものが完璧《かんぺき》に違ってしまった。どう足掻いても、これから先は「おんな」として生きなければならないのだと思うと、それだけで気持ちが沈んだ。

仕方がない。仕方がない。

何度も自分に言い聞かせた。それに、将来のことなど分からないに決まっている。もしかしたら幸せな結婚をして、いいお母さんになれるかも知れないではないか。だが、場合によっては小町園で働くような、いや、またはパンパンにだってならないとも限らないと思う。不特定多数の外国人に、三十分いくらで身体をおもちゃにされて、挙げ句の果てに花柳病にでもかかって、ぼろぼろになっていくかも知れないのだ。その結果として、目の色の違う子どもを産むことにだってなりかねない——鈴子自身が望もうと望むまいと、それが可能な身体になってしまったのだと思った。

今、鈴子とお母さまと、そしてモトさんとは、熱海の駅からもさほど遠くない坂道の途中に建つ小さな旅館の離れで暮らしている。こぢんまりとした建物だが、温泉も引かれているし、まかないつきの上、こちらが希望すれば洗濯だって頼むことが出来る宿だった。

「自分ん家だと思ってねえ、のんびり暮らしてもらっていいんですよ。それにしても、よくもまあ生き延びてきたもんだわ、ねえ」

母屋《おもや》にも東京や神奈川から来た家族を二組ほど、月極《つきぎめ》で住まわせているという旅館の女将《おかみ》さんは、お母さまより五つ六つ年上だろうか、五十に手が届くか届かないかといったくらいの、それはよく喋る人だった。「最後まで大切にとってあった」という、風呂《ふろ》も手洗いもついている二間続きの離れを、果たしていくらで貸してくれることになったのか、とにかく文字通り揉《も》み手するほどの勢いで鈴子たちを歓待し、放っておけばいつまででも喋り続けた。

「こりゃあまた、可愛らしい坊ちゃんだと思ったら！」

初対面のときに鈴子が女の子だと分かると、女将さんは細い目を精一杯に見開き、見事なほどの出っ歯をむき出しにして「おやまあ」と心の底から驚いた顔をしたものだが、それから程なくして鈴子が初潮を迎えたと知ると、どこで調達してきたのか、生理用品と新しい下着などを揃えてくれ、さらにお赤飯を炊《た》いてくれた。赤の他人にまで自分の身体の変化を知られることは、鈴子にしてみれば身が縮むほど恥ずかしいことだった。せっかく部屋に引きこもるつもりだったのに、何年ぶりか分からないお赤飯に、つい気をとられた。お腹のあたりがずん、と重たくて不快だったにもかかわらず、それと食欲とはまったく別ものらしく、せっせと箸《はし》を動かす鈴子に向かって、お母さまは「安心したわ」と微笑《ほほえ》んだ。

「温泉が効いたのかも知れないわね。それにやっぱり、こっちは空気も環境も格段にいいんですもの。それできっと精神的にも安定したんじゃないかしら」

言葉にこそ出さなかったけれど、そろそろ初潮が来てもいい頃ではないかと、実は少しばかり心配していたのだそうだ。

「病気ではないんだから、たとえば気持ちが沈んだり高ぶったりすることがあっても、落ち着いて静かに過ごすようにね」

あのときのお母さまの口調は、最近では珍しいほど優しく、穏やかだった。お母さまもモトさんも、みんな同じ経験を経てきている。女なら誰もが「月のもの」を迎えては乗り越えて、次第に一人前になっていくのだという言葉に、鈴子は黙って頷くより他なかった。

だけど。

やっぱり本当は嫌だった。いくら仕方がないと自分に言い聞かせても、やはり、もう取り返しがつかないところまで来てしまったという思いは、ぬぐい去ることが出来なかった。もう二度と子ども時代に戻れない。どんなに抗《あらが》っても、大人になって、女になっていくしかない。ああ、何て嫌な話だろう。

どうしても、小町園が開業した日、鈴子の部屋の押し入れに隠れて泣いていたお姉さんの姿が思い出されてならないのだ。あの、鉄道に飛び込んで死んでしまったというお姉さんの、乱れた着物の裾《すそ》から見えていた白い太ももと、そこを伝って流れていた血の色が脳裏から離れない。それに、京浜国道沿いに立って、寝乱れた姿のままで言葉も通じないGIに絡《から》みついていた女の人たちや、派手な洋服に毒々しい化粧で闇市辺りを練り歩いていた女たちが、次から次へと重なり合うように思い出された。

それでも、数日間の憂鬱《ゆううつ》を乗り切ってしまうと、鈴子はまた元通りになった。ただ、ことあるごとに「もう子どもじゃないんだから」と言うようになったお母さまの変化の方が、やはり気になってならなかった。

3

お母さまは確実に変わってきていた。外見からしてそうだ。お母さまとモトさんとは、もうもんぺをはいていない。どこからかスカートを調達してきた。ブラウスも、上着も、スカーフや半コートも、そして、黒い革靴も手に入れた。離れの廊下に渡された洗濯ひもには、進駐軍からもらったというストッキングが、色の落ちた海草のようにずらりと並ぶようになった。それから、お母さまたちは口紅をつけるようにもなった。

「将校さんの中には教養人も多いし、紳士的な人たちばかりなの。だからこそ、こちらも身だしなみを整えて、きちんと女性らしくしていなければ、相手に不愉快な感じを与えることになってしまうでしょう？」

鏡に向かって口を「え」と言うときみたいな形に開きながら、バラのつぼみのように鮮やかな色の口紅をつけた後、お母さまは「これで少しは顔色がよく見えるかしら」と鈴子に笑いかけたものだ。

「いくら負けた国の人間だからって、決して卑屈にならずにいなければね」

鈴子にしてみても、お母さまが綺麗《きれい》に見えるのは、決して嫌なことではなかった。むしろ、誇ってよいくらいだとも思っている。身につけている英語の力を使って、あんなに大きな外国人たちと堂々と渡り合っているのだ。何かというと宮下のおじさまに頼って、しなだれかかるように見えていたお母さまとは、もう違う。こうして頑張っているうちに、匡お兄ちゃまが迎えに来てくれさえすれば、きっとすべてがうまくいくに違いないとも思う。それでも、どうしても気持ちが落ち着かないのだ。お母さまの雰囲気が、そうさせる。どことなっていいか分からないが、何となく遠い人になったような感じがしてならない。

たとえば最近のお母さまは、食事中などに鈴子と向き合って、鈴子の顔を見ていたとしても、実際には見えていないような、または、見えていても鈴子の話が聞こえていないような、そんな風に見える。会話が途切れることはないし、鈴子が何か言えば「そうなの」「そうね」と相づちを打つけれど、何かしら話が嚙《か》み合っていない感じがしてならない。終戦前に目黒の家で、宮下のおじさまと三人で住んでいた頃でさえ、そんなことはなかった。おじさまが姿を見せただけで、途端に雰囲気が変わることはあっても、それでもお母さまはお母さまだったし、いつでもちゃんと、嚙み合っている感じがあった。会話も。視線も。

「本当に、すうちゃんのお母さまは大した方だわ」

時々、モトさんが言うようになった。けれど、鈴子が「どうして」と聞いても、モトさんは小さく微笑むだけでそれ以上には応えない。ただ、進歩的だとか、度胸が据わっているとか、そんなことを言うばかりだった。

お母さまは一体、ＲＡＡでどんな仕事をしているのだろうか。お母さまに何があったのだろう。訝《いぶか》しく思うようになったからこそ、鈴子は新しく出来るダンスホールだかキャバレーだかを見ておかなくてはいけない気持ちになったのだ。

「お母さまも、新しく出来るダンスホールの仕事をするの？」

その日の夕食の時、出来るだけさり気ない調子で、鈴子は尋ねてみた。するとお母さまは一瞬、戸惑ったように目を瞬《しばた》いた後で、ちらりと隣のモトさんを見た。

「お母さまは、あそことは関係ないわ。あっちはね——これからは、モトさんのお仕事先になるの」

「——え」

驚いてモトさんを見ると、モトさんは「正確にはね」と料理に目を落とす。

「あそこで働く女の子たちを住まわせることになる寮の管理をすることになったの」

「そうしたら——じゃあ、私たちと一緒には住まなくなるの？」

「そうなるわねえ、残念だけど」

顔を上げたモトさんは、いつものように美しい笑顔で、これは自分から希望したことなのだと言った。

「私は、こう——すうちゃんのお母さまみたいに、どんどんと人前に出ていって、誰とでもお話ししてっていうのは苦手な方だし、まあ——英語も挨拶程度しか出来ないしね。だから、日本人を相手にして、裏方に回っている方が気が楽なのよ」

モトさんの視線が、ちらりとお母さまに投げかけられる。何だろう。二人の間に、これまでにはなかった、何か妙な空気が漂っていた。

「そうは言ってもね、開店は年が明けてからになりそうだから、それまでの間はまだ一緒に暮らさせてね」

にっこり笑うモトさんに、すがりたいような思いで「当たり前だわ」と大きく頷いて見せてから、鈴子は改めてお母さまを見た。

「お母さまは――」

「熱海に来る将校さんたちというのはね」

モトさんと離れても何ともないの、モトさんの考えに賛成したの、と言いかけた鈴子の言葉を遮るように、お母さまは目を伏せたままで口を開いた。

「皆さん、長かった戦争と、慣れない外国暮らしでの疲れを癒《い》やしにおみえになるの。だから本当の意味でのおもてなしを、これからは考えていかなければならないわ」

まるで食事と一緒に、べつの何かを嚙みしめるように、お母さまはゆっくりと顎を動かし続ける。その表情から何が読み取れるものだろうかと、鈴子は箸を宙に浮かせたまま、お母さまを見つめていた。

「見た目は色々と違っているようでも、あの方たちだって私たちと同じ人間なんだわ。長い間、戦ってきたんだから疲れていて当然だし、心の底から癒やされたいとも思っているの」

よくもそこまであっさりと相手の肩を持てるものだと、鈴子は密かに呆《あき》れ、また、舌を巻いた。ついこの夏までは鬼畜と呼んできた相手を、そんな風に言えるとは。自分たちの国をこんなにした人たちに対して、どうしてそんなにも親切に思いやることが出来るものか。「おもてなし」などという言葉を使えるものか、鈴子にはまるで理解出来ない。

仕方がない。

そんなことを言ったって、もう戦争は終わってしまった。第一、お母さまがＲＡＡの仕事についてくれたお蔭《かげ》で、鈴子だって他の人たちよりもずっと早く雨露をしのぐ場所を得て、飢えることもなく暮らせている。そのことだけは忘れてはならないと思っている。

熱海に来てすぐに、お母さまとモトさんとはまず「風喜荘」という旅館を整える仕事に取りかかった。外観こそ立派だが、戦争中にすっかり荒れてしまったという旅館をＲＡＡが買い上げたのだそうだ。続々と増えていく進駐軍将校の「憩《いこ》いの場」としてふさわしいように、彼らの希望をＲＡＡの事務局に伝え、必要なものを調達して、サービスを充実させていった。

まずは家の中でも土足で上がり込む彼らのために畳をはがして床を張り替え、布団《ふとん》の代わりに寝台を揃えるのが大変だったらしい。さらに、宿では食事が提供できない決まりだったから、基本的な飲食物は宿泊する将校たちが持参するにしても、それ以外に希望する食料品があれば、やはりRAAの事務局を通して調達することになった。中でも、お母さまたちが取るものも取りあえず急いで越してきた理由が、クリスマスの準備だった。大きなクリスマスツリーを運び込み、室内を飾りつけるところから始まって、レコードをかける電蓄や、生で演奏できる楽団の調達、さらにアメリカの家族に書き送るクリスマスカードも印刷屋に頼んで、西洋食器も必死で探したそうだ。

「何しろお箸が駄目な人たちでしょう。ナイフとフォークを使って、その上、クリスマスといったらターキーとコーンブレッドは欠かせないとか言うんだもの。本当に頭が痛いわ」

ターキーとコーンブレッドというのが何なのか、お母さまも知らないと言っていたが、結局それらはGHQが自分たちで調達することになったようだ。そうして、どうにか「風喜荘」が体裁を整えると、今度は「玉乃井《たまのい》別館」という旅館の開業準備に移った。同じ熱海でも、繁華街からはかなり離れた山の方の、別荘地にある立派な旅館だという。こちらも「風喜荘」と同様に将校たちが使うから、豪華で格式高くする必要があった。無論、「特別挺身隊《ていしんたい》」の女の子たちなどは必要ない。

「ああいう子たちの世話をしたり、かき集めたりしないで済むっていうのが、もう何よりもありがたいわ」

ことに熱海に来た当初、お母さまとモトさんとは毎日のように口を揃えて言っていたものだ。

やがて、お母さまはほぼ週に一回の割合で、東京のRAA本部まで出かけていくようになった。遠いうえに汽車の数が足りていないせいもあって日帰りは難しいらしく、行けば必ず一泊してくる。モトさんがいてくれるお蔭で心細いということもなかったし、何よりも鈴子にしてみれば、東京が今どんな様子になっているかを聞かせてもらうのが楽しみだった。だが、どれほど楽しみにしていても、明るい話はまったく聞かれなかった。

「あのまま住んでいたら、どうなってたか分からないわ。もしかすると終戦の直後よりもひどいかも知れない」

物不足が、戦争中以上に深刻になっているらしい。熱海と往復する列車の本数が減らされているのも、要するに石炭不足が原因なのだそうだ。その上、東京には人が溢れかえっている。戦地から生きて還ってきた兵隊さんたちに加えて、それまで疎開《そかい》していた子どもたちなども戻ってきているからだ。だが、何しろ食べ物がない。住む家

がない。家族が見つからない。行き場を失った人々が、ただうろうろとさまよってい
る場所もたくさんあるのだそうだ。
「学童疎開から戻ってきて初めて、家族がいなくなっていることに気がつく子もいる
そうよ。駅に着いても、誰も迎えに来てくれなくて、最後まで独りぼっちにされて、
そのまま行くところのなくなってしまう子もたくさんいるらしいわ」
焼け野原になってしまった東京で、人々はお腹を空かせ、苛立《いらだ》ちを募らせて、町の
雰囲気はギスギスと怖ろしいほどに殺気立っていると、お母さまは東京から帰ってく
る度に、いかにも憂鬱そうな顔でため息をついた。
「みんな、心が荒《すさ》んでしまっているのね。ちょっと足もとに荷物を置いただけで置き
引きされるし、泥棒やひったくりも増えたっていうことよ。闇市《やみいち》では中国人や朝鮮人
との間に縄張り争いも起きるし、喧嘩《けんか》も年がら年中ですって。新聞やラジオでは言わ
ないけれど、進駐軍の人たちだって、色んな問題を起こしてるらしいし」
心も身体も傷つき疲れ果てている復員兵も気持ちを荒ませている。中でも傷痍《しょうい》軍人
などは、収容先も見つからず、乞食《こじき》同然になってしまっている人もいるそうだ。
「もう、惨《みじ》めとしか言いようがない――けれど、いくら怒ったって、自分たちが負け
たんだから、どうしようもないものねえ。そういう人たちが徒党を組んで、愚連隊み

たいにもなっているらしいし——物騒で怖ろしい世の中になったものだわ」

飢え、疲れ、独りぼっちのままの人々は、結局は浮浪者になって地下道や駅などで寝ているらしい。その人数が、十人や百人の単位ではなく、何千人にものぼると聞いて、鈴子は背筋が寒くなる思いだった。すでに年も押し詰まって、こんなに寒くなってきているというのに、風呂にも入れず、着替えも出来ず、悪臭を放ちながら落ちているものでも拾って食べている有り様だそうだ。当然のことながら、幼い孤児の中には餓死《うえじ》にする子どもも出て来ているらしい。千鶴子を思い浮かべて、鈴子は胸が痛くなった。

「可哀想《かわいそう》に——」

そんな中に、もしも千鶴子が混ざっていたらどうしよう。一人でいいから、そんな子を千鶴子だと思って引き取ってやることは出来ないだろうかと言いそうになったとき、鈴子の思いを読み取ったかのように、お母さまは「仕方がないわね」と、ぴしゃりと言った。

「自分が強くなって、生き延びていくしか。今は誰だって必死な時代ですもの。弱いものから蹴落《けお》とされるわ。戦争は終わったけれど、今ここで負けたら同じこと。何としてでも生き抜いて、昔通りかそれ以上の暮らしを取り戻すまでは、よそ様に情けをかけている余裕なんて、ありはしないのよ」

以前の、宮下のおじさまに頼り切っていたお母さまとはまるで別人のような言葉だった。

「そこが、すうちゃんのお母さまのすごいところなのよ。私には、とてもじゃないけれど真似《まね》できない」

お母さまよりもずっと若くて、本来ならずっと美人だったはずのモトさんが、鈴子と二人きりでいるときなど、諦《あきら》めたような口調で肩をすくめるとき、鈴子は何とも言えない気持ちになった。そんなことないわ、モトさんだって、などと取り繕うようなことは、さすがに言えない。顔の傷さえなかったらと思うと、ただ気の毒なばかりだった。

十二月もいよいよ半ばにさしかかって、初めて戦争犯罪人の裁判が始まろうという前日の日曜日、公爵《こうしゃく》様で総理大臣まで務めた近衛文麿《このえふみまろ》が服毒自殺を図ったとニュースが伝えた。

「よっぽど、捕まりたくなかったんですかねえ」

旅館の女将さんは、いつも夕食を運んでくれるついでにひとしきり、世間話をしていく。

「まあ、華族様だって何だって、アメリカさんにかかったら、今のまんまじゃ死刑になっちゃうかも知れないんだものねえ。それにしてもマッカーサー元帥《げんすい》は、天皇陛下のことはどうするつもりなんだろうか。共産党の人らは、この際だから日本から天皇なんかいなくしちゃえとか、乱暴なこと言ってるらしいですけどねえ」

そんなことになっているのかと、鈴子は目を丸くして女将さんの話を聞いた。さらに最近になって、ラジオで「真相はかうだ」という番組が始まって、今回の戦争について、また、軍や政府がしてきたことについて、これまでに日本国民が知らなかったことが、次から次へと明かされているのだそうだ。

「そりゃあ、もう、腹が立つほどですよ。聞いてると、それじゃあまるで私たち日本人っていうのはもうみんな、誰も彼もが大馬鹿でね、筋違いの一人勝手な思いこみで、アメリカだのに喧嘩を売ってきたみたいに思えてきちゃうんです。でも、NHKがラジオでやるくらいなんですから、本当にそうだったのかしらなんて思うと、何だかもう、情けなくなりましてねえ」

何を信じればいいのか、何を見つめていけばいいのか。

みんなが分からなくなっている。けれど鈴子は、本当に正しかったら、きっと勝っていたのではないかとも思った。どこか、誰かが間違っていたから、戦争なんか始まって、結局は負けたのではないのだろうか。一体、誰が嘘《うそ》をついたのか、鈴子だって知りたい。どこの誰が、それまでの鈴子の生活を奪ったのか、本当のことを知りたい。だが、知ってみたところで戻るわけでもない。

仕方がない。

もう、いちいち考えるのも面倒くさい。本当はもう、何も考えたくない。何もしたくないし、何も話したくない。鈴子のようなものは、本当は空襲にでも何にでも遭って、煙のように消えてしまっていた方がよかったのではないかと思う。どうして自分は生き残ってしまったのだろう。お母さまと二人。それがどうしても分からなかった。

次の土曜日の朝、起き抜けに、鈴子は突然「ドライブに行きますよ」とお母さまから告げられた。

「——ドライブ？　どこへ？」

まだ寝起きのぼんやりしている頭で、何とかお母さまの言っていることを理解しようとする鈴子に、お母さまはほんのりと微笑んだ。

「箱根」

「——はこね？　どうやって？」

気がつけば、もうお化粧も終わっているお母さまは、のどの奥から転がり出てくるような声で笑ってから、「いやあね、すうちゃん」と、改めてこちらを見る。

「ドライブだもの、お車に決まってるわ」

「どこの——誰の車で？　誰と行くの」

お母さまの化粧した顔を見上げながら、鈴子はもう、胸がざわざわとし始めていた。

4

へろー。

ないすとみーちゅ。

あいむ　すずこにのみや。

あいま　ぐぉある。

ふぉーりーにやずおるど。

てんきゅ。

いえす。のー。

のーてんきゅ。

ごとごとと絶え間なく伝わってくる振動に全身を揺られながら、さっきから鈴子の頭の中では、お母さまから教えられたばかりの呪文《じゅもん》のような言葉が、何度も何度も繰り返されている。

こんにちは。

お会い出来て嬉しいです。

私は二宮鈴子。女の子です。十四歳。

ありがとう。

はい。いいえ。

けっこうです。

車は曲がりくねった急な坂道を上っていく。時々、耳の奥がぽこ、ぽこ、と言った。車の振動に合わせて、鈴子は自分の両膝《りょうひざ》が互いにこすれ合う感触をどうにも落ち着かない気分で味わっていた。何年間もずっともんぺやズボンで過ごしてきたから、スカートそのものに慣れていない。

今朝、お母さまは鈴子の枕元《まくらもと》に、上から下まで真新しい、それも女の子用の下着や服を並べておいてくれていた。さらに、コートと革靴、フエルト製の可愛《かわい》らしい手提げまでが一揃えになっていると分かったとき、寝ぼけ眼だった鈴子は、まだ夢を見ているのではないかと、しばしぼんやりしてしまったくらいだ。

「サンタクロースのお話を信じているほど、もう小さな子ではないものね。だから本当のことを言うわ。これは、お母さまからすうちゃんへの、クリスマスの贈り物。プレゼントよ。ちょっと早いけれど」

真っ白いブラウスは丸襟にレースの縁取りのあるもので、貝ボタンもきらきらと輝いて見える。赤いチェックのスカートには全体にいくつもの大きなプリーツがとってあって、穿《は》いてからくるりと回ると、スカートの裾が丸く広がった。明るめの灰色のカーディガンと靴下には、どちらにも菱形《ひしがた》の連続模様が入っている。毛織りのコートは深い紺色だった。それらの一つ一つを手にとって眺めながら、鈴子は、そういえば少し前に、お母さまが鈴子の身体の寸法を測ったことを思い出した。あのときは、近所の内職のおばさんにセーターを編んでもらうからとか、冬用のズボンを買ってくるからとか、そんな説明だったと思う。まさか、このためだったとは思いもしなかった。

クリスマスがやって来る。

サンタクロースのお爺《じい》さんが、子どもたちに贈り物をしてくれる日。いつもワクワクしながら床についた日のことが、まるで遠い日の夢物語のように思い出された。クリスマスが過ぎれば、今度はお正月までの日を指折り数えるようになる。

今年も、あのクリスマスがやってくるなんて。

つまり、果てしないほど長かった一年が、ようやく終わろうとしている。本当に。

「さあ、早く起きて、お仕度してちょうだいな」

言われるまでもなかった。勢い良く布団から飛び出して洗面を済ませ、真っ先に新しいシミーズを着て鏡の前に立つなり、だが、鈴子は「ああ、駄目！」と絶望的な悲鳴を上げてしまった。まだ暑い盛り、大森海岸に引っ越してすぐにバリカンで刈られた頭は、この四カ月の間に髪も少しずつ伸びてきてはいるものの、やはりまだどうしようもなく短いのだ。とてもではないが、こんな女の子らしい服など着て格好がつく頭ではない。

「そんな服、着られるわけないでしょう！　こんな頭じゃ、何を着たって似合わないに決まってるじゃないっ、お母さまのせいだからねっ！　鈴子、行かないっ！」

半泣きで地団駄を踏みそうになったとき、隣の部屋からモトさんが「おはよう」と遠慮がちに顔を出した。

「私からも、すうちゃんにクリスマスの贈り物があるの」

手を後ろに回しているモトさんは、まるで手品でも見せようとしているかのような顔つきに見えた。それから、ちょっと悪戯《いたずら》っぽい笑顔になって「メリークリスマス」と言いながら、隠していた手をすっと鈴子の前に差し出した。そのてのひらには、臙《えん》脂色《じいろ》の細いカチューシャがのっていた。

「どう？」

「——そういうのは髪の長い人が使うんじゃないの」

「あら。そんなこと言わないで。見ていてごらんなさい」

それからモトさんは、まずは熱いお湯に浸したタオルを固く絞ってきて、寝癖のついた鈴子の髪を温かく湿らせてくれた。その後はてのひらに薄くのばした椿油《つばきあぶら》を使いながら鈴子の髪を丁寧に撫《な》でつけていく。お母さまに似て太くて強く、一度くせがついてしまうと容易には取れない鈴子の髪は、椿油のお蔭でいつもよりずっと艶《つや》やかに、そしてしっとりと撫でつけられていった。その髪に、モトさんはまるで恭《うやうや》しく冠でもつけるように、贈り物のカチューシャをはめてくれた。

「ほうら、よく似合う。これだけのことで、うんと可愛らしくなったと思わない？すうちゃんは首も長いし輪郭がきれいなんだもの、べったり長い髪よりも、すっきりしていて、よっぽどいいわ。何となく、中原淳一《なかはらじゅんいち》の描く絵みたいよ」

改めて鏡台を覗《のぞ》き込むと、なるほどカチューシャひとつのことで、ずい分と雰囲気が変わるものだった。しかも頭の斜め上あたりに小さな臙脂色のリボンがついていて、それが鈴子の頭の片隅にとまる蝶々《ちょうちょう》のように見える。たった今までほとんど泣き出しそうだったのに、鈴子は飽きることなく鏡を見つめていたいほど、その髪型が気に入ってしまった。

それから後は、さらに大騒ぎだった。ブラウスに袖《そで》を通せば「少し短いみたい」と文句を言い、ボタンをはめようとすると「やりにくい」と口を尖《とが》らせる。本当に腹が立っているわけではないのに、ただ、どうにもソワソワした気分になってしまって、何にでも文句か何か言っていなければ、ずっとにやにや笑いがおさまりそうになかったからだ。

新しい服。女の子らしい格好。リボンのついたカチューシャ――今日の今日まで、特に欲しいとも思わなかったものばかりだ。夢見たことさえない。と、いうよりも、そんなものがあること自体、忘れ果てていた。長い間、いつ何があっても身一つで逃げることばかり考えて暮らしていたのだから、無理もない。それが、実際にこうして目の前に並べられ、しかもすべて鈴子のものだと言われた途端に、長い間心の奥底に沈めてあった宝石箱のふたが開いたような気持ちになった。

実際、以前の鈴子は服でも靴でもたくさん持っていた。光子お姉ちゃまのお古もあったけれど、お父さまがお出かけの度にちょこちょこと買ってきてくれることもあったし、お母さま自身がお洒落《しゃれ》なせいもあった。それから鈴子だけの宝物を入れておく、秘密の箱も持っていた。元はお父さまの帽子が入っていた箱だったものをもらって、自分できれいな包装紙を貼って作ったのだ。箱には、光子お姉ちゃまがお嫁入り前にくれた別珍のリボンや舶来のハンカチ、珍しいキャンディーの包み紙に鼈甲《べっこう》の櫛《くし》、千代紙人形やビーズのがま口などを入れていた。それらの服も宝物も、何もかも空襲で燃えてしまったから、もう二度とそんなものは持てないだろうと、すっかり諦めていたけれど。

そんなことも、ないのかも知れない。

これからは、欲しかったらどんどんと手に入れればいい。新しく。だって、もう戦争は終わったんだもの。

東京では至るところに独りぼっちになってしまった浮浪児や浮浪者が溢《あふ》れかえっていて、飢え死や凍え死する人も後を絶たないと聞いている。やっと戦地から戻ってきた男の人たちさえ、仕事もなく、帰る家も見つからずに、盛り場をうろついているそうだ。この、一見昔のままに見える熱海にだって、住む家こそあるものの、つぎはぎだらけの垢《あか》じみた服装で、わら草履を履いて登校してくる子がいる。お腹《なか》なんかふくれるはずがないのに、お弁当に小さなメザシ一匹だけを、ずっとくわえている生徒もいる。一家の働き手だった父親や兄が戦死していたり、生きていたとしても大変な怪《け》我《が》を負って帰ってきたり、また家族に病人を抱えている家の子どもたちだった。けれど、うちは違う。うちは、お父さまも肇お兄ちゃまも死んでしまって、匡お兄ちゃまだって未《いま》だに帰って来ないままだけれど、それでもお母さまがRAAで働いてくれているから。そのお蔭で、お母さまだって他の女の人よりも身ぎれいにしていられるし、もんぺに姉さんかぶりのような格好で泥だらけにもならずにすんでいる。

「いやだな、膝が粉を吹いてる。ねえ、お母さま、これじゃみっともないわねえ？」

「大丈夫よ、スカートに隠れて、膝小僧まで見えやしないわ」

「でも、ほら、すねだってこんなに白くなってるんだもの。ねえ、お母さまのバニシングクリームを貸して」

「足につけるのに？　それならワセリンにしておきなさいな」

いやよ、バニシングクリームを使わせてちょうだいと、わざとわがままを言う鈴子に、お母さまは「そうだわ」と初めて思いついたように、お経か呪文のような言葉を教えたのだ。

「はい、言ってみて」

「――なあに、それ」

口移しにいくつかの言葉を覚えさせられたところで、お母さまは、今日はきっと何回もこれらの言葉を使うことになるだろうと言った。その瞬間、鈴子はぴしゃりと頬でも張られたような気分になった。「しまった」という思いが一気にこみ上げた。

そういうことか。

揺り起こされて、最初にドライブすると聞いたときに、胸がざわざわした、あの勘は外れてはいなかったのだ。しかも、こうして上から下まで新しく着るものを準備していたことから考えれば、お母さまは今日のことをずっと以前から計画していたのに違いない。鈴子一人がまったく気づかなかっただけで。

やられた。

それが何を意味するか、少し落ち着いて考えれば容易に分かりそうなものなのに、ついつい新しい服に気をとられて、有頂天になっていた――大きく膨らんだ風船が、ぱちんと弾《はじ》け飛んだような心持ちになりかかったとき、それまでずっと鈴子の様子を眺めていたモトさんが「よかったわね」と微笑んだ。

「知らない世界を見ることは、とても大切よ。それに、すうちゃんくらいの年頃から、生きた英語を身につけることが出来たら、それに越したことはないわ」

モトさんは、鈴子が袖を通したばかりのブラウスの襟を直すふりをしながら、「これからの時代は」と続けた。

「きっと役に立つわ。だから、いい機会だと思って、まずは雰囲気だけでも見てくることよ」

モトさんはさらに「ねえ」と、鈴子の顔を覗き込んできた。

「アメリカ人だって、怖い人たちばかりではないわ」

それもそうだ。よくよく考えてみれば、日頃お母さまやモトさんが関わっている人たちに会うだけのことではないか。そういう人たちを嫌がる理由など、ないはずだった。第一、まだ大森海岸にいた頃から、鈴子たちがいち早く食べものに困らなくなり、煙草《たばこ》や靴下が手に入るようになったのは、すべて進駐軍のお蔭に違いない。その上、今のお母さまたちは大森海岸にいたときとは違って、ＧＩよりもずっと偉い将校さんたちのために働いている。だから熱海に来てからの方が明らかに暮らし向きがよくなっているのだ。

そうだ。

嫌がる理由なんか、何もない。

それに、実のところは「何でもいいや」という気持ちもあった。真新しい服を着てドライブ出来るというだけで、もう十分にわくわくしている。そのために短い呪文のような言葉を覚えるくらい、どうということもないではないか。だから結局、鈴子は素直にお母さまが教える言葉を何回も何回も繰り返し、しっかりと頭に叩《たた》き込んだ。モトさんが今日は一緒に行かないと分かっても、取り立てて疑問を抱くわけでもなく、ただ「ふうん」と頷いただけだった。年が明けたらモトさんは仕事の担当がダンスホールだかキャバレーだかで働く女の子たちの世話係に替わるという話だから、きっと今日の仕事とは関係ないのだろうと勝手に想像した。

今にして思う。こういうのを「迂闊《うかつ》」というのかも知れない。

本当に。

うっかりしていたというか、馬鹿だったというか。

車はごとごとと揺れながら、かなりの速度で走り続けている。窓からはほんのときたま、徒歩や馬車で峠を越えようとする人を見かけた。この車の音を聞きつけてのことだろう、誰もが立ち止まり、時には怯《おび》えたように、あるいはぽかんとした表情で、鈴子たちが走り抜けるのを見送っていた。

本当に。

自分でも呆れるくらい、鈴子はまったく理解していなかったのだ。真新しい靴を履いてうきうきしながら玄関から外に出た途端、そこに立っていた明るい茶色い髪をした背の高い白人の男性を見つけたときも。お母さまに「ご挨拶《あいさつ》して」と促されて、少し照れながら「へろー」と頭を下げたときでさえ。

何一つとして。

お母さまは仕事として箱根に行くのだとばかり信じ切っていた。その、お相伴にあずかるのだと。

その白人男性からは、鈴子がこれまで嗅《か》いだことのない匂《にお》いがした。とても鼻が高くて、髪と同じ茶色い眉《まゆ》の下には、人形みたいに長いまつげに縁取られた明るい灰色の瞳《ひとみ》があった。腰を屈《かが》ませて、鈴子の顔を覗き込み、その人はにっこりと笑って「べる」と言った。肩に置かれた手はずしりと重く、真新しいコートを通しても、その温《ぬく》もりが感じられた。

「すうちゃんのお名前を知りたいって仰《おっしゃ》るから、教えてさしあげたの。すうちゃんの鈴は、英語ではベルっていうのね。だから、ベルって呼んであげてって」

鈴子がすっかり戸惑っている前で、お母さまは笑顔で男の人に何か話しかけ、その人もまた、鈴子には分からない言葉で応《こた》えた。そうして、まずは鈴子が車に乗せられた。大きくてずんぐりした車の後ろの席に一人だけ腰掛けて、外からばたん、と扉が閉められたとき、急に何とも言えない気持ちになった。かつて、お父さまの車に乗せてもらったときとはまるで違う、心細いような恥ずかしいような、また誇らしいような変な気持ち。窓の外ではモトさんと宿の女将さんが、やはり何となく奇妙な顔つきで手を振っていた。

車の中にも、嗅いだことのない匂いが漂っていた。鈴子はそれを「アメリカの匂いだ」と思った。その匂いに包まれた時でさえ、まだ気づかなかった。お母さまが、男の人の手を借りて前の席に乗り込んだときでさえ、まだ。まだ。

その男の人は、最後に自分が運転席に乗り込むと、まず車のエンジンをかけた後、ふいに大きく横に身体を傾けた。そして、あっと思ったときには、お母さまの顔に自分の唇を押しつけていた。その人の方を向いているお母さまの横顔は、明らかに笑っていた。

車は走り出した。窓の外にいたモトさんの姿が、見る間に見えなくなった。

「すうちゃん」

お母さまがわずかに身体をひねってこちらを振り返ったのは、車が来宮《きのみや》の駅前を通って省線の線路を越え、いよいよ勾配《こうばい》が急になる坂道を上り始めた頃だ。

「この方はね、デイヴィッド中佐」

「でい――」

「デイヴィッド・グレイ中佐っておっしゃるのよ！」

ジープの底からは、ぼこぼこ、ぼこぼこ、砂利が当たる音が響いてくる。エンジンの音そのものもうるさいから、自然にお母さまの声も普段より大きくなった。車の振動に身を委《ゆだ》ねたまま、鈴子は震える脳味噌《のうみそ》に、お母さまが発音する馴《な》染《じ》みのない名前を懸命に押し込もうとした。

中佐――でいびっどぐれい。でいびっどぐれい。中佐って、どれくらい偉いのだったろう。その上には大佐がいて、その上が――。

どういうわけだか、ふと宮下のおじさまの顔が思い出された。何度、家を焼け出されても、必ず次の住処《すみか》を見つけてくれた宮下のおじさま。目黒の家では、外から帰ってくるたびに国民服を脱いで下着一枚になり、いかにも暑そうに汗を拭《ぬぐ》っていた。大森海岸に引っ越してきた直後には、鈴子のために少女雑誌を見つけてきてくれた。鈴子の髪がバリカンで刈り上げられたとき、無神経に笑い飛ばした――。

今ごろ、どうしているだろう。もう疎開先から家族が戻ってきているのだろうか。そうして、お母さまや鈴子のことなど忘れてしまっただろうか。宮下のおじさまの話は、お母さまとの間で、もう二度と出ることはないのだろうか。

ハンドルを握るデイヴィッド・グレイ中佐は、ひっきりなしにお母さまに何か話しかけている。お母さまもその都度、何か応えていた。時として長く、またはひと言だけで。そうして二人で声を揃《そろ》えて笑っている。鈴子には何一つとして分からなかった。だから、ただ脳味噌が震えるのを感じていた。時折、中佐の口から「つたぁえぇサン」という言葉が聞かれて、それがお母さまの名前である「つたゑ」を発音しているのだということだけが、何度目かに分かってきただけだった。

5

抜けるような青空の広がる、けれど風の強い日になった。車に慣れていない鈴子が酔ってはいけないからと、お母さまは予《あらかじ》めデイヴィッド・グレイ中佐に話をしておいてくれたらしい。中佐がハンドルを握る車は、曲がりくねった道の途中で何度か止まり、その都度、鈴子は下りるように促された。

「深呼吸をよくしてね。気持ちが悪くなったらすぐに仰い」

冷たい風の吹き抜ける中に立つ度、お母さまは最近には珍しいほど優しい表情で鈴子に微笑みかける。一方の中佐は、時には歓声らしい、または嘆息らしい声を発しながら、しきりに写真機を構えて景色を写していた。そして、お母さまを「つたぁえぇサン」と呼び、鈴子のことも「べる」と手招きする。その仕草が、日本人とはてのひらが逆向きで、指には大きな金色の指輪が光っていた。

「お写真を撮ってくださるって。ほら、並びましょう」

鈴子のむき出しの足は、冷たい風に瞬《また》く間に冷え切って、感覚がなくなっていく。それでもお母さまに腕をとられて「笑って」などと言われながら、鈴子はデイヴィッド・グレイ中佐が構える写真機を見つめた。

「ああ、何て気持ちがいいのかしら。ほら、見てごらんなさい。あっという間に、こんなに高いところまで来たのね」

言われるままに振り向けば、枯れ草の向こうには遠く遥《はる》かに冬の陽を浴びて、ゆったりと弧を描く海岸線が見えた。

「あれ、熱海？」

「どうかしら」

小さくて美しい、まるで作り物のように見える景色だった。国民学校の授業で見たことのある日本の絵地図が、そのまま広げられているかのようだ。けれど、海岸線沿いに広がるあの小さな集落には実際に何軒もの家が建っていて、そこには何十人か何百人か分からない本物の人間が暮らしている。おそらく鈴子がこの先一生関わることもない人たち、大人や子どもや、男の人や女の子たちが、泣いたり笑ったりしながら毎日を過ごしている。そんなことを想像したら、何ともいえず不思議な気持ちになった。ここから眺めただけでもそんな気分になるのだから、たとえばさらに高いところからなら、もっと遠くまで見渡すことが出来て、今よりもさらに不思議な感じがするのだろう。

たとえば飛行機から。

爆撃機からも。

こんな風に模型のようにしか見えない場所に、小さな石ころでも投げるような気持ちでぽんぽんと爆弾を落としたって、きっと、どうということもないのだ。本当は何人もの人が実際に生きて、暮らしていると頭では分かっても、ちっともそんな感じがしないのだから。

隣を見ると、お母さまの肩に、デイヴィッド・グレイ中佐の手が回されていた。鈴子は反射的に目をそらしてしまい、呼吸を整えてから、今度はそっと、改めてお母さまたちの様子をうかがった。

笑ってる。二人とも。

お母さまは寒そうに、胸の前で両手をこすり合わせている。けれど、その横顔は静かで、満ち足りて見えた。

そういうことか。

もはや疑いの余地はない。だから今日、モトさんは留守番をすると言ったのだ。このドライブがRAAの仕事とは直接関係ないと分かっていたから。このデイヴィッド・グレイ中佐という人が、お母さまと特別な関係であることを知っていたから。

お母さまの肩に回されている中佐の手は大きくて、甲にも指にも毛が生えていた。やはり、「違う」と思う。その手だけでも。目の色も、髪の色も違う。言葉も通じない。その上、この夏までずっと鬼畜だと教えられて、心の底から憎んできたはずの国の人だ。そんな人と、どうしてお母さまはつきあえるのだろうか。

「おお、寒いわね。さあ、行きましょうか」

お母さまの微笑《ほほえ》みを受けて、デイヴィッド・グレイ中佐も、にっこりと笑う。そうして大股《おおまた》で車に歩み寄り、やはりまずは後ろの座席のドアを開けてから、鈴子に向かって「べる」と呼んだ。身振りで「どうぞ」というように小首を傾《かし》げて腕を動かすから、鈴子も素直にそれに従うしかなかった。

この人って、いくつくらいなんだろうか。

そんなに若くはないと思うけれど、まるで見当がつかない。こんなに間近で外国人を見ること自体が初めてなのだから。

「おかい、れっごー」

お母さまに続いて自分も車に乗り込み、中佐は再び車のエンジンをかける。そういえば確か以前、『少女倶楽部《くらぶ》』で読んだ記事を思い出した。アメリカ人の気質について触れてあって、ことに女には親切だと書かれていた。日本の男のように、重い荷物を持ったり赤ん坊を負ぶったりしている女に対して決して知らん顔はしないと。なるほど、こういうことなのかと思う。

でも、だからって。

だからって。

鈴子は、宮下のおじさまだって好きではなかった。いや、正直を言えば嫌いだった。あのいがらっぽい特徴のある声も、何をするにもがさつで無神経なところも、汗ばかりかいているところも、何もかも嫌いだった。けれど、宮下のおじさまに対しては「仕方がない」と思うことが出来た。何しろ、もともとがお父さまのお友だちだった人だし、おじさまのお蔭で、鈴子とお母さまとは生き延びてこられたのだから。だから、感謝しなければいけないと、常に自分に言い聞かせていた。

その宮下のおじさまよりも、いい？

もしかしたら肇お兄ちゃまを殺したかも知れない、匡お兄ちゃまのことだって、どんな目にあわせているか分からない、この人が。鈴子たちの住んでいた町や、日本中のあちこちに爆弾の雨を降らせ、広島と長崎にピカドンを落としたかも知れない、このアメリカ人が。

デイヴィッド・グレイ中佐は「十国峠《じっこくとうげ》」というところでも車を停めた。すぐ目の前に、それは大きな富士山が見えた。鈴子は、ほんのひと月あまり前まで暮らしていた大森海岸を思った。自ら身体《からだ》を売らなければ生きていかれない境遇になった女の人たちがいくつもの建物に押し込められ、それを買うＧＩのジープの列が途切れることのなかった町からも、夏が過ぎて秋が深まるにつれ、焼け野原の向こうに小さな富士山が見えるようになった。あの富士山と、この富士山とが同じだなんて。

野本さんやエノケンや、早熟だった雅代やおけつぺんぺんは、こんなに大きな富士山を見たことがあるだろうか。今、ここでこうしている鈴子を見たら、どんな風に思うことだろう。真新しい服を着て、他でもない、進駐軍の将校の車に乗せてもらって。きっと雅代などは、身を捩《よじ》るようにしてうらやましがるに違いない。あの子は本当にダンサーになる気かしら。

道ばたに立てられた古い道標には筆の文字で「十国峠」と書かれている。デイヴィッド・グレイ中佐は、その道標と富士山とをひとつの写真に収めようと、写真機を構える位置に苦心しているようだった。その横にいて、お母さまがしきりに何か話しかけている。中佐は写真機を構えるのに熱中しながらも、「ふふん、ふふん」と頷《うなず》き、それから「ぐーぐー」と呟《つぶや》いていた。

「すうちゃんは、知ってる？」

首を傾げるだけの鈴子に、お母さまは、十国峠の名前の由来を知っているかと改めて聞いてきた。鈴子は新しいコートのポケットに両手を突っ込んだまま、そっぽを向いた。そんなことを知る必要がどこにあるの。それよりも鈴子が知りたいのは、お母さまとその人の関係だ。お母さまは、一体どういうつもりでアメリカ人なんかとつきあうのかを聞いてみたい。

「ここから、十の国を眺め渡すことが出来るから十国峠っていうんですって。伊豆《いず》、駿河《するが》、甲斐《かい》、信濃《しなの》、武蔵《むさし》——あとはどこかしら」

お母さまは指を折って数えるようにしながら、それだけでいかにも楽しげだ。

「そんなこと、どうだっていい」

鈴子はつん、と顎《あご》を上に向けるようにした。

「どうせアメリカに占領された土地なんだもの。そんな古い名前で呼んだって、意味なんかないわ」

その時、心ゆくまで写真を撮ったらしいデイヴィッド・グレイ中佐が「れっごー」と声をかけてきた。隣から「しゅう」と応える声がして、お母さまはもう、くるりときびすを返そうとしている。鈴子は思わず、そのコートの袖を引っ張った。そして、振り向いたお母さまの瞳を見つめた。

「――あの人と、つきあってるの？」

お母さまの頰が一瞬、ぴりっと震えて見えた。氷のように冷たい風が、お母さまの髪を乱す。

「宮下のおじさまは知ってるの？　もう会わないって言ったのは、あの人とつきあうことにしたから？　いつから――」

「――そうね」

ため息と一緒に呟いたお母さまの声は、そのまま風に吹き飛ばされていった。

「少し前から――いい方よ。陽気で優しくて。それに、すうちゃんが今着ている服も靴も何もかもね、実はみんな、あの方が揃えてくださったのよ」

鈴子は、歯の根が合わなくなりそうなのをぐっと堪え、唇をきゅっと噛《か》んで、真っ白い富士山に視線を移した。涙がこみ上げてくる。寒いから、風が冷たいからだ。

お母さまは。本当にもう。

「これくらいのこと、あの人たちにしてみれば、どうということもないのよ」

今ここで、何か大きな声でも張り上げながら、すべて脱ぎ捨ててしまえたらと、ちらりと想像してみる。そんなことは無理に決まっていると分かっていながら。ただでさえ身を切るように冷たい風が吹き抜ける、しかも町から遠く離れた峠道で、そんな気の触れたようなことの出来るはずがないと分かっていながら。慌《あわ》てるお母さまを思い描いてみる。

「ねえ、すうちゃん」

鈴子と並んで、お母さまも富士山を見ているらしかった。その横顔が「お母さまはね」と言った。

「もう、懲《こ》り懲《ご》りなの」

「――何に」

「戦争も、何もかも――もう二度と、あんな惨めな思いは嫌なのよ。もちろんすうちゃんにも、何不自由なく暮らさせてあげたい」

「でも、うちにはちゃんと貯金だって――」

「お金だけの問題じゃないのよ」

お母さまは風に乱された髪を押さえながらこちらを見る。

「すうちゃん、日本になくてアメリカにあったものは、何だと思う？　男にあって、女にないものは何だか分かる？」

昨日、お母さまはパーマ屋さんに行って髪をセットし、顔の産毛《うぶげ》もきれいにしてきた。そのせいもあるだろうか、今日はいつもよりお化粧が引き立っている。口紅の色もいつもと違うようだ。眉もきれいに整えて、その表情からは、あの空襲の後の面影など微塵《みじん》も感じられなかった。思い出の一杯詰まった大切な家を焼かれて、ひと晩中、逃げまどう途中で千鶴子を見失い、独りぼっちで呆然《ぼうぜん》と疲れ果てていた、あのお母さま。弱々しく可哀想で、鈴子の目から見ても今にもくずおれてしまいそうに見えたお母さまが、今、鈴子に向かって半ば挑みかかってくるような顔つきになっている。

それはね、とお母さまが言いかけたとき、背後から車の警笛が鳴り響いた。デイヴィッド・グレイ中佐が車のドアを開けたまま、こちらを見ている。お母さまは、ぱっと笑みを浮かべて中佐に向けて手を振って見せ、それから素早く鈴子の背を押した。

「ちから。ちからなのよ、すうちゃん」

お母さまの手に力がこもる。鈴子は、されるままになった。それからお母さまは明るい声でデイヴィッド・グレイ中佐に何か話しかけ、中佐はゆったりとした笑顔で大きく頷いている。そしてやはり、鈴子のために車のドアを開けてくれた。何度でも、そういうことが出来る人らしい。

「――てんきゅ」

口ごもりそうになりながら、言ってみた。中佐は一瞬、おや、という表情になって、それからいかにも優しげな微笑みを浮かべて、きゅっ、と片方の目だけをつぶって見せた。思わず鈴子も笑い返してしまい、それからはっとなった。大人の男の人が、こんな風に笑うなんて。お父さまもお兄ちゃまたちも、そして宮下のおじさまも、一度だってこんな笑顔を見せたことがあっただろうか。

あるわけがない。戦争していたんだから。学校でだって、少しでも歯を見せたりしたら先生や軍事教練に来ていた教官にひっぱたかれた。

笑うことさえ、許されなかった。

それなのに敵の方は、中佐まで偉くなっている人でも、こんな風に陽気な表情で笑うのか。日本人はお腹を空《す》かせて、栄養失調でぶっ倒れそうになりながら戦っていたのに、鈴子のような子どもまで竹槍《たけやり》を構えて本土決戦に臨む覚悟だったのに、アメリカ人は戦争が終わった途端、日本に山ほどのジープやトラックを持ち込んできて、子どもに菓子をばらまいて、鈴子の服でも何でも簡単に買ってくれるのか。ちから。

もう、懲り懲り。

さっきの、お母さまの言葉が胸の中で何度もこだましていた。

十国峠を過ぎてしばらく行くと、やがて眼下に湖を見渡せる所に行き着いた。湖の向こうには富士がそびえている。少し前に雪が降ったのだろうか、方々に雪が残っていて、その雪の中を曲がりくねった細い道が通り、建物の黒い影が落ちているのが、まるで墨絵の世界のようだ。解け残った雪は陽の光を受けて、きらきらと眩《まぶ》しく見えた。お母さまが、あれが芦《あし》ノ湖《こ》だと教えてくれた。デイヴィッド・グレイ中佐は、やはり写真機を取り出してきて景色を収め、お母さまや鈴子も撮ってくれた。

それからどれくらい走っただろうか、やがて坂道の途中に、MPと書かれた白い鉄《てつ》兜《かぶと》を被《かぶ》った白人が立っているのが見えてきた。こんな山奥にもMPがいるのかと思っていたら、車はそのMPが守る門を入っていく。目の前に、お城とも何とも言いようのない大きな建物がそびえ立っていた。

「さあ、着きましたよ」

バッグからコンパクトを取り出して、素早く覗き込んでいるお母さまよりも先に、デイヴィッド・グレイ中佐に促されるまま車から降りて、鈴子はさらに冷たくなった空気に身震いしながら、改めて建物を見上げた。吐く息が白く流れる。こんなに大きくて立派な建物は、見たことがなかった。それにしても、よくも空襲に遭わなかったものだ。

「立派ねえ」

ぽかんと口を開けたままの鈴子の隣にお母さまが降り立った。

「なあに、この建物」

「ホテル。今はＧＨＱが接収しているのよ」

「じゃあ、熱海ホテルなんかと一緒？」

お母さまは鈴子の顔を見てゆっくり大きく頷いた。

「だから、もう一般の日本人は利用できないのよ」

そこに、自分たちは来ている。その意味が分かるかと、お母さまの目が言っている。鈴子はすっと目を逸《そ》らして、白く流れていく自分の息を眺めた。

普通の日本人が入れないところに入れるちから。そんなもの、どうして必要なのだちから。

ろうかと思う。そういうちからを得るために、敵だった人とまでつきあわなければならないなんて、何か変だ。要するに、お母さまがやっているこのとは、自分の身体を投げ出すかわりに幾ばくかの金と煙草や缶詰などを手に入れている、小町園のお姉さんたちと同じではないか。違うというなら、どう違うのか説明して欲しい。鈴子にも分かるように。納得出来るように。

「さあ、入りますよ」

デイヴィッド・グレイ中佐の隣で、お母さまがにっこりと微笑む。重々しい木枠にガラスのはめ込まれた大きな扉を抜けると、ほわりと暖かい空気が頬に触れた。天井からは目映《まばゆ》い光を放つ電球がいくつも下がっていて、その光の向こうに、天井に描かれている絵画がふわりと霞《かす》んで見えている。足もとには身体が埋まってしまうのではないかと思うような絨毯《じゅうたん》が敷き詰められており、右へ左へと歩いて行く大人たちの硬い靴音を吸い取ってしまう代わり、どこからか聞こえてくる音楽と人々の笑い声が柔らかく広がっていた。そこは、まさしく「別世界」だった。鈴子は、今度こそ魔法にかかったような心持ちになった。

6

真っ暗な夜道を、車はボコボコと砂利を弾き飛ばしながら進んでいく。ついさっきから、闇《やみ》を探る二本の前照灯の光の中に、白く舞う雪が浮かび上がるようになり始めた。まるで生きているかのように運転席の窓にぶつかりそうになっては、ふわりと左右に除《よ》けて消えていく無数の雪を、お母さまとデイヴィッド・グレイ中佐との隙間《すきま》から眺めつつ、鈴子は自分の手の中にある一枚の絵はがきを、さっきからずっと指先で撫でていた。帰りしなになって、エマという名の少女がくれたものだ。

こんなことを忘れていたなんて。

あれほど大好きだった悦ちゃんとテンプルちゃんのことを、その絵はがきを見せられる瞬間まで、鈴子は見事に忘れ果てていたのだ。戦争がひどくなる前までは部屋に写真を貼《は》ったり、お母さまの鏡台の前に立っては彼女の真似《まね》ばかりしていたというのに。自分にもあの子みたいなえくぼが出来ないものだろうかと口の脇《わき》を鉛筆の先でついてみたり、本物のテンプルちゃんみたいな巻き毛になりたくて指先で癖をつけようとしたり、何より、あの金髪に憧《あこが》れていたのに。

テンプルちゃんが着ているような可愛らしい洋服が着てみたい、あの子が持っていたのと同じお人形が欲しい、あんなエプロンをつけたい、テンプルちゃんが大きなかごから取り出して手づかみで食べていた、あれはどんな味なのか知りたいと、映画館に連れていってもらったり、また雑誌などで写真を見る度にお父さまやお母さまにおねだりしていた。あれはいつ頃のことだったろう。

当時は考えたことさえなかった。テンプルちゃんが、アメリカ人だったことなんか。

中佐とお母さまとは、相変わらず鈴子には分からない言葉でやり取りをしている。時折、お母さまは小さな含み笑いを洩《も》らした。これまでに鈴子が聞いたことのない声だ。その笑い声が聞こえてくる度、鈴子は後ろの席で鼻のつけ根に皺《しわ》を寄せて、わざと顔をくしゃくしゃにさせた。そうせずにいられないような笑い方なのだ。どうせ車の中は真っ暗なのだから、見とがめられる心配もない。

車の後ろの荷物入れには、たくさんのお土産が詰め込まれている。ビスケットやチョコレートなどのお菓子。温かそうな靴下、見たこともないような柔らかい手触りの帽子に素敵な色の雨傘。柄の部分が薄桃色のヘアブラシに、それとおそろいの手鏡もあった。何もかも、鈴子への贈り物だということだった。進駐軍の人たちと、その家族からの。

「今日の日の、そして、お友だちになった記念ですって」

　お母さまは「よかったわね」と微笑みながら、誰かが何かくれる度に、鈴子に礼を言うようにと促した。その都度、鈴子は「てんきゅ」と繰り返しては、茶色や金髪や赤い髪をして、また、グレイや茶やブルーの瞳でこちらを見ている大人や子どもたちに頭を下げた。

「すうちゃんが英語が分からないのが本当に残念。だって、みんな、すうちゃんを見て、何て言っていると思う？」

　お母さまは悪戯っぽい表情で、そんなことも言った。そして、首を左右に振る鈴子の耳元で「何て可愛い女の子だろうって」と、くすくすと笑った。

「アメリカ人は積極的よ。言葉が通じなくてもどんどん話しかけてくるし、一緒に遊ぼうって誘ってくると思うわ。だから、すうちゃんも恥ずかしがらずにね」

　実際、お母さまが言い終わるか終わらないうちに、もう鈴子を遠巻きに見ていた子どもたちが「ハイ」と鈴子の前に立った。そして鈴子は、お母さまに背を押され、大人たちのいる隙間を縫うように、その子たちについていくことになった。

　鈴子よりも明らかに幼い子も、年上の子もいたし、男の子も女の子もいた。彼らは順番に、身振り手振りを交えながら自分たちの名前を鈴子に覚えさせようとし、また、鈴子の名前を知ろうとした。鈴子はデイヴィッド・グレイ中佐に呼ばれた通りに、自分の名を「べる」だと教えた。十四歳であることも。すると子どもたちは順番に自己紹介を始めた。アン、ジム、エマ、リアム、アンドリュー、ハンナ、エリザベス。彼らは、鈴子がきちんと彼らの名を言えるようになるまで、何度でも繰り返した。多分、名前の後に続けて言っているのは年齢なのだろうとは思ったけれど、そこまでは鈴子には分からない。ただ、エマという女の子だけは「ふぉーりーにやずおぉる、とう！」と言いながら自分と鈴子とを交互に指したから、ああ、この子は鈴子と同じ十四歳なのだろうと理解することが出来た。

彼らは広々としたホテルの大広間の一角に自分たちの居場所を定めると、代わる代わるに立ち上がっては大人たちに混ざって、お皿に盛りつけた料理や甘い飲み物などを持ってきてくれた。ことに男の子が身軽に動くことに、鈴子は密《ひそ》かに驚いた。『少女倶楽部』に書かれていたことは、どうやら嘘《うそ》ではないようだ。デイヴィッド・グレイ中佐だけが特別なわけでなく、アメリカ人の男は子どもの頃からこうして女の子に親切なのかも知れなかった。

鈴子は彼らと共に、大広間の中央の、それは大きなテーブルに並べられている様々なご馳走《ちそう》を見て歩いたり、勧められるままに一口で食べられる大きさの料理を頬張ったり、また、彼らの真似をしてナイフやフォークを使ったりした。何もかもが初めての体験で、初めての味だった。正直なところ、美味《おい》しいのか不味《まず》いのかなんて、そんなことはまるで分からなかったけれど、とにかく歯ごたえも舌触りも、色合いも香りも、何もかもが珍しいものばかりだった。

「あら、もうお友だちになったのね。いいわねえ、子どもたちは」

時折、日本人の女の人が近づいてきて話しかけてくることもあった。今日の集まりには、お母さま以外の日本人も何人か来ていたからだ。その大半は女の人で、誰を見ても戦争などあったかというようにお洒落をしており、中には訪問着姿の人までいた。お母さまも今日はずい分とお洒落をしているように思ったが、和服姿の人たちに比べたら地味すぎるくらいだ。

日本人の子どもが他にはいなかったせいもあってか、女の人たちは、ある意味でアメリカ人以上に興味津々《しんしん》の表情で鈴子を見ているのが感じられた。そして、頃合いを見計らっては入れ替わり立ち替わり鈴子に何かしら話しかけてきて、必ずと言ってよいほど、お母さまのことを尋ねた。お母さまはどなたのお知り合い？　お母さまは何をしておいでの方？　あなた方、お住まいは？　家は熱海だと応えたが、それ以外に関しては、鈴子はすべて「分かりません」と言った。特段、お母さまから教え込まれていたわけでもないけれど、鈴子の勘が、そう答えておいた方が無難だと教えていたからだ。

「失礼だけれど、お父さまは？」

「亡《な》くなりました」

するとと相手の表情は一変して妙に親切そうになり、今日ここに集まっているアメリカ人たちは、進駐軍の中でも特に位の高い人たちだから、そういう人たちと親しく話す機会を持てるのは大変に貴重で光栄なことだ、などと言った。

「これから日本を立て直すために、力を貸してくださる方たちですからね。ここにいらっしゃる皆さんは、日本人に心を寄り添わせて、親しくなりたいと望んでいらっしゃるわ」

そんなお説教くさい話を聞かされるくらいなら、たとえ言葉が通じなくても、子ども同士でいた方が、ずっと気が楽だった。ひどく甘い蜜《みつ》のようなものがかかった肉の料理や、野菜か果物か分からない何か、チョコレート味のケーキなどをちょこちょこと食べながら、時折、大人たちの集まりの中にお母さまを探す。見るたびに、お母さまは必ずデイヴィッド・グレイ中佐と一緒だった。

今にして思えば接収されているのだから当たり前のことかも知れないが、驚いたことに、あのホテルで働いている人たちは全員、日本人だった。ご不浄に行きたいときなどに場所を尋ねようと鈴子が近づいていくと、彼らはいかにも疑わしげな目つきになって、しげしげと鈴子の全身を眺め回した。その目が「どうして」「日本人の子どものくせに」と言っている気がした。

「ベル！」

人混みに紛れてしまって、一人でぼんやりしていると、すぐに子どもたちの誰かが鈴子を探し出してくれた。そうして、しきりと何か話しかけながら、英語の本を見せてくれたり、別の部屋に連れて行ってレコードを聞かせてくれたりもした。何と歌っているのか分からないけれど、とても甘くて柔らかい、何ともいえず素敵な男の人の歌声や、つい身体を揺らしたくなるような、楽しげな音楽のレコードが、次から次へとかけられた。

珍しいものばかり。不思議で面白いことばかりだと思った。けれど、そうして過ごすうちに、だんだんに何とも居心地の悪い、哀《かな》しいような切ないような、久しぶりにつまらない気分が、鈴子の中でむくむくと育ち始めた。

つまらない。

何て豊かな人たちなんだろう。誰もが幸せそうで、恵まれていて、身ぎれいで、お腹も空かせていなくって。第一どうして皆、こんなに親切なのだ。ついこの間まで、日本人を根絶やしにしようとしていたはずなのに。あなた方のせいで、鈴子がどんな身の上になったか、気にはならないの、と聞いてみたいとさえ思った。

映画のテンプルちゃんだって、辛《つら》い目に遭うことが一杯ある。お父さんもお母さんもいなくなったり、意地の悪い人も出てくる。けれど必ず心優しい大人たちが傍にいて、テンプルちゃんを助けてくれ、最後にはテンプルちゃんは幸せになるのだ。怖いことも心配なこともなくなる。アメリカ人は子どもが大好きで、必ず弱いものの味方をしてくれて、絶対に最後にはみんなが笑顔になる。テンプルちゃんの映画だけ見ていたら、アメリカ人とはそういう人々なのだと、ずっと信じてしまうことだろう。けれど、鈴子はもう気がついてしまった。

そんなのは、嘘っぱちだ。

アメリカ人は本当は怖い人たちなのに違いない。自分たちとは関係のない相手になら、原子爆弾だって平気で落とす。たった一発の爆弾が、一体どれだけの人たちを殺すことになるか、日本よりもよほど科学の進んだ国だというなら分からないはずがないのに。何一つ悪いことなどしていないのに、放射能を浴びてしまった人たちは、ただの怪我や火傷《やけど》を負っただけでは済まされず、これから先もずっと苦しむのだそうだ。

そして広島や長崎には、あと何十年たっても草木の一本も育たないと、学校の先生は言っていた。

　要するにアメリカの人たちは、自分たちの落とした爆弾によって、普通に暮らしてきた鈴子たちのような日本人が死のうと生きようと、その結果どんな暮らしに追いやられようと、そんなことにはまるで関心はないのだ。そうでなければ、進駐してくるなり小町園を目指してあんなに長い行列を作ったり、新聞記事に出来ないような犯罪を起こしたりなんて、出来るはずがない。見た目は違っていたって、日本にだってテンプルちゃんと同じような年頃の子どもが一杯いるのに。

　要するに今日は、そのことを嫌と言うほど思い知らされた日だった。

　雪の舞い飛ぶ夜道を車が進むにつれて、まるで夢から覚めたように、自分の中につまらない思いばかりが大きく膨らんでいくのを、鈴子は止めることが出来なかった。第一、これから待ち受けている現実を思うと、今まで以上に寒々しい気持ちになるではないか。来る日も来る日も薄い味噌汁とあじの干物と、せいぜい梅干し程度の食事。香ばしいパンの代わりに、芋や雑穀の混ざった薄い粥《かゆ》をすする日々。それさえもありがたくいただかなければならない現実。そんな暮らしが、今日出会ったあの子たちに分かるものか。

ご馳走だけの問題ではない。着るものも、身の回りを飾るものも、何もかもが違いすぎる。たとえばレコード一つとったって、もう何年も軍歌や唱歌ばかりだった鈴子たちと違って、あの子らは、あんなに軽快で心が弾むような明るい音楽や、実に柔らかい素敵な歌声を聞いてきたのだ。やっと最近流行《はや》ってきた『リンゴの唄《うた》』だけで、垢《あか》じみた表情を和らげ、空を仰ぐようにして戦争が終わった実感を噛みしめている日本人とは、あまりにも違う。

「すうちゃん、起きている？」

ふいに助手席のお母さまがわずかに首を動かした。

「今日は本当に盛りだくさんだったわね。疲れたんじゃない？」

「——疲れた」

「でも、楽しかった？」

「——ええ」

「よかったわねえ。あとで、中佐にちゃんとお礼をおっしゃいね。中佐はね、本当はクリスマスまで私たちをあそこで過ごさせてくださりたかったんですって」

「クリスマスまで？」

けれど、お母さまはお仕事があるから仕方がなかったの、という呟きを聞いて、何だ、本当はお母さまがそうしたかったのだと悟った。もちろん鈴子だって、もしも「泊まっていきましょう」と言われていたら、喜んで従ってしまったに違いない。けれど今、こうして夢から覚めてくればつくづく思う。泊まらなくてよかった。もしも、たったひと晩でも泊まってしまったら最後、もう二度とこれまでの暮らしになど戻れなくなっていたかも知れない。アメリカ人の暮らしが羨《うらや》ましくて、何をするにも貧しい暮らしが嫌で嫌で、何とかして彼らの真似をしたくなったかも知れない。

けれど、たとえ万に一つも、そんなことが出来たとしても、鈴子は絶対にアメリカ人の子どもと同じようにはなれないと分かっている。なぜなら、鈴子はおそらくもう二度と、今日会った子どもたちのように、屈託なく笑い転げることなど出来ないからだ。あの子らとは見てきたものが違いすぎる。経験してきたことが、あまりにも悲惨だった。明日も生きていられる保証などどこにもない毎日の中で、ひたすら頭も心も空っぽにして、ただお母さまと逃げ回った日々は、遠い日の夢でも何でもなく、つい数カ月前まで続いていた現実だ。あんな日々を、アメリカの子どもたちは想像さえ出来ないことだろう。家も家族も喪《うしな》って、歯を食いしばって堪え忍んで暮らしてきた挙げ句に戦争には負けて、その上に新たな危険があるからと男の子の格好までさせられた日々など。

お母さまは懲り懲りだと言った。もう二度と惨《みじ》めな思いは味わいたくない。だからこそ「ちから」が必要なのだと。お母さまだけでなく、もしかすると今日あそこにいた他の日本人たちも、きっとみな同じ感覚だったのかも知れない。誰も彼も、まるで明日からでもアメリカ人になってしまいそうな勢いに見えた。戦争のことなんかもうすっかり忘れて、最初からアメリカの友だちだったみたいな顔をして。

それでいいの？　お母さまは、本当にそれでも？

話し声が聞こえなくなったと思ったら、闇を探って進む車の助手席で、お母さまの頭がわずかに揺れ始めていた。やがて少しずつ運転席の中佐の方に傾いていく。ふと、あの初夏を思わせる日のことを思い出した。逃げても逃げてもまた空襲に遭って、焼け出されて、東京中をさまよって、やっと宮下のおじさまと再会したときのお母さまのことだ。あのときも、宮下のおじさまに駆け寄ったお母さまは、今にもおじさまの方にもたれかかりそうに見えた。あれからまだ半年あまりしか過ぎていない。

そういえば以前、光子お姉ちゃまが言っていたことがある。お母さまは男の人が傍にいなければ生きていかれないとか何とか、そんなことだったと思う。だから鈴子に「気をつけておくように」と。つまり、お姉ちゃまには分かっていたのだ。これが、お母さまだということを。こうやって生きていく人だということを。

頭でどうこう考えるよりも先に、身体の奥底からねじり上げるような不快感が突き上げてくる。当たり前ではないか。鈴子にとっては、お母さまはあくまでもお父さまの妻で、鈴子たちの母でいてくれなければ困るのだ。お父さまだって怒るだろうし、英霊になった肇お兄ちゃまは呆《あき》れ返るに違いない。そして、匡お兄ちゃまは——一体いつ帰ってきてくれるのだろうか。

戦死したという知らせは未《いま》だに届いていない。だから、絶対に生きているはずだ。早く帰ってきてくれればいいのに。そして、二宮の家を立て直して欲しい。そうすればお母さまだって、もとの二宮つたゑに戻るに違いない。贅沢《ぜいたく》なんか出来なくたって、家族三人で暮らせるならそれでいいのに——。

「すうちゃん、すうちゃん」

揺り起こされて、気がつけば車はもう熱海に着いていた。デイヴィッド・グレイ中佐は、車の後ろに詰め込まれていた荷物を手早く下ろして玄関先まで運んだ後、お母さまの顔にまた唇を押しつけた。それから、まだぼんやりとしていた鈴子を「べる」と呼び、気がついたときには、鈴子はぎゅっと抱きしめられていた。いきなり壁のように厚くて大きい身体を押しつけられて、鈴子は思わず「うっ」というような声を出してしまった。

「ぐんない、べる」

中佐のお腹《なか》の奥から、声が響いてきたように聞こえた。

「いやあね、すうちゃん」

大きな車の影が遠ざかったところで、お母さまが低い声で呟いた。

「ちゃんとお礼をおっしゃいねって言ったじゃないの」

そんなこと言ったって、と口答えをしかけて、ふと隣を見たところで、はっとした。ようやくはっきりと目が覚めた。夜空の下でもはっきり分かるくらいに、お母さまの瞳に冷ややかな光が宿っていたからだ。まるで、見知らぬ女の人のような。

「今度お目にかかるときには、今よりもまともにご挨拶《あいさつ》くらい出来るようになっていなきゃ、お母さまが恥をかくのよ」

「——もう会わないから」

真っ白に流れていく息を吐きながら、きびすを返そうとしていたお母さまが、怪訝《けげん》そうな表情で振り返る。鈴子は、そのお母さまを一瞥《いちべつ》してから、わざとらしく視線を外した。

「お母さまは好きにすればいいわ」

「すうちゃん、何を——」

「だけど、鈴子はもう会わない」

「——ちょっと、いきなり何を言ってるの」

「お母さまだって本当は、鈴子が一緒じゃない方がいいんでしょう？　だから——」

どうぞご自由に、と言った最後の方で、言葉がのどに引っかかりそうになってしまった。鈴子は慌てて唾《つば》を呑《の》み込み、一つ、息を吐き出してから、はっきりとお母さまを見た。

「鈴子だって、もう小さな子じゃないんだから、平気。お母さまはお母さまで好きにすればいいんだわ」

峠道で降っていた雪は、この辺りでは降っていなかった。代わりにしんしんと冷えた夜気が、短い髪の隙間にまで入り込んでくるような晩だった。

7

ずるい。

ずるい。

がらんどうになった鈴子の中で、ずっと響き続けていた言葉が、ここへ来て急に大きく育ち始めている。

ずるい。大人なんか。人間なんか。

つまらない。何もかも。

誰も彼も。どこもかしこも。

ちょうど、焼夷弾《しょういだん》が降ってきて町が焼かれるときに、方々から上がった火の手が瞬く間に大きく育って、互いを飲み込みあいながらさらに巨大になり、やがてごうごうと不気味な音をたてて熱風と炎とが渦を巻き始めるときのような感じだった。自分ではどうすることもできないうねりのようなものが、鈴子の中で赤黒いとぐろを巻いている感じがするのだ。チクチクともヒリヒリとも異なるけれど、どうしようもなく不快な、痛みに近い感覚が身体の中でうごめいていた。

何なの。

お母さまなんか。

何がデイヴィッド・グレイ中佐なの。どうして平気であんな人とつきあえるの。こんなことになるくらいなら、まだ宮下のおじさまの方がましだった。変な声だし、無神経だし、いつもざらざらした感じの嫌らしい人だと思っていたけれど、それでもまだ、話が通じるだけいい。鈴子のことだって「ベル」なんて言わずに、ちゃんと「すうちゃん」と呼んでくれたし、おじさまなりに鈴子に気を遣ってくれていたことも分かっていた。

第一、宮下のおじさまは、ああ見えてもお父さまの親友だった人だ。デイヴィッド・グレイ中佐なんか、ついこの間まで「鬼畜」と呼んでいた敵国の人間ではないか。そんな相手に身体を寄せて、唇なんか押しつけられても笑っていられるなんて。汚らしい。

いくら「背に腹はかえられない」にしたって、度が過ぎている。それも娘の見ている前で。呆れてものが言えない。どうかしている。確かに、デイヴィッド・グレイ中佐の方が宮下のおじさまなんかより、ずっと背も高くて、たくましくて、優しくて、強そうだけれど。

頭の片隅には「無理もない」「仕方がない」という思いも、あるにはあるのだ。お母さまは「ちから」のあるものを選ぶという意味のことを言っていたけれど、それも分からなくはない。何しろ、鈴子たちはあまりにも長い間お腹を空かせすぎていたし、家も財産も何もかも失ってしまったし、何といっても、とにかく緊張しっぱなしだった上に、長い間、あれやこれやと我慢させられすぎてきた。惨めすぎ、疲れすぎていた。もう、懲り懲りだと言ったお母さまの言葉は、そのまま鈴子の思いとも重なっている。鈴子だって「懲り懲り」だ。そこに、何をしてもびくともしないくらいに力の強い、しかも優しい人が現れたら、安心して寄りかかりたくなるに決まっている。けれど、いくら頭ではそう思っても、心は容易にそのことを受け容《い》れられるものではなかった。よりによって、どうしてそれが、敵国の将校でなければならないのだ、お母さまは日本人としての誇りも捨てるのかと言いたくなる。だが、またその一方で、鈴子の舌や鼻や、そして胃袋は、箱根のホテルでいただいたご馳走の数々を忘れられない。もしも今また「行きましょう」と誘われたなら、きっぱりと断れる自信がない。思い出しただけで口の中いっぱいに唾がたまってくるくらいだ。

ご馳走だけではない。あの一日は朝から晩まで、まるでシンデレラのお話が現実になったようだった。目が覚めた瞬間に目に飛び込んできた真新しい女の子用の服、迎えに来た大きくて立派な自動車、のろのろと歩く人たちをすいすいと追い越して行った峠道、そして、今の日本にこんな場所があったのかと思うほどの、宮殿のような立派なホテル。大広間には、きらきらと輝く照明と共に、これまで嗅《か》いだこともない様々なご馳走の香りが満ちあふれていた。パンや肉やほかの料理の味も舌触りも、甘いお菓子やジュースの味も、何もかもが忘れられない。そして、何年かぶりで「おなかいっぱい」と、つい口にしそうになったときの、あの幸せな気分。笑顔で話しかけてきた、テンプルちゃんの国の子どもたち。心弾む音楽。

　また、あんな経験をしてみたい。ぼんやりしていると、すぐにそんな気分になる。だが、そのためにはお母さまとデイヴィッド・グレイ中佐との関係を受け入れなければならない。そんなのは、非国民のすることではないか。いや、非国民なんていう言い方は、もうしなくていいとは教わっている。それでも、ふしだらではないのか——考えれば考えるほど、頭と心と身体とが、すべてばらばらになってしまいそうだった。

　あの日から、鈴子はほとんどお母さまと口をきいていない。お母さまの方もどこか開き直った様子で、取り立てて鈴子の機嫌を取ろうともせず、何一つ変わったことなどないという涼しい顔で毎日を過ごしている。そうしていよいよ年も押し詰まって仕事納めだという今日、鈴子はお母さまが出かけた後のこたつの上に「すうちゃんへ」という手紙と、一冊の薄い本を見つけた。『日米會話《かいわ》手帳』という本だ。

〈すうちゃんへ
すうちゃんはもうアルファベットが読めるのですから、これからは英語をどんどんお勉強なさい。たとえ肌や目の色が違っていても同じ人間、言葉が通じるようになれば、心も通じるようになるものです。この本を持ち歩いていれば、たとえばアメリカの子どもたちと見せ合うことで、その場で簡単なやりとりをすることもできることでしょう。そして少しずつ、お互いが分かり合えていくのです。
長く苦しかった一年も、ようやっと終わろうとしていますね。悲しいこと、恐ろしいこともたくさんあったけれど、すうちゃんとお母さまとはこうして生き残りました。そのことを亡くなったお父さまや光子さん、肇さん、千鶴子ちゃん、そして何よりも神仏《しんぶつ》さまにお礼申し上げなければなりませんね。来年は匡さんもきっと無事に帰ってくるに違いないと信じています。すうちゃんも、お祈りしていて頂戴《ちょうだい》ね。
お母さまはいつどこにいても、すうちゃんの幸福を何よりも一番に思っています。来たるべき新しい年が、すうちゃんにとって素晴らしいものとなることを願ってやみません〉
お母さまらしいしなやかな文字で書かれた手紙を読んでいるうちに、お腹の奥の方から苦々しいものがこみ上げてきて、本当に口の中までが苦く感じられてきた。どうして鈴子の幸福を一番に、なんて言うの。それじゃあまるで、お母さまは鈴子のためにデイヴィッド・グレイ中佐とおつきあいしているみたいじゃないの。そんなこと、頼んでやしないじゃない。いくらRAAにお勤めだからって。千鶴子のことだって、もう亡くなったって決めつけて。

第一、いま匡お兄ちゃまが帰ってきたら、どうするつもりなの。お母さまが今どんな毎日を送っているか、正直に匡お兄ちゃまに言えるの？　それに対して、お兄ちゃまは何と言うと？　まさか「昨日の敵は今日の友だからね」と笑うとでも？

一緒に置かれている本を手にとってページをめくってみる。すると、まず「日常會話」という表題が出てきた。

1．有難う。　Arigatō.

Thank you!　サンキュー。

お母さまは「てんきゅ」と教えた。どっちが本当なのだろうか。

2．大變《たいへん》有難う。　Taihen Arigatō.

Thank you, awfully.　サンキュー　オーフリ。

その後に、「今日は」「お早よう」「今晩は」などという挨拶が続いていた。それにしても、どうして最初に出てくるのがお礼の言葉なのだろうかと、鈴子は相変わらず口の中いっぱいに広がっている苦いものを舌でしごくようにしながら、四種類の表記を眺めていた。

どうしてお礼などを言わなければならないのだろうか。貧しい日本人の女を買ってくれるから？　小さな子どもたちにチョコレートやガムを放り投げてくれるから？　哀れな日本の未亡人と、男の子のふりまでさせられている少女に、着るものから身の回りの品まで買い与えてくれたから？

そんなことをしてくれるくらいなら、もっと先に言うべきことがあるのではないのか。まず言わなければならないことが。ごめんなさい。あなた方の住む家を奪いました。家族を奪いました。戦地でも戦場でもないのに、普通の人たちの暮らす町に、たくさんの爆弾を落としました。原爆も落としました。

日本人だってずるいのだ。

ここまでめちゃめちゃにされたことを、まさかそう簡単に忘れるはずがないのに、どうして「鬼畜」とまで呼んでいた相手に、ここまで愛想良く、にこにこ笑って見せる必要があるのだろうか。どうして最初に「ありがとう」なのだ。ただでさえ女の人たちを駆り出して「防波堤」にまで使わなければならない状況なのに。

ずるい。

結局みんな、ただの嘘つきではないか。

戦争が終わったって、いいことなんか一つもありはしない。何もかもがつまらなくて、薄汚くて、腹立たしいばかりだ。

昭和二十年十二月三十一日。月曜日。

夕食も済ませてお床も敷いた後になって、鈴子たちは宿の女将《おかみ》さんの計らいで女将さん一家の茶の間に集まり、ほかに旅館の部屋を間借りしている家族たちもみんな揃《そろ》って年越しをすることになった。十時二十分からはラジオで『紅白音楽試合』という特別番組を放送するのだそうだ。さらに日付が変わって暦が改まったら、今度はそのままラジオ中継で除夜の鐘も聴けるという。空襲の心配もいらないのに、そんな時間まで起きているなんて、天皇さまの放送以来、初めてのことだ。けれど本当は、鈴子はそんなものを聴きたいとも思わなかったし、出来ることなら一人にしておいて欲しかった。ただ、それをはっきり口にしてしまえば、お母さまから「まだ拗《す》ねてるの」とでも言われかねないし、それに、もうすぐ離ればなれになってしまうモトさんが、「せっかくの年越しですもの、お言葉に甘えましょうよ」などと言うから、仕方がなかった。

「あらあら、さあさあ、おこたにあたってくださいな」

母屋《おもや》を訪ねると、女将さんはいつものように出っ歯をむき出しにして満面の笑みを浮かべながら、鈴子たちを茶の間に通してくれた。ほんの少し前までは愛想のいい親切な人、という印象だったが、要するに普段から、お母さまたちが缶詰やチーズなどをあげているからなのだと、最近は皮肉な気持ちでそのわざとらしい笑顔を見るようになった。今だってこうして訪ねるときに、お母さまはアメリカのクッキーを「皆さんで」と持参している。だから女将さんは、鈴子たちに特に親切なのだ。

「これも何かのご縁じゃありませんか。こうして一つ屋根の下で、新しい時代を迎えられるんですからねえ、こんなにありがたいことはありませんよ」

親戚《しんせき》から分けてもらってきたというみかんなどを振る舞いながら、女将さんは「どうぞどうぞ」と、集まってきた全員に座布団《ざぶとん》を勧め、火鉢の炭の具合を確かめたり、そこにかかっている薬缶《やかん》のお湯で薄い茶を淹《い》れてくれたりする。本当は子どものいる家庭もあるのだが、小さな子たちは、もう寝かしつけられたとかで、結局、鈴子一人が大人に混ざる格好になった。そのせいもあってか、女将さんは、お母さまが持ってきたクッキーを出そうとはしない。

「ようやく正月が迎えられますな」

「まったくですな。よくぞここまで生き延びてきたもんだ」

それぞれの出身も事情もほとんど知らないが、とにかくあの戦火をくぐり抜けて熱海にたどり着き、この宿で暮らすようになった人たちは、誰もが一年の垢を温泉でゆっくり落とし、さっぱりした笑顔になって、やがて十時を回ると真剣にラジオに聞き入った。

〈みなさま今晩は。この放送は日本放送協会が、東京麴町《こうじまち》にございます東京放送会館の第一スタジオから、日本全国のみなさまに生中継でお届けしております〉

番組は、女性陣が紅組《あかぐみ》、男性陣が白組という二手に分かれて、交互に歌や音楽の演奏を披露するというものだった。司会者は紅組が水《みず》の江《え》瀧子《たきこ》で白組が古川ロッパ。

「ディック・ミネは出ないのかしら」

女将さんと若いお嫁さんの二人は茶の間と水屋との間を忙《せわ》しく行き来しながら、その合間に茶の間の話題に加わっている。辺りには鰹《かつお》と昆布のだし、それにお醬油《しょうゆ》の香りが漂っていた。ああ、平和の匂《にお》いだ。他に子どものいない茶の間で、鈴子は一人密かにその香りを味わった。箱根のホテルで嗅いだのとはまるで違う匂い。幼い頃から慣れ親しんできた、鈴子たちの生活の匂いだ。

「ディック・ミネといえば『旅姿三人男』だな」

「あたしは、あの人の『ダイナ』が聞きたいわ」

大人たちの話を聞きながら、鈴子もこの一年を思い返した。ささやかでもお祝いしましょうなどと言っていたのに元日からもう東京の空にB29が姿を現して、空襲で始まった年だった。お餅《もち》も満足に配給されなくて、侘《わび》しく、淋《さび》しいお正月だった。それでも去年の今頃はまだ本所の家で過ごすことが出来ていた。既に、お母さまと千鶴子との三人だけになってしまっていたけれど、家族の思い出が染《し》み込んでいるあの家で年越しを迎えることが出来ていたのだ。本当に、何という一年だったことか。

「あの人ぁ、もう三根耕一じゃなくって、いいのかね」

男の人たちは、女将さんが出してくれた酒に顔をほころばせ、互いに「いやいや」とか「まあまあ」などと言い合いながら、ちびちびと酒盛りを始め、次第に表情も和らいできていた。

「淡谷《あわや》のり子はどうしてるんですかなあ」

「慰問団に加わって、ずい分と方々に行ってるって話でしたがねえ、死んだとは聞かないですからなあ」

「今夜は、出てこないんでしょうかしら。『別れのブルース』、あれ歌わないかしら」

「あの人ぁ、あれだろう？　どんなときでも化粧して、もんぺは絶対に穿《は》かなかったってね」

そのとき、それぞれに繕い物をしたり編み物をしている女の人の一人が、ちらりとお母さまたちの方を盗み見た。お母さまとモトさんの二人だけは夜なべ仕事をするでもなく、何となく手持ちぶさたな様子で、時々、煙草《たばこ》を吸っている。

「もう、好き好きなんでしょうけれどね。今となっては」

口元に皮肉な表情を浮かべて、女の人が呟《つぶや》いた。すると、ふいに男の人の一人が「ねえ」と、お母さまの方に身を乗り出してきた。

「いいんですよねえ、もう」

「——何がでございましょう？」

「ディック・ミネっていう名前も、『別れのブルース』なんていう曲名も、もう敵性語とは言われないんですよね？」

お母さまは一瞬、面食らったようにモトさんと顔を見合わせてから、「それはもう」と、目元だけを細めて見せている。

「よろしいんじゃございません？」

それまでうつむきがちに手仕事をしていた他の女の人たちまでが一斉に顔を上げて、どこかしら気後れしているような、それでいて好奇心を隠さない顔つきで、まじまじとお母さまたちを見ている。彼女たちの目の端には明らかに、単なる好奇心とは異なるものがちらちらと漂っていた。

やっぱり。

鈴子は、胸の奥をぐるりとかき混ぜられたような気分になって、思わず自分の手元に目を落としてしまった。

やっぱり、違って見えるのだ。ほかの女の人たちから見たら、お母さまもモトさんも、明らかに自分たちとは別の世界の人間のようにしか感じられないのに違いない。服装からしてそうだ。ほかの人たちはみんな戦争中と変わらないもんぺ姿や、いかにも着古した着物姿なのに、お母さまたちだけがスカートにカーディガンという格好で、髪にはパーマをあて、口紅までつけている。その上、繕い物一つするでもなく、ただラジオに聞き入って、時々煙草をふかしているばかり。他の女の人たちは、それを決してうらやましがってばかりはいない。何かを疑い、探り、嘲《あざけ》ろうとしている感じがありありと伝わってきて、鈴子は自分の頬のあたりがびりびりと痛いくらいに感じられた。

「いや、あんた方に聞くのが一番確かなんだろうと思いましてね。何でも、進駐軍関係のお勤めだっていうじゃないですか」

重たそうな縕袍《どてら》を羽織り、背中を丸めて火鉢に手をかざしていた五十がらみの男の人が「いいですか、一本」と、お母さまの煙草を指さしながら媚《こ》びるような顔つきになる。お母さまは愛想笑いのままで「どうぞ」とアメリカ製の煙草を差し出した。

「これは、何ていう煙草ですかね」

「ラッキーストライクです」

「どういう意味です？」

お母さまは意表を突かれたような顔つきになって再びモトさんと顔を見合わせ、「幸運な」と呟いて口ごもった。もらい煙草をしたおじさんは、お母さまが差し出した煙草を手にとって、その図柄とお母さまとを見比べている。

「幸運な——何て表現したらよろしいのかしら。ストライクですから——あの、野球のストライクのことかと存じますが」

ははあ、とうなずいている男の人は、分かったのか分からないのか判然としない表情で、それでも手刀を切る真似をして嬉《うれ》しそうに煙草を抜き取る。そして、いかにも恭《うやうや》しい手つきで煙草に火をつけると、「ほわーん」と息を抜くように、ゆっくりと煙を吐いた。

「なるほど、これがアメリカの味か」

何をそんなに嬉しそうな顔をしているのだと、鈴子は、ここでも妙に腹立たしい気分になった。煙草の味にまで、そんなに大きな違いがあるのだろうか。アメリカの煙草は、日本のものに比べてそんなに旨《うま》いとでもいうのか。そんな部分でも、日本は大きく遅れているのか。

「アレだそうですな。お宅さんの、その勤め先というのは、また馬鹿《ばか》に景気がいいっていう話だそうですな」

二口目の煙も、またほわん、と吐き出し、目をしばしばとさせながら、男の人は改めてお母さまたちの方を向いた。「さあ」と曖昧《あいまい》な笑顔を崩さないお母さまに代わって、モトさんが「そんな噂《うわさ》がございます？」と、わざとらしいくらいに素敵な笑顔を見せる。鈴子の角度からは、モトさんの顔の傷が見えているが、男の人からは見えていないだろう。つい、気後れしたような照れくさそうな顔になっている男の人を観察しながら、鈴子は、モトさんの「武器」の使い方に感心していた。綺麗《きれい》な人というのは、こういう笑い方をしただけで独特の凄味《すごみ》のようなものが出る。

「そう、聞いてますがね。いや、不思議なもんだよな。この間まで敵だったアメリカさんをおもてなししようっていう会社があるんだから」

「まあ、しょうがないんでしょう。我々は負けたんです。全面降伏、白旗を揚げたわけですからな」

お猪口《ちょこ》を傾けながら、男の人たちはどこか卑屈そうに、笑っているのか口元を歪《ゆが》めているのか分からない顔つきで背を丸めている。またも、鈴子の中で何かがうごめいた。あんたたちは「全面降伏」と言って、そうやってこたつにでも当たっていればいいのかも知れないけれど、今もまだ「挺身隊《ていしんたい》」と呼ばれて働き続けている女の人たちのことは、どう思っているのだと言いたかった。多分、今日だって。今、大晦日《おおみそか》のこのときだって。

「それで、つかぬ事をうかがいますが、そもそも、どういうところからそういう職にありつけたわけですかな」

べつの男の人が、お酒のせいで赤くなった顔をてらてらと光らせながら、お母さまたちの方に身を乗り出してきた。

「どうですか、あたしにも一つ、何か紹介してもらうなんてえわけには、いかんもんですかな。どうもね、このご時世、いくら探してもまともな職が見つかりません」

お母さまは精一杯愛想の良い顔つきで「どうでしょう」などと小首を傾《かし》げて見せている。鈴子はここでも意地の悪い思いにとらわれた。愛人がいたからありついた仕事なんですのよと、言ってしまえばいいのに。でも、その人のことは大森海岸に棄《す》ててまいりまして、今は進駐軍の将校のお世話になっておりますのって。ふんっだ。馬鹿野郎。

「何でも、大湯《おおゆ》の後に出来るキャバレー、あれも、おたくさんらの会社が絡《から》んでるとかいう話じゃないですか。失礼だが、おたくさんらは、あそこで一体全体、どんな仕事をしてるんです？」

お母さまとモトさんとが、またちらりと視線を交わし合った。

「私は——通訳と言うほどのことでもございませんが、学生時代に英語を少々、やっておりましたものですから、それで。こちらは簿記がお出来ですので、経理事務をお得意にしていらっしゃいますの」

すると、人々の間から「ほう」というような声が洩《も》れた。

「なるほど、英語にそろばんか！　すると奥さんらは、インテリなんですな」

「その上に度胸が据わっておるというか、女傑、なんですな。何しろ、堂々とアメリカさんと渡り合っておいでだっていうんだから」

あっはっは、と、男の人たちがわざとらしいくらい明るく聞こえる声を上げて笑う。それに合わせるかのように女の人たちも、何とも中途半端《はんぱ》な顔つきでにやにやと笑った。モトさんが、すっと背筋を伸ばすようにして息を吸い込んだのが分かった。

「何しろ私ども、いわゆる戦争未亡人でございましょう？　これからの時代に女が一人で生きていかなければなりませんものですから、四の五の言っている暇がございましたら、多少の度胸でもつけませんと。その代わりに、私たちにもその分だけ、色々と苦労が多ございますのよ。アメリカ人はもんぺを嫌いますし、服装にでも何にでも気を遣わなければ、相手にされません。戦争に負けた上に、馬鹿にされるようでは、日本人といたしまして恥でございますから」

そのとき、ラジオから霧島昇の『誰か故郷を想《おも》わざる』が流れてきた。鈴子は思わず「あ」と小さな声を出してしまった。

「すうちゃん？」

お母さまが怪訝そうな顔を向ける。

「この歌」

鈴子はラジオに耳を傾けながら呟いた。

「肇お兄ちゃまが好きだった歌」

お母さまも、はっとした顔になった。お兄ちゃまは、この人の『一杯のコーヒーから』も好きで、よく口ずさんでいた。気が向けば、家でコーヒーをたてることもあった。何とも言えない香ばしい香りが家中に広がって、そんなときには、鈴子は肇お兄ちゃまにせがんで、少しだけでも飲ませてもらったものだ。そうして鈴子が「にがい」と顔をしかめると、お兄ちゃまは「そうだろう」と愉快そうに笑っていた。

肇お兄ちゃま。

我が家のスターだったお兄ちゃま。生きてさえいてくれたら、こんなことにはならなかったのに。たとえお父さまが亡くなってしまったとしても、お母さまはこんな風にはならなかった。

ああ、本所の家に帰りたい。みんなに会いたい。何もかも、元に戻してもらいたい。

「すうちゃん？」

立ち上がった途端、再び背後からお母さまの声がした。

「ご不浄」

それだけ言って、鈴子はひんやりと冷たい廊下に出た。目からこぼれ落ちるはずの涙が、喉《のど》の奥を伝って煮えたぎる胸の奥に落ちていく。

あまりにも長かった昭和二十年が、ようやく終わろうとしていた。

第五章　お母さま

1

鈴子は学校に行くのをやめた。

冬休みが終わって始業式を迎えた朝、いつものように家を出て、重い足取りで急な坂道を上り、国民学校の前までたどり着いたところで、どうしたものか突然「もういいや」と思ってしまった。そして、特に何を考えるでもなく、ただ校門をくぐらずに脇道《わきみち》にそれた。ほんの少しだけ、胸がドキドキしていたけれど、「べつにかまわない」と自分の中で声がした。

どうせ年が改まったところで、まともな授業が行われるわけでも何でもないのだ。下級生の面倒を見ながら少しばかり体操や運動をして、あとはお裁縫をしたり唱歌を歌ったり、時々は大半を墨で塗りつぶしてしまった教科書の残りの部分を読んでみたり、そんなことばかり。特に親しくなった友だちがいるわけでもない。面白いことなんか、何もない。

国民学校は熱海《あたみ》駅から目と鼻の先の、一際《ひときわ》高台になっている、そのてっぺんにある。これから登校しようとする生徒たちの中には、お正月に新調してもらったのか、いかにも真新しく見えるセーターを着ている子もいれば、ぴかぴかに光って見えるくらい真っ白の運動靴を履いている子もいた。一方では、幼い赤ん坊を背負ったねんねこ半《ばん》纏《てん》姿に風呂敷《ふろしき》包みを下げて、この寒さでも下駄《げた》履きのまま、のろのろと歩いてくる子もいた。それでも青っ洟《ばな》を垂らした顔をにこにこさせている、そんな下級生を見ると、なぜだか無性に腹立たしくなる。なに、呑気《のんき》に笑ってんのよと突っかかっていきたくなるのだ。

すれ違いざま、子どもらの何人かが、あれっというような不思議そうな顔で鈴子を見た。鈴子はつん、とそっぽを向いて、子どもたちの流れに逆らいながら、塀沿いの道を歩いた。学校を挟んで駅の反対側には、終戦まで陸軍病院だったという大きな建物がある。今は門も閉じられてしまって「立チ入リヲ禁ズ」と札のかけられている建物の脇の細い石段を降りていくと、うっそうと茂った庭木の向こうから熱海の海がよく見下ろせるところに出る。お宮の松や浜に打ち寄せる白波が、ずい分と小さく見下ろせる高台だった。

深く吸い込むと胸に痛いような冷たい風が吹いていて、鈴子の目からは自然に涙がこみ上げ、風に飛ばされていく。眼下に広がる冬の海は朝の陽射《ひざ》しを受けて、まるで金の粉でも散らしたようにきらきらと輝いていた。

あの海に小舟を浮かべて、どこか行ってしまえたらいいのに。

モトさんだって、あと二週間もしたら新しく出来るキャバレーの寮に引っ越してしまう。だったら、鈴子だって。

「すうちゃんたちとお別れするのは本当に淋《さび》しいわ。でも、これもお仕事だから仕方がない。そうは言ってもすぐ側《そば》にいるんだもの、その気になれば、いつだって会えるわよ」

数日前にも、モトさんは言っていた。いつでも鈴子を気遣って、親身になってくれたモトさんが、心から「何かあったらいつでも来てね」と言ってくれているのは十分に分かっていながら、あのときも鈴子は、自分で不思議に思うくらい、無愛想な受け答えしか出来なかった。大森海岸に移って以来、本当の家族のように一緒に暮らしてきた人なのに。それなのに、もう、どうだっていいような気持ちだった。離れていく人は、行ってしまえばいい。

何しろ、鈴子はもう分かってしまったのだ。行く人は、止められない。鈴子がどれほど頼んでも、お祈りしても、泣いて引き留めても。死に別れだろうが生き別れだろうが関係ない。目の前から消えていく人は、死んでしまうのと同じことだ。

このお正月、天皇さまはご自分のことを「現人神《あらひとがみ》にあらず」と言われたのだそうだ。去年まで、というよりも戦争に負けるまでは神様だったのに、人間になられたということは、要するに神通力をなくされたということなのだろうか。それとも、巨人のように大きなマッカーサー元帥《げんすい》の命令なのだろうか。

さらにこの三が日が明けてすぐ、GHQはこれまでの日本を作ってきた人たちを追放すると発表した。日本がもう二度と自分たちに刃向かわないように、この戦争に賛成して推し進めてきた人たちを全部どこかに追い出してしまうのだという。その数は何万人になるかも分からないらしい。その人たちさえ追放してしまえば、日本は平和な国になるのだそうだ。

何もかもが変わっていく気がする。それは、本当にいいことなのだろうか。喜ぶべきことなのだろうか。それは、何だかおかしな話のような気がする。だって、日本は戦争に負けたのだ。負けて「よくなる」なんて、喜ぶべきだなんて、そんなのは筋が通らない。

その日は午前中一杯、海を眺めたり、これまでに通ったことのない道を歩き回ったりして時間をつぶし、適当な頃合いを見計らって、鈴子は何食わぬ顔で宿に帰った。

玄関先で「ただいま」と声をかけると、奥から「おかえり」と女将《おかみ》さんの声が出迎える。何一つとして変わったことはなかった。夜になって仕事から戻ったお母さまも、何も気づいていない様子だった。まるで拍子抜けするほど平穏に一日が過ぎた。

翌日も、翌々日も同じだった。朝、弁当を持たされて、普通に「いってきます」と宿を出る。途中までは学校に行くのと同じ道を行って、適当なところで脇道にそれてしまう。今日はどの道を曲がろうか、どの方向へ行こうかなどと考えるまでもなく、まさしく気の向くままに、鈴子は熱海の町をさまよって一日を過ごすようになった。

陸軍病院跡の先には、海に向かってGHQが接収した熱海ホテルや樋口《ひぐち》旅館が続いている。その辺りは同じ熱海とは言っても、鈴子の暮らす宿のある辺りとも、また、お宮の松が植えられている海岸付近とも、まったく違っていた。垂直に近いほどの急な崖《がけ》が間近に迫っていて谷も深く、滅多に人通りもない。細く曲がりくねった道を歩いて、路地からちょっと覗《のぞ》いてみると、すぐ目の前にMPの白いヘルメットをかぶった白人を見かけたりするから、呑気《のんき》に歩き回れる雰囲気ではなかった。自然、鈴子の足は温泉旅館などが建ち並ぶ繁華街の方に向かうことになった。

〈1月25日開店！　皆様の楽園、キャバレーニューアタミ・従業員募集！　ダンサー、コンパニヨン、女給、ホール係、バーテンダー、コック〉

以前、様子を見に来たときは何人もの大工さんが出入りしていたが、今はもう大きな工事は済んだのか、「大湯《おおゆ》」だった建物の壁には開店準備を知らせる大きな張り紙がしてあった。一つの店が出来るとこんなに大勢の人が働くことになるのかと、鈴子はその張り紙をぼんやりと眺めた。RAAの文字はどこにも入っていない。コックなども雇うのなら、本当に小町園のような慰安所とは違うのだろうが、それでもダンサーとして働くということは、GIと踊ったりするのだろうから、結局は似たようなものなのではないかと思う。日本人の女と、アメリカ人の男。どこに行っても、そんな話ばかりだ。

以前は、お母さまから決して行かないようにと言われていた糸川《いとかわ》の向こうへも、最近の鈴子はためらいもせずに小さな橋を渡って足を踏み入れていた。その界隈《かいわい》は道幅も狭いし、間口が狭くて小さな店がひしめき合っていて、あちらこちらに「酒」「小料理」といった提灯《ちょうちん》も見えた。日が高い時間はさぞひっそり閑としているに違いないと思ったのに、午前中でもどこからともなく何かしら音楽らしいものが聞こえてきたり、ふいに女の人のけたたましい笑い声が響いたりした。第一、明るいうちから明らかに酔っ払いらしい、千鳥足の男女が肩を寄せ合って歩いていたりするのだ。誰もいないかと思えば、道ばたにしゃがみ込んで、ぼんやりと煙草《たばこ》を吸っている女の人がいたりもする。

「ちょっとちょっと、お兄ちゃん！」

何度目かに足を踏み入れたとき、ふいに後ろから声をかけられたことがある。どきりとなって振り向くと、鈴子のすぐ背後にいたパーマネント頭の女の人が、驚いたように目を大きく見開いて「あらやだ」と、真っ赤な口を思い切り大きく開け、ケラケラと笑い始めた。

「こりゃ駄目だわ。どう見たって、ここで遊んでいこうっていうには、いくら何でも早すぎるわねえ」

鈴子が返答に窮して立ち尽くしていると、今度はどこからともなく別の女の人が現れて「いいじゃないのさ」と、いかにも意味ありげに、鈴子を足下からじろりと眺め回した。

「お兄ちゃん、こういうとこ来んの、初めてなんでしょう？　このお姉さんがさ、優しく教えてくれるって。ねえ、あんた、なかなか可愛《かわい》いじゃないの。それともさ、あたしと、どう？」

腕をとられそうになって慌《あわ》てて後ずさり、走って逃げる背中に、女の人たちの罵声《ばせい》らしい言葉と甲高い笑い声とが被《かぶ》さった。その瞬間、鈴子の脳裏には大森海岸で見てきた光景が次から次へとよみがえってきた。小町園や、その後次々に開業した慰安所で働く女の人たち。彼女たちは昼日中でも関係なく、しどけない格好のまま建物の外まで出てきては、言葉も通じないGIにしなだれかかり、顔だけ笑顔のままで「こんちくしょう」「一昨日《おとい》きやがれ」などと汚い言葉を口にしていたものだ。意味が分からないまま、そんな女の人たちの腰に手を回して笑ってるGIも間抜けに見えたし、女の人たちも、薄汚いばかりだった。

元からそういう商売をしてきた女の人もいたとは聞いている。けれど、ごく普通の家庭で生まれ育ったに違いないお姉さんたちだって数え切れないほどいた。中には、鈴子とほんの三つ四つくらいしか違わないような人も混ざっていた。最初、大森海岸に連れてこられたときには、お下げ髪にもんぺ姿だったのに、一斗缶で届けられた白粉《おしろい》を塗られ、派手な安物の着物を着せられて、言葉も通じない相手に身体《からだ》を任せて、翌日には列車に飛び込んで死んでしまった人もいた。血を流して、おびえて、押し入れの中に逃げ込んで、激しく泣いて。

あの人たちと鈴子との間に、果たしてどれほどの違いがあるというのだろう。または、あの人たちとお母さまのどこが違うというのか。モトさんとは。この町で、朝から客を取ろうとしている女の人たちとは。

みんな、戦争に負けた国の女たちだ。身体を売るのも、少年の格好をするのも、アメリカ人の将校と交際するのも、みんな、負けたからだ。それでも飢えをしのがなければならないし、着るものも住むところも必要だから。だから、こうしている。

戦争なんかするから。

毎日毎日町を歩き回りながら、鈴子の中にはますますもやもやがたまっていった。やがてモトさんは、キャバレーの寮に引っ越していった。鈴子と二人だけになっても、お母さまは相変わらず週に一度か二度の割合で東京へ行った。そんな日は大概、帰らない。訳知り顔の女将さんが、晩になると鈴子一人分の食事を部屋まで運んできてくれる。再三、自分たちと一緒に夕食をとらないかと誘われるが、鈴子は頑として首を縦に振らなかった。

「難しい子だよ。ねえ、遠慮することないんだからね。モトさんもいなくなっちゃったんだし、心細かったら、いつだって声をかけてきてちょうだいよ、ね」

女将さんは出っ歯をむき出しにして、いつも笑いかけてきた。鈴子は小さくうなずいて見せながら、腹の中では「冗談じゃない」と毒づいた。お母さまのことをあれこれと聞かれたくない。それに別段、女将さんが嫌いというわけではなかったが、とにかく誰のことも煩《わずら》わしく思えて仕方がなかったからだ。

「すうちゃん、ちょっと」

そうして一週間が十日、十日が半月と過ぎて、そろそろ二月の声を聞こうというある晩、お母さまがこのところまったく見せることのなかった改まった表情で鈴子を呼んだ。

「なあに」

努めて普段通りの受け答えをしながら、鈴子は息が止まるほど緊張した。ついに、学校へ行っていないことがバレてしまったのかと思ったからだ。

「ちょっと、こっち向いてちょうだいな」

「だから、なあに」

返事こそふて腐れているようにしてみたものの、身体が強張《こわば》りかけていた。一瞬のうちに手のひらに汗をかいている。ちらりと見ると、お母さまは口元にきゅっと力を入れて鈴子の方を見ていた。

「あのね、お母さまのお勤めしている会社——RAAのことなんだけれど」

ところがお母さまは、そう切り出した。何だ、学校のことではなかったのかと、鈴子は密《ひそ》かに胸をなで下ろしたいような、悔しいような気持ちになった。かれこれ一ヵ月近くなるというのに、どうしてこんなに長い間、気づかれないのだろう。

「もしかすると、この先また少し、様子が変わることになるかも知れないわ」

「会社の？　どういうこと」

「まだはっきりとしないんだけれど、どうやらＧＨＱが妙なことを言い出しているらしいの」

「妙なことって？」

「上の方から、慰安所をなくせって、言ってきてるらしいって」

一瞬、いいことではないかと思った。けれど、よく考えてみると本当にいいことなのかどうかが分からない。鈴子はお母さまを見つめた。

「――どうして？　だって、あの人たちのために作った慰安所でしょう？」

「そうよねえ」

「慰安所がなくなったら、どうするの？　ＧＩたちは、どこに行くの」

「それも、そうなんだけれどね――」

お母さまは何となく煮え切らない表情で、「原因はこっちにあるっていうのよ」と、いかにも当たり前のように煙草に手を伸ばす。鈴子は、お母さまが細い指先に煙草を挟み、ひらりと口元に運ぶ様子を黙って眺めていた。

ラッキーストライクという煙草の名前は、本当は「幸運な一撃」というほどの意味なのだと、お母さまはみんなで年越しをした後になってから教えてくれた。煙草はもともとアメリカに住んでいたインディアンたちが吸っていたものだそうだし、ヨーロッパから移住してアメリカに住み着いた人たちは、インディアンと戦いながら、金山を探したりして暮らしていたのだそうだ。だから、苦労の末ようやく金を掘り当てたことを「幸運な一撃」と呼んでいたのではないか、というのがお母さまの説明だった。ただ、今の日本人がアメリカ人から「幸運な一撃」と聞かされたら、ほとんど全員が間違いなく原爆や他の爆弾を思い起こすに違いない。だからわざとはぐらかしたのだそうだ。

「ほら、ここに越してくる前に、病気の話をしたでしょう。花柳病の話」

いつの間にか、金色の素敵なライターまで持つようになっている。まるで小さな宝石箱のように見えるライターだ。そのライターで煙草に火をつけ、お母さまは煙草を持っていない方の手で頬の辺りをさするようにしながら、その花柳病の流行が食い止められないのだと、ため息と一緒に煙草の煙を吐いた。

「GHQは、それを全部、日本のせいだって言っているらしいのね」

「どうして？　だって——男の人から女の人にうつるんでしょう？」

「もちろん、その逆もあるんだけれど——アメリカ人たちから見ると、日本は基本的に、とても不衛生に見えるらしいのよ」

「不衛生って、何が？」

「色々と。だから自分たちがいくら予防しようとしても駄目だって。実際に、そういう部分への知識や予防の対策が遅れているって、前々から厳しく言ってきているそうだし」

こめかみの辺りが、ひやりと冷たくなったように感じた。私たちの、この国が不衛生？　遅れている？

そうなのだろうか。

いや、そうなのかも知れない。

何しろ、アメリカの言うことだもの。武器でも食べ物でも、あんなに豊かに何でも持っている国だもの。

「だけど、その病気は、日本人から広がったとは言い切れないんでしょう？」

「そうなんだけど——ただね、慰安所で働いている女の人たちの間で、ものすごく増え続けていることは確かなの。どんなに治療しても、またすぐに再発してしまって」

慰安所で働く女の人が花柳病にかかっていれば、当然のことながらアメリカ兵にも病気は広がっていく。国のために戦わなければならない兵隊たちが、そんな病気にかかっていては困るし、国元の家族も心配するに決まっていると、お母さまは言った。

「アメリカはキリスト教の人が多い国でしょう。キリスト教では、結婚した相手以外とそんなことをするのは、とても許されることではないの。日本みたいな、黄色人種の暮らす野蛮な島国に行って、不衛生なところで家族を裏切る真似《まね》をして、その上で花柳病なんかにかかったって分かったら、神様の教えにも背くことになるから、それこそ大変なの」

鈴子は、呆気《あっけ》にとられてお母さまの口元と指先を見つめていた。「幸運な一撃」を挟んだ指には、いつの間にか何かの石がはまった指輪が光っている。きっとデイヴィッド・グレイ中佐からもらったのだ。ライターも、何もかも。お母さまは、そうして半分アメリカ人にでもなったつもりなのだろうか。よくも、そんなにさらりとした口調で、自分たちの国を貶《おとし》めるようなことを言える。たとえお母さまの言う通りだとしても、どうして余計に惨《みじ》めになるようなことを簡単に言えるのか、鈴子にはまったく理解できなかった。

「マッカーサー元帥は、ご自分もとても熱心なキリスト教徒で、それは厳格な方だそうよ。だから、ご自分の部下、ご自分の国の兵隊たちが、そんな風に次から次へと花柳病にかかるのを見過ごしておくわけにはいかないらしいの」

「――そうしたら、小町園とか、ああいうところで働いている人たちは、どうなるの――それに、お母さまは？」

お母さまは、煙草の煙をよけるようにわずかに目を細め、とにかくまた自分たちの暮らしにも変化があるかも知れないと言った。

「また引っ越すの？　東京に戻る？」

それならデイヴィッド・グレイ中佐とはどうなるの、という言葉がのど元まで出かかったが、鈴子はそれを飲み込んだ。もしもRAAからお給料をもらえなくなったら、場合によってはデイヴィッド・グレイ中佐がお母さまと鈴子との命綱になるかも知れないと思ったからだ。だが、ではデイヴィッド・グレイ中佐はキリスト教ではないのだろうか。アメリカに奥さんはいないのだろうか。どう見たって四十歳か、五十歳くらいにはなっていると思うのに。アメリカ人の歳《とし》なんか、よく分からないけれど。

「とにかく、いつまた何が起きるかも分からないっていうことだけ、頭の片隅にでも留めておいてちょうだいね」

慰安所がなくなる。

つまり、日本に「性の防波堤」がなくなるということだ。すると、一般の婦女子までが進駐軍の兵士に襲われることになるのだろうか。この髪が伸びたら、もう二度と男の子の格好などするまいと思っているのに、そんなことも出来ないほど危険なことになるのだろうか。

考えれば考えるほど不快になる話だった。

人の国を不衛生だの何だのと言っておきながら、その国の女性に対して見境もなく襲いかかるとしたら、そんな連中は何なのだと言いたかった。

2

この冬空の下、東京では方々に溢《あふ》れている孤児や浮浪者が、毎日のように飢えて、または凍えて死んでいるという話を、お母さまは東京に行くたびに仕入れて帰ってきた。ただでさえ足りていない食料品をはじめとして、衣料品から雑貨に至るまで、何もかもが目の玉が飛び出るほどに値上がりしているらしい。そのしわ寄せが、弱いものへ弱いものへと向かっているからだ。

「私たちが熱海に来たのは天の助けだったかも知れない。少しくらいのお金があったって、品物がなければどうしようもないんだもの」

昨年がひどい凶作だったせいもある。天候不順に加えて戦争のせいで農地が荒れ、農機具などもなくなってしまった上に、何よりも働き手が兵隊にとられてしまったせいもあるらしい。さらに、戦争に負けたことによって、それまでは日本の植民地だった朝鮮や台湾から食料品が入らなくなったことも大きな原因なのだそうだ。

「そこへ来て、兵隊さんたちは戦地からどんどん戻ってきているし、植民地や満州から引き揚げてきた人たちもいるでしょう。東京には今、そんな人たちが大勢溢れているわ。身一つで命からがら帰ってきて、仕事も住むところもなくした人たちが、食べ物を求めて殺気立ってるっていう話よ」

しかも銀座の中心街や都心の主だったところには米軍兵が溢れ、また「戦勝国」になった中国や朝鮮の人たちが土地や焼け残った建物を買いあさり、多くの闇市《やみいち》なども支配しているのだそうだ。戦意も財産も帰る場所も失った日本人は栄養不良で体力もなく、片隅に追いやられて小さくなるしかしようがないという。それでも商魂たくましいものや戦前からのつてのあるもの、または予科練帰りの気の荒い若者などから順番に、どうにかして生きる道を探し求めている状態らしい。

「やっぱりちからがないと。たとえ戦争が終わったって言ったって、まだまだ、何一つ安心なんか出来ない状態ね」

そういう意味ではお母さまこそ、他の誰よりもたくましい部類に入るではないかと、鈴子は皮肉な思いにとらわれた。だからこそ「お気の毒にねえ」などとため息をついていられるのだ。お母さまの表情には、どこかしら「自分たちは違う」という余裕のようなものが見て取れる。

お母さまによれば、進駐軍は自分たちの食料は日本で調達せず、アメリカから直接送ってきているのだそうだ。だから、日本人がどんなに飢えていても、はたまた不衛生でも関係ない。たとえ「黄色人種の住む不衛生な島国」にいても、アメリカにいるのとまったく変わらない「安全で清潔」な生活を送ることが出来ている。そして、お母さまや、もちろん鈴子が困らないのは、そういう進駐軍の食料や日用品などを手に入れられる立場にいるからだった。何と言ってもお母さまがRAAで仕事をしており、さらにデイヴィッド・グレイ中佐にも世話になっているお蔭《かげ》で。だから鈴子だってみんなほどは飢えていない。身ぎれいな格好が出来ている。そして、そのことが鈴子を余計に苛立《いらだ》たせた。

二月に入ろうとしても、学校からは相変わらず何の連絡もなかった。以前、工事中のキャバレーを見に行ったときに出くわした同級生のように、学校に来ていない子どもは珍しいわけではないから、鈴子も似たような境遇だと思われているのかも知れない。お母さまは鈴子が毎日きちんと学校に行っていることをつゆほども疑っていない様子だし、女将さんだって、口で言うほどの関心もないらしく、結局、誰にも気づかれないまま、鈴子は日がな一日、町をうろついて過ごすようになった。最近では、海岸通りのマーケットにも出入りしている。どうせ男の子の格好をしているのだし、かまうことはなかった。

マーケットと呼べばハイカラな印象になるが、要するに露店が連なっている闇市だった。もとからの商売人なのか軍隊帰りなのか、未亡人なのか何なのかも分からない男や女たちが粗末な品台を連ね、または地面の上に品を並べて、それこそ、ありとあらゆるものを売っている。泥のついたままの野菜もあれば葉みかんも、ふかし芋もあり、髪飾りらしいものもあればゴム紐《ひも》もあるといった具合だ。ほかにも、電球を取り付けるソケットばかり並べていたり、軍隊で使っていたらしい飯盒《はんごう》などを売っていたり、大半が折れ曲がった錆釘《さびくぎ》ばかり売っている人もいた。本当に書けるかどうか分からないペンや使いかけの鉛筆などを並べている店もあれば、古着屋もある。煙草のばら売りも、片方ずつしか売られていない靴屋もあった。古いレコードを売る店もある。箱詰めにされた古本を売る店の前には、いつも人がたむろして、誰もが取り憑《つ》かれたように熱心に本のページを開いていた。「あずきがゆ」「すいとん」などと書かれた紙を貼《は》り出している、食堂とも呼べないような店もある一方で、果たして何が煮込まれているかも分からない汁物を売っている店もあった。そして、並木路子《みちこ》の『リンゴの唄《うた》』が聞こえていた。この頃はどこへ行っても、やたらと聞こえる。

さほど大きなマーケットというわけでもなかった。それでも、見知らぬ人たちの波に紛れ込んで、わさわさと揉《も》まれるように露店の隙間《すきま》をさまよい歩いているだけで、鈴子は何かしら気持ちが楽になる気がした。わずかでも時間の過ぎるのが早くなり、何とか今日一日をやり過ごせそうな気もした。

「あんちゃん、最近よく見かけるな」

毎日のように入り浸っていれば、自然に顔見知りも出来ていく。

「おめえ、学校行かなくていいのかよ」

「いいんだ、べつに」

「何なら、俺の商売を手伝ってみっか」

「いいよ。やめておく」

毎日のようにどこから探してくるのか、釣り竿《ざお》とか、縫い針だけとか、妙に怪しげな品を売っている男に顔を覚えられて、声をかけられることもあった。一方では、鈴子と同じ年頃の少年や少女と、何となく視線を交わし合うようにもなった。小さな子でも煙草のばら売りをしていたり、靴紐を売っていたりするのだ。

そうこうするうち、鈴子は、どうやら子どもばかりで作っている集団があるらしいことに気がついた。何人くらいいて、その集団も一つなのか二つなのか、確かなところは分からない。だが、似たような子どもたちが集まって、実はマーケットへ来ては万引きを働いている。最初、彼らが役割分担をしながら店先から商品を盗んでいることに気づいたときには、鈴子は驚きと恐怖とで、その場に立ち尽くしそうになったものだ。向こうでも、鈴子に自分たちの仕業を見られたと気づいて、警戒心というか、敵愾心《てきがいしん》をむき出しにしてきたりもした。

「おまえ、どこのもんずら」

「べつに」

「余計なこと言ったら、ただじゃおかねえずら」

マーケットを出たところで、いきなり袖《そで》をつかまれ、凄《すご》んだ様子で睨《にら》みつけられたこともあった。相手は三、四人の少年たちだ。ふと、大森海岸で知り合ったエノケンたちを思い出しながら、鈴子は「やめてよ」と腕を振り払った。

「あんたたちが何しようと、ぜんぜん興味ないから」

少年の一人が「何だい、女だに」と目を丸くした。すると、もう一人の少年の瞳《ひとみ》が、異様な感じに光ったのが鈴子には感じられた。反射的に、頬のあたりにぞくぞくするものが走った。それでも鈴子は、ここで逃げては相手の思うつぼだと、無理矢理のように自分に言い聞かせた。

「こっちも、あんたたちのことは見て見ぬふりしてるんだから、あんたたちも余計な詮索《せんさく》しないでよ」

一番小さな少年が「せんさく」と、首を傾《かし》げる。

「せんさくってなんずら」

彼らがひそひそと喋《しゃべ》っている間に、鈴子は出来るだけ大股《おおまた》でゆっくりと、彼らから離れた。もしも背中でも突かれたり、または襲いかかられたらどうしようと思うと、膝《ひざ》ががくがくとなったが、絶対にそれを気取られまいと必死だった。まさかとは思う。けれど、あの少年の目つきは異様だった。空襲以外で、生まれて初めて「身の危険」を感じた。

襲われたかも知れないんだろうか。女として。

また、頭が混乱した。男の格好をしているというのに。相手だってまだ子どもなのに。日本人同士なのに。それでも、そんなことを思うものなのだろうか。

マーケットにさえ行かなければ、そんな連中と顔を合わせる心配もない。だから、その後、数日間は足を向けなかった。だが、マーケットに行かなければあり余る時間がつぶせないのだ。結局、鈴子は数日後にはマーケットに舞い戻り、やはり人混みをうろついた。

何度か同じ顔を見かけた。その都度、組んでいる相手を替えたり、狙《ねら》う店が違ったりしていたが、よくよく観察していると、彼らはそれぞれに役割分担をして、見事に仲間と連携していた。店の人の気を引く役、盗みを実行する役、盗んだ品物を運ぶ役、わざと関係のない方向に逃げる役などに分かれて、まず捕まるということがない。

「あんた、仲間になるだか」

ある日、一人の少女が近づいてきて、ふいに鈴子に話しかけてきた。

「それにあんた、男ん格好しとるけど、本当は女だら？　そんな格好しとるもんで、ちいとも分からなんだに」

鈴子よりも一つか二つ、年下の子に見えた。全体に垢《あか》じみていて、目脂《めやに》もついたままなら青っ洟で鼻の辺りはかぺかぺしており、髪もべたべた、少し近づいただけでも、もわりと不潔な臭《にお》いが鼻をついた。

「いつも、ここで何やってるずら」

「べつに」

「学校へは、行っとらんだか」

「あなたに関係ないことでしょう」

いくら相手にするまいと思っても、向こうはしつこく食い下がってくる。不快な臭いが、ずっと鈴子の後を追ってきた。

「なあに、気取ってるずら。あたいらだって助け合わにゃあ」

「あなた方はあなた方で、好きにすればいいじゃない。私はべつに、誰かに言いつけたりしないから」

そのときはそれで済んだけれど、その少女はそれから何度でも鈴子に話しかけてくるようになった。ある日などは、盗んできたばかりらしい小さなメザシを垢じみた服のポケットから取り出してきて、鈴子にも分けてくれようとした。そんな汚いものと即座にはね除《の》けるわけにもいかなくて、鈴子は小さなナイフのように光っているメザシを見つめた。

「いいから、やるに」

「でも――誰かにあげるんじゃないの？」

すると少女は、いつもは父親にあげているのだが、今朝は、たまには他の魚を持って帰ってこいと殴られたのだというようなことを言った。

「だけど、それよか大きいヤツは、あたいはなかなか手に入らんもんで」

「だって、仲間で分けてるんじゃないの？」

「あたいはよくヘマもするし、頭がちょっと足りんもんで、しょうがないんずら」

少女はけろりとした表情で垢じみた顔をほころばせている。そして、今の仲間たちは誰も彼もが家族や兄弟を食べさせるために万引きをしているのだと話し始めた。

「タケオは父ちゃんが死んじゃったし、ミノルはもともと祖母《ばあ》ちゃんだけだら、あたいんとこは父ちゃんも母ちゃんもいるにゃあいるけど、働けんもんで」

父親は大工だったが戦争に行って頭を怪我《けが》して帰ってきて以来、一日中ぼんやりしている。母親はしばらく「糸川のあたり」で働いていたが「悪い病気」をもらってきたのだそうだ。ひょっとして花柳病のことだろうか。既に熱海にも、そういう病気が流行《はや》り始めているのだろうかと、鈴子の中ではまたも何かがもやもやと動いたように感じられた。

「タケオは、いっつも言ってるら。子どもは子ども同士で助け合わにゃならんって。そうせんことにゃあ、ひもじくってなんねえし、生きていかれんもんで。だから、あんたも仲間に入ればいいずらって」

鈴子は、垢じみた少女の顔を何とも言えない気持ちで見つめた。臭くて汚い子。けれど、この子と自分との間に、どれほどの違いがあるだろう。むしろ、自分たちで盗みを働いてでも生き抜こうとしているこの子たちの方が、まともなのではないだろうか。鈴子には、それだけの才覚もなければ気力もない。いや、もしかしたらそんな資格すらないかも知れない。アメリカ軍から放出されたお菓子や缶詰を食べたりして、お母さまと一緒になってアメリカ人の車でドライブをして、宮殿みたいなホテルでものすごいご馳走《ちそう》を食べてしまった自分には。

「これ――返す」

少女は怪訝《けげん》そうな顔をしていたが、かといって抵抗する素振りも見せず、素直にそれを受け取った。

「仲間んなるら？」

「無理だわ。私はあんたたちの仲間には入れない」

「なんで」

「何でも。だけど、何度でも言っておくけど、だからって、あんたたちの邪魔もしないから」

「ふんとだらあなあ？」

「本当だったら」

それだけ言い残して、くるりときびすを返した瞬間、すっかり忘れたつもりでいた本所の勝子ちゃんや、大森海岸の子どもたちのことが思い出されてならなかった。みんな、今どうしてる？　ちゃんと生きてる？　まともに食べられてる？　ねえみんな、みんな、私のことを覚えてくれてる？

鈴子はここにいるよ。

学校に行ってないのに、誰にも気づかれずにいる。お母さまは、鈴子のことよりも自分のことに夢中。RAAのこととかデイヴィッド・グレイ中佐のこととか。匡お兄ちゃまは、まだ戻らない。他に家族はもういない。みんな死んでしまった。

鈴子はここにいるよ。

戦争に負けてからずっと男の子の格好をさせられて。薄汚い女の子に万引きの仲間にならないかって誘われて、そんな度胸もないまんま闇市をうろついて、他に行くところも見つけられずにいる。

つまらない。つまらない。

ラジオでは「しょ、しょ、証城寺」で始まる童謡『証城寺《しょうじょうじ》の狸囃子《たぬきばやし》』の節にのせて「カム・カム・エブリボディ」という挨拶《あいさつ》で始まる英会話の番組が始まっていた。毎日夕方十五分ずつ流される番組のために、お母さまはラジオを買って帰ってきた。

「これでもう、わざわざ母屋《おもや》まで行かなくても、いつでも好きな番組を聴かれるでしょう」

鈴子も、せいぜい「カムカム英語」を毎日聴いて、少しでも英語に慣れるように、とお母さまは言った。

「どれくらい実力がついているか、お母さまが時々、試験をしましょうね」

冗談ではなかった。それまで、本来なら学校の授業が終わって帰るくらいの時間までには宿に戻っていた鈴子は、そんなラジオなど聴きたくないばかりに、もっと遅い時間まで町を歩き回るようになった。糸川を渡って、もっと西の方にも行ってみた。熱海ホテルなどがある辺りとはまた雰囲気の異なる、静かで落ち着いた佇《たたず》まいの旅館や別荘などが点在する地域もあったし、その近くに建つ神社が気に入って、寒くて震えながらでも、何時間でもそこで過ごすこともあった。

いったい何がしたいのか。

これから何がどうなるのか。

戦争は終わったけれど、それではこれから先の鈴子たちはどうなるのか。日本は、この先も日本であり続けられるのか。お母さまは、お母さまと鈴子の生活をどうするつもりなのだろうか。RAAは。花柳病は。デイヴィッド・グレイ中佐は——。

みんな、ずるい。

みんな、嫌い。大っ嫌い。

日本人も、アメリカ人も。

毎日毎日、同じような思いばかりが繰り返し、ぽこり、ぽこり、とあぶくのようにわき上がる。いったい誰に聞いたら、次々に浮かぶ疑問に答えてくれるのか、どうしたらこの気持ちをすっきりさせられるのか、まったく分からなかった。

3

気がつけば、町の至る所で梅の花を見かける季節になっていた。坂の途中でふと見上げた先に小さく開いた花を見つけて、鈴子は、まるで生まれて初めて梅の花を見たような心持ちになった。鮮やかな紅色が、冬の青空の下でより一層明るく華やかに見える。空も、梅の花も、もとからこんなに濁りのない鮮明な色をしていただろうか。思えばここ何年も、梅の花なんか眺めた記憶さえない。

もうすぐ、春が来る。

そう思うと、ごく自然に嬉《うれ》しさがこみ上げてくる。だが今年は、それと同時に胸苦しいような恐ろしいような、何とも言えない憂鬱《ゆううつ》も広がった。もう、これまでのように無邪気に心を弾ませて春を待ちわびるなどということは出来ないのだと、改めて思う。多分、もう二度と。春になるということは、再びあの日が巡ってくるということだからだ。忘れたくても忘れられない三月のあの日が、また来てしまう。

勤労動員で慣れない畑仕事に埼玉まで駆り出され、何日かしてやっと上野駅まで帰ってきたと思ったら、目の前に地獄絵図が広がっていた。あの日。人も建物も、何もかもが破壊され、焼けていた。黒焦《こ》げになった死体が方々に転がって、その隙間を亡霊のようにさまよう人たちがいた。そして、鈴子は何もかもを失った。

今こうして梅の花など眺めていると、何もかも遠い幻か、悪い夢でも見ていた気がしなくもない。だが鈴子は、あのとき目にした光景を、これから先も一生、忘れることはないと思っている。今も鼻の奥の方には、つんと鼻をつく独特の悪臭が残っているほどだ。あの臭いこそが戦争の臭い、惨めな敗北の臭いだった。これから先、春が来る度にあの日を思うことだろう。死ぬまでずっと。

思えばあんな光景を目《ま》の当たりにしながらもなお、お国のためならいつだって喜んで死ぬのだと、ずっと信じて過ごしていたのだから、つくづく不思議になる。改めて考えてみると、どうして鈴子たちまで死ななければならないのか、悪いことも何もしていない子どもたちも残らず死んでしまったら、この国は完全に滅びたのではないかと、次から次へと分からないことが出てくるが、あの頃は、そんなことはまるで考えもしなかった。とにかく逃げること以外は頭になく、もし何か考えることがあったとしたら、一にも二にも食べ物のことばかりだった。

こうして戦争は終わり、年も改まったけれど、鈴子は相変わらず何を考えればいいのかも分からないまま日々を過ごしている。お腹《なか》はさほど空《す》いていないが、だからといって満たされているとも思えなかった。お腹どころか、鈴子自身がからっぽのままなのだから、当たり前だ。だから、こんなにつまらないのだろうと思う。来る日も来る日も、寝ても覚めても、つまらなくてつまらなくて、どうしようもない。

もしも学校に行っていないことが、このままお母さまに見つからなかったらどうなるのだろうかと、最近はそのことばかりが頭を占めている。春になったら多分もう卒業だ。本当は去年の春から戦争が終わって秋になるまで、学校はずっとお休みだったのだし、その前だって勤労動員や教練ばかりで、まともな授業なんかほとんど受けてやしないけれど、それでも今、鈴子は国民学校高等科の二年生ということになっているのだから、卒業するより他にない。

こんなにずる休みしている鈴子でも、果たして卒業証書はもらえるものだろうか。それとも、卒業したふりをしてしまえば平気だろうか。そんなことが通用するものか。

もしも、もしも、何となくごまかせてしまったとして、それから先はどうなるのだろう。働きに出ることになるのだろうか。どこへ？ 働き口はどうやって探せばいい？ 何が出来る？ 子守？ 女中？ 熱海で？ お母さまから離れて？

当てもなく歩き回っているうちに、いつの間にか「キャバレーニューアタミ」に続く坂道を上っていた。以前から熱海で一番賑《にぎ》やかな界隈《かいわい》ではあるけれど、最近はいつ来ても軒を連ねる商店街のどこかに荷車や馬車、時としてトラックが止まっていて、何かしら工事をしている。そして、鈴子が越してきた、わずか数カ月の間にも、ずいぶん分と雰囲気が変わってきていた。構えそのものを派手に作り替える店があるかと思えば、大きな英語の看板を掲げる店も目につく。進駐軍の客を当てにしているのだ。また、ちょっと見はごく普通の土産物店のようでも、店先に並ぶ品は熱海とはまったく関係のない、日本人形やこけし、羽子板に独楽《こま》などといったおもちゃ、それから富士山や舞子さんの絵はがきなどを並べている店も目についた。アメリカ人は、こんなものを喜ぶのだろうか。

ああいう店の店員にでも雇ってもらえないものかしら。

だが進駐軍相手の店で働くのなら、多少なりとも英語が出来なければならない。お母さまに渡された英会話の本一つで、果たしてどこまで通用するものか。「カムカム英語」だって、まるで聞いてないし。

陽が落ちるまでにはまだずい分と時間があるというのに、緩く曲がっている坂道の上の方を見ると、「ニューアタミ」はもう店開きしているらしく、入り口の電飾がちかちかと光っているのが遠目にも分かった。上っていくに連れ、店の前に黒い背広姿の男の人が立っているのもはっきり見えてきた。通りかかる度に見かける人だ。いつ見ても、ぱんぱんと手を叩《たた》きながら「さあさあさあ!」などと大きな声を張り上げている。

「ニューアタミ」は、土産物屋や旅館などが並ぶ繁華街の外れ、坂道のほぼてっぺん近くにある。その先は道幅も狭くなっていて、湯前《ゆぜん》神社がある先は普通の民家がぽつぽつと立ち並ぶくらいのものだから、観光客もそこまでは足を延ばさない。「ニューアタミ」の前にいる男は、テカテカに光る髪をぺったり撫《な》でつけて、同じくらいテカテカに光っている先のとんがった靴を履いている。面長の輪郭で目は細く、驚くほど嗄《しわが》れた声を出す。彼は、坂道を上ってきた進駐軍のジープに身振り手振りで何か指示していることもあれば、あたりに誰もいないときには、寒そうに肩をすくめて両手をこすり合わせながら、ただぶらぶらと歩き回っていることもあった。今日は、ちょうどやってきた数人連れの日本人に「社長!」と話しかけていた。どうしてちょっと見ただけで相手が社長だと分かるのだろうかと不思議に思いながら、鈴子は少し離れた道の反対側から、そっと彼らのやりとりを眺めていた。

「へいへい、ご安心ください。もっちろん、もちろんもちろん、日本人のお客様も、それはもう大歓迎でございますですよ。何たって、ほれ、社長、当店のうたい文句をご存じないですか、あれ、そうかね」

そこでテカテカ頭はぱんぱんと手を叩くと、いきなり「はい！」と大きな嗄れ声を上げた。

「さあさあ、東海道の踊る不夜城！　熱海は銀座通りのてっぺんの、当店こそが皆さんのオアシス、ニューアタミでござい！　さあさあ、老いも若きもあなたも僕も。昨日の敵は今日の友、アメリカさんも日本も、歌って踊れば天国だ、さあさあ、皆さまの楽しい社交場だあっ、てえんですから」

一体どこから絞り出されているのか分からないような塩辛声で一気にまくし立てるテカテカ頭を眺めるうち、ふと、あの人は戦争に行ったのだろうかと思った。見たところ三十歳は過ぎているだろうから、行かなかったとは思えない。すると、もう還《かえ》ってきた人なのだろうか。その上で「昨日の敵は今日の友」などと大きな声でまくし立てているのだろうか。

客の一人が、何か話しかけている。テカテカ頭は大げさに身体を揺らしながら、思い切り愛想の良い笑顔を作り、またぱんぱんぱんと手を叩いた。

「おります、おります。もう、ずらずらずらっと五十人！　選り取り見取り、社長たちをお待ちしておりますですよ。もう、おぼこい娘っ子から色っぽい年増《としま》風までね、ええ、素人《しろうと》っぽいのから花の東京は浅草で腕を磨いてきたという、まさに見事な踊り手まで。え、え、何ですって？　あっはっは、もちろんじゃあ、ございませんか、分け隔てなんかしやしませんて。日本のお客様も、進駐軍のアメリカさんもね、当店はすべて同じサービスですし……」

テカテカ頭の声がふいに潜められ、同時に男の客たちが、すっと引き寄せられるように寄り集まった。そして次の瞬間、彼らは揃《そろ》って軽い笑い声を上げ、互いに顔を見合わせて二言三言、何か言葉を交わした後で、ぞろぞろと店へ入っていった。扉が開いてその人たちが吸い込まれていく間だけ、ブンチャカブンチャカという賑やかな音楽が微《かす》かに洩《も》れ聞こえてきた。あの中では、果たしてどんな光景が繰り広げられているのだろうか。鈴子には想像もつかない。

ダンサー。

踊りを踊って、お給金をもらう生活。楽しいと言えば楽しいのかも知れない。だが、鈴子にも出来るかどうかと言われたら、とても自信がなかった。踊り方も分からないし、恥ずかしいし、第一、踊りたくないときでも踊らなければならないなんて、あまり楽しい気がしない。その上、浅草のレビューなどとはわけが違う。男の人と一対一で踊るのだ。GIとでも。

でも。

もしも他に働き口がなかったら、鈴子もあんなところで働くしかしようがないのかも知れない。ダンサーになると言ったら、お母さまはどうするだろう。

あれこれ思いを巡らしていると、ふいに鈴子の視界をすっと横切っていく若い男がいた。後ろ姿を見ただけでも薄汚れて貧しげな服装だと分かる男は、のっそりのっそりと上体を揺するような大股の歩き方で、テカテカ頭に近づいていく。

「またおまえだか」

テカテカ頭が眉根《まゆね》をぎゅっと寄せて、「ほんとにしつこいガキずら」と相手を睨みつけた。ついさっき「社長さん」たちに見せていた顔とは、まるで別人だ。

「だから、言ってるらぁ。仕事中は会わせられんって」

「だって――」

「用があんなら、家帰ってきたときに話しゃあ、ええら」

「はあ、そんでも、ちいとも帰ってきやせんもんで」

「知るか、そんなこと。ええだか。ここはなあ、大人が遊ぶとこだ。ガキがのこのこと訪ねてくるもんじゃねえって、この前も言ったら」

「なあ、俺んとこの姉ちゃん、今日もここに来とるだか」

「おめえん家の姉《ち》ちゃんがどんな面《つら》ぁしてんのかも知らんに、俺に分かるか」

テカテカ頭は喋っている間もひっきりなしに歩き回っているから、若い男もうろうろとついて歩いている。二人の歩く向きが変わったときに、若い男の顔が見えた。鈴子は思わず身を乗り出しそうになった。あれは、鈴子の同級生ではないか。以前、鈴子がこのあたりを歩いているときに声をかけてきた、あの少年に違いなかった。そういえばあのとき、自分の姉がキャバレーで働くようなことを言っていたと思う。

「なあ、おじさんよう、頼むよう。おらあ、姉ちゃんに大事な用があるもんだで」

しつこく食い下がる少年を無視して、テカテカ頭はまたぱんぱんと手を叩き、まるで両方の足を交互に放り出すみたいな歩き方で「さあさあ、さあさあ」と声を出しながら店の前を行ったり来たりし始めた。その後を、鈴子の同級生は「よう、よう」と言いながら、うろうろとついて回る。

「ああっ、うるせえガキだなあ、もうっ。商売の邪魔だ邪魔だ、ガキに用はありゃあせんて言っとるらあっ！」

野良犬《のら》でも追い払うように「しっ、しっ」と手を振られて、鈴子の同級生は数歩後ずさりつつも、まだ未練がましくその場に立っている。大柄な子だと思ったが、大人の男の人と比べてしまえば、やはりまだまだ子どもっぽかった。邪険にされても何を言い返すことも出来ない、そのみすぼらしい姿を見ているうちに、鈴子は何だか無性に腹が立ってきた。何よ、お姉さんに会わせるぐらい、いいじゃないのよと、つい言ってやりたくなる。思わず足を前に踏み出そうとしたとき、ぽん、と誰かに肩をつかまれた。鈴子は一瞬、全身が総毛立つくらいに驚いた。

「やっぱり、すうちゃん。何やってるの。こんなところで」

振り向いた先に、モトさんがいた。とっさに「モトさん」と言いかけて、鈴子は思わず口をつぐんだ。モトさんが、まるで知らない相手でも見るような、ひんやりとした目でこちらを見ているからだ。

「あなた、学校は？　今日はお休みじゃないでしょう？」

一度ひやっとしたこめかみのあたりが、今度はかっと熱くなった。何か言わなければと思うのに、まったく言葉が浮かんでこない。よりによって、どうしてこんなところでと、頭の中を一気に色々な言葉が駆け巡った。

逃げちゃおうか、走って。

馬鹿《ばか》な。そんなことをしたって無駄だ。第一、お母さまに連絡が行くに決まっている。すぐにでも。

だったら、どうする。

胸よりも、頭の中全体がドキドキしている感じだった。次の瞬間、鈴子はくるっと振り向いて「ちょっと！」と声を上げた。

「ねえったら！　まだ会わせてもらえないの？」

テカテカ頭に邪険にされて呆然《ぼうぜん》と立ち尽くしていた少年が、のそりとこちらを振り向いた。鈴子は、小走りに通りを渡って少年に近づいていった。背後から「ちょっと、すうちゃん」という声が追いかけてくる。

「あんた、どうしても用があるって言ったじゃないよ。だから、わざわざここまで来たんでしょう？　学校、早退《はやび》けまでして」

少年の傍まで行くと、鈴子はズボンのポケットに両手を入れ、わざとらしく顎《あご》をつんと突き出すようにして、少年の顔を見上げた。だが、鈴子を覚えていないのか、同級生の表情はほとんど動かない。嫌だ、話を合わせなさいよ。それとも鈴子を忘れちゃったの？　ひょっとしてこの子、少し馬鹿なのかしらと密かに苛立ちながら、鈴子は、今度はテカテカ頭の方を見た。

「何で会わせてくれないんですか。ここに来るしかしようがないから、こうして会いに来てるのに」

間近に見ると、テカテカ頭はまだ三十歳にもなっていないくらいかも知れなかった。目の下に、ちょっと傷がある。面長の輪郭で鼻も顎もとがっており、その細い目には、思わずぞくっとするような、嫌な光が漂って見えた。瞬間的に、鈴子の中で「危ない」という声が聞こえた気がした。

この人は、怖い人だ。

何か、とてつもなく恐ろしいことをしてきたか、または恐ろしい何かを見てきたか、そういう人に違いないと思った。何を考えるよりも先に、二の腕から両頬にかけて、ぞくぞくする感覚が駆け上がる、その感じが「危ない」と伝えていた。

「ちょっ。またガキだか。一体全体、何だら、今度は」

口の端をぎゅっと歪《ゆが》め、細い目を余計に細めて、テカテカ頭がこちらを睨みつけてくる。それだけで、縮み上がるほどに恐ろしかった。だが鈴子は精一杯に虚勢を張って、「だって」と、さらに顎を突き出して見せた。ここで逃げては、元も子もない。

「何が『だって』だあ、このくそガキめ」

テカテカ頭は明らかに苛立った顔つきで、鈴子に顔を近づけてきた。今度は背筋を電気が走ったように恐怖が駆け抜けた。やめて、近づいてこないで、どうしようと、思わず頼りにならなそうな同級生の腕に捕まりかけたとき、テカテカ頭の視線がすっと横に流れた。その途端、男の顔つきが、またもやすっと変わった。

「ごめんなさいね、柏木《かしわぎ》さん。私の知ってる子なんですの」

「あれっ、ええっ、ああ、そうなんですか。能瀬さんの？」

「ほら、柏木さんもご存じじゃないかしら。二宮さん、総務の」

「二宮、二宮――ああ、あの、英語ぺらぺらの」

「そう、あの方の、お嬢さん」

え、と驚いた表情で改めてこちらを見る男は、やはり薄気味の悪い瞳をしている。モトさんは、よくもこんな男と親しげに言葉が交わせるものだと、鈴子は、柏木と呼ばれた男の顔と、歩み寄ってきたモトさんとを、まじまじと見比べていた。

「お嬢、さん？　女の子ちゃん？」

モトさんは「ええ」と、鈴子もよく知っている、例の華やかな笑顔でテカテカ頭と向き合っている。

「正真正銘ですわ。鈴子ちゃんっていうんですけれど」

こんなところで名前まで出されるとは思わなかった。鈴子は思わず「やめてよ」と言いそうになり、次の瞬間にはまったく違う考えが頭に浮かんで、愕然《がくぜん》となった。

そうか。

考えるまでもない。モトさんとテカテカ頭とは同じＲＡＡの社員同士、つまり仕事仲間ということだ。そして、お母さまも。こういう雰囲気の人たちがいる職場なのだ。こんな――こんな、鈴子の目から見てさえ、とてもまともとは思えない人たちと。

「こないだまで私たち、一緒に住んでましたのよ」

テカテカ頭は「へえ」と大きくうなずきながら、まるで値踏みでもするような目つきで、じろじろと鈴子を見ている。今度は恐怖と同じくらいの悪寒《おかん》が駆け抜けた。だがモトさんは、まるでずっと以前からの知り合いのように、いかにも親しげな笑顔を崩さないまま、「それで」とこちらを見た。

「すうちゃん、そっちの子は」

「あ――同級生。ねえ？」

肘《ひじ》で突くと、大柄な少年はようやく思い出したようにひょこりと頭を下げる。

「お姉ちゃんが、ここで働いてるんですって」

「そうなの？　お姉さんの、お名前は？」

「脇屋《わきや》、スエ」

「脇屋——ああ、スエさんね？　あなた、スエさんの弟さんなの？」

同級生の名前を初めて知った。鈴子は忘れないように「わきや、わきや」と心の中で繰り返しながら、今度は同級生とモトさんとを交互に見つめていた。

4

こたつを挟んで、鈴子はさっきからずっと俯《うつむ》いたままだ。もう、首の後ろが痛い。こたつ布団《ぶとん》の上に置いた自分の手と天板しか見えていない視界には、時折モトさんの指先が入り込んできて、天板に置かれた灰皿に向けて、ぽん、ぽん、と煙草《たばこ》の灰を落とす。

「いつまでそうしてるつもり？」

微かなため息に続いて、モトさんの声。けれど、鈴子は何も答えない。答えようがないからだ。いつまでなんて、決めていない。好きでこんな姿勢を続けているつもりもなかった。首だって痛いのに。

「すうちゃんったら」

またもやモトさんの指先が視界に入ってきて、短くなった煙草を灰皿に押しつける。これで三本目だった。

それにしても迂闊《うかつ》だった。モトさんが管理人をしているというキャバレーの女子寮が、同じ通り沿いの、しかも店とは目と鼻の先、ただの斜向《はすむ》かいにあったとは。てっきりもう少し離れたところにあるものとばかり思っていた。しかも鈴子ときたら、その建物の真ん前に立って、テカテカ頭と同級生のやりとりを眺めていたのだ。さっき、モトさんから「見つからない方が不思議なくらいでしょう」と言われて、返す言葉もなかった。

鈴子が連れてこられたのは、その寮の、モトさんの部屋だった。八畳の和室に広縁がついていて、広縁の前には小さな庭も見えている。今の時刻は夕方に向かう午後の陽が射《さ》し込んでいた。部屋にはこたつの他に長火鉢もあって、五徳にのせられた鉄瓶が、さっきからしゅんしゅんと湯気を立てていた。

ここは、もともと旅館だったものをＲＡＡが借り上げたという話だ。本来が旅館だから温泉も引けているし立派な客間もある。だからダンサーたちの寮として使う傍ら、東京のＲＡＡ関係者などが家族や取引先の人などをつれてきて、保養所代わりに利用しているという。食べ物のない東京に比べて、熱海ではとりあえず魚が食べられる。

それだけでも東京の人たちは大喜びするそうだ。

「ねえ、とにかく何か話してくれない？　どうして学校に行っていないの。一体、いつから？」

別段、答えたくないわけではなかった。ただ、「どうして」などと聞かれても、やはり返答のしようがないのだ。モトさんはさっきから、答えられないことばかり聞いてくる。こんなに面倒なことを言う人だったろうか。だから、顔を上げたくなかった。第一、関係ないではないか。モトさんなんか、所詮は赤の他人なのだから。いくら仕事の都合だからといっても、あんなに打ち解けていたのに、驚くほどあっさりと鈴子の元を去って行った人なのだから。

「――どうなった、かな」

「何が？」

「――さっきの」

「ああ、同級生？　会えたんじゃない？」

モトさんの口利《き》きもあって、結局、テカテカ頭は渋々ながらも脇屋スエという人を呼びに行ってくれ、そうして一旦《いったん》一人で戻ってくると、鈴子の同級生に「裏口に回れ」と指図した。その段階で鈴子はここに連れてこられてしまったから、後のことは分からない。

どうせなら、鈴子もあの子のお姉ちゃんという人を見てみたかった。別段、脇屋くんのお姉ちゃんだからという理由ではなく、ダンサーをしているという人を。聞けば、脇屋スエという人は、この寮に住んでいるのだそうだ。モトさんは、その人が地元の出身だということも知らなかったと言った。とにかくよく働くというか、ひっきりなしに外泊する人で、そういえば昨日もここへは戻らなかったらしい。つまりそれは、家に帰っていたということなのだろうか。それならなぜ、脇屋くんは訪ねてきたのだろうかと、鈴子の中には新たな疑問が浮かんでいた。

「ねえ、すうちゃん——」

「あの子が」

咄嗟《とっさ》にちらりと顔を上げて一瞬だけモトさんを見てから、鈴子は「脇屋くんが」と口の中で呟《つぶや》いた。

「どうしても、お姉ちゃんに会いに行きたいって言うから」

我ながらいい言い訳を思いついたものだ。さっき咄嗟に嘘《うそ》をついたとき、そうだ、そういうことにしようとひらめいた。

「前にも一度、聞かれたことがあったし。あの子の、お母さんが心配してるんですって。そのう――ああいうお店で働いても大丈夫なものかって」

「それで？」

「それで――だから、じゃあ私が一緒に行ってあげようかって」

「どうして？」

「どうしてって――だって、あのお店はＲＡＡがやってるって言ってたでしょう？　だったら――」

「だったら、なあに」

「そのう――お母さまも、ううん、モトさんもいるわけだし」

「お母さまも、私も」

「そう、でしょう？」

自分としてはかなり注意深く答えているつもりだった。ところが、すぐにモトさんの大きなため息が聞こえてきた。

「嘘、おっしゃい」

「どうして嘘だなんて言うの？　なんで鈴子が嘘をつく必要があるの？　嘘なんかじゃ――」

「だったら、どうして最初にここに寄らないの」

「だって、モトさんの住んでるところがここだなんて、知らなかったもの」

「そう。だとしても、あの同級生に前から聞かれていたんなら、まず、お母さまに相談する時間だってあったはずでしょう？」

「だって、お母さまは——駄目だから。色々と忙しいし」

「ねえ、すうちゃん」

鈴子は、ちらりと上目遣いにモトさんを見て、またすぐに俯いてしまった。モトさんは、笑顔もすごい威力を持っている。けれど、今みたいに厳しい顔をしていても、また独特の迫力があった。

「私ねえ、すうちゃん。実は前にも一度、すうちゃんを見かけてるのよ」

手のひらに汗をかいている。こたつ布団の上でそっと開いてみると、細かなつぶつぶが光って見えるくらいだ。ああ、いやだ。どうしてこんなところで見つかってしまったのだろう。

「それも、海岸通りのマーケットで。あのときは、あらっと思ったんだけど、声をかける間もなくすぐに人混みに紛れてしまったから、ひょっとして見間違いだったのかな、ううん、見間違いだろうなと思っていたんだけれど——やっぱりあれ、すうちゃんだったんだ。あっちにも行ってるのね」

「――べつに」

「この辺でもう、隠し事はなしにしましょうよ、ねえ？　私なりにすうちゃんの力ににはお母さまになれることだってあるかも知れないし、話の内容によっては、余計なことはお母さまには言わないでおくから」

逃げ切れないことは、鈴子だってとっくに分かっている。それに、モトさんはさっき、お母さまの事務所に電話をかけに行ってしまった。お母さまは「出来るだけ早く行く」と答えたのだそうだ。

「ねえ、聞かせてちょうだい。学校、いつから行っていないの」

「――今年のはじめ」

「はじめから？　今年の？　ずっと？」

ため息と共に聞こえてきた「そんなに」というつぶやきは、そのまま憂鬱な霧のように室内に広がっていく感じがした。鈴子は自分も大きく肩を上下させて、思い切り大きく息をついた。ここまで来たら、もう全部話すより仕方がなかった。

「最初は、いつ見つかるだろうって思ってたんだけど。でも、学校からも何も言ってこないし、お母さまも、まるで気がつかないから」

「そうなの？　まるで？」

やっと思い切って顔を上げてみた。モトさんは、これまでに見たことのない顔つきになっていた。その瞳が、間違いなく鈴子を哀れんでいるように思えて、鈴子は急に自分が惨《みじ》めになった。そんな目で見ないでと言いたい一方で、いっそ笑い飛ばしてしまいたいような、または泣き出したいような、何とも言えない気分になる。

「宿の女将《おかみ》さんも？　まあ、あの人はそういう人かも知れないけれど——それで、どうやって過ごしていたの、今日まで」

「——何となく」

「何となく？」

「ぶらぶらしたり、ぼんやりしたり——神社でお弁当食べたり」

モトさんは「この寒いのに」と、何とも言えない顔つきになっている。

「一人で？」

「——どういうこと？」

「仲間っていうか——お友だちでも出来たかなと思って。さっきの子みたいな」

「あの子は、ずっと前から学校に来てないの。前にこの辺で一度、会っただけ。鈴子は——マーケットで、万引きの仲間に入らないかって誘われたことはあるけど」

「万引き？　大人の？」

力なく頭を左右に振りながら、あの臭くて汚い女の子を思い出していた。垢じみた臭《にお》いをさせて、あの子はつい昨日もマーケットを歩き回っていた。

「それで、すうちゃん——」

「断った。その子たちはみんな、生きていくためにやってるんだもの。私は、お母さまのお蔭《かげ》でそんなことしなくても食べていかれてるから」

ああ、お母さまは今頃どんな気持ちで、どんな顔をしていることか。どこから駆けつけてくるのだろうか。怒られるに決まっている。それは覚悟しなければならないが、実のところどんな風に怒られるのか、鈴子には見当がつかなかった。よくよく考えてみると、最後にいつ、お母さまに怒られたかも思い出すことが出来ない。多分、戦争がひどくなる前だったと思う。そこから先は、喧嘩《けんか》をしたり叱《しか》られたりしている暇もなかった。

モトさんが新しい煙草に火をつける。どこか遠くを見る目でひと口目の煙をふう、と吐き出してから、何か考える顔になっている。どうやって小言を言おうか、どう叱ろうか考えているのだろうと、その硬い表情を見つめながら、鈴子は、何ともつまらない気分になった。モトさんに謝らなければならないような筋合いの話ではないが、簡単に「ごめんなさい」と言ってしまおうか。それで済むのなら、その方がまだ楽かも知れなかった。

「いつか、こんなことにならなければいいって、心配はしていたのよ」

ところが、ふた口目の煙を吐き出した後で、モトさんはどこかしみじみとした口調で呟いた。

「すうちゃんの気持ちを考えたら、どうなんだろうなって」

「私の、気持ち？」

「だってほら、暮れから色々とあったでしょう」

色々、と聞き返しそうになって、鈴子はつい目を伏せた。ああ、モトさんには全部分かっているのだ。無理もない。たった半年程度のことだけれど、家族同然に暮らしていた。だからこそこうして熱海までも一緒に来たのだ。その間、モトさんもモトさんなりに、やはりずっとお母さまを見てきたはずだった。いや、ひょっとしたら鈴子以上に、お母さまの色々な部分を知っているのかも知れない。

「すうちゃんのお母さまだって生きるのに必死なの。とにかく一生懸命だっていうことも、よく分かっているし、私なんかが口出しすべきことではないとも思ってきたんだけれど、すうちゃんにしてみれば、たった一人のお母さまのことですものね。傷つかない方がおかしいとも思っていたの」

「――モトさんは、どう思う？」

「何が？」

「お母さまが――あの、デイヴィッド・グレイ中佐っていう人と、そのう――おつきあいしてること」

そうねえ、と言って、モトさんはまた遠い目になる。懸命に言葉を探しているらしいことが、鈴子にはよく分かった。つまり、それだけ快く思っていないということだ。実際、前にもモトさんは、それらしいことを言っていた。自分にはとても真似《まね》が出来ないというようなことを。

「すうちゃんは？」

「私？　私は――」

自分の手のひらを眺めながら、鈴子は「私はべつに」と呟く自分の声を、ずい分と遠いものに感じた。

「お母さまが、それでいいっていうんなら」

「すうちゃんは、かまわないの？」

「かまわないっていうか――しようがないじゃない。鈴子がいくら嫌だって言ったって、お母さまは聞いてなんかくれないし、それに」

あの、箱根へのドライブの日を思い出す。

「お母さまには、あの人が必要なんだから」

宮下のおじさまなんかよりも、ずっと。唾《つば》を飲み込む音が、自分の中でごくん、と大きく響いた。そう。お母さまにはあの人が必要。宮下のおじさまどころか、鈴子よりも。そういうことだ。

「あの人といるから、鈴子が学校に行ってないことも気がつかないんじゃないの」

「そんな、いくら何でも――」

モトさんが言いかけたとき、部屋の外で「おねえさん、いる？」という控えめな声がした。モトさんが「どうぞ」と応《こた》えると、ふすまが開いて、真っ黄色のブラウスに花柄のスカートを穿《は》いた若い女の人が顔を出した。長い髪が豊かに波打って、肩の上まで広がっている。彼女は、ちらりと鈴子を見た後で「おねえさん」ともう一度、真っ赤な口紅を塗った口を開いた。

「サト江ちゃんが、ちょっと変みたいなんだけど」

「サト江ちゃんが？ 何だって？」

「熱があるみたい。ふらふらしてるわ。あたし、それじゃお店に出るのは無理よって言ったんだけど、聞きゃしない」

モトさんが、こたつに手をついて立ち上がる。

「ちょっと見てくるわね。待っててちょうだいね」

鈴子にそれだけ言い残して、モトさんは足早に部屋を出て行った。一人になった部屋で、鈴子はこたつの中に手を入れ、背中を丸めて天板に突っ伏すように頰をつけた。ぼんやりしていると、何だか急に全身の力が抜けて、不思議な気持ちになってくる。

見つかった。とうとう。

けれど、悔しくもなかったし、残念だとも思わない。お小言が長くなったら、それは嫌だけれど、仕方がないとあきらめもついていた。いや、正直なところ、鈴子は自分がほっとしているのを感じていた。やっと見つけてもらったと思った。これでもう、寒い中を一日中歩き回らずに済むし、万引きの仲間などに入る心配もなくなった。さらに言えば、よく分からない連中とつきあっている間に、どこかの男に襲われるような心配も。

本当のことを言うと少し前から、鈴子は密《ひそ》かに自分が「女になる」日が近いのではないかと想像していたのだ。こんな風に毎日のように町を歩き回っていれば、どこで妙な人に声をかけられるかも分からない。鈴子が女だと分かった途端に、妙に粘っこい目つきになったのは、万引き集団の少年だけに限らなかった。それに糸川の周辺を歩いていれば自然に分かってくる。要するに、男と女のことに関しては、日本人もアメリカ人も関係ないらしいということだ。そして、鈴子がどういうつもりであろうと、場合によっては力尽くでも「そういうこと」をされてしまわないとも限らない。そういう雰囲気が、あちらこちらで感じられた。

だが、どうやらその心配も遠のいたようだ。とりあえず、こうして見つけてもらったのだから。

だったら後のことは、何でもいいや。もう。

こたつの天板のひんやりした感触が心地良かった。自分の呼吸する音と、鉄瓶が湯気を上げる音以外、何も聞こえてこなかった。

かた、こと、という微かな音で目が覚めた。

「……も、考えなきゃね」

ささやきに近いくらいの低い声が聞こえる。鈴子は目をつぶったまま、自分が今どこにいて、どういう状況なのかを思い出そうとした。

「その方が、いいと思うわ。一番難しい年頃だもの」

「それは、分かってはいるんだけど」

「ねえ、すうちゃん、どうして女学校にやらなかったの」

モトさんの声だった。それで思い出した。ここはモトさんの部屋だ。誰かに呼ばれて部屋を出て行ったモトさんの戻りを待っている間に、どうやら眠ってしまったらしい。目をつぶったままで微かに手を動かすと、襟元に柔らかいものが触れた。何か掛けてくれている。それに、頭の下にも枕《まくら》らしいものが当ててあった。

「主人の方針だったのね。女の子には、学問よりもお稽古事《けいこごと》や花嫁修業の方が大切だっていう考え方の人だったから」

「あら、つたゑさんは立派に女学校を出てるのに?」

お茶を注いでいるらしい音がする。しばらくすると、お茶をすする音も聞こえた。かた、こと、と何かを置く音。

「あの人は、そのことを疎《うと》ましく思っていたんじゃないかと思うのよ。長女のときも、私は女学校まで行かせてやりたいってずい分と頼んだんだけれど、どうしても首を縦に振らなかったの。『女が理屈ばかり身につけて、どうするんだ』って言って」

初耳だった。鈴子は寝返りを打つふりをして、微かに姿勢を変えた。低く抑えた声のお母さまの話を聞き漏らすまいと、全身を耳にした。

「私たちが住んでいた下町界隈でだって、大概の家の女の子は上の学校に行っていたんだけれど、私が言えば言うほど頑固になってね。あんまりしつこいと、そのうちに癇癪玉《かんしゃくだま》が破裂する人だったから」

「あら、そうなの？」

「だから私は、主人が生きていた頃はひたすら従順な妻の役割に徹してた――そうしてさえいれば、まあ、穏やかで優しい人だったのよね」

「じゃあ、つたゑさんが英語をお得意にしていることなんかは？」

「英語が好きだっていうことくらいは、知らなくはなかったはずだけれど、ことに子どもが生まれてからは、私は絶対に主人の前で英語の話なんかしなかったもの。どうしても読みたくて手に入れた英語の本でも、あの人に見つからないように、子どもたちの本に紛れ込ませておいたくらい。あの人が嫌がるものは全部そうやって、隠して、ごまかしていたものよ」

「そこまで？　へえ、徹底してるのね」

「男気はあるけれど、反面とても嫉妬《しっと》深い人だったの。私をものすごく束縛したし、家の内向きなことは別として、他のことで自分が知らないとか不得意にしていたことに関しては、ほんの少しでも私の方が知っていたり出来たりしたら、もうそれだけで機嫌が悪くなる人だった」

鈴子は、記憶の中のお父さまをたぐり寄せるようにしながら、そのお父さまに「そうなの？」と尋ねていた。本当なの？　お父さまは、そんな人だったの？　いつも優しくて、頼もしいお父さまだったのではないの？　だからこそ、そんなお父さまに、お母さまは頼り切っているのだとばかり思っていた。お母さまが心配だから、お父さまはいつもお母さまを傍に置いておいたのだと。光子お姉ちゃまだって、そう言っていたはずだ。お母さまは、お父さまがいなければ駄目な人だと。

「でも、もうご主人さまも亡《な》くなられてるんだし――差し出がましいようだけれど、私、すうちゃんには、もう少しきちんと教育を受けさせてあげたらどうかって、前から思っていたのよ」

頭が混乱しそうになっていたのに、モトさんの声を聞いた途端、胸の奥が、とん、と跳ねたように感じた。目を閉じたまま全身を耳にして、お母さまの「そうねえ」というつぶやきを聞いていた。

5

結局その日、鈴子はモトさんの目の前でお母さまと一つの約束をさせられた。これ以上、国民学校に行きたくないなら、それはそれで仕方がない。代わりに、みんなが卒業するのと同じ頃まで、これからは毎日モトさんの部屋に通って勉強をすること、というものだ。読み書きもそろばんもモトさんが見てくれる。熱海は空襲を受けていないから学校の教科書なども心当たりに頼めば手に入れられるはずだ。

「その間に、お母さまはすうちゃんを受け入れていただける学校を探してみるから」

叱られるか、または泣かれるだろうかとあれこれ考えていたのに、お母さまはただ疲れた顔でこめかみを押さえながら、そう言っただけだった。鈴子は突然、目の前の霧が晴れたような気持ちになった。元々それほど勉強が好きなつもりでもなかったのに、自分でも信じられないくらいに嬉《うれ》しさがこみ上げた。これで行き場所が出来た、ダンサーにならずに済むとも思った。

「すうちゃん。あなた、モトさんに感謝してちょうだいよね」

連れだって歩く宿までの夜道の途中、お母さまが口を開いた。

「――はい」

「普段通り、学校に行っているようにして出かけてね。お弁当も持って」

「――はい」

「二度とこういう真似してもらったら、困るのよ」

「――はい」

考えてみたら、熱海の町を二人で歩くことさえ、ほとんど初めてに近かった。それなのに、お母さまはそれきりひと言も喋《しゃべ》らず、ただ靴音を響かせて足早に宿までの道を歩いた。鈴子が最後に呟いた「ごめんなさい」という言葉さえ、お母さまの耳には届かないらしかった。

翌日から、鈴子はモトさんの暮らす寮に通うようになった。モトさんは、ひっきりなしに部屋を出たり入ったりするものの、どこから手に入れたのか、古い教科書や国語辞典を用意してくれていて、それを見ながら「この計算をしておいて」とか「この漢字の読み方を書き込んで」などと算数や読み書きの簡単な試験問題を出していくから、鈴子は大半の時間を自習して過ごした。ずっと前に習ったことのある簡単な問題もあれば、教科書をよく読んで、自分なりに考えなければ分からない問題もある。時にはaから始まるアルファベットを大文字と小文字の全部、綺麗《きれい》に三列ずつ書くように、などと言い渡されることもあった。

これ、前にも習った気がするな。

鈴子は、どの科目のどんな問題を出されても、そして、その答えがまったく分からなくても、ただ机に向かうことが何ともいえずに楽しかった。何もかもが新鮮に思えてならないのだ。開いた帳面に向かい、鉛筆を握りしめて、無心に文字を書いたり、ただ問題の意味や答えを考えて頭をひねっているだけで、不思議なくらいに時のたつのが早く感じられ、また気持ちが落ち着くのが自分でも分かった。

「さすが、お母さまの血を引くだけのことはあるわね。すうちゃんは呑《の》み込みが早いわ。少し本気を出したら、あっという間に遅れなんか取り戻せると思う」

お昼ご飯はモトさんと二人で食べる。時には、鈴子が持たされた弁当をモトさんが食べて、鈴子はモトさんが作ってくれた雑炊やすいとんを食べることもあった。その方が身体《からだ》が温まるからだ。誰かと話しながら食事をする楽しさを、鈴子は久しぶりに感じていた。

「じゃあ、モトさんは六人兄妹《きょうだい》？」

「もともとはね」

「他の人たちは、今は？」

「一番上の兄は台湾。二番目の兄は満州に行ったの。すぐ上の姉も、やっぱり満州に嫁いでいった。それで私でしょう？　弟は小さいときに腸チフスで亡くなったし、末っ子は戦死」

台湾や満州に行った兄姉《きょうだい》とは、今も連絡が取れないままだという。もともと、モトさんは東京の小石川という町で生まれ育ったのだそうだ。祖父母に叔父、叔母までが一つ屋根の下に暮らす大家族で、家は薬局だったという。女中さんと住み込みの店員さんもいたし、それは賑《にぎ》やかだったとモトさんは懐《なつ》かしそうに話してくれた。少女の頃から近所の人や親戚《しんせき》が、モトさんを女優にしたらどうだと言ってくることもあったし、女学校の帰り道で待ち伏せをされて、一高生から手紙を手渡されたこともあるのだそうだ。

「すごい！　素敵ねえ！」

鈴子は、さぞ美少女だったに違いないモトさんが、頬を赤らめながら一高生から手紙を受け取る様を思い浮かべて、思わずうっとりとなった。それに、女優にだってなれていたかも知れないと思う。

「こんな戦争さえなかったらね」

懐かしい思い出話は、いつもその言葉で締めくくられた。顔の傷については、結婚した相手が出征する前に斬《き》りつけていったと前に聞いている。何もかもが戦争のせいだった。それは、鈴子のお母さまにしたって同じことだ。戦争が、すべての人の運命を変えてしまった。きっと日本中の人たちがそう思っている。こんな戦争さえなかったらと。

「おねえさん、ちょっと」

鈴子がいる間も、住み込んでいる女の人たちが、ひっきりなしに顔を出す。やれ化粧品が足りないとか、針と糸を貸してとか、ここの住所を教えてとか、英語の手紙をもらったとか。その都度、モトさんは彼女たちの相談を聞いてやっていた。そんな細々とした世話と、彼女たちが男の人などを寮に連れ込まないように厳しく見張ることが、モトさんの一番大切な仕事なのだそうだ。寮の風紀さえ乱さなければ、あとは彼女たちが「外で何をして」いようと、それぞれの勝手なのだとモトさんは言った。早番キャバレーで働く彼女たちの仕事時間は「早番」と「遅番」に分かれている。早番の人たちは、昼過ぎにはもう支度をして出かけていく代わりに、帰りもさほど遅くはないらしいが、夕方になってから出かけていく「遅番」のときには、あの脇屋スエだけでなく、そのまま翌日まで戻らない場合も少なくないという。

「心配じゃないの？」

鈴子が首を傾《かし》げると、モトさんは「まさか」と口元だけで笑った。

「ダンサーって言ったって表向きのことで、その他にもお金がもらえるようなことをしてる女の子は大勢いるんだもの」

鈴子は「その他って」と、まじまじとモトさんを見てしまった。

「それじゃあ――小町園にいるのと変わらないっていうこと？」

「あそこにいたのは、最初からそのためだけに雇われた人たちでしょう？　ここで働いている女の子たちは、そうじゃない。お店に来るお客さんに誘われるようなことがあったら、自分の考えで、そういうことをしてるわけね。だから、はっきり言って私たちには止められない」

ただし、ここは彼女たちが暮らす寮であって、「商売」をするところではない。だから、客を引っ張り込むようなことなどは絶対にしてはならないから、厳しく管理しているのだ、とモトさんは言った。

「ちょっと信じられないくらいだわね。同じ国の女として、みんな、こんなにも早く変わってしまうものかって」

「——それは、うちのお母さまだって同じだもの」

つい、そう言ってしまった後、モトさんが返答に困っている様子なのを見て、鈴子は思わずため息を洩《も》らした。

「もう、鈴子にはお母さまが分からないんだ、正直言って」

いくらモトさんの口添えがあったにしても、鈴子が学校に行っていないことを知っても大して怒ることもせず、行きたくなければ行かなくてもいいと言ったお母さま。鈴子を受け入れてくれる学校を探すとは言ったものの、本当にそんなことをしてくれるつもりがあるのか、そんな学校が見つかるかも分からない。お母さまは、あれきり何も言わないからだ。本当に、最近のお母さまが何を考えて、何をしようとしているのか、鈴子にはまったく分からなかった。

「とにかく、すうちゃんと生き抜くことだけを必死で考えていらっしゃるんだとは、思うけど」

モトさんも困惑した顔を隠さなくなった。

「ねえ、本当に、お母さまがデイヴィッド・グレイ中佐とつきあわなければ、私たちは生き抜いていかれないんだと思う？」

モトさんは「どうなんだろうか」とため息をついた。そのとき、また襖戸《ふすまど》が開いて、女の人が顔を出した。

「ねえ、モトさん——あ、ごめんごめん、鈴子ちゃん、お勉強中だったんだ」

ミドリさんだった。毎日のように、こうして顔を出すから、鈴子も何となく言葉を交わすようになったダンサーをしている人だ。仕事に出るときには、それは派手な服を着て化粧も濃いから、ひどく毒々しい感じがするが、午前中などは化粧もせずにもんぺ姿で歩いているし、口をきいてみると意外にさっぱりとした、むしろ男っぽい感じの人だった。

「あのさ、陀羅尼助《だらにすけ》みたいの、ないかな。昨日のお酒、何か混ぜ物でもしてあったんじゃないのかと思うくらい、残っちゃって残っちゃって、胃がムカムカすんのよ」

モトさんが「ちょっと待ってね」と立ち上がり、茶簞笥《ちゃだんす》の引き出しをかき混ぜている間に、ミドリさんは部屋まで入ってきて、鈴子が帳面を開いているこたつの天板に肘をついて身を乗り出してきた。ぷうん、とお酒の臭いがした。

「ミドリさん、ただの飲み過ぎなんじゃない？」

鈴子が悪戯《いらずら》っぽく見上げると、ミドリさんはにやっと笑って、鈴子の額を指で押す。

「かもね。それより、ねえ、鈴子ちゃんさ、あんた、大きくなったら何になるの」

「分かんない」

「へえっ、分かんないの？　あたしなんかさ、あんたの年頃は、もう絶対に高級将校のお嫁さんになるんだって決めてたもんだけどねえ」

「そんなこと言ったって、今更そんな夢も持てないじゃない」

ミドリさんは頰杖《ほおづえ》をついたまま鈴子を見て、あっはっはっと豪快な笑い声を上げた。

「そりゃ、そうだ。今更だわよねえ。あたしが一緒になったはずの人たちだって、みーんな死んじまったんだものねえ」

「――みんな？」

「特攻で行っちゃったのもいるし、戦艦大和に乗ってたのもいるしさ。みーんなみーんな、優秀なのから順番に、どっかーんで死んじゃったわよ」

ミドリさんの口調はあっけらかんとしていて、呆《あき》れるほど明るい。それだけに余計、淋《さび》しく聞こえた。彼女は、モトさんから陀羅尼助丸をもらうと「おじゃまさま」と、飛び跳ねるようにして部屋を出て行った。

「あの人、ああ見えて女子大出身なのよ。私なんかより、よっぽどインテリ」

こたつに座り直して、モトさんは閉じられた襖戸の方を見た後で、低く呟いた。

「何もダンサーなんかすることないじゃないかと思うのに」

「じゃあ、どうしてしてるの？」

モトさんは淋しげな表情で「さあ」と首を傾げながら、それぞれの事情があるのだろうと言った。

「酔っ払って帰ってきたときなんか、よく『男という男に復讐《ふくしゅう》してやるんだ』って言ってることがあるの。よっぽど何か、あったんだわね」

あんなに明るくさっぱりしているように見える人も、やはり心には傷を負っている。戦争に負けた国の人間だから、もう誰一人として楽しく過ごしたりしてはいないのかも知れないと鈴子は思った。

三月に入ったら、これまで使っていたすべてのお札が使えなくなるという話が聞こえてきた。そのために、今持っているお札は一度銀行に預けて、新しいお札と取り替えてもらわなければならないのだそうだ。けれど、預けたお金はいっぺんに下ろせない。一カ月にいくらと制限がつくらしい。

「お札がだぶついてるから、ものが値上がりするんだっていう考えらしいけどね」

あるとき、鈴子が一人で自習しているときにミドリさんが顔を出して「まったく、お上のやることは」と呆れたように鼻で笑った。

「見てごらん、そんなことやったって、値上がりなんかおさまりゃしないし、少しくらい値段が下がったって、食べ物が回ってきたりなんか、しやしないから」

例によってこたつの天板に肘をつき、鈴子の方に身を乗り出すようにしながら、ミドリさんは「ほい」と、ハーシーズの板チョコをくれた。

「日本の米びつは空っぽに近いのよ。アメリカの倉庫には、小麦粉でも何でも、ブタの餌《えさ》にするくらい有り余ってるんだけど、それをわざと、よこさないわけ」

「どうして？」

「そりゃあさ、日本人に自分たちの言うことを聞かせるためよ。恩を売るため」

私たちは飢えれば飢えるほど、日本の政治家に怒りを覚える。政治家を信じなくなる。そうして極限まで飢えたところで食べ物を与えれば、喜んで飛びつくことだろう。そうして、食べ物をくれるアメリカを私たちは「いい人たち」だと思うことになる。それがアメリカの作戦に違いない、とミドリさんは言った。

「だったら、お札なんか新しくしたって何もならないっていうこと？」

「むしろ、使える現金が制限されて、もっと厄介なことになるかもね」

ミドリさんはそれだけ言うと、「勉強しなさいよ」と鈴子に笑いかけ、すっと立ち上がった。

「これからは、知恵を使わなきゃ。知恵がないと、いいようにされるわ」

そうして、ひらりと出て行ってしまった。

6

お母さまやモトさんだけでなく、ニューアタミで働いているダンサーたちの口からも、寄ると触ると「おふりみっと」という言葉が聞かれるようになっていた。

あそこ、おふりみっとだってさ。

あそこも？　またなの。

続くわねえ。

おふりみっとなんかにしたって、何がどうなるもんでもないだろうに。

そうよねえ、どこ行ったって、することは一緒なんだから。

そういうやり取りをするとき、大人たちは必ず幾分声を潜めて、たとえ鈴子が傍にいることが分かっていたとしても、余計な興味を持つものではないと暗に示していたから、鈴子の方でも、実は耳をそばだてながらも知らん顔することに決めている。とにかく鈴子の周囲の大人たちが、しきりに「おふりみっと」というものを案じているらしいことだけは明らかだった。

おふりみっと。おふりみっと。

聞いたことがない言葉だ。どんな文字が当てはまるのだろうかと考えるうち、もしかすると英語かも知れないと気がついた。それなら余計に、鈴子に意味の分かるはずがない。

おふりみっと。おふりみっと。

モトさんの部屋の茶簞笥の上には、数日前から一対の立ち雛《びな》が置かれている。そういえばもう、お節句が近かった。空襲を受けなかった土地では、こうして古いおひな様が残っているのかと、鈴子は自習の合間についしみじみと、その立ち雛を眺めてしまうことがあった。

昨年の今頃は、まだ本所の家があって、千鶴子がいた。とはいえ、贅沢《ぜいたく》は敵だと耳にたこができるほど言われていたし、菱餅《ひしもち》や雛あられはもちろん、蛤《はまぐり》なども手に入らない。晴れ着を着るなどもっての外、「隣組」をはじめとするご近所の目もあるからとお母さまにも注意されたから、鈴子は淋しがる千鶴子のために、画用紙にクレヨンでおひな様の絵を描いてあげて、それを壁に貼《は》った。桃の花や菱餅や白酒、それから晴れ着姿の千鶴子の姿までも描いて、それを眺めながらお母さまと三人で、こっそり歌を歌った。

あかりをつけましょ　ぼんぼりに
おはなをあげましょ　もものはな

今、同じ歌を小さく口ずさんでみると、何ともいえない思いがこみ上げてくる。あんな下手くそな絵でも、千鶴子はたいそう喜んで、大きく頭を振りながら嬉しそうに歌っていたのに。ああ、もう一度あの子に会いたかった。

やっと空襲の心配がなくなったというのに、東京では未《いま》だに天然痘や腸チフス、発疹《ほっしん》チフスなどが流行《はや》っていて、飢え死にする数よりも多くの人が、それらの病気のせいで毎日のように死んでいるらしい。お母さまは東京に行くたびに、そういう恐ろしい話を聞き込んできては、最後に必ず言うのだった。熱海に越してきて本当に正解だったと。

「意地を張ってしがみついていたら、今頃どうなっていたことか。それを考えると、ぞっとするわ」

その、ぞっとする東京に今も残って暮らしている人たちは、果たしてどうしているのだろう。勝子ちゃんをはじめとする本所界隈《かいわい》の友だちや、短い間だったけれど大森海岸で仲良くなったエノケンやタコやおけつぺんぺんたちは、無事に暮らしているだろうかと思う。鈴子と同じように髪を短く切られていた野本さんは、もう鈴子と同じくらいまでには髪が伸びているだろうか。大柄で早熟だった久保田雅代は、GIとつきあいたいなどと浮かれたことを言っていたけれど、軽々しくついていったりして、恐ろしい目に遭わされたりしていないといい。せっかく戦争では生き延びたって、今になって栄養失調になったり、病気にかかったり、またはGIに襲われたりしては元も子もない。第一、おそらくまず間違いなく、彼らは今日もお腹《なか》を空《す》かせているはずだ。鈴子よりずっと、食べるものに困っているに違いない。それを考えると可哀想《かわいそう》にもなり、申し訳ない気持ちにもなった。

「あら、鈴子ちゃん、また一人なの？　モトさんは？」

ついぼんやりと、懐かしい友だちの顔を思い浮かべて過ごしていたら、ふいに襖戸が開いてミドリさんが顔を出した。

「あ――お出かけ」

「どこへ？」

「会社から呼ばれたみたい。急な会議があるんですって」

ミドリさんは背中まである長い髪を波打たせながら「ふうん」と鈴子の傍までやってくると、こたつに手をついて鈴子の帳面をのぞき込む。長い髪が背中から流れて揺れるとき、ぷうんと、普通のお化粧とも異なる強烈な匂《にお》いがした。勝子ちゃんがこっそり学校に持ってきた香水みたいな香りだ。勝子ちゃんのお母さんは芸者さんだったから、普通の女の人とは違うものを色々と持っているらしかった。勝子ちゃんは、それらの物をこっそり持ち出してきては、鈴子たちに見せてくれた。それはどれもちょっと秘密めいていて、きらびやかだったり綺麗だったり、また意外と可愛《かわい》らしかったり、いい香りがしたりした。

「あらまあ。今日はまるっきり、はかどってないみたいじゃない？　叱られるんじゃないの、モトさんに」

「――ねえ、ミドリさん」

鈴子は、素顔でいるときとは別人のような顔になるミドリさんを見上げた。

「おふりみっとって、なあに」

「オフリミット？　どこから聞いたの」

「最近みんながよく言ってるから」

ミドリさんは今度は真っ赤な唇をすぼめるようにして「そうね」と軽く首を傾げる。また、長い髪がゆっくりと揺れた。

「英語？」

「あら、それは分かるのね」

「聞いたことのない言葉だもの。ねえ、どういう意味？」

ゆっくりとこたつの前に腰を下ろすミドリさんは、まだ唇をとがらせている。ミドリさんは顎《あご》に大きなほくろがある。その特徴ある顎に、桃の種のような凹凸が出来た。

彼女は「そうねえ」と呟きながら、こたつの上に置いたままになっていたモトさんの煙草《たばこ》に手を伸ばす。

「一本もらっちゃおうっと」

微《かす》かに悪戯っぽい表情を見せた後、ミドリさんはモトさんの煙草を一本抜き取った。

「意味としては、『立ち入り禁止』っていうことよ」

ふう、と吐き出した煙草の煙を目で追いながら、ミドリさんはどこか少し疲れた顔に見える。本当は何歳くらいなのだろうかと、ふと思う。口から離した煙草には、べったりと口紅の赤が移っていた。

「つまり、どこかが立ち入り禁止になるっていうこと？」

「どこかっていうか、誰かっていうか」

「誰が？」

「まあ、GIかしらね」

「どこから？」

「慰安所」

ミドリさんが、ちらりと試すようにこちらを見る。

「鈴子ちゃん、知ってる？　あそこのこと」

ミドリさんの指先で煙草の先がぽうっと赤く燃えるのを眺めながら、鈴子は小さくうなずいて「つまり」と呟いた。

「RAAがやってる慰安所のことでしょう？　あそこを立ち入り禁止にするっていうこと？　だって、そんなことをしたら困るのは、進駐軍なんじゃないの。あ、ううん、日本だって困ることになるんだった。進駐軍の防波堤になってくれる女の人たちがいなくなったら、つまり、GIたちは何をするか分からないっていうことでしょう?」

ミドリさんは一瞬意外そうな顔つきになって鈴子を見ていたが、すぐに合点がいったように、薄く笑った。

「そうか、分かってないはずがないか。鈴子ちゃんのお母さんは、うちの会社で働いてるんだもんね」

「それどころか私、ここに来る前は大森海岸にいたんだから。天皇さまの放送があってからすぐに、お母さまがあそこでお仕事することになって」

鈴子は半ば自慢でもするように、わずかに胸を張って見せた。モトさんと話していても感じることだ。自分の素性なり家の事情なりを隠さずにいられる相手と話すときが、いちばん素直になれる。そして、気が楽だ。もしかするとミドリさんや、この寮で寝泊まりをしている人たちもみんな同じ気持ちなのかも知れなかった。どうして熱海まで来たのか、なぜこんな職場で働くことになったのか、いちいち説明なんかしたくない人が、ここには大勢いる。そういう女の人たちだからこそ、鈴子が国民学校にも行かず、ここで勉強している理由も、あえて聞こうとしないのかも知れなかった。ことに最近、彼女たちのそんな優しさを、鈴子は折に触れて感じている。何も言わずに、そっとチョコレートを置いていってくれたり、生理用品をくれたり、すれ違いざまに「頑張んなさいね」と笑いかけてくれたり。

「そんならさ、分かってるわよね」

ミドリさんは納得した表情で頷《うなず》くと、つまり、どうやら進駐軍がすべての慰安所に「ケチをつけてるみたい」なのだと言った。

「うちらの慰安所のせいで、GIたちが性病にかかるんだってさ、治しても治しても。次から次へとうつされてきて、きりがないもんだから、こうなったら、いっそ全部立ち入り禁止にしてやるって」

「また、そんなこと言ってるの」

鈴子はミドリさん以上に口をとがらせた。

「病気のことは大森海岸にいる頃から聞いてたのよ。でも、だから、ちゃんと消毒もして、お医者さんにも診せるようになったはずなのに」

「あらそう、へえっ！　ひょっとすると鈴子ちゃん、あたしなんかよりもRAAに詳しいんじゃないの？」

ミドリさんは意外な話を聞いたというように目を丸くして鈴子を見つめていたが、ふと思いついたように、急にぐっと身を乗り出してきた。

「それにしても、鈴子ちゃんのお母さんってさ、すごい人だわね。もともと花柳界と関係があったとか、水商売してらしたとか、そういうわけでもないんでしょう?」

鈴子が「とんでもない」と首を振り、お母さまはお嫁にいってからは、ただの一度も働いたことなどなかったはずだと応えると、ミドリさんは「なるほどねえ」と大きくうなずいている。

「つまり、目ざといっていうか、鼻がきくんだわね、あんたのお母さんって」

いかにも感心した様子で、ミドリさんは「大したもんだ」とため息ともうなり声ともつかないものを吐き出した。

「あの混乱のさなかに、よく踏ん切ったもんだわ」

「それは、たまたま、亡くなったお父さまの親友だったおじさまが、うちのお母さまが英語が出来るのを知っていらして、お国がお金を出して始める会社だから、間違いなくちゃんとしてるって教えて下さって——」

ミドリさんは、もともとあまり大きくない目の周りに黒い縁取りを描いて、さらにまぶたを青く塗っている。彼女は、その目を余計に細めて「ちゃんと、ねえ」と皮肉っぽい笑みを浮かべた。

「そうは言ったって、うちの会社が何をして儲《もう》けようとしてるのかを知ったら、ごく普通の家庭の奥さまだったら大概は腰が退《ひ》けるもんだわよ」

それではまるで、うちのお母さまが普通の家庭の奥さままではないみたいではないか――本当ならそう言って突っかかってもいい場面なのだと思った。けれど、ミドリさんの言葉はあまりにもすんなりと鈴子の中に入ってきて、鈴子はかえって清々《すがすが》しいような気分になっている自分に気づいた。

「あ、ごめんごめん。ごめんなさいね。つい――」

口をつぐんでしまった鈴子に気づいて、ミドリさんは慌《あわ》てたように短くなった煙草を灰皿に押しつけている。真っ赤な口紅が移り、くしゃりとつぶされた吸い殻が一本、灰皿の中で別の生き物のように鮮やかに見えた。それを眺めながら、鈴子はゆっくりとかぶりを振った。

「――そうなのよね」

「だから、それが悪いっていうつもりで言ってるんじゃないのよ、ね」

「分かってる。いいの。本当――そうなの、そうなんだ」

昨年の夏からずっと鈴子の中に引っかかっていたことを、初めてミドリさんが言葉にしてくれた。鈴子の中にずっとつかえていた嫌な物が押し流されて、すとん、と落ちたような気分だ。

「本当を言うと、私もずっと不思議だったんだもの。どうして平気なんだろうって。

私だっているのに、どうしてって」

ミドリさんは、その濃いお化粧に似合わない静かな表情になって、こちらを見ている。鈴子は天井を見上げてふう、と大きく一つ深呼吸をした。

「仕方がない、仕方がないって、ずっと思ってきたけど――でも本当のことを言ったら、やっぱり何だか変だなって、私、ずっと思ってたんだ。これまで一度も働いたことなんてなかったお母さまが」

「よりによって進駐軍相手の、慰安婦の世話なんてって？」

ミドリさんのその言葉には、今度は鈴子はゆっくりと大きくかぶりを振った。そんな言い方はしたくない。

「あの人たちも、みんな普通のお姉さんたちだったのよ。一番最初に大森海岸に着いたときには、みんなもんぺで、髪だっておさげにして、本当にどこにでもいる普通のお姉さんたちだった。だけど――あっという間に変わっていったわ。それが出来なかった人は――逃げ出したり、死んじゃったり」

「要するにさあ、鈴子ちゃん」

ミドリさんは頬杖をつきながら、面白くもなさそうな顔で自分の指先のささくれか何かを取りながら、口元を微かに歪《ゆが》める。

「変わらなきゃ、生きていかれやしないってことなのよ」

ミドリさんは自分の手を遠くにかざしてしげしげと眺め、やっと少しばかり、以前の自分の手に戻ってきたようだと呟《つぶや》いた。戦争中は工場に駆り出されたり畑仕事をしたり、どんな力仕事でもしてきたから、指は節くれ立ったし、日焼けしていた上にいつも荒れていて、アカギレの痕《あと》などもたくさん残っていたのだそうだ。

「だって、あたしたちは何もかもなくしたんだもの。残ってるのは、自分たちのこの身体だけ。それ以外は何一つとしてないわけよ、ねえ？　あれだけ耐えに耐えて、お国のことだけ考えて、いのちまで差し出して、その挙げ句に。そう考えたら、これで変わらない方が不思議だと思わない？」

ミドリさんは再びモトさんの煙草に手を伸ばす。そして頬杖をついたまま、指先で一本の紙巻き煙草を弄《もてあそ》びながら、「みんな、もういい加減に、うんざりしてるのよね」と大きなため息をついた。

「何かを信じたり、待ったりするのって、思ってた以上に疲れるものなの。それも『いつまで』なんていう約束もなくね。それでも嘘偽《うそ》りなく、本当に生命をかけて、信じて、待って、耐えて——結局は報われなかったわ」

お母さまも似たようなことを言っていたことを思い出す。もう懲《こ》り懲《ご》りだと。あれは、デイヴィッド・グレイ中佐と共に箱根に向かう途中のことだ。鈴子がたった一日、シンデレラになった気分で過ごした日だった。

「くたびれ果てて、何もかも嫌んなって。それでも生きていかなきゃなんないんなら、せめて今日一日の、食べものや寝るところや着るものや、それくらいの心配はせずにいたいじゃない？　誰一人心配してくれる家族や兄弟もいなくなったんなら、恥ずかしいとかみっともないとか、そんなことも考えずに、ちょっとくらい馬鹿《ばか》になってでも、いっそ楽に暮らしたいじゃないの」

そう考えたら、今の時代はこうやって生きるのが一番手っ取り早いのだとミドリさんは自分を嘲《あざけ》るように口の端を歪めた。

「でもあたしだってね、いくらうんざりしてるって言っても、これからもずっと流されて、落ちるところまで落ちるわけにはいかないとは、思ってんだ。だからこんな格好までしてたって、パンパンにまではなるまいって踏ん張ってるってわけ。きっとどこかで軌道修正してみせる」

「――ミドリさんなら、すぐに出来るわ」

お世辞でなく、そう思う。こうしてたまに言葉を交わすだけだったが、ミドリさんは他のダンサーたちとは違った。常に少し先を見ているような感じがあるし、物知りだし、いつでも落ち着いている。モトさんが言っていた通りだとすると、さすが大学を出ているだけのことはあると、鈴子は前々から思っていた。

「買いかぶりよ、そんなの。あたしは今んとこ、口ばっかり。踏ん張っちゃいるけど、結局は流されてるしさ。そんなのに比べたら、鈴子ちゃんのお母さんはさすがっていうか」

指先で弄んでいた煙草をようやく口元まで持っていき、ミドリさんは、マッチをシュッと擦って火をつけた。そして、ゆったりと微笑《ほほえ》みながら鈴子を見た。

「最初から気構えが違うっていうか、度胸が据わってんのね。要するに、開き直りっぷりが半端《はんぱ》じゃないってことよ。奥歯にものが挟まったような言い方も何だから、この際、言っちゃうけど、鈴子ちゃんのお母さんって、進駐軍の将校とつきあってるんでしょう？」

こめかみの辺りがかっと熱くなって、鈴子は思わず俯《うつむ》いた。

「——ミドリさんまで、知ってるんだ」

「結構、噂《うわさ》になってるからね。だけど、そのへんのぺえぺえじゃなくて、それなりの地位についてる男をつかまえるんだから、きっと魅力もあるんだろうと思うし、要するにその分だけ、あんたのお母さんは苦労が骨身にしみたんだとも言えんのよ。絶望しきってる、ともね」

「絶望？　何に？」

ミドリさんは、どこか遠くを見ていた。やはりいつもよりも疲れた顔に見える。化粧のせいで本当の表情が分からないが、鈴子の目からは、彼女が今にも泣き出しそうに見えた。

「この国と、この国の男たちとに。そうねえ――多分、もう二度と信じるものかと思ってるんじゃないかしらね。猛烈に、腹が立ってるんだろうとも思うわ」

こみ上げる涙を押しとどめるように何度か瞬《まばた》きを繰り返し、大きく息を吸い込んで、彼女は「女はさあ」と、ふいに背筋を伸ばした。

「こういう形で復讐することも、あるものなのよ」

一点を見つめていたミドリさんは、そこで初めて我に返ったような顔になり「いやだ」と笑顔になった。

「鈴子ちゃんみたいな子に聞かせる話じゃなかったわね」

ごめん、ごめん、と笑いながら、ミドリさんはくわえ煙草のまま立ち上がり、ひらりと部屋を出て行ってしまった。

7

二月に入ってから預金封鎖というものが始まっていて、人々は持っている現金を強制的に銀行に預けなければならなくなっていたが、今度は三月三日を境に、五円札と一円札、硬貨を除くこれまでのお金はすべて通用しなくなることになった。つまり、手持ちのお金も新円に切り替えなければ、いくらたくさん持っていても、ただの紙くずになってしまうのだそうだ。そのために、人々は銀行に現金を持っていき、新しいお札に取り替えてもらわなければならないのだが、その金額にも制限がある。制限以上に持っている人は、やはり強制的に預金しなければならないという決まりだった。

「これからだって、月に五百円までしか下ろせないっていうだら？　何もかも倍々に跳ね上がってるっていうこのご時世に、どうやって暮らしていけっていうんだか」

宿の女将《おかみ》さんは毎日のように「頭が痛い」と繰り返しこぼすようになった。しかも、切り替えの期間が短いから、銀行は連日ごった返していて、何時間でも待たなければならないのだそうだ。

「旧円で宿賃を払うなんて言われた日にゃあ、本当に困ったことになるだら」

「小銭だけは今のまんま使えるって聞いたもんで、みんな、小銭を集めまくってて、お釣りもくれないって話だら」

だが、女将さんや他の人たちがいくら愚痴を言い合っている傍でも、お母さまだけは意外なほどに落ち着いていた。その理由は、モトさんが教えてくれた。一部の人と進駐軍の人たちに限っては、これまで持っていた日本のお金を無制限に新しいお金に交換出来るのだそうだ。

なるほど。

つまり、お母さまはデイヴィッド・グレイ中佐にでも頼んで、既にある程度まとまった金額を交換してしまったのに違いない。ある晩、そのことを確かめてみると、お母さまは当然だという顔つきでうなずいた。

「ただでさえ、この春は何かと物入りになるわ。こういうときこそ、ここを使わなければね」

その日はタンポポのような鮮やかな黄色のセーターを着ていたお母さまは、澄ました顔で自分の頭を指さして笑った。

このお母さまを見て、果たしてどこの誰が絶望していると思うだろうかと鈴子は思う。誰よりも満ち足りて、戦争が終わった日々を楽しんでいるように見えるではないか。けれど、あのときのミドリさんの話にも説得力があった。第一、お母さま自身が「もう、懲り懲りなの」と言ったことを、鈴子もよく覚えている。

「ところで、すうちゃん」

いよいよ明日から三月になるという日の晩、夕食の後で二人でラジオを聞いていたとき、お母さまがふいに鈴子を呼んだ。

「今度の日曜日なんだけれど、デイヴが、箱根に行かないかって」

「だから、鈴子はもうあそこへは行かないって言ってるじゃない」

この頃、他の人がいない場所では、お母さまはデイヴィッド・グレイ中佐を「デイヴ」と呼ぶ。それを聞いているだけでも、鈴子は不快でならないというのに、まるで意に介さない様子なのが、まず信じられなかった。実際、ミドリさんにまで知られるくらいに、お母さまの行動は目立っている。本当は今年に入ってからだって、デイヴィッド・グレイ中佐と一緒に、何度か箱根へも行っているはずなのだ。もはや、お母さまは何をしても平気らしかった。それでも、鈴子は知らん顔をしてきた。母一人子一人になってしまったのに喧嘩《けんか》などしたくないし、これも生きていくために仕方がないと思っているからだ。こちらがそれくらい気を遣っているのだから、お母さまにだって察して欲しい。それなのに何だってまた誘うのと言いかけると、お母さまは「今度は特別なのよ」と言った。

「日曜日は、ちょうど、おひな様でしょう。アメリカにはそういう風習がないから、日本とアメリカの親睦《しんぼく》を深める意味でも、向こうのお嬢さん方に日本のひな祭りを経験させてあげましょうっていうことになったの」

もしも鈴子が行くのなら、お母さまは明日にでも、振り袖《そで》やお草履や、一式を都合してきてくれるという。

「まさか、誂《あつら》えるっていうわけにはいかないけれど、すうちゃんに似合いそうな、お上品な物を探してくるわ」

振り袖。

光子お姉ちゃまからのお下がりだった自分の晴れ着を思い出して、一瞬、心が震えるような気分になった。あと何年かしたら、今度は鈴子から千鶴子へと引き継がれるはずだったあの振り袖も、昨年の空襲で燃えてしまった。ああ、嫌なことを思い出させる。

「もちろん、お料理もホテルの方で工夫してちゃんと用意して下さるそうよ」

「お母さま」

「なあに」

「お母さまは本当に平気なの？」

今日、お母さまは白いブラウスに清々しい水色のカーディガンを羽織っている。その服装で小首を傾げているお母さまを、鈴子は実に久しぶりに真正面から見つめた。そして、密《ひそ》かに驚いた。気がつかなかったが、お母さまは綺麗になった。

「何が？」

この雰囲気は、よく大人たちの言う「垢抜《あかぬ》けている」というものではないかという気がする。何というか、一皮むけたような感じだ。ゆったりとしていて、どこか優雅な感じで、生まれてこの方一度だって悲しいことや苦しいことなど、経験したことのない人のようだ。

「だから――」

たとえば戦争が終わる前、空襲に遭った翌日に、ようやく宮下のおじさまと巡り会ったときのお母さまも、それはそれで嬉しそうだった。目黒の家で三人で暮らしていたときも、お母さまには宮下のおじさまが必要なのだと、見ているだけで感じることが何度もあった。けれど、戦争中だったことや、服装のことなどを差し引いても、お母さまは、こんな雰囲気は出してはいなかった。

「だから、なあに」

「——何でもない」

今さら言っても仕方のないことだった。自分たちの家を焼き、家族を喪《うしな》わせた国の人なんかとつきあって平気なの、などと改めて問いただしたところで、お母さまが「ではやめましょう」などと応《こた》えるはずがない。たとえミドリさんの言うように、お母さまを動かしている原動力が日本への絶望だろうと、怒りだろうと、とにかく今、お母さまは間違いなく、これまでの暮らしでは得られなかったものを手に入れている。そうでなければ、こんな風に綺麗になんか、なるはずがない。

「すうちゃん」

「——はい」

「春からのことだけど。すうちゃんの、学校のことね」

いきなり話題が変わった。実はそのことをいつ聞かせてもらえるだろうかと、鈴子だって毎日のように待っていた。だが、やっぱり無理だと言われるのが怖くて、聞けずにいたのだ。

「四月から、女学校に行けますよ」

「——本当？」

自分の手元に落としていた視線をゆっくり上げてみる。お母さまは落ち着き払った表情で、ちょうど煙草に手を伸ばしているところだった。「ただしね」と言った後で煙草に火をつけ、ふんわりと目を細める。そんな表情も、煙の吐き出し方も、指先の動かし方そのものからして、何となくミドリさんなどとはまったく違って見える。

「一学年、遅れて編入する形になるの」

もしも、国民学校を六年で終えたところで女学校に進んでいたなら、鈴子の年齢だと本当ならこの春からは女学校三年生になるはずだった。だが、それではまず勉強についていかれないだろうから、一つ下の子たちと一緒に勉強する形になる、とお母さまは言った。

「それでもいいわね？」

「――一年だけで、追いつける？」

何しろ、あまりにも長いこと勉強してこなかった。昨年春の大空襲からは学校そのものが休みだったのだから仕方がないにせよ、その前の年だって、勤労動員などで授業らしい授業を受けていない。多少なりとも授業があったとしたって、女学校で教わるようなことは何一つ習っていないはずだった。だから、もしも本当に女学校に行けることになったとしても、一年生の最初から始めなければならないのではないかとさえ思っていたくらいだ。だがお母さまは心配いらないと柔らかく首を振った。

「去年の春から学校がなかったのも、その前もずっとまともなお勉強が出来なかったのも、どこも同じ。それどころか、もう少し上の学年だったら、繰り上げて卒業させてしまっていたんだから、すうちゃんはまだ良かった方よ。それに、少しでもお勉強に追いつくために、今、モトさんが一生懸命、教えてくれているでしょう？　あとは、すうちゃんのやる気次第」

「じゃあ――本当に行かれるの？　鈴子、女学生になれるのね？」

これまでずっと、がらんどうに感じていた鈴子の中に、瞬《また》く間に温かくて明るいものがこみ上げてくるような気がした。胸の底からきらきらと光るものが噴き出してくるようだ。

女学生になれる。

ダンサーなどにならずに。

「ありがとう、お母さま！」

お母さまは静かに微笑みながら、すぼめた唇の間からふう、と煙草の煙を吐き出して、そのまま何か考えるような顔をしている。その場で立ち上がりそうな勢いだった鈴子は、その顔をのぞき込んだ。

「――他にも、何かあるの？」

お母さまは小首を傾げた姿勢のまま、ゆっくり煙草をもみ消して、一度、きゅっと口元を引き締める。自然に、鈴子はごくん、と唾《つば》を飲み込んだ。

「その学校なんだけれど」

お母さまは実に静かな表情のまま、鈴子の襟元の辺りを見ている。これは大切な話をするときの、お母さまの癖だ。宙に浮かしかけていた腰を薄い座布団《ざぶとん》の上に戻して、鈴子はお母さまを見ていた。

「少し離れたところにあるのね」

「――どこ？」

「箱根」

「箱根？　あの、ホテルのある？　鈴子、あんな方まで通うことになるの？」

「それは、いくら何でも無理でしょう。だからね、すうちゃん」

お母さまの視線がゆっくり上ってきて、鈴子の視線とぶつかった。綺麗になった。本当に。

鈴子が感心している間に、お母さまの唇が「りょうに」と動いた。

「学校の、寮に入ることになるわ」

寮に入るということは、お母さまと離れて暮らすということだ。見知らぬ人たちに混ざって、一人で寝起きするということだ。

とうとう一人になる。

出来るだろうか、それが。

当たり前じゃない。出来なくてどうするの、それくらい。

でも、どうして。

その方が、都合がいいから。お母さまにとって。

一瞬のうちに、ありとあらゆる思いが頭の中を駆け巡った。これは厄介払いなのだろうか。

まさか。

お母さまはそんなことはしない。鈴子のためを思って、本当に鈴子が勉強出来る環境を探してくれたのに決まっている。

でも、お母さまも自由になる。これで。

「本当は、東京の女学校に行くことも考えたのよ。けれど、お母さまはどうしても今の東京にすうちゃんを帰らせたくないの。今の東京はあまりにも危険だし、環境だって決してよくないんですもの。もしも、本所の家が焼けていなかったのなら、考えようもあったかも知れないけれど、でも、うちの場合はそうではないでしょう？　だから今、お母さまがすうちゃんにしてあげられる範囲で、一番いいと思う女学校を探したいと思ったの」

鈴子は、さっき温かくてきらきらと光るもので満たされたと思った自分の内側に、今度はどんな変化が起きるものだろうかと、息を詰めていた。

「同じ箱根でもね、あのホテルのあるあたりからは、まただずい分離れているの。お母さまも実際に行ってみたけれど、本当に素晴らしいところよ。それに、場所が場所だけに、ほとんど全員かしら、生徒さんたちは寮生活なんですって。もともとは都内にあった学校だけれど、空襲がひどくなってから、疎開《そかい》してきたんだそうよ」

「学校ごと？」

「関係者の方が、箱根の土地を貸して下さったんですって」

大丈夫。

私はがっかりなんか、していない。

第一よく考えてみれば、これほどいい話はないではないか。寮に入って同じ年頃の女の子たちと一緒に生活するなんて、まるで『少女倶楽部《くらぶ》』に載せられている物語の世界のようだ。

「それからね、その学校は、キリスト教の学校なのよ」

「キリスト教？」

また、目を丸くしなければならなかった。ますます物語のようだ。それにしても、お母さまは、よくもそんな学校を知っていたものだ。不思議に思って尋ねると、お母さまは、実はデイヴィッド・グレイ中佐の口利《き》きで編入が許されたのだと言った。ああ。またその名前が出てきた。鈴子は反射的に顔を歪めそうになるのを懸命にこらえた。出来ないことではない。宮下のおじさまのときだって、出来たのだから。

「デイヴはね、すうちゃんのことをとても心配してくれているの。これからの時代を生きていく人になるんだから、日本の女の子にだって、しっかり勉強をさせてあげたい、『ベルの可能性と能力を大切にしなければね』って言ってくださっているのよ」

つまり、お父さまとは違うのね、とは言えなかった。ああ、お父さま。お父さまは本当に、鈴子が思っていたお父さまとは違う人だったのだろうか。

「忙しいのに、お仕事の合間を縫って色々と骨を折って下さったの。だから、すうちゃんも一度でいいから、デイヴにちゃんとお礼を申し上げるべきじゃないかって思うの。もう、それくらいのことは出来るでしょう？　自分のことは自分で決められる年頃なんだものね？」

そういうことだったのか。

このままいつまでもモトさんの部屋へ通い続けることなど、土台無理な相談に決まっている。だからといって正直なところ、鈴子にはダンサーになる覚悟も、土産物店の売り子になる決意もありはしないのだ。

仕方がない。女学校へ行くためなら。

鈴子はゆっくり、大きく深呼吸をしてから一つ、うなずいた。

「デイヴィッド中佐には、ちゃんとお礼を申し上げるわ。でも私、やっぱり箱根には行きたくない。ううん、行かれない」

「あら、どうして――」

「だって、その暇があったら、少しでもお勉強しなくちゃ」

お母さまの顔がぴくりと動いた。ものすごく久しぶりに思い出していた。これがお母さまだ。負けず嫌いで、匡お兄ちゃまが小さかったときも、お尻《しり》を叩《たた》くようにしてお勉強させていた。どんなことでも一番を目指さなければと言っている人だった。

「私だって、おひな様のお祝いはしたいに決まってるわ。けれど、ただでさえ一学年遅れて入るのに、そこでも授業についていかれなかったら、それこそお世話して下さったグレイ中佐にも恥をかかせることにならない？」

お母さまが素早く考えを巡らせているのが、鈴子には手に取るように分かった。

「ああ、そうだわ。ねえ、お母さま、それから中佐にお願いしてみてくださらない？女学校の一年生の教科書が手に入らないかしら」

お母さまは、まだわずかに試すような表情で鈴子を見ていたが、やがてあっさりと「分かったわ」とうなずいた。

「せっかく女学校に行くんですものね。新しいお友だちに負けてはいられないわね」

そのとき、鈴子ははっきりと悟った。どんなときでも、他のどんな人たちより優《まさ》っていたいと望んでいる、何が何でも「みんな」の中に埋もれたくない、お母さまは、そういう人なのだ。怒りや絶望を糧《かて》にしてでも、お母さまは誰よりも早く戦争の痛手から抜け出そうとしている。そのためなら、どんな努力も厭《いと》わないし、場合によっては手段も選ばない。それがお母さまなのかも知れない。

結局、ひな祭りの日は、お母さまはデイヴィッド・グレイ中佐と二人で箱根に出かけていった。鈴子は、お母さまを迎えにきた中佐に「テンキュウベリーマッチ」と精一杯の笑顔で頭を下げただけで、静かに二人を見送った。

「オフリミットだって、全部！」

デイヴィッド・グレイ中佐が調達してきてくれた、女学校のお古の教科書を抱えてモトさんの寮に行くなり、飛び出してきたダンサーからそう聞かされたのは、それからちょうど一週間後のことだ。

「全部？　何が？」

「だから、うちの会社の慰安所よ。一つ残らず、全部！」

既に顔見知りになっているダンサーはひどく興奮した様子で、化粧する前の細い目を精一杯に見開き、「大変なことになるわ」と言った。

「どうして？　だって、お姉さんには関係ないんじゃないの？」

「大ありよ！　大ありだってば！」

そこへ他のダンサーもやってきて、やはり興奮した様子で「オフリミットだってね」と話に加わってきた。

「ちょっとお、全面禁止になったら、慰安婦たちはどうなんの」

「全員、おっぽり出されるって話よ」

「おっぽり？」

「その人たちは、どうなるの？」

つい鈴子が口を挟むと、二人は、互いに顔を見合わせ、いかにも不安そうな顔つきになって「どうなんのかしら」と呟いた。

巷《ちまた》にパンパンが溢《あふ》れ始めた。

第六章　再会と、そして

1

歌舞伎《かぶき》役者の片岡仁左衛門《かたおかにざえもん》が殺された。発覚したのは三月十六日のことだ。ちょうど土曜日ということもあって、お母さまもお昼過ぎには帰って来られるから、午後からは一泊で東京に行くことにしていた日だった。行きも帰りも、デイヴィッド・グレイ中佐が車を出して下さる。迎えを待つ間、鈴子はお母さまと、蕪《かぶ》のたくさん入った粥《かゆ》に若竹煮という昼食をとっていた。もうそんな季節なのね、などと話しながら、柔らかい蕪を味わい、また何年かぶりでいただく筍《たけのこ》の歯触りを楽しんでいた矢先、ラジオからニュースが流れてきたのだった。

「何て恐ろしいんでしょう。どうしてよりによって、仁左衛門みたいな有名人がそんな目に遭うことがあるのかしら」

お母さまは箸《はし》を宙に浮かせたままラジオに聞き入り、いかにも衝撃を受けたように「恐ろしい」を繰り返した。

「昔、舞台を観《み》にいったことがあるわ。女形の、それは綺麗《きれい》な役者さんだったのに」

事件は、渋谷《しぶや》区千駄《せんだ》ヶ谷《や》の自宅で、十二代片岡仁左衛門と若い後妻さんに小さな息子という一家三人に加えて、住み込みの女中二人まで、合計五人が昨晩から今朝にかけての就寝中に、薪《まき》割りの斧《おの》で殴り殺されていたというものだ。ニュースでは「頭部のみならず顔面も滅多打ち」の状態だったと言った。あと一人同居していた、女中の兄の行方が分からなくなっているらしい。

「物騒ねえ。大丈夫かしら、こんなときに、すうちゃんを連れていって」

「だって、渋谷の方になんて行かないでしょう?」

それに、どうせ私たちはデイヴィッド・グレイ中佐と一緒なんだし、という言葉は呑《の》み込んだ。本音を言えば、グレイ中佐になど会いたいはずがないし、ましてや世話にもなりたくない。だが、今回ばかりは仕方がなかった。

戦争の後遺症と石炭不足とで、ただでさえ汽車の本数が足りないところへきて、進駐軍の人たちだけが乗れる専用列車というのが出来た。そちらにたくさんの車両を割り当てなければならなくなったせいで、日本人たちは常に長い列を作って切符を買い、いつ来るか分からない汽車を待ち、ぎゅうぎゅう詰めの状態に耐えなければならなくなった。ここでもまた、日本人はもはや自分たちの好きなようには汽車一つにも乗れないのだと感じさせられる。

これから鈴子は女学生になって、しかも寮に入るのだから、もう男の子の格好をする必要はなくなる。髪もずい分伸びてきた。だから今回は東京で、学用品や身の回りのもの、さらに寮生活を送る上で必要なものなども買い揃《そろ》え、それから下着も含めて女の子らしい服を何着か誂《あつら》えることになっている。こんな時代だから、上から下まできちんとした制服を誂えるところまでは要求されていないけれど、それでも学校からはある程度、指定された色や形の範囲内で服装を整えるようにという指示が来ていた。いずれにせよ、採寸一つにしても鈴子本人が行かないことには用を足せないことから、今回お母さまは渋々、鈴子の東京行きを承諾したのだった。本当はグレイ中佐と二人きりで行きたかったのかも知れないのに。

それはともかく、何しろグレイ中佐と一緒なら、昨年の暮れ近くになって銀座に出来た東京PXでも買い物が出来る。鈴子には、それがいちばんの楽しみだった。三越の向かいにある服部《はっとり》時計店が接収されて出来た進駐軍専用の店は、本来は日本人の出入りは許されていない。その東京PXに行けば、進駐軍とその家族向けの衣料品や雑貨から始まって、食料品でも煙草《たばこ》、酒でも何でも、アメリカとまったく変わらないだけの、ありとあらゆるものが揃っているということだ。一般の日本人たちが道ばたの露店や闇市《やみいち》で、古びた中古品をひっくり返しながら片方ずつの靴さえも懸命に手に入れようとするのを尻目《しりめ》に、ぴかぴかの真新しい舶来品を手に入れられるというのだから、多少、後ろめたい感じはするものの、それでもやはり行ってみたい誘惑にはかなわない。

その上、買った荷物はそのまま車に積んで、すいすいと戻ってこられる。網棚にまで人が上がって横たわっているような、お母さまの言葉を借りれば芋の子を洗うのを通り越して「殺人的」なまでに混雑している汽車で何時間も揺られることもなく。確かに、一度でもそんな経験をしてしまったら、たとえ運転してくれる相手が誰であったとしても、多少のことには目をつぶりたくなるというものに違いなかった。だから今日は鈴子も、デイヴィッド・グレイ中佐には出来る限り愛想良くしようと自分に言い聞かせている。

「明日だって、そうよ。すうちゃん、一人で勝手に動き回ったりしないのよ。絶対に、変なところへ行かないでちょうだいよ」

お母さまは神経質そうな顔つきになって、眉間《みけん》に微《かす》かなしわを寄せる。明日、鈴子のための買い物を済ませてどこかで昼食をとったら、お母さまは午後から一度、ＲＡＡの本部に寄って用事を済ませなければならないのだそうだ。そして夕方、またデイヴィッド・グレイ中佐と待ち合わせをして熱海まで帰ってくることになっている。

「いいわね、約束よ」

「分かってるってば」

「いくらまだ男の子の格好をしていたって、今の東京は、以前とは違うんですからね。本当に悪い人が増えているし、安心していられる場所なんか、どこにもありはしないと思ってちょうだいね」

「それより、ねえ、お母さま、仁左衛門を殺した犯人は日本人だと思う？　泥棒かしら。その、行方が分からない同居人は、どこに行ったんだろう」

話題を戻すと、お母さまは一瞬だけ「どうかしら」と首を傾《かし》げたが、すぐにまた眉《まゆ》をひそめてため息をついた。

「今はもう、誰も彼も見境がなくなっているから」

「誰も彼も？」

つまり日本人も外国人も、ということだと、お母さまは半ば諦《あきら》めたように言う。

「進駐軍ばかりじゃなくて、中国人や朝鮮人も、自分たちは日本から解放されて戦勝国の人間になったんだからって、ずい分と威張って好き放題にしてるそうよ。新橋や新宿あたりに出来た大きな闇市を仕切っているのも、そういう人たちだっていう噂《うわさ》だわ。空襲なんかで持ち主が分からなくなっている銀座辺りの土地も、どんどん買い漁《あさ》ってるらしいって」

「あの人たちは戦勝国になったの？」

そのようだ、とお母さまはうなずく。

「どうして？」

「さあ、どうしてかしら」

中国とは戦争をしていたけれど、朝鮮は日本の植民地だっただけで、戦争していたわけではない。それなのに、どうして戦勝国になるのだろう。第一、日本が負けた相手は中国ではなくて、アメリカではないのだろうか。

「そればかりじゃない。すうちゃんも自分の目で見れば分かると思うけれどね、日本人だって、ここへきて急に悪くなってきているのよ。ううん、むしろ日本人の方が用心しなければいけないかも知れないわ」

長い戦争で疲れ果てている上に、見た目も大きくて物質的にも豊かなアメリカ人たちに乗り込んでこられて、日本人はすっかり卑屈になってしまっている。やっと生きて復員してきても、帰るべき家も家族もなく、仕事も見つからず、心が荒《すさ》みきって結局は愚連隊になったり、自棄《やけ》になっている男の人は少なくないのだそうだ。自分が生きていくためならば他はどうなっても構うものかと思っている人も増え続けていると、お母さまは続けた。ただでさえ満足な食べものもなくて栄養失調状態なのだから、きれい事ばかり言っていられるはずがないと。聞いているうちに、鈴子は匡お兄ちゃまを思い出してどんどん心配になってきた。

「ひょっとすると匡お兄ちゃまも、私たちのことが見つけられずに、そんなことになってるんじゃないのかしら」

「それは、ないから心配いらないわ。匡さんは、まだ帰っていない。本所の役場にも、ここの住所は届けてあるし、復員省にも何度も行って確かめているから。戻ってきたら、必ずここへ来るはずよ」

陸軍省や海軍省は、もうなくなった。去年の暮れからは復員省という名前に変わっている。

「この前まで、一億総火の玉だったのに」

鈴子が呟《つぶや》くと、お母さまは「あれは」と箸を置きながら、今度はいかにも皮肉っぽく口元を歪《ゆが》める。

「今にして思えば、お国がそう仕向けたからだわ。次から次へと新しい標語を作っては、それを念仏のように私たちに唱えさせていたんだもの。それも、何年も。私たち国民は馬鹿《ばか》みたいにそれを信じて、言われたとおりに従って、何もかもお国のためだと思って大事な息子まで差し出したけれど——結局、何一つとして報われなかった。火の玉どころか、逆に自分たちの住むところまで火の海にされて、千鶴子のような、罪のない幼い子たちまで殺されて——こんな運命になるなんて」

身も蓋《ふた》もない言い方をする。分かっている。だから、お母さまはこの国や、この国の男の人たちを見限ったのだ。

最近、お母さまは食後にコーヒーを飲む。デイヴィッド・グレイ中佐が、金魚すくいの輪っかみたいなものにネルの袋がついた、要するに布製の茶漉《と》しと豆を挽《ひ》く道具、そしてコーヒー豆に砂糖まで一揃えをくれたからだ。以前、肇お兄ちゃまがコーヒーを淹《い》れるときには不思議な格好をしたガラスのサイフォンとアルコールランプを使ったものだけれど、そんな道具がなくても手軽にコーヒーが淹れられることを、鈴子は初めて知った。食事を終えたお母さまは、火鉢の上でしゅんしゅんと音を立てていた薬缶《やかん》を取り、注意深い手つきで挽いた豆を入れた茶漉しに湯を注ぐ。独特の香りが立ってきて、鈴子の胸は自然と締め付けられるようになった。こうしてコーヒーの香りを嗅《か》ぐ度に、時計の針がくるくると逆回転するように感じる。もう二度と戻らないあの頃へ。

ゆっくりと湯を垂らすようにして淹れたコーヒーに砂糖を溶かし入れ、それを匙《さじ》でくるくるとかき混ぜてから、いつものように煙草に火をつけて、お母さまは考えをまとめるような顔つきになった。

「すうちゃんと、こうして向かい合ってご飯をいただける回数も、だんだん減っていってしまうわね」

鈴子は粥を食べ終えた茶碗《ちゃわん》に白湯《さゆ》だけを注いでもらい、黙って湯気を吹いていた。嬉《うれ》しい？　それとも淋《さび》しい？　一度、聞いてみたい。本当のことなんか応《こた》えてくれるとは思わないけれど。

「だから、実は今のうちに一度きちんと言っておきたいと思っていることがあるの。いい？」

咄嗟《とっさ》に身構える気分になった。鈴子がおずおずと視線を上げると、お母さまは「これから先はね、すうちゃん」と、妙に改まった顔つきになった。

「一人で生きていかれるような人におなりなさいね」

いきなり、何を言われたのだろうか。

一人で。

そのひと言が、頭の中でくるくる回った。ふう、と煙草の煙を吐いて、お母さまは一瞬、唇を引き結び、どこか一点を見つめている。つまり、これからは戦災孤児になったつもりで生きろということなのだろうか。やはり、お母さまは鈴子を厄介払いするつもりなのと言いかけたとき、お母さまの方が再び口を開いた。

「もちろん、今すぐの話じゃないのよ。すうちゃんの将来のことを言ってるの。大人になってからのこと」

「——将来？」

もちろん言葉の意味は分かっている。先々ということだ。それにしても、将来などというものが自分にもあるなんて、今の今まで考えたこともなかった。もう何年も、明日のことは考えるな、今日にでもお国に生命を捧《ささ》げる覚悟をして暮らせと言われ続けてきたのだ。銃後を守る女子どもであっても、お国のために身も心も捧げるのが当然だと教えられてきた。だから鈴子だっていつの頃からか自然に、テンプルちゃんみたいになることを諦めたのだし、やがてそんな夢を抱いていたことさえ忘れていったのではないか。それが、今頃になって将来だなんて。将来！

「お母さまはね、すうちゃんには好きなことをさせてあげたいと思っているわ。何をするのでも構わないから、とにかく、一人で生きられるだけの力をつけて欲しいの。男の人に頼らないで、自分の力で生活していかれるようにおなりなさいな」

「つまり——鈴子には、お嫁に行くなっていうこと？」

これもまた、幼い頃から聞かされてきたことと、まったく正反対の言葉だった。光子お姉ちゃまにだって、お母さまはお父さまと口を揃えて言っていた。

女というものは釣り合いのとれた、素性のきちんとした家に嫁いで一日も早く子どもを産み、夫とその家族に従い、可愛《かわい》がられて生きていくのがいちばん幸福な生き方だと。大切なのは釣り合いだ。少なくとも、鈴子たちの家よりも見劣りのするようなところへ嫁いではならない。夫も嫁ぎ先も卑屈になって、結局は意地悪をされて苦労をするし、かといってあまりにも身分が違いすぎるほど立派な家に嫁いでは、こちらが見下されて、やはりつらい思いをするだろう。

親から子へと遺伝する病気や厄介な体質などを持っていても困る。後ろ暗い前科や前歴のあるような親戚《しんせき》があっても大変だ。結婚とは、そういうこともすべて調べた上で、これならば釣り合いも取れている、健康な子どもを産めるだろうと判断出来た相手とすべきものだから、とてもとても若者だけで簡単に決めて良いものではない。だからこそ一時の感情に流されたりせず、ことに女の子の場合はきちんと貞節を守り続けて、綺麗《きれい》な身体《からだ》でお嫁さんに行かなくてはいけないと、かつてのお母さまはそんなことばかり言っていた。

「鈴子なんか、もう、まともなところにはお嫁に行かれないから？」

「どうしてそんなことを言うの」

「だって——」

　片親になって、家も失って、その上、たった一人残ったお母さまは、と指折り数えそうになったときに、お母さまは、そうではないと首を振った。

「これから先は、もうそういう時代ではなくなっていくと思うのよ」

　お母さまは唇をすぼめて煙草の煙を吐き、コーヒーをすする。髪には柔らかく波打つようにパーマをあてて、肩からカーディガンを羽織っている今の姿をお父さまが見たら、きっと目を丸くしてもう一度心臓が止まってしまうに違いない。あれほど一年三百六十五日、ずっと和服で暮らしてきたとは思えないほど、お母さまの洋服姿は、すっかり板についている。

「すうちゃんも、この家の有様を見てきたでしょう？　うちは、決して大金持ちというほどでもなかったけれど、お父さまは若くして会社を興《おこ》して成功していらしたし、健康で見劣りのしない立派な方だった。だからこそ、亡《な》くなったお母さまの両親も、この縁談を決めたの。でも、いくらある程度の家にお嫁にいったって、それで一生涯安泰だなんて思ったら大間違いだっていうことを、すうちゃん、その目でよく見てきているはずじゃない？」

「でもそれは、戦争があったからじゃない」

お母さまはわずかに顔を傾けて、楽しいのか悲しいのか分からないような顔つきになった。その瞳《ひとみ》が揺れている意味が、鈴子には分からない。

「確かに、あの戦争さえなかったら、私たちの運命はまったく今とは違っていたでしょうね。それでも」

お母さまは「ねえ、すうちゃん」と、ほんの少し身を乗り出すようにした。

「たとえ、戦争がなくて、家族の誰一人欠けていなかったとしても――」

お母さまは火のついた煙草の先をしばらくじっと見つめていたが、やがて大きく肩を上下させて、滅多に聞かれないほどの深いため息をついた。

「最近になって、思うのよ。確かに家族は大切だわ。かけがえのないものです。けれど、もしもあのまま、本所の家でお父さまに仕えて、あなた方を育ててあげて、ああして生きていたとして――果たしてお母さまの心は、それで本当に満たされていただろうかって」

何を言いたいのか、さっぱり分からなかった。それではまるで、たとえばお父さまや千鶴子が死ななくて、肇お兄ちゃまや匡お兄ちゃまが戦争にとられなくても、光子お姉ちゃまが幸せな結婚生活を続けていても、お母さまは満足できなかったという風に聞こえる。つまり、お母さまは家族に囲まれて生きているより、デイヴィッド・グレイ中佐とつきあっている今の方がいいと思っているということだろうか。混乱した頭を懸命に整理しようとしている間に、お母さまはまた「ねえ、すうちゃん」と呼びかけてきた。

「こうして母一人子一人になりながら、お母さまたちは今のこの国では、それなりに恵まれた暮らしが出来ている方だっていうことは、分からない？」

それは、分かっている。毎日ちゃんと温泉を使えて、清潔な服を着ていられるお蔭《かげ》で、鈴子は蚤《のみ》にもシラミにもやられていないし、発疹《はっしん》チフスにもかかっていない。その日によって内容にばらつきはあるものの、きちんと三度の食事を口に出来ている。雨風の心配もなく夜も綿の布団《ふとん》で眠っている。そして、この春からは女学生にもなれるのだ。

「それは、お父さまがそれなりのものを遺《のこ》して下さったことも、もちろん大きいわ。けれどね、お母さまは学生時代から英語の勉強が好きで、結婚して長い間使わないでいても、まだ少しは覚えていて、そのお蔭ですぐに仕事を見つけることが出来たことも、大きいのよ」

確かにその通りだろう。だがそれも、宮下のおじさまが仕事を持ってきて下さったからではないか。

「それでも、お母さまは、自分は中途半端《はんぱ》だったって、今つくづく思っているの」

今度は半ば自嘲《じちょう》的な表情になって、お母さまは「こんな」と口元を歪めた。

「こんな、いい加減な程度では駄目だった、もっと本気で勉強しておけばよかったって、後悔ばかりしているわ」

「だけど」

つい、口にしてしまってから、鈴子は、何かしら急に、自分の中で大きくふくれあがるものを感じた。ああ、もうすぐデイヴィッド・グレイ中佐が迎えに来る。そんなときに余計なことを言うものではない、言ってはいけないという思いが頭をよぎったけれど、そのときはもう勝手に口が動いてしまっていた。

「足りない分は、ちゃんと男の人に埋めてもらってるじゃない」

お母さまの表情がぴたりと動かなくなった。やはり言うべきではなかったと、咄嗟に後悔した。それなのに、一度口に出したと思ったら、次から次へと色々な思いが湧《わ》き出してきた。

「それも、才能なんじゃないのかしら。鈴子、そう思うな。お母さまにしか出来ないことなんじゃないかって」

お母さまは表情を動かさないままコーヒー茶碗に目を落としている。去年まで敵だった相手にもらったコーヒー。お母さまは、この香りを嗅いでも、思い出しもしないのだろうか。本所の家や、家族全員が揃っていた頃の暮らしを。みんなの笑顔を。どうして、そんなものを平気で飲めるのか、鈴子にはどうしても分からないのだ。

「こないだ、知り合いのお姉さんに言われたわ。鈴子ちゃんのお母さんって大したもんだわねって。日本中の国民が天皇さまの放送を聞いて、明日からどうしたらいいかも分からなくなっているときに、誰よりも早くRAAの仕事を見つけてきて、あんなに大勢の女の人たちがアメリカ兵の防波堤になるお手伝いをして、そうかと思ったら進駐軍の将校まで摑《つか》まえるんだものねって」

「――誰に言われたの」

「誰だっていい。でも、お母さまがすごいのはそのときからじゃないんだわ。お父さまが亡くなったときから、もう、すごかったのよね。ちゃんと宮下のおじさまっていう方を摑まえて、そのお蔭で、私たちは生き延びてこられたんだもの」

お母さまの顔からだんだん血の気が失《う》せていく。何だかとても可哀想《かわいそう》な目に遭わせているような気がした。それなのに、この上まだ自分は何を言おうとしているのだろうか。

「光子お姉ちゃまも言ってた。鈴子に、お母さまをちゃんと見張ってなさいねって。あのときはどういう意味か分からなかったけど、今ならよく分かる」

「――ねえ、すうちゃん、もうあと少ししたら、私たちは離ればなれになってしまうっていうときになって――」

「それだって、お母さまがそうしたいからでしょう?」

「だから、すうちゃん、お母さまは――」

「ちがう? お母さまが自由になりたいからじゃないの。だから、グレイ中佐に頼んで、寄宿舎のある女学校を探したのよね。鈴子は――去年までずっと鬼畜だって教わってた人のお蔭で、これから先、一人で生きていかれるようにお勉強するんだわね」

お母さまの細い首が、ごくりと動く。

「大丈夫。心配しないで。鈴子は、ちゃ、んと、一人で生きていかれるようになるから。きっと。だって――鈴子には、お母さまみたいな才能は、ない、だろうから。必要なときに必要な男の人を摑まえて、どんどん取り替えたりなんか、きっと出来ないに違いないもの」

言いながら、自分の声がどんどんかすれ、つっかえるのを、どうすることも出来なかった。何だか分からないけれど、喉《のど》の奥に熱い塊が詰まっている感じだ。

「──あーあ。ち、っとも知ら、なかったなあ」

ぐ、ぐ、ぐ、と熱くて苦いものがこみ上げてきて、声が震えた。どんどん視界がぼやけていく。鈴子は思い切り背筋を伸ばして天井を見上げた。目尻から落ちた涙が耳に入る。

「ほんと、知らなかった──お母さまが、私たちのことをそんな風に思っていたなんて。本当は、お父さまもお兄ちゃまたちも、欲しくなかったなんて」

「そうじゃないの。そうじゃないのよ、すうちゃん。お母さまが言いたいのは──」

「だから、いいじゃないっ！　もう少ししたら、鈴子だっていなくなるんだから。そうなれば、お母さまは一人になって、思い切り好きなことが出来るんだから、それでいいじゃないっ！」

自分の声が自分の身体の中で大きく響いた。鈴子は、目からこぼれる熱いものを拭《ぬぐ》いもせずに、唇を震わせてお母さまを睨《にら》みつけていた。

「だから、そうじゃないんだったら──」

「もう、いいっ」

もう、何もかも嫌だった。最低だ、こんなの。お母さまの顔なんか見たくない。今すぐにだって寮に入ってしまいたいくらいだ。鈴子はついに突っ伏して泣き出してしまった。嫌だ。嫌だと心の中で繰り返しながら、しばらくそうして泣いていたら、廊下の向こうから「二宮さあん」と宿の女将《おかみ》さんの声が聞こえた。

「お迎えがいらっしゃいましたですよ」

その途端、鈴子はぴたりと息を止め、肩を震わせるのをやめた。これ以上、泣き続けていたら東京行きが駄目になる。

それは駄目。行くんだから、東京に。

すっと姿勢を戻して手の甲で涙を拭うと、目の前のお母さまは、ひどく疲れたというよりも、あきれかえったような表情でこちらを見ていた。

2

外から、ひっきりなしに聞こえてくる様々な音が耳について、いつまでたっても寝付かれない。こつこつ、かつかつと響く靴音、車の走り抜ける音、鋭く空気を震わす警笛、誰かの話し声、何か重たいものが転がるような音。身じろぎ一つせずにそれらの音を聞いていると、鈴子は自分が普段いかに静かなところで暮らしているのかを改めて知る思いだった。

　確かにここは東京だった。戻ってきたのだということを、肌で感じる。けれど、感じることは感じるが、何とも奇妙な落ち着かなさがあった。東京とは、こんな感じのする場所だっただろうか。もちろん、町によっても違うことくらいは分かっている。本所の家と、その後、転々とした町々、それから目黒もずい分と違っていた。大森海岸は、さらにもっと。だが、そういうのとも異なる、何かがあった。

　まだ冬を引きずったままだから、空気が乾いていて埃《ほこり》っぽいのは、まず変わりがないはずだ。とはいえ以前の、ひたすら一面の焼け野原だったときとは違う。色も、匂《にお》いも、風景も。デイヴィッド・グレイ中佐の車の窓から、鈴子はビルとビルの間に作られている畑や、トタン屋根の小屋が雑然と寄り集まっているところをいくつも見た。昔ながらの町並みもある一方では、空襲の直後のような焼け落ちたビルが、いくつもそのままになっていた。鉄骨をむき出しにして、古い遺跡のようにも見える塊の脇《わき》には、爆弾が落ちた跡が、ボウフラの湧きそうな水たまりになっていた。そうかと思えば、いきなり「マーケット」と書かれた看板が立っていて、英語の入り交じった様々な看板が並んでいるような場所もいくつもあった。それらの何もかもが、どこからか拾い集めてきたガラクタで作った、継ぎ接《は》ぎで出来ているようだった。東京中が、薄汚い継ぎ接ぎだらけになっている。

　そして、行く先々に人の群れがあった。何のために並び、集まっているのか分からないけれど、都電を待っているらしい長い列もあれば、はちまき姿の人たちばかりの集団もあり、もんぺ姿の女の人ばかりの群れもあった。大人も子どもも入り交じって、一心に何かを見ているらしい光景も見た。そして、あらゆる場所で日本人よりも頭一つかそれ以上に大きな白人たちが五人、十人と組になって、当たり前のような顔つきで歩き回っていた。中には日本人の子どもたちを集めて話しかけている白人もいれば、写真機を向けている連中もいた。どの道にも英語の標識が立っていて、あちらこちらにジープが止まり、辻々《つじつじ》には必ずと言って良いほど、年齢も性別も分からないような薄汚い子どもや物貰《ものもら》いや、背を丸めた露天商がいた。

　デイヴィッド・グレイ中佐の横で、お母さまは半分独り言のように言ったものだ。

「何ていう汚い街になってしまったのかしら。こんなに人ばかりが溢《あふ》れて」

　鈴子も、ただ眺めているだけで、すっかり人酔いしてしまった。東京に行かれることを何日も前から楽しみにしていたのに、出がけに泣いたせいもあるかも知れないが、ちっとも嬉しくも楽しくもなく、むしろ気持ちは沈んでいくばかりだ。

「デイヴが心配しているわよ。ベルに何かあったのかって」

夕食の途中では、ついにお母さまが耐えかねたように鋭くささやいた。それでも、鈴子には何も応えられなかった。お母さまなんか顔も見たくなかったし、せめて今日だけでも愛想良く振る舞おうと思っていた気持ちは、すっかり萎《な》えきっていた。デイヴィッド・グレイ中佐に何か話しかけられても、微笑《ほほえ》み返すどころか、きちんとグレイ中佐を見ることさえ出来ない。自分の中のどこを探しても、それだけの力が湧いてこなかったのだ。以前、連れていってもらった箱根のホテルに勝るとも劣らない立派なホテルでの、ナイフとフォークを使っての夕食だったのに。同じ黒い背広といっても、キャバレーニューアタミの呼び込みの男とは比べものにならない立派で礼儀正しい男の人や、やはり黒いワンピースに真っ白いエプロン姿の女給さんが、いかにも恭《うやうや》しく世話をしてくれたのに。綺麗なお皿には、見たこともないくらい厚い肉の塊と、綺麗な色をしたニンジンや他の野菜と、こんもりと盛られた香りのいい何かが載っていた。けれど、何か食べたら吐きそうな気がして、鈴子はほとんど食べることさえ出来なかった。

「長く車に乗ったから、乗り物酔いしたのかも知れないわ」

お母さまは気ぜわしげに鈴子の方を見ながら、懸命にデイヴィッド・グレイ中佐に何か言っていた。うん、うん、とうなずき、グレイ中佐は鈴子を見て、軽く首を振ったり、微笑んだり、片方の目だけつぶって見せたり、眉を大きく上下させたりした。百面相。どうしてそんなに色々な顔が出来るのかしら。眉毛も口も、頰だって、どうしてそんなによく動くの。鈴子は奇妙なことに感心しながら、それでもやはり、何も応えられなかった。

そして夕食後、鈴子とお母さまとは、グレイ中佐に送られて、有楽町の駅からさほど離れていない、この小さな旅館に来た。お母さまは、これまでにも何度か使ったことがあるということだったが、仲居さんたちの対応は冷ややかだった。

いつも泊まってるわけじゃないんだ。

それならば、お母さまはグレイ中佐と二人で東京に来るときには、どこに泊まっているのだろうかと思ったが、そんなことをいちいち聞くのも、もう面倒だった。

そして今、鈴子はなじみのない古い旅館の二階で、こうしてお母さまと並んで寝ている。昼間、あんなに激しい言い合いをして泣いたことが、もう遠い日の出来事のように感じられた。

一人で生きていく。

将来を考えて。

一人で。

突然、がたん、と大きな音が響いた。全身がびくりと弾むほど驚いている間に、まるで野獣のような、激しく怒鳴り合う声が聞こえてきた。それも、鈴子の寝ている部屋の、すぐ外だ。何事かと、鈴子は布団の中で身を固くした。

「ふざけたことしやがって」

「うるせえっ、俺が何しようと勝手だろうっ」

「何だと、この野郎っ」

激しい息づかいと共に何かがぶつかり合うような音までが聞こえてくる。鈴子は瞬間的に布団の上に起き上がって、そのまま窓辺ににじり寄った。手探りで捻《ひね》り錠に手を伸ばしたところで「すうちゃん」とお母さまの声がした。

「およしなさいよ。何する気なの」

返事もせずに、そのまま錠を抜いて磨《す》りガラスの窓を開け、雨戸のさんを引き上げる。その時も再び「すうちゃん」と細く鋭い声がしたが、それでも鈴子は雨戸を横に滑らせた。真冬のように冷たい、しかも雨の気配の混ざった風が吹き込んでくる。隙《すき》間《ま》からそうっと外を覗《のぞ》くと、鈴子たちの泊まっている部屋の真下の路地で、男の人たちが何人かで殴り合いをしていた。鈴子は息を詰め、雨戸の陰に隠れるようにしながら、その光景を見つめていた。

表通りの明かりを受けるだけの、ぼんやりと薄暗い中で、人間とは違う生き物のように、男たちがうごめいている。激しい息づかいが上ってきた。獣にも似た声が夜気を震わせる。そして、相手を殴りつける、重たく残忍な音が路地一杯に広がった。

やがて、いくつもの影に囲まれるような格好で男が一人、地面に這《は》いつくばるように倒れ込んだ。その倒れた男を、なおも影のような男たちが蹴《け》り続けている。

「この野郎、分かったかっ」

「ふざけた真似《まね》しやがって」

「なめてんじゃねえぞ、おらあっ」

荒い息づかいの中から、吐き捨てるような汚らしい言葉が続けざまに聞こえてくる。間違いなく、全員が日本人だった。日本人同士で殴り合い、痛めつけ合っているのだ。鳥肌が立っているのは寒さのせいばかりではなかった。鈴子は息を呑んだまま、やがて影たちが口々に捨て台詞《ぜりふ》を吐いて立ち去った後も、ぼろ布のようにそこに倒れている男を眺めていた。

「もう、いい加減にしてちょうだい」

苛立《いらだ》ったようなお母さまの囁《ささや》きに、仕方なく雨戸を閉めかけたとき、今度は「こうちゃん！」という鋭い女の声が響いた。バタバタと足音が響いてきて、大通りの方から、明らかに女と分かる影が駆けてくる。大きく膨らんだスカートを穿《は》いて、長い髪が波打っていた。つい、ミドリさんを思い浮かべながら、鈴子はさらに身を潜めて彼らを見た。

「こうちゃんっ」

女が、ぼろ布のような男の影に駆け寄る。

「ちょっと、どうしよう。しっかりして、しっかりして、ねえ、こうちゃん！」

女の影が男に向かって屈《かが》み込んで見えたとき、それまで、死んでしまったのではないかと思うほど動かなくなっていた男が、やおら上体を起こして女を突き飛ばした。

女の影が路地に倒れ込む。

「うるせえんだよっ。俺のことなんか、放っといてくれって言ってんだろう！」

「放っとけるわけがないじゃないのよ、あんた、こんな――」

「汚え手で触るなっ、このパン助が！　淫売《いんばい》、売女《ばいた》！」

大通りの方からは、今もざわざわと落ち着かない雑音と空気とが流れてきている。それなのに、ほんの少し路地に入ったところではこれほどの不気味な闇が広がり、影のようにうごめいて罵《のの》り合う人たちがいた。

「あんた――お姉ちゃんに向かって何てこと言うの」

「お姉ちゃん、お姉ちゃんだと？　どの口で空々しく、そんなことを言えるんだ、あんたみてえなパン助が？　冗談じゃねえっ！」

男はよろよろと立ち上がり、ふらつきながらも女の方に向かっていく。

「いいか、もう二度と、家に戻ってくんじゃねえ」

「何てこと言うのよ。あんた、私がどんな思いして――」

「いいんだよっ、もう関係ねえんだ！　いいか、もう二度と、そんな薄汚え金で、おふくろやタマ代たちに食い物なんか買ってくんじゃねえっ」

二つの影が揺れていた。いつの間にか、お母さまも鈴子のすぐ後ろに立っている。その気配を背中で感じながら、鈴子は大森海岸でのことを思い出していた。目黒から引っ越した直後のことだ。三つ編みにもんぺ姿のお姉さんと、宿舎の廊下で鉢合わせしたことがあった。あのとき、そのお姉さんは「弟かと思った」と、ひどく驚いた顔をしていた。そして次の日には、小町園に行ってしまった。

「――あんた、私が好きでこんなことしてるとでも、思ってんの」

女の人の低いつぶやきが聞こえてきた。

「何もかも――何もかも、あんたたちのためじゃないっ！」

冷たい空気を引き裂くような声だった。男の影は立ち止まることも、振り返る素振りも見せずに闇の中へ消えていく。狭い路地に、女の人の影だけが取り残された。

「もう閉めますよ。風邪を引くわ」

頭の上からお母さまの囁く声がして、同時に雨戸が閉められた。闇に戻った部屋の中に、外から「馬鹿野郎っ」という悲鳴のような声が響いた。鈴子は、思わず身震いをしながら寝床に戻り、頭の上まで布団を引き上げた。からから、と窓を閉める音に続いて、捻り錠をかけ直す音がする。そしてお母さまも自分の寝床に戻ったようだ。

あの男は、殴られなければならない何をしたのだろうか。それにしても、姉弟《きょうだい》であんな風に罵り合わなければならないなんて。復員兵だろうか。自分が戦地に行っている間に、日本や家族がこんなにも変わってしまったことに、もしかしたら衝撃を受けているのかも知れない。自分の姉がパンパンになったと知れば、確かに驚くに決まっている。悲しくも思えることだろう。だが、そうしなければならなかった事情を、どうして考えられないのだろうか。ああいう人が、もっともっと大勢いて、こうしている間にも、アメリカ人の防波堤になっている。

暗く沈んでいた気持ちが、いよいよ沈んでいく。同時に昼間、お母さまから聞かされた言葉も、頭の中で渦巻いていた。

一人で生きていかれるように。

パンパンでは駄目だ。ダンサーも駄目。身体を酷使して、疲れ果てて、挙げ句の果てに花柳病にかかるような、そんな仕事は長くは続けられないに決まっている。モトさんだってミドリさんだって、そう言っていた。

人に後ろ指をさされることなく、悪い病気にかかる心配もない、たとえば匡お兄ちゃまが復員してきても、いつでも笑顔で再会できるような、そういう仕事につけるようにならなければいけない。

「——お母さま」

掛け布団から顔を出し、そっと呼んでみる。すぐに「どうしたの」という静かな声が返ってきた。

「鈴子——ちゃんとやるから。一人で生きていかれるように」

「もう、おやすみなさい」

それきり、隣からは何も聞こえてこなくなった。鈴子もお母さまに背を向けて身体を丸めたまま、きつく目をつぶった。

翌日は朝から雪の降る、ひどく寒い日になった。けれど午前中一杯かけて鈴子はお母さまに連れ回され、場合によっては汗さえかきそうな思いをした。

「時間がないから、ぼんやりしていられないのよ。とにかく急がなくては」

まずはデイヴィッド・グレイ中佐と三人で、まるで突撃隊にでもなったかのような勢いで東京PXに飛び込んだ。そして、ほとんど清々《すがすが》しい気持ちになるほどの勢いで買い物をしまくった。ついこの間まで「贅沢《ぜいたく》は敵だ」と言われ続けて、何か一つでも新しいものを手にするために、迷い、探し、半ば自分を責めて、怯《おび》えるような思いをしていたのが嘘《うそ》のように、お母さまは鈴子が手を伸ばしたものはほとんど迷うことなく買ってくれた。鈴子が「いらないわ」と手を引っ込めたものでも、無理矢理のように買うのだ。

「あって無駄になるものではないわ。どうしても気に入らなかったら、新しく出来るお友だちにあげたっていいじゃないの。転校生なんですもの、仲良くしていただかなくてはね」

そう言われてしまうと、鈴子も素直に従わざるを得ない。母子《おやこ》の姿を、グレイ中佐は笑顔で眺めているばかりだった。鈴子のものばかりでなく、お母さまは自分自身のものも、食料品や煙草、菓子なども大変な勢いで買い込んだ。そして、東京PXでの買い物が済むと、今度はその足で仕立屋に行き、鈴子は上から下まで寸法を測られた。PXでも服地を何着分か買っていたし、その仕立屋にある服地もいくつか選んで、スタイル・ブックの中から何点かの服を選ぶ。

「春から女学校の寄宿舎に入りますものでね、それまでに間に合わせていただきたいんですの」

お母さまは、いかにも浮き浮きした様子だった。銀座でいち早く商売を再開したという仕立屋の主人は、見事に頭のはげ上がった六十くらいに見えるおじさんで、首から巻き尺を垂らし、最初は鼻眼鏡の向こうからグレイ中佐を怯えたように見上げていたが、お母さまがひっきりなしに話しかけるものだから、その相手をするだけで精一杯の様子になった。

「ほうほう、それはおめでとう存じます」

「ええ、箱根の」

「おやまあ、箱根ですか」

「今は何かと物騒でございましょう。ですから世の中が安定するまでの間は、その方がよろしいんじゃないかと思いまして」

「はあはあ、それはようございますですね」

「今は私ども、まだ疎開《そかい》先にそのまま住んでおりますものですから、仮縫いに来る時間はないと思うんです。それに、これから背も伸びる年頃ですから、スカートのヘムも多めにとっていただいて、袖《そで》も少し長めにお願いしたいわ。上げをしますから」

鈴子が案山子《かかし》みたいな格好をさせられて、前を向いたり後ろを向いたりしている間、お母さまはひっきりなしに口を動かし続け、それをグレイ中佐は店の長椅子《ながいす》に腰を下ろして長い足を組み、のんびり葉巻を吸いながら、いかにも愉快そうに眺めていた。仕立屋の主人は、お母さまの話に相づちを打ちながら、鈴子の寸法を紙に書き込む一方で、時折ちらり、ちらりとグレイ中佐の方を盗み見する。鈴子たち三人の関係を色々に考えているのに違いなかった。本当は恥ずかしい。けれど、どうでもいいやという気持ちもあった。それにデイヴィッド・グレイ中佐という人は、きっと、そう悪い人ではないのだ。

物腰も柔らかく、乱暴ではないし、いつも穏やかで表情豊かで、そして、お母さまに親切だ。宮下のおじさまのように威張ってもいないし、お行儀の悪いところも見せない。考えてみればお父さまだって、そういつもご機嫌だったわけではない。難しい顔をしていることも少なくはなかった。眉間にしわを寄せて、近寄りがたい雰囲気だったこともある。ある意味では、この白人中佐の表情は、お父さま以上に一番親しみやすいともいえた。

第一、こうして鈴子とお母さまの買い物につきあい、荷物持ちまで引き受けてくれている。お父さまだって宮下のおじさまだって、女子どもの買い物になど絶対に同行するような人たちではなかった。もしも鈴子が英語を話せたら、もっとこの人を好きになれるのかも知れないと、ふと思う。

そんな日が来るだろうか。

デイヴィッド・グレイ中佐と英語でお互いの気持ちを伝え合える日が。

いや。

来ない。きっと。

この先、鈴子がどれほど懸命に勉強したとしても、何とか英語を操れるようになる頃には、お母さまはきっともう、この人とはつきあっていないような気がする。もっと強くて、もっと力のある誰かが現れたら、お母さまはまたその人のところに行くに違いない。白人でも日本人でも。それが、お母さまという人なのだ。

「ああ、よくお買い物したわね」

すべての予定を無事に終えると、お母さまは、いかにも晴れ晴れとした表情になって、デイヴィッド・グレイ中佐にも嬉しそうに何か話しかけた。中佐は笑顔でお母さまの背中に手を回し、当たり前のように頰に軽く唇を押しつけて、それから鈴子に向かっても微笑みかけた。

「――テンキュ、ベリマッチ」

昨日は出来なかったが、今日は何とか笑顔で頭を下げることが出来た。グレイ中佐は、また明るいキツネ色の眉を大きく動かして陽だまりのような明るい笑顔になり、鈴子の背にも手を回してくる。鈴子は全身を硬くしたままで抱き寄せられ、中佐の腹の上あたりから直接響いてくる声を聞いた。ベル――ベル――何とか。

「ベルの将来はきっと明るいものになるんだから、心配してはいけないって。そして、神さまもずっと、ベルを見守って下さっているからって」

お母さまが笑っている。ああ、この温《ぬく》もりが、この大きさが、お父さまのものだったら、鈴子はどんなにか幸せだったろうと思う。胸の奥が、またざわめいた。

昼食後、鈴子はお母さまたちと別れて、しばらく一人で過ごすことになった。夕方、またこのPXの前で待ち合わせする約束だ。

「いいわね。どんな人とも口をきいたりしないでね。絶対に、誰にもついていってはだめなのよ。声を聞かれてしまったら女の子だと分かってしまうんだから、くれぐれも気をつけてちょうだいよ」

お母さまにくどいほど念を押され、鈴子はうんざりするほど何度もうなずいてから、きびすを返した。雪はとうにやんでいた。東京へ行くことになったときから、行きたい場所はもう決めてある。

3

さっきから、もうどれくらいこうして橋の途中で過ごしているだろう。お彼岸が近づいて、以前に比べれば間違いなく日が長くなってきているのは感じるけれど、それでもまだ雲に遮られていて薄ぼんやりとしか見えない太陽は、いつの間にかもうずい分と西に傾きつつあった。身体は芯《しん》から冷え切って、川風に吹かれ続けている頬などは、とうに感覚がなくなっている。空襲にも耐えた厩橋《うまやばし》は、荷車を引く人や通行人に混ざって、いかにも重たそうなトラックなどが通ることもあった。時折、チリリン、と自転車のベルが鳴るときだけ、反射的に人の行き来を邪魔しているのではないかと音のする方を振り返り、素知らぬ顔で行ってしまう自転車を見送っては、鈴子はまた川の方に向き直った。

眼下の隅田川《すみだがわ》は、ひっきりなしに艀《はしけ》や漁船が行き来していた。川縁につながれた幾《いく》艘《そう》もの小さな船は、そこで人が暮らしているものも少なくないらしく、赤ん坊のおむつが干されていたり、七輪が置かれて鍋釜《なべかま》が並べられているものもあった。煮炊《にた》きでもしているのか、ほのかに煙が上がっているのも見える。それらの船を揺らす川の水は一瞬たりとも流れを止めることなく、音も立てずに橋の下をくぐり抜けていく。

後ろを通っていく人や車の音を背中で聞く一方で、それらの景色を眺めていると、鈴子ひとりだけが行くべき場所を持たないのだということが、ひしひしと感じられてならなかった。この数カ月、熱海《あたみ》の海を眺めることに慣れていた目には、穏やかすぎるほど柔らかい光をたたえて見える隅田川の水さえも、黙々と海を目指しているというのに。途切れることなく流れ続けるこの水は、もう二度と逆戻りしてはこないのだ。過ぎ去ったものは帰らない。

戻れない。本当に。

馬鹿だった。そんなことはとうに分かっていたはずなのに。一年前のあの日、泊まりがけで行っていた勤労動員から東京に戻ってきたときに、この町が跡形もなく消え去ってしまっていたことを、この目で確かに見たのに。消し炭のようになってしまった人々の死体が町中の至る所に積み上げられていたことも、この隅田川を流れる無数の死体が白く膨らんで川岸のあちらこちらに溜《た》まっていたことも、何一つ忘れていないのに。

それなのに、ここに戻ってくれば昔通りの景色が見られるのではないか、悪い夢から覚めたかのように、本当なら今も続いていたはずの暮らしに戻れるのではないかと、わけもなく思い描いていた。たとえば勝子ちゃんや他の友だちと、普通に道ばたで出くわして、「今日は何をして遊ぼうか」などと当たり前のように言葉を交わせるのではないかと想像していた。場合によっては、あの日いなくなってしまった千鶴子だって、ひょんなところで見つけ出せるのではないか、誰か知り合いが預かってくれていて、鈴子を見つけるなり「お姉ちゃん！」と可愛い声を上げ、「待ってたんだよ」と駆け寄ってくるのではないかと、そんなことばかり考えていた。だから、PXの前でお母さまとデイヴィッド・グレイ中佐と別れた後、鈴子はまっしぐらに都電の停留所を目指し、満員の都電に割り込むように乗り込んで、ここまで来たのだ。

都電が京橋、日本橋、室町と進むにつれて、窓枠にしがみついたままになっていた指先に力がこもり、顔がかっかと火照《ほて》っていたのは、混雑のせいばかりではなかった。都電が隅田川の手前で左に曲がって浅草の方に向かってしまうのは分かっているから、厩橋の停留所で降りたときだって、胸は高鳴り、毛織のズボンの中で膝《ひざ》はわらいそうになっていた。何度となく深呼吸を繰り返してから、鈴子は厩橋を走り抜けて本所を目指したのだった。頭の中には、幼い頃から見慣れていた懐《なつ》かしい風景ばかりが広がっていた。

本所は、焼け野原のままだった。ただ、一年前は瓦礫《がれき》の山と化した町の至る所で、真っ黒に焦《こ》げて残った建物の柱や梁《はり》などが、何本もの骨のように寒空に突き出し、頭上からは何本もの電線が絡《から》まり合いながら垂れ下がっていたせいでそれなりに狭く見えた空が、今はただ、からん、と広がっているばかりだった。あの頃は辺りに鼻をつく刺激臭が広がっていて、目もしみて痛かったのに、それも、もうなかった。瓦礫の山も、家々の燃え残りすらもなくなった町は、去年とはまた違う意味で、さらに空っぽになっていた。そして、すっかり片付けられてむき出しになった地面には、もう雑草が生えていた。人間は何もかも奪われて、ここから離れなければならなかったのに、雑草たちは、むしろ自分たちの居場所が広くなったことを喜んでもいるかのように、色鮮やかに生き生きと芽吹いているのだ。

人間は、こんなちっぽけな草よりも弱いのだろうか。

自分の家が建っていた場所を探そうにも、どうにも見当がつかなかった。道だけは以前と変わっていないはずなのに、目印になるものが何もないと、こうも分からなくなってしまうものかと、鈴子はすっかり途方に暮れた。ずい分と時間をかけて、大体この辺りだったと思う場所を探したり、勝子ちゃんの家のあった辺りや、燃えなかった国民学校など、思いつく限りのところを歩いて回ってみたが、ただの一人として顔見知りには会えなかった。すれ違う誰もが知らない人ばかりで、疲れきって表情のない顔をしており、少年の姿の鈴子に注意一つ払うわけでもなく、ただ黙々と手足を動かしているように見えた。

空襲を受けた他の町と同様に、ここにも掘っ立て小屋の集落が出来つつあった。それらの前では、拾い集めてきた木っ端を燃やしている人もいれば、手に入るものを懸命に工夫して縫い上げたに違いない衣類を物干し竿《ざお》から取り込んでいるおばさんもいた。千鶴子よりなお小さな、本人だってまだ誰かに負ぶわれたいくらいの幼さなのに、背中に赤ん坊をくくりつけられて、よろめくように歩く裸足《はだし》の幼い子もいれば、重たそうな古い自転車に小山ほどもある荷物を積んで行く少年もいた。小屋と呼ぼうにもさらに粗末な、ただの雨よけにしかならないようなところで散髪屋らしい商売をしている人がいた。拾い集めてきたらしい折れ釘《くぎ》を、石の上で叩《たた》いて伸ばしている人がいるかと思えば、つぶれかけた鍋を使って、地面に穴を掘っている人もいた。ここでは、まだ何も終わっていない。新しい暮らしも、何一つとして始まっていない。鈴子の目には、そうとしか見えなかった。

今の鈴子には、こんな暮らしは耐えられそうにない。助かった、と思った。

それもこれも、お母さまがああいう性格だったからだ。宮下のおじさまという人を摑まえていたお蔭で、この有様から離れることが出来た。その後だって何度焼け出されても、その都度新しい避難先を見つけて移り住むことが出来た。それから先も、ずっとそうだ。お母さまが迷うことなく突っ走ってきたから。より力のある、より強いものを求めて。

結局、鈴子は誰一人として知った顔に会うことも出来ず、自分がここで生まれて育ったという思い出の切れ端一つ見つけられずに、すごすごと厩橋まで戻ってくるより他なかった。

改めて眺めれば、隅田川と橋だけは不思議なほど、以前とまるで変わっていなかった。辺りの景色は、ただ空が広いばかりの黒焦げの大地になってしまったのに、川の流れとこの橋だけは、戦争などあったかという風情《ふぜい》で、そのままにある。よく見れば、人の脂《あぶら》で出来たに違いない染《し》みが、まだ方々に残っているものの、それらも風雨にさらされて、やがて消えていくのに違いない。

焼け野原になっても草は生え、水はどれほど流れても川はそのまま残り続ける。それなのに、家族が暮らした痕跡《こんせき》も見つけられなければ日々を過ごした道筋も何一つ残っておらず、結局どこにも根を下ろせないままふわふわと漂うのが、人間というものなのだろうか。そんなに頼りないものなのだろうか。

夕方の気配が漂い始めていた。そろそろ銀座に戻った方がよさそうだ。鈴子はオーバーコートのポケットに両手を入れて肩をすくめ、冷え切ってほとんど感覚のなくなった足を引きずるようにして厩橋を渡りきって都電の停留所まで戻った。既に六、七人の人が小さな停留所に列を作っている。

さほど待つこともなく浅草の方角から、四角い箱のような都電が、ことことと進んでくるのが小さく見えてきた。あれに乗ったら鈴子はもう金輪際ここへは戻ってこないのかも知れない。帰ってくる理由がなくなってしまった。つまりそれは、ふるさとを失ったということだった。もしも匡お兄ちゃまが無事に復員して、再びもとの場所へ家を建てるとでも言うのなら、話は別かも知れない。だが、未《いま》だに生きているのかどうかさえ分からないお兄ちゃまを待つ間にも、鈴子はこの先どこまで漂うことになるのか分からない。

さよなら。

停留所で止まった電車の扉を開けて、まん丸い顔をした元気そうな車掌さんが「新橋行きです」と降りてきた。運賃を支払って切符をもらい、乗り口に足をかけたとき、「乗りまーす！」という声が聞こえてきた。

「待ってぇ！　乗りまーす！」

見ると、コートにもんぺ姿の女の人が、カタカタと下駄《げた》を鳴らしながら懸命に駆けてくる。

「お早く願いまーす」

車掌さんの声が涼やかなくらいに響いた。

「もう少しお詰め願いまーす。もう一歩ずつ奥にお詰め願いまーす」

満員の車内に割り込むようにして、どうにか自分の居場所を確保したと思ったとき、さらに後ろから強い力がかかった。荒い息づかいが聞こえる。さっきの女の人が乗り込んできたのだ。チンチン、という音が響き、もう一度チンチンという音が聞こえて「発車いたしまーす！」と車掌さんの声が響いた。ぎゅうぎゅう詰めの四角い箱が、ごとん、と動き始める。大人たちの間に挟まって見知らぬ人のコートを着た背中に顔を押しつけられ、必死で顔の向きを変えたとき、最後に駆け込んできた女の人と目が合った。その途端、鈴子は、はっと目が覚めたような感覚に襲われた。

女の人の口が「あんた」と動いた気がした。向こうでも信じられないものを見たような顔になっている。それから、どうにか人混みをかき分けて、その人はこちらに進んできた。

「ちょ、ちょっとごめんくださいさい。知ってる子がいるもんですからね」

その人は、何度も何度も辺りに声をかけながら鈴子に近づいてくる。その口が今度ははっきり「鈴子ちゃん」と言った。

「そうよねえ？　鈴子ちゃんでしょう？　第一運送さんの」

「――おばさん」

「やっぱり、そうなのね？　そうだわ、間違いなく鈴子ちゃんだわ。おばちゃんのこと、分かる？」

「――勝子ちゃん家《ち》の、おばさん」

口にした途端に、胸一杯に熱いものがこみ上げてきた。

「ああ、生きてたのねえ！」

ようやく鈴子の真ん前までやってきた勝子ちゃんのお母さんも、すっかり目を潤《うる》ませている。混んでいるせいで否応《いやおう》なしに二人は身体《からだ》を寄せ合う格好になった。

「よくもまあ、無事でいたこと」

おばさんは無理矢理のように腕を上げて、鈴子の頭と頬を撫《な》でてくれる。ひんやり冷たく、乾いた手だった。それなのに、鈴子は触れられたところが痺《しび》れたように、じーんと温まっていくのを感じた。

「それで？　あんた今、どこ住んでんの？　おっ母《か》さんは？　他のみなさんは？　あら、ひょっとして本所に戻ってきたの？　これからどこに行くの」

おばさんが、あまりに矢継ぎ早に質問を寄越すから、鈴子はすっかり応《こた》えに窮してしまった。

「おばさん、勝子ちゃんは？」

がたん、と電車が揺れて、チンチンと音が鳴って電車が止まる。おばさんの目が宙を泳いだ。その瞬間、鈴子は聞いてはならないことを聞いたと思った。

まさか。

まさか、あの勝子ちゃんの身に何かあったのと言いかけた時、再び動き始めた電車の騒音に紛れて、おばさんの「大丈夫」という低い呟《つぶや》きが聞こえた。

「心配しないで」

どういう意味、と聞こうとしたとき、勝子ちゃんのお母さんは思い出したように、鈴子はどこで降りるのかと聞いてきた。

「銀座四丁目」

「あら、そんならおばちゃんと一緒だわ。そんでも、鈴子ちゃん、あんた一人で銀座まで行くの？」

「――お母さまと待ち合わせしてて」

「あら、そうなのね。おっ母さんは、元気になさってるんだわね？　そういえば、あんたんとこはお父《と》っつぁんが逝《い》っちまったんだったわよねえ。それから確か、上の兄ちゃんもアレだったし、他の――」

「――今はもう、私とお母さまの、二人っきりに、なりました」

時折大きく揺れる都電の中には、様々な臭いが充満していた。土埃、樟脳《しょうのう》、垢《あか》じみた体臭、木くず、かび、それに玄米茶のような妙な臭いや鉄さびの臭いも混ざっていた。それらがまぜこぜになった中で、鈴子は「二人っきりに」という勝子ちゃんのお母さんの声を聞いた。

「あんたんとこも大変な思い、したんだわねえ――そんで、今はどうしてんの。どこに住んでんだって？」

「熱海」

「熱海って、ええ？　熱海って、あの温泉の？」

「戦争が終わってから行ったんです。去年の十一月に」

「知った人でも、あったの？　親戚《しんせき》とか」

「そうじゃ、ないんですけど――」

勝子ちゃんのお母さんは「あらそう」と何度も細かくうなずいてから、「あっちはどう」と鈴子の顔をのぞき込んできた。

「普通っていうか――空襲も受けてないから前と変わらないみたい」

「あらそう――ものはある？　人は多いのかしらね」

「港から魚が揚がるから、その分だけでも多分、東京よりはいいと思います。お百姓さんも多いし。だから浮浪者も見ないし、温泉には結構お客さんも来るし、私たちみたいに疎開してる人も多いし――それから、進駐軍の人たちもたくさん」

ふうん、とうなずく勝子ちゃんのお母さんを間近に見ながら、それにしても、この混雑の中で、お互いによく相手のことを分かったものだと、鈴子は改めて感心していた。こっちだって男の子の格好をしているのだから印象が違うだろうが、勝子ちゃんのお母さんだって、以前の姿とはまるで違っている。顔立ちはごく平凡だが、さすがに芸者さんだけあって、いつだって髪も綺麗《きれい》に結っていたし、たとえば普段着のときでも、どことなく粋《いき》な着物の着こなしをして、お化粧の仕方一つとっても、どこか垢抜けて見える人だった。いつ会ってもいい匂いをさせていた。けれど今、こんなに近くにいても、勝子ちゃんのお母さんからは冬の匂い以外はしてこない。確か勝子ちゃんは、この人が二十歳になるかならないかの時に産まれたと言っていたと思う。すると、まだせいぜい三十五くらいのはずだ。それなのに、見ればひっつめただけの髪にも白いものが一筋、二筋と見えたし、まるで化粧気のない顔はつやもなくて、正直なところ鈴子のお母さまよりも年上に見えるくらいだった。

「間もなく銀座四丁目でございまーす」

車掌さんの声が聞こえた途端に「降りまーす」という声がいくつも聞こえた。勝子ちゃんのお母さんも、「ほら、行くわよ」と鈴子に言って、もう人混みをかき分けて出口の方に向かい始めている。鈴子も、押し合いへし合いする人の間を何とか進んで乗降口に向かった。

やっとの事で電車を降りたところにも、そこから乗る人が大勢待ち構えていた。見ていると、乗り切れない男の人が何人も、都電の後ろの方に回って窓枠に摑《つか》まり、車体の小さな出っ張りに靴のつま先を引っかけてしがみついている。都電がこんな状態なら、他の鉄道だって似たようなものだろう。熱海と往復するのに鉄道なんてとんでもない、是が非でも車を使いたいと言い張ったお母さまの言葉の意味が、ようやく実感として分かってきた。

「本数が少ないもんだから、しょうがないわねえ。本当に、いつになったらもう少しマシになるんだか」

厩橋で見たときには四角い箱のようだった都電の姿が、遠ざかる時にはしがみついている人々のせいで、芋虫のように丸く見えた。大勢の人にもみくちゃにされたせいで、身体はすっかり温まって、額には汗まで滲《にじ》んでいる。背後の三越の前には、ずらりと行商人が並んでいて、日本人の客たちが品物を覗き込んでいる。反対に、白いヘルメット姿のMPの向こうに立つPXの方には、日本人よりも白人の姿ばかりが目立った。

「さあ、渡りますよ」

MPの吹く笛の音が響くと、勝子ちゃんのお母さんは鈴子を促すように広い通りを渡り始める。日暮れまでには、まだもう少し間がある。待ち合わせしたPX前にお母さまの姿は、まだ見当たらない様子だった。

4

勝子ちゃんのお母さんは、そこから少し歩いて川を渡った先の、有楽町のガード下で猫の額ほどの立ち飲み屋をしていた。電車が通る度にごうごうと音が響いて、店の戸口ばかりか棚に並べた食器までがカタカタと鳴る店は、人が五人か六人も入れば一杯になってしまうくらいの広さしかない。

「ごめんねえ、腰掛けもなくて」

物珍しさに辺りをきょろきょろと見回しながら、鈴子はちょうど寿司《すし》屋の付け台のような仕切り台の向こうに回り込むおばさんの声を聞いていた。

「こんなとこ、あんたみたいな子の来るとこじゃないけどさ、たまたま今日は鈴子ちゃん、男の子みたいな格好してるから、下手に寒いとこで立ち話してるよか、いいと思ってさ」

「ここ、おばさんのお店なんですか」

「賃料払って、やってんのよ。本当はまたお座敷の仕事に戻りたいとも思うんだけど、着物から何から燃しちまったし、今、下手に昔の商売に戻ろうとすると、進駐軍の相手をさせられたりするから」

「進駐軍の？」

「そうなのよ。だけど、いくらアレだって、女の意地ってもんがあるじゃないさ。ついこないだまで、やれ鬼畜米英だの何だのって言ってた相手に、踊って見せたりお酌したりなんか、あんた、したくないじゃないの」

内心、ひやりとなっていた。勝子ちゃんのお母さんは進駐軍と関わりたくないのだ。鈴子のお母さまと正反対に。

「マッカーサーだか元帥《げんすい》さまだか知らないけど、あんちくしょうらのお蔭《かげ》で、あたしらが今どんな目に遭ってると思うのよ。あたしゃ、勝子や――」

おばさんはそこまで言って、ふう、と大きく息を吐いた。

「それにしても、まさか今日、鈴子ちゃんに会えるとは、本当に思わなかったわねえ。実はさ、今日は本当、たまたま家を出るのが遅くなっちゃったのよ。いつもなら、もう一時間は早く出るとこなんだけど。こういうもんなんだわねえ、巡り合わせっていうのは」

おばさんは急にせかせかした様子でガスコンロに鍋をかけたり、付け台に伏せて並べてあったコップを奥の棚に戻したりし始める。

「店っていったって、何しろこんな狭さじゃない？　お酒だのつまみだのって言っても、出せるものなんか、たかが知れてるんだけどさ」

「あの――」

「まったくもう――ねえ。いつまでこんな日が続くんだか」

ガード下のせいもあるだろうか、外がずい分と薄暗くなったように感じられる。鈴子もいい加減なところでＰＸの前まで戻らなければならなかった。

「おばさん、本当は私、ずっと勝子ちゃんに会いたくて、いつもいつも思い出してて――それで今日、やっと東京まで来たものだから、本所まで行ってみたの」

おばさんが、ふいに動きを止めた。また電車が通った。ごうごうという音が響いて店全体まで揺れるようだ。

「ずっと、どうしてるかなと思ってて」

「あの子――五月の空襲で、大けがしてね――ああ、あのときは、鈴子ちゃんはどこにいたの」

「五月の末の？　二十五日の。あのときだったら――新橋」

「あの辺も燃えたんじゃない？」

「燃えました」

「あたしらは青山にいたんだけど――」

そこまで言って、ふいにおばさんの口調が変わった。鈴子は息を詰めて勝子ちゃんのお母さんを見つめていた。もう電灯をつけなければ、おばさんの横顔がぼんやりと滲むくらいになってきた。その薄暗く、狭く、そして、むせかえるような湿った臭いのこもっている空間で、おばさんは、あの日の空襲で逃げる最中に勝子ちゃんは大けがをして、右腕が飛んでしまったのだと言った。

「火傷《やけど》もしてねえ――そのときは、もう助からないんじゃないかと思ったんだけど」

鈴子は思わず自分の口元を両手で押さえたまま、ただ薄墨色に溶けていくようなおばさんの横顔を見つめていることしか出来なかった。ぞくぞくする感覚が二の腕から首筋、耳を伝って頭のてっぺんまで駆け上がっていく。

「勝子ちゃんが――」

「まあ、生命が助かっただけでも儲《もう》けものだと思うことにしてるけど」

「そんなこと――」

「火傷は、あれはだんだん跡も薄くなるだろうとは思うんだけどね――取れちまったのが利《き》き手なもんだから余計に、今はまだ、色々と大変なんだわ」

狭い店内に、おばさんのため息が広がった。

「いくら治してやりたくたって、腕ばっかりは生えてくるもんじゃないからねえ」

あの勝子ちゃんが腕をなくした。火傷まで負って。ちょっとませていて、いつもこのお母さんの持ち物を持ち出してきては自慢していた、あの子が。

「それで――それで今は」

「今？　今はねえ、おばちゃんがいない間は一人で留守番してんの。ずい分長いこと具合が悪くて寝たり起きたりだったんだけど、今はもう、起きていられるようになってね。でもまあ、そんな身体になったもんだから、留守番してるったって大したことも出来やしないし、本人もすっかり外に出たがらなくなって」

「今、本所にいるんですか」

「終戦と同時に帰ったのよ。そんときは、すぐにまた、お座敷に出るつもりだったし、あんな身体になっちまった子を抱えてたら、知り合いにでも何にでも頼らなきゃ、とてもじゃないけどあたし一人の力じゃあ、暮らしていかれやしないから」

気がつくと涙がぽたぽたと落ちていた。昨日も泣いて、今日も泣いている。泣くことなんて、ずっとなかったのに。鈴子は、腕をなくした勝子ちゃんを思い描いた。会いたい。会って、慰めてあげたいと思う。

でも。

果たして勝子ちゃんはどうだろう。さぞ痛くて苦しんだろうし、今だって傷ついているに違いない。そんな勝子ちゃんが、果たして昔と変わらずに、鈴子に会いたいと思うだろうか。

「ありがとねえ、鈴子ちゃん。うちの子のために泣いてやってくれてんのねえ。今日、帰ったら、きっと言うからね、鈴子ちゃんに会ったよって」

おばさんの手が伸びてきて、柔らかいガーゼのような布で鈴子の涙を拭《ふ》いてくれる。

「勝子ちゃん、学校は――」

「去年の三月っきり行ってやしないわ。聞いたらさ、そんでも卒業証書はもらえるっていう話だし」

ああ、そういえば、とおばさんの口調がまた変わった。鍋のかかっているガスコンロの火ばかりが、青々と目立つようになってきた。

「鈴子ちゃんは、この春からはどうすんのか、もう決まってんの？」

「──女学校に編入することになりました。一学年遅れて」

「ああ、そりゃいいわ。もともと第一運送さんみたいなお宅のお嬢ちゃんなんだからさ、はなっから女学校くらい行くのが当たり前だったんだもの」

「──そうかな」

「そうだわよ。それにしても、やっぱり大したもんだわねえ。このご時世に、ちゃんと女学校に行かれるんだから、そんだけの蓄えがおありなんだわねえ」

「──あの、私、勝子ちゃんに手紙書いてもいいですか」

「あら、そうしてやってくれる？」

「住所、教えてくれたら」

「いいわよ、何かに書こうね。実はおばちゃんもさ、鈴子ちゃんのおっ母さんに一度、ちょっと話を聞いてみたいと思ったのよ。さっき、熱海に越したって聞いて」

おばさんはようやく天井から下がる電灯に手を伸ばして、ぱちん、と明かりを灯した。黄色い光が二、三畳ほどしかない店内を照らす。いかにも粗末な付け台の向こうは、おばさん一人が仕事するのがやっとの空間だ。薄っぺらな板を張っただけの壁には、子どものような文字で「するめ」「すいとん」などと書かれた紙が貼《は》られていた。おばさんは「ええと」と言いながら辺りを見回して、ようやく何かのチラシを見つけ出し、その裏にちびた鉛筆で「とう、きょう、と」と呟きながら文字を書き始めた。

「ほら、さっき鈴子ちゃん、熱海は焼けてないし賑《にぎ》やかだって、おばちゃんに教えてくれたじゃない？　あそこは昔っから有名な温泉地だから、芸者だって多いはずなんだわ。こんなガード下で細々と食いつながなきゃならないくらいなら、いっそ勝子と熱海まで行って、そっちでお座敷に出るのだっていいんじゃないかって、ちょっと思ってさ。その方が、勝子のためにもいいのかも知れないって」

「――お母さまにも、言っておきます」

「頼むわ。でもねえ、鈴子ちゃん」

「はい」

「勝子からは返事はいかないからね。だって、書けやしないんだからさ。手がないんだから」

胸がざわめいて息苦しくてならない。それでも鈴子は「ううん」と首を振った。

「左手で書けるようになってって、私、そう書きますから。だって、練習しなきゃ。残った方の手で、何でも出来るようにならなきゃ。だから、下手くそでもいいから、必ず返事を頂戴《ちょうだい》って書きます。返事が来るまで、何回でも」

おばさんは手の甲で目元を拭《ぬぐ》っていたが、急に「そういえば」と顔を上げた。

「波江《なみえ》ちゃん、覚えてる？」

「波江ちゃんって、泉《いずみ》波江ちゃん？　トタン屋さんの」

おばさんは、やはり鈴子と同級生だった女の子がつい数カ月前、進駐軍の兵隊に乱暴をされたのだと言った。鈴子は再び、全身が粟立《あわだ》つのを感じた。そういう話は大森海岸にいたときにも聞いたことがある。

「こないだ、たまたま聞いたんだけど。あの子、お姉ちゃんがいたでしょう。それである日、おっ母さんとお姉ちゃんと三人一緒に浅草に出かけた帰り、急に進駐軍のジープが前に停まって、そのまま無理矢理車に乗っけられたんだって。それで親子三人とも、ひどい乱暴されたんだっていう話よ。お姉ちゃんっていう子は可哀想《かわいそう》に、その後で首を吊《つ》ったらしいわ」

おばさんは改めて鈴子を見て、だから鈴子のように男の子の格好をしているのは、鈴子のお母さまが立派なお蔭だと言った。

「うちの勝子だって、五体満足なまんまだったら、やっぱり男の格好させてたわよ。まあ、今じゃそんな心配してるどころじゃなくなっちゃったけど」

狭くて貧しい立ち飲み屋になってしまったおばさん。火傷を負って右手までなくしてしまった勝子ちゃん。アメリカ兵に母子ともども乱暴されたという同級生。首をくくったその子のお姉ちゃん——その人たちと鈴子が逆の立場になっていたって、何の不思議もなかった。そして、鈴子の代わりに勝子ちゃんが女学校に編入するのだって不思議ではなかったはずだ。この、おばさんさえ違う生き方を選んでいれば。誰がどんな目に遇うかなんて、こんなにも何もかもがひっくり返ってしまった今の世の中では、もう誰にも分かるはずがない。

「さて、と、これで分かるかしらね」

おばさんに手渡された住所を、鈴子は電灯の下でひとしきり眺めてからコートのポケットにしまい込んだ。

「私、もう行かなきゃ」

「そうお？　途中まで送ってってたげようか？」

「大丈夫です。都電の道まで出れば、もう分かるから」

おばさんは、しみじみとした表情でゆっくりうなずき、乾いた手で鈴子の手を握りしめてきた。また、そこからじーんと温かいものが流れ込んできた。

「きっといつか、うちの勝子とも会えるときがあるといいね」

「うん」

「何はともあれ、戦争は終わったんだから。きっとそういう日が来るわよ」

「——うん」

「それまで、鈴子ちゃんも元気でいんのよ。おっ母さんにも、よろしく伝えてちょうだいね」

おばさんの顔は涙でくしゃくしゃだ。鈴子も、うん、うん、と何度もうなずき返しながら、またも新しい涙を流した。最後に「さあ、行きなさい」と背中を押されてやっと涙を拭い、それこそ後ろ髪を引かれる思いで店の外に出たところで、そのまま駆け出すつもりが、つい立ち尽くしてしまった。

いつの間にか、夜に向かう有楽町のガード下に、うごめくような人影がいくつも集まっていたからだ。煙草の煙が方々から上っていた。色とりどりの服装の女たちが、壁にもたれ、首を傾《かし》げるようにして、何人も並んでいる。

パンパンだ。

こんなにたくさん。

いずれも真っ白い顔に真っ赤な口紅を塗った女たちは、頭にネッカチーフを巻いたり、幅広のカチューシャをつけたりして、一見して普通の娘には見えなかった。中には男のように腕組みをして、くちゃくちゃとガムを噛《か》んでいる女もいた。彼女らの射るような視線を感じながら、鈴子は息を詰め、俯《うつむ》いたままで足早にそこを通り抜けてしまうことにした。反対側から来る男の人たちが、あからさまに興味津々《しんしん》の表情で、彼女らを見ているのが分かる。その都度、女たちの方から声が上がった。

「見せもんじゃねえんだよっ」

「日本の男になんか、用はないよ、どっか行きなっ！」

ぞっとするほど荒々しい、殺伐とした声だった。その一方では、どこからともなく「ハーイ」「ヘローヘロー」などという呼び声も聞こえてくる。少し前までお国のために命をかけて、もんぺ姿に竹槍《たけやり》を持って訓練を受けていた人たちなのに。八月の、あの暑い日まで、死にものぐるいで国を守ろうとしてきた同じ仲間たちだったのに。

だが今は、他に助けてくれる相手もいなくなったのだろう。自分の身体一つででも、生きて、生き延びなければならない女たちに違いなかった。

広い通りに出てからもまだ、数寄屋橋《すきやばし》の辺りまでパンパンと分かる服装の女がいた。鈴子は、彼女たちから逃げるようにしてＰＸを目指した。なぜだか分からないけれど、

「ごめんなさい」という言葉が浮かんで仕方がない。

ごめんなさい、ごめんなさい。

私は皆みたいになりたくない。

私は、そこまで自分の身体を投げ出したり出来ない。

ごめんなさい、ごめんなさい。

後始末をみんな押しつけるようで。

息を切らしてPXの前までたどり着くと、お母さまの方でもすぐに鈴子を見つけて、いかにも苛々《いらいら》した様子で「すうちゃん！」と声を上げた。すると、隣に立って他の方を向いていたデイヴィッド・グレイ中佐までが「ベル！」と大げさなほどの笑顔になって、棍棒《こんぼう》みたいな太い腕で鈴子を抱きすくめてきた。そうして意味の分からないことを何か言っている。鈴子はただ「アイムソーリー」とだけ繰り返した。

「もう。心配したじゃないの」

「――ごめんなさい」

「日が暮れた頃に待ち合わせねって言ったでしょう。見てごらんなさい、もうこんなに真っ暗ですよ」

デイヴィッド・グレイ中佐の腕から解放されても、鈴子はうなだれたまま、ただ

「ごめんなさい」を繰り返した。

　ごめんなさい。ごめんなさい。

　皆さんに謝ります。

　飢えもせず、発疹《はっしん》チフスにもかからず、怪我《けが》も火傷もしないで、五体満足なままでいることを許して下さい。誰にも乱暴されていない、清い身体のままで、このまま女学校の寮に入ってしまいます。そのために今日はＰＸで思う存分、買い物をしました。お母さまがアメリカ人とつきあっているから。強いものが勝つのだというお母さまに、鈴子はずっとついてきてしまっています。ごめんなさい。ごめんなさい。

「それで、今までどこへ行ってたの」

「——何となく」

「ずっとこの辺にいたの？」

　本所に行ったことも、勝子ちゃんのお母さんのことも、言ってはいけないような気がした。鈴子は、ただひたすら心の中で「ごめんなさい」ばかりを繰り返していた。そうしたら、また涙が出てきた。

「嫌だわ、すうちゃん。何も泣くことないじゃないの。心配していたっていうだけ。いいのよ、ちゃんと会えたんだから」

ああ、何という苦しい毎日。こんな日がこれからも続くのだろうか。飢えてもいない、寒くもない、それなのに、どうしてこんなに辛《つら》いのだ。グレイ中佐が何か言っている。

「お夕食をとって、それから熱海に帰りましょうって」

それを聞いた途端、自分が空腹であることに気がついた。鈴子は、またもや「ごめんなさい」と呟いていた。私は、こんなときにもお腹《なか》が空《す》いてしまいます。きっとまた、勝子ちゃんやおばさんや、他の皆が食べられないような美味《おい》しいものを食べてしまうんです。本当に、ごめんなさい、ごめんなさい。

「行きましょう。久しぶりの東京だったものね。ぶらぶらと歩いているだけでも退屈しなかったでしょう」

お母さまが鈴子の肩をぽんぽんと叩いた。

ああ、勝子ちゃんのお母さんの手は不思議だった。あんなに荒れて、冷たく乾いていたのに、触られたらそこからじーんと温かくなった。今、お母さまの手には綺麗な指輪が光っている。荒れてもいないし、指もほっそりと白くて綺麗《きれい》だ。けれど、その手が鈴子の肩に触れても、鈴子はもう何も感じることがなかった。昔っから、そうだったかしら。もう覚えていなかった。

デイヴィッド・グレイ中佐の車まで戻る途中、人だかりが出来ているところがあった。見ると、女の人ばかりが集まっている。その人だかりの向こうには、りんご箱か何かに乗っているらしく、他の人たちよりも頭一つ以上高く、目立って見える人がいた。その人の傍には「婦人民主クラブ」と書かれたのぼり旗が立っていた。中央に立つ人が何か演説している。集まっている女の人たちは、懸命にその声を聞き取ろうとしている様子だ。

「そういえば、今朝の新聞に出ていたわね。宮本百合子《みやもとゆりこ》とか加藤《かとう》シヅエなんかが、新しい婦人団体をつくったって」

「宮本百合子って？」

「中條精一郎《ちゅうじょうせいいちろう》の娘さん」

「何してる人」

「あら、知らないの？　昔は天才少女って言われたのよ。それが大きくなってからプロレタリアになって」

「プロレタリアって？」

「共産党みたいなものでしょう。要するに赤よ。お嬢様育ちでアメリカの大学にまで行ったのに、何度も何度も警察に捕まって、牢屋《ろうや》に入れられて。でも、不思議ねえ、そんな筋金入りの人が『民主クラブ』なんて」

小首を傾げているお母さまの肩に、デイヴィッド・グレイ中佐が手を回し、早く行こうという意味のことを言っているらしい。もう少しその人たちを眺めていたい、出来れば話も聞いてみたいと思ったが、鈴子には、それを主張することも出来なかった。今の鈴子に出来ることは、こうしてお母さまに従うことだけだ。

パンパンになる人。

婦人団体を作る人。

掘っ立て小屋でたき火をする人。

揺れる船で寝起きをしている人。

進駐軍の将校とつきあう人。

腕のなくなった人。

白人に乱暴される人。

小さな立ち飲み屋で働く人。

こうして歩きながら眺めるだけでも、日本人は既にそれぞれに違ってきていた。男も、女も。相変わらずのもんぺ姿にねんねこ半纏《ばんてん》でひっつめ頭の人もいれば、華やかな和服姿で歩いている人もいる。お母さまのような洋装の人も少なくなかった。身ぎれいにして、楽しげな笑顔を振りまくようにして歩いて行く人もいる。ここからわずかに離れただけのガード下には、毒々しい化粧をした女たちが蠢《うごめ》いているのに。客を取るために。進駐軍の。

ごめんなさい。ごめんなさい。

パンパンになる勇気がないのと同じに、鈴子には、警察に捕まったり牢屋に入れられるような活動をする勇気もない。飢えたくもないし、怖い目にも遇いたくない、だから逃げる。そうだ、自分は逃げることしか出来ないのだと鈴子は思った。

5

〈勝子ちゃん。

このお手紙をどんなふうに書き出すのがいいか分からなくて、何回も書きそんじました。それで白い便せんがなくなってしまい、こんなわら半紙になりました。おゆるしください。

なつかしい勝子ちゃん。どうしていますか。おけがの具合はどうですか。今もいたいですか。

昨日ぐうぜんに勝子ちゃんのおばさんに会って、そのことにもとてもおどろいたのだけれど、勝子ちゃんが大けがをしたと聞いて、私は泣いてしまいました。

この一年間どこにいても、勝子ちゃんはどうしているかなと、ずっと思っていました。だから昨日は、もしかしたら勝子ちゃんに会えるかもしれないと思って、銀座まで行ったついでに本所に行ってみました。私は今、静岡県の熱海という海の近くに住んでいて、かんたんには東京まで行かれないからです。

去年の三月に、私たちがきん労動員から上野まで帰ってきたときに見た風景をおぼえていますか。とても寒かったことも、それなのに町を歩くとときどき変にあたたかい場所があって、あちらこちらの燃えのこりからけむりが出ていたことも、あのひどいにおいも、私は、ずっと忘れることができません。あの日、先生の号令でかいさんしてから、私は夕方やっとお母さまを国民学校で見つけることができました。でも妹は、分からなくなっていました。空しゅうが始まってにげると中で、お母さまとはぐれてしまったのだそうです。その後も、何日も探したけれどとうとう見つからなくて、今も生きているかどうか分かりません。

家が焼けてなくなったので、そのあとは牛込に行きました。そこから板橋、しぶ谷、しんばし、目黒と、ひどいときには一週間に二回も住む場所を移りました。知らない人の家にもおいてもらったし、六畳間に、よその家ぞくの人たちと一しょだったこともあります。それで、しんばしに住んでいたとき、また大きな空しゅうにあいました。ちょうどそのときに勝子ちゃんは青山にいて、大けがをしたのだそうですね。おばさんから聞いて、私はおそろしくて、勝子ちゃんが可わいそうで、どうしたらいいのか分からなくなりました。いま考えても、やっぱり涙が出ます。さぞ痛くて、つらくて、そして不便なことでしょう。

一体、何のための戦争だったのか、どうして、私たちみたいな子どもまで、こんな目にあわなければならなかったのか、私にはいくら考えても分かりません。

考えたってしようがないじゃないのと、モトさんという人が、いつも言います。今も、モトさんの部屋でこのお手紙を書いています。モトさんは、女ゆうさんみたいにきれいな人なのに、実はほっぺたに大きなきずがついているのよ。出せいする前に、だんなさんに切りつけられたんですって。その話を聞いたときも、私は震えました。でも、そんなひどいことをしただんなさんも戦死してしまったし、昔は大きなお店のおじょうさんだったそうですが、今はひとりぼっちです。だから長い間、お母さまと、私と一しょに住んでいました。

たくさんたくさん、運命が変わってしまった人があふれています。戦争があったから。戦争に負けたから。だから、しようがないんだってみんなが言います。

本当に、考えたってしようがないのかしら。いくら考えたって、勝子ちゃんのうでは生えてこないし、モトさんのきずもきえないし、死んでしまった人たちは生き返らないから。だけど、私は小さなときから、いつもお父さまに注意されたまま、今でも「どうして」というくせが直りません。

どうして私たちの家も東京も、あんなふうにぜんぶ燃されなければならなかったの。どうして勝子ちゃんのうではとれてしまったの。どうして私の家族は、みんないなくなってしまったの。どうしてモトさんはひとりぼっちになったの。どうして、戦争なんかになったの。

私たちは何か悪いことをしたのかしら。ひもじくて、ひもじくて、雑草の根っこくらいしか食べるものがなくてもがまんして、ふくも下着もつぎあてしたものばかり着て、行しんの練習も竹やりのくん練もして、あんなに毎日、宮城《きゅうじょう》に向かってようはいもして、先生に叱《しか》られながら田んぼや畑のしごともしたし、工ばでもはたらいたし、じゅう後の少国民として、どんなことでも大人たちから言われた通りに一しょうけんめいにやったはずなのに。何もかもむだだったっていうことなのかしら。

勝子ちゃんのおばさんは、芸者さんにもどったら、ＧＨＱの相手をしなければならないかも知れないから、それはイヤだと言っていましたね。私が、その言葉を聞いたときの気持ちが分かるでしょうか。私が、来月から女学校にへん入する話は、聞きましたか。そのために、女学校のきしゅく舎に入る話は、どうですか。

どうしてそんなことになったと思いますか。うちの、お母さまが決めたからです。どうして、お母さまが決めたか分かりますか。

ああ、私は勝子ちゃんにだけ、聞いてほしいことがあります。たくさん、たくさんあります。戦争が終わってから、私が毎日どんな人たちと一しょに、どんなふうにくらしてきたか、何を見たか、何を知ったか、聞いてほしくてたまりません。

私は、けがもしなかった。

東京にあふれているというふろう児のように、みなしごになったわけでもないし、住む場所がないわけでもありません。戦争に負けたときに、女の子はみんなアメリカ兵におそわれるといううわさをお母さまが聞きつけてきて、頭を丸がりにされたから、今もまだかみの毛は短いし、男の子のかっこうをさせられているけれど、そのおかげでアメリカ兵におそわれたこともないし、おなかをすかせて町をうろついたり、マーケットでぬすみをはたらいたりもしていません。

きっとこれは、すごくありがたいことなんだと思います。ずっと大変な思いをしている人たちに、もうしわけないくらいです。それなのに、私は毎日が苦しくてたまらないの。つらくてつらくて、体じゅうがヒリヒリします。息を吸っても、はいても、それだけでカミソリがのどを通って体にささるみたいにいたく感じます。

でも、勝子ちゃんの痛みにくらべたら、どうっていうことないんですね。本当に、とれてしまうなんて。そんなことがあるなんて。

勝子ちゃんのおばさんは、私がお便りしても、勝子ちゃんからお返事はもらえないよ。だって、書けないんだからねと言いました。だけど私は、勝子ちゃんと話がしたくてたまりません。どんな短かい言ばでもいいから、へたな字でも大丈夫だから、何とかして左手で書いてみてください。どうしてもお返事をください。

学校の、他の子たちはどうしているか知っていますか。だれかに会うことはありますか。私には今、お友だちは一人もいません。大森海岸にいたときに、転校した先で少しだけ仲よくなった人がいましたが、すぐに引っ越してしまったので、あっという間にはなればなれになりました。勝子ちゃんだけが、私が東京の本所に住んでいたことがあって、ちゃんとしたお家もあって家族もいたことを思い出させてくれる、たった一人のなつかしいなつかしいお友だちです。

四月になったら女学校のきしゅく舎に入らなければならないけれど、それでもかならず、また勝子ちゃんにお便りをします。女学校では、一つ下の学年の人たちと同級生になるんだそうです。けれど、私はとても心ぱいです。だって、もう長い間学校へ行っていないし、勉強だってほとんどしていないもの。年下の人たちにまざって、女学校でどんなことを習って、どんな毎日になるのか、心ぱいでしかたがありません。勝子ちゃんが近くにいてくれたらいいのにと思います。

だから、せめてお便りします。勝子ちゃん、きっときっと、お返事をくださいね。ずっと待っています。お元気で。さようなら〉

数枚のわら半紙の表も裏も使って、丸一日かけて書き上げた長い手紙を翌朝になってからもう一度読み直し、ようやく薄いハトロン紙の封筒に入れて、モトさんについていってもらって郵便局の窓口に差し出すとき、鈴子は気恥ずかしいような嬉《うれ》しいような、何とも言えない気持ちになった。このお正月に、同じ宿で暮らしているおばさんから「お年玉」といってもらった手作りの小さながま口から、切手代の十銭を支払うときには、手のひらにじっとり汗をかいていたくらいだ。

戦争中は見知らぬ兵隊さんに向けて、慰問袋に入れる手紙をずい分と書いたものだが、そんなときに使っていた文句はいつも決まり切ったものばかりだった。お兄ちゃまたちにも何度か手紙を書き送ったけれど、絶対に家族を心配させてはならないと教えられていたから、「ご無事を祈っています」とか「私たちのことはご心配なく」とか、似たりよったりの言葉ばかりになった。だから、ちゃんと知っている特定の相手に向けて、こんなに自分の思いを込め、真剣に手紙を書いたのは、生まれて初めてのことだった。

「すうちゃんたら、すっかりひと仕事終えたみたいな顔になってる」

郵便局を出て思わず大きくため息をついていると、隣でモトさんがくすくす笑った。鈴子も「本当」と、一緒になって笑った。全身の力が抜けていくようだ。手紙を書くということが、こんなに疲れるものだとは知らなかった。

「お返事が来るといいなあ」

「大丈夫。きっと、すうちゃんの気持ちが通じるわ」

「そうかな」

「お勉強するときも、あれくらい集中してくれたらいいんだけど」

冗談めかして言われた言葉に、鈴子はわざとふくれっ面《つら》をして見せて、それから二人並んで歩き始めた。

「何日くらいで届くかな」

「東京と静岡だから、そうはかからないと思うけれど、こんな時代だから」

「でも、届くわよね？　きっと」

「それは大丈夫でしょう。住所さえ間違っていなければ、あのひどい戦争のさなかだって郵便だけは届いたんだもの」

「住所、モトさんにも確かめてもらったよね？」

「責任重大だもの。ちゃんと、その子のお母さんが書かれた通りの住所なのを確かめました」

梅の季節は終わったが、日に日に春らしさが増して、陽射《ひざ》しも強くなってきたのがはっきりと感じられる。昼間はもう火鉢などいらない日もあるほどだ。

「見て。海があんなに光って」

坂の途中から眺めて、モトさんがうっとりした声をあげた。鈴子も、思わず目を細めてその景色を眺めた。春の海というものがこんなにも目映《まばゆ》くきらめくものだということを、鈴子は生まれて初めて知った。午前中の陽の光を受けると白波さえも金色に泡立ち、まるで全体に金粉でも振りまいたように絶えず輝きを放ち続ける大海原は、もうそれだけでため息が出るほどに美しい。きらめきに包まれて揺れている何艘《なんそう》かの小舟も、沖に浮かぶ初島も、すべてが夢の世界のようだ。こんな景色を見ていると、つい去年まで戦争があったことも、大勢の人が死んだことも、一面に広がっている焼け野原も、その焼け野原さえも占領されてしまったことも、果たして現実のことなのだろうかという気がしてくる。何もかも、ただの薄汚れた嘘《うそ》っぱちなのではないか、そうだったら、どんなにいいだろう、と。

「あと半月もしたら、すうちゃんは行っちゃうんだものねえ」

美しい横顔を見せながら呟《つぶや》くモトさんをちらりと見て、鈴子は微《かす》かに深呼吸をした。

「お休みのときには帰ってこられるもん」

モトさんの横顔が柔らかく微笑《ほほえ》みながら「そうね」とうなずく。

「もうすっかり、お支度は出来た？」

「来週、この前作りにいったお洋服が仕立て上がってくるから、そうすれば」

「取りに行くの？」

「お母さまが」

「すうちゃんは？」

鈴子は首を横に振った。本当は鈴子も一緒に行って、ついでにもう一度本所を訪ねるか、または勝子ちゃんのおばさんの店に行ってみたい下心があったのだが、今回は、お母さまは「必要ない」と言ったからだ。

「来週の、何日ですって？」

「二十七日、かな。水曜」

モトさんが、くるりとこちらを向いた。

「水曜日？　おかあさま、東京に行かれるって？」

鈴子がうなずくのを確かめるようにしてから、モトさんはもう一度「そう」と何事か考える顔つきになった。

「ちょうど、その日になるのね」

「ちょうどって？」

モトさんが「なんでもない」と首を振るから、鈴子はそれ以上は聞かないことにした。おおかたＲＡＡのことに違いないというくらいは、何となく分かるからだ。今月に入ってからというもの、お母さまやモトさんだけでなく、キャバレーで働いている女の子たちまでがソワソワしている、例のオフリミットのことと、何か関係があるのかも知れない。

「ねえ、すうちゃん。すうちゃんは来年の今頃、何していると思う？　何を、していたい？」

唐突に質問されて、鈴子はモトさんの顔に見入った。

「来年？　そんなこと――」

　分かりっこないわ、と言いかけて、待てよと思った。モトさんのわずかにほつれた髪を、風が柔らかくなびかせていくのが目にとまったからだ。

「鈴子はね、来年の今頃には」

「今頃には？」

「髪が結わえるようになっていたい」

　モトさんは一瞬、拍子抜けしたような表情になり、それからくすくすと笑い出した。

「そうか、お下げにね。それは絶対に心配いらないわよ。待っていれば、髪は自然に伸びるんだもの」

「でも、まだまだ、ものすごく時間がかかると思わない？　まだこんななんだもの」

　鈴子が上目遣いになって自分の前髪を引っ張ってみせると、モトさんは「大丈夫」と、なおも笑っている。

「気がついたらお下げに出来るようになっているわ。意外と、あっという間よ」

「そうだと、いいなあ」

　モトさんは、ふいにしみじみとした表情になって、それから鈴子の短い髪を撫《な》でてくる。

「そういえば、すうちゃん、背も伸びた」

「――そう、かな」

「初めて会った頃と比べたら、ずっと女の子らしくなったわ」

急に恥ずかしくなった。「やめてよ」とモトさんの手を振り払いたいような、逆にもっと小さな子のように甘えて絡《から》みついてみたいような不思議な気持ちのままで、鈴子はしばらくの間、されるままになりながらモトさんの優しげな目元を見上げていた。そう言われてみれば、視線の位置が以前とは違うかも知れない。それだけ、鈴子の背がモトさんに近づいたということだろうか。

「私たち、やっとここまで来たんだものね」

今夜死ぬかも、明日には死ぬかもと思いながら、夜になっても寝間着に着替えることさえ出来ずに空腹を抱えて薄い布団《ふとん》の中でうずくまっていた日々は、夢でも何でもない。ことに去年の三月に家を失ってからというものは、いつだって緊張して、息を詰めてお母さまと二人、寄り添い合って暮らしてきた。あの頃は、まさか次の春に女学校に進むことになるなどと、考えることさえ出来なかった。この調子なら来年の今頃はどうなっていることか。

「来年の今頃か――」

もう戦争は終わった。それだけは間違いないのだから、普通に考えれば命からがら逃げ回っているようなことだけはないだろうと思う。

「匡お兄ちゃまが早く還《かえ》ってきてくれたら、きっとまた、ずい分と違ってくるだろうとは、思うんだけど。色々と」

「そうだわねえ。本当にご無事で還られるといいわねえ。それ以外は？」

「多分、女学校には行き続けているだろうから――」

新しいことをたくさん教わって、今よりも少しは賢くなって、英語だって多少は話せるようになっているだろうか。もしかしたら親しい友だちも出来ているかも知れない。寄宿舎生活にも慣れて、お母さまと離れて暮らすことにも――。

お母さま。

「鈴子のことより、お母さまかなあ」

つい呟いた途端にため息が出た。モトさんは何とも言えない表情になって、ちらりとこちらを見た。

「――どうして、そう思うの」

「だって、そうでしょう？　去年の今頃から考えたって、誰よりも変わったと思うのは、うちのお母さまだもん」

この調子だったら、来年の今頃にはどんな風になっているか、鈴子には想像もつかないと言うと、モトさんは「そうねえ」と大きなため息をついた。

「すうちゃんの、お母さまねえ」

それは、自分にも想像がつかないとモトさんは言った。

「少なくとも、私なんかとは全然、違う方だから。行動力もおありだし、決断力も。それに、何ていうのかしら——古い常識にとらわれないで、ぱっと動かれる、あの勇気は本当に大したものだと思うわ」

「褒めすぎよ、そんなの」

口にした後で、ちょっときつすぎる言い方になっただろうかと思ったが、モトさんは取り立てて表情を変えることもなかった。

お母さま。

もしかしたら来年の今頃、お母さまは既にデイヴィッド・グレイ中佐とも別れて、もっと全然違う誰かとお付き合いしているかも知れないと思う。それが日本人かもアメリカ人かも分からないし、場合によってはもう一度、結婚するとでも言い出しかねないとさえ思うことがある。ここまで来ると、もう何があっても不思議ではない気がしている。

「あまり、心配するのはおよしなさいね。とにかく、すうちゃんのお母さまは大した方。どんなことがあったって心配いらない。それだけは確かだと思うから」

鈴子の思いを推し量るように、モトさんが鈴子の顔を覗《のぞ》き込んできた。鈴子は「もちろん」と言うように、小さく口元だけで微笑んだ。そのとき初めて、心配したところでどうすることも出来はしないのだと、鈴子の中では既に一つの覚悟のようなものが出来上がっていることに自分で気づいた。

6

三月二十七日水曜日。

お母さまは朝早くから出かけていった。玄関先で微笑みながら「お留守番お願いね」とこちらを振り返ったお母さまは淡い桜色のスーツ姿で、羽衣のように薄くて軽い、向こうが透けて見えるほどの絹のスカーフで髪を覆《おお》っている。鈴子の目から見ても素晴らしく垢《あか》抜《ぬ》けて、素敵に見えた。

「今日は本社でとても大切な会議があるの。それが何時に終わるかによっては、帰りが明日になってしまうかも知れないわ。すうちゃん、大丈夫よね？」

もちろんだ。理由は何であれ、お母さまが東京に行ったら、その日のうちに帰ってくるはずがないことぐらい、鈴子の中ではとうに当たり前になっている。見送りに出てきた宿のおばさんだって「何を今さら」というような顔つきで出っ歯をむき出しにして愛想笑いを浮かべているではないか。

「その代わりに、お仕立ての済んだお洋服と、それから何か、すうちゃんが気に入りそうなお土産を探してくるわね」

鈴子が寄宿舎に入るのは来月の七日と決まった。八日の月曜日が女学校の入学式だからだ。鈴子の場合は編入生ということになるけれど、それでも新入生に混ざって、その日初めて生徒や先生に紹介されることになるのだそうだ。

「それとも何か欲しいものがあって？」

「何も」

「あら。おかしな子。遠慮なんかして」

今日は、デイヴィッド・グレイ中佐は迎えに来ていなかった。その代わりに、前にも何度か見たことのある、グレイ中佐の部下だという青い瞳《ひとみ》の若い白人がお母さまを東京まで連れていってくれるのだそうだ。もしかしたら匡お兄ちゃまと似たような年齢かも知れない、顔に細かいポツポツが一杯ある金髪の若者は、「気をつけ」の姿勢のままでお母さまのために車の扉を開けて待っている。その若者に短く何か言うと、お母さまは、颯爽《さっそう》と車に乗り込んでいった。

「じゃあ、ね」

「行ってらっしゃい」

あと十日もしたら、もうこうしてこの場所で、お母さまに手を振ることも出来なくなる。つまりそれは、もう一生、ということかも知れない。遠ざかる車を見送りながら、鈴子はこの光景を忘れまい、と自分に言い聞かせていた。

これまで一度も、モトさんにも話したことはないけれど、実は鈴子は、自分が寄宿舎に入ってしまったら、お母さまは遠からずこの宿を引き払うのではないかと感じている。引き払って、どこへ行くのかは分からない。熱海に残るか、東京へ戻るか、またはたの町へ行くのか。それは、匡お兄ちゃまを待つためか、仕事の都合でか、またはデイヴィッド・グレイ中佐と暮らすためにか。どのみちこれから先、鈴子は再びお母さまと一つ屋根の下で暮らせる日が来るかどうかは、かなりあやしいものだと思っている。いくら望んでも何らかの事情があって無理になるからか、それとも鈴子かお母さまのどちらか、または両方ともが、そんなことをまったく望まなくなるかも知れないからだ。

分からない。

何も。

この前、モトさんは「来年の今頃」のことを鈴子に尋ねた。そして、これからは鈴子自身の未来について、もっと考えて良い時代になるだろうとも言っていた。たとえばどんな大人になりたいか、将来はどんな暮らしを送りたいか、「お国のため」でも何でもなく、鈴子自身にとって最善と思う夢を抱いても構わない時代になると。それが自由だということだとも。

「寄宿舎生活は色々と大変なこともあるでしょうけれど、今、この世の中で次から次へと起きている厄介な問題から離れて、静かに自分自身のことを考えられるはずだわ。すうちゃんにとっては、またとない機会だと思うのよ。外の世界のことも、お母さまのことも心配せずに、まずはこれから先、すうちゃん自身がどう生きたいか、そのためには何が必要かをよく考えて過ごしてちょうだいね」

あのときモトさんは、鈴子が羨《うらや》ましく思えるとも言っていた。鈴子の年齢なら、まだ何も始まっていないのも同然だ。日本はこれから大きく変わっていく。これまでとはまったく違う教育を受けて、違う物差しで社会を見ることを知り、大人になっていかれるだろう。だが既にすっかり大人になってしまったモトさんたちには、もう、そめ息をついていた。

「でも、すうちゃんのお母さまみたいな方もいらっしゃるんだものね。やっぱり人それぞれなんだわね」

あのときのモトさんの、何もかも諦《あきら》めたように見えた静かな笑顔が、脳裏に焼きついている。そして、あの美しい笑顔を思い出す度、鈴子は本当に今日まで、あのモトさんに救われてきたのだと、改めて思った。

思えば大森海岸で一緒に暮らすようになったときから、ずっと鈴子の味方となり、鈴子を助けてくれてきたのは、お母さま以上にモトさんだった。鈴子一人なら耐えられなかったと思うときにも、常にモトさんがいてくれて、お母さまとのことでも何かと取りなしてくれ、話を聞き、慰め、鈴子の疑問に答えてくれたからこそ、救われてきたのだ。女学校に行くことを勧めてくれたのもモトさんだった。もしかすると、お母さまと離れることよりも、モトさんに会えなくなることの方が、鈴子にとっては淋《さび》しく、また心細く感じるかも知れない。

今日だって、本当はいつも通りにモトさんのところで過ごしたかったのに、今日はお母さまだけでなくモトさんも何かと慌《あわ》ただしくて落ち着かない日になりそうだということだった。昨日のうちに、きっちり宿題も出されている。だから、お母さまを送り出した後は一人で部屋に戻って、こたつにあたりながらとりあえずは帳面を開いたものの、正直なところ何をするつもりにもなれなかった。肥後守《ひごのかみ》で筆箱に入っている鉛筆をすべて、馬鹿《ばか》がつくほど丁寧に削ってみたり、その削りたての鉛筆で帳面の片隅に落書きをしてみたり、未《いま》だに返事をくれない勝子ちゃんのことを考えたりしながら、鈴子はぼんやりと過ごした。

来年の今頃。

その先のこと。

考えるっていったって。

その方法が分からない。考えるって、何をどうすることなのだろうか。そういうことも、女学校では教えてくれるのだろうか。それは何という教科になるのだろう。

窓に当たる陽の角度がどんどん高くなっていく。このままだと眠くなりそうだったから、思い立って障子を開け、ついでに広縁のガラス戸まで開け放つことにした。軒先では、お母さまのストッキングが何足もふらふらと揺れている。少し冷たいけれど心地良い風が一気に吹き込んできた。どうせ勉強する気になれないのだから、浜辺に散歩にでも行こうか。それとも、久しぶりにマーケットを覗いてみようかなどと考えていたら、庭石を踏んで、宿のおばさんが姿を見せた。

「お嬢ちゃんに、会いたいって人が来てるに」

窓辺に立ったまま、鈴子は何となく妙な顔つきをしているおばさんを見つめ返した。

「でも、お母さまがお留守だし」

「それがお嬢ちゃんを訪ねてきたみたいだに。それも、女の子だって分かってて」

「私を？　お母さまじゃなくて？」

「だって『二宮鈴子さんいますか』って言ってたに」

もしかしたら国民学校の先生だろうか。いや、国民学校は結局ほとんど授業にも出なかったのに、この間ちゃんと卒業証書だけは届けにきてくれたから、それでもうおしまいになっているはずだ。だとすると女学校の関係の誰かだろうかと考えている間に、おばさんは「菅原《すがわら》さんていう人」と言った。

「菅原さん？」

「多分あれ、お母ちゃんと娘さんだと思うよ。女の子の方は、そうだねえ――」

そこまで聞いたところで、鈴子はもう沓脱《くつ》ぎ石に揃《そろ》えられた下駄《げた》の上に飛び降りていた。おばさんのところどころにシミがある黄ばんだ割烹着《かっぽうぎ》がのけぞった。

「お嬢ちゃん、心当たりあるかね？　知ってる人？」

靴下のつま先を無理矢理鼻緒にねじ込みながら、とりあえず「うん」とうなずき、沓脱ぎ石から飛び降りるなり、鈴子は歯のちびた下駄を鳴らし、庭石を一つ置きに飛ばして走った。そのまま母屋《おもや》の縁側に下駄を脱ぎ散らかして廊下を走る。途中でぶつかりそうになった宿のお嫁さんが、洗濯物を一杯に抱えたまま「あ、らら」と大げさな声を上げるのを背中で聞き、既に掃除も済んで打ち水のされている玄関先まで突進して、今度は三和土《たたき》に揃えられた、宿の客が共用で使っている男物の下駄の上に飛び降りて、そのままつんのめりそうになりながら外に飛び出した。

昼近くなった陽の下に、見るからにくたびれた後ろ姿の女が二人、寄り添うようにして立っていた。揃ってもんぺ姿で大きな雑嚢《ざつのう》を背負い、両方の肩からもそれぞれ斜めに鞄《かばん》をかけて、戦時中とまるで変わっていない姿をしている。ひっつめ髪の、背の高い方の女が、ふいにこちらを振り向いた。その表情が何か言いたげに動いたのと同時に、隣のお下げ髪もこちらを向いた。

何て。

鈴子は、頭の中をすうっと冷たいものが降りていくのと同時に、まったく異質の熱いものが胸一杯に広がっていくのを感じながら、自分の心臓がどくんどくんと波打つ音を聞いていた。

何て白い顔になっちゃったの。

勝子ちゃん、と呼ぼうとしても、どくんどくんが激しい上に、喉《のど》の奥がはりついて声が出ない。鈴子は大きな四角い下駄で二人の前に足を踏み出した。

「――か、こちゃん」

慌てて咳払《せきばら》いをして、もう一度、今度ははっきりと「勝子ちゃん」と声を出した。鈴子の記憶の中の勝子ちゃんとはまるで別人の、透けるように肌の白くなってしまった、顎《あご》のとがった少女が、怯《おび》えたようにこちらを見つめている。

「――すうちゃん」

勝子ちゃんは、風呂敷《ふろしき》か手ぬぐいか分からないものを首に巻いていた。その隙間《すきま》から耳の付け根にかけて、赤紫色のケロイドが見えている。鈴子は以前よりずっと大人びた顔つきになりながらも、ひどく弱々しく見える瞳を震わせている勝子ちゃんの顔からゆっくりと視線を移した。ケロイドの残る首筋へ、肩先へ、右の腕へ。服の、ぺしゃんこの袖《そで》の先がもんぺの中にたくし込まれている。鈴子はもう一歩、勝子ちゃんに近づいて、その右袖に手を伸ばした。

「本当に、とれちゃったんだ――」

「うん――とれちゃった」

「――馬鹿だなあ、勝子ちゃん。どこに落っことして来ちゃったの」

「それが分かれば、すぐに拾いに戻ったんだけどさあ――気がついたら、とれちゃってたんだ。ねえ、お母ちゃん」

頼りない袖だけになった勝子ちゃんの右腕を握りしめたまま、鈴子は、勝子ちゃんの隣に立つおばさんを見た。おばさんは目に一杯の涙をためて、うん、うん、とうなずいている。

「おばちゃんも、早く気がついてやればよかったのに、親子でうっかりしちまったもんだからねえ」

まん丸い顔をして、元気いっぱいに走り回っていた勝子ちゃんが、今こうしていたって目に浮かぶのに。黒光りするほど日に焼けて、勤労動員の先でも畑の中でふざけあった勝子ちゃんだったのに。

「痛かったねえ」

「うん。すごく」

「それにしても、何よ、勝子ちゃん。まるっきり、もやしみたいじゃないのよ」

「――あんただって。何なのよ、その格好。どこのこまっしゃくれた悪ガキかと思っちゃったわよ」

ああ、この口調は勝子ちゃんに間違いない。鈴子よりよほどませていて、いつでもおばさんの受け売りで、「男なんか」とか「所詮《しょせん》、男と女っていうのはさ」とか、そんなことばっかり言っていた、あの勝子ちゃんだ。こみ上げる涙で周囲のすべてがぼやけていく。鈴子は、顎に落ちるしずくを手の甲で拭《ぬぐ》いながら、「どうよ」と、わざと上を向いて見せた。

「なかなかの、美少年でしょ」

「——まあ、今日のところは大負けに負けて、そういうことにしといてやるわ。あたしの好みじゃないけどさ」

それからしばらくの間、鈴子は勝子ちゃんの袖を握りしめたまま、声を押し殺して泣いた。勝子ちゃんに会えた嬉しさと、この、頼りない袖だけになってしまった勝子ちゃんの哀れさと、そして、今やっと自分の過去と現在がつながった安堵《あんど》感《かん》のようなものが全部一緒くたになってこみ上げていた。

やっと会えた。

以前の鈴子を知っている人に。

浮き草のように頼りない身の上になって、このままどこまで流されるか分からない、そんな気持ちで過ごしてきた。そのことが今、改めて感じられる。

「あの、お嬢ちゃん、立ち話も何だから、入っていただいたら」

ひとしきり泣いたところで、すぐ傍に、宿のおばさんがいることに気がついた。鈴子は慌てて涙を拭い、二人を奥に案内しようとした。

「知ってる人かね？」

「そうよ」

「お母さんも？」

「小さいときからずっと、すごく仲良くしてきたんです」

「あら、そうかね。じき、お昼にするけど、どうするね？」

それだけのつきあいの相手かというように、おばさんは試すような目つきで素早く目配せを寄越した。鈴子は当然というようにうなずいた。

「わざわざ東京から来たの。うちのお母さまも、前からいつも無事かどうか心配して、会いたがっていた方なのよ」

おばさんは、ようやく安心したように「へえそうかね、奥さまの」と出っ歯をむき出しにして笑った。

「はるばる東京からねえ。そんならさぞかし、お大変だったことでしょう。それじゃあ何かこさえたげようね」

こういうとき、お母さまが日頃からちょこちょこと渡している缶詰や菓子などが役に立つ。ついこの間も似たようなことがあった。母屋で暮らしている人の知り合いが訪ねてきたのだが、そのときは、このおばさんは「何か食べるものを」と頼まれても、ひどくつっけんどんに「みかんくらいしかないに」と応《こた》えていたのだ。大森海岸で下宿していた家でもそうだった。結局は誰も彼も、ものにつられて親切になる。鈴子はあかんべえの一つもしてやりたいような気持ちで、満面の笑みを浮かべているおばさんに「ありがとう」と頭を下げた。

二人を案内して母屋の脇《わき》を抜けて歩く途中も、鈴子は何度も確かめるように後ろを振り返った。そのたびに、もんぺ姿の母と子とは気後れした様子のまま、いかにも物珍しげに辺りを見回していた。

「迷惑じゃ、なかった？」

「何、言ってんの。さあ、こっち」

「思ってた以上だわ。本当に、どこも燃えてないんだわねえ」

「夢みたいだね、お母ちゃん」

「本当、こりゃあ、別天地だわ」

二人を離れに上げると、鈴子も手伝って荷を下ろさせ、くたびれきったズック靴を脱がせて、とにかくこたつにあたるように勧める。すると、おばさんが、まず膝《ひざ》を揃えてかしこまり、「おっ母《か》さんは」と聞いてきた。鈴子は出来るだけ当たり前のような顔つきで、今日は朝から東京に行っていると応えた。

「今日は本社で、すごく大切な会議があるからって」

おばさんはいかにも驚いた顔になって「本社？　会議ですって？」と目をむいた。

「つまり、働いておいでだっていうこと？　あの、第一運送さんの奥さまが？」

「戦争に負けてからすぐに、働き始めたんです。うちだってもう、お父さまもいないんだから」

おばさんは、あらまあと言ったきり、しばらくの間口をあんぐりと開けていたが、やがて改めて部屋の中を見回して、初めて納得したように「なるほどねえ」とうなずいた。鴨居《かもい》には、お母さまが普段着ているカーディガンが衣紋掛《えもんか》けごと掛かっているし、部屋の隅の衣桁《いこう》にだって、お母さまの服が色々と掛かっている。開け放ったままの窓ガラスには、アイロンの手間を省くために、レースのハンカチがきっちり貼《は》り付けられているし、広縁の軒先には相変わらずふらふらとストッキングが揺れているといった具合だ。これらを見れば、今のお母さまの服装から暮らしぶりまでが、容易に想像できるに違いなかった。

「働いて。だから、こういう暮らしも出来ておいでなんだわねえ、ふうん」

おばさんの目の端に、ちらりと羨望《せんぼう》らしいものが覗いた気がして、鈴子は自分があまりにも無防備に、何も考えず二人を部屋まで通してしまったことを密《ひそ》かに悔やんだ。後で、お母さまに叱られるかも知れない。だが、今さら手遅れだ。それに、隠すような相手でもない。とにかく勝子ちゃんと再会できた驚きと嬉しさで頭が一杯だったのだから仕方がない。

「本当に、勝子ちゃんなんだわよね？　まさか、会えるなんて、私、思わなかった」

思わずため息混じりに呟いて、こんな風に訪ねてきてくれるなんて、と言いかけて、はたと気がついた。

「それで、おばさん、今日はどうして」

おばさんは、もちろん、と言うように大きくうなずく。

「そりゃ、あんた、鈴子ちゃんが勝子にお便りくれたからだわ」

「――そうなの？」

「大したもんだわ、あんな素晴らしいお手紙が書けるなんて。アレだわよ、鈴子ちゃん、あんた、文才があるんじゃないかしらね」

「そんなこと――」

「もう、勝子と一緒に何度も読んでね、二人でどんだけ泣いたか分かりゃしない。第一、約束した通り本当に手紙をくだすったって、それがもう嬉しいじゃないの。だのに、すぐにお返事出来ないのがもどかしいって言ってねえ」

「それで——わざわざ?」

おばさんが、ちらりと勝子ちゃんを見る。勝子ちゃんはさっきから、白い顔を黙って俯《うつむ》かせているままだ。その、すっかり薄くなった肩ががっくりと前に落ちて見えた。右肩の、その先には何もないんだなと、また鈴子は思った。おばさんに「勝子ってば」と促されて、彼女はやっとわずかに顔を上げ、弱々しい微笑みを浮かべてうなずいた。

「勝子ちゃん——ずい分と疲れてるんじゃない?」

勝子ちゃんは、平気、と言うように首を左右に振る。だが、その顔は薄い皮膚を通して血管さえ見えるようだったし、まるで表情というものが消えていた。人は一年でこんなに変わってしまうのかと、ここでも鈴子は密かに驚かなければならなかった。

「無理もないのよ。さぞ、くたびれたろうと思うわ。何しろ汽車は東京から熱海まで、ずっと立ちっぱなしだったし、そりゃあもう大変な混み具合でしょう。普通の大人だってくたびれちまう——そういえば、鈴子ちゃんのおっ母さんは、あんなのに乗ってしょっちゅうしょっちゅう東京まで行ってらっしゃるの？　それじゃあ、その度にさぞご苦労されてるでしょう」

うううん、うちのお母さまは青い目の兵隊さんの運転する自動車でと、言ってしまっていいものかどうか迷ったとき、ちょうど宿のおばさんがお嫁さんを従えて「お昼だに」と大きな土鍋《どなべ》を運んできてくれた。鍋のふたが取られた途端、ぼわりと湯気を上げる煮込みうどんを見て、おばさんと勝子ちゃんは、声にならない声を上げた。

「まあ、まあまあまあ、お野菜から何から、何てたくさん入ってるんだろう。勝子、ちょっと見てごらん、お唐茄子《とうなす》も、かまぼこも入って、あんた、その上に卵でとじてあるわ。青いのは三つ葉かしらね。それにこの香り。柚子《ゆず》じゃないの、ああ、何て久しぶりなんだろう！」

このときばかりは勝子ちゃんも身を乗り出して、いかにも嬉しそうな顔つきになった。そして、たくさん召し上がって下さいと愛想笑いを浮かべるおばさんたちがいなくなると同時に、飛びつくように箸《はし》に手を伸ばした。鈴子にしてみれば珍しくも何ともない、いつもの食事だ。だが、勝子ちゃん母子《おやこ》の様子を見ていたら、これがいかに特別なのかということが、よく分かった。勝子ちゃんは、不器用ながらも左手で箸を使えるようになっていたが、それこそ器に顔を突っ込みそうな勢いで、ほとんどものも言わずにうどんをすすり、かぼちゃは箸の先で突いて食べた。やがて額に滲《にじ》んできた汗を手の甲で拭うときに、彼女は初めて嬉しそうに笑った。

「ああ、美味《おい》しい」

「おかわりしてね」

「いいの？」

「もちろんだわ」

ずい分と大きな土鍋にたくさん作ってきてもらったと思ったが、あっという間に空っぽになった。最後の汁の一滴までも残さずに、綺麗《きれい》に木杓《きじゃく》ですくい取り、すべてを腹におさめてしまうと、勝子ちゃんとおばさんとは、初めて人心地がついたというように大きなため息をついた。

「ああ、苦しい。こんなに食べたのは何年ぶりだろう」

勝子ちゃんの顔にもわずかな赤みが戻ってきて、おばさんの顔つきも、さっきよりもずい分と和らいだようだ。それだけ、積もりに積もったものがあることを、ここでも鈴子は感じないわけにいかなかった。戦時中からずっと続いてきた、飢えと、疲れと、辛抱と。

「あるとこには、あるもんだわねえ」

　おばさんは畳に手をついて背をそらし、しばらく惚《ほう》けたように天井を見上げていたが、ふいに火鉢のそばに置いてあった煙草《たばこ》盆に目を留め、「もらっていいかしら」と指を二本立てた。そして、鈴子が腰を浮かせようとするのを制止して、いかにも大儀そうに畳に肘《ひじ》をついて寝転んだような格好になり、そのまま大きく手を伸ばして煙草盆を引き寄せる。鈴子が同じことをしたら、間違いなくお母さまから「お行儀が悪い」と叱《しか》られる格好だった。

「あらっ、洋モクじゃないの。これ、おっ母さんが吸ってらっしゃんの？」

　ああ、ここでもまた知られてしまう。気持ちの底では「仕方がない」と思っていながら、こうして少しずつ、今のお母さまの姿が暴《あば》かれていくのが、鈴子を落ち着かない気持ちにさせる。だがおばさんは、それきり何も言わないで、ただ深々と煙草を吸った。

「本当に、あるところにはあるんだわ——今まで私たちは、一体どこに目をつけてたんだろうって思いたくもなる」

「そんな——」

「だってね、鈴子ちゃん。東京中どこをどれだけ探したって、今いただいたお昼みたいなものなんて、食べられるもんじゃないのよ。たとえおあしがあったとしたって、何しろ、物がないんだもの、物が。ピンからキリまで、なーんにも」

おあし、という時だけ煙草を持っていない方の手の親指と人差し指で輪っかを作り、仏像みたいな手つきをして見せながら、再びふうう、と長く煙草の煙を吐き出しているおばさんの隣で、勝子ちゃんの方は、もう目つきがとろんとしている。この子は本当に体力がなくなってしまったのだ。鈴子は隣の部屋に布団を敷くことにした。以前はモトさんが使っており、今は母子で寝室に使っている部屋には、お母さまのタンスや鏡台があったりして、さらに今の暮らしぶりが見えてしまうだろうが、もうこうなったら、どうでも良かった。

「勝子ちゃん、少し休むといいわ」

手早く布団を敷いてきて彼女の肩に手を置くと、勝子ちゃんは一瞬迷った顔つきになりつつも、意外なほど素直に「うん」とうなずいて、左手だけで身体《からだ》の向きを変え、こたつから抜け出した。

「少ししたら起こしてね」

「知ーらない。勝子ちゃんが眠ってる間に、私とおばさんと二人で、きんつばでも食べていようかな」

少し身体を傾かせながら立ち上がって、勝子ちゃんはほんの少しだけ悪戯《いたずら》っぽい目つきになって「ばーか」と笑った。

「抜け駆けなんか、なしよ。食べものの恨みはおそろしいんだから」

襖《ふすま》は開け放っておくことにした。布団に潜り込んでからも、しばらくの間は勝子ちゃんの声が「きんつばか」とか「お汁粉の方がいいな」とか聞こえていたが、あっという間に静かになった。

「ありがとうねえ、鈴子ちゃん。おばさん、本当、恩に着るわ」

勝子ちゃんが眠ってしまったことを確かめた後、おばさんは声をひそめて呟き、鈴子に軽く拝む真似《まね》をして、それからひとしきり泣いた。鈴子は言葉も出ないまま、こたつの向かいで泣いているおばさんを見ているより他なかった。

ようやく少しして落ち着くと、おばさんは、実は鈴子と再会したことをきっかけに、思い切って熱海で芸者をする決心をしたのだと話し始めた。

「鈴子ちゃんに聞かせるような話でもないんだけどさ、芸者の世界っていうのにも、何ていうか、格っていうかねえ、松竹梅とか上中下とか、そういうもんが色々とあんのよ。おばちゃんは江戸の芸者の中じゃあ、たいしたことはないけど、それにしたって、はばかりながら花のお江戸の真ん中で、娘の頃から芸を仕込まれてお座敷に上がってきた身の上だから。それが歌も踊りもろくに分かりゃしないような無粋な客のために、田舎の温泉町のお座敷に出るなんていうのは、正直言って相当な都落ち、人に笑われたって仕方がないくらいなんだわ」

　だけど、そんなことを言ってられる場合じゃないもんね、とおばさんは鈴子が淹《い》れた茶をすする。

「格だの何だの言ってる間に、勝子がまた具合を悪くしてお医者にかかるようなことにでもなったら、今度こそ親子で首でもくくらなきゃならないかも知れないと思ってねえ。だからここはさ、首じゃなくて腹をくくって、思い切って熱海でやっていこうじゃないのって」

　鈴子と会って、鈴子とお母さまが熱海に住んでいると聞いたときから、もうおばさんは考え始めたのだそうだ。そこに鈴子からの手紙が届いて鈴子の住所が分かったことで、決心がついたのだという。

「たった一人でも知り合いがいると思えば、気持ちも違うものだから」

「じゃあ、熱海に住むの？　もう、引っ越してきたっていうことですか？」

　おばさんは、もちろんだとうなずき、出来れば今日これからすぐにでも熱海の見番を訪ねるつもりだと言った。

「だから、鈴子ちゃん、これからもよろしくねえ」

「でも鈴子、来月から寄宿舎に──」

「それはもちろん分かってる。分かってんのよ。ただね、鈴子ちゃんと会えたことが、一つ踏ん切りをつけるきっかけになったってことなの。鈴子ちゃんが寄宿舎に入ったって、奥さまがおいでになるし、勝子だって東京にいるよりは、かえって知った顔のないところで暮らした方が気が楽だって言うしね」

身体を捻《ひね》って、隣の部屋の様子を窺《うかが》ってみる。うすく膨らんだ布団が、微かに上下しているのが見て取れた。

「こんなに静かなとこで眠れるのも、久しぶりなのよ」

おばさんと勝子ちゃんが暮らしていたのは、都電の通る大通りに面して建つアパートで、しかも一日中陽のあたらない四畳半だったのだそうだ。じめじめしている上にうるさくて、さらに廊下を人が通っただけでも揺れるような古いところだったという。そんな話を聞けば聞くほど、鈴子は勝子ちゃんが哀れになり、今こそぐっすり眠ってくれればいいと思った。お天気さえよければ毎日でも陽に当てて、敷布でも何でも常に清潔に、洗い立てのものに取り替えてもらっている鈴子たちの布団は、いつでもふかふかで気持ちがいい。

「ここは、特に今の勝子ちゃんのためにはいいと思います。空気も綺麗《きれい》だし、海もお陽さまも、東京とは全然違うの。第一、焼け跡も何も見ないですむから」

おばさんも「本当だわね」とうなずいた。

「だから、いきなりこんな話をすんのもナンなんだけど、場合によってはおばさんの落ち着き先が見つかるまで、ほんのちょっとの間、鈴子ちゃんと奥さまのお世話にならしていただいちゃいけないかしら」

「それくらいのこと、何でもないわ」

「それで、奥さまは何時頃お帰りになるのかしらね」

「今日は——帰らないと思う」

「帰らないって、あんた——」

「あら、私は平気なんです、慣れてるから。ご飯でも何でも困ることはないし、ああ、それにね、ここは温泉も引けてるの。後で入ってみてください。すごく気持ちがいいんだから」

温泉、と呟いて、おばさんの顔がぱっと変わった。

「今からでも、入れるかしら。すぐ」

「昼間はお湯を一度抜いて、お掃除したりしてるから——でも、お風呂屋さんなら少し行った先にあります。あそこなら朝から開いてるわ」

キャバレーニューアタミのすぐ傍に共同浴場があるのを知っている。いつでも湯煙が立っていて、前を通るといつでも湯桶《ゆおけ》の音や人の話し声などが響いてくることもあるところだ。

「そんなら、すうちゃん、悪いんだけど、おばさんちょっと、そのお湯屋さんに行ってきてもいいかしら。綺麗さっぱり垢を落としてから、その足で髪結いさんにも寄って、またお座敷に出られるように、ちょっとでも磨かなけりゃ。ついでに町の様子も見たいし、情報も集めてこなけりゃね」

「どうぞ行ってきてください。ごゆっくり」

おばさんと二人でいたって、話題など尽きてしまうに決まっているし、お母さまのことをあれこれと聞かれるのも面倒だ。ここからの道順を簡単に説明すると、おばさんは早速、大きな雑嚢から必要な物を取り出し、それらを風呂敷で包み直して「ちょっとの間、勝子のこと、頼むわね」と小首を傾《かし》げるようにする。もんぺ姿にひっつめ髪のままでも、その仕草や笑い方は、もうかつてのおばさんを思い起こさせるものに戻って見えた。

7

「みかんなんて、何年ぶりなんだろう」

勝子ちゃんは、左のてのひらにみかんをのせて、いかにも愛《いと》おしげに見つめている。鈴子は自分が手にしたみかんの皮をむき、房も一つ一つに分けたものを勝子ちゃんの前に差し出した。結局、三時過ぎまで目を覚まさなかった勝子ちゃんは、それからやっとこたつの部屋まで戻ってきて、それでもしばらくは半分寝ぼけたような顔つきのまま、背中を丸め、ぼんやりとしていた。鈴子が茶を淹れてやり、みかんをすすめてやって初めて、我に返ったように「ありがとう」とこちらを見たくらいだ。

「すごいなあ、すうちゃん」

「なんで？」

「どうしてこんなこと、すぐにやってくれるの」

「どうしてって」

「そんな人ばっかりじゃないんだよ。あたし、自分がこんなんなってから、よおっく分かったんだ。毎日のように顔を合わせてて、あたしが右手を使えないってこと分かってても、平気で『ほら』とかって、わざと割り箸を差し出してきたりさ、そんな人ばっかり」

「それは、ついうっかりっていうこともあるよ」

だが勝子ちゃんは、力のない瞳をみかんに向けたまま、「ううん」と首を横に振る。

「ただの弱いものいじめなんだよ。目を見れば分かる。それに必ず、薄笑い浮かべてるもん。そんなことして、何が楽しいんだか知らないけどさ」

勝子ちゃんは、手にしていたみかんをこたつの上に置くと、代わりに鈴子が小房に分けたみかんの一つをつまんで口に運び、「ああ」と目をつぶった。

「こんな味だっけねえ。ああ、そうだった」

鈴子は何度でも波のようにこみ上げてこようとする涙をその度に呑《の》み込んで、自分もみかんを口に含んだ。

ごめんね、勝子ちゃん。

鈴子にはこの味も、もう当たり前になっている。勝子ちゃんがこんな身体になっているとも知らずに、毎日のように食べていた。お昼にいただいたような煮込みうどんも、お米のご飯も、魚も、卵も、缶詰も、時々は牛乳だって飲んでいた。

「こっちで暮らすようになったら、きっとすぐに元気になるよ」

「そうかな」

「だって、もともとの勝子ちゃんは、誰よりも元気だったじゃない。へなちょこな男子なんか、負かしちゃうくらい。おばさんも、もう今日からでも仕事を探すって言ってたから、きっとすぐに落ち着くわ」

もう一つ、みかんをほおばりながら、勝子ちゃんは以前は見せたことのない大人びた表情で、少しの間、何か考える顔をしていたが、やがて「うちのお母ちゃんさ」と呟《つぶや》いた。

「本当は、何かあったらしいんだ」

「――何かって？」

自分にも詳しいことは分からない。ただ、芸者仲間か、またはひいきにしてくれていたお客さんか、あるいはよく呼んでもらっていた料亭さんとの間か、いずれかで何か面倒なことになったらしいと、勝子ちゃんは言った。

「空襲で焼けちゃってお座敷も減ったから、そのせいで芸者に戻れないのかなと思ってたんだけど、何となく違うみたい」

何しろ噂《うわさ》が噂を呼ぶ世界なのだそうだ。そんな世界で「掟破《おきて》り」のようなことをして、今のおばさんは実は浅草からも、向島の見番からも締め出され、もうお座敷に出られなくなったらしい、と勝子ちゃんは言った。

「まあ、結局は男がらみのことだろうとは思うけど」

鈴子には、芸者の世界のことはほとんど分からない。これまでも勝子ちゃんの話をふんふんと聞きながら、実はほとんど理解できていないことが少なくなかった。それでも今は「男がらみ」という言葉の響きから、何となく感じるものがある。生々しく、面倒で、たとえ親子といえども容易に踏み込めない世界が、ここにもそっと口を開けているのだと思った。

「もともと、うちのお母ちゃんは本当に芸事が好きで芸者を続けてるっていう感じでもないし、こんな戦争なんかなかったら、いい加減なところで足を洗って小料理屋の一つも出そうと思ってたみたいなの。だけど、あたしのお父ちゃんていう人は、意外に早く死んじゃって、その上に何一つ遺《のこ》してくれてなかったんだって。で、その後に出来た旦那《だんな》とも駄目んなっちゃって、何もかも『当てが外れた』って、酔っ払うたんびに言ってる。おまけに戦争があって、あたしまで、こんなことになってって。『神も仏もあったもんじゃない』って」

勝子ちゃんは白い顔でそっと微笑《ほほえ》む。もともと鈴子よりも大柄で早熟な子だったのが、今は痩《や》せて日焼けがさめた分だけ余計に大人っぽくなった。見ようによっては、もう十七、八くらいのお姉さんのようだ。

「だから、口では都落ちみたいなこと言ってるけど、本当は熱海あたりまで来なけりゃ、使ってもらえるところなんかないんだと思うよ。しょうがないよねえ、ただでさえ若くも綺麗でもなくて、おまけにこんなコブつきと来てるんだしさ」

「それでも、おばさんは、進駐軍の相手をするのは嫌だって言ってたじゃない――その分だけいいと、私は思うな」

指先で、みかんの白いすじをむきながら、鈴子は「うちのお母さまなんて」と言ってから、ちらりと勝子ちゃんを見た。

「手紙にも書いたでしょう？　私が、どうして女学校に行くことになったか。それも、寄宿舎に入ることになったか」

「すうちゃんの、お母さんが決めたって」

鈴子は綺麗にすじをむいて、つるつるになったみかんの小房を見つめながら唇を噛《か》んだ。

「うちのお母さまはね、私が邪魔なんだ」

「まさか。そんなわけ、ないじゃない」

「あるんだな、それが」

「どうしてよ。だって、すうちゃん家のおばさんっていったら——」

「だってね」

死んだ肇お兄ちゃまが、みかんが好物だったことを、ふと思い出した。食べ過ぎて手が黄色くなることがあったくらいだ。その手を見て、みんなで笑ったものだった。お父さまも、お姉ちゃまもいて。本所のあの家で。

「うちのお母さまには今、愛人がいるから。それも、デイヴィッド・グレイ中佐っていう、進駐軍の将校のね。白人の」

本当は、勝子ちゃんのびっくりする顔が見たいと思った。だが、その勇気が出ない。口に放り込んだみかんの汁と一緒に、何かべつのものも呑み込んで、鈴子は鼻で大きく息をした。見えているのは勝子ちゃんのぺしゃんこの右袖と、みかんの小房をつまんだままの左手だ。

「うちのお母さまって、女学生の頃から英語が得意で、よく出来たんですって。だから日本が降伏した後、もうすぐに英語を使うお仕事を見つけてきたの——ううん——正しく言うと、その頃お世話になってた、べつの愛人——日本人のね、もとはお父さまの親友だった人が、仕事を持ってきたのよ」

それだけ一気に言ってしまってから、鈴子はようやく顔を上げて、改めて「知ってる？」と、勝子ちゃんを見つめた。

「──何を」

「この国の偉い人がやってること」

「この、国の？」

「日本はね、戦争に負けたらすぐに占領軍が押し寄せてくるから、そうしたらアメリカ軍の男たちが日本の女を全部、手当たり次第に乱暴するだろうからって、それを防ぐために、新しい女子挺身隊《ていしんたい》を作ったんだから」

勝子ちゃんは、話の意味を測りかねているようにケロイドの見える首を傾《かし》げている。

鈴子は「本当なのよ」と、すっと背筋を伸ばして、去年の夏からこれまで自分が見てきたことを、ひと息に喋《しゃべ》った。大森海岸に行った日のこと、ごく普通のお姉さんたちが大勢、集められたこと。ＲＡＡという組織が生まれて、宮城の前で宣誓式まで執り行ったこと。天皇さまの放送があってから、さほどたたない八月のうちに、もう大急ぎで開店した慰安所は大きな料亭を改造したもので、大勢の女の人が送り込まれ、店の前には来る日も来る日も、進駐軍の兵隊たちが長い行列を作って、大騒ぎしながら、その女の人たちを買いに来ていたこと。そして、派手な浴衣《ゆかた》を着せられて、押し入れに隠れて泣いていたお姉さんのこと。

「あのお姉さんは次の日、鉄道に身を投げて死んでしまったんだって。どんな目に遭わされるかなんて、知らなかったんだわ、きっと。この辺を血で汚して、すごく震えて泣いてた。私の部屋の押し入れに隠れていてね」

鈴子が自分の下腹部の辺りを指先でくるりと指すと、勝子ちゃんの瞳《ひとみ》にようやく恐怖が浮かび上がっていった。それでも鈴子は、まるで自分の傷をえぐるように喋り続けた。

「要するに、うちのお母さまはね、日本の、普通の仕事も行く場所もなくて、お腹《なか》を空《す》かせていた女の人たちを、とにかく大勢かき集めて、白人や黒人に身体を売らせる、その手助けをしてきたっていうわけ」

「でも、英語が話せる人なんか——」

「そうそう、そんなに多くないからね。だからお母さまは、英語が分からない日本の女の人たちには、ヘローとかテンキュとか、簡単な言葉を教えて、逆にアメリカ人の兵隊には、日本の建物では玄関で靴を脱げとか、襖は押したり引いたりするんじゃなくて横に滑らせろとか、そういうことを教えてたみたい」

勝子ちゃんの、驚いたような呆《あき》れたような、何とも言えない顔から目をそらして、鈴子はわざと「うふふ」と笑って見せた。

「RAっていう会社はね、お国の偉い人の命令で出来たでしょう？　だから、普通じゃ手に入らないような食べものや化粧品もどんどん運び込まれてきたし、お給料だって、ものすごくいいのよ」

「その、女の子たちも？」

「まさか、そういう人たちは一人につきいくらでしょう。それでも、普通のお女郎さんよりはいいっていう話だし、進駐軍から煙草でも缶詰でももらえるらしくて、そういう物を人に売って、お小遣いにする人も多いみたいだわ。それは、うちのお母さまも同じ。もらえるものは何でももらって、自分がいらない分は売るの。進駐軍と関係のない人は、みんなそういう物が欲しいもんだから、あれこれ親切にしてくれるじゃない？　ここのおばさんだって同じよ。いつも色々とあげているから、私たちに親切なの。私、うちのお母さまがこんなに知恵の働く人だなんて全然、知らなかった」

しかも、お母さまは日本人の愛人から、デイヴィッド・グレイ中佐というアメリカ人の将校に乗り換えるという芸当まで鈴子に見せた。そのお蔭《かげ》で、鈴子はドライブにも連れていってもらい、今や一般の日本人が足を踏み入れることの許されなくなった高級ホテルやPXにも行き、ご馳走《ちそう》を食べて綺麗な服も買ってもらった。寄宿舎つきの女学校を探してきたのも、途中からの編入を許されたのも、すべてはその愛人のお蔭なのだと言うと、こういう話題にはおいそれとは動じないはずの勝子ちゃんも、さすがに深々とため息をついた。

「信じられない。あの、おばさんがねえ」

鈴子は新しいみかんの皮をむき、また小房に分けたものを勝子ちゃんの前に置いた。勝子ちゃんは、黙ってそれを口に運び、しばらくの間、ただもぐもぐと口を動かしながら何か考えている様子だったが、ずい分しばらくしてから「ホントのこと言うとさ」と口を開いた。

「あたし、すうちゃんが羨《うらや》ましかったんだ。ずっと。あたしもあんな家に生まれてさ、兄姉《きょうだい》がたくさんいて、あんなお父ちゃんで、あんなお母ちゃんがいたらよかったのにって、よく、そう思ってた」

それは、鈴子だって薄々気づいていた。お互いにもっと小さかった頃、まだ戦争もひどくなかった頃は、勝子ちゃんはよく鈴子の家に遊びに来た。「あーそーぼ」と声が聞こえて、外に出てみると、勝子ちゃんはいつもはにかんだような顔で、もじもじしながら立っていた。家の中や、または前の路地などで一緒に遊んでいるときに、お母さまからおひねりになっているおやつを手渡されるときの、勝子ちゃんの嬉《うれ》しそうな顔といったら。今でもはっきりと覚えている。鈴子は鈴子で、勝子ちゃんが持ってくる香水や、芸者さんの持ち物などがどれも素敵に見えて憧《あこが》れを抱いたものだけれど、それでも自分のお母さまが一番だと思っていたし、自慢でもあったのだ。

「そんなことが、あるんだ」

「あるのよ」

「すうちゃん家《ち》の、おばさんがねえ」

「そう、うちのお母さまが」

それきり二人とも、しばらくは何も言わないままで過ごした。夕方の気配が忍び寄ってくる。おばさんが帰ってくる様子は、まるでなかった。

「戦争なんか、するからだよ」

「勝つ勝つって言って、負けるから」

「馬鹿《ばか》みたい」

「本当。馬鹿みたい」

やがて、勝子ちゃんは、ふう、と大きく息を吐いて、「何もかも、元には戻らないね」と呟いた。鈴子の目は自然、勝子ちゃんの空っぽの右袖に向いてしまった。うで一本、指一本だって、戻らない。諦《あきら》めなければならないことが、あまりにも多すぎる。

「ねえ、ここからは、海の音は聞こえないの？」

「ここからは無理だわ。ものすごい嵐《あらし》の時だと聞こえることもあるそうだけど、私が越してきてからは、そんな嵐は、まだないし」

「ちょっと、外に出てみたい」

思いついたように勝子ちゃんが言った。少し元気が戻ったのかも知れない。日暮れまで、まだ少し時間がありそうだ。それならあたりを散歩しようかと、鈴子はすぐに腰を上げた。

「でも、すうちゃん、あたしと歩いてたら、変な目で見られるかもよ」

「どうして？」

「だって――」

「あ。わかった。美少年ともやし女」

わざと言ってやった。勝子ちゃんは顔をくしゃくしゃにさせて、べえっと舌を出す。昔と変わっていない癖だ。鈴子は嬉しくなって、自分も「いーっ」と両方の頰を引っ張って見せた。

海の方へ向かおうかと思ったのに、宿の前の坂道を歩き始めてすぐにおや、と思った。駅の方から流れてくる人が、妙に多いのだ。それも、普段は見かけないような若い女の人ばかりが、一人、二人と歩いてくる。勝子ちゃんも気がついたようだ。

「温泉の団体客かな」

「それにしちゃあ、ちょっと変な感じ」

勝子ちゃんの空っぽの右袖を握りしめながら、鈴子は自分の前を流れていく女の人たちを眺めていた。ネッカチーフをして、コートの襟を立てて歩く女。ぞろりとした銘仙の着物に肩掛け姿の女。皆、小さなかばんや風呂敷包みのようなものを持ち、表情があるのかないのかもはっきりしない顔つきで、急いでいる風でもなければ、そぞろ歩きという様子でもない。

「ねえ、勝子ちゃん——」

この人たちって、と言いかけた時、勝子ちゃんが「素人《しろうと》じゃないね」と言った。鈴子も小さくうなずいた。

「さっき私が話した、ああいうところで働くことになった人たちって、こんなだわ」

「挺身隊、の？」

鈴子が目顔でうなずくのを確かめるようにして、勝子ちゃんは改めて流れていく女たちを見ている。

「すうちゃん、ここの町って、男がちょっと上がり込んで遊んで帰るような、そういうとこがあるの？」

「もちろん。温泉町には必ずあるものなんだって」

「ちょっと、行ってみようか」

それには、鈴子は慌《あわ》てて首を振った。以前、何度か足を踏み入れたことのある糸川《いとかわ》界隈《かいわい》のことだ。昼前の早い時間から、もうラジオかレコードの歌などが聞こえてきて、酒にでも酔っていたのか、ふらふらと歩き回ったり、そのあたりに屈《かが》み込んでいるような、だらしない服装の女たちがいた。こんな格好をしているせいで、鈴子は少年だと思われて、からかい半分に声をかけられ、慌てて逃げたこともある。

「行くなって言われてるところだもん」

「そうお？　じゃあ――」

白い顔の勝子ちゃんの瞳に、昔と変わらない好奇心が宿っている。

「駅は？　そっちから来てる感じでしょう、この人たち」

「多分」

「行ってみようよ。何か、あるのかも知れないじゃない」

駅ならば、特に危険なこともないはずだ。鈴子は勝子ちゃんの袖《そで》を握ったまま歩き始めた。

「変なんだ」

少し歩くと、勝子ちゃんが言う。

「手がないのは分かってるのに、あるみたいに感じるんだよね」

「そうなの？」

「今も。すうちゃんは、私の袖《そで》だけ持ってるでしょ。だけど、私は手首を摑《つか》まれてる感じがしてるの」

鈴子は改めて自分が握りしめている勝子ちゃんの服の袖を眺めた。おそらく二の腕の、かなり肩に近い部分からなくなってしまったのだろうと思う。肘があるはずのところも、ただ頼りなくぷらん、と袖が垂れているばかりだ。それでも勝子ちゃんは手があるように感じているのだろうか。

「それなら、これで手をつないでるんだね」

勝子ちゃんは少し嬉しそうに「うん」とうなずいた。

「いっつも、こうして遊んだもんねえ」

この手を相手にして、あやとりも、お手玉も、羽根つきも、ゴム跳びもやった。男の子に混ざって紙飛行機も飛ばしたし、慰問袋に入れる鶴《つる》も折り、千人針も縫った。バケツリレーもしたし、畑も耕したのだ。

あれこれ思い出しながら歩いていると、また胸が詰まりそうになる。本当に、このわずかな期間に、急に自分が泣き虫になったような気がして、鈴子は思わず天を仰ぐ真似をしながら、ぶらぶらと駅への坂道を歩いた。風向きが変わったようだ。山の輪郭がはっきり見えてきて、空が鴇色《ときいろ》に染まろうとしている。不思議な明るさに変わってきた町に、次から次へと似たような年格好の若い女が歩いてくるのも奇妙な景色だった。

ものの五、六分も歩いたところで駅前が見えてきた。その途端、鈴子は足を止めた。

「なあに、あれ」

駅前に、十数人の女たちが所在なげに立っている。旅行者が駅前に集まっている風景は珍しくも何ともないが、やはり、その女たちの雰囲気が普通ではなかった。

「どう見ても、やっぱり素人じゃないよ」

「どっから来たんだろう」

勝子ちゃんと並んでぼんやり彼女たちを眺めていたら、ふいに目の前を髪の長い女が横切った。

「あっ、ミドリさん！」

振り向いたミドリさんは一瞬、誰に呼ばれたのかと辺りを見回していたが、鈴子に気づくと「どうしたの」と近づいてきた。

「こんなところで」

「友だちと、たまたま散歩に出たら、何かやたらと若い女の人が歩いてるから。どうしたのかと思って」

ミドリさんは駅の方を振り返って「そうなのよ」と腰に手を当てた。

「あれよ。ついに」

「あれ？」

「オフリミット」

「オフリミット？　どこが？」

「うちの会社の慰安所が今日一斉に、オフリミットになったわけ。ＧＨＱの命令で、二十一カ所、ぜーんぶ！」

「――て、いうことは」

「つまり、つい昨日まで働いてた女の子全員が、突然おっぽり出されちゃったっていうことよ！　はい、今日からクビ、どこへでも好きなところに行きなって！」

鈴子は、ただ目を丸くしてミドリさんを見ていることしか出来なかった。

オフリミット。

オフリミット。

頭の中に、猛烈に渦巻く何かが流れ込んできて、鈴子自身のことまでも呑み込んでしまいそうな感じがした。

8

また東京方面からの列車が着いたらしかった。夕暮れが迫りつつある熱海の駅前に、ばらばらと人が出てくる。普通の旅行者などがそれぞれに旅館の出迎えの人に連れられたり、数人の仲間同士などで駅前から立ち去ってしまうと、そこには若い女たちばかりが残った。「やっぱりね」とミドリさんが呟いた。

「どうやら適当なデマを流したヤツがいるらしいんだわ。こっちまで来ればオフリミットもないし、それなりに働き口も見つかるって。それでおっぽり出された子たちが、熱海くんだりまで来ちゃったんだ」

「どう、するの」

「とにかく、うちの店は慰安所でもないしオフリミットにもなってないから、雇ってやれる分だけは連れてってやろうか、それが無理でもひと晩だけでも泊めてやりたいってモトさんが言うもんだから」

ミドリさんは女たちの方を眺め、「あ、ほらほら」と指さした。

「モトさんが？」

「あそこにいる」

確かに女たちの間に、モトさんの姿が見えた。見た目だけは派手にしながら、いかにもくたびれた様子の女たちの間を歩き回っている。その傍についている男の人は、ニューアタミの入口でいつも客引きをしている、あのテカテカ頭の柏木という男に違いなかった。

つまり今日は、こういうことが起きる日だったということだ。お母さまやモトさんが忙しいとか用があると言っていたのは、この一斉オフリミットのことだったのに違いない。

そうこうするうち、女たちがざわざわと騒ぎ始めた。誰かが声高に何か言っている。ミドリさんが、「まったくもう」とうなるように呟いた。

「あんたたち、見てるのは勝手だけど、これ以上は近づかないことよ。物騒なことになっても困るから。みんな、殺気立ってるわ」

ミドリさんはそれだけ言うと、「じゃあね」と長い髪を揺らしながら人混みの方へ向かっていく。

「すうちゃん」

名前を呼ばれて、ようやく勝子ちゃんと一緒にいることを思い出した。

「モトさんて、こないだくれたお手紙に書いてあった人でしょ」

勝子ちゃんの声にうなずいたとき、人混みの中から「冗談じゃないよっ！」という一際《ひときわ》大きな声が上がった。

「熱海まで来れば何とかなるって聞いたんだ。だから高い汽車賃使って、こんなとこまで来たんじゃないかっ」

女たちの声がどよめきになった。ここから見ていると、まるでモトさん一人が、女たち全員を敵に回して責められているように見えなくもなかった。彼女も懸命に何か言っているようだが、その声はほとんど聞こえてこない。

「そんなこと、どうだっていいんだよっ！」

「いいから早く、連れてってよっ」

「あたしたちはねえ、一日だって、休めやしないんだ！」

「働かなけりゃ、おまんまの食い上げなんだよ！」

キンキンと脳天に響くような声や、だみ声や、ありとあらゆる女の声が、わんわんと波のように広がっていく。

お母さま。

お母さまの会社、RAAは一体、何をしたの。この人たちに。いきなり放り出すって、どういうことなの。

昨日まで防波堤に使ってきた女の人たちを、いきなり放り出したりしたら、この人たちは一体どうなってしまうのだ。モトさんは懸命に女たちに話しかけている。だが、鈴子の耳には「うるせえっ」「そんなの関係ないんだよ」などという罵声《ばせい》しか聞こえてこなかった。

「誰のせいで、そうなったと思ってるんだっ！」

「冗談じゃない、そんなところに入れられたりしたら、そこからまた借金がかさむだけじゃないさっ」

女たちが口々に声を上げているときだった。いきなりパッパーッというけたたましい警笛の音が響いて、闇《やみ》に沈みかけていた駅前にいくつもの車のライトが入り乱れ、同時に数台ずつのトラックとジープが乗り付けてきた。降りてきたのは背の高いMPが数人と、十人ほどの小柄な日本人の警察官たちだ。彼らは一斉に女たちに駆け寄り、呆然《ぼうぜん》と立ち尽くしている様子の彼女たちの腕を片っ端から引っ張り、集団から引きはがして次々にトラックの荷台に乗せ始めた。辺りはさらに騒然となり、いくつもの怒声と悲鳴が上がった。その、あまりの勢いと恐ろしさとに、鈴子は思わず勝子ちゃんの袖口を握り締めた。

「なに、してるんだろう」

「あの人たちを、どうしようっていうの。捕まえるのかな」

勝子ちゃんも怯《おび》えた声を出している。女たちは、まるで野良《のら》犬か何かのように、ひどく乱暴にトラックの荷台に詰め込まれていく。そうこうするうち、ミドリさんと、モトさんまでがトラックに乗せられようとした。

「あっ、モトさん！　ミドリさん！」

慌てて声を上げたが、そんなことをしても無駄だった。走って逃げようとする女たちまでもが制服の警察官に追われ、組み伏せられて、引きずられるようにしてトラックに詰め込まれていくのだ。瞬《また》く間にトラックの荷台は女たちで一杯になり、そこからも悲鳴が上がり続けた。

「へえっ、熱海でもパンパン狩りか」

ふいに背後で声がした。振り向くと、背広姿にソフト帽をかぶった勤め人風の男の人が二人、にやにやと笑いながら、やはり同じ光景を眺めている。

パンパン狩り。

そんなものがあるのか。狩って、どうしようというのだろうか。

「しょうがないでしょうなあ、何しろ、どんな厄介な病気を持ってるか分からん女たちですからなあ」

「せっかく熱海まで来たのに、羽根を伸ばした挙げ句に妙な病気でもうつされたんじゃあ、どうしようもないですからな」

「とにかく外人相手のパンパンには特に気をつけんことにゃあ、ただでさえたちの悪い女たちだ。日本の婦女子であることを、いとも簡単に捨て去ったようなクズ女ですからな」

「外人になんかのぼせ上がって、尻尾《しっぽ》ばっかり振っとるから、こういう目に遇《あ》うんですな」

いかにも意味ありげに薄笑いを浮かべながら「行きますか」と立ち去る男たちを振り返って睨《にら》みつけている鈴子の耳に「ちがうっ！」という声が届いた。

「私たちは、そんなのじゃないっ！　下ろせ！」

ミドリさんだった。

「ほらっ、よく見なって！　ここにいる、この人と私とは、違うって言ってんじゃないか！」

すると、警察官の一人が警棒の先でミドリさんのみぞおちを突くようにした。ミドリさんの身体が一瞬、前のめりになった。それでも彼女は身体を奮い起こすようにして「何しやがるっ」と声を上げた。

「あたしらをイヌ畜生だとでも思っていやがるのかっ！　パンパンだろうが何だろうが、あたしたちは人間なんだっ、この日本で生まれた、日本の女なんだよっ！　おまえら男たちがだらしないばっかりに、こうしてあたしらが、後始末をしなけりゃあ、ならないことになったんじゃないかっ」

悲鳴のようなミドリさんの声が、小さな駅前に響き渡る。

「覚えておきなっ、日本の男ども！　誰もかれも、女のまたの間から生まれたくせに、その恩も忘れやがって、利用するときだけしやがって！　戦争中は『産めよ殖《ふ》やせよ』で、戦争に負けた途端に、今度は同じまたを外人どもに差し出せとは、何ていう節操のなさなんだっ！　それで平気なのかっ！　見ていやがれ、この国を駄目にした男ども！　女の一人も守れないで、何が日本男児だ、大和男子だ、馬鹿野郎っ！　いいか、あんたたちは、いつか必ず復讐《ふくしゅう》される。いつか必ず、報いを受ける。アメリカからなんかじゃなく、日本の女たちからねっ！」

ぶるるん、と音を立ててトラックにエンジンがかかった。そして、ミドリさんやモトさんや、他の女たちを乗せたトラックはどこかへ走り去ってしまった。駅前には、何事もなかったかのような静寂だけが残った。

気がつけば、辺りにはすっかり夕闇が迫ってきていた。駅から洩《も》れる光の中に、旅館の客引きの袢纏《はんてん》姿ばかりが浮かび上がる。

「あの人たち、どこに連れていかれるんだろう」

勝子ちゃんが、ぽつりと呟く。鈴子は、それに応《こた》える気力もないまま、ただ自分の手が握る勝子ちゃんの袖口を見つめていた。

その晩、ずい分と夜が更《ふ》けてから、モトさんが宿を訪ねてきた。夕食の後すぐ、勝子ちゃんは疲れたと言って早々と床に入ってしまっていた。鈴子はせめて、勝子ちゃんのおばさんを待つつもりでいたが、それにしても帰りが遅かった。お母さまも当然、今夜は帰らないだろう。だから鈴子は、遅まきながらモトさんから出されていた宿題のことを思い出し、こたつに向かってのろのろと鉛筆を動かしていたところだった。密《ひそ》やかな声で離れの外から「すうちゃん」と呼ばれたとき、鈴子は飛び上がるようにしてモトさんを部屋に招き入れた。

「ミドリちゃんが、駅前ですうちゃんに会ったって言うから、今頃心配しているかと思って」

取るものも取りあえず駆けつけてきたという様子がありありとうかがえるモトさんは、鈴子の「ご飯は？」という質問には首を横に振り、実はあの後、女たちは全員揃《そろ》って保健所に連れていかれたのだと話し始めた。

「保健、所？」

「進駐軍のプロ・ステーションを急場しのぎで使わせてもらったのね。そこで検査を受けさせられたわ」

性病の、とモトさんは吐き捨てるように呟いた。プロ・ステーションと呼ばれるかまぼこ兵舎のようなテント小屋は、鈴子も大森海岸にいたときに見ている。進駐軍の兵隊たちが小町園などで女の人を買った後、そこに立ち寄って「消毒」するところだと聞いた。慰安所帰りの米兵たちが、そこでも長い列を作っていたのを覚えている。だが、同じものが熱海にもあるとは知らなかった。こっちには、東京のような大規模な慰安施設はないから、プロ・ステーションも目立つところには建てていないのだ、とモトさんは言った。

「さっき駅前にいた女の子たちの大半は、東京の、方々の慰安所から来た子たちだったのよ。だから、GHQにすれば、そのままどこへ行こうと勝手だけど、とにかく病気だけはまき散らされたらたまらないって判断したんでしょう。それで急遽《きゅうきょ》、あそこにいただけでも無理矢理に連れていったのね」

「──パンパン狩りっていうの？」

遠慮がちに聞いてみた。モトさんは、鈴子がそんな言葉を知っていることに驚き、それから「失礼な言い方よね」と吐き捨てるように言った。

「同じ性病検査だって、やりようがあるだろうと思うのに」

「その検査を、モトさんも受けたの？」

「あそこにいた女は全員よ。問答無用、片っ端から」

「その検査って──」

「順番にズロースを脱がされて、足を広げさせられて、のぞかれるのよ。脚を押さえつけられてね、人によっては何かの器具まで入れられて」

モトさんは、そのときの屈辱を今も生々しく引きずったままらしく、美しい顔を歪《ゆが》めている。鈴子も、その様子を想像しただけで恥辱と恐怖に震えそうになった。モトさんはもちろん性病になどかかっていないから、そのまま帰されたそうだ。ミドリさんも同様だったという。だが、あそこにいた女の大半は「陽性」と判断されて、そのまま強制的に病院に入れられることになったとモトさんは言った。つまり何らかの性病にかかっていたということだ。そういう人たちが治療を受けなければならないのは、何よりも本人のために当たり前の話だった。だが、それにしてもやり方が乱暴すぎる。

「私たちの他にも、たまたまそこにいただけの女の人が混ざってたわ。皆さん泣きながら『違うんです』とか言うんだけれど、まるで聞く耳なんか持ってもらえない。日本の男たちは、もう何もかも、GHQの言いなりなのね」

「私も、そう思った。前はあんなに威張ってたお巡りさんたちが、まるでMPの手下みたいに駆け回ってたもの」

モトさんは深々とため息をつき、それでも少しは落ち着いてきたのか、お母さまの煙草《たばこ》に「いただくわね」と手を伸ばす。マッチに火をつけたときの何とも言えない匂《にお》いが、鈴子のところまでも届いてきた。

しばしぼんやりした表情になって、吐き出す煙を眺めているモトさんをしばらく見つめていた後で、鈴子は「ねえ」と口を開いた。

「今日がオフリミットだって、分かってたんでしょう？」

「――そうね」

「こういう騒ぎになることも？」

「多少はね。東京は今頃、こんなものじゃすまされないくらい、大騒ぎになってるはずだわ。前もって何も言われていなかったばかりか、退職金みたいなものがあるわけでも何でもない子たちだもの。もう今日から、寝泊まりする場所にだって困るはずよ——すうちゃんのお母さまも大変な思いをされていたんじゃないかと思う。何しろ、うちの会社が抱えていた慰安婦の女の子が全員、街に放り出されたんだから」

「全部で何人くらい？」

「さあ——正確には分からないけど、二、三千人じゃ済まないことだけは確かね」

「そんなに——ねえ、モトさん」

指先で煙草の灰をぽんぽん、と落としながら、モトさんがこちらを見る。

「分かっていたんなら、何か考えてあげなかったの？」

「何を？」

「だから、女の人たちのこと」

「——私たちに何が出来ると思う？」

モトさんの横顔は疲れ切って見えた。普段よりも何歳か老《ふ》けて見えるくらいだ。その横顔が、「明日は我が身なのよ」と呟いた。

「仕事の内容こそ違っていても、私たちだって結局は雇われてるだけの身の上だもの。その上、ＲＡＡのいちばんの収入源が今日、断たれたわ。そうなったらこんな会社、じきに駄目になるでしょう。つまり、慰安所の女の子たちのことだけ心配している場合じゃないっていうことなの。私たちだって、身の振り方を考えなきゃ」

モトさんがそう言うなら、お母さまだって同じに違いなかった。鈴子は「どうなるの」と口にしたいのを必死でこらえながら、モトさんを見つめていた。モトさんは、しばらくの間ぼんやりと宙を見つめていたが、やがて何を思い出したのか、ふっと口元に笑みを浮かべた。たったそれだけのことで、周囲の空気が変わる。それが、モトさんという人の美しさだった。何度でも思う。顔の傷さえなかったら、本当にこの人は笑顔一つだけで、今の世の中を乗り越えていかれるだろうに。男のせいで。

「ミドリちゃんって、すごいのよ」

その笑顔のままで、モトさんがこちらを見た。

「もう、本気で怒ったって言うの」

「本気で怒ったら、どうなるの」

「この国を変えてやるって。息巻いてたわ」

「この国を」

トラックの上で叫んでいたミドリさんが思い出される。ものすごい勢いで、日本の男たちへの怒りをぶちまけていた。それが、どんなことにつながっていくのか、鈴子には皆目、見当がつかない。

「とにかく、こんな時にすうちゃんが寄宿舎に入るのは、本当にいいことだと思う。見なくても済むものは、見ない方がいい。しなくてもいい苦労なら、やっぱりしない方がいいと、私は思うの」

それだけ言ったところで、モトさんは手元の時計に目を落とし、「もうこんな時間ね」と言って腰を上げた。今夜、モトさんが管理人をしている寮には、キャバレーで雇えるかどうかは分からないものの、泊められるだけの女の子を泊めているという。慰安所の仕事に慣れてしまっている女の子の中には、ダンサー程度の仕事では収入的に満足出来ない人もいれば、ダンスなど出来ないという人もいるだろう。だから明日以降は、それらの女の子たちに身の振り方を考えさせなければならないそうだ。

「すうちゃんが行っちゃう前にはきっと落ち着くと思うから。そうしたら、またいらっしゃいね」

モトさんが帰ったのと入れ違えのように、勝子ちゃんのおばさんが戻ってきた。出かけていったときとはまるで違う、藤色《ふじいろ》の和服姿に髪も綺麗《きれい》にゆってあり、酒の匂いをぷんぷんさせて、おばさんはご機嫌な様子だった。

「あっはは、迷っちまったわ。お座敷を出たら、うっかり東京にいるような気になってたんだわね。おんや、ここはどこだろうって、辺りを見回して、ああ、熱海に来たんだってやっと思い出した」

こたつの前にへたり込むなり、おばさんは「お水ちょうだい」と言い、鈴子が水を持ってきてやると、それをひと息に飲み干した。

「勝子は？」

「もう寝てます」

「そう——ああ、楽しかった。やっぱりお座敷はいいわ」

「——じゃあ、もう今日から雇ってもらえたんですね」

「当たり前よ。それでもさあ、熱海も何だか色々あるみたいね。今日は大変だったわよ。途中から妙な若い子たちがどんどんやってきて」

ああ、おばさんもあの人たちを見たのだなと思った。

「それがさあ、もう、お笑いぐさ。芸も何もない、ただ厚化粧なばっかりの山出しみたいな子たちが大勢で押し寄せてきて、さすがにこんな温泉町の見番でも、相手に出来ないっていうんでね、まあ、かえって私の立場がよくなっちまったようなもんだけどさ。お蔭で今日からすぐ、ちょっとしたお座敷に上がらしていただいて、ね」

ああ、やっぱり三味の音はいいもんだわ、などと言いながら、おばさんはもう大きなあくびをしている。そして、とろりとした目に涙をにじませながら、鈴子を見た。

「ありがとねえ、鈴子ちゃん。これであたしたち母子《おやこ》も、何とか生きていかれそうだわ。何ていうの、やっと——」

おばさんの身体が大きく揺れる。

「やっとね、長かった戦争が、本当に——本っ当に終わったんだっていう感じが——今日初めて、したわ」

おばさんは、がっくりと首を折るようにして、もう眠りそうになっている。

「おばさん。おばさん」

「終わったんだ——もう——」

そのまま、おばさんはもう軽いいびきをかき始めた。

翌日の昼過ぎ、お母さまは何事もなかったかのように上機嫌で、鈴子の新しい服や「入学の祝い」だという腕時計、それからアメリカの缶詰や菓子などを山のように抱えて帰ってきた。そして、自分たちの住まいに勝子ちゃん母子がいることを知ると一瞬ぎょっとした様子になったが、いかにもお母さまらしく、すぐさま表情を変えて見事に切り抜けた。

「まあ、驚いた。どなたかと思ったら」

まずは互いの無事と再会を喜び合い、勝子ちゃんの変わり果てた姿に涙して見せる。

そして、勝子ちゃんのおばさんの落ち着き先が見つかるまで、どうぞこの離れにいてくださいねと、お母さまはいかにも親しげに言った。

「困ったときはお互い様ですもの」

勝子ちゃんのお母さんは、それこそひれ伏さんばかりの勢いで何度も頭を下げ、お母さまを「奥さま」と呼び続けた。だが、顔を上げたときに見せる笑顔は、昨日までのおばさんと、どこか違って感じられてならなかった。

「負けるもんかって、思ってんのよ。あれ」

午後、今日こそ海辺を歩こうと、二人で散歩に出たときに、勝子ちゃんが皮肉な笑みを浮かべながら言った。たった一日で何が変わるとも思えないが、それでも勝子ちゃんは昨日よりは幾分、元気そうに見える。

「うちのお母さまも、『なんでうちなんかに来たのかしら』って思ってた顔だわ」

それほど寒くはなかったが、今日はお天気がよくないせいで海は輝いて見えない。それでも、寄せては返す波の音が、優しく、柔らかく響く浜辺を歩くのは気持ちのいいものだった。鈴子は昨日と同様に勝子ちゃんの右袖を握り、そうして二人で歩きながら、時折、互いに顔を見合わせて笑った。

「うちのお母ちゃん、ああ見えて見栄《みえ》っ張りだからね」

「それは、お母さまも同じよ」

「私たちも何となく、そういうことが分かるようになっちゃったんだね」

勝子ちゃんが、ふと思いついたように「月のもの」のことを聞いてきた。

「あんた、あれ、もう始まった？」

「始まった。勝子ちゃんは？」

「私も」

「本当にもう子どもじゃなくなったんだね」

ひたすら戦争に明け暮れて、大人たちの言うがままに右往左往していたばかりの子ども時代だった。気がつけば、好きなときに友だちと会って遊ぶことさえ許されなくなり、たとえばこんな風に目的もなく歩き回ることさえ許されなかった。

「これから、世の中は変わるのかな」

「多分。だから、自分の未来を考えなさいって、モトさんがいつも言う」

「よく変わると思う？」

「どうなんだろう。昨日みたいな女の人も増えていくし。でも、とにかく戦争だけは、もういいよ」

「うん、もう懲《こ》り懲《ご》りだ。いくら、ああいう女の人たちが増えたとして、多少ぐちゃぐちゃになっても」

「ぐちゃぐちゃに？」

「うん。ぐちゃぐちゃに」

勝子ちゃんの空っぽの袖を持って、波打ち際を歩く。振り向くと二人の足跡は、寄せる波にどんどんと消されていた。

エピローグ　また水曜日

昭和二十一年四月三日。水曜日。

この日、第二十二回衆議院選挙の立候補届出が締め切られた。何が驚いたと言って、その選挙に、あのミドリさんが立候補したと聞いたことだ。

「これからは女が頑張っていかなきゃ駄目なのよ。私はもう二度と、この間みたいな屈辱は味わわない。いや、この間のことだけじゃない、この男尊女卑の国が、あたしたち女に対してやってきたことのすべてを、ひっくり返してやるんだ」

まずは出陣の挨拶《あいさつ》をするとき、ミドリさんはキャバレーニューアタミの女子寮の玄関前にモトさんやダンサーたちを呼び集めて、そうぶち上げた。鈴子もモトさんの部屋に勉強に来ていたから、みんなと一緒にミドリさんの話を聞き、訳が分からないまま、ただ胸が高鳴るのを感じていた。

「今はまだこんな時代で、何をしたって生きていかなきゃならないからね、皆も歯を食いしばって毎日一生懸命にやってるのは、私が一番よく知ってる。だからこそ、こんな最低の暮らしの中からでも、女たちの声を国に届かせなきゃと思うのよ！」

ダンサーたちから、わあっと歓声が上がった。

「がんばって、ミドリちゃん！」

「代議士先生になって、あたしたちを助けにきてよねっ」

「手伝えることがあるんなら、言ってよ！」

口々に声をかけられて、ミドリさんは心から嬉《うれ》しそうにうなずいている。そして、いつか必ず、女たちが泣き寝入りすることのない時代を作るんだと拳《こぶし》を振り上げ、「えいえいおー！」と繰り返した。

えいえいおー！

えいえいおー！

坂道を通る人らが不思議そうな顔でこちらを見ていく。その向こうには、あのテカテカ頭の柏木の姿も見えた。

えいえいおー！

えいえいおー！

声を上げていると、鈴子まで次第に気持ちも高揚していく感じがした。ダンサーたちはそのままの勢いで、これから街頭演説を始めるというミドリさんと一緒に出かけていった。

「ミドリさん、すごい」

彼女らを見送り、モトさんの部屋に戻ってからも、まだ興奮が冷めないまま、鈴子は先週、パンパン狩りに遭ったときのミドリさんを思い出していた。トラックの荷台から、あんなに大きな声で叫んでいたミドリさんは、言葉は汚かったが、確かに格好良かった。

「あの経験が、こういうことにつながるとは思わなかった。少し変わり種の子だとは思ったけど、まさか選挙に出るなんて」

やろうと思ったら、始められる。そういう時代になっていくのかも知れないと、モトさんはいかにも感心した様子だった。

「モトさんだって、何か出来ると思うな」

鉛筆を宙に浮かせたまま、鈴子はモトさんを見た。いつでも、何もかも諦《あきら》めたように見える人だ。たしかに、顔の傷は消せないにしても、きっと新しい生き方が、モトさんにだって出来ると思う。いや、そうしなければならない。ＲＡＡだっていつまで続くか分からないのなら、余計に何か考えなければいけないはずだ。

「すうちゃんの、お母さまは何か言っていらっしゃる？」

お母さまのことを聞かれて、鈴子は「何も」と応《こた》えながら、つい皮肉っぽい笑みを浮かべてしまった。そういう話など落ち着いて出来ないくらい、何しろお母さまは、このところ機嫌が悪いのだ。最初は二、三日で出て行くと思っていた勝子ちゃん母子《おやこ》が、まだ出て行かずに居座っている。勝子ちゃんのおばさんは、口では見番の方でアパートを探してもらっている最中だとか言い訳を繰り返しているものの、その割には、あの宿がすっかり気に入った様子で、何かというと「いいわねえ」「羨《うらや》ましいわねえ」などと言い、それればかりか、お母さまから指輪などを借りようとするのだ。頼まれれば嫌とは言えないから、お母さまも「大切に扱ってくださいね」などと言っては貸している。

「くすねられないようにしなきゃ駄目だって、あんたの口から言っておきなよ。酔った勢いでなくしたとか、嘘《うそ》つくからね、うちのお母ちゃんは」

勝子ちゃんが半分申し訳なさそうに、半分は悪戯《いたずら》っぽく鈴子に耳打ちすることもあった。とにかく、おばさんは、勝子ちゃんのことも鈴子たちに任せておけるだけに、実にのびのびとした表情であそこから仕事に出かけていっては酔って帰ってくる毎日だった。その話をすると、モトさんは「あらまあ」ととりあえずは同情的な顔になりながら、やはり、きりきり舞いしているお母さまの様子を思い浮かべたらしく、少しだけ愉快そうな顔になっている。

「その親子は、そのまま居着いたり、しないのかしら」

「私が寄宿舎に入るのと同じ頃には出て行くことにしているって。ただ、今のところは前借りで着物をこしらえたりしてるから、一日分でも二日分でも、家賃から何から節約したいんだって言ってたわ」

あと四日で、鈴子は寄宿舎へ入る。

それだけの日数を辛抱すれば済むことだ。お母さまも頭では分かっているのだろうが、それでも二人きりになると、「なんていう無神経な人たちなの」とか「親子水入らずで過ごしたかったのに」などと言っては、ひっきりなしに指先でこめかみを押さえている。鈴子なりに頃合いを見計らって、RAAやオフリミットのことについて聞きたいと思っても、「今はやめて」とはぐらかされてばかりだった。

結局そのまま日が過ぎて、土曜日は、お母さまが勝子ちゃんも一緒に小田原まで食事に連れていってくれることになった。その間に、勝子ちゃんのおばさんはいよいよ新しいアパートに引っ越しを済ませなければならず、そのまま夕方からはお座敷があるということだったし、モトさんも土曜日はかき入れ時で女の子たちの出入りが激しくなることから、結局、三人での食事会になった。

前にも見かけたことのある、金髪に青い目の青年が、今日も「気をつけ」の姿勢で待っていた。勝子ちゃんは何もかもが初めての経験だから、まずそれに驚いた様子で、さらに大きな自動車にも、その乗り心地にも、絶えず「わあ」と小さな声を上げ、辺りを見回していた。

「やっぱり、すごいもんだわ。すうちゃんのおばさんって」

「すごいのは、お母さまじゃなくてデイヴィッド・グレイ中佐」

「そういうのを捕まえるっていうところが、またすごいんだわよ。徹底してて、気持ちいいくらいじゃない」

耳打ちしてくる勝子ちゃんの襟元には、今日は淡い黄色と黄緑色のスカーフが柔らかく結ばれている。ケロイドを隠すためにいつも苦労している勝子ちゃんのために、お母さまが自分の持ち物の中から勝子ちゃんに選ばせて、贈ってあげたものだ。着ているブラウスとカーディガンも、数日前にお母さまが探してきてあげたものだった。

そういうことの一つ一つに対して、勝子ちゃんのおばさんは相変わらず卑屈にしか見えないくらいに大げさな態度でお礼を言ったが、言えば言うほど面白く思っていないことや、また、これ見よがしに自分の力を見せつけるお母さまも、相当に苛々《いらいら》していることが、手に取るように分かった。鈴子は勝子ちゃんと二人で、まるで皮肉たっぷりで底意地の悪い女二人が出てくるお芝居を観《み》るようだね、と話し合っている。

助手席に座っているお母さまは時折、運転手の青年に何か言う。青年も短い言葉で応えていた。それを見ても、勝子ちゃんはしきりに感心するばかりだった。

「そうか、私も出来ればおばさんみたいに語学が出来るようになればいいんだわ。そうすれば、腕がなくたって、何とかやっていかれるかも知れない」

途中、思いついたように勝子ちゃんが言った。すると、お母さまは助手席から振り向いて「そうね」と微笑《ほほえ》む。

「子どもの将来を決めるのは、親の方針次第だわねえ。子どもの可能性を広げることを考えられるようでなければね」

ここでも、お母さま特有の嫌みが出た。べつに、勝子ちゃんのおばさんが一緒にいるわけでもないのにと、鈴子は、思わず勝子ちゃんの袖《そで》を引っ張って笑いをかみ殺してしまった。

さほど時間もかからずに着いたのは、明治時代から続いているという料亭だった。立派な構えはいかにも日本建築らしく、こういう建物が空襲にも遭わずに残っていたのかと、鈴子も思わずため息をついた。

「こんなお店、初めて」

汚れたズック靴を脱ぐのもはばかられる玄関から入って、黒光りするほど磨き込まれた階段を上る間も、座敷に案内されてからも、勝子ちゃんは、しきりに「わあ」「すごい」を連発する。その右袖を握りながら、鈴子は少しの恥ずかしさと、同じ分量だけの申し訳なさを感じていた。驚いて当然、感心するのが当たり前なのだと何度も自分に言い聞かせた。

明日からまた、哀れな勝子ちゃんはこの袖をもんぺの中にたくし込んで、おばさんと二人の暮らしに戻る。さっき、お母さまはいかにも皮肉っぽい口調で言っていたけれど、あれは決して嘘ではないと、今の鈴子には分かっていた。勝子ちゃんが、どんなに語学を身につけたいと思ったって、そのために勉強したいと望んだって、勝子ちゃんのおばさんが、そのつもりになってくれなければ、どうすることも出来はしない。いくら仲のよい友だちでも、その部分を鈴子が助けてやることも、また、入れ替わってやることも出来ないのだ。

やがて食卓に出てきたのは、ご飯の上に何種類もの刺身が隙間《すきま》もなくのっているお重だった。わさびが添えられている。醤油注《しょうゆさ》しも置かれた。これには鈴子も「わあっ」と声を上げた。

「――すごいご馳走《ちそう》」

お重のふたをとっただけで、勝子ちゃんは、声も失った様子だった。自分の箸《はし》に手を伸ばす前に、まず勝子ちゃんの箸を割ってやりながら、鈴子は少しばかり意地悪な気持ちになって、お母さまを見た。

「こういうお店、よく来るの？」

すると、食事の前にゆっくりと煙草《たばこ》を吸っていたお母さまは微笑んだまま首を横に振る。

「アメリカの人たちは、基本的に生ものが嫌いなのよ。お野菜だけは生で食べたがるくせに、こういうものをよっぽど不衛生だと思うのかしらね。第一、あの人たちはお箸なんか上手に使えないもの。こういうお食事をいただくのに、まさかナイフとフォークというわけにはいかないでしょう」

不器用なのよ、アメリカ人は、と言って、お母さまは静かに微笑んでいる。へえ、アメリカ人でも日本人より劣っているところもあるのか、またそれを、お母さまが言うのかと、少しばかり意外な思いにとらわれながら、鈴子は勝子ちゃんの小皿に醤油を垂らし、そして自分も「いただきます」と両手を合わせた。

「ああ、美味《おい》しい！」

「ほっぺた落ちるぅ」

どうしても笑顔になってしまうお互いの顔を見ては、揃《そろ》って声を上げるのを、お母さまはにこにこと笑いながら見ている。それからふいに、「ねえ、すうちゃん」と眉《まゆ》を動かした。

「今だから言うけど、お母さまね、このところのすうちゃんを見ていて、一つ感心していることがあるの」

お母さまは、鈴子が何くれとなく勝子の世話を焼いている姿が、とても好ましいと思うと言った。「そうなんです」と勝子ちゃんもお重に突き出していた顔を上げた。

「私、会って最初にそれ思いました。すうちゃん、会ってすぐ、私にみかんをむいてくれて、それも、ちゃんと白いすじも取って、一つずつ分けてくれたんですよね。まるっきり当たり前みたいな顔して」

「だって、当たり前だから」

鈴子は急に恥ずかしくなって、懸命に刺身を口に運んだ。

「それが、すうちゃんのすごく素敵なところなんだって、お母さま、改めて気がついたの。そういえば、すうちゃんは千鶴子ちゃんのお世話も一度も嫌がったこともなかったし、いつも家のことを色々お手伝いしてきてくれたなあって。ね、そういうところ、女学校に行っても大切になさいね」

何だか急に泣きそうになった。本当に駄目なのだ、最近は。少しのことでも泣きそうになる。お母さまが、そんな風に鈴子を見ていてくれたなんて。こんな風に褒めてくれるなんて。つい、目の前の刺身が滲《にじ》んで見えかかってきたとき、今度はお母さまは勝子ちゃんの名を呼んだ。

「大変なおけがをして、それに体調も悪かったというし、今はさぞかし不自由だろうと思うけれど、おばさま、そんな勝子ちゃんが、ちっとも心がひねくれていなくて昔のままだっていうことに、とても感心しているの」

「あたし、ですか」

お母さまは、このところ年中浮かべていた眉間《みけん》のしわも見せずに、ゆったりと上品で柔らかい笑みを浮かべてうなずいた。

「これからも、きっとつらいことがたくさんあると思うわ。でも、決して他人をうらやんだり、自分を哀れんだりしてはだめ。勝子ちゃんらしく、一生懸命に生きてちょうだいね」

勝子ちゃんの目にもりもりと涙が浮かんできた。まだ不器用な持ち方しか出来ない箸を置き、勝子ちゃんは左手だけで自分の顔を覆《おお》った。その薄い肩が震えている。滅多に泣くような子ではなかった。少しくらい瞳《ひとみ》を潤《うる》ませることがあっても、こんな風に泣くところを、鈴子は初めて見たと思った。それを見ていたら、鈴子もまた泣きたくなった。

「ば、ばかだなあ、勝子ちゃん――ご飯の途中で、泣いてる」

「だって――」

「ほら、食べようよ。お刺身がしょっぱくなるよ」

「だって、あたし、誰かに褒められたのなんて、う、生まれて初めてだもん――」

勝子ちゃんは白い顔が赤くなるくらいに泣いていた。鈴子も一緒に泣いた。それから、お腹《なか》いっぱいになるまで刺身ののったご飯を食べた。

「すうちゃん」

その日、熱海の宿に帰って、疲れてしまった勝子ちゃんが、おばさんが迎えに来るまでと言って横になってしまうと、お母さまは初めて、久しぶりに静かな口調で鈴子を呼んだ。

「これで、お母さまがやってあげるべきことは済んだわね」

淹《い》れたてのコーヒーの香りを愉《たの》しむように、コーヒーカップを顔の傍に持っていき、ゆっくりと飲みながら、お母さまは、鈴子が大切に思っている友だちだと思うからこそ、勝子ちゃんを受け容《い》れたのだし、勝子ちゃんのおばさんに対しても、「大いに譲歩した」のだと言った。

「考えてもごらんなさい。あちらは花柳界というより、いうなれば水商売の人よ。生まれも育ちも何もかも、あまりにも違いすぎるでしょう」

「――分かってる」

「それでも、いくらお母さまが嫌だと思っても、どういうわけだか小さな頃からすうちゃんはあの子をよく呼んできて、仲良くしてきた子だったし、親があんなだから昔から何かと行き届かないところのある、哀れな子だと思っていましたからね。そのうえ、あんな身体《からだ》になってしまったし」

　お母さまが、そんな風に勝子ちゃんを見ているとは知らなかった。鈴子は、何とも言えない気持ちで、とりあえず「ありがとう」と頭を下げた。

「これで、すうちゃんも心置きなく勉学に励むことが出来るわね？」

「――出来るだけ」

「明日からは、お母さまがしてあげられることは、とにかくすうちゃんがお勉強を続けて行かれるように応援することだけですから。あとは何もかも、すうちゃん次第なのよ」

「――はい」

「それでも、すうちゃん。これだけは覚えていて欲しいの」

「――なにを」

何となく、おそるおそるお母さまを見た。コーヒーカップをテーブルに戻して、お母さまは、いつになくしみじみとした表情でこちらを見ていた。

「お母さまは、これから先どんなことがあろうともすうちゃんの味方ですからね。たとえすうちゃんの方では、そうは思わないとしても」

とん、と胸を衝《つ》かれたような気がした。私だって、と言いたいつもりが、どうしても声が出ない。

「いいこと？　お母さまは、味方ですよ。この先、世の中がどんな風になろうとも、どんな時代になっていこうとも、最後まで味方でいるのは、母親だけなのよ」

それだけは忘れないでね、とお母さまは言った。

自分はこれから先も、この人の味方でいられるのだろうか。味方をしていかれるものだろうか。鈴子は、何かしらひどく重い宿題を出されたような気分になった。

翌日、鈴子は勝子ちゃんとおばさんと、宿の人たちとに見送られ、デイヴィッド・グレイ中佐が運転する車に乗って、箱根の女学校へと向かい、そのまま寄宿舎に入った。

四月十日。水曜日。

戦後初の、新選挙法による第二十二回衆議院議員総選挙が行われ、これにより、三十九人の婦人代議士が誕生した。これは、女性立候補者のおよそ四八パーセントにあたる。その中には、あのミドリさんも含まれていることを、鈴子はモトさんからの手紙で知った。

〈――そんなわけで、私はRAAの仕事を辞め、これからはミドリさんの秘書として働くことになりました。人生って、何て不思議なものなのかしら。これから先一体どんなことが待ち受けているのかと、私なりに最近は少しワクワクしているところです。

お母さまも、思っていたよりもいい条件で、希望通りの物件が見つかったとお喜びでしたね。今、東京の代々木の練兵場があった後には大変な規模の米軍のための町が作られています。ですから、そのすぐ傍に、駐留軍やその家族向けのお店を出そうというお母さまの発想は、さすがと言うより他にありません。これからは、私は政治家の秘書として、お母さまは実業家として歩まれることになるのでしょう。

可哀想《かわいそう》なのは勝子ちゃんでした。私はさほど言葉を交わしたこともなかったけれど、すうちゃんから話は聞いていたし、お酒に酔っていたとはいえ、お母さんがあんな不幸な事故で亡《な》くなってしまわれて、結局は施設で暮らすことになったようですね。熱海も、以前よりも物騒になってきているのだろうと思います。オフリミット以降、町角に立つしかなくなってしまった女の子が東京にも増えていますが、そうなれば自然、それを目当てにする男の人たちも増え、また、気持ちの荒《すさ》んでいる復員兵が多くなってきているのも、東京と変わらないところでしょう。そういう意味では、私たちはみんなすんでの所で、またもや難を逃れたのかも知れません。

ところで、すうちゃんの毎日はどうでしょう？　私と一緒にお勉強したことが役に立っていると先日のお手紙に書かれているのを読んで、私もとても嬉しく思っています。好きな学科は出てきたかしら。新しいお友だちは、どうですか？　これからもどうぞ、すうちゃん自身の未来のために頑張って下さいね。夏休みにはぜひ会いたいものですね。その頃には私たちも——〉

解説

斎藤美奈子

先の戦争は一九四五（昭和二〇）年八月一五日に終わった、と学校では教わります。この日は、昭和天皇の玉音放送がラジオで流された日でした。けれど、その日を境に人々が平和を取り戻したのかといえば、そう単純ではありません。空襲警報におびえることこそなくなりましたが、食糧事情は敗戦後のほうがむしろ厳しかったほどですし、戦争で家族を失い、家も財産も失った人々は、一から生活を立て直さなくてはならなかった。本書『水曜日の凱歌《がいか》』は、そんな敗戦直後の時代を、ひとりの少女の視点から描いた小説です。

主人公の二宮鈴子は一九三一（昭和六）年八月一五日生まれ。終戦の日に満一四歳の誕生日を迎えました。父が運送会社を営む二宮家は比較的裕福な家庭でしたが、七人の家族のうち、上の兄は戦死し、下の兄は消息不明。父は交通事故で、結婚して家を出た姉は一九四四年の空襲で命を落とし、幼い妹は一九四五年三月一〇日の東京大空襲で行方不明になった。焼け跡に残されたのは母と鈴子の二人。

母が亡《な》き父の親友（宮下のおじさま）の世話で見つけた仕事は「アレレ」の職員でした。アレレ？　アレレって何？　母は鈴子に説明します。

〈明日にはアメリカの占領軍が上陸してくるそうよ。そのアメリカ兵たちに、日本中の女たちが襲われたり乱暴されたりするのを防ぐためには、どうしても、自分たちの身を挺《てい》して、防波堤になってくれる女の人たちが必要なの〉

鈴子に「アレレ」と聞こえたものの正体はＲＡＡと呼ばれる組織です。

ＲＡＡ（Recreation and Amusement Association）。日本語でいえば「特殊慰安施設協会」。日本政府の肝煎《きもい》りで設立された実在の組織です。

一九四五年八月一八日（玉音放送のたった三日後）、占領軍の将兵相手の慰安所を経営する、それがＲＡＡでした。軍が上陸するのは八月二八日。敗戦で鈴木貫太郎内閣が総辞職し、東久邇宮稔彦《ひがしくにのみやなるひこ》内閣が成立したのが八月一七日ですから、軍が上陸する一〇日も前に、新内閣が自ら、要求されてもいないのに、実行に移した政策が、占領軍のための慰安所設立だったのです。

表向きはダンスホールなどを装いながらも、その実態は性的サービスを提供する売春施設に近かった。RAAが経営する公的慰安所は東京都内だけで二五箇所。やがてそれは全国各地に広がり、全部で四十数箇所を数えるまでになります。

〈新日本女性に告ぐ。戦後処理の国家的緊急施設の一端として進駐軍慰安の大事業に参加する新日本女性の率先協力を求む。ダンサーおよび女事務員募集。年齢十八歳以上二十五歳まで。宿舎、被服、食料全部支給〉

本書にも登場する右のような要項にしたがって募集に応じた女性は、東京だけで一四〇〇〇人、全国で四〇〇〇〇人といわれます。「ダンサーおよび女事務員」の実態が将兵に性的サービスを提供する娼婦《しょうふ》だったことを、多くの女性は面接ではじめて知ります。が、ぎりぎりの困窮状態にあった彼女たちに別の道を選ぶ術《すべ》はなかった。むろんRAAもそれを承知で、右のような募集をかけたのです。

鈴子が間近に接する大森海岸の、もともとは老舗《しにせ》料亭だった「小町園」は、「特殊慰安所」第一号に指定された施設です。多いときには総勢一〇〇名の女性が在籍し、一日平均三〇人、人によっては最高五〇人以上の性の相手をしたという女性の証言も残っています（広岡敬一『戦後性風俗大系―わが女神たち』）。

GHQが公的売春に否定的だったこともあり、RAAは一九四六年の三月に閉鎖され、四九年四月には正式に解散しますが、稼働していた七ヶ月間に、慰安婦として半ば強制的に売春をさせられた女性は数万人におよぶといわれます。

戦争中の慰安婦については、朝鮮半島出身の女性がからむ政治問題に発展したこともあり、今日、だいぶ知られるようになりましたが、戦後のＲＡＡについては、知らなかったという人も多いのではないでしょうか。

『水曜日の凱歌』は、そんなＲＡＡを真正面から描いた本邦初の小説といっていいでしょう。知られざる負の歴史をあぶり出すために（むろんそれだけがこの小説の目的ではありませんが）、乃南アサはいくつもの仕掛けを凝らしています。

第一の仕掛けは、一四歳の多感な少女を視点人物に採用したことでしょう。英語力を買われ、ＲＡＡのスタッフとして雇われた母。髪を短く刈り上げ、男の子のような格好をさせられた鈴子。母の後について、鈴子は生まれ育った本所を離れ、小町園のある大森海岸へ、さらに将校相手のキャバレーが新設される予定の熱海《あたみ》へと移転しますが、この年代の少女には、売買春などとうてい受け入れられるものではありません。やがて母は熱海で連合軍将校（デイヴィッド・グレイ中佐）の愛人となり、華やかに変身していきますが、そのことも鈴子には許しがたい。

〈みんな、戦争に負けた国の女たちだ。身体を売るのも、少年の格好をするのも、アメリカ人の将校と交際するのも、みんな、負けたからだ。それでも飢えをしのがなければならないし、着るものも住むところも必要だから。だから、こうしている。／戦争なんかするから〉

これほどストレートな、戦争に対する呪詛《じゅそ》の言葉があるでしょうか。

半分は当事者でありながら、半分は未成年ゆえに観察者の立場にある少女だからこそ、吐けた言葉ともいえます。戦争の悲惨さは、渦中にどっぷりいる人より、半分外にいる人のほうが、よく見抜くことができるのです。

第二の仕掛けは、母のつたゑをあくまで謎《なぞ》めいた存在として描いていることです。〈鈴子が幼い頃から、女は貞操を何よりも大切にしなければいけないと、ことあるごとに言っていた〉というつたゑは、敗戦までは夫と子どもに尽くす貞淑な妻であり、保守的な考えにとらわれた「お母さま」でした。しかし、夫も息子も家も、娘である鈴子以外のすべてを失った後のつたゑは、鈴子の戸惑いをよそに、たくましく、したたかに変貌《へんぼう》していきます。最初は宮下のおじさまに、後半はデイヴィッド・グレイ中佐の世話になる母は、もともとは「男に頼らなければ生きていけない女」だったかもしれません。ですが、ある日、彼女はきっぱりいいます。

〈すうちゃん、日本になくてアメリカにあったものは、何だと思う？　男にあって、

女にないものは何だか分かる？〉〈ちから。ちからなのよ、すうちゃん〉

中産家庭の主婦であった頃の母は、自分を抑圧していたのかもしれない。

後半、鈴子は急激な成長をとげ、嫌悪《けんお》の対象と化しつつあった母を客観的な目で見られるようになりますが、娘の成長と母の自立は表裏一体。鈴子の女学校入学を前に、つたゑはなおも噛《か》みしめるようにいいます。

〈これから先はね、すうちゃん〉〈一人で生きていかれるような人におなりなさいね〉

この後の母と娘の修羅場ともいうべき対話は、本書の見どころのひとつです。鈴子にその真意はわからなかったにしても、もしもつたゑが良妻賢母のままだったら、時代の過酷さは伝わらず、小説の魅力は半減したでしょう。

第三に、この小説をある種、爽快《そうかい》なものにしているのが、モトさんをはじめとする、さまざまな女たちの存在です。夫のＤＶで顔に傷を負ったモトさんは、鈴子のよき相談相手ですし、ダンサーのミドリさんは大学出だけど威勢のいいお姉さん。物語の終盤で再会する本所時代の親友・勝子ちゃんも、芸者をやってる勝子ちゃんの母も、すさみがちな鈴子を励まし、物語に明るい光をなげかける。

「パンパン狩り」に直面したミドリさんは男たちに向かって啖呵《たんか》を切ります。

〈あたしらをイヌ畜生だとでも思っていやがるのかっ！　パンパンだろうが何だろう

が、あたしたちは人間なんだっ、この日本で生まれた、日本の女なんだよっ！　おまえら男たちがだらしないばっかりに、こうしてあたしらが、後始末をしなけりゃあ、ならないことになったんじゃないかっ〉

ここは作中でも特に胸のすく場面です。そうだ、そうだ、もっといってやれ！

本書には印象的な水曜日が、少なくとも三度登場します。

最初の水曜日は戦争が終わり、鈴子が一四歳を迎えた一九四五年八月一五日。

二度目の水曜日は、慰安所が閉鎖された一九四六年三月二七日。ＲＡＡは発足したときも暴力的でしたが、閉幕も暴力的でした。小説にも描かれている通り、いきなり「オフリミット」を食らった女性たちは何の保証もなく放り出され、「パンパン」と呼ばれる街娼に転じた女性も少なくありません。

しかし、小説はここでは終わらなかった。三度目の水曜日は、エピローグで描かれる一九四六年四月三日。婦人参政権が認められた戦後初の衆院選の、立候補届け出の締め切り日です。そして次の水曜日、四月一〇日に待っていた、あっと驚くサプライズ。『水曜日の凱歌』の「凱歌」とは「勝利を祝う歌」のことですから、タイトルはラストのどちらかの水曜日に由来するとみていいでしょう。

『水曜日の凱歌』は芸術選奨文部科学大臣賞を受賞しました。〈国家と人権、戦争と平和といったテーマに切り込んだ、社会性と娯楽性を兼ね備えた大作である。思春期の少女の視点からこうした問題を取り上げ、物語の形で時代を浮かび上がらせたものはかつてなく、日本の現代史を踏まえ、扱いにくいテーマに誠実に向き合い、丁寧に掘り下げてきた作家的姿勢も高く評価される〉

戦争の犠牲になるのは女性と子どもだ、といわれます。しかし、『水曜日の凱歌』に登場する女たちはみな、それぞれのやりかたで戦っている。重い題材にもかかわらず、本書が心地よい読後感を残すのは、そのためでしょう。

思えば乃南アサはデビューした当時から、戦う女を描いてきた作家です。直木賞を受賞した『凍《こご》える牙《きば》』(一九九六年)で初登場した音道貴子《おとみちたかこ》も、パワハラやセクハラが横行する男性社会の警視庁で働き、戦う女性刑事でした。立場や時代がちがっても、逆境に負けない人は私たちを勇気づけてくれます。本書も例外ではありません。

(二〇一八年六月、批評家)

この作品は平成二十七年七月新潮社より刊行された。

乃南アサ著
幸福な朝食
日本推理サスペンス大賞優秀作受賞
なぜ忘れていたのだろう。あの夏から、私は妊娠しているのだ。そう、何年も、何年も……。直木賞作家のデビュー作、待望の文庫化。

乃南アサ著
6月19日の花嫁
結婚式を一週間後に控えた千尋は、事故で記憶喪失に陥る。やがて見えてきた、自分の意外な過去――。ロマンティック・サスペンス。

乃南アサ著
死んでも忘れない
誰にでも起こりうる些細なトラブルが、平穏だった三人家族の歯車を狂わせてゆく……。現代人の幸福の危うさを描く心理サスペンス。

乃南アサ著
行きつ戻りつ
家庭に悩みを抱える妻たちは、何かを変えたくて旅に出た。旅先の風景と語らいが、塞いだ心を解きほぐす。家族を見つめた物語集。

乃南アサ著
涙（上・下）
東京五輪直前、結婚間近の刑事が殺人事件に巻込まれ失踪した。行方を追う婚約者が知った慟哭の真実。一途な愛を描くミステリー！

乃南アサ著
結婚詐欺師（上・下）
偶然かかわった結婚詐欺の捜査で、刑事の阿久津は昔の恋人が被害者だったことを知る。大胆な手口と揺れる女心を描くサスペンス！

乃南アサ著　**5年目の魔女**

魔性を秘めたOL、貴世美。彼女を抱いた男は人生を狂わせ、彼女に関わった女は……。女という性の深い闇を抉る長編サスペンス。

乃南アサ著　**しゃぼん玉**

通り魔を繰り返す卑劣な青年が山村に逃げ込んだ。正体を知らぬ村人達は彼を歓待するが。涙なくしては読めぬ心理サスペンスの傑作。

乃南アサ著　**禁猟区**

犯罪を犯した警官を捜査・検挙する組織——警務部人事一課調査二係。女性監察官沼尻いくみの胸のすく活躍を描く傑作警察小説四編。

乃南アサ著　**それは秘密の**

これは愛なのか、恋なのか、憎しみなのか。人生の酸いも甘いも嚙み分けた、大人のためのミステリアスなナイン・ストーリーズ。

乃南アサ著　**最後の花束**
—乃南アサ短編傑作選—

愛は怖い。恋も怖い。狂気は女たちを少しずつ蝕み、壊していった——。サスペンスの名手の短編を単行本未収録作品を加えて精選！

乃南アサ著　**岬にて**
—乃南アサ短編傑作選—

狂気に走る母、嫉妬に狂う妻、初恋の人を想う女。女性の心理描写の名手による短編を精選して描く、女たちのそれぞれの「熟れざま」。

乃南アサ著

すずの爪あと
―乃南アサ短編傑作選―

愛しあえない男女、寄り添えない夫婦、そして生まれる殺意。不条理ゆえにリアルな心理を描いた、短編の名手による傑作短編11編。

乃南アサ著

女刑事音道貴子
凍える牙
直木賞受賞

凶悪な獣の牙――。警視庁機動捜査隊員・音道貴子が連続殺人事件に挑む。女性刑事の孤独な闘いが圧倒的共感を集めた超ベストセラー。

乃南アサ著

女刑事音道貴子
花散る頃の殺人

32歳、バツイチの独身、趣味はバイク。かっこいいけど悩みも多い女性刑事・貴子さんの短編集。滝沢刑事と著者の架空対談付き！

乃南アサ著

女刑事音道貴子
鎖
（上・下）

占い師夫婦殺害の裏に潜む現金奪取の巧妙な罠。その捜査中に音道貴子刑事が突然、犯人らに拉致された！ 傑作『凍える牙』の続編。

乃南アサ著

女刑事音道貴子
未練

監禁・猟奇殺人・幼児虐待――初動捜査を受け持つ音道を苛立たせる、人々の底知れぬ憎悪。彼女は立ち直れるか？ 短編集第二弾！

乃南アサ著

女刑事音道貴子
嗤う闇

下町の温かい人情が、孤独な都市生活者の心の闇の犠牲になっていく。隅田川東署に異動した音道貴子の活躍を描く傑作警察小説四編。

乃南アサ著

女刑事音道貴子
風の墓碑銘《エピタフ》（上・下）

民家解体現場で白骨死体が発見されてほどなく、家主の老人が殺害された。難事件に『凍える牙』の名コンビが挑む傑作ミステリー。

乃南アサ著

ボクの町

ふられた彼女を見返してやるため、警察官になりました！　短気でドジな見習い巡査の真っ当な成長を描く、爆笑ポリス・コメディ。

乃南アサ著

駆けこみ交番

閑静な住宅地の交番に赴任した新米巡査高木聖大は、着任早々、方面部長賞の大手柄。しかも運だけで。人気沸騰・聖大もの四編を収録。

乃南アサ著

いつか陽の
あたる場所で

あのことは知られてはならない——。過去を隠して生きる女二人の健気な姿を通して友情を描く心理サスペンスの快作。聖大も登場。

乃南アサ著

すれ違う背中を

福引きで当たった大阪旅行。初めての土地で解放感に浸る二人の前に、なんと綾香の過去を知る男が現れた！　人気シリーズ第二弾。

乃南アサ著

いちばん長い夜に

前科《マエ》持ちの刑務所《ムショ》仲間——。二人の女性の人生を、あの大きな出来事が静かに変えていく。人気シリーズ感動の完結編。

最後の恋
—つまり、自分史上最高の恋。—

阿川佐和子・角田光代
沢村凜・柴田よしき
谷村志穂・乃南アサ
松尾由美・三浦しをん 著

8人の女性作家が繰り広げる「最後の恋」をテーマにした競演。経験してきたすべての恋を肯定したくなるような珠玉のアンソロジー。

最後の恋プレミアム
—つまり、自分史上最高の恋。—

阿川佐和子・井上荒野
大島真寿美・島本理生
乃南アサ・村山由佳
森絵都 著

これで、最後。そう切に願っても、恋の行く末は選べない。7人の作家が「最高の恋」の終わりとその先を描く、極上のアンソロジー。

最後の恋 MEN'S
—つまり、自分史上最高の恋。—

朝井リョウ・伊坂幸太郎
石田衣良・荻原浩
越谷オサム・白石一文
橋本紡 著

ベストセラー『最後の恋』に男性作家だけのスペシャル版が登場！ 女には解らない、ゆえに愛すべき男心を描く、究極のアンソロジー。

X'mas Stories
—一年でいちばん奇跡が起きる日—

朝井リョウ・あさのあつこ
伊坂幸太郎・恩田陸
白河三兎・三浦しをん 著

これぞ、自分史上最高の12月24日。大人気作家6名が腕を競って描いた奇跡とは。真冬の新定番、煌めくクリスマス・アンソロジー！

Story Seller

新潮社
ストーリーセラー 編集部編

日本のエンターテインメント界を代表する7人が、中編小説で競演！ これぞ小説のドリームチーム。新規開拓の入門書としても最適。

Story Seller 2

新潮社
ストーリーセラー 編集部編

日本を代表する7人が豪華競演。読み応え満点の作品が集結しました。物語との特別な出会いがあなたを待っています。好評第2弾。

新潮社ストーリーセラー編集部編

Story Seller 3

新執筆陣も加わり、パワーアップしたラインナップでお届けする好評アンソロジー第3弾。他では味わえない至福の体験を約束します。

新潮社ストーリーセラー編集部編

Story Seller annex

有川浩、恩田陸、近藤史恵、道尾秀介、湊かなえ、米澤穂信の六名が競演！ 物語の力にどっぷり惹きこまれる幸せな時間をどうぞ。

「新潮45」編集部編

殺人者はそこにいる
—逃げ切れない狂気、非情の13事件—

視線はその刹那、あなたに向けられる……。酸鼻極まる現場から人間の仮面の下に隠された姿が見える。日常に潜む「隣人」の恐怖。

「新潮45」編集部編

殺ったのはおまえだ
—修羅となりし者たち、宿命の9事件—

彼らは何故、殺人鬼と化したのか——。父母は、友人は、彼らに何を為したのか。全身怖気立つノンフィクション集、シリーズ第二弾。

「新潮45」編集部編

その時 殺しの手が動く
—引き寄せた災、必然の9事件—

まさか、自分が被害者になろうとは——。女は、男は、そして子は、何故に殺められたのか。誰をも襲う惨劇、好評シリーズ第三弾。

「新潮45」編集部編

殺戮者は二度わらう
—放たれし業、跳梁跋扈の9事件—

殺意は静かに舞い降りる、全ての人に——。血族、恋人、隣人、あるいは〝あなた〟。現場でほくそ笑むその貌は、誰の面か。

「新潮45」編集部編

凶悪
―ある死刑囚の告発―

警察にも気づかれず人を殺し、金に替える男がいる――。証言に信憑性はあるが、告発者も殺人者だった！ 白熱のノンフィクション。

池内紀
川本三郎 編
松田哲夫

日本文学100年の名作
第1巻 1914-1923 夢見る部屋

新潮文庫創刊以来の100年に書かれた名作を集めた決定版アンソロジー。10年ごとに1巻に収録、全10巻の中短編全集刊行スタート。

池内紀
川本三郎 編
松田哲夫

日本文学100年の名作
第2巻 1924-1933 幸福の持参者

新潮文庫100年記念アンソロジー第2弾！ 1924年からの10年に書かれた、夢野久作、林芙美子、尾崎翠らの中短編15作を厳選収録。

池内紀
川本三郎 編
松田哲夫

日本文学100年の名作
第3巻 1934-1943 三月の第四日曜

新潮文庫100年記念、全10巻の中短編アンソロジー。戦前戦中に発表された、萩原朔太郎、岡本かの子、中島敦らの名編13作を収録。

池内紀
川本三郎 編
松田哲夫

日本文学100年の名作
第4巻 1944-1953 木の都

小説の読み巧者が議論を重ねて名作だけを厳選。日本文学の見取図となる中短編アンソロジー。本巻は太宰、安吾、荷風、清張など15編。

池内紀
川本三郎 編
松田哲夫

日本文学100年の名作
第5巻 1954-1963 百万円煎餅

名作を精選したアンソロジー第5弾。敗戦から10年、文豪たちは何を書いたのか。吉行淳之介、三島由紀夫、森茉莉などの傑作16編。

日本文学100年の名作 第6巻
1964-1973 ベトナム姐ちゃん
池内紀・川本三郎・松田哲夫 編

新潮文庫100年記念刊行第6弾。好景気に沸く時代にも、文学は実直に日本の姿を映し出す。大江健三郎、司馬遼太郎らの名作12編。

日本文学100年の名作 第7巻
1974-1983 公然の秘密
池内紀・川本三郎・松田哲夫 編

新潮文庫100年記念、中短編アンソロジー。高度経済成長を終えても、文学は伸び続けた。藤沢周平、向田邦子らの名編17作を収録。

日本文学100年の名作 第8巻
1984-1993 薄情くじら
池内紀・川本三郎・松田哲夫 編

心に沁みる感動の名編から抱腹絶倒の掌編まで。田辺聖子の表題作ほか、阿川弘之、宮本輝、山田詠美、宮部みゆきも登場。厳選14編。

日本文学100年の名作 第9巻
1994-2003 アイロンのある風景
池内紀・川本三郎・松田哲夫 編

新潮文庫創刊100年記念第9弾。吉村昭、浅田次郎、村上春樹、川上弘美に吉本ばなな——。読後の興奮収まらぬ、三編者の厳選16編。

日本文学100年の名作 第10巻
2004-2013 バタフライ和文タイプ事務所
池内紀・川本三郎・松田哲夫 編

小川洋子、桐野夏生から伊坂幸太郎、絲山秋子まで、激動の平成に描かれた16編を収録。全10巻の中短編アンソロジー全集、遂に完結。

新潮ことばの扉
教科書で出会った名句・名歌三〇〇
石原千秋監修
新潮文庫編集部編

誰の作品か知らなくても、心が覚えている——。教科書で親しんだ俳句・和歌・短歌を集めた、声に出して楽しみたいアンソロジー。

新潮文庫最新刊

乃南アサ著

水曜日の凱歌

芸術選奨文部科学大臣賞受賞

特殊慰安施設で通訳として働く母とともに各地を転々とする14歳の少女。誰も知らなかった戦後秘史。新たな代表作となる長編小説。

堀江敏幸著

その姿の消し方

野間文芸賞受賞

古い絵はがきの裏で波打つ美しい言葉の塊。記憶と偶然の縁が、名もなき会計検査官のなかに「詩人」の生涯を浮かび上がらせる。

青山七恵著

繭

夫に暴力を振るう舞。帰らぬ恋人を待ち続ける希子。そして希子だけが知る、舞の夫の秘密。怒濤の展開に息をのむ、歪《いびつ》な愛の物語。

須賀しのぶ著

紺碧の果てを見よ

海空のかなたで、ただ想った。大切な人を。戦争の正義を信じきれぬまま、自分らしく生きたいと願った若者たちの青春を描く傑作。

早見俊著

情けのゆくえ

—大江戸人情見立て帖—

質屋に現れた武家奉公の女。なぜか金を受け取らず、幼子を残し姿を消した。個性豊かな三人の男が江戸を騒がす事件に挑む書下ろし。

草凪優著

あやまちは夜にしか起こらないから

私立学園の新任教師が嵌《はま》った複数恋愛《ポリアモリー》の罠。女性教師たちと貪《むさぼ》る果てなき快楽は、やがて危険水域に達して……衝撃の官能ロマン！

新潮文庫最新刊

宮内悠介著
アメリカ最後の実験
父を追って音楽学校を受験する脩は、全米に連鎖して起こる殺人事件に巻き込まれていく。気鋭の作家が描く新たな音楽小説の誕生。

七月隆文著
ケーキ王子の名推理《スペシャリテ》3
修学旅行にパティシエ全国大会。ライバル登場で恋が動き出す予感!? ケーキを愛する高校生たちの甘く熱い青春スペシャリテ第3弾。

吉川トリコ著
マリー・アントワネットの日記
(Rose/Bleu)
男ウケ？ モテ？ 何それ美味しいの？ 時代も国も身分も違う彼女に、共感が止まらない！ 世界中から嫌われた王妃の真実の声。

恩田 陸・芦 沢 央
海猫沢めろん・織守きょうや
さやか・小林泰三著
澤村伊智・前川知大
北 村 薫
だから見るなといったのに
―九つの奇妙な物語―
背筋も凍る怪談から、不思議と魅惑に満ちた奇譚まで。恩田陸、北村薫ら実力派作家九人が競作する、恐怖と戦慄のアンソロジー。

M・モラスキー編
闇　市
終戦時の日本人に不可欠だった違法空間・闇市。太宰、安吾、荷風、野坂らが描いたその世界から「戦後」を読み直す異色の小説集。

柴田元幸著
ケンブリッジ・サーカス
米文学者にして翻訳家の著者が、少年時代の記憶や若き日の旅、大切な人との出会いを自伝的エッセイと掌編で想像力豊かに描く！

新潮文庫最新刊

藤原正彦著
管見妄語　できすぎた話
小学校からの英語教育は罪が深い。日本の国力を必ず減衰させる。英語より日本語、高い道徳はわが国の国是！　週刊新潮人気コラム。

佐藤　優著
いま生きる階級論
労働で殺されないカギは階級にある！　資本主義の冷酷な本質を明かし、生き残りのヒントを授ける「資本論」講座、待望の続編。

野村　進著
千年、働いてきました
―老舗企業大国ニッポン―
長く続く会社には哲学がある――。全国の老舗製造業を訪ね、そのシンプルで奥深い秘密に迫る。企業人必読の大ベストセラー！

下川裕治著
鉄路2万7千キロ　世界の「超」長距離列車を乗りつぶす
インド、中国、ロシア、カナダ、アメリカ……行けども行けども線路は続く。JR全路線より長距離を19車中泊して疾走した鉄道紀行。

城戸久枝著
あの戦争から遠く離れて
―私につながる歴史をたどる旅―
大宅壮一ノンフィクション賞ほか受賞
二十一歳の私は中国へ旅立った。戦争孤児だった父の半生を知るために。圧倒的評価でノンフィクション賞三冠に輝いた不朽の傑作。

はるな檸檬著
れもん、よむもん！
読んできた本を語ることは、自分の内面をさらけ出すことだった――。読書と友情の最も美しいところを活写したコミックエッセイ。

水《すい》曜《よう》日《び》の凱《がい》歌《か》

新潮文庫　の－9－44

平成三十年八月一日発行

著者　乃《の》南《なみ》アサ

発行者　佐藤隆信

発行所　株式会社　新潮社

郵便番号　一六二―八七一一
東京都新宿区矢来町七一
電話　編集部(〇三)三二六六―五四四〇
　　　読者係(〇三)三二六六―五一一一
http://www.shinchosha.co.jp

価格はカバーに表示してあります。

乱丁・落丁本は、ご面倒ですが小社読者係宛ご送付ください。送料小社負担にてお取替えいたします。

印刷・大日本印刷株式会社　製本・憲専堂製本株式会社
© Asa Nonami 2015　Printed in Japan
ISBN978-4-10-142558-0 C0193